D1984039

DAS BLUT DER SIEBEN KÖNIGE

RÉGIS GODDYN

Ins Deutsche übersetzt von
Carina Obster

cross cult

Die deutsche Ausgabe von DAS BLUT DER SIEBEN KÖNIGE
wird herausgegeben von Amigo Grafik, Teinacher Straße 72, 71634 Ludwigsburg.
Herausgeber: Andreas Mergenthaler und Hardy Hellstern,
Übersetzung: Carina Obster; verantwortlicher Redakteur und Lektorat: Markus Rohde;
Lektorat: Katrin Aust; Korrektorat: Peter Schild; Satz: Rowan Rüster/Amigo Grafik;
Cover-Illustration: Damonza.com; Printausgabe gedruckt von CPI books GmbH, Leck.
Printed in Germany.

Titel der Originalausgabe: LE SANG DES 7 ROIS

Copyright © Librairie L'Atalante, 2013

German translation copyright © 2018, by Amigo Grafik GbR.

Print ISBN 978-3-95981-810-0 (Dezember 2018)
E-Book ISBN 978-3-95981-811-7 (Dezember 2018)

WWW.CROSS-CULT.DE

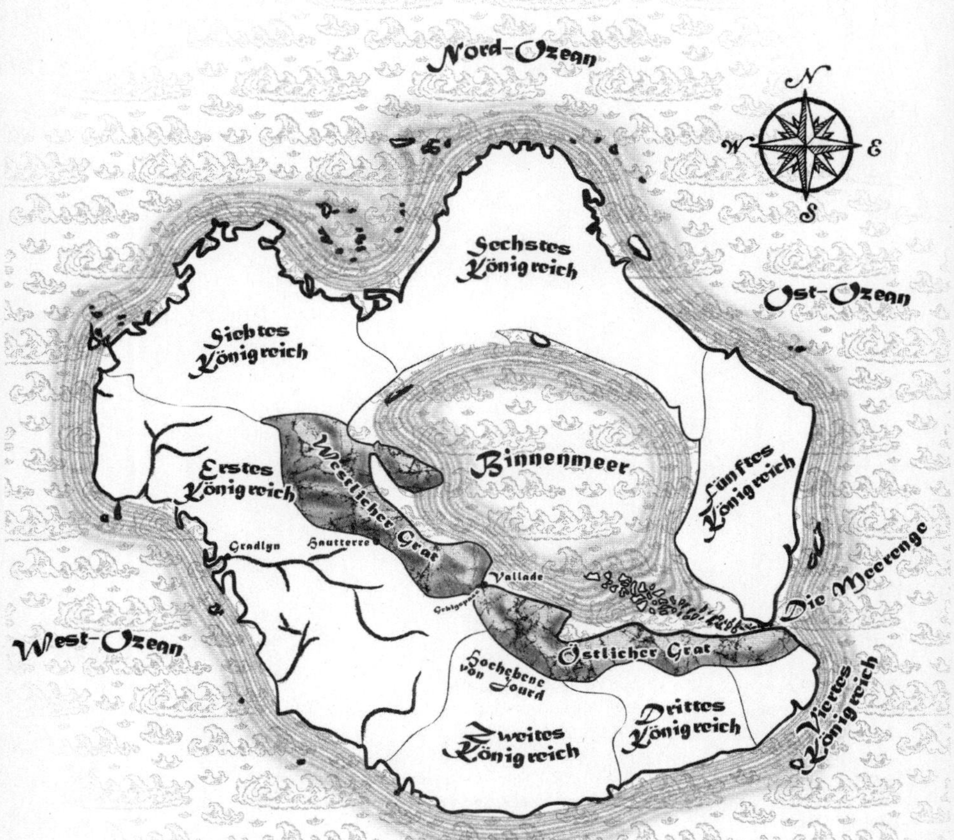

Nord-Ozean
N
W
E
S
Sechstes Königreich
Ost-Ozean
Siebtes Königreich
Binnenmeer
Erstes Königreich
Westlicher Grat
Fünftes Königreich
Gradlyn
Hautterre
Vallade
Gebirgspass
Die Meerenge
West-Ozean
Hochebene von Jourd
Östlicher Grat
Viertes Königreich
Drittes Königreich
Zweites Königreich
Süd-Ozean

KAPITEL I

DER RAUB

»Na wird's bald?«

Léo ging zum Fenster, um nachzusehen, wer da am Ende seiner Nachtschicht ans Tor klopfte. Die Woche war regnerisch gewesen und es näherte sich der Moment, in dem ein anderer Wächter ihn im Wachsaal ablösen würde. Die Feuchtigkeit machte ihn träge und sein Bein war schon wieder eingeschlafen. Léo hatte in den vergangenen Jahren nur noch wenig geschlafen, seitdem er in der Schlacht von La Croche verwundet worden war. Die Wunde war längst verheilt und der Schmerz verschwunden, doch in seinem tauben Bein war ein seltsames Kribbeln zurückgeblieben. Vor ein paar Jahren noch hatte er sich einfach auf sein Strohlager gelegt und bis zum Morgen durchgeschlafen, ohne sich groß Gedanken zu machen. Jetzt musste er sich immer mit größter Behutsamkeit hinlegen und die Strohhalme sorgsam unter das Leinen stopfen, damit er seine Gliedmaßen richtig platzieren konnte. Er durfte weder zu gerade noch zu verdreht liegen. Wenn er sich hinlegte, fühlte es sich jedes Mal an, als lösten sich seine Wirbel am unteren Rücken. Er musste warten, bis sein Körper sich entspannt hatte. Und dann strömten die Erinnerungen auf ihn ein, alte Rache- und Wutgefühle, und schon war es vorbei mit dem Schlaf. Diese letzte physische Wunde verbarg nur die schwerste von allen, diejenige, die niemals heilte und die man gerne einfach ignorieren würde. Léo war alt geworden. Er beugte sich über die Zinnen und versuchte, die pechschwarze Nacht mit seinem Blick zu durchdringen.

»Tritt zurück, Freundchen, damit ich dich sehen kann!«

Eine dunkle Gestalt kam abrupt aus dem Schatten des Wehrerkers hervor – ein prekäres Versteck. Zugleich erhellte eine Öllampe, die an einer Kette aufgehängt war, den nächtlichen Nieselregen mit ihrem tanzenden Schein. Der Mann nahm seine Kapuze ab. Er war ungefähr fünfzig Jahre alt und hatte, soweit Léo sehen konnte, graues Haar. Eine breite Narbe teilte seine rechte Wange in zwei Hälften. Nicht, dass sie sich zu irgendeiner Zeit besonders nahegestanden hätten, doch Léo kannte den alten Traban ein wenig. Dieser Bauer hatte in ihren Reihen gekämpft, als sein Herr sich im Kampf um die Furt mit den Truppen von Banstorm angelegt hatte. Wie immer hatte man die Zahl der Fußsoldaten aufstocken müssen, um genug Männer zu haben. Man hatte alle Bauern, die eine Waffe tragen konnten, versammelt, mit Schwertern ausgestattet und einem groben Training unterzogen. All diese Männer, die am Vortag noch Bäume abgeholzt und die Felder gepflügt hatten … Man hatte ihm von dem Kampf erzählt, soweit dieses kleine Scharmützel diese Bezeichnung überhaupt verdient hatte. Nicht mehr als einhundertfünfzig Kämpfer auf beiden Seiten, von denen zwei Drittel Bauern waren, die vor Angst gestorben waren. Die bunt zusammengewürfelten Waffen, eilig zusammengeflickt aus der Beute vergangener Schlachten und achtlos irgendwo aufgestapelt, hatten die Truppe wie einen rostigen, rasselnden Karnevalszug aussehen lassen. Man sah ein Durcheinander verschiedenster Rüstungen, die ihre schlechte Qualität bereits im Dienst ihrer verstorbenen Vorbesitzer bewiesen hatten, Rapiere aller Formen und Größen, mit denen kein Bauer umzugehen wusste, und massenweise andere Ungetüme, die wahrscheinlich eher diejenigen verletzten, die sie trugen. Bauern ... Sobald die Schlacht begonnen hatte, versprach das unbeschreibliche Gewimmel den Krähen bereits das Festmahl, das sie am Ende dieses unsinnigen Gemetzels erwarten würde. Die ausgebildeten Kampftruppen hatten sich gut geschlagen. Es war, als hätten beide Seiten stillschweigend einen Pakt geschlossen, um die Ressourcen des Gegners zu erschöpfen, indem sie Zweikämpfe zwischen Berufssoldaten vermieden, die intuitiv als gefährlicher wahrgenommen wurden. Dieses Gemetzel hatte nichts mit den großen Kämpfen zu tun gehabt, die Léo erlebt hatte, als der König an der Spitze seiner Vasallen in den Krieg gezogen war.

Dieser Bauer hatte kein schlechtes Los gezogen. Er hatte überlebt und war in ein Dorf zurückgekehrt, in dem es keine Männer mehr gab. Für die überlebenden Bauern gab es nun genug Land und Frauen. Er hatte hart arbeiten müssen, wie alle anderen hier – so viele Münder zu stopfen und so wenige Hände. Zur Belohnung hatte Seine Lordschaft ihn mit einer Frau und einem kleinen Stück Land auf einer Anhöhe am Rande des Waldes von Bout bedacht. Damit hatte er es gut getroffen, denn es gab dort einen Bach und ein Waldstück, das er roden konnte. Ein Segen für einen vierzehnjährigen Jungen, den man nun, in Abwesenheit echter Männer, als solchen behandelte. Diese alte Geschichte war die einer ganzen Dorfgeneration. Seine Frau starb bald und hinterließ ihm einen Sohn, der wiederum verstarb, nachdem er eine Erbin gezeugt hatte. Traban wohnte danach allein dort oben mit seiner Schwiegertochter und seiner kleinen Enkelin, die darauf wartete, ihn seinem Schicksal zu überlassen, sobald die Zeit gekommen und sie alt genug war, um zu heiraten. Léo begegnete ihnen manchmal auf dem Sonntagsmarkt. Dieser Mann mit dem bis auf den Knochen aufgeschlitzten Gesicht hatte einen tiefen Eindruck auf ihn gemacht und es galt herauszufinden, wieso.

»Was führt dich denn in dieser gottverdammten Nacht her, Traban? Kann das nicht bis morgen warten?«

Der alte Bauer antwortete, wohl weil er den Kopf so weit in den Nacken gelegt hatte, mit erstickter Stimme. »Es is meine Enkeltochter, die Soldaten hamse mitgenommen, einfach mit... Ich bin hinterhergerannt, aber nich so schnell wie sie ... Ich bin gekommen, um Seine Lordschaft um Hilfe zu bitten.«

»Hier im Regen ist nicht der richtige Ort. Lass uns ins Trockene gehen, dann kannst du mir alles erzählen.«

Léo ging hinunter, um ihm das Tor zu öffnen.

»Wer waren diese Soldaten, von denen du sprichst?«

Sie standen in der Haupthalle des Schlosses, wo der Vicomte de Hautterre Recht sprach, aber auch aß, Gäste empfing und zuweilen zu fortgeschrittener Nacht auch schlief, während die Anzahl der leeren Krüge auf den Tischen bereits das Ausmaß des Katers am nächsten Tag andeutete.

Dies passierte jedoch nicht so häufig. Das Zimmer befand sich im Erdgeschoss des Schlosses, an das sich die Kurtine anschloss. Es war ein rechteckiges Zimmer und im Vergleich zu den rauchverhangenen Stuben der Bauern mit den niedrigen Decken von enormen Ausmaßen. Die Einrichtung war luxuriös: In der Mitte stand ein großer rechteckiger Tisch, der aus einem einzigen Stück Holz gezimmert war. Die an den Wänden stehenden Eisentruhen dienten, wenn man sie an den Tisch rückte, als Sitzplätze. Man konnte unmöglich bestimmen, welche Schätze sie enthielten oder nicht mehr enthielten, seit der Großvater des gegenwärtigen Schlossherrn mit dem Bau der neuen Festung begonnen hatte. Alles, was man wusste, war, dass die Arbeiten seit einigen Jahren ins Stocken geraten waren und dass die wenigen verbliebenen Arbeiter nie viel Geld im Dorfgasthaus ließen. Die Fachwerkwände des Gebäudes waren mit einer Mischung aus Erde, frischem Kalk und Stroh ausgefüllt. Zum oberen Stockwerk gelangte man über eine Außentreppe, die sich um die Fassade wand und in einem überdachten Absatz endete. Vom Hof aus sah man nur eine mit grob geschmiedeten Ornamenten verzierte Tür. Dahinter befand sich eine Reihe von Wohnräumen, die miteinander verbunden waren und in die durch mit Läden versehene Fenster Licht fiel. Das Dach aus Steinplatten reichte bis an die Kurtine heran. Damit im Falle eines Angriffs kein Feuer ausbrach, hatte man kein traditionelles Strohdach verwendet. Der Baugrund selbst war mit größter Sorgfalt ausgewählt worden. Der Boden war solide und hart. Es war fast unmöglich, ihn zu untergraben.

Die Burg stand auf einem Felsen, der über einem weit unten im Tal dahinfließenden Fluss thronte. Auf dieser Seite verhinderte die Felswand den unbefugten Zugang und schützte vor Angriffen. Die Befestigungsarbeiten beschränkten sich demnach auf die andere Seite. Ein Graben war ausgehoben und mit spitzen Pflöcken versehen worden, um die Mauern zu schützen. In den Innenhof gelangte man über eine Brücke ohne Brüstungen, die von zwei mächtigen, mit Bogenschützen bemannten Türmen verteidigt wurde.

Drei Mauern der Burg verliefen gerade. Die vierte schmiegte sich an die Windungen der Klippe an, um zu verhindern, dass ein Spalt zwischen der Burgmauer und der Klippe entstand, durch den sich jemand hätte heranschleichen können. So wirkte die schmucklose Festung von unten gesehen wie eine uneinnehmbare Fantasie, wie ein schwerer Vorhang – ein Bild, das in einem gewissen ironischen Widerspruch zur Abwehrfunktion des Baus stand. Ecktürme vervollständigten das Bauwerk. Ein Rundweg erlaubte es den Bewohnern, um die Befestigungsanlage herumzugehen. Im westlichen Teil des Hofes baute man gerade an einem Burgfried. Im Morgengrauen konnte man die Steinmetze hören, wie sie ihre Werkzeuge auf dem harten Stein erklingen ließen, der von ein paar Steinbrechern, rauen und mundfaulen Männern, weiter oben auf dem Berg abgebaut wurde. Die Burg bot einen ungehinderten Blick auf die Furt, die der einzige einfache Weg war, um das hängende Tal zu erreichen, für das das Gebiet bekannt war. Vom Fluss wand sich eine Schotterstraße hinauf in ein enges Tal. Der erste Vicomte de Hautterre hatte dort ein kleines Fort bauen lassen, dessen Zugang dank eines Engpasses von einer Handvoll Männer verteidigt werden konnte. Zu dieser Zeit war dies das einzige Bauwerk in der Gegend gewesen. Nach der Fertigstellung würde die Burg dieses Fort umschließen und die Zugangsstraße zum Tal mit seiner grauen Masse drohend überragen.

Edmond de Hautterre entsprach genau dem Bild, das man von einem Vicomte hatte. Er war eher ungebildet, nicht sehr aufgeschlossen und fantasielos und konzentrierte sich vorwiegend auf die Verwaltung seiner Ländereien. Diese Aufgabe gestaltete sich recht einfach. Ein paar Dörfer, ein paar Hundert Bauern und Handwerker und eine abgeschiedene, arme und ruhige Grafschaft – das war alles. Dennoch war es der Mittelpunkt seines Lebens und nichts in der Welt, abgesehen von einer königlichen Anordnung, hätte ihn dazu bringen können, Hautterre zu verlassen. Edmond war groß, breitschultrig und wortkarg. Obwohl mild in seinen Urteilen, hatte er dennoch den Ruf eines strengen Mannes. Er war wie der Berg, auf dem seine Festung stand. Er kannte seine Leute gut und die Gelegenheiten, bei denen er seine Macht ausübte, waren der Größe seines Lehens angemessen. Nichts deutete darauf hin, dass er zu mehr fähig sein sollte. Er war ein typischer Vicomte.

Traban fiel mit gesenktem Blick vor seinem Herrn auf die Knie und antwortete mit schwacher Stimme: »Sie warn größer als ich, kräftiger. Ich hab versucht, mich gegen sie zu wehren, aber sie warn so stark wie Eichen.«

»Welche Waffen hatten sie bei sich?«

»Ich hab keine Waffen gesehen, Eure Lordschaft, aber sie hatten Rüstungen, schwarze Rüstungen, die mit Stoff bedeckt waren.«

»Mit Stoff? Mit Stoff bedeckte Rüstungen ... Haben sie irgendetwas gesagt?«

Edmond de Hautterre, der dritte seines Adelsgeschlechts mit diesem Namen, konnte sich zu dieser frühen Stunde überhaupt keinen Reim darauf machen, warum unbewaffnete und mit Stoff überzogene Brustpanzer tragende Soldaten sich für ein einfaches Bauernmädchen interessieren sollten. Diese Details, die der Alte berichtete, passten ganz und gar nicht zu der Vorstellung, die er von dieser Welt hatte. Soldaten waren normalerweise immer bewaffnet. Wenn sie Söldner waren und eine Entführung planten, mussten sie sich vom Opfer eine angemessene Summe versprechen, um das Risiko zu kompensieren, am Galgen oder auf dem Richtblock zu enden. Außerdem wurden Söldner üblicherweise von jemandem beauftragt und hinterließen keine Zeugen. Aber welcher Auftraggeber würde auch nur einen Silberling für die Tochter eines Bauern bezahlen?

»Nichts, Eure Lordschaft, kein Wort. Nach einer Minute warnse schon wieder weg, mit meinem kleinen Mädchen. Hat sich nach mir umgedreht und geschrien ... Ich bin hinterher, aber sie sin' so schnell wie Pferde gerannt. Je länger sie gerannt sin', desto weiter weg warnse ...«

»Und deine Schwiegertochter?«

»Die hamse nich angerührt. Ich habse im Dorf bei der Cardhus gelassen. Sie hat mein Pferd gesattelt und dann bin ich so schnell wie möglich zu Euch geritten. Der Cardhus ihren Sohn hamse auch mitgenommen.«

Also schon zwei entführte Kinder. Wie viele würden es am Ende dieser Geschichte sein? Hautterre spürte, wie nach und nach die Wut von ihm Besitz ergriff. Obwohl im Tal solche Dinge eigentlich nie passierten, konnte es doch immer sein, dass einige Soldatenschweine auf der Durchreise zufällig auf einen abgelegenen Hof stießen und beschlossen, sich etwas Spaß zu gönnen. In diesem Fall hätten sie den Alten abgestochen, das Mädchen vergewaltigt und die kleine Göre totgeprügelt – oder alles in der umgekehrten Reihenfolge. Höchstens einige Hühner wären verschwunden. Doch wer tauchte in voller Montur auf einem armen Hof auf? Das ergab alles keinen Sinn.

»Du sagtest, dass sie dann weggelaufen seien. In welche Richtung sind sie gelaufen?«

»In Richtung der Straße von Scies, Eure Lordschaft. Sie ham sich durch den Wald von Roches geschlagen und sin' dann nach oben, auf den Berg zu.«

Der Vicomte dachte einen Moment lang nach. »Kannst du mir sagen, wohin dieser Weg genau führt?«

»Nirgendwohin, Eure Lordschaft … Er führt nirgendwohin.«

Der alte Mann verlor langsam die Fassung. Seine Stimme wurde mit jedem Wort schwächer, je mehr ihm dämmerte, dass man seiner Geschichte keinen Glauben schenken würde. In dieser Nacht war ihm alles genommen worden, und nun klang seine Erzählung unglaubwürdig. Warum nur hatte es seine Enkelin treffen müssen?

»Eure Lordschaft, bitte schickt ein paar Soldaten, damit sie den Spuren folgen. Wenn sie keine Beweise für meine Geschichte finden, tret ich in Eure Dienste ein. Jetzt hab ich ja nich mal mehr die Kleine, die meinen Hof übernimmt. Ich taug ja zu nichts mehr …«

Edmond de Hautterre wusste nicht, was er von der Sache halten sollte. Alles deutete darauf hin, dass das Ganze ein Lügenmärchen war, doch andererseits war es auch unwahrscheinlich, dass ein einfacher Bauer eine solche Geschichte komplett selbst erfand. Oder aber … Wie einem der Schatten einer Wolke an einem heißen Sommertag den Winter ins Gedächtnis rief, kam plötzlich eine Erinnerung über ihn, die ihn erschaudern ließ.

»Léo, sag Orville, dass er mit einer kleinen Truppe losgehen soll, um Trabans Behauptungen zu überprüfen.« Er wandte sich an den Bauern. »Alter Mann, du wirst die Wachen zu deinem Haus führen. Falls du dich nicht auf deinem Sattel halten kannst, läufst du eben hinter dem Pferd her. Solltest du alles nur erfunden haben, wirst du dafür bezahlen. Geh jetzt!«

Léo und der alte Mann verließen die Haupthalle durch eine Doppeltür, durch die man in den Hof gelangte. Nach ungefähr fünfzig Schritten hatten sie den Wachsaal erreicht.

»Warte hier auf mich.«

Léo kletterte eine spiralförmige Steintreppe hinauf, wobei er sich mit der linken Hand an der Außenmauer abstützte. Er betrat einen Raum mit Gewölbedecke, in dem ein Dutzend Wachen zu Mittag aßen. Das Zimmer wurde von einem großen Kamin beheizt, in dem auf schwacher Flamme der Inhalt eines Kessels vor sich hin köchelte. Er nahm sich von dem Eintopf, setzte sich behäbig und richtete das Wort an den Wachtmeister, der ihm gegenübersaß, während er seinen Löffel in die Schüssel tauchte. »Da wartet Arbeit auch dich, Jungspund!«

Léo und Wachtmeister Orville maßen sich mit Blicken. Sie waren weder im selben Alter noch hatten sie die gleiche Kampferfahrung, dennoch trainierten sie häufig zusammen. Die beiden Männer hatten die gleiche Vorliebe für eine bestimmte Art von Kampftechnik: Sie verwirrten ihre Gegner durch gemeine, unorthodoxe Tricks. In einer lebendigeren, städtischeren Umgebung hätten sich die Wege der beiden Männer vielleicht gekreuzt, ohne dass sie jemals Notiz voneinander genommen hätten. Doch in Hautterre hatte man die Unterschiede, die einen von den anderen trennten, so schnell ausgelotet, dass man sich bald auf die Gemeinsamkeiten besann. Die beiden Männer waren sich mit der Zeit so sympathisch geworden, dass mittlerweile kein Tag verging, an dem sie nicht zusammenkamen, um Würfel zu spielen, sich einen Krug Bier zu teilen oder sich einfach nur vor der Feuerstelle im Wachsaal zu unterhalten. Orville war ziemlich groß und seine Haut nach dem sonnenlosen Winter weiß wie Schnee. Seine langen blonden Haare trug er offen, so wie es unter den Kriegern seiner Zeit üblich war. Eine unauffällige Narbe zog sich über sein Kinn wie ein dünner heller Faden. Seine breiten Schultern und muskulösen Arme endeten in kräftigen Händen, die durch den täglichen Umgang mit Waffen gestählt worden waren. Seine feinen Gesichtszüge waren unter dem Einfluss einer etwas zu reichhaltigen Ernährung kaum noch zu erahnen. In gleichem Maße, wie die Kälte des Winters die Bauern abmagern ließ, ließ sie die Soldaten aufgehen wie Hefeteig. Die Bewachung eines abgelegenen Fleckchens Erde, in dem niemals etwas passierte, machte allzu häufige Patrouillengänge unnötig, und das Herumsitzen ließ die Seele weich werden, während es den Körper mästete. Orville übte sich ab und an ein wenig im Fechten, doch da keine Notwendigkeit bestand, eine Eliteeinheit einzurichten, um irgendetwas zu verteidigen, fehlte ihm die Motivation, und so endeten seine Trainingseinheiten immer vor einem Krug Bier. Trotzdem galt Orville als sehr tüchtig im Umgang mit der Klinge, ein gewandter und fähiger Kämpfer, der in sich ruhige Gutmütigkeit und eine gewisse Leidenschaft für Gefahr vereinte. Das typische Kriegerparadoxon.

»Na dann lass mal hören, alte Dame!«

Léo lächelte über den Seitenhieb seines Freundes und richtete sich auf. »Der Alte vom Hof da oben beim Wald mit dem zweigeteilten Gesicht ist heute Morgen hergekommen. Er sagt, dass seine Enkelin und der Junge von der Cardhus entführt worden wären. Der Vicomte beauftragt dich, die Geschichte mit deinen Leuten zu überprüfen. Lagebericht vor heute Abend.«

»Heiliger Strohsack, ein Ausflug! Du bist jederzeit herzlich willkommen, Léo!« Er wandte sich an die Tafel: »Meine Herren, ab an die frische Luft!«

Er zwängte sich aus der Bank, die für einen Mann seiner Statur zu nah an den Tisch gerückt war, und stand auf. Ein halbes Dutzend Soldaten tat es ihm gleich. Léo vertiefte sich in seinen Eintopf. »Der alte Mann hat nicht geschlafen, er ist ganz durchnässt. Er wird den Tag nicht überstehen, wenn du ihn zurücklaufen lässt. Lasst es also langsam angehen, Orville!«

Der Wachtmeister trabte bereits die Treppe hinunter.

Die Truppe war bereits seit zwei Stunden auf den Beinen. Sergeant Orville hatte zuerst im Dorf angehalten, um die Cardhus, die das Gasthaus betrieb, über die Sache zu befragen. Ihr Mann war vor drei Jahren an der Pest gestorben. Schon bei der bloßen Erwähnung des Schwarzen Todes wurde Fremden der Einlass nach Hautterre verboten, wie immer, wenn Gefahr drohte und Abschottung eine Chance auf Rettung bot. Um sein Geschäft am Leben zu halten, war der alte Cardhus jede Woche ausgezogen, um sich mit Waren einzudecken, und hatte seine Ladung zum Ausfalltor zurückgebracht. Er hatte die Kisten und Fässer nicht weit von der alten Festung abgestellt und die Geldbörse eingesteckt, die man deutlich sichtbar für ihn auf dem Weg hinterlegt hatte. Er hatte den Gruß der Soldaten erwidert und sich dann wieder auf den Weg gemacht, um zu sehen, was sich in der chaotischen Welt außerhalb von Hautterre auftreiben ließ, um das Einsiedlerleben der Bewohner zu verschönern. Pestepidemien waren förderlich für die Wirtschaft. Nicht, dass Nahrungsmittel in diesen unruhigen Zeiten leicht aufzutreiben waren, doch das Durcheinander erleichterte den freien Warenverkehr. Die Dienerschaft profitierte häufig von der Ratlosigkeit ihrer Herren. Manchmal konnten sie sogar das ein oder andere aus dem Haushalt verscherbeln und gelegentlich konnten sie damit genug Geld für ihre Flucht zusammenbekommen. Üblicherweise fand man ihre Leichen dann am Wegesrand, das Geld gestohlen von Banditen, die man eines Tages schließlich am Ende eines Stricks baumeln sah. So nahmen die Dinge hier üblicherweise ihren Lauf. Nicht, dass Cardhus ein tapferer Mann gewesen wäre oder dass er die Gesellschaft von Sterbenden besonders bevorzugt hätte, doch er konnte von seinem Geschäft allein nicht leben. Und eines Tages kam er nicht mehr zurück. Durch sein Verschwinden war nun immerhin ein Esser weniger am Tisch, während die Arbeit nicht mehr als vier Arme erforderte. Die Witwe Cardhus und ihr Sohn lebten seither in bescheidenen Verhältnissen, ohne dass es ihnen jedoch an etwas mangelte. Der einzige Laden im Dorf wurde jetzt von Straßenhändlern beliefert, sobald die Zufahrt zum verschneiten Tal an den ersten schönen Frühjahrstagen vom Schnee freigeräumt war.

Die alte Cardhus hatte behauptet, dass der alte Traban mitten in der Nacht an ihre Tür geklopft hätte. Sobald seine Schwiegertochter sicher untergebracht gewesen war, wollte Jasmine Cardhus ihren Sohn wecken, damit er das Pferd sattelte. Der alte Mann schien erschöpft und das Schloss war noch weit entfernt. Doch der Sohn war weder im Stall noch im Haus aufzufinden gewesen. Zuerst hatte sie gedacht, dass es irgendwie mit seiner erwachenden Männlichkeit zusammenhing. Eine Zeit lang war er immerzu mürrisch gewesen. Je dichter die Barthärchen auf seiner Oberlippe sprossen, desto feindseliger gebärdete sich der Backfisch. Die alte Cardhus war noch einmal hinunter in den Stall gestiegen und hatte ungewöhnliche Fußspuren auf dem staubigen Boden entdeckt, umrissen vom fahlen Licht, das der Mond, der durch die Wolken blitzte, durch die Fenster warf. Die wenigen Spuren auf dem Stallboden führten meistens von der Treppe in die Küche. Sie war jedoch der Spur gefolgt, die sich durch den schlammigen Hof in Richtung Straße weiterzog. Zu viele Spuren für ein einzelnes Kind. Sie führten zuerst in die eine, dann in die entgegengesetzte Richtung. Große Füße und große Schritte.

Orville war kein übler Fährtenleser und in ausgezeichneter Stimmung, nachdem die Cardhus ihn mit Bier versorgt hatte. Der nächtliche Regen hatte dafür gesorgt, dass man den Fußspuren zumindest abseits der Schotterstraße leicht folgen konnte. Als dritter Sohn eines Grafen an der nördlichen Grenze des Reiches war Orville von Geburt mit dem Umgang mit Waffen vertraut gewesen, was eine gute Sache für ihn war. Er hatte immer einen Hang zum Geistigen und Spirituellen gehabt ... insofern es dem guten Leben dienlich war und die Grundbedürfnisse eines ehrlichen Menschen befriedigte. Als junger Bursche hatte er eine eigenartige Vorliebe für Straßenkämpfe und das unzüchtige Berühren von Küchenmägden gezeigt. Doch das war vor dem Verschwinden seines älteren Bruders gewesen, der eines Tages nicht mehr aus dem Kloster zurückgekehrt war, wo er studiert hatte, um Theokrat zu werden. Die Pestepidemie hatte seinem Leben ein Ende gesetzt und Orville hatte seine militärische Karriere aufgeben müssen, um ihm im Dienst des Allmächtigen zu folgen. Im Alter von sechzehn Jahren, nach sieben Jahren des Studiums der Heiligen Schrift im Kloster von Folcross, war er den Fängen der Theokraten entkommen, um sich von nun an in der Weltgeschichte herumzutreiben und das Leben zu genießen. Er nahm Hunderte verschiedene Gelegenheitsarbeiten an, war ständig auf Achse und lebte unter falschem Namen. In Folge einer besonders brutalen Schlägerei wurde ein Stadtwachtmeister auf den ungestümen Orville aufmerksam und nahm ihn kurzerhand gewaltsam in Gewahrsam. Einen Monat später war er Soldat. Er hatte seine Freiheit verkauft, um dem Galgen zu entkommen. So hatte er das Leben bekommen, das er sich immer gewünscht hatte: das eines Soldaten.

Orville nahm diesen Auftrag ernst. Es war seine erste richtige Ablenkung seit Monaten und vielleicht konnte er so die Gunst der Cardhus oder von Trabans Schwiegertochter gewinnen. Die armen Frauen ließen sich kaum mehr blicken. Sie weinten um die beiden Schurken, die von ihnen gegangen waren.

Sie machten sich auf den Weg zum Hof des Alten. Auf dem schmalen Pfad konnten keine zwei Pferde nebeneinander gehen. Nun wurde die Sache interessant. Vielleicht würde ein geflohenes Lamm sie zu einer ganzen Herde führen, die im Wald spielte. Höchstens drei oder vier Männer hatten das Haus der Cardhus betreten und wieder verlassen. Wenn die Burschen die Straße von Scies genommen hatten, konnte Orville davon ausgehen, dass sie nicht sehr weit kommen würden. Diese Straße führte zu einem Lärchenwald, in dem ein Holzfällerlager errichtet worden war. Die Baumstämme wurden nun, da das Dorf sich nicht mehr weiter ausdehnte, nicht mehr für den Bau gebraucht. Sie wurden an schönen

Tagen in benachbarten Städten verkauft. Sobald die Wagen ausgeräumt waren, wurden sie mit Getreide und anderen Nahrungsmitteln beladen, die die spärlichen Felder der Gegend nicht in ausreichender Menge hergaben, um am Ende des Winters die hungrigen Bäuche zu füllen. Im schlimmsten Fall würde Orville eine Treibjagd veranstalten, um den Fall aufzuklären und zugleich etwas Wildfleisch auf den Tisch Seiner Lordschaft zu bringen.

Sie verließen die Felder und betraten einen steinigen Pfad. Die dornigen Sträucher zu beiden Seiten waren auf menschliche Höhe zurechtgestutzt worden. Die Reiter stiegen ab und schlugen mit ihren Schwertern eine Schneise durch die Sträucher, sodass die Pferde hinaufklettern konnten, ohne sich zu verletzen. Der Weg endete zwei Meilen weiter oben in einem freien Feld, auf dem Gemüse wuchs. Noch etwas weiter oben, auf einem leicht abfallenden Grundstück neben dem Garten, stand ein kleines, gedrungenes Haus. Es wirkte umso bescheidener, da es an die Bergflanke gebaut worden war und der gesamte hintere Teil in den Boden eingesunken war, sodass man ohne Leiter problemlos auf das Dach klettern konnte, falls einem gerade danach war. In die etwa mannshohe Fassade war eine einfache Tür eingelassen. Das Strohdach hatte unter dem Winter gelitten, doch einige hellere Abschnitte zeigten, dass dem Hausherrn daran gelegen war, sein Eigentum zu erhalten. Ein paar Schritte weiter rechts stand ein kleines Gebäude, in dem sich, der Wölbung einer der Wände und dem steinernen Schornstein nach zu urteilen, ein Brotbackofen zu befinden schien. Ein kleiner Bach, der ein paar Meter unterhalb vorbeifloss, vervollständigte dieses rustikale und friedliche Landschaftsgemälde. Es stand für alles, was Orville hasste. Da war ihm ein Gasthaus schon lieber, aber ein echtes, mit Frauen und hochprozentigem Schnaps, gebraut aus frischem Schmelzwasser …

Nachdem die Pferde an die umliegenden Bäume gebunden worden waren, näherte sich der Wachtmeister der Tür. Was davon übrig war, war, obwohl nicht wurmstichig, unter dem Eindruck eines heftigen Schlags zersplittert. Ein Stiefel? Nein, wahrscheinlich war ein Stiefel nicht hart genug … Er senkte den Blick auf seine eigene Fußbekleidung und folgerte, dass das, womit die Tür eingeschlagen worden war, kein Stiefel sein konnte. Mechanisch sah er sich um, ob sich irgendetwas fand, was eine ähnliche Stoßkraft wie ein Widdergeweih besaß, entdeckte aber nichts. Die Tür, die aus den Scharnieren gerissen war, sah aus, als wäre sie einmal in der Mitte zusammengeknickt worden. Orville betrat das Haus und schloss die Augen, um sich schneller an die Dunkelheit zu gewöhnen. Auf den ersten Blick schien nichts beschädigt zu sein. Ein grober, abgenutzter Tisch nahm die Mitte des Raumes ein. Holzscheite dienten als Sitzgelegenheiten. Der erloschene Kamin, der sich in einer Ecke befand, wärmte wohl für gewöhnlich das Haus. Der Abnutzungsgrad der Steine im Feuerraum sprach Bände über das strenge Klima in diesen verfluchten Bergen. Selbst an Tagen, an denen die Sonne hoch am Himmel stand, verfolgte einen die Kälte der Nacht bis in den hintersten Winkel der Wohnstube. Er war in einer Höhe aufgewachsen, in der die Winter milder waren, und hatte bald entdeckt, dass die Feuerpfannen auf dem Rundweg der Burg von Hautterre bei dieser Kälte sehr nützlich waren.

Im milden Klima einer Stadt im Westen, wo Orvilles militärische Karriere begonnen hatte, hatte ihm sein Beruf viele Türen geöffnet und viele warme Mahlzeiten auf den Tisch gebracht. Die Augen offen halten für das, was in der Stadt vor sich ging, und verschließen vor dem, was in den Scherbenvierteln passierte – zwei Dinge, die sich nicht widersprachen. Alles nur eine Frage der Perspektive. Im Geiste hatte er sich ein Leben voller Ausschweifungen führen sehen – nur die Pest, ein Schicksalsschlag oder die Denunzierung eines Neiders hätte ihn dazu gebracht, sich beim Allmächtigen anzubiedern … Während er den Raum erforschte, rief er sich den verfluchten Tag wieder ins Gedächtnis, als der Herold beim Würfelspiel mehr als üblich verloren hatte und dem Gewinner einen Anteil an seinen Besitztümern hatte zugestehen müssen, um seine Schulden zu begleichen. Hautterre hatte weder Gold noch Getreide haben wollen, doch er hatte drei Mägde und einen jungen, robusten Soldaten mit sich genommen, der zu Orvilles großem Leidwesen er selbst gewesen war. Reichtum, das bedeutete an einem abgelegenen Ort vor allem Männer. In einer Stadt kamen und gingen die Menschen, die Bevölkerung erneuerte sich ständig. In abgelegene Winkel wie die Grafschaft von Hautterre zog es nur diejenigen, die dort ein bestimmtes Interesse verfolgten – und jene, die keine andere Wahl hatten. Erst als er unten an der Straße angekommen war, hatte er erkannt, dass sein Leben ruiniert war. Adieu köstliches Bier, adieu rothaarige, blonde und brünette Mädchen, adieu Festgelage nach dem Zahltag.

Seine Augen gewöhnten sich an die Dunkelheit. In den dunklen Ecken wurden langsam Details sichtbar. Die Strohsäcke waren unversehrt, nur die zertrümmerte Tür ließ erahnen, dass hier etwas Ungewöhnliches passiert war. Er versuchte, sich die Szene vorzustellen, wie sie ihm der alte Mann während des Aufstiegs geschildert hatte: Alle schlafen. Die Schwiegertochter und die Enkelin auf der großen Strohmatratze, der Alte auf der anderen. Plötzlich (Orville drehte sich um) wird die Tür eingeschlagen von ... ja, von was eigentlich? Er wandte sich wieder zu den Strohmatratzen um und stellte sich die Bewohner vor, wie sie sich entsetzt aufrichteten. Ohne etwas zu sagen, hatten sich die Soldaten – falls sie denn tatsächlich Soldaten waren – auf das kleine Mädchen zubewegt. Orville trat heran, beugte sich vor und tat so, als würde er ein imaginäres Kind ergreifen. Seine Hand streifte etwas, das auf dem Strohsack lag. Er hob eine kleine, schmucklose Börse aus Leder hoch, die mit einer einfachen Schnur umwickelt war. Nachdenklich ging er in die Mitte des Raumes zurück, um seine Gedanken zu ordnen. Dann löste er die Schnur. Ein Dutzend Goldmünzen purzelten in seine Hand. Ein unvorstellbares Vermögen für einen Bauern. Er ging zur Tür, um sie im Tageslicht genauer zu studieren. Seit er Stadtwachtmeister war, hatte er alle möglichen Münzen zu Gesicht bekommen – zwar selten goldene, doch er konnte sich einiger Erfahrung auf diesem Gebiet rühmen. Die Münzen, die er vor sich hatte, waren ihm jedoch vollkommen unbekannt. Sie maßen einen halben Zoll im Durchmesser. Auf der einen Seite war ein gewöhnliches Wappenschild abgebildet, das diagonal von einem Pfeil durchkreuzt war, auf der anderen ein fünfzackiger Stern mit einem kleinen Kreis in der Mitte. Seltsamer Fund. Orville steckte die Börse ein. Das war wohl alles, was es in dieser Bruchbude an Hinweisen gab. Er stieg kurz hinunter zum Bach, um seinen Durst zu löschen, bevor er wieder hinaufkletterte, um dem Bauern einige Fragen zu stellen.

»In welche Richtung sind sie davon?«

Die Frage war eine reine Formalität, man hätte schon blind sein müssen, um die Fußspuren zu übersehen, die in Richtung Westen, mitten in den Wald hinein, verliefen. Der vagen Geste des alten Mannes folgend bewegte sich der

Wachtmeister in diese Richtung. Beim Dickicht angekommen bemerkte Orville, dass die Fußspuren plötzlich die Richtung änderten, einen steilen und steinigen Abhang hinunter. Er dachte einen Moment lang nach und sprach mit zweien seiner Männer. »Die Pferde werden dort nicht durchkommen. Geht mit den Reittieren den Pfad hinunter zurück, dann biegt bei der Gabelung in die Straße von Scies ein. Drüben holt ihr uns dann wieder ein. Die anderen kommen mit mir! Wir gehen zu Fuß weiter. Vorwärts, Männer!«

Er wandte sich wieder an den Bauern: »Nun nehmen wir die Sache in die Hand, geh zurück zu deiner Schwiegertochter. Ich denke, es wird bald Neuigkeiten zu dem Fall geben.«

Er versetzte ihm einen Stoß in die Rippen und folgte weiter den Spuren der Entführer durch das Unterholz. Die Brombeersträucher wichen bald einem vor Kurzem gerodeten Weg, einem jener mit Gebüsch überwucherten Pfade, der wahrscheinlich in einer fernen Vergangenheit zu einem Morgen Ackerland in den Bergen geführt hatte. Früher war jedes erschließbare Stück Land bepflanzt worden, unabhängig von der Entfernung zum Dorf. Nun fuhren Wagen hinauf, um Nachschub an Getreide zu bringen. Seitdem hatte die Natur diese Wege zurückerobert und sie waren in Vergessenheit geraten. In den Hang waren in unregelmäßigen Abständen Stufen gegraben, außerdem waren schmale Gräben angelegt worden, damit das Regenwasser die Erde und das Geröll auf dem Pfad nicht fortschwemmte. Die Truppe war bereits eine halbe Stunde unterwegs, als Orville plötzlich begriff, was er da eigentlich die ganze Zeit vor sich hatte. Warum hatten die Männer diesen Weg benutzt, der nirgendwohin führte? Er stellte sich die Entführer vor, wie sie mitten in der Nacht aus dem Unterholz schlichen und diesen gottverlassenen Pfad entlangrannten, in stoffbedeckte Rüstungen gekleidet, während das Kind, einfach achtlos über eine Schulter geworfen, wie ein Kalb brüllte. Sicherlich keine schöne Aufgabe. Aber warum? Und warum diese ganzen Münzen auf dem Strohsack? Die waren ja bestimmt nicht einfach so vom Himmel gefallen. Als Anführer einer solchen Einheit hätte er sich nicht so viel Mühe gegeben.

Seine Überlegungen führten ihn am Ende dieses obskuren Weges zu einem Busch, dichter als der bei der Hütte, durch den er sich vorhin gezwängt hatte. Die Männer, die den Weg in der vergangenen Nacht passiert hatten, hatten ihn nicht vollständig vom Gestrüpp befreit, sondern die letzten fünfzehn Stufen, bevor er in die Hauptstraße mündete, im natürlichen Zustand belassen, wahrscheinlich, damit der Weg bis zu dem Tag, an dem sie ihn schließlich benutzen würden, unentdeckt blieb. Das Gestrüpp schien hier eher niedergedrückt als mit der Sichel gerodet worden zu sein. Die Schösslinge waren nach außen gedrückt worden, als wäre eine ganze Kavallerie darüber geritten.

Dann führten die Fußspuren auf einmal nach rechts, Richtung Holzlager, so wie es der Alte geschildert hatte. Der nächtliche Regen hatte einen Großteil der Spuren unkenntlich gemacht. Orville beschloss, die Straße von Scies wieder hinaufzusteigen und nach möglichen abzweigenden Pfaden im Dickicht rechts und links Ausschau zu halten. Er war noch eine ganze Stunde unterwegs, bevor er auf die Männer traf, die sich um die Pferde gekümmert hatten.

Das Lager der Scies war nur eine Viertelstunde entfernt. Sie entdeckten eine frische Spur, die nach rechts in den Wald führte, in Richtung einer Klamm, die Ziegenschlucht genannt wurde. Dieser Weg war allen bekannt. Ein- oder zweimal im

Jahr führten die Bauern ihre Herden dorthin, damit die Tiere das bisschen Gras abweiden konnten, das dort wuchs. Der Engpass mit den steil abfallenden Felswänden mündete in einen felsigen Talkessel mit sandigem Boden. Dort erhoben sich die Felswände mehr als dreihundert Fuß in den Himmel. Es war ein majestätischer Ort. Orville jedoch überlegte: Wenn er mit Geiseln fliehen müsste, würde er sich sicher nicht in einer Sackgasse verstecken. Ungefähr eine Stunde von der Straße von Scies entfernt wurde der erdige und nach Unterholz riechende Boden von einem felsigen Weg abgelöst, der sich durch spärliches Gehölz schlängelte. Das Geräusch der Kiesel, die unter den Pferdehufen davonrollten, erschreckte die Vögel, die sich mit raschelnden Flügelschlägen von den Wipfeln der Bäume ringsum erhoben. Wachtmeister Orville war besorgt. Der Lärm würde die Entführer möglicherweise in Alarmbereitschaft versetzen. Da er den Vögeln jedoch keine Befehle erteilen konnte, beschloss er, das zu tun, was in dieser Situation am wenigsten Aufsehen erregen würde. Ein paar Schritte weiter führte der Weg um einen großen Felsen herum, wo er auf Höhe einer Furt den Lauf eines Wildbaches schnitt. Orville stieg von seinem Pferd, um die Fußspuren näher zu untersuchen, dort, wo der steinige Weg in einen breiten Streifen Lehm überging. Die Spuren waren nicht mehr dieselben wie die auf dem Pfad, oder vielmehr: Es waren die gleichen Spuren, doch sie waren zahlreicher. Fünf oder sechs Männer mussten hier durchgegangen sein. Fußabdrücke von Hufen zeigten, dass zwei Maultiere sie begleitet hatten. Orville befahl den anderen anzuhalten, damit die Männer rasten und die Tiere trinken konnten. Er setzte sich auf einen flachen Stein ein wenig abseits von den anderen.

Er spielte das Szenario noch einmal in seinem Kopf durch: zwei Einheiten bestehend aus drei oder vier Männern, eine im Dorf, eine auf dem Hof. Eine nächtliche Aktion, keine Gewalt. Eine Geldbörse auf dem Strohsack des Mädchens, das entführt worden war. Lag vielleicht auf dem Bett des Jungen der Cardhus auch eine solche Börse? Er war nicht in das Zimmer hochgestiegen. Tage der Vorbereitung, um den Weg vom Gestrüpp zu befreien und sich Maultiere zu besorgen. Wo hatten sie in dieser gottverlassenen Gegend überhaupt welche gefunden? Da stellte sich die Frage nach den Komplizen. Nach der Zusammenführung der beiden Einheiten mit den Kindern folgte eine Waldwanderung bis zu dem Talkessel. Auch andere Möglichkeiten waren noch zu bedenken. Vielleicht war er auf einer falschen Fährte, während die Entführer bereits auf das Dorf Rueil zusteuerten. Oder gab es noch einen anderen vergessenen Pfad, auf dem man zu den Almen gelangte?

Sie ritten bis zum Mittag, dann stiegen sie ab. Jetzt mussten sie die Schlucht durchqueren. Da die Pferde sie nicht passieren konnten, banden sie die Tiere an niedrigen Zweigen fest. Die Spuren sahen frisch aus. Alle Sinne in Alarmbereitschaft rückten die Soldaten Schritt für Schritt vor, als sie plötzlich ein Rauchgeruch innehalten ließ. Ein seltsam wohlriechender Rauch. Ergriffen von einer düsteren Vorahnung über die Herkunft des Wildbretduftes schlüpfte Orville, das Schwert in der Hand, zwischen die Bäume, bis er eine von Felsen umgebene Lichtung erspähte. Auf seinen Wink hin schlichen sich zwei seiner Männer rechts und links zwischen die Felsen, mit gespannten Bögen, während er selbst sich auf die Lücke dazwischen zubewegte, von einem Stamm zum nächsten schleichend, jederzeit zum Angriff bereit. Das Herz klopfte ihm bis zum Hals. Als er sich schließlich im Schutz einiger

Sträucher bis kurz vor die Lichtung wagte, stellte er fest, dass dort niemand war.

Offensichtlich hatte man sich hier zu einer Mahlzeit niedergelassen. Die Männer hatten wohl um das Feuer herumgesessen. Ein paar Fußabdrücke, die kleiner als die anderen waren, bestätigten, dass die Kinder noch am Leben waren. Der Rehkadaver, der über dem Feuer hing, war bereits vollständig verkohlt und erfüllte die Lichtung mit dem Duft von seltenen Gewürzen und Holzkohle. Ein halb volles Fass Wein lag nahe der Feuerstelle, verlockend und seltsam deplatziert. Ein paar Meter weiter rechts warteten zwei an einen Pflock gebundene Maultiere darauf, dass jemand sich um sie kümmerte. Aber wieso waren sie angebunden? Waren die Entführer sich so sicher, dass sie verfolgt würden und dass die Verfolger sich der Tiere annehmen würden? Oder hatten sie sie bemerkt und eilig ihr Lager verlassen? Orville folgte ein paar Fußspuren, sie sich in den Boden gedrückt hatten. Plötzlich sah er zwei gekreuzte Pfeile vor sich im Boden stecken, zwei schwarze Pfeile mit blauen Schäften, die ein X bildeten. Er zog die Pfeile aus der Erde und untersuchte sie. Sie waren fein gearbeitet, wenn auch ein wenig lang, gerade, mit Spitzen aus tödlichem und kunstvoll geschmiedetem Stahl. Er ging noch ein paar Schritte, als plötzlich ein Pfeil mit einem trockenen Geräusch vor seine Füße fiel. Er sprang zur Seite, rollte sich über die Schulter ab, kauerte sich hinter den ersten Baum, den er sah, und riskierte einen Blick in die Richtung, aus der der Pfeil gekommen war. Er sah nichts als ein Durcheinander zerklüfteter Felsen. Hinter jedem konnten sich entweder zehn oder ein oder gar kein Bogenschütze verstecken. Die Verfolgungsjagd war vorbei.

Der Feind war in eine Sackgasse getrieben worden und Orville blockierte den Ausgang, doch er konnte nichts weiter tun, ohne seine Haut zu riskieren. Wenn sie sich zurückzogen, würden die Entführer fliehen, wenn sie vorrückten, würden sie massakriert werden. Jeder einzelne Felsbrocken stellte eine uneinnehmbare Festung dar, die den auf der Lauer liegenden einen erheblichen Vorteil über die Angreifer verschaffte, die sich im offenen Gelände vorwärtsbewegten. Wenn Orville einen Angriff starten und er und all seine Männer sterben würden, hätten die Entführer freie Bahn. Sie waren also in einer Pattsituation, doch zum Glück hatte er die Situation unter Kontrolle. Er sprach mit einem der Soldaten, von dem er wusste, dass er ein guter Reiter war. »Iban, steig aufs Pferd und reite hinunter zu Seiner Lordschaft. Sag ihm, wo wir sind und in welcher Lage wir uns befinden. Erklär ihm, es ist notwendig, dass er sofort selbst kommt und das Zimmer des kleinen Cardhus durchsucht. Und dass mir ja niemand vor seiner Ankunft das Zimmer betritt. Hast du das verstanden?«

Der Soldat verbeugte sich. »Jawohl, Wachtmeister!«

Eine etwas rätselhafte Anweisung, aber wenn er noch mehr gesagt hätte, wäre es darauf hinausgelaufen, dass er auch die Börse hätte erwähnen müssen. Die Vorsicht gebot, besser kein Wort darüber zu verlieren, sonst würde dieses wertvolle Beweisstück womöglich noch verschwinden. Sobald Iban davongegangen war, stellte Orville einige Männer ab, um den Eingang zur Schlucht zu bewachen. Einen anderen Mann schickte er auf Nahrungssuche los. Warum gerade hier? Warum die Entführung derart akribisch vorbereiten, wenn sie dann in der einzigen zugänglichen Schlucht im ganzen Gebiet endete, die nur einen Ausgang hatte?

Der Bote stieg schnell zu den Bäumen hinab, an denen die Pferde angebunden waren. Als er dort angekommen war, merkte er, dass zwei der Tiere fehlten.

Die Nacht war lang. Ein Soldat namens Miller war nach drei Stunden Suche mit Essbarem zurückgekehrt, das er auf dem ersten Bauernhof an der Straße, die ins Dorf führte, beschlagnahmt hatte. Seine Errungenschaften bestanden aus einem Huhn, einem halben Laib Brot und einer Feldflasche schlechten Weines. Ein Feuer wurde entfacht. Die Wachen lösten einander ab, in der ständigen Erwartung eines Feindes, der sich jeden Augenblick aus seiner Deckung wagen konnte. Zumindest bekam Orville durch das Wachehalten an dieser sonderbaren Schlucht eine andere Perspektive auf die Ausläufer der Berge. Bisher hatte er sie nur von der Höhe der Festungsmauern aus gesehen. An einem klaren Tag konnte man das Flachland darunter ausmachen mit seinen Städten, in denen das Leben pulsierte. Verdammtes Würfelspiel! Zu beobachten war ihm mittlerweile schon zur zweiten Natur geworden. Wenn diese gefürchteten Krieger mitten in der Nacht plötzlich vor ihm aufragen würden, geschützt durch ihre Rüstung und mit riesigen Schwertern in den Händen, würde er den Wein, den er in dieser Nacht getrunken hatte, nicht bereuen. Er hatte ohnehin nicht für fünf Männer gereicht.

Ungefähr eine Stunde nach Sonnenaufgang traf Verstärkung ein. Zwölf schwer bewaffnete Männer, die umso willkommener waren, als dass sie Vorräte mitbrachten.

»Grüß dich, Orville! Was führt dich denn zur Ziegenschlucht?« Léo legte sein Paket auf den Boden und grinste breit, während er seine Lenden massierte.

Orville streckte sich müde, umarmte ihn und antwortete mit einem gewaltigen Gähnen: »Sei gegrüßt, mein Freund. Ich weiß es auch nicht genau. Die Kinder sind mit sechs Männern in dieser Schlucht. Wenn du an den gekreuzten Pfeilen da drüben vorbeigehst, bekommst du erst mal eine Pfeilsalve ab. Sogar in der Nacht. Ich hab's zweimal versucht, da ist nichts zu machen. Du gehst vorbei und die Falle schnappt zu.« Orville illustrierte seine Worte mit einer Geste, einen Bogenschützen imitierend, der einen Pfeil abschoss.

»Das verheißt nichts Gutes, Orville. Wir sind die Vorhut. Weitere werden uns folgen. Wir werden um die fünfzig sein – und es kommt noch besser.«

»Etwa auch Mädchen? Hurra!«

»Ich werde dir nichts sagen, um dir nicht die Überraschung zu verderben. Ich weiß nicht, was los sein muss, dass man so eine große Einheit losschickt. Auf der Burg muss es ja jetzt wie ausgestorben sein.«

»In der Tat. Fünfzig, sagst du?«

»Und noch ein paar Überraschungen. Du wirst deinen Augen nicht trauen. Ruh dich jetzt ein wenig aus, der Tag ist noch lang.«

Die beiden Männer tauschten ein freundschaftliches Lächeln aus. Nachdem die Neuankömmlinge ihre Stellungen bezogen hatten, legte sich Orville hinter einen windgeschützten Felsen und fiel für zwei Stunden in einen tiefen Schlaf, bis einer seiner Männer ihn aufweckte.

Dann ging er zum Lager hinunter, um die Truppe willkommen zu heißen. Er wollte gerade den Einsatzbefehl geben, als er zwischen den Soldaten in der Vorhut die bläuliche Rüstung Edmond de Hautterres erblickte und weiter hinten, gehüllt in eine von einer schwarzen Kordel zusammengehaltene purpurrote Robe, Théod, den Theokraten des Lehens. Orville hatte eine Abneigung gegen diesen Mann.

Théod, der wohl als zweiter Sohn eines unbedeutenden Gutsherrn geboren worden war, übte sein Amt mit einem

Eifer aus, den der Wachtmeister verachtete. Théod erinnerte ihn auf unheimliche Weise daran, was aus ihm selbst hätte werden können. Er war ein Asket, ein verschwiegener Mann. Orville war intuitiv misstrauisch gegenüber Männern, die keinen der massiven Charakterfehler aufwiesen, die den Menschen und seine Persönlichkeit nun einmal ausmachten. Théod war glatt und geschliffen wie ein Prunkschwert, in jeglicher Hinsicht vollkommen, doch zu kostbar, um im wahren Leben eingesetzt zu werden. Orville trat so selbstsicher er konnte vor seinen Herrn und kniete nieder.

»Erhebt euch, Wachtmeister. Wie habt Ihr von den Silbermünzen erfahren?«

Orville nahm die Börse aus seiner Tasche und reichte sie ihm. »Diese zwölf Münzen lagen auf dem Strohsack der Kleinen, aber sie sind aus Gold, Eure Lordschaft, nicht aus Silber. Was den Sohn der Cardhus betrifft, so war es bislang nur eine Vermutung.«

»Aus Gold!«

Orville bemerkte die Verwunderung des Vicomtes.

Es dauerte ein paar Sekunden, bis er sich gefasst hatte. »Wachtmeister, lasst Léo holen und leistet uns ein wenig Gesellschaft!«

Hautterre schlenderte zum Feuer hinüber, über dem einige Würste brieten, die Arme hinter dem Rücken verschränkt. Der besorgte Theokrat folgte ihm wie ein Schatten.

Léo war der erfahrenste Soldat von allen. Einer der Wenigen, die auch außerhalb von Hautterre gedient hatten. Einer der Wenigen, die wirklich gekämpft hatten und am Leben geblieben waren. Fast alle anderen Männer seiner Generation waren entweder im Kampf oder durch Krankheit dahingerafft worden. Léo war ein freier Mann, ein Söldner, der von

Hautterre bezahlt wurde. Er war vor ein paar Jahren in den Dienst des Vicomte eingetreten und würde wahrscheinlich sein Leben auch hier beenden, auf dem Wehrgang stehend, die Augen in die Ferne gerichtet und die Füße in zentimeterhohem Schnee. Seine Situation unterschied sich nur geringfügig von der Orvilles, doch Léo hatte stets im Hinterkopf gehabt, dass er jederzeit seinen verbliebenen Lohn einstreichen und sich, mit Helm und Schwert bewaffnet, vom Acker machen konnte. Doch jetzt, in seinem Alter …

Hautterre hatte die Angewohnheit, seine Männer um Rat zu fragen, um dann am Ende doch seinen eigenen Ideen den Vorzug zu geben. Ein Weg, um herauszufinden, ob die Meinungen der anderen mit seiner übereinstimmten oder nicht. »Léo, wie denkst du über unsere Lage?«

»Eure Lordschaft, es ist unlogisch, wenn wir in dieser Situation von uns selbst ausgehen und nicht von den anderen. Wir müssen wie sie denken.«

»Erkläre dich!« Hautterre warf einen kleinen Zweig ins Feuer.

»Nun, die Entführer haben alles gründlich vorbereitet. Sie haben die Wege gerodet, die Maultiere vor dem Winter hier heraufgebracht und haben sich an einem Ort versteckt, von dem sie nicht fliehen können.«

»Warum tun sie das?«

»Ich würde sagen, um uns in die Falle zu locken. Ich glaube nicht, dass das ein Versehen war. Die haben da auf uns gewartet.« Der Ausdruck auf Léos Gesicht schwankte zwischen nachdenklicher Konzentration und Belustigung. In Hautterre passierte so selten etwas, da regte schon das belangloseste Ereignis die Fantasie an.

»Und zu welchem Zweck, würdest du sagen?«

»Hmm, ich würde sagen ... damit wir nicht irgendwo anders sind.«

»Und wo wäre das beispielsweise?« Hautterre schien genervt von Léos Art, um den heißen Brei herumzureden. Er war ein direkter und ungeduldiger Mann.

»Ich würde sagen, von hier ist alles recht weit entfernt. Vielleicht wollten sie uns von der Burg weglocken.«

Der Vicomte schüttelte den Kopf. »Da bin ich kein Risiko eingegangen. Ich habe zwölf Männer zum untersten Fort geschickt. Acht Bogenschützen bewachen zusammen mit Hauptmann Whaine die Burg. Das ist mehr als genug, um die Burg einige Tage lang zu sichern. Was ist das Besondere an der Ziegenschlucht? Was hätte dich dazu veranlasst, diesen Ort zu wählen?«

Auf diese Frage wusste Léo keine Antwort.

»Orville?«

Der Wachtmeister, der ganz in die Betrachtung der Glut vertieft war, hob den Kopf. »Es ist sehr schwierig, von hier weiter vorzurücken. Ich habe es mehrmals versucht und jedes Mal beinahe ein paar Pfeile abbekommen. Hinter jedem Felsbrocken könnte sich Gott weiß wer verstecken. Wir müssten ganz ohne Deckung vorrücken. Wir werden da sicher nicht ungebeten reinspazieren ...

Hol's der Teufel! Entschuldigung, Eure Lordschaft, bei mir ist, glaube ich, gerade der Groschen gefallen. Ich dachte mir eben, wenn ich an der Stelle der Entführer wäre und einen zweiten Eingang zu dieser Schlucht wüsste, den meine Verfolger nicht kennen, einen alten Pfad so wie den, den sie geräumt haben ... ich denke, dann wäre ich an ihrer Stelle genauso vorgegangen. Man braucht mindestens eine Stunde, um auf den Hauptweg zurückzukommen, dann noch mal eine

Stunde bis zu der Weggabelung, dann noch eine Tagesreise, bis man auf der Hochebene ist. Wenn also ein oder zwei Bogenschützen den Ausgang blockieren und der Rest der Truppe bereits abgezogen ist, haben sie dadurch schon mal etwa zwei Tage Vorsprung.«

»Aber warum locken sie uns dann hierher? Sie hätten sich doch auch so schnell wie möglich aus dem Staub machen können.«

»Deswegen haben sie wahrscheinlich nur eine kleine Zahl von Männern zurückgelassen, die die Schlucht blockieren sollten«, ergriff Léo mit ernster Miene das Wort.

»Es sei denn, sie wollten sich ausruhen, bevor sie endgültig abziehen. Hier unten in der Schlucht ist man gut vor dem Wind geschützt. Und währenddessen ziehen zwei von ihnen mit den Pferden los, die sie uns gestohlen haben, um die Kinder nach oben zu bringen. Die anderen kommen dann etwas später nach, über einen Durchgang, der für die Pferde zu schmal gewesen wäre.«

Der Vicomte wandte sich an Théod und senkte seine Stimme: »Ich glaube, dass die Hinweise ausreichend sind. Es ist höchste Zeit, den Männern zu folgen. Wenn die Dinge so sind, wie Léo sie dargestellt hat, haben wir jetzt nichts mehr zu befürchten und können die Schlucht hinaufklettern. Wenn wir falsch liegen, gnade uns Gott.«

Unter dem Kommando des Vicomte versammelten sich die Männer und folgten dann vorsichtig den Spuren der Entführer im Sand. Jeder Felsblock wurde sorgfältig inspiziert, doch zunächst fand man das Versteck des Schützen nicht. Schließlich entdeckte man, in beträchtlicher Entfernung von der Lichtung, die mit der Genauigkeit der von Orville beobachteten Pfeilschüsse nicht vereinbar war, eine seltsame

Vorrichtung. Auf Pfosten, die im Sand steckten, war eine Plattform aus Baumstämmen errichtet worden, gerade so hoch, dass man über die Kante des Felsens hinwegschauen konnte. Ein kleines Bretterdach schützte den Wachposten. Über eine Leiter gelangte man zu dieser rudimentären Festung. Aus Angst vor weiteren Überraschungen wagten sich die Soldaten nur vorsichtig in die Schlucht vor. Ein Stück weiter verbreiterte sich die Klamm zu einem kleinen Talkessel, der von schwindelerregend hohen Felswänden umgeben war. Herumliegende Felsbrocken, Überbleibsel uralter Erdrutsche, bildeten eine seltsame Kulisse, wie überdimensionierte Murmeln, mit denen ein Riese inmitten der wenigen Bäume, die im Sand wuchsen, gespielt hatte. Dort hatte jemand ein Lager errichtet. Ein wenig außerhalb hatte man Latrinen ausgehoben. In der Wärme um das Feuer herum, dessen Glut noch immer die Unterseite eines Schafskadavers röstete, hatte man Zelte aufgestellt. Dort, wo die Fußspuren an einer Felswand zusammenliefen, lag ein halb leeres Fass Wein. Kein Weg führte nach oben, doch in der Schlucht war kein Mensch.

KAPITEL II

GRADLYN

Abgesehen von ein paar Stunden Erholung in den dunkelsten Nachtstunden war er fast drei Tage lang ohne Unterbrechung geflogen. Nachdem er im Tal von Hautterre seine Flügel für die lange Reise ausgebreitet hatte, die ihn in die Hauptstadt und zum König führen sollte, war er über die Ausläufer der Berge nach Südwesten, Richtung Meer, gesegelt. Er war dem Lauf des Wildbaches bis zum Städtchen Grandcerf gefolgt, danach dem des Flusses Amir, der sich zwischen runden, grünen Hügeln hindurchschlängelte. Je weiter ihn seine Schwingen von Hautterre wegtrugen, desto genauer kristallisierten sich in seinen Erinnerungen gewisse Landmarken heraus. Nicht, dass sie nötig gewesen wären, um den Weg zu finden. Eine Art uralter Instinkt gab ihm stets die richtige Richtung ein. Ein Gefühl, das Angehörige einer anderen Spezies, die diese besondere Gabe nicht besaßen, nicht nachvollziehen konnten und das er ihnen auch nicht ohne Weiteres hätte erklären können. Wälder, Flüsse, Städte und Dörfer zogen unter ihm dahin. Die Hügellandschaft hatte sich in eine fruchtbare Ebene verwandelt. Die Menschen und Tiere waren zu dieser fortgeschrittenen Stunde nicht mehr als kleine Punkte, die eine lange Schattenlinie nach Osten hinter sich warfen. Die Stunde der Ankunft rückte näher. Er sehnte sich nach einer Ruhepause, in der er sich erholen und seine müden Muskeln ausruhen konnte. Er breitete seine Flügel so weit wie möglich aus und ließ sich für einige Augenblicke genüsslich von den Aufwinden tragen, die von den von der Sonne erwärmten Weizenfeldern aufstiegen. Im Süden war das Klima mild, die Vegetation reich und vielfältig.

Die Reise von Hautterre nach Gradlyn war bei Weitem die schwierigste, die er bisher hatte unternehmen müssen. Die anhaltenden Westwinde hatten ihn zu Beginn vom Kurs abgebracht und ihn gezwungen, seine Flugrichtung ständig zu korrigieren. Sobald er die Gebirgslandschaft hinter sich gelassen hatte, war er den Rest der Strecke Gegenwind ausgesetzt gewesen. Er hatte erhebliche Anstrengungen unternehmen müssen, um das Tempo zu halten. Mit einem Mal hatte er direkt vor sich die klare Spiegelfläche des Meeres und die dunkle Häusermasse der Stadt erblickt. Gradlyn, obwohl seit einiger Zeit nicht mehr die größte Stadt des Ersten Königreiches, war dennoch nach wie vor die prächtigste und wohlhabendste Stadt sowie die Hauptstadt des Reiches. Seine Lage am Rand des Äußeren Meeres sowie an der Mündung des Hauptflusses machte es zu einem strategisch wertvollen Punkt. Die anderen Regionen des Königreichs bezogen ihre Einkünfte aus Minen und den Erträgen von Wäldern oder Feldern, wieder andere aus den besonderen Fähigkeiten ihrer Bewohner auf dem Gebiet der Herstellung von Stoff oder Metallwerkzeugen.

Er konnte bereits den Felsen erkennen, der über der Stadt emporragte und auf dem die mächtige königliche Festung thronte. Seine scharfen Augen, die nichts mit denen von Menschen gemeinsam hatten, erlaubten ihm sogar, die Burgmauern und die in den Häfen auf beiden Seiten des breiten Flusses festgemachten Boote auszumachen. Aus der Vogelperspektive sah Gradlyn aus wie ein großes Weizenkorn, das von einem Wasserrinnsal in zwei Hälften geteilt wurde. Beide Teile der Stadt hatten ihren eigenen Hafen und ihr eigenes Befestigungssystem, sodass eine feindliche Flotte, die über den Fluss in die Stadt eindringen wollte, zwischen zwei Fronten eingekeilt war. Fährschiffe transportierten beständig Menschen und Waren von einem Ufer zum anderen. Nördlich der Stadt waren Maurer, Steinmetze und Zimmerleute, die sich gegenseitig in ihrer Geschicklichkeit übertrafen, mit dem Bau einer Brücke beschäftigt. In der Höhe, in der er sich jetzt befand, konnte er deutlich den Lärm der Werkzeuge und die charakteristische Unruhe am Ende eines Arbeitstages hören. Wenn man praktische oder ästhetische Kriterien berücksichtigte, war dieser Ort sicher nicht die beste Wahl, doch in der Mitte des Flusses gab es eine kleine Insel, auf der er landen wollte. Dort gab es zwei Brücken, über die man trockenen Fußes ans Festland gelangen konnte. Der Straßengrundriss und die Perspektiven würden sich mit der Zeit anpassen …

Er flog über den Hafen und die Vororte hinweg, in denen es vor Leben wimmelte, und drehte leicht nach Norden ab, bis er die Schildmauer der Burg hinter sich gelassen hatte. Dann wendete er noch einmal, bis er sich den Öffnungen in der Wand des Verlieses gegenübersah. Als er vor einer Öffnung angekommen war, flog er vorsichtig näher heran, wie er es bereits Tausende Male getan hatte. Die unberechenbaren

Windturbulenzen verlangten eine permanente Neuausrichtung seines Körpers. Endlich am Ende dieser langen und gefährlichen Reise angelangt sank er hinab auf den Landeplatz. Das ohrenbetäubende Geräusch des Windes verstummte. Eine seltsame Stille breitete sich in ihm aus, während sein ganzer Körper zitterte wie nach einem Rausch, betäubt durch den Wind und die Anstrengung. Er faltete die Flügel an seinen grauen und muskulösen Körper und verweilte einige Minuten lang erschöpft auf der Stelle. Eine freundliche Hand griff nach ihm und strich seine Federn glatt. Dann löste sie die kleine Rolle aus Elfenbein, die an seinem Bein befestigt war, und steckte ihn vorsichtig in einen Käfig, wo Wasser, Samenkörner und Ruhe auf ihn warteten.

Die Anspannung im Ratszimmer des Königsschlosses von Gradlyn war beinahe greifbar. Für das Problem der gerechten Verteilung der im Namen von König Hartrold IV. erhobenen Steuern hatte man auch am Abend noch keine Lösung gefunden. Es hatte hitzige Debatten gegeben. In diesem Jahr hatten gute Ernten und eine relativ kurze Sturmsaison zusätzliche Einnahmen gebracht. Das waren eigentlich gute Nachrichten, doch die Minister konnten sich nicht auf die Verwendung dieser Geldmittel einigen. Jeder von ihnen kam mit seinen eigenen Forderungen an und wollte seine persönlichen Interessen durchsetzen. Das letzte Wort würde der König haben, aber zweifellos zog er einen Nutzen daraus, wenn sie sich wie ein Rudel um einen Knochen stritten. Mit größter Aufmerksamkeit verfolgte er die ständigen Verschiebungen von Loyalitäten und Standpunkten. Während der Marquis de Nordhavn lautstark die Aufstellung von achthundert Kavalleristen und die Verstärkung der von ihm beaufsichtigten Mauer verlangte, trat ein Kammerdiener ein. Er trug ein silbernes Tablett, das mit einem Tuch bedeckt war. Das dezente Klappern der Tür lenkte die Anwesenden kurzzeitig ab. Das hitzige Durcheinander der Debatten wich einem genervten und drückenden Schweigen. Mit teilnahmslosem Gesicht durchquerte der Kammerdiener den Raum. Alle zuckten zusammen, als eine Diele des alten Eichenbodens laut unter seinen Schritten knarzte.

Obwohl das Zimmer mit seinen Sprossenfenstern den Haupthof der Festung überblickte, war das Zimmer zu allen Jahreszeiten und zu jeder Tageszeit dunkel. Die Holztäfelungen mit den verschlungenen Motiven waren mit Wandteppichen zu Ehren der dreizehn Markgrafen des Königreichs geschmückt. Auf dem Wandteppich an der hinteren Wand, dessen schiere Größe bereits eine Meisterleistung der Webkunst war, war eine Karte des Königreiches abgebildet, die die Hauptstädte und die Grenzen der Grafschaften zeigte. In der Mitte prangte die königliche Krone, wie um daran zu erinnern, dass die Marquis von der Gnade des Monarchen abhingen. Kein aufdringliches Dekor, das während dieser Ratssitzungen hätte ablenken können, sondern eine nüchterne, vornehme Noblesse, wenn auch vielleicht ein wenig antiquiert. Etwas abseits, in einer Ecke, protokollierten zwei Sekretäre die Debatten. Einer von ihnen notierte die Vorschläge der Minister und die Entscheidungen des Königs, während der andere als eine Art politischer Stratege fungierte. Er notierte gewissenhaft seine Meinung über die subtilen Gleichgewichte, die sich permanent verschoben. Rufus hatte bereits seit zwei Generationen von Königen in diesem Amt gedient und er hatte alle Minister von klein auf gekannt. Niemals vergaß er seine Zurückhaltung, stets war er sich seiner Stellung bewusst. Jeder hätte geschworen, dass er schon immer so alt gewesen war.

In diesem Moment konzentrierte sich seine Aufmerksamkeit auf den Eindringling und dessen Silbertablett. Rufus' Schreibfeder schwebte über dem Pergament. Er wusste nicht, was er dazu notieren sollte. Der Kammerdiener näherte sich dem König, hielt ihm das Tablett hin und verbeugte sich tief, als wolle er sich entschuldigen. Sein Blick war zu Boden gesenkt. Rufus stand dem Protokoll folgend auf, ging zu dem Kammerdiener und hob das Stoffquadrat hoch. Dann nahm er das Tablett an sich und sah den König mit ernster und überraschter Miene an. Alle Aufmerksamkeit richtete sich schlagartig auf ihn. Er schüttelte den Kopf. Auf einen Wink Lothars hin verließen alle außer Rufus schweigend den Raum. Nachdem die Tür sich geschlossen hatte, starrte Hartrold einen Moment lang auf das Tablett, als hätte er noch nie etwas Derartiges gesehen. Er hob den Stoff hoch und ergriff das winzige Röhrchen aus Elfenbein, von der Art, wie man sie an den Füßen von Brieftauben befestigte.

»Was sagst du dazu, Rufus?«

Obwohl normalerweise unerschütterlich, war der alte Mann, der schon vieles miterlebt zu haben schien, dieses Mal tatsächlich ein wenig erschüttert. »Es ist schon lange her, seit es das letzte Mal passiert ist, Majestät. Ich hatte die Hoffnung, dass es nicht noch einmal passieren würde, bevor der Allmächtige mich zu sich ruft.«

Die tiefe, heisere Stimme des alten Mannes hallte durch den verlassenen Raum und wurde schließlich durch die Wandteppiche gedämpft, die beruhigende Bilder einer sich im Gleichgewicht befindlichen Welt zeigten. Hartrold war ein intelligenter Mann. Er saß seit zwölf Jahren auf dem Thron und konnte, wenn es nötig war, Krieg führen und verhandeln. Er war Teil der Eliteeinheit der königlichen Armee gewesen und hatte, wie es üblich war, seine Position durch militärische Siege erlangt. Er genoss großes Ansehen sowohl beim Militär als auch bei den Bürgern, denen er die nötige Aufmerksamkeit zu schenken wusste.

»Lasst uns sehen, was diese Nachricht für uns bereithält.«

Der König brach das Siegel aus blauem Wachs, mit dem das Röhrchen verschlossen war.

Der Sturm hatte Gradlyn reingewaschen. Die Sonne, die am Ende dieses Tages fast waagerecht am Horizont stand, intensivierte die Farben. Der Duft der Blätter und der frischen Erde parfümierte die feuchte und klare Luft. Der Fluss Amir war jäh angeschwollen und die Matrosen waren damit beschäftigt, die Schiffe im Vorhafen fester zu vertäuen. Die Menschen begannen allmählich wieder daran zu glauben, dass die Sonne zurückkehren würde, und krochen scheu aus ihren Unterschlupfen. Die Vögel schwangen sich wieder in die Lüfte und erfüllten den Alltag in Gradlyn mit der Heiterkeit ihres Gesangs. Die Strahlen der untergehenden Sonne brachten die schwarzen Dächer der Burg zum Glänzen. Unten überquerte eine Katze den Haupthof und schlüpfte durch ein Kellerfenster. Um den Tisch im Geheimkabinett herum, ein Raum tief im felsigen Inneren des Hügels, versammelten sich einige Männer, die Hartrold zu einem Treffen geladen hatte.

»Seid gegrüßt, meine Herren. Ich habe Euch aus dem einzigen Grund herbeigerufen, der Eure Anwesenheit an diesem Ort erfordert. Ihr habt beschlossen, die Verantwortung mit mir gemeinsam zu tragen, und so ruht sie nun auf unseren Schultern.«

»Auf diese Ehre hätten wir gerne verzichtet, Majestät«, ergriff Archos das Wort, der Theokrat des Heiligen Stuhls, erster Prälat des Kults des Allmächtigen. Er war klein, alt und ging leicht gebeugt. Seine pergamentenen Hände spielten nervös an seinem Rosenkranz herum. Sein ausweichender Blick sprach Bände über sein offensichtliches Unbehagen.

Hartrold wandte sich an den Mann, der scheinbar darauf gewartet hatte, dass jemand das Wort an ihn richtete. Der König hob an zu sprechen, mit der ihm durch seinen Rang als Armeeführer eigenen Autorität, doch ein aufmerksamer Beobachter hätte bemerkt, dass er sich nicht wohl dabei fühlte. »Ich bin derselben Meinung, Archos. General der Garde, könnt Ihr die Fakten schildern, so wie sie Euch zugetragen wurden?«

Ein großer Mann mit vermummtem Gesicht und in Kriegerrüstung erhob sich geschmeidig und ging auf eine Wand zu, auf der eine äußerst detaillierte Weltkarte abgebildet war. Die Ränder der Karte waren mit altertümlichen geometrischen Mustern und Chimären, die Schiffe verschlangen, verziert. »Majestät, die Garde macht Euch ihre Aufwartung, die Tatsachen stellen sich folgendermaßen dar: Zwei Kinder sind verschwunden, zwei junge, eigentlich bedeutungslose Bauern. Die Entführung scheint von einer sehr gut organisierten Einheit durchgeführt worden zu sein. Auf der Strohmatratze eines der Kinder wurde eine Börse gefunden. Ihr wisst, was das bedeutet.« Nach einer kurzen Pause fuhr er mit gedämpfterer Stimme fort: »Die Börse enthielt zwölf Goldmünzen.«

Ein bleiernes Schweigen legte sich über die Versammlung. Angst wich Bestürzung. König Hartrold IV. musterte aufmerksam die Aderung der dicken, abgenutzten Tischplatte aus Kastanienholz und strich mit den Fingerspitzen darüber, als hoffte er, dort eine Lösung für das Problem zu finden.

Schließlich blickte er auf und ergriff das Wort. »Meine Herren, Ihr wusstet, worum es sich handelt, sobald Ihr von mir den Befehl bekamt, Euch hier einzufinden. Wir müssen jetzt vorgehen, wie es uns der Pakt diktiert, also nehmt Euch zusammen. Weiter, General.«

»Vielen Dank, Majestät. Die Entführung wurde auf dem Land des Vicomte de Hautterre begangen. Ein kleines Lehen irgendwo in den Ausläufern des Gebirgskamms. Clarence Léonidas Fend wurde damit vor vier Jahrhunderten für große militärische Leistungen honoriert. Hautterre ist recht rückständig, wird aber von seinen Nachkommen gut verwaltet. Der Vicomte de Hautterre wird nun gerade auf dem Weg in die Hauptstadt sein, ebenso der Theokrat der Ländereien. Sie werden ihre Versäumnisse vor den jeweiligen Gerichten verantworten. Das heißt, der Pakt wurde respektiert, ein militärischer Abgesandter mit dem Namen Orville ist ernannt worden. Er hat die Verfolgung aufgenommen. Ich erinnere Euch daran, dass wir sie vorerst nicht festnehmen, sondern so viel wie möglich über sie erfahren wollen.«

Bei diesen Worten wurde Archos zornig. »Diese Hunde! Wir müssen ihrer habhaft werden und sie ausquetschen, sie hinrichten, bis auf den letzten Mann!«

Die Erwiderung des Generals der Garde war kalt und verächtlich. »Haltet die Klappe, Ihr armer Tor! Die Angst führt Euch in die Irre. Ihr und Eure in Soutanen gekleideten Schafsköpfe wart damals nicht in der Lage, die Kinder aufzufinden. Dreitausend Einäscherungen pro Jahr reichen mathematisch gesehen nicht aus, um die Plage vollständig auszurotten. Wir hatten Euch gewarnt, doch Ihr habt dem keine Beachtung geschenkt. Man muss das Böse an der Wurzel packen und ausreißen. Sobald die Krankheit irgendwo ausbricht, muss man die betroffenen Familien und Dörfer ausmerzen. Ihr werdet mir jetzt zuhören! Die Garde ist wütend, weil Ihr versagt habt! Und was noch schlimmer ist, der Hergang der Entführung stimmt mit all den Berichten überein, die die Garde über Jahrhunderte hinweg aufgezeichnet hat und die Ihr alle während eurer Initiation gelesen habt. Dass sie ihre Tradition fortführen, hat eine Bedeutung, die Euch sicher nicht entgangen ist, ehrwürdiger Archos. Ihr wisst, was das heißt! Rouault hat überlebt, oder zumindest einige ihrer Rebellen, und die kriminelle Organisation, die uns ins Verderben führen wird, hat sich wieder so weit organisiert, dass sie eine solche Aktion durchführen kann! Sie haben sich auch nach der Säuberung im Jahr 412 die Erinnerung daran bewahrt, wer sie sind, und sie kehren mit dem Wissen zurück, wer wir sind und wozu wir fähig sind. Aber wir wissen nicht, wozu *sie* fähig sind! Wir wissen nicht, wo sie sich befinden, wie viele es sind und was ihre Absichten sind.«

Auf diese Worte folgte eine drückende Stille. Der General drehte sich zur Karte um und malte auf der Höhe des Tals von Hautterre mit Tinte einen schwarzen Punkt. Dann ritzte er mit einem Dolch, den er aus seinem Gürtel zog, ein Datum in den Putz ein. Er drehte sich um und fuhr fort:

»Die Schurken haben also zwei Kinder entführt und dafür Geld hinterlassen, zwei Wiederkehrende, deren Namen wir noch nicht kennen. Aber noch wichtiger: Sie haben nicht nur einen Soldaten, sondern auch eine Königin in ihrer Macht. Ein Paar. Soweit wir informiert sind, kennen sich die Mitglieder der Bande untereinander nicht. Einige sind seit Jahren dabei, andere nur vorübergehend. Die Entführung lief vollkommen gewaltfrei ab und war perfekt organisiert, beinahe zu perfekt. Drei Ellen lange schwarze Pfeile mit blauen Schäften waren die einzigen Waffen, die gefunden werden konnten. Marschall, Ihr werdet die Zugangswege zur Schlucht, die in Eure Verantwortung fallen, sowie alle Orte, an denen sie wahrscheinlich vorbeikommen, unauffällig überwachen lassen. Ihr seid für die Zentralisierung aller Informationen verantwortlich. Bereitet eine Liste mit den Soldaten vor, die Ihr aussenden werdet, und notiert auch ihren Standort. Hartrold, nehmt Kontakt zu Euren Amtskollegen auf und aktiviert den Pakt, damit alle die gleichen Schritte unternehmen. Schickt noch heute Boten los. Stellt sicher, dass sie den Ernst der ihnen anvertrauten Mission begreifen und dass keine Informationen nach außen dringen. Ihr werdet Anweisungen geben, dass Hautterre verhört wird. Wir wollen alle Details des Vorfalls. Ihr werdet über die Methoden entscheiden, um diese Informationen zu erhalten. Archos, Ihr werdet den Theokraten befragen, die Genealogien studieren und dann einen Bericht abliefern. Ihr werdet die entsprechenden Schlussfolgerungen ziehen und die notwendigen Entscheidungen treffen, die sich daraus ergeben.

Wenn Ihr Euch weigert, Hautterre von der Landkarte zu streichen, Majestät, müssen wir allen Einwohnern dieses Landes Blut abnehmen und dieses untersuchen. Alle fruchtbaren Mitglieder der Familie des Kindes werden der Garde vorgeführt oder beseitigt, ebenso wie die Diener, die irgendetwas wissen. Ich weiß, dass sie bereits alle weggesperrt wurden, eine weise Vorsichtsmaßnahme.«

In barscherem Ton fuhr er fort: »Was schert es mich, wenn Archos sechs Rebellen befragt, die noch unter der schlimmsten Folter den Scharfrichter verspotten? Und was werdet Ihr tun, wenn ihre Macht über das hinausgeht, was wir uns vorstellen können, wenn einer beschließt, die alten

Zeiten wiederzubeleben? Habt Ihr nichts aus der Lektüre der alten Schriften gelernt? Die einzige Rettung ist der sofortige und gleichzeitige Tod aller Rebellen. Wir müssen herausfinden, wo sie ihr Versteck eingerichtet haben und wo sich die Schriften befinden, die Rouault vor zweihundert Jahren auf den Hochebenen von Jourd gefunden hat. Der Rest spielt im Moment keine Rolle. Enttäuscht mich nicht.« Es folgten einige Sekunden vollkommener Stille, bevor der General zum Ende kam. »Die Wächter sind zurückgekehrt, Ihr wisst, was das bedeutet, meine Herren!«

Er ging zur Tür, stieß die Riegel zurück, öffnete ohne sichtliche Anstrengung die schwere Tür und verschwand im Korridor, gefolgt von zwei vermummten Soldaten. Hartrold, Archos und der Marschall blieben nachdenklich zurück. Der Wächter des Geheimzimmers schloss die Tür, schob die Riegel vor und setzte sich mit unerschütterlicher Miene wieder an seinen Schreibtisch.

Der Vicomte de Hautterre ritt, begleitet von sechs Soldaten, den steinigen Weg entlang. Sobald die Furt überquert war, führte der Weg durch ein tiefes, bewaldetes Tal, bevor er sich einen Hügel hinaufwand, jenseits dessen die Burg nicht mehr zu sehen war. Als sie eine Serpentine hinaufritten, drehte er sich um und betrachtete durch die Zweige der Bäume hindurch sein Land. Sein Blick ruhte auf den Mauern seiner Burg, während seine Gedanken sich um Gradlyn drehten. Er konnte die Zufahrtsstraße zum Anwesen erkennen. Aus der Ferne kam es ihm vor, als wehe die Südmauer der Burg, die sich an den Felshang schmiegte, wie ein Vorhang. Ein Vorhang, der so elegant wie vergänglich war. Sein Blick wanderte über das Durcheinander aus Felsblöcken und blieb am Bergfried haften, der von hier aus kaum noch zu sehen war. Es war zweifellos eine gewaltige Verteidigungsanlage. Weiter in der Ferne konnte man die alte Festung sehen, die die Straße versperrte, ein massiver und funktionaler Bau. Zusammen bildeten die Gebäude ein beeindruckendes Bollwerk. Jedoch nur, wenn der Feind von unten kam … Die unerwartete Flucht der Entführer über die Almen hatte das militärische Überlegenheitsgefühl des Vicomte ins Wanken gebracht. Hautterre war ein mutiger, doch recht fantasieloser Mensch. Er war mit einem Schwert in der Hand aufgewachsen, überzeugt, dass die Gefahr von unten käme, und hatte sein ganzes Vermögen, genau wie sein Vater und Großvater, in die Errichtung eines Festungswalls gesteckt, der sozusagen nur den Bauch bedeckte, während der Rücken ungeschützt blieb. Niemals hätte sein Lehen die finanzielle Last eines zweiten solchen Baus derselben Größe oben auf den Almen tragen können. Außerdem hätte man mithilfe einer solchen Festung ohnehin nur einen kleinen Abschnitt des Zugangs zum Berg überwachen können. Niemals hätte er genug Männer zusammengebracht, um so viele Zinnen zu bestücken. Das Lehen hätte sie niemals ernähren können. Sollte eine Armee, selbst wenn es nur hundert bis zweihundert Mann waren, von hinten angreifen, würde sich eine Belagerung nicht verhindern lassen. Eine zweite, ebenso kleine Einheit auf der Furt würde genügen, um das Ende von Hautterre zu besiegeln. Er lächelte bitter, wendete sein Pferd und preschte weiter den Pfad hinunter.

Ein paar Stunden später hatte die Landschaft nichts Felsiges mehr an sich. An steilen Hügeln weideten Viehherden, die Talböden und die weniger steilen Hänge waren mit Obstbäumen bepflanzt und mit Feldern übersät. Einzelne Höfe, die meisten von ihnen befestigt, sprenkelten die Hänge und hatten ein wachsames Auge auf die Umgebung. Jeder Hof hatte einen kleinen Turm, in den Schallfenster eingemauert waren, die das Vorhandensein einer Glocke anzeigten. Solange die Bauern Wache hielten, würden sie nicht vom Feind überrascht werden. Im Vergleich zu dieser Gegend war das felsige Tal seiner Vorfahren nicht gerade üppig. Was konnte er nur tun, damit sein Lehen, in dem Steine und flaches Land das Bild beherrschten, Menschen und Reichtum anlockte? In Hautterre waren die einzigen Dinge, die man im Winterhalbjahr tun konnte, die verschneiten Hänge hinauf- und hinunterstapfen, oder vor dem Herd ein Gericht mit geschmolzenem Käse essen, während man auf den Frühling wartete. Nichts, dass irgendjemanden groß interessieren oder eine dauerhafte wirtschaftliche Grundlage schaffen konnte ...

Je weiter sie nach Süden kamen, desto enger rückten die Höfe zu kleinen Dörfern zusammen. Sie aßen eingemachtes Schweinefleisch und Suppe in einer Art Herberge, von der Hautterre geschworen hätte, dass es sie das letzte Mal, als er hier durchgeritten war, noch nicht gegeben hatte. Zugegebenermaßen war das schon einige Jahre her. Er hatte damals in der Gegend ein gutes Geschäft gemacht. Das Schicksal war ihm wohlgesonnen gewesen und so hatte er, neben einer randvollen Geldbörse und zwei Dienstmägden, auch Orville mit nach Hause gebracht, der ihm seither treu gedient hatte. Ein wertvoller Soldat. Ein Geburtshaus von höherem Stand hätte ihm wohl eine angemessene Karriere ermöglicht. Der Pakt sorgte dafür, dass ihm sein Wachtmeister ersetzt würde, aber der Vicomte musste dennoch immer an Orville denken, der von ihnen allen das am wenigsten beneidenswerte Schicksal erleiden musste. Er war schließlich einer seiner Männer.

Da die Straße in gutem Zustand war, kamen sie schnell voran. Schon nach wenigen Tagen tauchte das Städtchen Tamdefort vor ihnen auf. Sobald sie das Stadttor passiert hatten, hallte das Geklapper der beschlagenen Hufe von den Häuserwänden wider. Die gedämpften, hohlen Töne hüllten die Reiter wie in eine Wolke. In jeder anderen Situation hätte er den Landesherrn um Asyl gebeten und wäre aufgrund seines Ranges auch zu solchen Ehren berechtigt gewesen, doch diese Mission erforderte höchste Diskretion. Daher gab er sich auf dem Weg nach Gradlyn nur als einfacher Kurier aus. Er war vor mehr als fünfzehn Jahren schon einmal dort gewesen, um vor König Adhélard VIII., dem Vater des jetzigen Herrschers, einen Eid abzulegen. In der Großen Halle der Gerechtigkeit war er zum Ritter geschlagen worden und hatte den rituellen Eid abgeleistet. Am Ende der Zeremonie war er mit sechs anderen, die ebenfalls zu Rittern geschlagen worden waren, in ein angrenzendes getäfeltes Zimmer gebracht worden. Er erinnerte sich noch an die mit Wandteppichen geschmückten Wände, auf denen die Grafschaften des Königreichs abgebildet waren. Lange hatte er vor dem Wandteppich gestanden, auf der die Markgrafschaft von Tamdefort dargestellt war, um nach dem Tal von Hautterre zu suchen, doch die Karte war nicht detailliert genug gewesen, um so ein kleines Lehen abzubilden. Dieses kleine Lehen jedoch war sein Leben. Dessen Geschicke leiten zu dürfen, erfüllte ihn mit großem Stolz, und doch konnte dieser Stolz nicht die Leere füllen, die der Tod seines Vaters damals, am Anfang eines besonders milden Winters, hinterlassen hatte. Vier Diener hatten ein hölzernes Podest in den Saal gebracht und es unter dem königlichen Wandteppich abgestellt. Darauf hatten sie einen riesigen Stuhl gestellt, um gleich darauf den

Saal zu verlassen. Ein paar Minuten später hatten ein Hauptmann und vier Wächter ein schweres purpurfarbenes Tuch über den Stuhl gebreitet, das mit einem goldenen Reiher verziert war, bevor sie mit schnellen, militärischen Schritten wieder abgezogen waren. Erst einige Zeit danach war der König eingetreten. Hautterre und seine Begleiter hatten vor dem Thron gekniet, während der König seinen Platz eingenommen hatte. Einige Sekunden lang hatte er sie mit größter Aufmerksamkeit betrachtet, beinahe zögerlich, bevor er schließlich zu sprechen angehoben hatte. »Ihr habt Eure Gelübde abgelegt und ich habe sie empfangen. Ich werde Euch nun Eure Aufgabe erteilen. Die Theokraten können den Teufel erkennen, wenn er sich irgendwo manifestiert. Jedes Kind muss bei der Geburt vom Theokraten die Skarifizierung erhalten, wie wir sie alle erhalten haben. Wenn ein Theokrat verlangt, dass eine Familie eingekerkert wird, gebt seiner Forderung statt. Stellt keine Fragen, folgt seinen Anweisungen und errichtet auch einen Scheiterhaufen, falls dies sein Begehr ist. Falls ein Einwohner aus Eurem Herrschaftsgebiet verschwindet und Euch das Ganze verdächtig erscheint, meldet dies unverzüglich dem Theokraten. Er wird Euch dann ein Kästchen überreichen, das alles beinhaltet, was Ihr braucht und wissen müsst. Den Schlüssel zu diesem Kästchen erhaltet Ihr auf Anfrage vom Lehensverwalter. Doch wisset, dass er mir in diesem Falle eine Mitteilung zukommen lassen wird. Beim Tod des Verwalters wird der Schlüssel an seinen Nachfolger übergeben. Der Theokrat weiß nicht, wer den Schlüssel besitzt, und der Verwalter weiß nicht, was damit geöffnet werden kann. Ihr wisst alles, besitzt jedoch weder das eine noch das andere. Das Kästchen ist so konstruiert, dass es sich nach dem Öffnen nicht mehr schließen lässt. Wenn Ihr es aus einem anderen Grunde als zum Zwecke der Untersuchung einer Entführung, die unter sehr verdächtigen Umständen geschah, öffnet, werdet Ihr mit dem Tode bestraft. Im Falle eines Zweifels wird Euch der Theokrat als Ratgeber zur Seite stehen. Versucht nicht, herauszufinden, wo das Kästchen versteckt ist oder was es enthält. Und schließlich, wenn der Theokrat Euch oder eines Eurer Kinder um einen Dienst im Namen des Königs bittet, und sei es Euer ältester oder einziger Nachkomme, geht innerhalb einer Stunde auf diese Bitte ein. Lasst Euer Verschwinden oder das Verschwinden Eures Nachkommens wie einen Unfall aussehen. Der Theokrat wird wissen, was zu tun ist. Bei einem Verstoß gegen diese Blutpflicht werdet Ihr und alle Eure Nachkommen mit dem Tode bestraft. Wenn ein Abgesandter der Garde, der ein mit einem roten Balken durchkreuztes Platinabzeichen bei sich trägt, Eure Hilfe erbittet, gewährt sie ihm. Wenn er Euch sagt, dass man die *Spur* verloren habe, entwaffnet ihn und bringt ihn unter schwerer Eskorte auf die Insel Goulet. Alles Weitere liegt dann nicht mehr in Eurer Verantwortung. Erhebt Euch jetzt und behaltet diese Aufgabe stets gut in Erinnerung, bis der Tod Euch ihrer enthebt. Möget Ihr Nachkommen zeugen, die diese Aufgabe auf sich nehmen werden, wie sie Eure Väter vor Euch auf sich nahmen. Nun geht!«

Mit einer Handbewegung entließ er sie.

Noch lange nachdem er wieder in das karge Lehen zurückgekehrt war, das er jetzt sein Eigen nennen konnte, hatten die Worte des Königs in Hautterres Kopf widergehallt. Während die Jahre verstrichen waren, waren sie mehr und mehr zu einem Mantra verschmolzen, bis er sie schließlich ganz vergessen hatte. Er erinnerte sich an das seltsame Gefühl, das er auf dem Weg nach unten durch die verwinkelten Gassen Gradlyns gehabt hatte. Unten hatte ihn eine Fähre zum linken Ufer gebracht, von wo aus er die lange Heimreise angetreten hatte. Das Klappern der Hufe vor fünfzehn Jahren überlagerte auf merkwürdige Art und Weise das des Reittieres, auf dem er in diesem Moment saß, so als hätte es all die Jahre dazwischen gar nicht gegeben. Die Festung, seine liebe Frau, seine beiden Kinder, der Tod des Zweitgeborenen durch ein schlimmes Fieber im vergangenen Winter, die Ernten, die Bewirtschaftung des Waldes, die Missstände, der Krieg – sein ganzes Leben wurde zu einem Moment zusammengezogen. Wie hieß noch gleich der Wallach, auf dessen Rücken er nach Gradlyn geritten war?

Vor einem spartanischen und sauberen Gasthaus machten sie Halt. Hautterre und seine Männer stiegen von ihren Pferden. Sie nahmen ihr Marschgepäck von den Rücken der Pferde, schnürten die Lederscheiden ab, banden die Tiere an und stießen die Tür auf.

Die Kutsche von Archos fuhr in den Ehrenhof des Palastes des Allmächtigen ein, administratives Zentrum der Theokraten und Wohnsitz des ersten Prälaten. Der Kutscher hatte die Pferde am Fuß der Stufen angehalten, wobei das Geräusch aneinander reibenden Eisens und das Quietschen der Räder im gesamten Hof widergehallt war. Der Prälat hatte nur wenige Schritte zum Palast zu gehen, doch der strömende Regen hatte seinen üppigen grauen Mantel bereits in ein schweres, unförmiges Stück Stoff verwandelt. Der Palast befand sich auf dem Hügel, auf dem die königliche Burg errichtet worden war, nordwestlich der Ringmauer. Wenn man die königliche Festung verließ, musste man fast bis zum Fluss hinunterreiten, um dann den Hügel durch sanft abfallende Gässchen bis zur Rampe, die in den Ehrenhof hinaufführte, zu umrunden. Der Hang war steil und das Rutschen der Hufe auf dem Pflaster hatte den Aufstieg bei diesem nassen Wetter noch schwieriger und länger gemacht. Wenn die Winterkälte den Boden gefrieren ließ, wusste man nie genau, ob man sicher oben ankam. Der große Hof erlaubte es, den Wagen vor den Stufen vorzufahren und dann zu wenden, in Richtung der Ställe des Südflügels.

Ein junger Theokrat nahm Archos' nassen Mantel in Empfang. »Eure Herrlichkeit?«

»Danke, Anthis. Bereite mir einen Kräutertee zu und bring ihn in mein Vorzimmer.«

»Sehr wohl, Eure Herrlichkeit.«

Archos ging, ohne ihm weiter Beachtung zu schenken. Die Antwort des jungen Theokraten verlor sich in den Weiten des Gewölbes. Die massive dunkle Holztür, durch die man in seine Privatgemächer gelangte, wurde Tag und Nacht von zwei bewaffneten Männern bewacht. Sie öffneten ihre gekreuzten Speere und nahmen Haltung an, als ein Theokrat mittleren Alters Archos die Tür mit einer einfachen, jedoch achtungsvollen Verbeugung öffnete. Archos trat mit unbewegter Miene in das Vorzimmer ein. Er zog seine Schuhe aus, schlüpfte in die Hausschuhe und näherte sich dem Kamin, in dem ein Feuer knisterte. Er warf ein kleines Holzscheit in die Glut, das einen Funkenregen versprühte, dann setzte er sich in einen Stuhl mit hoher Rückenlehne und ließ sich die Ereignisse des Abends durch den Kopf gehen, während er sich mechanisch die rechte Schulter rieb. Vielleicht die ersten Anzeichen von Rheuma. Anthis trat mit einer eleganten Teekanne und einer Tasse aus feinem Porzellan auf einem Tablett ein. Er stellte das Getränk auf einen kleinen Tisch in Archos' Reichweite.

»Danke, Anthis, du kannst jetzt gehen.«

Archos wartete einige Augenblicke, dann ergriff er das Tablett und schloss die Tür zu seiner Privatkapelle auf. Ein wenig Tageslicht fiel durch vertikale Öffnungen in den Mauern herein, die an Schießscharten erinnerten. Nachts vertrieb das goldene Licht der Kerzen die Schatten in die Ecken und beleuchtete die Reliefs an den Wänden. Ein Flachrelief aus weißem, poliertem Stein zeigte den Allmächtigen in Gestalt eines Menschen, von dessen Kopf Strahlen in alle Richtungen ausgingen. Die Skulptur ruhte auf einem Altar aus kunstvoll geschnitztem Holz, dessen strenge Geometrie einen Kontrast zur filigranen Skulptur bildete. In die eichene Altarplatte war eine kleine, mit Wasser gefüllte Goldschüssel eingebettet, die zitternde Spiegelungen auf den Stein um die Schüssel herum warf. Der Altar selbst thronte auf einem Podest, das aus demselben Gestein wie die Stele gefertigt war. Der Boden der Kapelle war mit Steingut gefliest, das an manchen Stellen ausgetreten war. Die Kapelle war rund. Über den kahlen, weißen Wänden wölbte sich eine niedrige Decke wie eine umgedrehte Schüssel. Als einziges Möbelstück befand sich in der Mitte der Kapelle ein rustikaler Hocker, der genauso gut in einer Bauernhofküche hätte stehen können. Archos stellte das Tablett auf den Hocker und kniete sich ein paar Sekunden vor den Altar. Dann stand er wieder auf, nahm das Tablett in die eine und einen Kerzenhalter in die andere Hand und stieg die Stufen zur Gruft hinunter, die sich auf der linken Seite befanden. Die Stufen wanden sich bis in eine Tiefe von etwa fünfzig Fuß hinab. Die ersten paar waren aus Quaderstein. Archos konnte durch die dünne Sohle seiner Pantoffeln die leichten Unebenheiten spüren. Wenn die sieben Kerzen an den Wänden zur selben Zeit erloschen wären, hätte er wahrscheinlich genau sagen können, auf welcher Stufe er sich gerade befand, so sehr hatte sich ihm diese Treppe, die außer ihm niemand betreten durfte, bereits eingeprägt. Dort, wo das Gestein weicher war, waren die Stufen bereits dermaßen ausgetreten, dass man das Bein etwas weiter ausstrecken musste, damit man den Fuß sicher platzieren konnte. Dies verlieh jeder der Stufen etwas Einzigartiges. Sie brachten Archos zum Sinnieren über die Zeit, den Verfall und die Menschen. Abgesehen von diesen Monstern mit ihrem verdorbenen Blut wurden alle Menschen gleich geboren und dann kam das Leben ... Diese Gedanken machten einem alten Mann wie ihm den Abstieg jedoch nicht leichter. Vielleicht war es ein Zeichen dafür, dass seine Zeit nun gekommen war. Die Treppe endete in einem dunklen, kalten und trockenen Raum. Zuerst schien der Raum riesig. Man musste sich in die Mitte begeben, damit das Kerzenlicht den ganzen Raum erhellte. Der höhlenartige Raum hatte Ähnlichkeit mit dem Geheimkabinett des Königs, außer dass er von keiner Tür verschlossen war und die einzigen Wächter die Vorgänger von Archos waren, die in ihren Särgen ruhten. In den Wänden befanden sich kleine wabenartige Nischen. Sie waren mit harten Steinplatten versiegelt, die kunstvoll behauen waren. Man hatte darauf das Profil des jeweiligen Prälaten, seinen Namen sowie die Daten des Anfangs und Endes seiner Regentschaft eingraviert. Die Mauernischen, die dem Eingang am nächsten waren, waren alle besetzt. Genauso würde er selbst, Archos, in der Vergessenheit verschwinden, wenn sein Ende kam, in einer dunklen Ecke dieser Krypta, vor aller Augen verborgen. Seit seinem Amtsantritt hatte ihn diese Frage nicht mehr losgelassen: Was nützte es zu regieren, wenn die Erinnerung an ihn sein Leben nicht überdauern würde?

Doch er glaubte, eine Lösung gefunden zu haben. Man müsste die Krypta eines Tages ohnehin ausbauen. Eigentlich könnte man mit den Bauarbeiten doch bereits zu seinen Lebzeiten beginnen. Er hatte sein Vorhaben dem Verwalter geschildert, der einen Steinmetz den Preis für ein solches Unterfangen hatte kalkulieren lassen. Auf diese Weise konnte er für seine sterblichen Überreste eine dem Eingang zugewandte, gut sichtbare Mauernische wählen. Vielleicht könnte er Kerzenhalter anbringen lassen, damit man die Stele beleuchten konnte? Oder Vergoldungen, die diesem kalten, steinernen Ort etwas Wärme verliehen – vielleicht schenkten ihm seine dankbaren Nachfolger dann im Vorübergehen einen freundlichen Blick ... In der ewigen Einsamkeit des Todes konnte nur ein kleiner Funken Freundschaft die Seele eines Verstorbenen durchaus erwärmen. Ganz in Gedanken versunken stellte Archos das Tablett auf einem Tisch ab und ging dann auf die hintere Wand der Krypta zu. Er betätigte einen fast unsichtbaren Hebel, der bewirkte, dass sich die Stele daneben in ihren Angeln drehte, dann entnahm er dem leeren Grab dahinter ein kleines, fein gearbeitetes Kästchen aus Gold und Elfenbein. Der alte Theokrat stellte es auf den Tisch und öffnete es mit einem kleinen, mit einem Rubin verzierten goldenen Schlüssel, der in einer Tasche seines Umhangs verborgen war. Er nahm ein Buch, eine Feder und ein Tintenfass heraus.

Protokoll der Sitzung vom 3. Juni 806, Geheimkabinett

Die Wächter des Paktes haben sich heute im Geheimkabinett des Königs versammelt. Dabei handelt es sich um eine Krypta, die tief in den Felsen eingelassen ist und nur über eine im Zimmer des Königs verborgene Wandplatte betreten werden kann. Die obersten Prälaten und die Marschälle werden dort für sieben Tage eingeschlossen, bevor sie ihr Amt antreten. Sie müssen eine Initiation absolvieren, die darin besteht, sich mit den alten Schriften über die Gründung der Garde und das theokratische System zur Verteidigung gegen die Bedrohung durch das blaue Blut vertraut zu machen.

Diese Versammlung hatte zum Ziel, uns von der Entführung zweier Kinder – ein Mädchen und ein Junge – im entlegenen Lehen von Hautterre Kunde zu geben. Zwölf Silbermünzen für den Jungen wurden am Ort des Geschehens gefunden sowie zwölf Goldmünzen für das Mädchen. Alles deutet darauf hin, dass diese Kinder von Rebellen entführt wurden, von denen wir angenommen hatten, dass sie sich nach der Säuberung vor vierhundert Jahren nicht wieder neu formieren würden. Der Theokrat des Lehens ist auf dem Weg, um seinen Bericht einzureichen und für seine Nachlässigkeit einzustehen.

Lieber Nachfolger, wisset, dass die königliche Garde eine problematische Haltung einnimmt, von der ich bereits in den vorhergehenden Zeilen gesprochen habe. Diese Soldaten des Teufels halten das blaue Blut für göttlich, wenn es sich im Hochadel manifestiert, und für böse, wenn es im einfachen Volk auftaucht. Die Wahrheit ist weniger komplex. Die Adligen haben Kinder mit den Bäuerinnen und Mägden gezeugt und so das blaue Blut an alle Teile der Bevölkerung weitergegeben. Die Lösung der Wächter besteht darin, die Blutlinien der Nichtadligen zu reinigen und jedes Dorf zusammen mit seinen Bewohnern in Schutt und Asche zu legen, sobald eine blaublütige Geburt gemeldet wird.

Selbst wenn es ihnen gelingen sollte, das Böse in der Bevölkerung auszumerzen, werden die Adligen wieder neue Kinder zeugen. Die Massaker werden kein Ende nehmen. Man müsste jedes Schloss und jede Blutlinie reinigen, in denen das blaue Blut sich seit zwei oder drei Jahrhunderten manifestiert, sei es in adligen oder nichtadligen Kreisen. Das Böse hat seinen Ursprung im Adel und hat sich verbreitet wie die Pest. Es ist daher notwendig, die Verbrennungen zu überwachen und noch häufiger durchzuführen. In diesem Punkt hat der General der Garde recht. Dem König selbst wurde diese Bitte bereits vorgetragen. Ich könnte ihm noch einiges über die Sache erzählen. Ich könnte zum Beispiel diesen Fall vor fünfzehn Jahren schildern, als dieses junge Mädchen seine Gefängniswärter tötete, ohne sie zu berühren. Es musste getötet werden, bevor man es auf den Scheiterhaufen brachte. Dieses blaue Blut ist zu gefährlich für die Welt. Man muss das Böse in der Bevölkerung ausmerzen, sei es in den Reihen der einfachen Menschen oder des Adels. Es wird nicht einfach werden.

Archos legte Buch, Feder und Tintenfass zurück in das Kästchen, verschloss es, stellte es in die Mauernische und schloss vorsichtig die Stele. Dann setzte er sich wieder hin, griff nach der Teekanne und schenkte sich ein. Der süße Duft löste den Geruch des trockenen Steins in einer dezenten Dampfwolke auf. Er führte den Becher an die Lippen und nahm einen großen Schluck. Er hörte nicht mehr, wie der Becher auf den Boden fiel und zerschellte. Als sein Kopf auf die Tischplatte aufschlug, war er bereits tot.

KAPITEL

DER GEBIRGSKAMM

3. Juni 806

Zweiter Tag der Pirsch. Seitdem wir die Burg verlassen haben, regnet es ununterbrochen. Ich nutze einen Felsüberhang, um das Tagebuch vor Nässe zu schützen und diesen ersten Bericht niederzuschreiben. Nachdem wir oben bei den Almen angekommen waren, folgten wir dem Gebirgskamm auf der Suche nach weiteren Hinweisen. Nichts hatte uns auf das vorbereitet, was wir dort vorfanden. Fünfzig Schritt vom ersten entfernt war ein weiteres Lager errichtet worden und alles deutet darauf hin, dass die Erbauer des Lagers ihren Vorsprung weiter ausbauen würden, während wir dort noch über unseren beträchtlichen Rückstand nachdachten. Die Feuerstelle war durch eine seltsame Steinkonstruktion vor dem Regen geschützt. Drei flache Felsplatten, eineinhalb Ellen hoch, die von kleinen Steinen gestützt wurden, waren senkrecht aufgestellt worden, um die Glut vor dem Wind abzuschirmen. Ein weiterer flacher Stein war oben auf die anderen drei gelegt worden, um sie vor den Elementen zu schützen. Wir konnten das Feuer wieder entfachen, indem wir das übrige Holz, das die Flüchtigen in der Nähe des Lagers zurückgelassen hatten, auf die Glut warfen. Es ist wahrscheinlich, dass das Holz von den Bäumen in der Schlucht stammt. Wir haben die abgeholzten Stümpfe gestern entdeckt.

Das Rätsel um die Entführung ist gelöst. Es wurde wild spekuliert, bevor der Aufstieg auf die Almen Mensch und Tier den Atem raubte. Meine Männer waren der Ansicht, dass die Entführer wohl in der Lage sein müssten zu fliegen oder dass sie im Besitz irgendeines fantastischen Wesens sein müssten, das sie in seine Krallen genommen und auf den Bergkamm geflogen hätte. Ich halte diese Vermutungen für Unsinn, aber ich muss zugeben, mich beunruhigt, dass ich nur erahnen kann, wie sie dort hinaufgekommen sind. Zwei Pferde und ein sehr langes Seil sollten eigentlich ausgereicht haben. Die Entführer sind sicher keine Dummköpfe und dieser Kraftakt beeindruckt mich ob seiner Einfachheit und seines Pragmatismus.

Seine Lordschaft hat mich freundlicherweise über die Identität der Flüchtigen aufgeklärt. Zwei von ihnen sind Holzfäller, die sich seit vier Jahren als Helfer beim Bau verdingen. Man weiß nichts über sie, weder Gutes noch Schlechtes. Zwei andere sind Steinmetze, die als Kerkerwächter arbeiten, der eine bereits seit zwölf, der andere seit fünf Jahren. Sie scheinen sich vor der Entführung nicht gekannt zu haben. Unter den Männern sind auch ein Krämer sowie ein Barbier samt Frau. Der Krämer ist den Dorfbewohnern wohlbekannt. Er kommt seit dem Tod des alten Cardhus jedes Jahr vorbei und beliefert den Laden der Witwe. Er ist der Nachfolger des alten Stagg. Wir fanden seinen leeren Karren im Dorf Ars. Es ist anzunehmen, dass dieser Mann die Zelte, das Seil und all die anderen Dinge, die die Entführer für das Vorhaben benötigten, transportiert hat. Der Wagen des Barbiers und seiner Frau wurde unterhalb des Holzfällerlagers gefunden. Nur persönliche Gegenstände scheinen zu fehlen. Bezüglich der seltsamen stoffbedeckten Rüstungen haben wir keine Hinweise gefunden. Das Rätsel um die Maultiere ist dagegen mit den beiden Wagen gelöst. Bleibt die Frage, ob sie diese beiden Gespanne nicht einfach nur deswegen mitgenommen haben, um in Hautterre eingelassen zu werden, ohne Verdacht zu erregen. Doch wie hätten wir Verdacht schöpfen sollen? Die einzige Gemeinsamkeit, die zwischen diesen Männern besteht, scheint ihr Alter zu sein: Erwachsene im Alter von fünfundzwanzig bis fünfunddreißig, ziemlich groß, helle Haut.

Die Flüchtigen haben eine Art Galgen gebaut, der über den Felsen hinausragt und am Ende des horizontalen Balkens mit einem Flaschenzug versehen ist. Die Pferde mussten nur an einem Seil ziehen, um Männer und Holzscheite hier hinaufzubefördern. Eine ähnliche Methode wurde zweifelsohne verwendet, um sie horizontal über die Alm zu transportieren, aber wir haben keine Hinweise, die auf Details schließen lassen. Ich schätze, dass sie mithilfe eines zweiten Seils horizontal über die Ebene gezogen wurden. Deshalb vielleicht auch die beiden Pferde. Das in geraden Linien niedergewalzte Gras zeugt davon, dass sie den Vorgang mehrere Male wiederholt haben. Dieses neue Lager befand sich die ganze Zeit genau dreihundert Fuß über unseren Köpfen. Vier einfache Zelte rings um die Feuerstelle und das übliche halb leere Fass Wein. Es ist seltsam, dass drei Fässer geöffnet und halb leer zurückgelassen wurden. Vorsichtshalber werden wir nichts davon trinken. Der Inhalt könnte vergiftet worden sein, um Verfolger auszuschalten.

Ich gehe zum jetzigen Zeitpunkt davon aus, dass die Flüchtigen zwei Möglichkeiten hatten. Die erste wäre, den Weg zu Fuß zu bestreiten, mit den Verfolgern auf den Fersen, und erschöpft oben anzukommen. Dann hätten sie die verlorene Zeit mithilfe ihrer Pferde wiedergutgemacht, die auf dem Almboden schneller vorankommen. Oder aber sie haben unten gewartet, während immer zwei von ihnen mit ihren Pferden von dem Seil nach oben gezogen wurden und dann ausgeruht weiterreiten konnten. Zum jetzigen Zeitpunkt denke ich, dass die Auswahl der Maultiere sich damit begründen lässt, dass sie in der Schlucht sehr hoch klettern können. Die Flüchtigen mussten sich nur verstecken und darauf warten, dass wir unsere Pferde aus den Augen ließen.

Hier oben auf der Alm lässt sich ihre Fährte gut verfolgen. Die Fuß- und Hufspuren haben sich ins Gras eingeprägt. Die Entscheidung, über den Berg zu fliehen, ist jedoch klug. Auf dem Kamm ist es rau und trocken, sodass eine Besteigung ohne Reittiere nicht unbedingt unklug ist. Und in dieser Höhe bleiben auf dem nackten Felsen nur wenige Spuren zurück. Das ist meine größte Sorge. Falls wir die Pferde stehen lassen und zu Fuß weitergehen müssen, muss ich einen Teil der Männer zurückschicken. Außerdem müssen wir unser Gepäck zwischen den beiden Gruppen aufteilen und kalkulieren, wie viel Proviant wir tragen können.

Vermerk von Kapitän Orville,
militärischer Abgesandter im Dienste des Königs

Orville säuberte die Feder und ließ das Buch so lange aufgeklappt, bis die Tinte trocken war. Er dachte über seine Situation nach. Jahrelang war er in einem entlegenen Ausläufer des Königreichs versauert und hatte das tägliche Einerlei eines Wachsoldaten bei den Hinterwäldlern ertragen. Nun führte ihn sein Auftrag noch weiter weg von den behaglichen Wirtshäusern des Flachlandes. Zu gefährlichen Pässen und wilden Gebirgskämmen. Felsen, Wildbäche, Geröll, Gletscher, Kälte. Nicht einmal Holz gab es hier, mit dem man sich in der Nacht warm halten könnte. Sein einziger Trost war die Gewissheit, dass die Flüchtigen zu Fuß unterwegs waren und auch nicht schneller vorankamen als sie selbst. Am Tag zuvor hatte der Vicomte de Hautterre ihn jedoch mit einer seltsamen Mission betraut.

»Orville, bleibt diesen Männern auf der Spur, doch nähert Euch ihnen nicht. Nehmt Euch einige Soldaten mit. Vertrauenswürdige Männer.« Edmond de Hautterre hatte sich mit langsamen Schritten dem Feuer genähert und dabei Orville den Rücken zugekehrt, um seine Hände an der Glut zu wärmen. »Wahrscheinlich werdet Ihr eine lange Reise antreten. Wir müssen wissen, wohin sie gehen, Orville. Heftet Euch an ihre Fersen. Ich habe Euch ausgewählt, da Ihr außer dem Kapitän der Einzige seid, der schreiben kann. Ich möchte, dass

Ihr Buch über alles führt, was Ihr tut, was Euch auffällt, wie Ihr die Lage einschätzt, was Ihr denkt, alles. Wie sie leben und wohin sie gehen, was sie essen. Wählt aus dem Lager alles, was Ihr braucht. Ihr werdet den Rat von Léo brauchen, der in der Vergangenheit Kundschafter war. Außerdem wird noch eine Börse mit Geld für Euch vorbereitet. Wahrscheinlich wird es nicht genug sein.

Er drehte sich um und starrte Orville mit finsterer Miene an. In ernstem Tonfall fuhr er fort: »Ihr werdet ein Lederetui bei Euch tragen, in dem sich zwei Embleme befinden, meines und das des Königs, dem Ihr von diesem Moment an für die Zeit der Mission unterstellt seid. Ihr werdet in den Rang eines militärischen Abgesandten des Königs erhoben. Ihr wisst, in militärischen Kreisen ist nichts angesehener als dieser Rang, er wird Euch Türen öffnen und Zungen lockern. Ihr werdet ein königliches Abzeichen tragen, das Eure Position bezeugt. Es ist allen bekannt. Eures wird aus Platin sein. Darauf ist ein Reiher mit blauen Augen, der mit einem roten Balken durchkreuzt ist, dargestellt. Dieses Abzeichen stellt Euch über jeden Adligen, sogar über mich. Wenn notwendig, klopft an eine Haustür und bittet darum, den Herrn des Hauses unter vier Augen sprechen zu dürfen, ohne Zeugen. Ihr werdet ihm große Ehre verschaffen. Er wird Euch keine Fragen stellen und Euch geben, worum Ihr ihn bittet. Ein Theokrat wird dies ebenso für Euch tun, doch sind seine Mittel bescheidener. Sobald Eure Aufgabe Euch ein wenig freie Zeit lässt, nehmt Kontakt zu einem Theokraten oder einem Adligen auf, zeigt ihm das Etui und geht wieder, ohne etwas dazu zu sagen. Man wird wissen, was zu tun ist. Lasst Euch von nichts aus der Ruhe bringen. Ihr seid nicht allein auf dieser Reise. Wenn Ihr Euer Ende nahen fühlt oder Eure Mission aus irgendeinem Grunde nicht fortsetzen könnt, sucht einen Adligen auf, behaltet mein Wappen und gebt ihm das Etui, das Abzeichen und die Position, an der Ihr die Suche nach den Flüchtigen aufgegeben habt. Je nach Situation erhaltet Ihr dann ein Begräbnis, das Eurem neuen Rang würdig ist, oder es wird Euch ein Weg aufgezeigt, wie Ihr zum König gelangen könnt. Eure Notizen werden dann dem König übergeben. Wenn das Buch voll ist, müsst Ihr es mit blauem Wachs versiegeln und es bei einem Adligen abgeben, der Euch ein neues überreichen wird. Sie alle besitzen ein leeres Exemplar des Buches, das Ihr bei euch tragt. Dann müsst Ihr die Öffnung des Kästchens anordnen. Was Ihr aufschreibt, ist selbst für den König unantastbar. Erzählt niemandem, dem Ihr auf Eurem Weg begegnet, von Eurer Mission. Das Etui dient Euch als Passierschein.

Von diesem Moment an existieren für Euch innerhalb der sieben Königreiche keine Grenzen mehr. Jeder, der sich Euch in den Weg stellt, riskiert, am Galgen zu enden. Ihr habt das Recht, das Schwert gegen jeden zu erheben, der Euch den Weg versperren will, unabhängig von Stand, Alter oder Geschlecht. Ich denke, nun wisst Ihr alles, was es dazu zu wissen gibt. Solltet Ihr die Spur verlieren, übergebt das Buch einem Adligen und begebt Euch in seine Obhut. Oder flüchtet ... flüchtet so weit wie möglich, doch wisst, dass es nie weit genug sein wird. Das ganze Universum wird nach Euch suchen, um Euch zum Schweigen zu bringen. Euer Schicksal wird dann in den Händen des Allmächtigen liegen. Ihr müsst auch wissen, dass das Schicksal der Männer, die Euch begleiten werden, mit Eurem verknüpft ist. Habt Ihr noch irgendwelche Fragen, Orville?«

»Eure Lordschaft, wer sind diese Männer?«

Der Vicomte schüttelte den Kopf. »Ich weiß nicht mehr als

Ihr. Ich weiß nur, was meine Aufgabe ist, so wie Ihr jetzt. Ich rate Euch, nicht zu versuchen, mehr herauszufinden. Je nach Region sollen sie ihre Mahnwachen mit Bären und Wölfen verstärkt haben, damit den Leuten ein wenig Angst eingeflößt wird. Soweit ich weiß, waren die Dämonen bis vor ein paar Tagen noch nur eine Legende, die jedes Kind kennt. Auch Ihr müsst davon in der einen oder anderen Form gehört haben. Doch im Zweifelsfall müssen wir nach dem Pakt der Vasallen handeln. Dort steht genau geschrieben, was jeder zu tun hat, wenn der Ernstfall eintritt. Die Anweisungen, die Euch betreffen, stehen auf der ersten Seite des Buches. Sobald Ihr von hier aufbrecht, wird für mich ein neues leeres Buch gebunden. Ich soll unverzüglich vor dem König erscheinen, das ist alles, was ich weiß.«

Edmond de Hautterre öffnete das Kästchen aus schwarzem Holz, das auf dem Tisch stand. Er entnahm ihm ein in braunes Leder gebundenes Buch, ein Reisetagebuch, eine kleine dunkle Schachtel, die das Platinabzeichen enthielt, und ein rotes Lederetui. Orville nahm es in die Hand. Es war aus feinem, duftendem Leder. Am Rand entlang waren elegante Goldverzierungen eingeprägt. Ein Riemen, der durch eine sorgfältig gearbeitete Schnalle geführt wurde, hielt es verschlossen. Im geöffneten Zustand bedeckte das Etui die ganze Handfläche. Obwohl von hoher Qualität und in perfektem Zustand, schienen die Jahre ihre Spuren hinterlassen zu haben. Die beiden Wappen aus emailliertem Gold waren noch einmal in Lederhüllen verpackt – das Werk eines Künstlers. Der Vicomte brachte die Abzeichen am Revers des Umhangs seines Wachtmeisters an und befahl ihm niederzuknien. Er trat einen Schritt zurück und nahm einen tiefen Atemzug, als wolle er die Feierlichkeit dessen betonen, was nun folgen sollte. Seine Stimme war laut und klar und erfüllte den beinahe leeren Raum. »Im Namen des Königs und kraft des Lehnsrechts erhebe ich, Edmond Hautterre, Wachtmeister Orville in den Stand des militärischen Abgesandten, um das durchzusetzen, was Recht und Gesetz ist vor dem Herrn und den Menschen. Erhebt Euch, Orville!«

Der Vicomte kniete vor ihm nieder. »Militärischer Abgesandter, all meine Güter und meine Leute stehen Euch für Eure Mission zur Verfügung. Möget Ihr Eure Aufgabe gut erfüllen.«

In diesem Moment wusste Orville nicht mehr, was zu tun war. Er erinnerte sich an eine Szene aus der Vergangenheit, als sein Vater seine Vasallen erhalten hatte, und bedeutete Hautterre durch eine unbeholfene Geste, wieder aufzustehen. Er nahm das Buch und den gesamten Inhalt des Kästchens an sich, bevor er sich empfahl. Im Burghof angekommen ging er mechanisch auf die Quartiere der Soldaten zu, stieg in die Wachstube hinauf und legte alles ab, was er in den Händen hielt. Er schöpfte sich etwas von dem Eintopf in eine Holzschüssel, zapfte sich ein Bier vom Fass und setzte sich auf die Bank. Er musste alles, was geschehen war, erst einmal in seinem Kopf ordnen. Zuerst musste man die Entführer einholen. Aber das allein war es nicht wert, dass Hautterre so viel Aufhebens darum machte. Er aß mechanisch. Noch immer war er von der schlaflosen Nacht in der Ziegenschlucht erschöpft. Nachdem er den Eintopf hinuntergeschlungen hatte, begab er sich zum Übungsgelände unweit der Burg. Dort beobachtete er mit kritischem Blick, wie seine Männer in der frischen Frühlingsmorgenluft miteinander fochten.

»Iban!«

»Jawohl, Wachtmeister?«

Ein dunkelhäutiger junger Mann mit braunem Haar senkte

seine Waffe und ging langsam auf Orville zu. Dann plötzlich, ohne Vorwarnung, kniete der Soldat nieder. Währenddessen hatten sich auch die anderen Männer überrascht genähert. Einer nach dem anderen sanken sie nun wie betäubt vor Orville nieder.

»Zu Euren Diensten, Abgesandter.«

»Steht auf, Soldaten!«

Nach außen spielte Orville den Verärgerten, insgeheim fühlte er sich jedoch geschmeichelt. Die Männer erhoben sich, sichtlich verwirrt.

»Iban, geh und hol mir Léo her, der an der Ausfallpforte Wache hält. Sag ihm, dass ich ihn unverzüglich beim Lager sehen will. Ihr anderen – nehmt euer Training wieder auf. Lasst die Schwerter klingen!«

Die Männer verbeugten sich, während Iban zu den Ställen eilte, als wäre der Teufel hinter ihm her. Orville bewegte sich in Richtung Lager, das vorübergehend in einem Gebäude untergebracht war, das eigentlich als Anbau der Ställe vorgesehen war. Sobald der Bau des Verlieses weit genug fortgeschritten war, würde man die Vorräte dort lagern und die Pferde würden in den neu gebauten Ställen untergebracht werden.

Ein kleiner, gebeugter Mann empfing ihn feierlich. Orville befahl ihm, sich zu erheben.

»Hier, Abgesandter, nehmt diese Börse, die man mich gebeten hat für Euch vorzubereiten. Was benötigt Ihr noch für Eure Reise?«

Orville, der sich diese Frage noch gar nicht gestellt hatte, ging an den Regalen entlang und überlegte, was ihm von Nutzen sein könnte. Auf einem großen Tisch begann er, seine Auswahl aufzustapeln: Zelte, Waffen, Proviant, einen Vorrat an Zunder, eine Prunkrüstung und ein Kettenhemd von allerbester Qualität. Er diskutierte gerade mit dem Verwalter über die Widerstandsfähigkeit einer Klinge, als er ein Lachen hinter sich hörte.

»Soso, Orville, du gehst also auf Reisen?« Léo lehnte im Türrahmen, die Sonne im Rücken.

Orville drehte sich mit einer theatralischen Bewegung zu ihm um. »Militärischer Abgesandter Orville, bitte sehr!«

Léo zeigte sich unbeeindruckt. »Das hat mir Iban schon erzählt. Wer hätte das gedacht!«

»Was sagst du zu meiner Beförderung und zu dem, was ich auf meine Reise mitnehme?« Mit einer ausladenden Geste wies er auf die Ausrüstung, die sich auf dem Tisch stapelte.

Léo näherte sich gemessenen Schrittes. Ein Lächeln entblößte seine Zähne, die für einen Mann seines Alters noch ziemlich gesund aussahen. »Du wirst Lastenträger brauchen, um all das Zeug zu schleppen, oder Pferde. Wirst du dich lange in den Bergen aufhalten?«

Orville strich mit der Hand über eine Matte, um ihren Komfort zu beurteilen. »Auf unbestimmte Zeit. Ich muss eine Truppe zusammenstellen und sie für eine lange Reise ausstatten. Weißt du, Komfort erscheint mir als sehr wichtig. Einige Matten, ein Feldbett und ein Zelt sind das Minimum.«

»Für eine Besetzung, ja, aber nicht bei einer Verfolgung.«

»Und warum nicht?«, entgegnete Orville pikiert.

Léo trat an den Tisch, um den Haufen Gepäck zu begutachten. Er ging einmal herum und wog das Kettenhemd in den Händen. Dann formulierte er sein Urteil zu Orvilles Auswahl. »Ihr werdet galoppieren, das Lager schnell verlassen und unauffällig reisen müssen. Wenn ihr mit einer ganzen Armee durch die Lande zieht, bemerkt man euch schon aus zehn Meilen Entfernung.«

Doch Orville war nicht zur Vernunft zu bringen. »Nun ja, wenigstens werde ich nicht im Regen schlafen.«

Er wandte sich wieder an den Verwalter: »Ich werde außerdem zwölf Fässer Wein und ebenso viele Fässer Bier, vier Lasttiere und Ausrüstung für acht Soldaten mitnehmen.«

Der Verwalter verbeugte sich und machte sich an den Regalen zu schaffen. Nun lächelte Léo nicht mehr. »Ich gebe dir zwei Tage, bevor du mit deinem ganzen Gepäck da in den Bergen verhungerst«, sagte er in provokantem Tonfall. Er schob die Waffen und Nahrungsmittel auf dem Tisch herum und teilte sie sorgfältig in vier Haufen auf.

Orville wurde aufbrausend. »Halt den Mund! Du weißt nichts über meine Mission. Ich werde mir unterwegs Verpflegung beschaffen.«

»Und woher, Abgesandter? Von den Aasgeiern? Die Gebirgskämme sind menschenleer. Im Umkreis von hundert Meilen lebt dort niemand. Vielleicht sogar im Umkreis von tausend Meilen.«

»Noch mehr Grund, alles mitzunehmen, was wir tragen können.«

»Womit willst du die Pferde füttern?«

Orville wischte den Einwand mit einer Handbewegung fort. »Mit Gras, mein Freund. Pferde essen Gras. In zwei Stunden werde ich aufbrechen.«

»So ausgestattet wirst du das Ganze nicht überstehen. Und ich werde in zwei Tagen gut lachen haben, mit meinem kleinen Reisebündel.«

»Für dich wird es kein Bündel geben, Léo. Wir reisen ziemlich lange und du würdest uns nur aufhalten. Ich nehme junge und kräftige Soldaten mit, die keine Anstrengung scheuen. Ich habe dich nur kommen lassen, damit du mich ein wenig berätst.«

»Ah, ah, ah. Du schickst jetzt also nach Leuten. Seht nur, wie er nun den Hochwohlgeborenen spielt! Nun ja, dann amüsiere dich gut, du kräftiger junger Bursche. Bald wirst du mit knurrendem Magen wiederkommen. Deine Flüchtigen müssen sich jedenfalls keine Sorgen machen.« Er trat aus dem Lager heraus und wurde vom gleißenden Sonnenlicht verschluckt.

Schließlich trotteten dreizehn Pferde den Weg zum Berg hinauf. Neu ausgerüstet mit vier Packtieren machten sie ordentlich was her. Nachdem sie bei den Almen angekommen waren, erreichten sie in kürzester Zeit den höchsten Punkt der Ziegenschlucht. Am nächsten Tag erhöhten sie das Tempo, um den Vorsprung der Flüchtigen aufzuholen. Die Strecke war gerade, leicht zu verfolgen. Die Hufspuren zweier Pferde waren in den Boden eingeprägt, und in diesem Gebiet, in dem selten Leute mit Pferden unterwegs waren, war die Gefahr, die Fährte mit einer anderen zu verwechseln, gleich null. Murmeltiere hüpften von ihren steinernen Aussichtsplattformen herunter und verschwanden rasch in ihren Höhlen, während sie vorbeiritten. Große Raubvögel kreisten am azurblauen Himmel, getragen von den aufsteigenden Winden, die die Hänge erklommen, auf der Suche nach einem Ausweg aus diesen tiefen, engen Tälern. Die Verfolgungsjagd erforderte weder große Konzentration noch unvernünftige Anstrengungen. Auf diesem leichten Terrain war es von Vorteil, zu Pferd unterwegs zu sein. In Kürze würden sie die Flüchtigen einholen.

Ein paar Tage später war die Truppe immer noch auf den Weiden unterwegs. Der Ausflug in die Natur verlief ohne größere Unannehmlichkeiten.

»Kapitän?«

Orville drehte sich um, einen freundlichen Ausdruck auf dem Gesicht.

»Ja, Iban?«

»Ich glaube, wir machen kaum Boden gut.«

Orville wog seine Antwort einen Moment lang ab.

»Es stimmt schon, am Ende eines jeden Tages erreichen wir die Stelle, an der die Flüchtigen am Tag zuvor kampiert haben.«

»Doch wir sind mit Pferden und sie zu Fuß unterwegs.«

Orville zögerte einen Moment, bevor er antwortete. Er betrachtete die Spuren auf dem Boden, die sich bis in die unendliche Ferne zu erstrecken schienen. »In der Tat. Die Kerle sind gut in Form. Ich dachte, dass wir unser Tempo verlangsamen müssten, um uns bedeckt zu halten, aber das ist im Moment wohl nicht nötig. Umso besser! Sie werden irgendwann erschöpft sein, während wir immer noch frisch genug sein werden, um den Berg in Angriff zu nehmen. Unsere Mission besteht darin, ihnen zu folgen und ihre Bewegungen und Handlungen aufzuzeichnen, nicht darin, sie abzufangen. Wenn wir eine Tagesreise hinter ihnen bleiben, erregen wir keine Aufmerksamkeit und verlieren gleichzeitig nicht ihre Spur – das ist doch eine gute Sache.«

»Jawohl, Kapitän.« Iban schien mit dieser Analyse zufrieden zu sein, doch Orville spürte, dass er nicht gänzlich überzeugt war.

10. Juni 806

Es ist jetzt neun Tage her, seit wir die Verfolgung aufgenommen haben. Das Wetter hat sich aufgeklart. Der Berg ist schön, wenn der Sommer naht. Die Nächte sind klirrend kalt, die Tage sind heiß und um die Moral der Männer ist es ziemlich gut bestellt. Wir haben den Berg auf mehreren Pfaden erklommen, die uns von Ebene zu Ebene immer höher führten. Seit zwei Tagen sind die Harthölzer aus den Wäldern, die wir durchqueren, verschwunden. Geblieben sind die Tannen, die unsere Reise mit ihrem angenehmen Duft würzen und deren Nadeln das abendliche Lagerfeuer fröhlich knistern lassen. Wir kommen gut voran, aber ich mache mir Sorgen. Seit drei Tagen haben wir unmerklich unser Tempo beschleunigt. Es kann kein Zweifel mehr bestehen: Dafür, dass die Flüchtigen zu Fuß unterwegs sind, kommen sie zu schnell voran, viel zu schnell. Wir wechseln zwischen Trab und Schritt, um die Pferde nicht zu ermüden, manchmal lassen wir sie ein wenig galoppieren, wenn sich das Gelände dazu eignet, doch wir holen sie nicht ein. Der Soldat Iban hat sein Missfallen gestern noch einmal ausgedrückt. Ich bin dem ausgewichen, indem ich behauptete, dass die Flüchtigen eben gut trainiert seien, doch ich denke, die anderen sind nicht überzeugt. Die Fußspuren der Flüchtigen sind zu weit auseinander, dafür, dass sie seit Meilen auf der steilen Strecke unterwegs sind. Auf den beiden Pferden sitzen die Kinder, während die Männer neben ihnen herrennen. Ich beginne mich zu fragen, ob es nicht die Männer sind, die den Pferden ab und an eine Ruhepause gönnen müssen. Bei jeder neuen Etappe haben wir mehr Probleme, das nächste Lager zu erreichen, doch das Terrain, das immer schwieriger wird, scheint wenig

Auswirkungen auf die täglich zurückgelegte Entfernung der Flüchtigen zu haben.

Mehrere Dinge bereiten mir Sorgen. Zum einen: Wenn wir mit dem uns auferlegten Tempo Schritt halten wollen, können wir unmöglich ständig wachsam sein und laufen somit Gefahr, jederzeit in einen Hinterhalt zu geraten. Zweitens zeigen die Karten des Grates, die sich in meinem Besitz befinden, nur die Hauptwasserläufe an. Die anderen Linien, die darauf abgebildet sind, stehen nur symbolisch für die Anhöhen. Die Karten sind also so, wie sie sind, unbrauchbar. Warum sollte sich auch jemand die Mühe machen, Gebiete, in denen niemand wohnt und in die niemand reist, genau zu kartografieren? Während wir voranschreiten, präzisiere ich das Terrain und trage Anmerkungen ein, damit wir, falls wir doch einmal umkehren, auf dem richtigen Weg bleiben. Der letzte Grund zur Sorge: Was tun wir, falls wir irgendwann die Pferde stehen lassen und zu Fuß weitergehen müssen? Das werden wir müssen, sobald die Flüchtigen ihre stehen lassen. Doch werden wir weiterhin mit ihnen Schritt halten können? Ich hoffe, dass die Kinder sie ausreichend aufhalten. Bei jedem neuen Lager, auf das wir bei Einbruch der Dunkelheit stoßen, warten bereits ein Vorrat an Holz, von einem Feuer übrig gebliebene Glut und ein angebrochenes Fass Wein auf uns, so als ob die Flüchtigen uns eingeladen hätten, als ob sie von unserer Verfolgung wüssten und sich um unser Wohlbefinden sorgen würden. Wann finden sie überhaupt Zeit, das ganze Holz zu sammeln, die Feuerstellen zu bauen, zu jagen und diese Lager zu errichten – während wir jeden Abend vor Erschöpfung halb zusammenbrechen? Wir sind am Ende unserer Kräfte, aber ich sehe keine andere

Möglichkeit, wie wir sonst mit ihnen mithalten können.

Vermerk von Kapitän Orville,
militärischer Abgesandter im Dienste des Königs

Die Spur wand sich zwischen den wenigen Büschen hindurch, die auf diesem kargen Terrain gediehen. Der Boden war hart und steinig. Zu beiden Seiten des Weges sah man hier und dort alte Mauerreste, die in fernen Zeiten wohl eine alte Kultur beherbergt haben mussten. Orville hätte nicht gedacht, so weit abgelegen auf den Bergkämmen Spuren menschlicher Besiedlung zu finden. Felsen machten nun den Großteil der Landschaft aus. Männer und Pferde trotteten nebeneinander her und schnauften im selben Rhythmus, während sie die Hänge hinaufkletterten. Zunehmend hohe, vegetationslose Berge türmten sich vor dem Horizont auf wie eine riesige Säge, deren Zähne bis in den Himmel ragten: die unpassierbare Kette der Crocs, die den Zugang zum Inneren Meer versperrten.

Wohin führte dieser Weg eigentlich? Orville hatte eine Rast befohlen, damit sich die Pferde ausruhen konnten. Er hatte sich auf einem großen Felsen niedergelassen und betrachtete die Landschaft, die ihn umgab. Am stahlblauen Himmel kreisten Greifvögel und in der sanften Brise wiegten sich die duftenden Wildkräuter anmutig hin und her. Jede Pflanzenart bewegte sich in ihrem eigenen Rhythmus, entsprechend ihrer Biegsamkeit und Größe, zusammen tanzten sie ein einfaches und liebliches Ballett. Das Wasser, das sich zwischen den Steinen dahinwand, säuselte fröhlich. Seit dem Morgen hatten sie sich von dem Wildbach, der ihnen als Wegweiser gedient hatte, mehr und mehr entfernt und folgten nun dem Lauf eines kleinen Bächleins, das nicht auf der Karte eingezeichnet war. Bevor sie die Marschrichtung geändert hatten, hatte Orville seinen Männern befohlen, Steine zu einem Haufen aufzuschichten, um die Stelle zu markieren. Dann hatte er den Steinhaufen und den Verlauf der Bäche sorgfältig auf der Karte eingezeichnet.

Die Vorräte schwanden rasch dahin. Acht Männer, die von morgens bis abends an der frischen Luft waren, mussten versorgt werden – es würde nicht mehr lange dauern, bis man schwierige Entscheidungen würde treffen müssen. Man würde sich einschränken, vielleicht auch die Zahl der zu stopfenden Münder reduzieren müssen. Die Pferde, zu Beginn der Reise eine große Hilfe, fanden auf dem mit Geröll übersäten Boden nur schwer Halt. Dadurch verloren sie viel Zeit. Wenn das Terrain es den Männern erlaubte, auf ihre Pferde zu steigen, um ihre steifen Glieder zu schonen, kamen sie trotzdem kaum schneller voran. Die Tiere dazu zu zwingen, ihr Tempo zu erhöhen, hätte sie in diesem unwegsamen Gelände in Gefahr gebracht. Zwei Tage zuvor hatte Orville die Entscheidung getroffen, einen Teil des Gepäcks aufzugeben. Die Zelte, Matten und andere Gegenstände, die dem Komfort dienten, waren auf dem Weg zurückgelassen worden. Ein Glück, dass Léo nicht da war. Sein alter Freund hätte diesen kleinen Sieg sicher genossen. Ein wenig bedauerte er es, dass er auf einen erfahrenen Mann wie ihn freiwillig verzichtet hatte, doch in seinem Alter hätte er sowieso nicht mit den anderen mithalten können.

Die Männer, die Orville gewählt hatte, waren robust, doch sie waren keine Bergbewohner. Die Burg von Hautterre lag zwar in einer gewissen Höhe, doch das Leben dort war nichts im Vergleich zum Leben in den Bergen, und so waren sie weder an das Höhenklima noch an das Terrain gewöhnt.

Offensichtlich war es die Art zu leben, die den Menschen ausmachte, nicht der Ort, an dem er schlief. Seit Generationen war niemand aus dem Dorf höher als bis zu den Almen hinaufgestiegen. Wenn es nun noch höher hinaufging, war er nicht sicher, wie er seine Männer weiterhin ernähren sollte, wie sie der eisigen Kälte der Nacht standhalten sollten ... Die Dinge standen nicht allzu gut und hätten die Flüchtigen bei ihren Rasten keine kleinen Vorräte an Holz hinterlassen, wer weiß, vielleicht wären die schwächsten unter ihnen in der ein oder anderen Nacht bereits erfroren. Die Tagessonne war daher jeden Morgen höchst willkommen, um die Seelen zu wärmen und die Körper zu kräftigen.

Die Stiefel der Männer waren robust und gut geschnitten, doch es mangelte ihnen an Elastizität, und alle litten im Stillen an Blasen und sich ablösenden Zehennägeln. Orville war sich bewusst, dass eine Schwäche seinerseits die Moral seiner Männer ein für alle Mal untergraben würde. Mit energischer Stimme befahl er den Aufbruch. Die Soldaten erhoben sich wortlos und machten sich wieder auf, den staubigen Weg entlang.

Die Truppe befand sich gerade auf einem schmalen Pfad, als Orville plötzlich Halt befahl. Auf dem Berghang vor ihnen erkannten die Männer graue Steinbauten neben einem kleinen Gewässer. Ungefähr dreißig Häuser in einem verfallenen Zustand bildeten eine Siedlung. Aus der Ferne konnte man enge Gassen erkennen, Grundstücke sowie einen runden Turm in der Mitte, der möglicherweise zu einem kleinen Schloss gehörte. Kein Rauch kam aus den leblosen Schornsteinen. Orville zog sein Schwert.

Iban durchbrach die Stille. »Sind die Flüchtigen etwa

dort?«

Orville beobachtete aufmerksam das Dorf unter ihnen. »Ich weiß es nicht, Iban. Gretsch und Ricken, ihr folgt mir, die anderen bleiben hier.«

Iban protestierte: »Lasst mich mit Euch kommen, Kapitän!«

»Nein, Iban. Wenn wir bei Einbruch der Dunkelheit noch nicht zurück sind, begebt euch unauffällig auf die Suche nach uns.«

Orville und seine Männer rückten vorsichtig vor, von Fels zu Fels. Nichts geschah, als sie das Dorf betraten. Nichts geschah, als sie in alle Richtungen ausschwärmten und den Ort erkundeten.

2. Juli 806

Iban ist mir lästig geworden. Er widersetzt sich meinen Befehlen. Alles begann, als wir uns vor acht Tagen einem verlassenen Dorf näherten. Alles deutete darauf hin, dass uns dort niemand erwarten würde. Iban äußerte den Wunsch, vorausgehen zu dürfen. Ich wies ihn schroff zurecht. Sein Vorschlag war keineswegs dumm, immerhin hängt der Erfolg der Mission davon ab, dass der Anführer der Truppe am Leben bleibt. Doch ich durfte vor den erschöpften Männern nicht das Gesicht verlieren. Wir ruhten uns einen Tag lang in einem der Häuser aus, die weniger verfallen waren. Vielleicht haben wir Zeit verloren, doch wir waren müde und mussten eine Bestandsaufnahme machen. Ich schickte Gretsch und zwei andere Männer auf einen Erkundungsgang. Sie fanden die Stelle, an der sich die Spur der Flüchtigen fortsetzte, in einem Geröllfeld. Die Flüchtigen hatten in diesem Dorf keinen Halt gemacht. Somit haben wir Zeit verloren, doch zumindest konnten wir im Trockenen schlafen. Wir wärmten uns an einem Feuer, das wir mit alten, wurmstichigen Türen nährten, die hier und dort herumlagen, und mit totem Holz, das wir unter den wenigen umliegenden Bäumen fanden. Ich kann mich nicht erinnern, dass ich jemals so glücklich darüber gewesen bin, von Mauern umgeben zu sein. Am nächsten Tag folgten wir weiter den Spuren. Der Pfad wand sich auf unebenem Boden dahin, führte uns dann über einen niedrig gelegenen Pass und wand sich wieder abwärts durch einen Nadelwald. Danach folgten wir ihm weiter durch ein liebliches Tal. Es ist merkwürdig, wie sich hinter einem kargen Berghang zuweilen eine ganz andere Vegetation verbirgt. Nach etwa zwei Stunden Fußmarsch stießen wir auf ein Lager, ausgestattet mit dem üblichen angebrochenen Fass Wein und der erloschenen Feuerstelle. Iban merkte an, dass wir durch unsere Rast im Dorf den Flüchtigen weitere zwei Stunden Vorsprung geschenkt hatten. Aus Angst, dass er vielleicht noch das Kommando übernehmen würde, dachte ich über eine Lösung nach, ihn zum Schweigen zu bringen, die mich nicht dazu zwingen würde, Gewalt anwenden zu müssen. Ich behauptete, dass die Tiere uns nun nicht mehr nützen würden, da wir auf diesem Terrain nur in Ausnahmefällen zu Pferd vorankämen, und befahl ihm, in Anbetracht unserer schwindenden Vorräte, die Tiere zusammen mit Furch nach Hautterre zurückzubringen. Er sagte nichts und salutierte nur kurz, bevor er sich auf den Weg machte. Trotzdem werden unsere Vorräte nicht mehr lange vorhalten. Ich habe ein Packpferd behalten, doch ich fürchte, ich werde bald bereuen, dass ich Iban und Furch für die Rückreise das getrocknete Fleisch und die Bohnen mitgegeben habe. Es wird ihnen nicht reichen und sie wissen es. Ich hoffe, dass es ihnen gelingt, ein wenig zu jagen oder Beeren und Wurzeln zu sammeln. Sie müssen nun nicht mehr die Marschtortur mitmachen, die unser tägliches Los ist. Sie können sich auch an dem bedienen, was wir auf dem Weg zurückgelassen haben.

Nachdem sie sich auf den Weg gemacht hatten, holten wir die paar Stunden, die wir durch die Rast in dem zerstörten Dorf ins Hintertreffen geraten waren, mithilfe größter Anstrengung wieder auf. Entlang der Straße – falls man sie als solche bezeichnen kann – stießen wir auf vereinzelte Türme und Befestigungsanlagen. Menschliche Spuren, die ich in dieser Gegend gar nicht erwartet hätte. Die Flüchtigen errichten ihre Lager nun in diesen alten Häusern. Eine einfache Mauer bietet bereits ausreichenden Schutz vor dem Wind. Wir sind nun schon seit vier Wochen auf diesem Bergpass unterwegs, der kein Ende zu nehmen scheint. Wir haben die Spur noch nicht verloren.

Vermerk von Kapitän Orville,
militärischer Abgesandter im Dienste des Königs

»Kapitän?«

»Ja, Gretsch?«

»Wir waren bereits vor einigen Wochen hier, Kapitän.«

»In den Bergen sehen eben viele Gegenden sehr ähnlich aus, Gretsch.«

Doch Orville nahm Gretschs Verdacht umso ernster, weil er ihn teilte – ohne natürlich etwas davon durchblicken zu lassen. Nachdenklich richtete er seinen Blick auf die entfernten, nebelverhangenen Berggipfel.

Gretsch ließ jedoch nicht locker. »Aber dieser viereckige Turm da, im oberen Teil des Tals, an dem sind wir schon vorbeigekommen. Darunter hatten wir doch das Lager aufgeschlagen.«

»Er sieht tatsächlich identisch aus und das Lager auch. Das ist nichts Ungewöhnliches, es ist schließlich nicht das erste Mal, dass wir unser Lager am Fuße eines Turms aufschlagen. Aber sieh dir diesen Weg dort an, der nach oben in Richtung Gipfel führt. Die Stufen scheinen in den Felsen gehauen worden zu sein. Hast du den auch schon mal gesehen?«

»Nein, nicht wirklich, Kapitän.«

»Wir bewegen uns nicht im Kreis, es ist die Zeit, die sich um uns herum im Kreis dreht, weil das Gebiet hier weitläufiger ist, als wir angenommen hatten. Wir verlieren die Orientierung. Deshalb ergänze ich auch ständig die Karte. Wie weit bist du denn vor dieser Mission bereits gereist, ich meine in den Bergen?«

»Niemals weiter als bis zur Alm. Warum auch?«

»Ja, warum auch ... Niemand weiß etwas über diese Berge, niemand weiß, wer in diesen Häusern wohnte, in diesen Türmen, dieser Siedlung mitten in den Bergen, niemand weiß, wer vor Jahrhunderten diese verlassene Straße hier hat bauen lassen. Niemand weiß, was aus diesen Leuten geworden ist. Man weiß ja nicht einmal, dass dieses Gebiet einst bewohnt gewesen ist. Die Umstände scheinen nicht so widrig zu sein, dass man sich hier nicht niederlassen könnte, nicht widriger als in Hautterre jedenfalls. Es gibt Wasser, Ackerland und Bäume, natürlich nicht überall, aber zumindest in den Tälern. Ich frage mich, warum die Menschen von hier verschwunden sind.«

»Dem Zustand der Häuser nach zu urteilen, haben sie

die Gegend bereits vor Jahrhunderten verlassen. Ich schätze, es gibt hier nicht viele andere solche Siedlungen. Wir sind manchmal tagelang unterwegs, ohne auf ein Dorf zu treffen.«

»Sicher. Ich verstehe nicht, warum man diese Ländereien nicht einfach irgendeinem hochrangigen Soldaten übergibt, der gerade in den Ruhestand gegangen ist, und ihn ein paar Bauern ansiedeln lässt. Die Hautterres haben es doch genauso gemacht.«

Gretsch schüttelte missbilligend den Kopf. »Das Leben hier wäre nicht einfach.«

»In der Tat, ein wenig weit ab vom Schuss, ein wenig kalt. Das Gebiet um den Grat herum gehört niemandem. Ich erinnere mich an die Landkarten. Die gepunkteten Grenzlinien der Königreiche, sie alle hören am Rand des Grates auf und machen gerade noch einen kleinen Schlenker um Hautterre, aber keine führt darüber hinaus.«

Gretsch schüttelte erneut den Kopf. »Im Flachland ist doch genug Platz für alle, wieso also hier oben leben?«

»Vielleicht wegen eines Titels, um eine Zukunft zu finden. Ein Leben in Freiheit.«

»Ja, vielleicht, Kapitän.«

Der Mond ging auf, klar und kalt stand er am wolkenlosen Himmel. Irgendwo schrie eine Eule. Ansonsten war die Nacht ruhig.

18. August 806

Unsere Vorräte sind erschöpft. Wir müssen unser Tempo verlangsamen, um nebenbei nach etwas Essbarem suchen zu können. Doch unsere Suche ist nicht von Erfolg gekrönt. Die Auswahl an Wild in der Gegend ist nicht schlecht, doch wir müssen viel Beute machen, um alle satt zu bekommen. Das Pferd hält sich ganz gut. Bei jedem Halt kann es sich an Gras oder Flechten gütlich tun, aber das ist kein Mahl für einen Soldaten. Hätte ich geahnt, dass wir so lange brauchen würden, um den Grat zu passieren, hätte ich eher Jäger als Soldaten mitgenommen. Unsere Jagdversuche sind umso fruchtloser, als wir keine Zeit haben, uns in den Hinterhalt zu legen. Die großen Wildtiere, die wir sehen, treiben sich häufig oben auf den Gipfeln herum, und wenn einmal eines unseren Weg kreuzt, ist es zu schnell für uns. Am Abend stellen wir Fallen auf und fangen ein paar Kaninchen, aber das reicht nicht. Bei jedem Halt finden wir Wildreste über dem Feuer, meist Wildschwein oder Reh, sowie das übliche angebrochene Fass Wein. Wie haben sie es überhaupt geschafft, so viele davon mitzunehmen? Wie lange noch werden wir dem Drang widerstehen, uns von dem, was die Flüchtigen zurücklassen, zu ernähren, wenn wir am Verhungern sind? Ich schätze, dass mit den Wildresten zumindest im Moment alles in Ordnung ist. Doch wenn unser Misstrauen erst einmal nachgelassen hat, wird man sie vergiften und wir werden im Himmel wieder aufwachen, während sich die Wölfe an unseren sterblichen Überresten satt fressen. Wenn unsere Kräfte drohen, uns zu verlassen, sind die Abschnitte kürzer, wenn wir schnell vorwärtskommen, sind sie länger. Das kann kein Zufall sein. Es ist eine schwierige Reise für uns. Ob es den Flüchtigen wohl ebenso ergeht? Gestern mussten wir einige unserer Waffen ablegen. Wir hätten sie nicht mehr tragen können, ohne immer langsamer zu werden. Der tägliche Marsch nimmt die Männer ebenso mit wie das Pferd, das auf diesem Terrain nur eine kleine Last tragen kann. Als wir ein verwundetes Reh geschlachtet haben, mussten wir uns zwischen den Kettenhemden und dem Fleisch entscheiden. Wir haben die Rüstungen in einem Wachturm versteckt. Dann haben wir das Fleisch über dem Feuer getrocknet. Diese Prozedur werden wir während unserer nächsten Ruhepausen fortsetzen müssen. Die Moral der Männer ist besser als zuvor. Die Spur ist immer noch frisch.

Vermerk von Kapitän Orville,
militärischer Abgesandter im Dienst des Königs

Nur das Fleisch, das in dünne Streifen geschnitten worden war und einen dunklen Farbton angenommen hatte, war trocken und hart genug, um sicher verzehrt werden zu können. Der Rest verströmte einen Geruch nach Aas und musste weggeworfen werden. Der Weg führte durch immer tiefere Täler. Dort fanden sie wilden Lauch, Beeren und etwas Kleinwild, das am Ende eines langen Marschtages eine zufriedenstellende Mahlzeit ergab. Schnell hatten die Männer gelernt, ihren Bogen immer schussbereit zu haben.

An diesem Abend hatten sie das Lager unter einem Felsüberhang errichtet, der zur Hälfte von einer Steinmauer begrenzt war, die sie vor dem Wind schützte. Auf einer Seite waren ein paar Stufen in den Felsen gehauen worden, über die man hinauf zu einem kleinen Vorsprung gelangte, von dem aus man einen Panoramablick auf das Tal hatte. Orville hatte sich auf einer Steinbank niedergelassen und nutzte das letzte Licht des Tages, um in das Tagebuch zu schreiben, die Karten zu präzisieren und mit seiner Feder Unwissenheit und Vergessen entgegenzuwirken. Der eingezeichnete Weg wurde von Woche zu Woche präziser. Nachdem sie einen nordöstlichen Kurs eingeschlagen hatten und von Ebene zu Ebene geklettert waren, hatten sich die Flüchtigen schließlich in südöstliche Richtung bewegt und diesen von Ruinen gesäumten Weg eingeschlagen. Blieb die Frage, wann sie sich zum Abstieg entschließen und auf welchem Weg sie vom Grat nach unten steigen würden. Orville legte die Feder beiseite, da es ihm die sinkende Sonne nicht mehr erlaubte, in dem mit Leder überzogenen Buch präzise Buchstaben zu formen. Die duftende Suppe und die Milde des Abends ließen die Männer die Leiden der vergangenen Wochen für eine Weile vergessen. Sobald er fertig gegessen hatte, stieg Orville die primitive Steintreppe nach oben, um ein wenig für sich zu sein. Er lehnte sich auf die Brüstung und gab sich seinen Gedanken hin. Der Himmel hatte sich aufgeklart. Die letzten Tage waren regnerisch gewesen. Die Ruhepausen boten eine Gelegenheit, die durchnässte Kleidung auszubreiten, um sie trocknen zu lassen. Oft genug wurden sie bereits morgens nass, was sicher kein guter Start in den Tag war. Von der stolzen Truppe, die vor einigen Wochen an der Straße nach Rueil aufgebrochen war, war nicht mehr viel übrig. Die zerrissene Kleidung der Männer hatte dort, wo sie am meisten schwitzten und wo sie am meisten mit dem Boden in Kontakt kamen, einen mehr oder weniger braunen Farbton angenommen. Sie stanken nach Dreck und Rauch. Orville hatte ein wenig Ersatzkleidung mitgenommen, für den Fall, dass er sich (wie Hautterre erwähnt hatte) dem Herrn eines Hauses vorstellen musste, aber sie hatten bereits in den ersten Wochen der Reise Schimmel angesetzt. Er hatte es bemerkt, als er sie überziehen wollte, während einer der Männer seine Kleider wusch. Die Ersatzgarderobe hatte sich somit als unbrauchbar erwiesen, und der Kapitän musste wie die anderen nackt wie ein Wurm warten, bis seine einzige Montur wieder mehr oder weniger sauber und trocken war. In diesen heiklen Momenten zog er sich zurück, um in sein Tagebuch zu schreiben, was er mit einem gewissen Stolz tat, als könne diese Aktivität die anderen an seinen Rang erinnern und ihm die Würde zurückgeben, die seine Nacktheit ihm nahm. Die Waffen waren jetzt auf die Anzahl reduziert, die ein weiser Mann im Falle einer unangenehmen Begegnung mitgenommen hätte. Die Truppe ähnelte mehr einer Räuberbande als einer angesehenen militärischen Einheit, die im Dienste des Königs stand.

In dieser wolkenlosen Nacht funkelten die Sterne andachtsvoll und Orville hätte seine Mission, diese Wochen der Verfolgung und des Leidens, beinahe vergessen – hätte es da nicht diesen Stern gegeben, der nicht an seinem Platz war. An sich eigentlich belanglos, doch in einer idealen Welt wählten die Sterne ihren Wohnsitz am Firmament. Derjenige, der im Moment seine Aufmerksamkeit beanspruchte, erstrahlte vor der dunklen Fläche eines Berges, nicht weit von einem Gipfel. Wie die anderen Sterne funkelte er in dieser Spätsommernacht andächtig. Im Gegensatz zu den fernen Sternen jedoch hob er sich nicht von der dunklen Fläche des Himmels ab, sondern von der dichten und schweren Masse des Berges. Er würde am Morgen erlöschen, wenn der letzte, der ihn mit Holz am Leben hielt, fortgegangen war.

Diese Monate der Verfolgung hatten für Orville die Realität in weite Ferne gerückt. Die Verfolgung eines Ziels, das man nie erreichte, das tägliche Überleben, der gnadenlose Kampf gegen Erschöpfung und Hunger, das Notieren der Eindrücke und Erkenntnisse in einem Tagebuch – damit waren die Tage angefüllt. Doch in dieser Nacht war da dieses Licht, das mitten aus dem Nirgendwo herüberstrahlte. Orville stieg wieder herunter und setzte sich neben seine Männer ans Feuer. Dann teilte er sie einen nach dem anderen für die Wache ein.

2. September 806

Wir werden von den Gipfeln aus beobachtet. Jede Nacht wird dort ein Feuer entzündet. Manchmal erscheint es mitten in der Nacht, manchmal schon dann, wenn die Dunkelheit die Herrschaft über den Tag gewinnt. Seit dieser Nacht unter dem Felsüberhang, als ich es zum ersten Mal bemerkt habe, sind wir auf der Hut. Wir sind nun in gewisser Weise Verfolger ebenso wie Verfolgte. Wir haben keine Ahnung, ob unser Wachmann – so haben wir ihn genannt – uns schon lange beobachtet oder nicht. Es wäre ein Leichtes für mich, ihn in einen Hinterhalt zu locken. Zwei oder drei Männer würden sich von der Truppe absetzen und den Berg erklimmen. Am nächsten Tag würde der Wachmann in die Falle gehen. Aber wir können uns nicht die geringste Verzögerung leisten. Und wir wissen nicht, mit wem wir es zu tun haben. Wer beobachtet uns, wie viele sind es? Also habe ich beschlossen, mich ganz auf das Ziel der Mission zu konzentrieren, das darin besteht, die »Anderen« (so nennen die Männer sie jetzt) nicht aus den Augen zu verlieren. Wer auch immer dieser Wachmann ist, er scheint im Augenblick nicht die Absicht zu haben, uns anzugreifen. Dennoch bestehe ich nun wieder auf mehr militärischer Disziplin und habe erneut Wachposten eingeteilt. Das hat wahrscheinlich keinen großen Sinn, doch es beruhigt die Männer und lässt sie besser schlafen.

Langsam müssten wir uns dem Gebirgspass nähern. Dies ist der einzige auf meiner Karte verzeichnete Weg, der es erlaubt, den Grat von Süden nach Norden zu überqueren. Er wird von fahrenden Händlern benutzt, die mit ihren Wagen unterwegs sind. Wenn wir Glück haben, können wir bei einem von ihnen unsere Vorräte aufstocken.

Die Karte, die ich gezeichnet habe, nimmt nun schon mehrere Seiten ein, die ich ganz hinten aus dem Buch heraustrenne. Ich werde warten, bis wir beim Gebirgspass angelangt sind, dann werde ich sie im richtigen Maßstab zeichnen und meine Schätzung prüfen. Vorerst ist sie in Reisetagen dokumentiert.

Die Spuren sind noch frisch.

Vermerk von Kapitän Orville,
militärischer Abgesandter im Dienste des Königs

»Kapitän, da kommt jemand!«

Orville wurde unsanft aus seinen Träumen gerissen und suchte in den letzten Schatten der Nacht nach seinem zerstreuten Ich.

»Lärm, von mindestens zwei Seiten!«

Gretsch zog sein Schwert und wandte sich abwechselnd in verschiedene Richtungen. Ein paar Augenblicke genügten Orville, um die Schnipsel der Wirklichkeit zu einem kohärenten Ganzen zusammenzusetzen. Er gab ein Zeichen, dass er verstanden hatte, erhob sich leise und begann die schlafenden Männer sanft zu wecken. Das Pferd schlief in einer Ecke der zerstörten Scheune, in der sie Unterschlupf gefunden hatten. Ihre bisherigen Erlebnisse hatten diese bescheidene Truppe nicht auf einen nächtlichen Angriff vorbereitet. Dennoch reagierten sie gelassen und nahmen stumm gemäß Orvilles Anweisungen ihre Stellungen ein. Die Scheune hatte weder Dach noch Türen. Die Angreifer konnten nur durch einen einzigen Durchbruch zwischen den hohen Mauern einfallen. Orville positionierte zwei Männer auf beiden Seiten des Mauerdurchbruchs und richtete sie in einem entsprechenden Winkel aus, damit sie sich im Dunkeln nicht gegenseitig einen Schwerthieb verpassten. Die beiden anderen kauerten sich auf den Boden der Scheune, gegenüber dem Eingang. Orville gesellte sich zu ihnen, legte sein Schwert in Griffweite auf dem Boden ab, legte einen Pfeil an, spannte seinen Bogen und wartete schweigend. Funken entwischten aus der Glut des erlöschenden Feuers, getragen vom leichten Wind, der in der Stille der Nacht wehte. Die Zeit schien sich in der Erwartung der Konfrontation ins Unendliche auszudehnen.

Eine Gruppe kam mit gedämpften Schritten näher. Vielleicht zwanzig Angreifer. Die Geräusche von draußen deuteten darauf hin, dass sie sich zu beiden Seiten des Mauerdurchbruchs sammelten. Dann drang plötzlich eine kompakte schwarze, an einigen Stellen silbern schimmernde Flut in die Scheune ein. Sieben Bogensehnen schnalzten im selben Moment. Schatten taumelten schreiend zu Boden. Die Verwirrung erlaubte Orvilles Männern, eine zweite Salve Pfeile abzuschießen, bevor sie ihre Schwerter zückten und sich ins Getümmel stürzten. Die Angreifer wurden von drei Seiten eingekesselt. Als sie sich zur Feuerstelle umdrehten, wo sie glaubten, schlafende Opfer vorzufinden, boten sie ihre ungeschützten Rücken vier Männern dar, während sie drei Männern gegenüberstanden, die sich mit gezogenem Schwert auf sie stürzten. Orvilles Taktik erwies sich zunächst als effektiv. Die erste Welle an Angreifern war dezimiert, doch eine zweite Truppe, die einen besseren Überblick über die Situation hatte, rückte nun rasch vor. Orville und seine Männer zogen sich unter dem Ansturm Stück für Stück zurück, während das in der Ecke angebundene Pferd nervös ausschlug. Orville verlor jegliches Zeitgefühl. Unermüdlich hieb er mit seinem Schwert in alle Richtungen und vergaß alles, was er als Fechtmeister gelernt hatte, zugunsten eines blinden Automatismus und eines überwältigenden Überlebensdrangs. Plötzlich, während er immer noch sein Schwert schwang, wurde alles um ihn herum still. Um ihn herum war nur Leere. Er stolperte über Leichen und fiel erschöpft auf die Knie, um sich zu übergeben, mit klebrigen Händen und dem Geschmack von Eisen im Mund. Nur das stoßweise Röcheln der Sterbenden durchbrach das gleichmäßige Säuseln des Windes, der schwach die Baumwipfel streifte, und das Rauschen des Baches, der sich den Pfad entlangwand.

KAPITEL IV

DER PFAD DES BLUTES

Die Stimmung im Ratssaal der Festung der Garde war gedrückt. Der General verteidigte seinen Plan. »Aldemond, wir sind nicht stark genug. Nicht stark genug und zu wenige. Einer von tausend Wiederkehrenden entwickelt übermenschliche Kräfte, natürlich sicherlich nicht immer welche, die ihm etwas nützen. Wir haben das Glück, über einen Kundschafter zu verfügen, doch was tun wir, wenn die Rebellen, die vierhundert Jahre Zeit hatten, sich auf ihre Rückkehr vorzubereiten, eine Art höherer Magie zu ihren Waffen zählen? Wenn dann noch vierzig Wiederkehrende unterschiedlicher Stärke hinzukommen, können wir sie nicht besiegen!«

Seine Stimme hallte einen Moment lang im Ratssaal wider, der ungefähr hundert Mann fassen konnte. Die paar Gestalten, die um den großen Tisch herum saßen, wirkten verloren, wie in einer Welt, die ihnen zu groß geworden war.

»Wir sind wenige, Lothar, aber wir haben die sterblichen Männer auf unserer Seite. Sie sind schwach, aber es sind viele. Sie haben Augen und Ohren, Bögen und Pfeile. Ihre Schwerter mögen vielleicht gegen diese Wiederkehrenden nicht viel ausrichten, doch Gift, Verrat, ein Überraschungsangriff – so etwas kann den Unterschied ausmachen. Und außerdem, wer sagt, dass die Rebellen so viele und so mächtig sind? Die sieben aus Hautterre sind vielleicht alle, die in den letzten vier Jahrhunderten aufgetaucht sind. Die Garde ist auch in den anderen Königreichen und im Fort von Goulet aktiv. Es ist gut möglich, dass wir uns wiedervereinigen, sollten wir einmal eine größere Anzahl von Männern benötigen. Wir haben die Wiederkehrenden verfolgt und verbrannt, die Bettler beseitigen lassen und die adligen Familien versammelt, um sie auszulöschen. Wo sollen sie sich denn verstecken, diese Heerscharen von Magiern, die dir solche Furcht bereiten?«

»Aldemond, das Alte Blut reicht so weit zurück, dass es in allen sieben Königreichen und in allen Schichten der Bevölkerung verbreitet ist. Wir haben herausgefunden, dass der Anteil an Wiederkehrenden in den unteren Schichten derselbe wie im Adel ist. Doch die Bettler sind so viel zahlreicher als wir! Da kommen auf zwei bis vier blaublütige Geburten im Adel pro Jahrhundert Tausende im einfachen Volk. Wir können nicht alle davon ausmerzen.«

Eine andere Stimme meldete sich zu Wort: »Das Leben kümmert sich schon um den Rest, Lothar. Wenn die Wiederkehrenden an Macht gewinnen, werden sie ungeheure Risiken auf sich nehmen oder zur Armee gehen und im Kampf umkommen oder aber sie wecken die Eifersucht der anderen und werden von einem betrogenen Ehemann oder einem gedemütigten Krieger umgebracht. Ich glaube nicht an diese Schattenarmee, die im Geheimen ihren Rachefeldzug vorbereitet.«

»Warum also senden sie uns nach all den Jahren eine solch klare Botschaft?«, wandte Rufus mit fester Stimme ein.

Der alte Mann steckte eine runzlige Hand in seine Tasche und holte zwei Lederbeutel hervor. Er leerte den Inhalt auf den Tisch und stapelte ihn langsam auf: zwölf Silber- und zwölf Goldmünzen. Stille legte sich über die Versammlung.

»Zwei Börsen, zweimal zwölf Münzen, zwei verschiedene Metalle, sieben Häscher, zwei Kinder, zwei Geschlechter. Das Wappen der Rebellen auf der Zahlseite, das magische Pentagramm auf der Kopfseite. Es wird Euch nicht entgangen sein, dass das Pentagramm ein wenig anders geformt ist, als wir es kennen. Ein Kreis von Männern, umschlossen vom Pentagramm des blauen Blutes. Das ist unser Zeichen. Es wurde von den Rebellen usurpiert. Doch was bedeutet dieser Kreis, der wiederum das Pentagramm umschließt? Ich frage Euch, meine Brüder! Eine Form der Magie, mächtiger als jene, die wir ausüben? Sind die Rebellen in den alten Schriften auf eine Möglichkeit gestoßen, ihre alte Macht zurückzuerlangen?

Meine Brüder, ich kannte Roualt gut, sie war so schön, wie man sagt, und besaß Charakter. Ich weiß nicht, ob es sie oder jemand anderes ist, der uns diese Botschaft sendet, aber macht euch keine Illusionen, es ist sicherlich eine Botschaft. Roualt war nicht dumm, nur idealistisch. Was ihr zum Verhängnis wurde, und damit einer enormen Zahl an Wiederkehrenden, war das Versagen der Politik und die Ignoranz der Menschen. Wir lockten sie in eine Falle und haben sie dort zusammen mit ihrem Ungeziefer zerquetscht. Ihr Körper konnte bei der Säuberung nicht mehr identifiziert werden. Es waren so viele

Leichen. Falls sie doch lebt – und ich habe keine Zweifel bezüglich der Identität der Frau des Barbiers –, wird sie aus ihrer Erfahrung gelernt haben und nicht mehr verhandeln. Sie wird ihre Macht nutzen und uns zerquetschen, wie wir sie einst zerquetscht haben. Wir haben nun nicht mehr eine junge Frau von dreißig Jahren vor uns, sondern eine Kriegerin außerordentlicher starker Überzeugungen, die von jahrhundertelangem Hass geprägt wurden. Sie wird den Scheiterhaufen nicht vergessen haben, auf dem ein ganzer Zweig ihrer Familie verbrannt ist. So arm sie auch sein mögen, diese Menschen tragen Schmerz und ein Gedächtnis in sich. Wenn sie jetzt, vierhundert Jahre später, zurückkehrt, um einen Jahrestag zu feiern und uns zugleich eine Geburt zu verkünden – die der Blutlinie, die sie auf den Ruinen ihrer Utopie gebaut hat.« Rufus beschloss seinen Sermon, indem er mit der Handfläche auf die schwarze, eichene Tischplatte schlug. Mittlerweile war die Atmosphäre so angespannt, dass die Männer sich kaum noch trauten einzuatmen. Alle versuchten, die Wahrscheinlichkeit dessen abzuschätzen, was Rufus gesagt hatte.

Aldemonds Stimme durchschnitt die Stille, so wie ein Messer den Hals eines Vogels durchtrennte. »Vierhundert Jahre, eine neue Generation alle vierzehn Jahre, das macht sieben Generationen pro Jahrhundert, also achtundzwanzig Generationen – das kann tatsächlich eine große Anzahl von Nachkommen ergeben. Natürlich muss man noch die übliche Sterblichkeitsrate im Volk miteinberechnen, einige Tausend. Also mehrere Magier. Unter der Bedingung, dass am Anfang der Linie eine Königin stand oder ein Halbblut. Und das Blut verdünnt sich im Lauf der Generationen …«

Lothar lächelte bitter. »Außer, lieber Bruder, Rouault verfügte über mehrere Königinnen und mehrere Krieger. Im

Gegensatz dazu, was wir versuchen, um die Welt zu retten, könnte sie durch eine geplante Genealogie eine häufigere Wiederkehr des blauen Blutes provoziert haben, indem sie die mächtigsten Blutlinien miteinander gekreuzt hat, so wie es die Bauern bei der Viehzucht tun. Und natürlich entsteht aus der Kreuzung zweier Wiederkehrender ebenfalls ein Nachkomme mit blauem Blut. Nach vierhundert Jahren hätte ich, wäre ich an ihrer Stelle, verfügte nur über ein wenig Intelligenz und hätte viel Hass aufgestaut, sicher schon eine Armee um mich herum versammelt, nicht nur eine Familie.«

»Und deshalb soll die Linie wieder aktiviert werden, Lothar? Wie willst du die Entwicklung kontrollieren, wer werden die Stammeltern sein? Und wie werden wir das Ungeheuer unter Kontrolle halten, wenn wir es einmal freigelassen haben? Ein solches Risiko einzugehen, ohne überhaupt die Gewissheit zu haben, dass Gefahr droht!«

Lothar hob seine Stimme und deklamierte seine Entscheidung, anstatt sie zu erklären. »Meine Brüder, wir werden einen Preis zahlen müssen. Die Zeit ist gegen uns, aber wir können nicht einfach ignorieren, was passiert. Wir dürfen nicht untätig bleiben. Die Garde muss Verantwortung übernehmen. Die Linie muss wieder aktiviert werden! Die Linie wird wieder aktiviert!«

In dem dunklen, rechteckigen Raum herrschte Totenstille.

Rufus durchquerte den quadratischen Innenhof der Festung der Garde. Der Hof maß ungefähr fünfzig Schritt in Länge und Breite und war von einer hohen Mauer mit einem Rundweg umgeben. Die Spuren im Staub zeugten von der Intensität der Übungskämpfe. Über das Gelände verstreut befanden sich Mauern, kleine Brücken und verschiedene Hindernisse, die eine Vielzahl von Kampfsituationen simulieren sollten. Mit achthundert Jahren war er zu alt dafür.

Rufus betrat ein großes Gebäude, ließ das Refektorium zu seiner Linken liegen und stieg die Treppe zu den Wohnräumen hinauf. Sein Zimmer war einfach möbliert: ein Schreibtisch, ein Bücherregal mit Büchern und Schriftrollen, ein Stuhl und ein Nachttopf. Durch ein kleines Fenster zum Hof fiel blasses Tageslicht in den Raum. In wenigen Minuten, wenn das letzte Tageslicht schwand, würde ein Leuchter diese Funktion übernehmen. Rufus ging auf das Bücherregal zu und schob es zur Seite. Dahinter verbarg sich ein Durchgang. Er stieg eine Treppe hinunter und vor ihm öffnete sich ein breiter Gang, der tief in den Felsen gegraben war. Er ging ein paar Schritte hinein und schob eine Tür auf, die mit dem Wappen des Marquis d'Orient verziert war. Er nahm einen der Kerzenhalter im Raum und zündete die Kerze an einer Fackel im Gang an. Dann ging er zurück in den Raum und schloss die Tür hinter sich. Das Kerzenlicht erhellte stückweise die groben Umrisse des Zimmers. An einer Wand hingen zwei auf hölzerne Leinwände gemalte Porträts, deren Augen den Besucher fixierten. Porträts in diesem Stil wurden heutzutage gar nicht mehr angefertigt. Die Gesichter wirkten verschlossen und hartherzig, der Pinselstrich war grob und die Kleidung altertümlich. Rufus' Mutter sah den Betrachter abschätzig an, während sein Vater mit melancholischem Blick in die Ferne schaute. All dies lag nun bereits so weit in der Vergangenheit. Rufus selbst hatte bereits einen Sohn, dem er seine kleine Grafschaft im Süden vermacht hatte.

Irgendwann war der Tag gekommen, an dem es sich nicht mehr leugnen ließ: Sein Sohn wuchs heran, während er selbst nicht alterte. Bald waren Vater und Sohn vom Äußeren her gleich alt, dann hatte der Sohn den Vater an Falten und anderen Gebrechen des Alters überholt. Trotz der rituellen Skarifizierung war es nicht immer möglich, bereits bei der Geburt zu erkennen, ob jemand blaues Blut hatte. Manchmal blieb es noch einige Zeit rot, bevor es langsam einen blauen Farbton annahm. In seinem Fall war es erst geschehen, als er bereits Vicomte und Vater war, und dann hatte er so schnell wie möglich verschwinden müssen. Offiziell war er beim Untergang des Schiffes ums Leben gekommen, das ihn nach Gradlyn und zur Festung der Garde bringen sollte. Bevor er an Bord gegangen war, hatte er seinen Sohn noch einmal umarmt, in dem Wissen, dass er ihn nie wiedersehen würde. Acht Jahrhunderte später waren die Gebeine all derer, die ihm einmal lieb gewesen waren, längst zu Staub zerfallen. Ihr kurzes Leben war voller Hast gewesen, während er hier in dieser Festung ohne Türen und ohne Hoffnung die Zeit verbrachte. Vor drei Jahrhunderten war er einmal in sein altes Lehen zurückgekehrt, aus Neugier und Nostalgie, aber um was genau eigentlich zu sehen? Nun war er schließlich doch alt geworden und konnte mit den Menschen und den Gepflogenheiten nichts mehr anfangen. Ein Klopfen an der Tür unterbrach diese Gedanken, die ihn bereits so häufig beschäftigt hatten.

»Tretet ein!«

Ein dünner, mittelgroßer Mann betrat die Krypta. Im Gegensatz zu den meisten seiner Gefährten hatte er schulterlanges schwarzes Haar. Aldemond hatte eine spitze Nase, einen offenen und direkten Blick und eine zurückhaltende Art. Er war in einer Grafschaft im Süden geboren worden und der Garde bereits in sehr jungem Alter beigetreten. Er hatte die Ausbildung zum Wächter durchlaufen und zählte zu den fähigsten unter ihnen. Allerdings hatte er nicht das geringste Interesse am Blutvergießen. Vielmehr war er der Literatur zugeneigt, was ihm jedoch, obwohl seine Übersetzungen und Transkriptionen alter Texte häufig von Nutzen waren, kaum die Bewunderung seiner Mitbrüder einbrachte. Er verbrachte seine freie Zeit in der Bibliothek der Festung der Garde und hatte sich zum Ziel gesetzt, das Rätsel um die verlorenen Sprachen zu entschlüsseln. Ein Leben würde dafür jedoch wahrscheinlich nicht ausreichen.

»Guten Abend, Rufus.«

»Guten Abend, Aldemond. Was verschafft mir das Vergnügen?«

»Beständig vernehme ich das Geräusch von Eisen, das auf Eisen trifft. Es sucht meine Träume heim und vergällt mir meine Tage.«

Rufus nickte. »Manches Mal ist der Lärm bereits bis zur Festungsmauer gedrungen. Ich habe meinen Teil dazu beigetragen. Es ist keine angenehme Angelegenheit, doch ich denke, Lothar hat recht. Die Garde muss sich der Sache annehmen. Die Männer sind nicht stark genug.«

»Ich breche morgen auf, durch den Nordtunnel.«

»Die Säuberung beginnt?«

Rufus schwieg einige Sekunden lang.

»Ich glaube nicht, dass wir eine andere Wahl haben, Aldemond. Es muss getan werden. Ich bin gespannt, welche Rolle ich übernehmen werde. Wir müssen schnell denken und noch schneller handeln. Eine schwierige Aufgabe, oder?«

Aldemond nickte. »Es müsste gehen. Ein Schatten geht vorüber, ein Schatten tötet, ein Schatten verschwindet. Falls nicht, wird die Garde behaupten, dass ein Rebell versagt hat. Das Blau meines Blutes wird sie schon beeindrucken und ihr werdet einfach ohne mich, aber mit der Unterstützung der anderen weitermachen.«

»Viel Glück, Aldemond. Schlaft gut.«

Doch Aldemond rührte sich nicht vom Fleck. »Ich habe bereits als Mitglied der Truppe gekämpft, wie ihr anderen auch, doch das waren Kämpfe gegen Feinde. Und selbst dann habe ich nachts kein Auge zugetan. Es ist ein wenig so, als würde ich in dem Moment, in dem ich die Augen schließe, mein Gewissen auf Seife betten. Ich lege es sanft darauf ab und denke, dass es dort ruhig liegen bleiben wird. Doch dann rutscht es zur Seite, schlägt auf den Tisch und ich öffne meine Augen. Ich kann es so sanft darauf ablegen, wie ich will, jedes Mal gleitet es wieder weg, bis es gänzlich aus ist mit dem Schlaf. Also stehe ich auf und schreibe, solange ich meine Augen offen halten kann. Sobald sie schwer werden, sinke ich in einen traumlosen Schlaf. Doch die Nacht ist zu kurz, um erholsam zu sein, und der Tag fühlt sich an wie ein Kampf gegen mich und meine Müdigkeit.«

»Die Mahnwache ...«

»Ja.«

Rufus erhob sich. »Nehmt mein Schwert. Es befindet sich hinter Euch. Es ist gut ausbalanciert. Ich habe es mehr als acht Jahrhunderte lang regelmäßig geölt und geschärft. Es hat meinem Vater gehört, dem Mann, den Ihr auf dem Porträt an der Wand sehen könnt. Ich wünschte, es wäre nach meinem ersten Tod meinem Sohn übergeben worden, der es dann wiederum seinem Sohn vermacht hätte. Aber es wäre zu verdächtig gewesen, wenn ich mich davon getrennt hätte, da ich es normalerweise ständig bei mir hatte. Also habe ich es auf die Reise mitgenommen, von der ich niemals wiederkehren würde, und so war auch seine Geschichte beendet.

Das Schwert hat bereits viele Sehnen durchtrennt. Es ist gut geeignet für diese Mission. Also wirst du dein eigenes nicht mit dem Blut Verbündeter beschmutzen. Deine Waffe, und damit dein Gewissen, wird rein bleiben.«

»Habt Dank, Rufus.«

»Geht jetzt schlafen. Ihr habt ein paar lange Tage vor Euch.«

An dem Morgen, an dem seine Leiche gefunden wurde, hatte Archos nicht wie üblich um fünf Uhr morgens Frühstück bestellt. Nach einer angemessenen Zeitspanne beschloss man, die Tür aufzubrechen und seine Wohnräume zu betreten. Da der Prälat weder in der Wohnung noch in der Kapelle aufzufinden war, musste Hofnar – laut der theokratischen Ordnung der Rangnächste – in die Gruft hinabsteigen, um zu überprüfen, ob Archos sich dort befand. Er konnte nur noch seinen Tod feststellen.

Am Morgen nach der Ermordung des Prälaten wurde Hofnar von seinen Mitbrüdern offiziell zum Nachfolger von Archos gewählt. Diese Wahlen dauerten nie sehr lange. Sie wurden meist schon lange im Voraus vorbereitet, damit der Wechsel im Notfall rasch erfolgen konnte. Nun war es an der Zeit, eine neue Liste von möglichen Nachfolgern zu erstellen, für den Fall, dass ... Der Gedanke hinterließ bei Hofnar einen bitteren Nachgeschmack. Er hatte die mächtigsten Theokraten des Königreichs versammelt und eine Untersuchung eingeleitet, um den Mörder zu finden. Im Augenblick gab es keine Hinweise auf das Motiv für das Verbrechen. Das tödliche Gift war unbekannter Natur.

Archos und Hofnar hatten sich gut gekannt. Sie waren manchmal in Fragen der Liturgie oder der Verwaltung der

Gelder unterschiedlicher Meinung gewesen, doch sie hatten einander geschätzt. Hofnar war genauso wie Archos ein geschickter Diplomat und Mann der Macht. Hofnar besaß die typische Physiognomie schlanker Männer, die ihr Beruf weder aufs Schlachtfeld noch auf den Acker führte und deren Körper vollkommen ohne Muskeln auskamen und nur durch Knochen und Sehnen aufrecht gehalten wurden. Er war stets auf der Hut, von seiner Arbeit besessen und ein gerissener Stratege – ein ehrlicher, eigensinniger und unangenehmer Mensch. Gleich nachdem er zum Prälaten aufgestiegen war, hatte er innerhalb der Ränge der Theokratie eine Säuberung angeordnet. Neue hochrangige Theokraten waren an strategisch wichtige Orte versetzt worden, während diejenigen, die sie ersetzen sollten, zu Ehrenämtern im Palast des Allmächtigen berufen wurden.

Während Hofnar sich auf den Weg zu seinem Arbeitszimmer machte, spielte er ganz unten in der Tasche seines Umhangs mit einem Rätsel, auf das er keine Antwort hatte. Es war geformt wie ein erlesenes Schmuckstück, ein kleiner, mit einem Rubin verzierter goldener Schlüssel, den er auf dem Tisch in der Krypta gefunden hatte. Es war nicht schwer zu erraten, dass irgendwo in der Krypta noch ein Objekt mit einem dazu passenden kleinen Schloss verborgen sein musste. Bei Kerzenschein hatte er die Spuren im Staub auf dem Boden untersucht und war zu dem Schluss gekommen, dass sich in einer der Ecken ein Versteck befinden musste.

Er stieg erneut in die Krypta hinab, um herauszufinden, was der goldene Schlüssel an diesem so geheimen Ort öffnen würde. Der kleine hölzerne Hebel befand sich gut versteckt in einem natürlichen Felsspalt, doch dank der Kargheit der Gruft war es nicht schwer, ihn zu finden. Hofnar packte ihn und zog leicht daran. Nichts Ungewöhnliches geschah. Er zog noch einmal stärker. Ein leichtes Klappern war zu hören, dann bewegte sich die Stele vor dem Grab, das sich direkt neben ihm befand. Der Prälat packte den schweren Stein und schob ihn zur Seite, bis er in die dunkle Vertiefung des Grabes blicken konnte. Obwohl die Skulptur auf der Stele es vermuten ließ, befand sich darin keine Leiche. Stattdessen ließ das Kerzenlicht die goldenen Blätter und Edelsteine auf einem fein gearbeiteten Kästchen aufleuchten, sodass die Wände der Grabkammer in den verschiedensten Farben erstrahlten. Ein wirklich schönes Schmuckstück. Hofnar hob es vorsichtig auf und stellte es auf den Tisch. Er nahm den Schlüssel aus seiner Umhangtasche. Der Mechanismus funktionierte reibungslos. Hofnar entnahm dem Kästchen ein in schmuckloses Leinen gebundenes Büchlein. Die enge und regelmäßige Schrift, von gelegentlichen nervösen Schlenkern unterbrochen, war ihm nur allzu vertraut. Archos hatte also Tagebuch geführt. Auf der ersten Seite stand ein kurzer Text und darunter die verschlungene Signatur seines Vorgängers.

Möget ihr, meine Nachfolger, bis zum Ende aller Tage an der Spitze der theokratischen Ordnung herrschen. Die Dinge, die wir sehen, sind nur Trugbilder. Diese Trugbilder ändern sich von Jahrhundert zu Jahrhundert. Unsere Wahrnehmung ist die unserer jeweiligen Epoche, beschränkt und verschwommen. Andere bewahren die Erinnerung über die Lebenszeit der Menschen hinaus, und diese Erinnerung kann uns jederzeit vernichten. Wir sind nicht im Besitz jenes Wissens. Nur sieben Tage lang, während unserer Inthronisation, gewährt man uns in dieser düsteren Krypta in der königlichen Burg einen oberflächlichen Einblick. Ich hinterlasse hier meinen Nachfolgern die Erinnerung an diese Zeremonie in der Krypta, die Zusammenfassung dessen, was ich dort gelesen habe, und meine Gedanken zu diesem Thema, von denen ich hoffe, dass sie die Zukunft der Menschheit erhellen werden. Am Ende dieser Aufzeichnungen wird in einer Chronik alles aufgeführt, was sich seit meiner Inthronisation in Bezug auf die wiederkehrenden Dämonen ereignet hat, die unter den Menschen leben. Und schließlich enthält eine Kassette im Schrank in meinem Arbeitszimmer sämtliche in Bezug auf die Dämonen relevanten Dokumente, die im Besitz des Heiligen Stuhls sind. Der Schlüssel zum Öffnen derselben befindet sich in diesem Kästchen. Niemand außer dem Vorsitzenden des Heiligen Stuhls darf davon wissen.

Archos

Hofnar blätterte um und las weiter.

Hartrold stieg die Treppe zu seinem Gemach hinauf, wartete, dass der Wächter die schwere Tür öffnete, und trat ein. Ein Mann, den er nicht kannte, saß in seinem Lehnstuhl und blickte ihm entgegen. Automatisch griff er nach seinem Schwert. Der Mann lächelte ihn ruhig an. Der König trat einen Schritt zurück und fragte barsch: »Wer seid Ihr? Und was macht Ihr hier?«

»Kommt Euch mein Gesicht nicht bekannt vor? Das überrascht mich, Majestät.«

Hartrold betrachtete den Mann eingehend. Seine Arme ruhten auf den Lehnen, seine Hände hatte er auf dem Bauch verschränkt. Er wirkte nicht eingeschüchtert. Nach einigen Sekunden Schweigen fuhr der Mann fort: »Wir haben zu reden.«

Der König dachte einen Moment lang nach, bevor er erwiderte: »Ich kenne Eure Stimme.«

»Jedoch nicht mein Gesicht. Es war bislang immer von einer Kapuze verborgen. Nun wisst Ihr, warum.«

Der Mann hatte zweifellos etwas Vertrautes an sich. Er hatte eine Stupsnase, hochgezogene Augenbrauen, einen lebendigen Blick und fleischige Lippen. Einen Bart trug er nicht. Er war ungefähr fünfunddreißig Jahre alt und hätte vielleicht ein Onkel oder Cousin sein können.

»Wie ist Euer Name, General der Garde?«

Der Mann lächelte. Hartrold war kein Dummkopf. Er benötigte zwar noch eine Bestätigung, doch er hatte seine Identität erraten.

»Genau wie Eurer, Majestät, ist mein Vorname aus den Erinnerungen der Menschen verschwunden, doch mein Gesicht hängt noch immer in der Ahnengalerie. Vor zwei Jahrhunderten saß ich auf diesem Stuhl und jeder, der danach meinen Platz einnahm, ist durch meine Hand umgekommen, bevor er etwas verraten konnte. Im Ersten Königreich gab es nicht viele wiedergekehrte Könige. Tatsächlich gab es derer nur zwei. Einer ist vor langer Zeit im Kampf gefallen und der andere steht vor Euch.«

Hartrold dachte über die Implikationen dessen nach, was er gerade erfahren hatte. »Wieso habt Ihr Eure Kapuze abgenommen? Sind die Regeln der Garde in dieser Hinsicht nicht sehr streng?«

»Die Garde tritt wieder in Aktion. Wir haben keine andere Wahl. Wir müssen die Linie wieder aktivieren.«

»Die Linie reaktiveren? Warum? Ihr selbst hattet uns doch über die Gefahren in Kenntnis gesetzt und uns überredet, sie auszulöschen.«

»Eure Majestät, die Garde hat ihre Position in dieser Angelegenheit geändert. Für die letzte Entführung sind die Rebellen verantwortlich, ganz klar. Sie besitzen ein Gedächtnis. Wenn sie gut genug organisiert sind, um die Entführung der Wiederkehrenden jahrelang zu planen und derart erfolgreich umzusetzen, dann droht uns sehr bald Gefahr. Es ist wahrscheinlich, dass sie darüber Bescheid wissen, was die Kräfte der Wiederkehrenden alles ausrichten können, und zwar besser als wir. Sie werden nicht zögern, ihr Wissen in die Tat umzusetzen.«

»Und?«

»Wenn Rouault eine solche Macht besitzt, kommen gewöhnliche Soldaten nicht gegen sie an. Sie wurde hereingelegt und hat nun erneut ihre Kräfte gesammelt. Was würdet Ihr an ihrer Stelle tun?«

»Vielleicht sollten wir uns ihre Forderungen anhören.«

»Wir kennen sie bereits und können sie nicht akzeptieren. Sie wird uns keine zweite Chance geben. Sie ist überzeugt, dass wir sie wieder hereinlegen würden. Sie weiß, dass wir keine andere Wahl haben.«

Der General der Garde sprach die letzten Worte mit besonderem Nachdruck aus. Hartrold setzte sich in den anderen Stuhl und überlegte, wie er vor diesem Gesprächspartner aus einer fernen Epoche wieder etwas von seiner Autorität zurückgewinnen könnte.

»Könnte die Garde mir diese Forderungen mitteilen, sodass ich mir selbst ein Urteil bilden kann?«

»Selbstverständlich.«

Der Mann zog eine alte Pergamentrolle aus seiner Wamstasche. Er reichte sie Hartrold, der sie entgegennahm und entfaltete. Das Pergament kam ihm trocken und fragil vor. Es enthielt eine kurze Nachricht, verfasst in unregelmäßiger Schrift und mit blauschwarzer Tinte. Darunter befand sich eine einfache Unterschrift, aber weder Siegel noch sonstiger Zierrat. Hartrold las das Schreiben aufmerksam durch.

Majestät,

das Alte Blut fordert die sofortige Einstellung der Verfolgungen. Wir wissen, wer wir sind und woher wir kommen, genauso wie wir wissen, wer ihr seid und woher ihr kommt. Das Alte Blut ist die Bedrohung, aber es ist auch die Rettung. Die Verfolgungen müssen aufhören.

Rouault

Der alte König dachte einen Moment über die wenigen Worte nach, die er soeben gelesen hatte.

»Die Verfolgungen beenden, General? Es geht ja nicht um die Verfolgung, sondern um die Säuberung. Natürlich ist das eine bedauernswerte Sache für die betroffenen Magier, deren Eltern und Nachkommen, doch bleibt uns eine andere Wahl? Es ist in der Tat eine Forderung, der wir nicht nachgeben können. Gibt es noch weitere Nachrichten?«

Der Mann entnahm seiner Tasche eine zweite Pergamentrolle, größer und abgenutzter als die erste. Hartrold begann zu lesen.

Majestät,

wir haben Absprachen getroffen. Die Wiederkehrenden werden sich von der normalen Bevölkerung fernhalten. Wir haben uns auf dem Grat angesiedelt und leben friedlich von Handel und Kultur. Doch die Kontrolle der Zugänge zum Grat wurde verstärkt. Ganze Truppen von Bewaffneten belagern nun die Straßen. Außerdem schließen sich die Familien der Wiederkehrenden uns nicht mehr an, seitdem Ihr dort aufgetaucht seid. Wir wissen, dass die Verfolgungen wieder aufgenommen wurden und dass die Flammen der Scheiterhaufen wieder in den Himmel emporlodern. Arme Unschuldige haben dort ihr Ende gefunden. Haltet Eure Versprechen ein, dann halten wir auch unsere ein.

Rouault

Der General wartete, bis Hartrold mit dem Lesen fertig war, dann fuhr er fort: »Natürlich sind diese Nachrichten bereits vierhundert Jahre alt. Ihr kennt die Geschichte, Majestät. Eines Nachts rückten die fraglichen Truppen bis auf den Grat vor und vertrieben die Wiederkehrenden bis an den Rand der Berge. Die Säuberung breitete sich auf alle Königreiche aus. Handwerker, Nomaden und Bauern wurden ausgeblutet. Tausende wurden ausgemerzt. Einige hatten offensichtlich Kräfte entwickelt, doch man hat die Schäden, die sie verursachten, übertrieben dargestellt. Wir sind im Besitz sehr genauer Informationen, die von der damaligen Garde aufgezeichnet wurden. Sieben Wächter der Garde, die damals an der Säuberung beteiligt waren, sind noch am Leben. Entschuldigt die Ungenauigkeit meiner Aussagen, ich wurde erst vor zwei Jahrhunderten geboren.«

»Besitzt Ihr noch weitere Dokumente, die mir nicht bekannt sind?«

»Ja, das tun wir … sehr viele. Wir unterrichten Euch nur über das Allernötigste. Wir entscheiden darüber, was sinnvoll ist zu offenbaren – das ist die Rolle der Garde. Der Großteil der Aufzeichnungen, die wir besitzen, sind Berichte von Wächtern, die nun unwichtig sind. Außerdem haben wir Abschriften der Genealogien des Königreichs seit der Säuberung. Die Abstammungslinien der Wiederkehrenden werden zurückverfolgt und bis zu den heutigen Nachkommen weitergeführt. Diese Aufgabe nimmt viel Zeit in Anspruch. Anschließend geben wir die Namen der betreffenden Familien an die Theokraten weiter. Die Schwierigkeit ist: Je weiter wir in der Zeit zurückgehen, desto mehr Nachkommen gibt es. Wenn wir die Abstammungslinien vom Zeitpunkt der Säuberung bis in unsere Epoche nachverfolgen würden, müsste das ganze Königreich kontrolliert werden. Wir gehen also nur zwei oder drei Generationen zurück. Das ist bereits eine große Aufgabe, wenn man bedenkt, dass die Menschen ständig umherreisen oder umsiedeln. Manchmal können wir die Genealogie nicht rekonstruieren. Jeder Krieg sorgt für eine weitere unkontrollierte Verbreitung, ebenso jedes Frauenhaus. Tatsächlich sind nur wenige der gesammelten Dokumente von Bedeutung. Einige davon habt Ihr im Geheimkabinett eingesehen. Diese enthalten die wichtigsten Fakten seit dem Zeitpunkt der Säuberung sowie Informationen betreffs der Ursprünge des alten Blutes, sofern wir Belege darüber haben. Die einzigen noch älteren Dokumente befinden sich in Rouaults Besitz. Dies ist ein Quell großer Sorge für die Garde. Und die jüngsten Ereignisse verstärken diese Sorgen noch.«

»Was sollte ich Eurer Meinung nach noch darüber wissen?«

»Ich werde Euch einige Dokumente zukommen lassen, die Euch, denke ich, über die Gefahren des alten Blutes aufklären werden. Ihr kennt die Legenden, dann werdet Ihr auch an den

Fakten interessiert sein. Die Garde wurde erst später gegründet, doch die ein Jahrtausend alten Originalschriften hat man seit ihrer Entstehung aufbewahrt, damit die Wahrheit unverändert überliefert wird. Sie ist Furcht einflößender als die Ungeheuer in den Legenden. Jeden Tag lassen wir Abschriften dieser alten Dokumente anfertigen, um zu verhindern, dass das Wissen verloren geht. Unsere Kenntnisse reichen jedoch nicht weiter als vierhundert Jahre vor Beginn des Kalenders zurück. Es existieren einige Berichte, in denen die Geschehnisse davor geschildert werden. Rouault, so scheint es, hat noch ältere gefunden, die auf den Ursprung des alten Blutes eingehen. Berichte ... Befragungen von blaublütigen Rebellen, die von diesen Ereignissen erzählen, doch viel mehr wissen wir nicht. Ich werde Euch diese ebenfalls zukommen lassen.« Der General der Garde hielt inne, scheinbar in Gedanken verloren.

Schließlich brach Hartrold das Schweigen. »Diese Woche ist es zu einem unglücklichen Vorfall gekommen. Der Marschall ist in seinem Palast ermordet worden.«

Der General hob den Kopf und sah Hartrold an. »Diese Nachricht hat auch uns erreicht, Majestät. Habt Ihr schon einen Nachfolger gefunden?«

»Wir denken noch darüber nach. Für die nächste Zeit habe ich General Latoise gebeten, den Posten zu übernehmen.«

»Keine schlechte Wahl, für den Moment. Seltsame Umstände, unter denen der Marschall ermordet wurde.«

»Das kann man wohl sagen. Mich würde Eure Meinung dazu interessieren.«

»Meine Meinung ... Wer ist in der Lage, mit einem einfachen Schwert achtzehn unserer besten Männer niederzumetzeln? Achtzehn gegen einen. Das muss ein schöner Kampf gewesen sein. Die Leibwache des Marschalls gegen einen einzelnen Mann, der nicht einmal mit einem Schild bewaffnet ist. Der Angreifer hat die Soldaten und den Marschall getötet, den Stalljungen jedoch am Leben gelassen. Er hat sogar eine solidarische Geste in seine Richtung gemacht, bevor er seine Klinge an der Kleidung eines Leichnams abwischte, sie wieder in die Scheide steckte und den Hof verließ. So als wäre das Ganze ein Höflichkeitsbesuch gewesen. Wer könnte dieser Mann sein, dessen Klinge so schnell die Luft durchschneidet, dass die Männer sie nicht sehen, ja nicht einmal berühren konnten? Ich werde dazu nichts sagen. Die Antwort scheint mir offensichtlich zu sein.«

»Ein Mann, den ich im Kampf zweifellos gerne auf meiner Seite hätte, doch sein Schwert ist gegen mich gerichtet. Der Marschall war nicht gerade für seine Geschicklichkeit im Nahkampf bekannt, doch er war ein kluger Mann. Er wurde durch einen einzigen Schwerthieb getötet, der ihn sauber in der Mitte durchtrennt hat, von der linken Schulter bis hinunter zur Taille.«

»Ein schöner Tod. Ich habe noch nie gehört, dass sich jemand darüber beschwert hätte.« Der General konnte nicht anders, als über seinen eigenen Witz zu lächeln. Einen Augenblick später fuhr er fort: »Der Theokrat, der nun Archos' Position einnehmen wird, dieser Karlus Hofnar, wird nicht wie seine Vorgänger in das Amt eingewiesen werden. Dies wird erst geschehen, wenn das Gleichgewicht wiederhergestellt ist. Falls wir es für notwendig erachten.«

»Dann werde ich ihn über die Einzelheiten in Kenntnis setzen. Wir wissen immer noch nicht, wer Archos vergiftet hat. Der Theokrat, der ihm den Tee gebracht hat, hat keine Aussage gemacht, bevor er starb. Ich befürchte, dass er trotz der Fakten, die ihn belasten, nicht viel über die Sache wusste.«

»Ich werde mich um den Fall des Marschalls kümmern, Majestät, im Namen Lothars, der einst der meine war. Ich bin mit den Orten vertraut.«

Er stand auf und verließ das Zimmer. Vier Wächter tauchten aus dem Nichts auf und schlossen sich ihm an.

In den vergangenen Wochen hatte ein schrecklicher Kampf gewütet. Nachdem jedes Lager ihre Toten verbrannt und die Überlebenden um sich geschart hatte, bereiteten sie sich auf einen erneuten Angriff vor. Das Problem der Wasserversorgung war von zentraler Bedeutung für das Vierte Königreich. Da es in einem schmalen, trockenen Küstengebiet lag, waren die Flüsse, die von der Hochebene herunter ins Flachland flossen, für die Bevölkerung lebenswichtig. Der westliche Teil des Königreichs wurde im Wesentlichen von einem Kanal versorgt, der sich zum Teil aus einem schlammigen Fluss speiste. Dieser befand sich größtenteils auf dem Territorium des Dritten Königreichs. Ein alter Vertrag, in dem die Bedingungen für die Umleitung des Flusses in den Kanal festgeschrieben waren, war im vergangenen Jahr aufgrund einer Allianz zwischen dem Dritten und dem Fünften Königreich wegen des Handels mit einem kostbaren Stoff widerrufen worden. Seitdem die Schleusen geschlossen worden waren, verdurstete die Bevölkerung im Süden des Vierten Königreichs. Ein Krieg war umso unvermeidbarer geworden, seit sich die Bedingungen für einen Waffenstillstand zwischen dem Vierten und dem Fünften Königreich als unerfüllbar erwiesen hatten. Es war eine Frage der Ehre. Das Vierte Königreich hatte deshalb Truppen entlang der Grenze stationiert, während das Dritte

Königreich auf diese Drohung mit einem eigenen militärischen Aufgebot reagiert hatte. Zwei Armeen, die sich gegenüberstehen, können nicht lange in dieser Position bleiben, bis sie etwas Törichtes unternehmen. Bald schon floss Blut statt Wasser zwischen den beiden Fronten. Vier Tage nach Beginn der Kämpfe versammelten sich die Überlebenden der beiden Armeen an den Hängen eines kleinen, ausgetrockneten Tals, dessen Senke die Grenze zwischen den Königreichen markierte. Sie warteten nur noch auf das Signal der Offiziere, um sich unten, auf dem flachen Gelände zwischen den zwei Bergen, auf die jeweiligen Gegner zu stürzen. Doch bevor sie ihre Soldaten ins Verderben schickten, wollten sie abwarten, wer von Süden heranrückte.

Dank der Krähen, die aufflogen, wütend, dass man sie bei ihrem Festmahl gestört hatte, hatte man schon früh bemerkt, dass jemand im Anmarsch war. Die Warterei erschien endlos. Die Männer lärmten doppelt so laut wie sonst, um ihre Unsicherheit in Bezug auf die Neuankömmlinge und ihre Angst vor dem Kampf zu übertönen. Welche neue Strategie könnte sich die gegnerische Armee ausgedacht haben, damit wieder ein paar ihrer Männer auf dem Haufen verkohlter Leichen landeten, die die Luft verpesteten? Die Gefahr kam in Form dreier schwarz gekleideter Reiter, die wie Geister aus dem Rauch der Scheiterhaufen auftauchten. Den Kriegern gefror das Blut in den Adern. Der Lärm wich einer angespannten Stille. Die Reiter rückten bis in die Mitte des Schlachtfeldes vor. Dabei stiegen ihre Pferde über die Leichen der Soldaten und wichen den Kadavern der getöteten Huftiere aus. In der Talsohle angekommen, wo das nächste Gemetzel stattfinden sollte, stieß der Reiter an der Spitze die Standarte in den Boden, die er fest in der Hand hielt. Eine blau-weiße Fahne, bestickt mit Silber – das Wappen, das alle militärischen Abgesandten so fürchteten und hassten. Das Schweigen wurde so greifbar, dass nur die Zänkereien der Krähen und ein leichter Wind, der vom Meer her kam und über die Hügel pfiff, der Landschaft Leben einhauchten. Die Natur machte sich über die Menschen lustig.

Jeweils ein Reiter löste sich von den beiden Truppen und ritt auf die drei Botschafter zu, bis die fünf Krieger schließlich im Kreis um die Standarte herumstanden.

Der Soldat aus den Reihen des Dritten Königreichs ergriff das Wort. »Seid gegrüßt, Brüder. Ihr musstet sicher einen weiten Weg zurücklegen. Habt vielen Dank. Wir können Euch an diesem Ort nur wenig Komfort anbieten, doch für die Nacht kann ich Euch gerne mein Zelt überlassen.«

Der Standartenträger lächelte und grüßte mit einem leichten Kopfnicken zurück. »Seid ebenfalls gegrüßt. Ich kann meine Freude nicht in Worte fassen, Euch nach all den Jahrhunderten lebend wiederzusehen. Ihr seid kaum gealtert.«

Bei dieser Bemerkung mussten alle lächeln.

Die Stimme des Soldaten aus dem Vierten Königreich drang unter seinem Helm hervor. »Diese Standarte habe ich seit Jahrhunderten nicht mehr im Freien flattern sehen. Die Garde ist also wieder aktiv. Es muss sich etwas Gravierendes ereignet haben.«

»Im Ersten Königreich sind die Rebellen wieder in Erscheinung getreten. Eine Machtdemonstration ohne unmittelbare Gefahr, doch ziemlich wirksam. Wir sind sehr beunruhigt. Sie wissen nun, wer sie waren. Wir dachten, wir hätten sie ausgerottet, doch sie sind wieder aufgetaucht und tragen noch immer die Erinnerungen in sich. Wir glauben, dass Rouault überlebt hat.«

»Wir hätten uns um diese Angelegenheit kümmern können, ohne selbst in Erscheinung zu treten. Alle wissen nun, dass wir militärische Abgesandte sind. Ich werde einige gute Freunde verlieren.« Er lächelte warmherzig.

Dann ergriff der Fahnenträger erneut das Wort. »Meine Brüder, es ist der Beschluss gefallen, die alte Ordnung wiederherzustellen. Die Menschen haben sich nicht würdig gezeigt und es steht uns nicht mehr der Sinn danach, die anderen wegzusperren.«

»Die alte Ordnung wiederherstellen? Sehr schön.« Der Tonfall dieser letzten Bemerkung war mehr von Zustimmung denn von Erstaunen geprägt. »Für wie lange?«

»Dazu hat der General der Garde nichts Genaues gesagt, doch die Situation ist ernst genug, dass wir die Kontrolle übernehmen müssen.«

»Gibt es irgendwelche Befehle?«

»Die Schleusen müssen wieder geöffnet werden und die Truppen müssen in die Kasernen zurückkehren.«

»Die Könige werden anderer Ansicht sein. Man wird sie überzeugen müssen.«

»Entweder sie gehorchen oder sie werden von Eurer Hand sterben, ebenso wie ihre Familien. Brieftauben sind bereits in Richtung der Hauptstädte unterwegs.«

»So ist das also.«

Die beiden Soldaten aus dem Dritten und Vierten Königreich entnahmen ihrer Innentasche Tierinsignien ihres jeweiligen Königreichs: ein Bär und ein Wolf, beide aus Platin und mit Augen, die wie kleine Eisstückchen bläulich schimmerten. Sie zogen ihre Helme aus und warfen sie auf den Boden, um ihr langes blondes Kriegerhaar zu befreien.

Nachdem sie sich voneinander verabschiedet hatten, schwangen sie sich wieder auf ihre Pferde und trabten zu ihren jeweiligen Truppen zurück. Die verängstigten Soldaten wichen vor ihnen zurück. Entgegen der militärischen Tradition ritten sie rechts an den Königen vorbei. Sie richteten einige Worte an sie, in einem Tonfall, der keinen Widerspruch duldete.

Mitten auf dem Schlachtfeld stellte man ein Zelt für Verhandlungen auf. Ein weißes Zelt inmitten von rötlich gefärbtem Schlamm. Dort trafen sich die beiden Könige mit den fünf Botschaftern. Das Wasser würde wieder in den Kanal fließen. Der Konflikt zwischen dem Vierten und dem Fünften Königreich würde diplomatisch gelöst werden. Die Truppen machten kehrt, gut sichtbar angeführt von jeweils einem militärischen Abgesandten. Doch der Boden, den sie auf ihrem Rückweg beschritten, würde bald ebenso rot gefärbt sein wie das verwüstete Schlachtfeld.

»Erhebt euch, Hautterre!«

Edmond de Hautterre war vor drei Tagen in Gradlyn eingetroffen. Er war von einem alten Sekretär empfangen worden und hatte ihm die Geldbörsen mit den Münzen überreicht, die von den Entführern zurückgelassen worden waren. Dann hatte er in einer Herberge in der Oberstadt darauf gewartet, dass der König ihn zu sich rief.

Er stand auf und wartete auf weitere Anweisungen. Zum zweiten Mal war er jetzt hier im Geheimkabinett. Die Möbel waren immer noch dieselben, Wandteppiche zierten die Mauern. Hartrold saß in derselben Haltung wie sein Vater auf dem Thron, als er vor ihm seinen Eid abgelegt hatte. Der Sekretär wartete hinter seinem Schreibtisch darauf, dass das

Verhör begann. In einem einfachen und bequemen Lehnstuhl saß ein Mann, dessen Gesichtszüge eine gewisse Ähnlichkeit mit denen des Königs hatten. Er wirkte sehr aufmerksam und trug die Kleidung eines hochrangigen Soldaten. Neben sich hatte er ein kunstvolles Schwert, dessen Knauf mit einem großen blauen Edelstein verziert war. Die Ruhe, die der Mann ausstrahlte, stand der Anspannung des Königs entgegen. Diese Tatsache machte den Vicomte stutzig.

»Hautterre. Wir haben Eure Nachricht erhalten. Ihr habt den Pakt aktiviert, das Kästchen geöffnet und Euer Schreiben mit einem blauen Wachssiegel verschlossen. Ihr wisst, dass das grundlose Öffnen des Kästchens mit dem Tod bestraft wird. Was habt Ihr vorzubringen, um Eure Entscheidung zu rechtfertigen? Es ist nicht nötig, zu wiederholen, was Ihr geschrieben habt – das wissen wir bereits.«

Edmond de Hautterre hatte seit seiner Abreise auf diesen Augenblick gewartet. Er hatte seine Rede so lange vorbereitet und sich vorgestellt, wie es wäre, sein Abenteuer vor den anderen Königen zu erzählen. So oft hatte er es sich vorgestellt ... Er hatte nicht damit gerechnet, dass ihm, nachdem er das Land von Osten nach Westen durchquert hatte und schließlich fast von Angesicht zu Angesicht vor dem König stand, diese Frage auf so nüchterne Art und Weise gestellt würde, so als wäre sie gar nicht von Bedeutung.

»Majestät, zwei Kinder sind entführt worden. Im Rahmen der Tat wurde ein vergessener Weg gerodet. Alles wurde genauestens vorbereitet. Unter den Entführern waren Holzfäller, Steinmetze, ein Krämer, ein Barbier und seine Frau. Sie scheinen sich vor der Tat nicht gekannt zu haben. Ich bin mir nicht einmal sicher, ob sie sich überhaupt schon einmal begegnet sind. Einige lebten schon seit Jahren in der Provinz, andere waren nur auf der Durchreise. Die einzigen Waffen, die sie unseres Wissens bei sich hatten, waren die Pfeile, die meine Männer davon abgehalten haben, nachts in die Schlucht vorzurücken. Auf dem weiteren Weg stießen wir auf überdachte Unterschlüpfe, Soldatenzelte und Weinfässer – eine ziemliche Verschwendung von Ressourcen für eine einfache Entführung. Ein Zeuge, der Großvater eines der Kinder, hat mir berichtet, dass die Männer mit Stoff überzogene Rüstungen trugen. Er hat in der Vergangenheit in der Armee meines Vaters gedient und kennt sich mit Rüstungen aus. Die einzige Gewalttat, die begangen wurde, war das Einschlagen einer Tür. Wir haben vor Ort keinen Rammbock oder irgendein anderes Werkzeug gefunden, mit dem man die Tür hätte aufbrechen können. Dafür haben die Männer Gold- und Silbermünzen hinterlassen.«

Der alte Sekretär nahm die beiden Geldbörsen aus seinen Umhangtaschen und trat hinter dem Schreibtisch hervor, um sie dem König zu überreichen. Hartrold entnahm jeder Börse je eine Münze. Er begutachtete sie sorgfältig, wog sie in der Hand und reichte sie dann dem Soldaten, der neben ihm stand. Dieser prüfte sie mit undefinierbarem Gesichtsausdruck. Um seinen Bericht zu veranschaulichen, zog Hautterre einige Pfeile aus seinem Beutel, drei Ellen lange schwarze Pfeile mit blauen Schäften. Er hatte die Pfeile erst zur Hälfte herausgezogen, als der Sekretär blitzschnell herumwirbelte und eine Rolle vorwärts machte, sodass er plötzlich direkt vor ihm stand. Hautterre war so überrascht, dass er nur etwas Unverständliches murmeln konnte. Der Alte nahm ihm die Pfeile vorsichtig aus der Hand, während er die scharfe Klinge seines Dolches an Hautterres Halsschlagader legte.

»Rufus! Dies ist zwar eine gute Vorsichtsmaßnahme, aber wohl unnötig.« Die Stimme des Königs klang ein wenig verärgert. Er erklärte die Angelegenheit dem verdutzten Vicomte: »Hautterre, in meiner Anwesenheit hat niemand eine Waffe zu ziehen. Ihr wisst davon wohl nichts, denn ihr wohnt weit entfernt vom Hof und dessen Gebräuchen. Denkt in Zukunft daran. Rufus, bringt mir die Pfeile.«

Der Sekretär warf Hautterre einen bösen Blick zu und schlurfte dann zum König hinüber. Hautterre fasste sich wieder und stammelte ein paar Ausreden.

»Hautterre, habt Ihr uns nun alles berichtet? Jedes Detail?«

»Jawohl, Majestät. Der Theokrat meines Lehens heißt Théod. Er ist am selben Tag noch mit den Genealogien der beiden Familien aufgebrochen, um die Angelegenheit seinen Mitbrüdern zu melden.«

»Er ist dort nicht angekommen, Vicomte.« Der Soldat sprach mit tiefer und fester Stimme.

»Théod? Ist ihm etwas geschehen? Räuber halten sich normalerweise von Theokraten fern, außerdem wurde er von vier Soldaten eskortiert. Sie brauchen wohl etwas länger als erwartet.«

»Vielleicht sind sie in einen Hinterhalt geraten. Oder er hat es sich anders überlegt und einen anderen Weg eingeschlagen.«

»Théod ist seit acht Jahren der Theokrat meines Lehens. So, wie ich ihn kenne, ist er eigentlich niemand, der sich vor einer Aufgabe drückt. Er hat seinen Dienst immer ordentlich verrichtet: sich um die Sterbenden gekümmert, Gottesdienste abgehalten, die Säuglinge skarifiziert. Er ist ein anständiger, sehr gebildeter Mensch.«

Der König unterbrach ihn: »Das bezweifeln wir auch gar nicht. Wir gehen davon aus, dass er einfach einen anderen Weg als Ihr genommen hat. Er wird wohl in ein paar Tagen auftauchen, um Bericht zu erstatten. Bis dahin, und falls Bruder Théod nicht erscheint, gelten die genealogischen Aufzeichnungen Eures Lehens als verloren. Ihr müsst einen inquisitorischen Trupp losschicken, um sie neu erstellen zu lassen.«

Hautterre versteifte sich. »Das Lehen zählt nur ein paar Hundert Einwohner, Majestät, einschließlich der Soldaten und Bediensteten. Die Ernten sind mager und der Boden dürr. Wir leben hauptsächlich vom Holz, das wir im Tal und auf den Almen verkaufen. Die Bauern sind arm und das Land ist rau. Jeder kennt jeden. Das sind rechtschaffene Leute. Majestät, ist es wirklich nötig, einen Inquisitionstrupp dort hinzuschicken?« Je länger Hautterre sprach, desto leiser wurde seine Stimme.

»Hautterre, der Trupp wird den Einwohnern nicht zur Last fallen. Die Männer werden ihr eigenes Holz und ihre eigene Verpflegung mitbringen. Es genügt, ihnen eine Unterkunft zur Verfügung zu stellen. Nicht mehr als zwanzig Inquisitionsmönche. Wir werden veranlassen, dass Euch in Kürze ein neuer Theokrat zugeteilt wird. Nun berichtet mir von Wachtmeister Orville.«

»Orville ist ein guter Soldat. Ich habe ihn vor einigen Jahren im Rahmen einer Schuldenbegleichung erhalten. Er wird überall respektiert, deshalb habe ich ihn für diese Aufgabe ausgewählt. Als Waffenmeister beweist er große Geduld und ebenso große Entschlossenheit. Er besitzt eine ausgezeichnete Technik. Außerdem kann er schreiben, was für diese Mission unabdingbar ist. Als Soldat zeichnet er sich durch große

Disziplin und moralische Integrität aus. Er hat sich noch nie etwas zuschulden kommen lassen. Außerdem weiß ich, dass dieser Mann, den ich nun wohl in den sicheren Tod geschickt habe, viel für das gute Leben übrighat, wie man es in Hautterre nicht leben kann. Er ist ein sehr wertvolles Mitglied der Truppe und ich werde Schwierigkeiten haben, einen Ersatz für ihn zu finden. Alles, was ich will, ist, dass er seine Mission erfüllt und meinem Lehen Ehre einbringt.«

Der Soldat mit dem Schwert mit dem blauen Edelstein unterbrach ihn: »Hautterre. Habt Ihr Euch jemals gefragt, wie ein einfacher Mann es geschafft hat, sich solch gute Manieren, Lesen und Schreiben, Fechten und Selbstdisziplin anzueignen? Und ob er noch über andere Kenntnisse verfügt?«

»Nein, mein Herr. Er hat stets seine Pflicht getan und ich habe ihn wie einen Soldaten behandelt, nicht wie einen Leibeigenen.«

»Könnt Ihr mir sein Aussehen beschreiben?«

»Er ist ein wenig größer als ich, breitschultrig, von lebensfrohem Charakter – ein Mann, der die einfachen Freuden schätzt. Bei seiner Ankunft war er von dünner Statur, doch das gute Essen und die Arbeit als Wächter haben ihn ein wenig gemästet. Meines Wissens hat er keine besonderen äußeren Merkmale. Er muss wohl so um die dreißig sein. Er war noch ein junger Mann, als ich ihn vor sechs Jahren in meinen Dienst nahm.«

»Vielen Dank, Vicomte. Rufus, bitte bring mir die Karte herüber.«

Der alte Mann ging zu einem großen Schrank, zog einen Schlüssel aus seiner Tasche und sperrte eine der Türen auf. Die Regalbretter waren voller Bücher und Schriftrollen. Er wählte eine der Schriftrollen und ging damit zu dem großen

Tisch. Dort entrollte er sie und beschwerte die Ränder mit Gewichten. Es war eine große Karte, die offensichtlich erst vor Kurzem angefertigt worden war. Man hatte dafür mehrere Häute zusammengenäht. Der König und der Soldat gingen zum Tisch hinüber.

»Kommt auch herüber, Hautterre! Marschall, könnt Ihr dem Vicomte erklären, was seine Mission sein wird?«

Der Soldat fuhr eine Linie auf der Karte nach. »Dieser Punkt hier ist Hautterre. Diese Zeichnung hier soll die Festung darstellen, deren Bau Euer Großvater initiiert hat. Die Linie markiert den Pfad, der von Eurem Lehen aus hinauf auf die Almen führt. Tatsächlich erstreckt er sich bis ins Gebirge hinein. Es ist ein alter Pfad, auf dem man bis zum Gebirgskamm gelangt. Vierhundert Jahre lang schien er komplett in Vergessenheit geraten zu sein, genauso wie der Pfad selbst, doch wir sind in den alten Aufzeichnungen wieder darauf gestoßen. Orville hat bei der Verfolgung der Entführer höchstwahrscheinlich diesen Weg gewählt. Auf dem Gebirgskamm muss er sich dann in nordwestlicher oder südöstlicher Richtung weiterbewegt haben. Er kann nicht in Richtung Binnenmeer geritten sein, da die Berge dort unpassierbar sind.«

Er wandte sich zu den anderen um. »Jenseits davon ist der Pass beinahe unbegehbar. Zumindest liest man das in den Aufzeichnungen, da seit Generationen niemand mehr dort war. Über diesen Weg gelangt man über die Grafschaft von Hautterre in unser Königreich. Aus diesem Grund hat Euer Großvater dieses Lehen erhalten. Es ist wie ein Schutzwall. Vor vierhundert Jahren war dieser Weg von enormer strategischer Bedeutung. Danach ist er in Vergessenheit geraten, genauso wie diejenigen, die ihn angelegt haben. Es scheint, dass die Entführer irgendwie von der Existenz dieses Weges erfahren und ihn für sich genutzt haben, in dem Wissen, dass ihnen dort niemand auflauern würde. Die bekannten Zugänge werden streng überwacht. Falls Euer Mann den Grat überlebt, wird ihm Hilfe angeboten werden. Das ist alles, was ich versprechen kann. Ihr wisst genauso gut wie ich, was ihm am Ende seiner Mission bevorsteht. Doch nun zu Euch, Hautterre. Wir müssen Euch mit einer schwierigen Aufgabe betrauen.«

Er ließ absolute Stille einkehren, bevor er fortfuhr: »Seine Majestät wird eine Expeditionstruppe entsenden, die den Bergkamm erkunden und das Gebiet von diesem nördlichen Punkt bis zum Gebirgspass im Süden kartografieren soll. Der Gebirgspass wird heutzutage von fahrenden Händlern benutzt. Das Gebiet gilt als unsicher. Doch es ist der einzige Weg, über den man den Berg überqueren und zum Binnenmeer sowie zur Markgrafschaft Vallade gelangen kann. In Richtung Nordwesten, dort, wo der Weg oberhalb der feindlichen Territorien des Siebten Königreichs endet, wird eine Festung errichtet werden. Sie wird außerhalb des Einzugsbereichs der Einheimischen gebaut werden, um keine Feindseligkeiten zu erregen. Diese Festung wird als westlicher Schutzwall einer neuen Markgrafschaft dienen, die Crêtes heißen soll. Der östliche Wall wird auf der Höhe des Gebirgspasses errichtet. Hautterre stellt den dritten Wall dar, den südlichen. Für diesen Dienst, den Ihr dem Königreich erweist, erhaltet Ihr jährlich zweitausend Goldmünzen. Hautterre dient als Basislager, von dem aus man den Grat passieren kann. Wir werden dort Kornspeicher und Kasernen bauen müssen. Ihr werdet uns dabei unterstützen, eine Straße anzulegen, die über die Almen hinauf zum Bergkamm führt. Der neue Marquis wird dort ein Lager errichten, von dem aus man den Grat von Westen nach Osten systematisch auskundschaften wird. Der Weg soll anschließend dauerhaft befestigt und überwacht werden.«

Der Marschall wandte sich wieder der Karte zu und deutete auf einen Punkt. »Dahin und dorthin werden zwei Expeditionstruppen entsandt werden. Während sie sich vorwärtsbewegen, werden sie die notwendigen Ausbesserungen vornehmen und Zwischenstationen bauen, die es erlauben, auf dem Grat schneller voranzukommen. Anscheinend hat es solche Konstruktionen schon in der Vergangenheit gegeben. Jeder einzelne Winkel des Berges soll akribisch kartografiert werden. Gelehrte werden eine Bestandsaufnahme der Ressourcen machen, die dort zu finden sind. Die Waren sollen hauptsächlich via Hautterre transportiert werden. Die notwendigen Arbeitskräfte, Soldaten, Offiziere, Pioniertruppen, aber auch Architekten, Handwerker und Leibeigene werden von Eurem Lehen aus hinauf auf den Bergkamm weiterreisen. Es wird sicher noch andere geben, die sich freiwillig melden werden oder einfach Arbeit brauchen. Ihr werdet Ihnen die Reise erleichtern. Danach werden rund um die Festung Zwischenstationen und Siedlungen angelegt werden. Dafür werden die Wälder abgeholzt, Minen und Felder angelegt.«

Der Marschall richtete sich auf und sah dem Vicomte in die Augen. »Ein militärischer Abgesandter wird Euch bei dieser Aufgabe behilflich sein. Er gehört zu den zuverlässigsten Offizieren im Königreich. Wir werden ihn Euch in Kürze vorstellen. Ihr werdet gemeinsam mit ihm in Euer Lehen zurückkehren. Außerdem wird auch eine Armee dauerhaft in Eurem Lehen stationiert werden. Die Burg wird auf Kosten des Königshauses ausgebaut werden. Ihr könnt jetzt abtreten, Vicomte de Hautterre.«

Der Vicomte verneigte sich. Er verstand, dass das Gespräch beendet war. Diese Wendung der Ereignisse läutete das Ende seines Lehens ein, so wie er es gekannt, geformt und geliebt hatte. Im Grunde war er niemals Herr darüber gewesen, immer nur ein Lakai.

Erst einige Augenblicke später wurde ihm bewusst, dass er das Zimmer verlassen hatte und nun den langen Korridor entlangging, durch den er erst vor einer Stunde gekommen war, auch wenn es sich anfühlte wie ein ganzes Jahrhundert. Die Abendsonne warf rötlich schimmernde Lichtpunkte auf die Holzvertäfelung. Das trockene Geräusch seiner Stiefel auf den abgenutzten Steinplatten hallte schmerzhaft in der Leere seiner Seele wider. Verzweifelt flog sie über die Gipfel in Richtung Hautterre.

In einem isolierten Wachturm am Fuße des Bergkamms zog eine seltsame Prozession die Aufmerksamkeit eines Soldaten auf sich.

»Wachtmeister, seht Euch das an!«

Der Wachtmeister erhob sich von seinem Strohsack und stieg die abgenutzte Treppe zum Ausguck hinauf. Das Gebäude befand sich in einem ziemlich entlegenen Gebiet, irgendwo in den Ausläufern des Bergrückens. Nur ein Saumpfad führte von Ferrata, einer Garnisonsstadt in der Markgrafschaft Sarclos, dorthin. Der Bau, zu dem ein Gebäude mit einem kleinen Stall und Schlafräume gehörten, wurde von einem Turm flankiert, der so hoch war, dass er dem gesamten Gebäudekomplex das Aussehen eines Reihers verlieh. Von der Spitze des Turms aus konnte man zwei mögliche Zugänge zum Grat einsehen, die sich unterhalb einer kleinen Anhöhe befanden.

Der Wachtmeister war oben angekommen und trat an die frische Luft. Der Mann, der ihn gerufen hatte, deutete in Richtung Süden. Eine Gruppe Männer, höchstens zwanzig, kam langsam näher. Aus dieser Entfernung war noch nichts Genaues zu erkennen. Zur Sicherheit stieg der Unteroffizier die schmale Treppe des Turms wieder hinunter, verbarrikadierte die Tür und befahl den beiden anderen Männern, die an diesem entlegenen Ort noch mit ihm Wache hielten, sich hinter der Bogenschützenwand im ersten Stock aufzustellen. Dann stieg er zurück auf den Turm, um zu sehen, wie nah die Einheit bereits herangerückt war. Das in der Sonne aufblitzende Metall ließ keinen Zweifel zu: Es war eine militärische Formation, die da auf sie zumarschierte. Dennoch lag nichts Bedrohliches in ihren Schritten. Als die Truppe in Hörweite war, erkannte der Wachtmeister, dass es Männer aus seiner eigenen Garnison waren. Er entspannte sich und entriegelte die Tür, um die Besucher willkommen zu heißen.

Der Offizier, der die Einheit anführte, grüßte ihn. »Guten Tag, Wachtmeister.«

»Guten Tag, Oberleutnant Lars, welch günstiger Wind weht Euch denn vor meine Tür? Bedeutet dies etwa, dass Ihr uns ablöst? Eine solche Eskorte scheint mir ein wenig übertrieben für die Überwachung dieses winzigen Fleckchens zu sein.«

»Befehl des Königs, Wachtmeister. Alle Wachposten rund um den Grat sollen verstärkt werden. Wir sind diese Woche hier, in der nächsten Woche wird eine weitere Truppe von zwanzig Männern eintreffen. Sie wird von Oberleutnant Staro angeführt, der dann das Kommando übernehmen wird.«

»Alle auf ihre Posten, gleich werden wir von wilden Schafen angegriffen! Mir scheint, ich hätte in letzter Zeit welche in der Gegend herumlaufen sehen.«

Der Geruch nach gegrilltem Fleisch, der in der Luft hing, ließ keinen Zweifel daran, dass der Angreifer ein wenig zu wagemutig gewesen war.

»Gut, gut, ich richte mich mal ein wenig ein, die Maultiere überlasse ich dir.«

Der Wachtmeister nickte und richtete das Wort an die neu angekommenen Soldaten: »Amüsiert euch gut, Männer!«

Oberleutnant Lars stieg hinauf auf den Turm und vertiefte sich in die Betrachtung der rauen Landschaft, die sich vor ihm erstreckte. Am Fuße der Zwischenstation erblickte er einen Flecken mit kurzem grünem Gras bedecktes Land, das es geschafft hatte, sich an den kargen Untergrund zu klammern. Ein Stück weiter oben, bei den kahlen Felsen, erkannte er deutlich zwei Kiespfade, die zu zwei kleinen Pässen auf beiden Seiten des niedrigen Berges führten. Diese wurden häufig von Jägern genutzt, in der Hoffnung, dort auf interessantere Beute zu stoßen. Lars blickte auf. Am metallisch blauen Himmel kreisten ein paar große Raubvögel. Sein Blick kehrte zu den Felsen zurück und verharrte auf einem der wenigen bekannten Zugänge zum Bergkamm.

KAPITEL V

DER GEBIRGSPASS

14. September 806

Wir wurden letzte Nacht angegriffen. Außer mir hat niemand überlebt. Ich lag bis zum Morgen bewusstlos auf dem Boden der Scheune, umgeben von Leichen. Als ich aus meiner Starre erwachte, suchte ich nach Überlebenden, doch die Stille machte mir sofort deutlich, dass es keine gab. Das Pferd hatte sich, weil es so heftig am Seil gezogen hatte, am Hals verletzt, aber immerhin stand es noch dort, wo wir es am Vortag angebunden hatten. Ich habe es aus der Scheune geführt und zum Bach gebracht. Nun grast es. Ich muss sein Halfter austauschen, damit es sich nicht wieder aufscheuert, wenn wir weiterreiten. Diese Einzelheiten mögen unbedeutend sein, doch ich glaube, dieses Tier ist im Moment die einzige Verbindung zwischen mir und der Welt der Lebenden. Was für ein Soldat bin ich eigentlich, dass ich mich von einem

Kampf so sehr aus der Fassung bringen lasse? Wenn nur ein einziger Angreifer noch draußen vor der Scheune gewesen wäre, hätte er mich umbringen können, ohne dass ich ihn überhaupt hätte eintreten sehen. Ich habe meine Wunden untersucht und meine Gefährten begraben … ohne Werkzeug war es mir unmöglich, so viele einzelne Gräber auszuheben. Ich habe deshalb eine natürliche Vertiefung im Boden genutzt, um dort meine Männer mit ihren Waffen und denen der besiegten Feinde beizusetzen. Dann bedeckte ich sie unter Zuhilfenahme eines breiten Schwertes, so gut ich konnte, mit Erde. Auf den Erdhügel habe ich Steine geschichtet, damit die Tiere das Grab nicht entweihen. Sie werden sich bestimmt genug am Fleisch der mehr als dreißig toten Angreifer gütlich tun können. Ihrer Bekleidung und ihren unterschiedlichen Waffen nach zu urteilen, waren diese Leute Briganten. Allerdings wurde ihnen dieser Angriff von jemandem befohlen. Sie kämpften bis zum letzten Mann. Es ist wahrscheinlich, dass zumindest einige von ihnen eine militärische Ausbildung hatten. Deserteure oder Söldner. Zehn von ihnen fielen unseren Pfeilen, die restlichen unseren Klingen zum Opfer. Mindestens zwei gerieten unter die Hufe des Pferdes, als sie versuchten, mich von rechts anzugreifen. Ich verdanke ihm wohl mein Leben. Ich weiß nicht, wann meine Kameraden gestorben sind, und auch nicht, warum ich noch am Leben bin. Ich habe mich vorhin im Bach gewaschen. Ich habe nur ein paar oberflächliche Kratzer abbekommen. Sie dürften ohne Schwierigkeiten ausheilen, falls sie sich nicht entzünden.

Dies war mein erster richtiger Kampf und doch habe ich kaum Erinnerungen daran zurückbehalten. Immer wieder überkommt mich das Gefühl, dass mein Schwert nicht richtig ausbalanciert war. Zu leicht, ein wenig zu kurz, der Schwerpunkt zu nahe am Griff. Sonst hätte ich ... Sie sind alle tot, ich hätte nichts dagegen tun können, doch es hätte sich einfach harmonischer angefühlt.

Ich habe alles zusammengerafft, was ich tragen kann und was mir noch nützlich sein könnte, und diesen Ort des Unglücks auf meiner Karte vermerkt. In einer Stunde werde ich bereits weit weg von hier sein.

Vermerk von Kapitän Orville,
militärischer Abgesandter im Dienst des Königs

Orville schnürte einen Teil der Last auf dem Pferd fest, schulterte selbst den anderen Teil und machte sich auf den Weg. Mitgenommen hatte er sein Etui mit den Schreibutensilien, einige Waffen, darunter eine Reihe von Wurfdolchen, eine kurze Axt und das Schwert, das ihm zuvor als Schaufel gedient hatte, ein Kettenhemd, einen etwas klobigen Helm und ein kleines rundes Schild. Auf das Pferd hatte er die restlichen Lebensmittel, ein paar Kleidungsstücke, die er im Bach gewaschen hatte, zwei Paar Schuhe, die besser zum Marschieren geeignet waren, den Geldbeutel, den er von Hautterre bekommen hatte (und dessen Inhalt er noch gar keine Gelegenheit gehabt hatte, auszugeben) sowie ein längeres Stück Seil geschnürt. Eine Ausrüstung, die einem alleine reisenden Soldaten entsprach.

Nach etwa zwei Stunden Fußmarsch tauchte vor ihm ein Hügel in Form eines Kopfes auf, der den Blick nach oben gerichtet hatte. Den nicht mehr ganz frischen Huf- und Fußspuren folgend überquerte Orville den Gebirgspass, der zwischen Nase und Kinn verlief. Auf der anderen Seite stieg er wieder hinunter und stieß weiter unten im Tal schließlich auf den Gebirgspass.

16. September 806
Die Spuren sind immer noch frisch.

Vermerk von Kapitän Orville,
militärischer Abgesandter im Dienst des Königs

Der Gebirgspass unterschied sich nicht großartig von den anderen Wegen, die die Ebenen durchzogen. Es gab nasse, steinige Abschnitte und trockene Abschnitte gestampfter Erde, über die bereits viele Karren hinweggerollt waren. Die Nähe dieser Handelsroute erklärte wohl teilweise, warum sich Briganten in dieser Gegend herumtrieben. Ein etwas weniger gut geschützter Handelskonvoi konnte eine solche Bande eine ganze Weile lang verpflegen. Die Straße stieg nach Norden hin an. Sie führte durch ein grasbewachsenes, unbewaldetes Tal, das sich schier endlos vor ihm erstreckte.

Orville hatte die letzte Nacht in einem einfachen Unterschlupf verbracht: drei aus Rundstämmen gefertigte Wände und ein Schieferdach. Die Feuerstelle, ein kleiner Kreis unweit des Eingangs, war von runden Steinen umgeben gewesen. Die Asche war kalt. Von jetzt an, da er allein war und sich vor einer erneuten Konfrontation fürchtete, aus der er nicht als Sieger hervorgehen konnte, würde er im Wald nach abgelegeneren Zufluchtsorten suchen. Er band das Pferd fest, setzte sich auf den Boden und breitete seine Habseligkeiten auf einer braunen Decke aus. Seine Vorräte würden ihm noch ein oder zwei Tage reichen und er hatte eine ansehnliche Auswahl von Waffen dabei. Die Axt mit dem kurzen Griff war eher eine Waffe als ein Werkzeug. Die Wurfdolche hatten eine kurze, massive Klinge und einen schmalen Griff. Er hatte noch nie darüber nachgedacht, wie man diese unorthodoxen Waffen im Kampf einsetzen könnte. Man konnte sie unauffällig in einem Ärmel oder Stiefel verstecken. Dass sie so gut geschärft und gereinigt waren, musste bedeuten, dass ihr Vorbesitzer ihnen viel Zeit gewidmet hatte.

Orville versuchte sein Glück mit den Wurfdolchen, jedoch ohne viel Erfolg. Sie flogen gut, doch es würde ein wenig Übung brauchen, bis sie wirklich ihr Ziel trafen. Also beschloss er, jeden Tag zu trainieren. Das konnte doch eigentlich nicht so schwer sein. Der Schild war einfach und von guter Qualität. Er war aus dickem Eichenholz gefertigt, am Rand mit Eisen beschlagen und vorne mit gekochtem Leder überzogen, das mit exotischen Mustern verziert war. Die Kleidung aus Leder und Stoff, die er mitgenommen hatte, war in besserem Zustand als seine. Das Kettenhemd und der Helm dürften auch bereits mehr als einen Vorbesitzer gehabt haben, waren jedoch gut geölt und instand gehalten worden. Die Seile stammten noch aus Hautterre. Links und rechts außen platzierte er seine beiden Schwerter, seinen Bogen und einen Köcher. Buch, Etui und Geldbeutel legte er in die Mitte des Tuches.

Er blieb eine Zeit lang sitzen und betrachtete seine Habseligkeiten. Auf einmal fielen ihm die beiden Männer ein, die er zusammen mit ihren Pferden zurückgeschickt hatte. Er war froh – zumindest sie waren nun in Sicherheit. Was für ein Wahnsinn, das Ganze! Ihm wurde klar, dass er zum ersten Mal seit Monaten nicht den Spuren der Entführer folgte. Er war nun frei. Befreit von dieser Mission, die bereits so viele Menschen das Leben gekostet hatte. Er konnte nun wählen, ob er die Verfolgung wieder aufnehmen oder mit seinen paar

Habseligkeiten über den Berg fliehen wollte. Immerhin hatte er es geschafft, ihnen so weit zu folgen. Plötzlich musste er lachen über die Absurdität der Situation, in der er sich befand, und darüber, dass er noch am Leben war. Er lachte, bis ihm dieser unkontrollierbare Ansturm an Emotionen den Atem nahm. Als er sich wieder beruhigt hatte, überkam ihn eine ungeheure Erschöpfung. Er dachte an seine Gefährten, an die Mahnwachen, die Momente, in denen sie hatten hungern müssen und an die glücklicheren Augenblicke, in denen ein geschickt geschossener Pfeil das Gespenst des Hungers vertrieben hatte. Er hatte in den Augen der Männer unerschütterliches Vertrauen gesehen – Vertrauen, das sie einem Anführer schenkten, der sie schließlich in den Tod geführt hatte. Tode, die ihm die Fortsetzung der Mission erlaubten. Eine Mission, die ins Nichts führte und deren Bedeutung ihm schleierhaft war.

Er las seine Tagebucheinträge noch einmal durch und durchlebte erneut die Reise auf dem Bergkamm, diese fünf leidvollen Monate. Auf einmal wurde ihm klar, dass er nun im Besitz eines ungeheuren Schatzes war. Dieser Weg machte es ihm möglich, jede Festung auf dem Berg von hinten anzugreifen und so unbemerkt in das Erste Königreich einzudringen. Der Weg begann hinter dem Hügel, der wie ein Kopf geformt war. Er hatte eine sorgfältige Skizze angefertigt, um sich den Ort genau einzuprägen. Er nahm seine Karten heraus und skizzierte zwei Linien, die die nebligen, unzugänglichen Gipfel darstellen sollten. Von dort aus zeichnete er eine gepunktete Linie in Richtung Südosten – die Spur, die er auf dem Grat verfolgt hatte. Gab es einen Weg, der sich an den, den er in Richtung Nordwesten gegangen war, anschloss? Wenn sich die Gelegenheit ergab, würde er sich auf die Suche nach dieser sehr wahrscheinlich existierenden fehlenden zweiten Hälfte des Pfades machen. Er sah sich die Karte noch einmal genau an und verstand plötzlich, wohin die Entführer geflüchtet waren: Sie hatten sich den Gebirgskamm entlang bewegt, um die Berge über den Gebirgspass zu überqueren. Sie waren nun auf dem Weg zum Binnenmeer. Orville zeichnete mit gestrichelten Linien den mutmaßlichen Fluchtweg der Entführer ein und rollte die Karte zusammen. Es müsste ihm eigentlich gelingen, die Männer wieder einzuholen. Von Anfang an war er im Hintertreffen gewesen und war schwer vorangekommen. Aus ihm hätte ein guter Jäger werden können.

Er teilte das, was er besaß, in zwei Haufen auf, nähte rasch einen großen Sack zusammen und steckte dort alles hinein, wovon er sich nicht trennen mochte. Den Rest teilte er zwischen den beiden Satteltaschen auf. Davon würde er sich wahrscheinlich früher oder später trennen müssen, falls er sich unauffälliger und schneller fortbewegen wollte. Er öffnete die Geldbörse und entnahm ihr das etwa einen Zoll große königliche Abzeichen, das das Symbol des Ersten Königreichs, einen Reiher, darstellte. Der goldene Reiher war für die königliche Familie reserviert, Silber für den Adel, Messing für die Theokraten, während Bronze hochrangigen Militärs vorbehalten war. Gold herrschte über alle anderen Metalle, Silber über Bronze und Bronze über Soldaten. Messing stand außerhalb dieser Ordnung. Sein Einfluss hing von den Herrschern und deren Mächteverhältnis ab. Die Theokraten berieten in der Regel Könige und Adlige, während sie das einfache Volk terrorisierten. Was Platin anging, so hatte es überhaupt keinen Platz in dieser Hierarchie. Dieses Metall war das Symbol der Angst. Alle anderen Metalle, sogar Gold, beugten sich ihm. Orville verstand weder, wie Hautterre in den Besitz dieses Platinreihers mit dem blauen Diamantauge gekommen war, noch, warum er mit einem roten Balken durchkreuzt war. Vielleicht, um ihn daran zu erinnern, dass er nur vorübergehend diese hohe Stellung als militärischer Abgesandter innehatte. Er würde sich diese Fragen für einen späteren Zeitpunkt aufheben, wenn ihm mehr Fakten vorlagen. Orville steckte das Abzeichen zurück in die Geldbörse, die er in den Sack packte.

Am nächsten Tag fand er ohne große Mühe den Gebirgspass und nahm die Verfolgung wieder auf. Der Pfad führte ihn nun durch eine bewaldete Schlucht, an deren Grund sich ein Bach dahinschlängelte. Der Weg war mehr oder weniger befestigt. Eine Brüstung aus Trockenstein sicherte die gefährlichsten Abschnitte. Das Pferd, das er am Zügel hinter sich herführte, blieb gelassen und hielt nur von Zeit zu Zeit an, um ein wenig Gras zu fressen oder zu trinken. Insekten und Vögel flirrten und flatterten im Sonnenlicht umher, das durch das Laub der Bäume fiel. Wäre er nicht allein in einem so gefährlichen Gebiet unterwegs gewesen, hätte er diesen Anblick sicher als lieblich empfunden. Doch vorläufig beschleunigte er seine Schritte und hielt mit allen Sinnen Ausschau nach möglichen Gefahren im Zwielicht des Waldes. Der Wald ging schließlich in ein breites Tal mit vereinzelten kleineren Hainen über. Der Weg erstreckte sich vor ihm, bis er einige Meilen entfernt in einen Engpass mündete und aus dem Blickfeld verschwand. Orville hielt an und beobachtete misstrauisch den Handelskonvoi, der ihm entgegenkam, dann ging er weiter, auf ihn zu. Sobald sie ihn ebenfalls entdeckt hatten, lösten sich ein paar Reiter von der Kolonne und kamen ihm in langsamem Trab entgegen. Nicht weniger als ein Dutzend Männer in zwei Kolonnen, angeführt von einem Offizier. Orville nahm seine Börse heraus, nahm das Abzeichen heraus und fiel auf beide Knie, um die Männer zu empfangen. Es dauerte fast fünf Minuten, bis die Reiter bei ihm waren.

Nur ein paar Ellen vor ihm hielt der Offizier sein Pferd an. Seine Männer stellten sich links und rechts von ihm auf und bildeten so einen Kreis um Orville. »Sei gegrüßt, Freund. Was führt dich auf diesen Weg?«

Orville sah ihn einen Moment lang an. Offensichtlich war ihm dieser Mann nicht freundlich gesinnt. Er musste vorsichtig vorgehen. »Ein Auftrag des Königs, Leutnant.«

»So weit weg von der Hauptstadt, in diesen Lumpen und ohne Gefolgsleute?«, fragte der Offizier in trockenem Ton. Männer und Pferde schienen nervös zu sein. Er hörte, wie die Reiter hinter ihm von ihren Pferden stiegen, damit sie sowohl ihn als auch die umliegenden Haine im Blick behalten konnten. Sie waren angespannt wie ein Bogen.

»Der Auftrag des Königs geht nur den Hof etwas an und betrifft Euch nicht. Was meine Lumpen und meine Gefolgsleute betrifft, fändet Ihr eine Erklärung dafür in meinen Erlebnissen, mit deren Schilderung ich Euch nun jedoch nicht dienen kann.«

»Kann ich dein Schwert sehen, Krieger?«

»Wie wäre es denn mit diesem Abzeichen, Leutnant?« Orville hielt die Brosche ins Licht, sodass der Diamant funkelte.

»Wer garantiert mir, dass du dieses Abzeichen nicht seinem rechtmäßigen Besitzer gestohlen hast?«

»Dein Kopf, der rollen wird, falls du mir den Weg versperrst und mir nicht die Unterstützung gewährst, die ich fordere. Wenn es mein Wunsch ist, wirst du meine Kleider waschen und dein Dienstherr wird mir Speisen servieren.

Entweder du kooperierst oder du wirst eine prominente Rolle in meinem nächsten Bericht an Seine Majestät spielen. Dann wird er wissen, wem er das Scheitern der Mission zu verdanken hat, die er mir durch die Gnade des Allmächtigen anvertraut hat. Kapitän Orville, militärischer Abgesandter im Dienste des Königs. Ich brauche deine zwei besten Pferde, einen Reiter, der den Weg kennt, und Vorräte, außerdem deinen Namen und den deines Dienstherrn.«

Der Leutnant schien kurz nachzudenken. Dann stieg er ab und kniete vor Orville nieder.

»Genug, Leutnant. Sind Euch in den letzten Tagen Reisende begegnet?«

Der Leutnant stand schnell auf. »Jawohl, Kapitän. Eine Karawane von Kaufleuten, vor drei Tagen. Was benötigt Ihr noch für Euren Auftrag?«

Orville zögerte einen Moment. »Mein Pferd ist am Hals verletzt und muss sich ausruhen. Ich befehle Euch, es zu versorgen und dann zusammen mit seiner Last nach Hautterre zurückzubringen. Das Pferd, das ich mir ausleihe, wird in Kürze zusammen mit seinem Reiter wieder zu Euch zurückkehren. Aus welchem Grund wolltet Ihr mein Schwert sehen?«

»Zurzeit treibt sich eine Räuberbande herum, die Karawanen ausplündert. Ihr Anführer besitzt ein Schwert mit einem aufwendig gearbeiteten Griff. Ich wollte nur auf Nummer sicher gehen. Diese Banditen fallen über einen Handelskonvoi her, bedienen sich an den Waren und töten diejenigen, die Widerstand leisten, manchmal sogar diejenigen, die gehorchen. Dass so jemand so ein Schwert besitzt, ist ungewöhnlich.«

»Vorgestern bin ich Männern begegnet, die ein oder zwei Schwerter dieser Art bei sich trugen. Ich mag keine Schwerter mit protzigem Dekor. Falls das ein- und dieselbe Bande ist, dann wurde sie ordentlich dezimiert. Dreißig ziemlich heruntergekommene Schurken, aber mit eiserner Kampfdisziplin. Haben uns nachts angegriffen. Jetzt ernähren sich die Wölfe und Geier von ihren Leichen. Meine Gefährten habe ich im Kampf verloren.«

»Sie haben ihre Pflicht getan. Braucht Ihr ein paar neue Soldaten?«

»Nein, Leutnant, mir genügt, worum ich gebeten habe. Vielleicht noch einige Blätter Pergament, wenn Ihr welches habt, Tinte und ein wenig Wein oder Bier, damit ich es in meinem nächsten Biwak gemütlich habe.«

Der Leutnant nickte, gab einem seiner Männer den Befehl, sein Pferd Orville zu überlassen, und ritt dann zur Karawane zurück.

Schon seit zwei Tagen war Orville mit dem Soldaten unterwegs. Während er ritt, hielt er nach ungewöhnlichen Spuren am Wegesrand Ausschau. Die »Anderen« mussten vor ihm sein. Orville glaubte nicht, dass sie einen anderen Weg gewählt hatten, um die Nordseite des Bergkamms zu passieren. In ein paar Tagen würden sie im Vorgebirge sein, wo sie wahrscheinlich versuchen würden, ganz unterzutauchen. Gerade befanden sie sich wahrscheinlich irgendwo zwischen ihm und dieser Karawane von Kaufleuten. Es dürfte nicht mehr lange dauern, bis sie sie eingeholt hatten. Sie würden einen Weg finden müssen, an ihr vorbeizukommen, ohne Aufmerksamkeit zu erregen, was sie unweigerlich verlangsamen würde.

Während der kurzen Zeit, die er mit dem Leutnant verbracht hatte, hatte Orville sich einigermaßen erholt. Er hatte neue Kleidung, ein großes Stück Tuch, einen gut gefertigten Reisesack, neue Seile und getrocknetes Fleisch, Salz und Brot von den Händlern erworben. Außerdem hatte er einen Brief an Edmond de Hautterre verfasst und war dann, nachdem er sein Päckchen geschnürt hatte, von dannen gezogen. Das Pferd, das er nach Hautterre zurückgeschickt hatte, war nicht viel wert, aber es war ihm immerhin ein guter Gefährte auf einer schwierigen Reise gewesen. Als Einziger außer ihm hatte es die Überschreitung des Bergkammes überlebt. Es tat ihm leid, es zurückschicken zu müssen, doch er war überzeugt, dass die Wendung, die seine weitere Verfolgungsjagd nun nehmen würde, ihm keine andere Wahl ließ. Sanft und fügsam wie es war, würde es wohl nicht lange im Hochgebirge überleben, besonders falls ihn die Versuchung überkam, den »Anderen« über die Gipfel zu folgen. Dann hätte er es irgendwann am Fuß eines Berges zurücklassen müssen, wo er es entweder den Räubern überlassen oder es gleich hätte töten können, um ihm ein unnötig grausames Ende zu ersparen. Die Wahrscheinlichkeit, dass es im Beisein dieser durch eine Patrouille geschützten Karawane ein solches Ende erleiden musste, war gering. Er hatte sich also dieses Problems auf zweckmäßige Weise entledigt. Er war traurig und erleichtert zugleich darüber.

Am Abend bauten Orville und der Soldat das Biwak in einem Hain abseits des Weges auf. Orville entnahm seinem Reisepäckchen das große Tuch und ein Seil. Er verknotete die Enden des Tuchs mit zwei Seillängen und befestigte diese an zwei Bäumen. Dann legte er sich in diese rudimentäre Hängematte und schlief sofort ein.

10. Oktober 806

Wir folgen dem Gebirgspass Richtung Norden. Der Soldat, den ich mitgenommen habe, heißt Lag. Er ist ein zurückhaltender Mann, der sich in diesem Gebiet gut auskennt. Auf den ersten Blick erscheint er nicht gerade beeindruckend. Mit seiner kleinen, gedrungenen Statur und der gebräunten Haut sieht er aus wie jemand, der in den Bergen aufgewachsen ist. In der Uniform seines Herrn, des Marquis de Vallade, würde er in einer Truppe kaum auffallen. Auf der anderen Seite ist er ein guter Reiter. Sein Blick gleitet so unablässig über die Umgebung wie der Wind, der über das Gras streicht. Er ist stets auf der Hut, selbst wenn wir reden und die Pferde ruhen lassen. Lag hat mir einiges über diesen Weg erzählt. Zwei Marquis haben ihn zwischen sich aufgeteilt, Vallade im Norden und Sarclos im Süden. Außer im Winter, wenn die Zugänge zum Berg durch den Schnee blockiert sind, stellen die Marquis den Handelskarawanen eine Eskorte zur Seite und halten den Weg instand. Damit sichern sie sich ein komfortables Einkommen. Wegen der Räuberbanden ist es nicht ratsam, den Berg ohne eine Eskorte zu überqueren. Einige Karawanen sorgen selbst für ihren Schutz und reisen in Verbänden. Die Banden setzen sich aus Deserteuren, gesuchten Mördern und Söldnern zusammen. Es kommt auch vor, dass kräftige Männer aus den Karawanen entführt werden, damit sie sich ihnen anschließen. Sie haben also die Wahl, zu sterben oder ihren Befehlen Folge zu leisten. Die Karawanen werden ständig beobachtet. Wenn sie unter den Reisenden eine Frau erspähen, wird der Konvoi natürlich sofort angegriffen. In diesem Fall ist die Anzahl der Angreifer höher als bei den klassischen Angriffen. Es gibt zwei Möglichkeiten, wie ein solcher Angriff endet: Entweder lässt der Karawanenführer zu, dass der Konvoi durchsucht wird, und verliert dabei Frauen, Mädchen und einige Waren – oder er selbst verliert sein Leben und man findet später nur noch die Leichen der Männer auf dem Weg. Frauen wurden zuerst gezwungen, als Männer verkleidet zu reisen, aber die Täuschung flog bald auf. Aus Sicherheitsgründen sind nun in Konvois keine weiblichen Reisenden mehr erlaubt.

Vermerk von Kapitän Orville,
militärischer Abgesandter im Dienste des Königs

Nach sieben Tagen kam endlich die Karawane in Sichtweite. Sie hätten sie früher einholen können, wenn sie schneller geritten wären, doch Orville hatte Angst, dann vielleicht eine unauffällige Nebenstraße zu übersehen, die vom Weg abzweigte. Orville war sich immer sicherer, dass die »Anderen« diese Richtung eingeschlagen hatten. Sie hofften wahrscheinlich, am Meer anzukommen, bevor die Nachricht von der Entführung bis dorthin vorgedrungen war. Er hatte nun vor, sich seine Vermutung von den Reitern der Karawane bestätigen zu lassen. Orville und Lag gaben ihren Pferden die Sporen und konnten schon bald einige Wagen ausmachen, die im Schritttempo dahinzuckelten. Es war eine sehr lange Karawane, die – zumindest aus der Entfernung gesehen – nicht von einer Eskorte begleitet zu sein schien. Kurze Zeit später sahen sie die Tiere und die Männer, die in der Herbstkälte den Berghang hinaufritten, deutlich vor sich.

Zweifellos hatten die Händler der Karawane, die ständig auf der Hut vor Räubern waren, sie bereits entdeckt. Als sie den Fuß des Hangs erreicht hatten, stiegen sie ab, um ihre Pferde zu schonen. Der Weg war gut geschottert. Dort, wo Bäche im Frühling den Boden ein wenig abgetragen hatten, hatte man Ausbesserungen vorgenommen. Gemauerte

Gräben vermittelten die Illusion, dass das Schmelzwasser die Straße im nächsten Frühjahr verschonen würde. In Wirklichkeit widerstanden jedoch nur sehr wenige Bauwerke dauerhaft der Wirkung des Wassers und es war sehr wahrscheinlich, dass die Arbeiter der beiden Marquis, denen die Straße gehörte, auch im folgenden Jahr wieder genug zu tun haben würden. Lag zufolge vergriffen sich die Briganten niemals an den Arbeitern. Zum einen besaßen Letztere nur ihre Werkzeuge und ein paar magere Vorräte, zum anderen waren wegen des schlechten Zustands des Weges dort in dieser Zeit gar keine Händler Richtung Meer unterwegs, was für die Händler ungünstig, für die Küstenpiraten jedoch umso vorteilhafter war.

Das Hämmern der Pferdehufe schlug den Takt zu ihrem Vormarsch, und die Entfernung, die sie von der Karawane trennte, wurde immer geringer. Die Spitze des Passes war jedoch noch eine halbe Tagesreise entfernt. Lag und Orville rückten noch eine halbe Meile weiter vor, um dem starken Wind zu entgehen, der an dieser Stelle auf dem Pass wehte, und machten dann Rast. Die Karawane hatte wieder ein wenig Boden gutgemacht. Die Beschaffenheit des Geländes kam ihnen zugute. Orville setzte sich auf einen Felsbrocken und bewunderte die Landschaft. Er war im Flachland aufgewachsen und hatte die Hügel um ihn herum immer als Berge betrachtet. Nun stand er tatsächlich einmal vor einem richtigen Gebirge. Niemals hatte er seinen Blick nach Norden, auf diese Steinwüste gerichtet. So weit sein Blick reichte, folgte ein schneebedeckter Gipfel auf den anderen. Sie füllten den Horizont bis in schwindelerregende Höhen aus. Man behauptete, dass die Luft auf den Gipfeln zu dünn zum Atmen sei und dass man sich damit begnügen müsse, außen herum zu gehen, wenn man den Rücken dieses Stachelschweins irgendwie heil überqueren wollte. Um diese Straße anzulegen, hatte es des Mutes und Geschickes von Generationen von Architekten und Maurern bedurft. Es war der einzige Weg, über den man in die Markgrafschaft von Vallade gelangen konnte – der einzige bewohnbare Ort an der Südküste des Binnenmeers. Orville suchte den Horizont nach dem Pfad ab. Nicht weit entfernt grasten die Pferde die wenigen Grasbüschel ab, die sie gefunden hatten. Der Wind bog die Nesselpflanzen nach hinten, die die Tiere zugunsten der Blätter der vereinzelten Büsche verschmähten.

Die Banditen kamen aus dem Nichts. Sie kamen aus zwei Richtungen und brüllten bereits, als sie noch zwanzig Schritte entfernt waren. Das rettete Orville wahrscheinlich das Leben. Mit einem Satz hechtete er neben Lag. Ohne dass er genau wusste, wie es dazu gekommen war, befand sich plötzlich sein Schwert in seiner Hand. Während langsam wieder Geräusche zu ihm durchdrangen, begann auch sein Herz wieder zu schlagen. Die beiden Krieger standen nun ihren Angreifern gegenüber, mit dem Rücken zum Felsen. Eine Sekunde später trafen die Schwerter aufeinander, doch der Nahkampf fand auf so engem Boden statt, dass sie nutzlos wurden. Da der Abstand zu gering war, konnte Orville sein Schwert nicht wieder aus dem Bauch eines der Räuber herausziehen, in den es sich gebohrt hatte. Instinktiv ließ er den Schwertgriff los und warf sich zur Seite, um einer Klinge auszuweichen. Mit einem metallischen Klirren traf sie auf den Felsen. Orville stürzte sich auf den Angreifer und zerschmetterte ihm mit einem heftigen Schlag der flachen rechten Hand die Schulter, während die linke auf sein Handgelenk niedersauste, sodass der Räuber das Schwert losließ. Orville riss das Schwert an sich und packte den Mann an der Gurgel, um ihn als Schild zu benutzen. Er stieß ihn vor sich her, sodass die anderen Angreifer zurückwichen und zwischen ihnen den nötigen Abstand schafften. Die Briganten, die von einem schnellen Sieg ausgegangen und von diesem unerwarteten Widerstand überrascht waren, zogen sich zurück und bildeten einen stählernen Kreis um die beiden Soldaten. Ohne sich vom Fleck zu rühren, ging Orville in die Knie und rammte dem Mann das Schwert durch die Brust. Der Sterbende schrie vor Schmerzen. Die Pferde, die sich etwa fünfzig Schritt entfernt zusammengerottet hatten, erschraken und flohen noch weiter weg. Das Gebrüll ihres Kameraden schien die Angreifer erstarren zu lassen. Orville nutzte die Gelegenheit, um sich auf sie zu stürzen, ein Schwert in jeder Hand. Drei Männer fielen zu Boden, ohne irgendwelchen Widerstand zu leisten. Als die anderen sich endlich bewegten, hatte Orville sich bereits zurückgezogen, mit dem Rücken zum Felsen, um nicht von der großen Anzahl der Gegner überwältigt zu werden. Die Stille, die auf diesen Gegenangriff folgte, hielt nur kurze Zeit an. Orville wusste intuitiv, dass er nur dann eine Chance hatte, wenn er es schaffte, dass die Angreifer die Beherrschung verloren. Er stieß den Sterbenden mit dem Fuß an, der die wenige Luft herausbrüllte, die noch in seinen Lungen war. Mit einem wütenden Aufschrei stürzte sich ein Brigant auf Orville, sein Schwert im Anschlag. Orville lenkte die Waffe mit einer Klinge ab, während die andere dem Räuber den Arm abtrennte. Dasselbe Schwert, das die Klinge pariert hatte, drang so schnell und so tief in die Kehle des Angreifers ein, dass dieser nicht einmal Zeit hatte zu schreien. Wie ein Sack fiel er vor Orvilles Füße, der sich auf den sich krümmenden Sterbenden setzte, in jeder Hand ein Schwert. Die Angreifer schienen nicht gerade scharf darauf zu sein, den Kampf fortzusetzen. Sie wichen ein paar Schritte zurück, die Waffen von sich gestreckt. Offensichtlich wussten sie nicht, wie sie nun weiter vorgehen sollten. Orville schleuderte die Waffe, die sich in seiner rechten Hand befand, auf den Angreifer, der ihm direkt gegenüberstand. Das Kettenhemd, wahrscheinlich aus sehr minderwertigem Stahl, riss unter dem Druck der Waffe und dem Krieger sackten die Beine weg. Er war noch nicht ganz zu Boden gegangen, da hatte Orville bereits die Waffe des Kriegers, dem er den Arm abgetrennt hatte, aufgehoben und nahm wieder seine Abwehrhaltung ein. Man sollte stets zwei Waffen bei sich haben. Die Briganten wichen einen weiteren Schritt zurück. Wenn Orville sich nun auf die übrigen Männer stürzte, würden sie ihn einzwängen wie in einen Schraubstock. Wenn er weiter so verharrte, konnte das Ganze noch lange dauern und vielleicht fingen die Angreifer dann ihre Pferde ein und entdeckten seinen Bogen. Dann wären seine Tage gezählt.

»Lag?«

»Ja, Kapitän?«

Orville war erleichtert, als er seine Stimme hörte. Da er die Angreifer nicht aus den Augen lassen konnte, hatte er keine Ahnung, wie es Lag ergangen war. »Alles in Ordnung?«

»Jawohl, Kapitän. Ein Schnitt am rechten Bein, aber nicht sehr tief. Ich humple ein wenig, aber es geht.«

»Besorg dir ein zweites Schwert. Es sind keine erfahrenen Krieger.«

»Das nicht, Kapitän, doch es sind viele.«

»Jetzt sind es schon weniger. Die Zeit ist gegen uns. In meinem Reisepaket auf dem Pferd befindet sich ein Bogen, nicht dass sie den noch finden. Wir stürzen gleich auf sie zu, dann gehen wir in den Nahkampf, Rücken an Rücken, und locken sie von den Pferden weg. Ich werde nun eine Kampfansage machen, und wenn ich zu Ende gesprochen habe, geht es sofort los. Wir haben keine Zeit zu verlieren.«

Orville richtete sich zu voller Größe auf, kreuzte in einer theatralischen Geste seine Schwerter und sprach mit lauter und klarer Stimme, damit ihn alle hörten: »Soldat, diese paar da, die noch am Leben sind, lass uns ihnen die Augen ausstechen und sie auf dem Berg hier den Wölfen zum Fraß überlassen!«

Er entkreuzte seine Schwerter, die ein klares und unheilvolles Geräusch von sich gaben, und stürmte vorwärts, Lag an seiner Seite. Die ersten paar Angreifer versuchten, gegen Orville anzukommen, während die hinteren bereits vor Schreck flohen. Einige Sekunden später hatten die beiden Krieger nur noch Leichen und die Rücken der Flüchtenden vor sich. Beiläufig ließ Orville die Hand in den Schaft einer seiner Stiefel gleiten. Ein silbriger Blitz zuckte daraus hervor. Der letzte Brigant, der geflüchtet war, brach zusammen, während die wenigen Überlebenden, die schon weiter entfernt waren, langsam aus dem Blickfeld verschwanden. Das Wurftraining schien nun endlich Früchte zu tragen.

Der Kampf war vorbei. Orville wandte sich Lag zu. Der Soldat blickte benommen auf das unglaubliche Gemetzel, das in der Weite der Berglandschaft dennoch nur einen winzigen Fleck bedeckte. In einem Bereich von kaum fünfzehn auf zehn Schritt bedeckten nicht weniger als zwölf Leichen und Sterbende den Boden, dort, wo der Kampf am heftigsten gewesen war, lagen sie sogar auf Haufen übereinander. Die Leichen sahen aus, als hätte sie die Sense von Gevatter Tod erwischt. Der Kopf des Mannes, der Orville als Schild gedient hatte, stand in einem seltsamen Winkel von seinem Körper ab. Der Berg hatte seine majestätische Gelassenheit wieder zurückgewonnen, so als hätte er die Seelen der besiegten Räuber bereits in sich aufgenommen.

Orville fühlte einen leichten Schwindel, eine Mischung aus Erleichterung und Anspannung. Etwas war gerade zu Ende gegangen und nun flutete die Intensität seiner Empfindungen in die entgegengesetzte Richtung. Er nahm sich zusammen und sah sich nach einem Ort um, wo er die Leichen deponieren konnte. Nicht weit entfernt entdeckte er eine tiefe Schlucht, in der das Schmelzwasser der Gletscher im Frühjahr fröhlich hinabrauschte. Orville steckte sein Schwert in die Scheide und wandte sich an seinen Begleiter, wobei er das Heulen des Windes übertönen musste, der von den Gipfeln herunterwehte. »Lag, nähere dich behutsam den Pferden und binde sie irgendwo fest. Sie werden wahrscheinlich recht nervös sein und der Blutgeruch an deiner Kleidung wird sie nicht gerade beruhigen.«

»In Ordnung, Kapitän«, antwortete Lag mit kaum vernehmbarer Stimme.

Während er zu den Pferden zurückging, begann Orville, die Leichen zur Schlucht zu tragen. Es war eine unangenehme Aufgabe, die durch die vielen blutenden Wunden erschwert wurde. Er beschloss schließlich, sie zu ziehen, was zwar mühseliger war, seine Kleidung jedoch weniger verschmutzte. Er hätte die Leichen einfach an Ort und Stelle liegen lassen können, doch diese Arbeit eines Totengräbers erschien ihm seltsam befriedigend – als würde man ein Zimmer aufräumen, bevor man Abschied nahm. Der zehnte Leichnam lag ein wenig abseits von den anderen. Er hatte keine offensichtlichen Wunden und hielt Bogen und Köcher von

Orville in der Hand. Offenbar hatte er es gar nicht mehr bis zum Kampfplatz geschafft. Orville untersuchte ihn, drehte ihn um und erschrak. Der Mann war von hinten auf Höhe seines Herzens von einem Pfeil durchbohrt worden. Der Schaft war abgebrochen, als der Mann auf den Rücken gefallen war. Orville blickte in die Richtung, aus der der Pfeil gekommen war, doch vor ihm erstreckte sich nur die leere Steinwüste. Das einzige Geräusch, das er wahrnahm, war das des Windes, der zwischen den Felsspalten hindurchflüsterte. Der einzige Geruch, den er wahrnahm, war der nach Blut, das in der Erde versickerte und an den Leichen trocknete. Schnell hob er den zerbrochenen Pfeil auf, steckte ihn in seinen Köcher und begann, den Mann zur Schlucht zu ziehen. Dann blieb nur noch der letzte Brigant, den er mit seinem Wurfmesser getroffen hatte. Er musste die Wunde offenlegen, um die Waffe herauszuholen, die fast vollständig im Brustkorb des Angreifers verschwunden war und deren Griff sich zwischen zwei Rippen eingekeilt hatte. Er wischte das Messer grob an der Kleidung des Mannes ab und schob es in seinen Gürtel, dann warf er die Leiche über seine Schulter. Er besah sich die Schwerter der Angreifer und ließ sie eines nach dem anderen in den Abgrund fallen. Keines von ihnen war ihm ausbalanciert genug. Zu leicht, der Schwerpunkt zu nah am Griff. Er behielt das längste und warf den Rest in den Abgrund. Bald kam Lag mit den beiden Reittieren zurück. Orville zog das breite Schwert heraus, das er bei der Beerdigung seiner Gefährten als Schaufel benutzt hatte, warf es ebenfalls in die Schlucht und steckte die neue Waffe in die Scheide.«

»Lass uns aufbrechen. Die Pferde hatten genügend Zeit, sich auszuruhen. Wo befindet sich die nächste Wasserstelle?«

»In etwa einer Stunde erreichen wir die Talsohle. Dort gibt es einen Fluss. Ein wenig weiter befindet sich etwas abseits von der Straße ein gut geschützter Unterschlupf. Dort dürften wir trockenes Holz und kalte Asche finden, mit deren Hilfe wir ein kleines Feuer entzünden können. Die Nächte sind in dieser Höhe nicht zu unterschätzen.«

»Gut, Lag, dann lass uns aufbrechen.«

Sie schwiegen, bis die Tiere ihren Durst gelöscht hatten und für die Nacht von ihren Lasten befreit und angebunden waren. Sie wuschen sich im Gebirgsbach. Orville suchte saubere Kleidung heraus und verbrannte die, die zu sehr von Blut durchtränkt war. Lag war mit einem schmerzhaften Bluterguss auf seinem linken Oberschenkel davongekommen. Anscheinend hatte er sich nichts gebrochen. Orville hatte gar keine Verletzungen davongetragen.

Gemeinsam bereiteten sie eine Mahlzeit zu. Während das getrocknete Fleisch in der Brühe kochte, begann Lag eine Unterhaltung. »Kapitän, wo habt Ihr gelernt, so zu kämpfen?«

Orville hatte das Kämpfen von klein auf gelernt, doch es war immer ein Spiel, eine Übung gewesen. In Hautterre war es als ein Sport wie jeder andere betrachtet worden. Auf den Straßen, wo er sich oft heimlich herumgetrieben hatte, war es notwendig gewesen, um zu überleben, und er hatte immer das nötige Glück und den richtigen Instinkt gehabt. Doch es hatte ihn nie nach Blut gedürstet. Er wusste auch nicht wirklich, wie andere Leute kämpften.

»Was meinst du damit, Lag?«

»Ich habe heute keinen einzigen Briganten getötet. Dabei bin ich sicher nicht der Unerfahrenste, ich habe schon einige Kämpfe miterlebt.«

»Warum hast du niemanden getötet?«

»Ich hatte keine Zeit. Es ging alles so schnell.«

»Also mir ist es wie ein langer Kampf vorgekommen. Nach kurzer Zeit habe ich mich schon gelangweilt.«

»Kaum sind die Briganten aus ihrem Schlupfloch gekommen, da hattet Ihr schon Euer Schwert in der Hand. Diejenigen, die sich uns zuerst näherten, gingen sofort zu Boden, bevor sie überhaupt nur daran denken konnten, ein Gebet für das Heil ihrer verdorbenen Seelen zu sprechen. Innerhalb von drei oder vier Sekunden habt Ihr zwei niedergemetzelt, während die anderen sich zurückgezogen haben. Danach seid Ihr sofort wieder so schnell zum Angriff übergegangen, dass die nächsten drei gar keine Zeit hatten, sich zu wehren. Kapitän, bei allem Respekt, Ihr kämpft wie ein wildes Tier.«

»Wenn man es sich aussuchen kann, ist es doch besser, ihnen keine Zeit zum Nachdenken zu lassen. Oder wärest du lieber an ihrer Stelle gewesen?«

»Es ist alles so fürchterlich schnell gegangen. Ihr müsst bereits viele Kämpfe hinter Euch haben.«

»Ja und nein. Echte Kämpfe? Nein, streng genommen nicht, doch sehr wohl tägliches Training. Ich bin seit sechs Jahren Fechtmeister. Indem wir anderen etwas beibringen, lernen wir selbst am meisten dazu. Indem man immer wieder die Abfolge der Schritte in Zeitlupe wiederholt, erklärt, nach und nach das Tempo steigert, um Geschwindigkeit und Schlagkraft zu perfektionieren und Paraden genaustens studiert. Indem man sich effiziente oder subtile Tricks ausdenkt. Und dann kommt es eines Tages dazu, dass man sein Leben verteidigen muss, und plötzlich geht alles wie von selbst. Keine Zeit, die Situation zu analysieren … Das ist es, man hat keine Zeit, über die Bewegung nachzudenken, die man bereits vollführt hat. Das heute war keine Fechtkunst, sondern ein Straßenkampf. Auch in diesem Bereich habe ich in der Vergangenheit meine Erfahrungen gemacht, ich gebe es zu. Wenn man mit dem Rücken zur Wand steht und eine Situation nicht genau einschätzen kann, muss man schnell handeln. Technik ist ebenso wichtig wie Stärke und Geschwindigkeit. Doch es braucht auch Inspiration, wie bei einem Dichter, nur hat man es statt mit Worten mit Körpern zu tun. Wenn man mit roher Brutalität vorgeht, bekommen die Gegner schnell Angst vor einem und werden verunsichert. Diesen Vorteil gilt es so schnell wie möglich auszunutzen. Worte sind auch wichtig. Menschen haben weniger Angst zu sterben als davor, ihr Augenlicht zu verlieren. Diese Idee ist mir vorhin ganz spontan gekommen.«

»Wie bei einem Dichter?«

»Ja, man braucht eine rettende Inspiration, um beim Gegner eine Art Entsetzen auszulösen, das ihn lähmt.«

»Mag sein, Kapitän. Auf jeden Fall hat das Gesindel heute ganz schön was abbekommen. Ich weiß immer noch nicht, wie wir lebend da herausgekommen sind.«

»Sie waren ziemlich langsam, Lag, und so unkoordiniert im Angriff. Außerdem hatten sie nicht die richtigen Waffen. Sie waren nicht stark und nicht schlau genug. Die meisten Männer fallen im Kampf, weil sie sich ihrer selbst allzu sicher sind.«

»Ich habe schon einige Massaker auf diesem Weg miterlebt, Kapitän, Massaker, die von Banden wie dieser verübt wurden.«

»Nun ja, gegenüber Händlern sind sie klar im Vorteil, die haben ja noch weniger Erfahrung.«

»Und gegenüber Soldaten auch. Die hier hatten wahrscheinlich den Plan aufgegeben, die Karawane anzugreifen – sicher war sie zu groß und zu gut bewacht – und damit der

Tag sich doch noch lohnte, wollten sie zumindest einige Waffen und zwei Pferde einheimsen. Sie müssen uns für Boten gehalten haben.«

»Ja, vielleicht, Lag. Ich übernehme die erste Wache, geh und ruh dich aus.«

Lag legte sich in eine vom Wind geschützte Mulde. Orville ließ sich in eine Decke gehüllt in der Nähe nieder. Er legte das Schwert auf seinen Schoß und den Bogen griffbereit neben sich. Dann versuchte er, seine Gedanken zu ordnen. Er ging noch einmal gedanklich die Bewegungen durch, die er während dieses gnadenlosen Kampfes ausgeführt hatte. Zwei Schlachten innerhalb von ein paar Tagen. So viele Tote! Wie ruhig dagegen das Leben in Hautterre war! Er dachte an die Vergangenheit und seine Jugend im Armenviertel. Essen, kämpfen, überleben. Im fahlen Licht der mondhellen Nacht drehte Orville einen halben Pfeil zwischen zwei Fingern hin und her, einen schwarzen Pfeil mit blauem Schaft.

13. Oktober 806

Am Tag nach dem Angriff haben wir die Karawane schließlich eingeholt. Ich hatte beschlossen, die Händler zu befragen. Es gab keinen Zweifel, dass die »Anderen« irgendwann an ihnen vorbeigezogen waren. Ich schätze, dass sie maximal zwei Tage Vorsprung habe dürften. Als wir langsam an der Wagenkolonne vorbeizogen, war ich entschlossen, mit dem Anführer des Konvois zu sprechen. Da erkannte ich plötzlich den grau gesprenkelten Hengst, eines der Pferde, das uns in der Ziegenschlucht gestohlen worden war. Ein vor einen Wagen gespanntes Kriegspferd fällt natürlich auf. Schnell entschied ich mich, nicht anzuhalten, und weiterzugaloppieren. Ich gab dem Pferd die Sporen. Zum Glück tat Lag es mir gleich, ohne Fragen zu stellen. Er ist ein angenehmer Mensch und ein guter Soldat. Er weiß intuitiv, wann er sprechen soll und wann er zu schweigen hat. Wenn die Briganten uns für Boten hielten, sind die Händler ja vielleicht der gleichen Illusion erlegen. Ich bin froh, dass ich so reagiert habe. Ich habe zwei Theorien, was passiert sein könnte. Entweder haben die »Anderen« nur die Pferde ausgetauscht und danach ihren Weg fortgesetzt. In diesem Falle befinden sie sich vor uns. Oder aber sie haben sich der Karawane angeschlossen, um den Kamm nun in relativer Sicherheit überqueren zu können.

Ich muss an den blauen Pfeil denken, der den Briganten getötet hat. Unbestreitbar war er eine glückliche Fügung. Ohne Rüstung und Schild könnte ich den Bogenschützen nicht überwältigen. Der Wächter des Bergkamms wollte mir ein Zeichen geben, dass er auf meiner Seite ist. Er schoss seinen Pfeil genau dorthin, wo es mir am meisten nützte, nämlich mitten ins Herz des Briganten, der meinen Bogen entdeckt hatte. Die anderen Räuber dagegen überließ er mir. Dieser Pfeil hätte ebenso gut für mich bestimmt sein können. Ich bin also ständig seiner Gnade ausgeliefert, wahrscheinlich schon seit der ersten Nacht. Dies spricht dafür, dass die »Anderen« sich der Karawane angeschlossen haben. Der Unbekannte mit den schwarz-blauen Pfeilen sitzt uns nun im Nacken, weil die Flüchtigen ganz in der Nähe sind und nicht zwei Tagesreisen vor uns. Der Pfeil traf mich nicht mitten in die Stirn, weil er nicht vorhatte, mich zu töten.

Jedenfalls wissen die Flüchtigen nun, dass ich hinter ihnen her bin. Also sahen wir zu, dass wir die nächsten drei Tage so schnell wie möglich mit unseren Pferden vorankamen. Dann befahl ich Lag, allein mit den zwei Pferden weiterzureisen, während ich in den Wald hineinschlüpfte. Lag ist ein kluger Soldat und sich seiner Aufgabe vollkommen bewusst. Ich habe keinen Zweifel, dass er die Reise überstehen wird. Wenn er mit den beiden Pferden in Richtung Binnenmeer reitet, werden die Spuren ja dieselben bleiben. Ich hoffe, dass ich sie so zum Narren halten kann. Ich habe den bewaldeten Hang des Tales erklommen, von dem aus man den Gebirgspass im Auge behalten kann, und werde nun hier oben nach der Karawane Ausschau halten. Sie ist wahrscheinlich noch eine Tagesreise entfernt. Ich hoffe, ich konnte meinen Verfolger so abhängen und verfüge jetzt wieder über mehr Handlungsspielraum.

Vermerk von Kapitän Orville,
militärischer Abgesandter im Dienste des Königs

Orville verbrachte den Tag damit, durch die Wälder zu wandern, die sich den Hang oberhalb des Weges hinaufzogen. Der Boden war hart und er kam gut voran, ohne Spuren zu hinterlassen, sofern er von Stein zu Stein sprang. Die Bäume wurden weiter oben durch Geröll abgelöst, das von einer Felswand heruntergefallen war, die unmöglich zu erklimmen war. Kurz vor Sonnenuntergang beschloss Orville, sein Lager aufzuschlagen. Zuerst hängte er seine Hängematte in der Nähe eines Wildbachs auf, der von hoch oben ins Tal hinunterstürzte. Dann entschied er sich anders. Beim lauten Rauschen des Wassers würde er es nicht hören, wenn er angegriffen werden sollte. Er musste einen etwas schwerer zugänglichen Ort finden, ruhig genug, damit er verdächtige Geräusche mitbekam, von dem aus er den Gebirgspass sehen konnte. Er packte seine Sachen zusammen und machte sich wieder auf den Weg. Nun musste er sich im Dunkeln im schroffen und zerklüfteten Gelände zurechtfinden. Die hellgrauen Felsvorsprünge zeichneten sich deutlich vor dem dunklen Boden ab, sodass er besser vorankam als erwartet. Alle zwanzig oder dreißig Schritte hielt er inne, um in die Nacht zu lauschen, alle Sinne geschärft, dann konzentrierte er sich wieder auf seine Schritte. Bald befand er sich oberhalb des von ihm bereits erforschten Gebiets. Mitten in der Nacht fand er schließlich einen geeigneten Beobachtungsposten, einen mittelgroßen, unauffälligen, oben abgeflachten Felsbrocken. Die Vegetation verbarg ihn vor den Blicken der Menschen, die auf der Straße vorbeikommen mochten. Durch eine Lücke zwischen zwei Bäumen würde Orville jedoch den Konvoi sehen können, falls er früher als erwartet ankam. Unterhalb dieses Beobachtungspostens zog sich entlang des Baches ein offenes Gelände, das häufig als Lager genutzt wurde. Im Zwielicht erkannte er die Überreste alter Lagerfeuer. Er war weit genug entfernt, um gut versteckt zu sein, und nah genug, um die dunkle Masse der Eber zu erkennen, die zum Trinken vorbeikamen. Zufrieden mit seinem Versteck legte er sich auf den nackten Boden und schlief ein.

Die Kälte weckte ihn. Der Winter war im Anmarsch und auch wenn die Tage noch milde waren, war die nächtliche Kälte umso harscher. Die Decke, die er gekauft hatte und die er manchmal als Hängematte benutzte, war eine große Hilfe, doch großen Komfort bot sie nicht. Allmählich änderte sich ihre Farbe. Ursprünglich dunkelbraun, nahm sie allmählich die Farbe des Bodens an, das Grau des Staubs und das Grün des Moses. Sobald Orville damit zugedeckt war, war er für den unaufmerksamen Wanderer praktisch unsichtbar oder wurde schlimmstenfalls für einen gewaltigen Kokon gehalten. Er hatte, als er noch jünger war, öfter draußen geschlafen, doch in der Stadt war es im Herbst nie so kalt wie in den Bergen. Das lag hauptsächlich an der Höhe. Der Wind pfiff einem in den Gassen und zwischen den Mauern der Städte weniger heftig um die Ohren als in den tiefen Tälern.

Orville schulterte sein Gepäck wieder und marschierte weiter, damit ihm warm wurde. In der einen Hand hielt er seinen Bogen bereit, für den Fall, dass ein beklagenswertes Wild seinen Weg kreuzte. Da er nicht wusste, wie lange die Verfolgungsjagd noch dauern würde, musste er dafür sorgen, dass er genug Reserven hatte. Das nicht sehr dichte Unterholz erschwerte sein Fortkommen nicht sonderlich. Der Hang jedoch zwang ihn dazu, stets ein Bein durchgestreckt und das andere gebeugt zu halten, ein ermüdender und unnatürlicher Gang. Als der Morgen graute, musste Orville einen neuen Beobachtungsposten finden. In einer Biegung des Tales gelangte er über einen Geröllhaufen auf den Felsvorsprung einer Klippe, die mehr als zweihundert Fuß lang war. Von dort aus konnte er das Tal gut überblicken. Er musste nur die Lärchen vorne am Vorsprung umrunden, um hinunter zum Fluss blicken zu können. Er machte ein kleines Feuer, um die Kaninchen, die er in der Nacht gejagt hatte, zu braten, aß und schlief ein.

Am späten Morgen wachte er auf. Klar und deutlich drang das Geräusch von Wagen an sein Ohr. Unter seiner Decke versteckt beobachtete er den Konvoi, der die steinige Straße entlangkam. Drei bewaffnete Männer gingen vorneweg und plauderten fröhlich miteinander. Ihrem Auftreten nach zu urteilen waren sie keine Berufssoldaten, sondern Händler, die ein Schwert bei sich trugen, um Räuber abzuschrecken. Sie schienen dem Dickicht, das die Straße säumte, keine besonders große Aufmerksamkeit zu schenken. Danach folgten die Wagen. Die Besitzer, die ebenfalls Schwerter bei sich trugen, schritten daneben und dahinter einher. Während die ersten paar Wagen offen und mit Waren beladen waren, waren die hinteren geschlossen. Ihre farbenfrohe Bemalung deutete darauf hin, dass hier ein Zirkus unterwegs war, um eine weitere Stadt zu bespaßen. Bald würde der Schnee die Pässe unpassierbar machen. Wahrscheinlich zog es die Akrobaten zur milden Küste des Binnenmeeres, wo sie die kalte Jahreszeit verbringen wollten. Der Konvoi zählte ungefähr fünfzig Gespanne und mindestens doppelt so viele Männer. Die Bande von Briganten, gegen die er gekämpft hatte, hätten diese Männer mit Leichtigkeit überwältigt.

Jetzt, da der Konvoi auf seiner Höhe vorbeizog, hatte er genügend Zeit, jeden Mann und jeden Wagen genauestens zu studieren. Männer saßen oben auf den Karren oder gingen neben den Tieren her. Alle trugen ein Schwert an der Hüfte und einen Bogen in der Hand, doch ihr Verhalten verriet keine übermäßige Nervosität. Je länger die Reise war, desto mehr erlahmte oft die Aufmerksamkeit. Bald zog das letzte Drittel des Konvois vorbei. Nun hatte er einen guten Blick auf die Pferde. Der Schimmel war zusammen mit einem anderen Pferd vor einen Wagen gespannt. Ein Kriegspferd hatte nicht den gleichen Tritt wie ein Zugpferd. Der Schimmel war größer, aber schwächer als das andere Tier und auch nervöser. Der Wagen rollte nicht ganz so gleichmäßig dahin wie die anderen Gespanne. Der Soldat in ihm empörte sich über das Schicksal dieses edlen Tieres, das wie ein vulgäres

Zugpferd behandelt wurde. Aufmerksam beobachtete er die Kutscher und die Männer, die neben dem Wagen marschierten. Kinder waren nicht darunter, doch sie konnten genauso gut im Wagen sitzen. Er war zu weit entfernt, um die Gesichter der Männer sehen zu können, denen er vorher gar keine Aufmerksamkeit geschenkt hatte. Zwei saßen auf dem Wagen, einer marschierte links neben dem Wagen. Es fiel ihm schwerer, das zweite Pferd zu finden, das die Entführer ihnen gestohlen hatten. Es war ein mittelgroßer rotbrauner Wallach, der besser zu seinem Weggefährten passte. Dieses Tier war ein Energiebündel. Es ließ sich schwer reiten und schlug schnell mal aus. Ein nervöses Tier ist eine Waffe, die im Kampf nicht zu unterschätzen ist, sich aber schnell gegen denjenigen, der sie benutzt, wenden kann. Wenn man mit einer Siebzig-Pfund-Rüstung mitten im Kampf vom Pferd steigen muss, steckt man ganz schön in der Bredouille. Zu schwer, zu langsam.

Zwei Männer gingen vor dem Wagen und schienen miteinander zu plaudern. Nichts unterschied sie von den anderen Kaufleuten. Dann war der Konvoi zu Ende und er vernahm nur noch das Rattern der Räder und die Schreie der Kutscher. Die Geräusche wurden leiser und verschwanden hinter einer Biegung der Felswand, die parallel zur gewundenen Straße verlief. Das ruhige Atmen des Berges wich dem Geratter und Gequietsche der Wagen und vermischte sich mit dem Getose der Ideen, das in Orvilles Kopf dröhnte. Entweder waren die »Anderen« tatsächlich diese gewöhnlich aussehenden Männer und die Kinder hatte man in den Wagen versteckt oder sie hatten die Pferde dem Konvoi überlassen oder verkauft, um zu Fuß auf einem Weg weiterzugehen, den er nicht gesehen hatte. In diesem Fall hatte er die Spur verloren. Es blieb ihm nur übrig, den Konvoi weiter zu verfolgen und seine Zweifel zu ignorieren. Allein kam er schneller voran als die Händler, doch er musste ihnen ein wenig Vorsprung lassen, damit sie ihn nicht bemerkten.

25. Oktober 806

Ich habe ihn gesehen. Nachdem ich die Verfolgung wieder aufgenommen hatte, sah ich einen Schatten zwischen den Bäumen. Zuerst dachte ich, es sei ein Bär, doch der Gang war der eines Mannes. Ein Mann, der leichtfüßig den gegenüberliegenden Hang des Tals hinaufkletterte. Ich nehme an, er folgt dem Konvoi aus der Entfernung und bildet eine Art Nachhut. Ich konnte nur seine Silhouette ausmachen, doch ich habe ihn gesehen. Ich stieg hinunter ins Tal, überquerte die Straße und den Bach und folgte ihm. Dieser Mann ahnt wahrscheinlich nicht, dass er selbst beobachtet wird. Er ist nicht vorsichtig genug und hinterlässt Spuren. Ich folgte ihm in einiger Entfernung, damit er meine Anwesenheit nicht bemerken würde. Doch dann wurde mir klar, dass das nicht die richtige Taktik war. Wenn er nun plötzlich anhielt und ich ihn mitten beim Essen störte – das würde ihm sicher gar nicht schmecken. Auch wenn er nicht die Absicht hat, mich anzugreifen, weist seine Treffsicherheit auf Fähigkeiten hin, die ich nicht in einem Zweikampf auf die Probe stellen möchte. Wahrscheinlich hätte ich Schwierigkeiten, ihn zu besiegen. Also kletterte ich den anderen Hang wieder hoch und sah zu, dass ich die Karawane wieder einholte. Nachts marschiere ich, um etwas Vorsprung zu gewinnen und suche mir ein Versteck, von dem aus man den Weg überblicken kann. Morgens, während der Konvoi in meine Richtung weiterzieht, schlafe ich. So vermeide ich durch die Bewegung, dass es mir nachts zu kalt wird, und kann tagsüber unter den liebkosenden Strahlen der Sonne schlafen, falls sie mir die Gnade ihrer Anwesenheit gewährt. Morgens, wenn ich mein Lager aufschlage, mache ich mir ein Feuer und esse eine warme Mahlzeit. Danach lege ich mich neben der Glut schlafen. Wenn der Konvoi mitten am Nachmittag ankommt, bin ich somit ausgeruht und aufmerksam. Die Asche ist bereits kalt. In der Nacht ein Feuer zu machen wäre viel zu auffällig. Dann marschiere ich weiter, mache den Ort ausfindig, wo sie ihre Zelte aufgeschlagen haben, und beobachte sie aus einiger Entfernung. Das Gelände ist nun weniger uneben. Ich bin gestern auf einen kleinen Gipfel geklettert, um den Horizont zu sehen. Ich kann es kaum erwarten, das Meer zu sehen. Die Leute sagen, es sei unendlich weit. Ich stelle es mir wie die Ebene vor, die man vom Festungswall Hautterres aus zwischen den Gipfeln erkennen kann. Die Wiesen wären dann das Wasser, die Hügel die Wellen und die Dörfer die Boote. Außerdem freue ich mich auf die Stadt und die Gasthäuser. Hautterre ist ein einsamer und öder Ort. Es müsste einem schon gehören, damit man sich dort halbwegs wohl fühlen kann. Die Gipfel entlang des Weges sind jetzt niedriger, was mich beunruhigt. Wenn ich sie ohne Schwierigkeiten besteigen kann, können das auch die »Anderen«. Wie kann ich sehen, ob sie den Konvoi verlassen?

Vermerk von Kapitän Orville,
militärischer Abgesandter im Dienste des Königs

An diesem Tag hatte Orville seine Beobachterposition auf einem schmalen Felsvorsprung auf einer hohen Klippe eingenommen. Von hier aus bot sich ihm ein atemberaubender Blick auf das Tal, das sich unter ihm ausbreitete. Er hatte bereits zwei oder drei Stunden lang Nachtruhe gehalten, als Lärm ihn aus dem Schlaf gerissen hatte. Vorsichtig hatte er den Kopf gehoben und hinunter ins Tal geblickt. Am Fuß des bewaldeten Hangs hatten sich einige Männer postiert. Sie hatten leichte Waffen bei sich. An den umliegenden Baumstämmen lehnten Bögen und Köcher. Es war deutlich zu erkennen, welche Absichten sie verfolgten und welchem Beruf sie nachgingen. Sie mussten den Konvoi entdeckt haben und warteten nun darauf, dass er vorbeizog, damit sie sich bedienen konnten. Es waren mindestens sechzig Mann. Obwohl die Händler ihnen zahlenmäßig überlegen waren, kamen ihnen ihre erhöhte Position, die Überrumpelungstaktik und ihre wahrscheinlich bessere Ausbildung zugute. Gerüstet in Leder und Stahl waren sie besser für einen Kampf gewappnet als die Händler in ihrer Reisekleidung. Sie hatten nicht die geringste Chance. Nach der ersten Pfeilsalve würde bereits die Hälfte außer Gefecht gesetzt sein und nach der zweiten diejenigen, die nicht schnell genug in Deckung gehen konnten. Danach würden die Angreifer noch die paar Widerständige erledigen, die übrig geblieben waren. Orville überlegte, ob er zurück auf den Gipfel klettern sollte, um dem Ganzen zu entgehen, doch das Risiko, entdeckt zu werden, war zu groß. Er würde über ein Geröll aus Steinen klettern müssen, die unter seinen Füßen davonrollen und hundert Fuß weiter unten Steinschlag verursachen würden. Sein Tod würde weder der Mission noch den Händlern irgendetwas nützen. Also beschloss er, abzuwarten, sich hinzulegen und sich ein wenig zu stärken.

Gegen Ende des Vormittags konnte Orville die ersten Wagen ausmachen, die sich langsam dem Hinterhalt näherten. Die Briganten versteckten sich nicht sofort. Schweigend sahen sie zu, wie ihre Beute ihnen langsam in die Falle ging. Schließlich vernahm Orville das schon vertraute Knarzen der Wagenräder. Die Räuber versteckten sich. Das Warten erschien ihm endlos. Er sah immer noch keine Möglichkeit, wie er den Konvoi warnen konnte. Wenn er ein Feuer entzündete, würde das Geräusch der Reibung des Dolches auf dem Feuerstein ihn schon verraten, bevor irgendeine Rauchfahne jemanden alarmieren konnte. Er würde dann über das Geröll fliehen und wie ein Hase abgeschossen werden. Der Konvoi befand sich jetzt fast in Schussweite. In Schussweite ... Orville wurde klar, dass seine Pfeile durch seine erhöhte Position etwa hundert Fuß weiter als die der Briganten fliegen würden. So leise wie möglich löste er den Bogen von seinem Reisepäckchen, holte einen Pfeil aus dem Köcher hervor und legte ihn so leise wie möglich ein. Er war dabei, die dümmste Tat seines Lebens zu begehen. In ein paar Minuten würde er auf dem Felsvorsprung kauern, von sechzig Bewaffneten entdeckt werden und gezwungen sein, ohne jegliche Deckung über loses Geröll zu fliehen. Warum hatten diese Kaufleute denn nur für eine Nachhut, jedoch nicht für eine Vorhut gesorgt? Diese Frage würde er ihnen spätestens dann stellen, wenn sie alle zusammen im Gasthaus des Allmächtigen zusammensaßen. Orville stand wie ein stiller Schatten auf dem grauen Felsen, strich über das Eibenholz seiner Waffe, hielt den Atem an und spannte den Bogen. Er legte kurz den richtigen Abschusswinkel fest und schoss den Pfeil ab. In diesem Moment schien es ihm, als würde das trockene Schnalzen der Bogensehne durch das Tal hallen wie ein Donnerschlag an einem Sommerabend.

Der Pfeil beschrieb eine parabolische Kurve am azurblauen Himmel, bevor er über die Bäume hinwegflog und Orville ihn aus den Augen verlor. Einen Moment lang herrschte unter den Händlern der Karawane Verwirrung, bevor er wütendes Geschrei vernahm. Er warf sich zu Boden, als plötzlich Pfeile wie tödliche Wurfspieße auf ihn hinabregneten.

KAPITEL VI

ORVILLE

Zehn Schritte vor ihnen landete ein Pfeil auf dem Boden. Die drei Händler erstarrten. Einer von ihnen führte ein Horn an seine Lippen. Der heisere und düstere Ton des Instruments bewirkte, dass auf der ganzen Länge des Konvois Schwerter aus den Lederscheiden gezogen wurden. Bögen tauchten aus dem Nichts auf, Pfeile wurden eingespannt. Jeder zweite Mann strebte zur Spitze des Konvois, während sich die anderen in Gruppen von vier bis zehn Kämpfern zusammentaten. Diese Kaufleute waren erfahrener, als Orville angenommen hatte. Die vorderen Pferde wurden schnell ausgespannt und in Sicherheit gebracht. Langsam trat der Großteil der bewaffneten Briganten aus dem Wald. Die übrigen erklommen den bewaldeten Hang und huschten wie diffuse Schatten zwischen Baumstämmen und Felsen umher. Die Entfernung und ihre Bewegungen zwischen den Stämmen erlaubten es ihm nicht, ihre genaue Zahl zu bestimmen, doch

Orville hatte keinen Zweifel. Es waren viele, und sie waren hinter ihm her.

Die Händler begriffen nicht, was da vor sich ging. Einer von ihnen wandte sich an einen Mitreisenden: »Was sagst du dazu?«

»Nichts, außer dass das Ganze höchst ungewöhnlich ist.«

»Warum haben sie diesen Pfeil abgeschossen?«

»Das waren nicht sie, sie sind zu weit entfernt. Du wirst sehen.«

Der Mann nahm einen Bogen vom Wagen und legte einen Pfeil ein. Er stellte sich in Position und zielte in Richtung der Briganten. Der Pfeil sauste hoch in den Himmel, dann krümmte sich seine Flugbahn und er fiel etwa fünfzig Schritt von den Männern entfernt zu Boden. Der Kaufmann wandte sich mit lauter Stimme an seine Gefährten. »Das ist die maximale Reichweite eines Pfeils. Wenn sie uns näher als zehn Schritte kommen, greift an.«

Ungefähr dreißig Bogenschützen brachten sich in Position, während andere Kaufleute mithilfe von Holzbohlen eine Palisade errichteten. Innerhalb von einer Minute hatte der Konvoi eine Festung um sich herum errichtet. Die Händler waren den Räubern zahlenmäßig überlegen, konnten sich hinter der Palisade verschanzen und hatten Vorräte. Nachdem sie nun nicht mehr auf das Überraschungsmoment zählen konnten, zogen sich die Briganten zurück und liefen so schnell in den Wald zurück, dass man sich gar nicht vorstellen mochte, wie schnell sie die Karawane überwältigt hätten, wäre sie nicht durch den Pfeil gewarnt worden. Einer der Bogenschützen machte seine Begleiter auf den Felsvorsprung aufmerksam, auf dem Orville Stellung bezogen hatte.

»Scheint mir, als wäre da oben irgendetwas. Seht mal.«

Mit einer Hand schirmte er seine Augen gegen den Himmel ab. Als seine Augen sich an das Gegenlicht gewöhnt hatten, konnte er auf dem grauen Vorsprung eine Gestalt ausmachen.

»Ah ja, ich sehe etwas. Entweder ist es der Bogenschütze, der uns gewarnt hat, oder ein Krieger. Ist von hier aus schwer zu sehen. Auf jeden Fall können wir nichts tun. Lasst uns weitergehen. Es versteht sich von selbst, dass wir weiterhin auf der Hut sein müssen. Die Räuber werden wohl nicht mehr versuchen, uns anzugreifen. Morgen werden wir unserem Ziel, der Markgrafschaft, bereits so nahe sein, dass wir uns keine Sorgen mehr machen müssen. Sie werden in diesem Winter noch eine andere Beute finden, an der sie sich sattfressen können.«

Die Händler schwangen sich wieder auf ihre Pferde und der Konvoi bewegte sich weiter Richtung Stadt und Sicherheit.

Orville hörte deutlich, wie die Räuber über das Geröll hinaufkletterten. Noch ein paar Sekunden und sie würden sich auf Höhe des Felsvorsprungs befinden. Er saß fest, doch zumindest waren sie in Schussweite. Er legte seinen Reisesack wie eine Barrikade vor sich hin und reihte hastig seine Pfeile vor sich auf dem Boden auf. Er legte einen Pfeil ein, verbarg die Waffe hinter dem Sack und wartete. Nur ein paar Sekunden später stiegen die Räuber auf den Vorsprung. Er würde nicht kampflos untergehen. Als das Dutzend Männer dort angelangt war, wo der Vorsprung am schmalsten war, schoss er mehrere Pfeile hintereinander ab, ohne seine Waffe zwischendurch neu auszurichten. Acht Männer stürzten in die Tiefe, nachdem sie von einem Pfeil getroffen oder über die Körper der Sterbenden gestolpert waren. Nun waren die Überlebenden zu nah bei Orville, als dass er Zeit gehabt hätte, seinen Bogen erneut zu spannen, also ließ er ihn auf den Boden fallen, zog sein Schwert, griff seinen Reisesack und rannte schreiend auf sie zu, wobei er sein Gepäck wie einen Morgenstern schwang. Der überraschende Angriff ließ den Briganten keine Chance. Einen nach dem anderen stieß er sie von dem schmalen Felsvorsprung hinunter. Überrascht, noch am Leben zu sein, erreichte er den Geröllhang und brach auf den grauen Steinen zusammen. Er blickte ins Tal hinab und sah, wie der Rest der Truppe ein paar Dutzend Ellen unter ihm den Hang hinaufstieg. Er war sich seines Todes so gewiss gewesen, dass er im Moment des Angriffs seinen Bogen einfach zurückgelassen hatte. Doch wenn er wieder hinaufstieg, um ihn zu holen, wäre er erneut zwischen der Steilwand und dem Abgrund gefangen und sähe am Ende wie ein Igel aus. Im Moment war das Schicksal nicht auf seiner Seite. Er hatte ihr Versteck verraten und ein Dutzend von ihnen getötet oder verkrüppelt.

Er entschied sich, weiter den Hang hinauf zu fliehen, und rannte los. Steine rollten unter seinen Füßen davon, Müdigkeit lähmte seine Beinmuskeln. Deutlich vernahm er das trockene Schnalzen der Bogensehnen seiner Verfolger hinter sich und konnte gerade noch seinen Reisesack schultern, um seinen Rücken zu schützen. Ein Pfeilregen ging rings um ihn nieder, während er versuchte, so schnell wie möglich den rutschigen Hang hinaufzukommen. Noch ein paar Schritte, dann würde er eine kurze Pause einlegen. Orville vernahm deutlich die Hurraschreie der Karawane, als er den Bergkamm überschritt. Rasch eilte er den Geröllhang auf der anderen Seite des felsigen Bergrückens hinab. Als er bei einem Wäldchen anlangte, bohrten sich schon die ersten Pfeile mit einem dumpfen Geräusch in die Baumstämme neben ihm.

Orville hätte nicht sagen können, wie lange er gelaufen war, doch die Räuber mussten mehrere Täler hinter ihm sein. Er war ausgelaugt und triefend nass, da er durch mehrere Gebirgsbäche gewatet war. Er hatte keinen Bogen zum Jagen mehr bei sich und befand sich irgendwo in einem Teil des Gebirges, der als unzugänglich galt. Erschöpft schlug er sich ins Unterholz und setzte sich dort auf einen flachen Stein. In seinem Reisesack steckten drei Pfeile, er war ganz zerfetzt. Er zog die Pfeile heraus und steckte sie in seinen Köcher. Dann wählte er unter seinen wenigen Proviantresten etwas aus, womit er sich stärken konnte, und untersuchte die Spuren, die er zurückgelassen hatte. Die Spur würde nicht schwer zu verfolgen sein, falls die Briganten sich die Mühe machen wollten. Er beschloss, weiterzumarschieren und sie auf eine falsche Fährte zu locken. Da er überhaupt keinen Anhaltspunkt hatte, ging er einfach geradeaus. Mühsam stieg er über einen Felsriegel, hinter dem sich eine bewaldete Hochebene befand. Darunter floss ein Wildbach dahin. Er lief flussabwärts und watete bis zur Hüfte in das eisige Wasser. Seinen Reisesack trug er auf dem Kopf, damit er nicht noch nasser wurde, als er ohnehin schon war. Er hoffte darauf, dass seine Verfolger ihn flussabwärts suchen würden, und würde nun mehr oder weniger zu Fuß zur vorherigen Stelle zurückwaten und den ursprünglichen Weg weiterverfolgen.

Zwei Stunden später stieg Orville aus dem Wasser und setzte sich auf einen Felsvorsprung neben dem Fluss. Er war halb erfroren und saß ein paar Minuten in der Sonne, um wieder zu Kräften zu kommen. Auf dem Felsen würden seine

Fußabdrücke nicht mehr zu sehen sein, sobald seine Füße einmal trocken waren. Die Kleider in seinem Reisesack waren zerrissen und durchlöchert. Er wählte sorgfältig etwas aus, das ihn zumindest einigermaßen wärmen würde, zog sich aus und streifte sich ein paar Lumpen über, die halbwegs trocken geblieben waren. Ein Feuer zu machen war keine Option. Zu groß war die Gefahr, dass er unerwünschte Aufmerksamkeit erregte. Er marschierte, so lange er konnte, auf dem Felsen weiter und beschloss dann, als die Nacht hereinbrach, einen Platz zum Schlafen zu finden. Nachdem er erfolglos nach einem sicheren Unterschlupf gesucht hatte, kletterte er auf eine hohe Lärche und band sein Seil an einem der Äste fest. Er verknotete die Decke mit dem Seil und kletterte auf einen anderen nahe gelegenen Baum, um dort das andere Ende des Seils zu befestigen. Dann nahm er seinen Reisesack mit nach oben und befestigte ihn ebenfalls oben am Baum. Dreißig Fuß über dem Boden und der Wirklichkeit sank Orville in das gespannte Tuch und in einen tiefen Schlaf.

Er wachte unterkühlt und mit steifen Gelenken auf und hatte das unangenehme Gefühl, im Wasser geschlafen zu haben. Der Wind hatte die Kleidung, die er am Leib trug, getrocknet und ausgekühlt. Er wagte es nicht, sich zu bewegen, aus Angst, dass ihm noch kälter wurde, und nutzte diesen Augenblick der Ruhe, um eine Bestandsaufnahme seiner Situation zu machen. Er hatte gut daran getan, diesen Pfeil zu schießen. Wenn die »Anderen« getötet worden wären, hätte er diese Reise ganz umsonst unternommen. Er wusste nicht genug über sie, also mussten sie am Leben bleiben. Und er hatte gut daran getan, ihre Spur erst einmal nicht mehr weiterzuverfolgen. Wenn er starb, wäre niemand in der Lage, die Mission fortzuführen. Er war immer noch irgendwo im

Nirgendwo und hatte keine Ahnung, ob die Räuber noch hinter ihm her waren. Orville versuchte, den Weg, den er zurückgelegt hatte, seit er vom Weg abgekommen war, mental zurückzuverfolgen. Er glaubte, dass er wieder zum Weg zurückfinden würde, aber ganz sicher war er sich nicht. Er müsste entlang des Flusses wieder hinabsteigen, dann wieder hinauf auf die Ebene, herum um den Felsriegel, geradeaus zwei oder drei Pässe passieren und die eisigen Wildbäche in den Tälern durchqueren. Wenn er sich Richtung Osten hielt, müsste er eigentlich irgendwann auf den Weg treffen. Doch die Briganten waren ihm wahrscheinlich immer noch auf den Fersen. Falls er in diesen unwirtlichen Bergen überlebte, konnte er hinter jeder Biegung von ihnen überrascht werden. Er konnte davon ausgehen, dass dieses Gebiet ihnen gehörte und eine Konfrontation nicht ausbleiben würde. Orville hatte schon genug Glück gehabt, da wollte er es nicht weiter strapazieren.

Es gab noch zwei andere Möglichkeiten: Entweder er kletterte noch weiter nach oben und suchte einen Höhenweg oder er stieg zum Meer hinunter und schaute sich dort nach einem Weg um. Orville versuchte, sich in den Anführer der Räuberbande hineinzuversetzen. Zuerst einmal würde er versuchen, den Mann, der seine Krieger getötet und seine Hoffnungen auf Beute zunichte gemacht hatte, in die Finger zu bekommen. Dann, nachdem er eine Zeit lang erfolglos nach ihm gesucht hatte, würde er davon ausgehen, dass dieser Mann wohl einen Hang heruntergefallen und sich das Genick gebrochen hatte oder dass er einem Rudel Wölfe zum Opfer gefallen war, und sich auf die Suche nach einem neuen Konvoi begeben, schließlich stand der Winter vor der Tür. Entweder war die Bande also auf dem Handelsweg oder sie war ihm immer noch auf der Spur. Eigentlich war es noch zu früh, um die Jagd auf ihn zu beenden. Ein Anführer musste seinen Männern zeigen, dass er sie rächte, wenn sie für ihn ihr Leben ließen. Wenn er selbst jemanden in diesen Bergen gesucht hätte, wie wäre er vorgegangen? Da der Mann gefährlich war, hätte er seine Truppe in mehrere Gruppen von vielleicht etwa fünfzehn Soldaten aufgeteilt. Dann hätte er Späher auf den Höhen postiert. Die Wälder in diesem Gebirge waren nicht so dicht, dass ein Reisender unentdeckt bleiben konnte, wenn er sich am Rande des Waldes bewegte, also könnte sich dieses Vorgehen auszahlen. Er würde sich auch einen Weg ausdenken, wie die Männer miteinander kommunizieren könnten, mithilfe eines Jagdhorns beispielsweise, wie es die Kaufleute verwendeten. Beim ersten Ton würde die Jagd beginnen und das Konzert würde erst dann beendet sein, wenn das Wild lebendig über dem Harzfeuer geröstet würde. Orville schauderte es bei dem Gedanken. Er dachte an die Menschenleben, die er seit seiner Abreise ausgelöscht hatte. Jedes Mal hatte er es nur getan, um seine eigene Haut zu retten. Drei verschiedene Kämpfe, drei verschiedene Taktiken. Zuerst hatte er wie ein Soldat gekämpft, dann wie ein Halbstarker, dann wie ein aggressiver Bulle. Er strich über den Griff seines Schwertes und dachte über diese Evolution vom Soldaten zum Tier nach. Wenn er überleben wollte, musste Orville ein Wolf sein, kein Wild, das verfolgt wurde. Er machte eine Bestandsaufnahme seiner Waffen, setzte sich lautlos in seiner Hängematte auf und bewegte sich auf den Baum zu, indem er sich am Seil über ihm festhielt. Beim Stamm angelangt, durchsuchte er seinen Reisesack nach seinen unauffälligsten Kleidern. Dank des regelmäßigen Abstands zwischen den Zweigen schaffte er es, bis in die obersten Wipfel des Baumes zu klettern. Von hier aus konnte er klar die Felskämme erkennen, die sich über ihm auftürmten. Es könnte schwierig sein, dort hinaufzuklettern, ohne von den Spähern entdeckt zu werden. Geschickter war es, sich im Schutze der Nacht auf dem kahlen Geröll vorwärtszuschleichen und dann eher schlecht als recht die Hunderte von Fuß hohen Felswände hinaufzuklettern. Er beschloss, bis zum Abend in seinem Hochsitz zu warten und dann auf die Jagd zu gehen. Also setzte er sich wieder in die Hängematte und holte sein Schreibzeug hervor.

28. Oktober 806 (schätzungsweise)

Ich habe die Spur verloren. Etwa fünfzig Banditen sind hinter mir her. Die Bergkämme sind bar jeder Vegetation, die Wälder hier oben sind nicht dicht genug, dass man sich unbemerkt hindurchschleichen könnte, und die Täler werden wahrscheinlich überwacht. Vielleicht planen sie schon einen Hinterhalt. Die Banditen kennen die Gegend gut, ich jedoch nicht. Ich kann nicht länger warten. Der Konvoi wird bald in der Markgrafschaft von Vallade ankommen, wo er sich zerstreuen wird. Ich muss ihm nach! Seit meiner Abreise aus Hautterre habe ich dreißig oder sogar vierzig Männer getötet. Sie ließen mir keine andere Wahl und in gewissem Sinne akzeptierten sie ihren Tod, indem sie zu den Waffen griffen. Heute Abend werde ich erneut um mein Leben kämpfen. Ich muss die Schwachstellen der Truppe herausfinden und lautlos durch ihr Netz schlüpfen.

Vermerk von Kapitän Orville,
militärischer Abgesandter im Dienste des Königs

Orville glitt lautlos den Baumstamm hinunter auf den Boden. Er kletterte auf den anderen Baum, um das Seil zu lösen, faltete die Decke zusammen und steckte sie wieder in seinen Reisesack. Dann begann er den Abstieg. Zwischendurch kauerte er sich hin und horchte. Nichts Verdächtiges. Sein Herz hämmerte zum Zerspringen. Die kalte Bergluft brannte in seinen Lungen. Lautlos stieg er den Hang hinauf, bis er am Waldrand anlangte. Alle zehn bis zwanzig Schritte ging er in die Hocke, lauschte in die Nacht und achtete darauf, ob sich in seiner Umgebung irgendetwas bewegte. In weniger als zehn Minuten erreichte er einen etwas abschüssigen Landstrich. Erneut kauerte er sich hin. Das frische, dichte Gras ließ ihn an die Almen von Hautterre und seine Reisegefährten denken, an Iban, der nun in Sicherheit sein musste. Ein Junge mit gesundem Menschenverstand, der sein Leben letztlich seinem starken Charakter zu verdanken hatte und seiner Unbelehrbarkeit, die Orville dazu gezwungen hatte, ihn zusammen mit einem Begleiter die Pferde zurückbringen zu lassen.

Orville musste auf dieser Grasfläche zwar ohne Deckung auskommen, doch dank der Dunkelheit und des kurzen Grases, das das Geräusch seiner Schritte erstickte, würde er unauffällig bis zum Fuß des Felsriegels gelangen. Seine Decke als Tarnumhang benutzend bewegte er sich am Rand des Felsens entlang. Von Zeit zu Zeit hielt er inne, lauschte und hielt den Atem an, so als ob er damit die Zeit einfrieren könnte. In den fast leeren Köcher hatte er Tuch gestopft, um zu verhindern, dass die drei Pfeile darin herumklapperten und die Verfolger auf ihn aufmerksam machten. Elle um Elle rückte er vorwärts und kam schließlich sicher am Fuß des Felsens an. Hier und dort wuchsen ein paar Sträucher. Sie würden ihm keinen Sichtschutz bieten, also bewegte er sich schnell voran, bis er eine Stelle an der Felswand fand, die ihm für einen Aufstieg günstig erschien. Vorsichtig stieg er auf die großen Steine und die wenigen dürren Sträucher, die dem Schicksal trotzten, die Wurzeln in der Unterwelt verankert und die Zweige in die Leere gestreckt. Orville mochte die Höhe nicht, aber die Dunkelheit, die den Abgrund unter ihm verschluckte, half ihm, seine Abneigung zu überwinden. Jedes Mal, wenn sein Reisesack an der Felswand entlangschabte, hörte es sich auf dem schlafenden Berg unheimlich laut an. Als er in der vollkommenen Stille dieser windstillen Nacht den Bergkamm erreichte, legte er sich erst einmal hin und wartete, bis sein Körper sich vom Aufstieg erholt hatte. Dann kletterte er eine Stunde lang den dunklen Hang des Berges hinab, von Fels zu Fels und von Schatten zu Schatten huschend. Alle zehn Schritte konzentrierte er all seine Sinne auf die Suche nach einer fremden Präsenz.

Er fühlte sie mehr, als dass er sie sah. Schon auf dreißig Schritt Entfernung strahlten sie Wärme ab. Orville hatte die Sohlen seiner Stiefel mit mehreren Stoffschichten versehen, um den Klang seiner Schritte zu dämpfen. Dennoch ließ er sich auf alle viere nieder, um den Druck auf den Boden weiter zu reduzieren. Wenn man ihn so betrachtete, hätte man glauben können, dass da ein Stein auf dem Boden lag, der sich Zoll um Zoll vorwärtsbewegte. Drei Schritte von den Wachen entfernt verlangsamte er seine Schritte und schloss die Augen. Er nahm zwei Männer wahr, die sich an einen großen Felsen lehnten, der sie vor dem Wind schützte. Der rechte schlief, der andere war wach, so viel war sicher. Lautlos ließ er seinen Deckenumhang zu Boden gleiten, legte seinen Reisesack darauf, nahm seinen Dolch und ein Wurfmesser heraus und kletterte dann, ohne zu atmen, auf den

Felsvorsprung über ihnen. Er wandte ihnen den Rücken zu, kauerte sich hin und machte einen Rückwärtssalto. Orville landete vor den beiden Männern, mit offenem Mantel und mit zwei Stahlklingen bewaffnet. Der wache Späher sah den Tod in Form einer riesigen Fledermaus über sich schweben. Ein silbriger Schimmer glitt an ihm vorbei und seine Kehle öffnete sich, bevor ihr irgendein Geräusch entschlüpfen konnte. Der schlafende Späher wachte nicht einmal mehr auf. Orville drehte sich um, bereit, sich weiteren Angreifern zu stellen, doch er wusste, dass sich niemand sonst auf dem Bergrücken befand. Er umrundete den Felsen, nahm seinen Reisesack und die Decke an sich, ging noch einmal zu den Leichen zurück und durchsuchte sie nach Dingen, die ihm nützlich sein könnten. Er nahm sich einen der beiden Bögen und füllte seinen Köcher auf. Die Schwerter der Briganten waren nicht nach seinem Geschmack, doch er nahm trotzdem eines an sich. Die Tatsache, dass er in beiden Händen eine Waffe gehalten hatte, hatte ihm in den letzten Kämpfen das Leben gerettet. Der Straßenjunge in ihm hatte immer noch viel für Zweikämpfe übrig, bei denen die militärischen Regeln keine Bedeutung hatten. Er fand ebenso ein Säckchen mit Zunder, etwas Essen und eine Feldflasche mit schauderhaftem Alkohol. Am Gürtel eines der Briganten hing ein Horn, mit dem man Alarm schlagen konnte. Er legte es vor den Leichen auf den Boden und zerbrach es unter dem Absatz seines Stiefels. Dann ging er schweigend weiter bis zum Ende des felsigen Bergkamms. Vor ihm befand sich eine Klippe. Das Seil war zu kurz, um sich dort hinabzulassen. Er musste auf irgendeine andere Art hinuntergelangen. Bei Tagesanbruch war Orville immer noch im Tal unterwegs. Er fand einen Felsunterschlupf, der von dichten Büschen mit hellen Blättern umgeben war. Er legte sich darunter, bedeckte sich mit der Decke und schlief ein.

Es war nicht der Regen, der ihn weckte, sondern das Gefühl, dass jemand in der Nähe war. Schon zum zweiten Mal innerhalb von ein paar Stunden. Orville konzentrierte sich auf sein Gefühl und versuchte, die Präsenz zu lokalisieren. Letzte Nacht war es einfacher gewesen. Da hatte er gewusst, wenn da etwas wäre, würde es sich vor ihm auf dem Weg befinden. Auf der vom Tau durchnässten Decke liegend fühlte er intuitiv, dass sich nicht weit rechts von ihm eine kleine schmutzig-rosa Gestalt bewegte. Er empfand die Gestalt als rosa, genauso wie er die Landschaft als bläulich empfand. Er öffnete seine Augen und breitete ein Stück Stoff vor sich aus. Etwa fünfzehn Schritte entfernt, geschützt unter einem Strauch, beobachtete ein Kaninchen die Umgebung. Etwas weiter entfernt sah er einen Vogel. Er schloss die Augen und versuchte, ihn zu fühlen. Enttäuscht merkte er, dass er es nicht schaffte. In früheren Kämpfen hatte er immer intuitiv gespürt, wo sich die Angreifer gerade befanden. So weit er sich zurückerinnern konnte, hatte er immer gespürt, wenn jemand in der Nähe war. Es war ihm nur noch nie richtig bewusst gewesen, weil er diese Fähigkeit früher nie wirklich gebraucht hatte. Auf den Straßen hatte er die Gefahren mit eigenen Augen gesehen, da hatte ihm diese Begabung wenig genutzt. Ab und an hatte er eine ungute Vorahnung gehabt, wenn er etwa in eine bestimmte Gasse eingebogen war, eine Art bedrückendes Gefühl. Dann hatte er kehrt gemacht. So etwas nannte man Instinkt. Doch dieses Kaninchen und die Männer in dieser Nacht – das war etwas anderes. Woher hatte er gewusst, dass der rechte Mann schlief und der andere nicht? Und woher hatte er gewusst, dass sie genau dort saßen? Es war ihm ganz natürlich erschienen, wie wenn man einen Menschen sieht, einen Braten riecht oder eine Frau berührt.

In der Vergangenheit hatte es wenige Gelegenheiten gegeben, bei denen er sich auf seine besondere Wahrnehmungsfähigkeit hatte konzentrieren können. Er erinnerte sich daran, wie er als Kind immer den Wachsaal seines Vaters betreten hatte und innerhalb von Sekunden anhand des Geruchs hatte feststellen können, ob das Essen gut war (was bei den Speisen, die den Wachen aufgetischt wurden, eher selten der Fall war). Dann war er in die Küche geschlüpft und hatte etwas von dem Essen stibitzt, das seinen Eltern und älteren Geschwistern vorbehalten war. Auf dem Übungsplatz in Hautterre hatte er sich natürlich konzentrieren müssen. Er wusste immer, wie sich seine Gegner gerade fühlten. Wenn er in den Kampf eintrat, wurde er nie auf dem falschen Fuß erwischt. Aber das war eigentlich normal für ihn. Seit seiner Kindheit hatte man ihm den Umgang mit Waffen beigebracht. Als Kinder hatten die Soldaten in Hautterre eher mit Heugabeln als mit Schwertern zu tun gehabt. Nach dem Tod seines älteren Bruders hatte Orville gemäß der Tradition seinen Platz unter den Theokraten einnehmen müssen. Die Beziehung zu seinem Vater war nie wieder dieselbe gewesen. Als ursprünglich dritter Sohn hatte er viele Freiheiten gehabt. Er hatte sich in den Ställen und den Kammern der Wächter herumgetrieben und mit den Kindern der Soldaten und der Diener Essen aus der Küche gestohlen. Er kannte das Schloss, seine Geheimgänge und Verstecke besser als jeder andere. Obwohl seine Eltern sich nicht viel um ihn kümmerten, hatte er eine glückliche Kindheit verlebt. In jungen Jahren war er dem Fechtmeister anvertraut worden und zum Nesthäkchen der Truppe geworden. An Söhne, die Soldaten werden sollten, durfte man sich nicht klammern. Früher oder später zogen sie immer in den Kampf. Die Lebenszeit eines geübten Soldaten neigte sich in der Regel dem Ende zu, sobald er fünf oder sechs weniger erfahrene Männer getötet hatte. Noch geringer waren seine Überlebenschancen, wenn er an vorderster Front kämpfte. Man durfte sich nicht an ihn klammern, sondern musste ihm die Überzeugung einimpfen, dass es eine Ehre sei, als Soldat für seinen Vater oder seine Brüder zu sterben. Diese dritten Söhne, deren einziger Lebenszweck es war, sich für die Familie zu opfern, hatten nicht viel Zeit. Sie aßen mehr, tranken schneller und küssten früher und öfter als die anderen. Die ältesten Söhne küssten erst, sobald sie verheiratet waren. Uneheliche Nachkommen waren ein kompliziertes Problem und die meisten Adligen handelten vollkommen ohne Skrupel, um es zu lösen. Da die Zweitgeborenen ihr Leben der Theokratie widmeten, beschränkte sich ihre Sexualerziehung auf den Katechismus. Fast alle starben als Jungfrauen. Der dritte Sohn würde ohnehin im Kampf sterben, daher konnte er seinen Samen verbreiten, wo immer er wollte. Je nach dem Garten, in dem er seinen Samen gepflanzt hatte, zeugte er so neue Soldaten oder Bauern. Dem dritten Sohn die Unschuld zu nehmen galt als lustiger Zeitvertreib. Die Dienstmädchen scherzten gern über die aufkeimende Männlichkeit des Jungspunds. Wäre er länger in der Burg geblieben, hätte Orville den ganzen väterlichen Hausstand zur Verfügung gehabt, der ziemlich groß war. So lange war es bereits her, seit er zum letzten Mal Röcke hochgeschoben hatte! Sechs Jahre, vielleicht sieben Jahre.

Sein Bruder Ruthold war viel älter als er und sehr ernsthaft. Er hatte schon die Wachen befehligt, da war er, Orville, noch zwischen den Beinen der Pferde hindurchgerannt, ohne sich bücken zu müssen. Orville hatte wenig über ihn zu sagen, außer dass er sein Bedürfnis nach Zuneigung immer ignoriert hatte. Er war schließlich nur der dritte Sohn. Sein Vater hatte ein langes Gespräch mit ihm geführt, bevor er mit dem Theokraten Georgs in Richtung Akademie abgereist war. Er hatte von der Ehre gesprochen, die ein Dienst am Allmächtigen der Familie einbringen konnte, von der Akzeptanz des Schicksals. Während dieser Mann – sein Vater – mit ihm über seine Chancen sprach, in der Hierarchie aufzusteigen, hörte Orville den Mäusen zu, wie sie auf der Rückseite der Wandteppiche nach oben kletterten. Er war acht Jahre alt, verstand kein Wort und wollte zurück in den Stall zu Virzin, seinem Lieblingskampfpony.

Dann reiste er ab. Eines Tages begriff Orville, dass er nur zur Welt gebracht worden war, um im Kampf für die Familienehre zu sterben, und nachdem sein älterer Bruder gestorben war, um für ihr Heil zu beten. Verdammte Familie ... Er war gerade sechzehn geworden und wollte nur ein Mädchen besteigen. Eines Nachts kletterte er über die Mauer und lief tagelang immer geradeaus. Als seine Schritte ihn in die erste halbwegs große Stadt führten, arbeitete er dort zwei Tage lang ununterbrochen am Hafen. Dann ging er in ein Freudenhaus im Scherbenviertel, um nach einiger Zeit mit leeren Taschen wieder auf die Straße zu treten. Sein Leben konnte beginnen.

In der Abenddämmerung verließ Orville sein Versteck. Er ging den Grat hinunter und blieb von Zeit zu Zeit stehen, um in die Nacht zu lauschen. Er schlich sich von Strauch zu Strauch, um zu dem Waldstück weiter unten zu gelangen. Es bestand kein Zweifel, dass man die Leichen der Späher bereits entdeckt hatte. Jetzt war er sich nicht mehr so sicher, ob es eine gute Idee gewesen war, sie zu töten. Er hatte den Räubern damit Angst eingejagt, was gut war – gegen den Teufel kämpfen zu müssen ist immer eine beängstigendere Vorstellung, als gegen einen Mann kämpfen zu müssen –, doch zugleich hatte er seine Anwesenheit und seine ungefähre Position verraten. Auf der anderen Seite wäre er, wenn er es nicht getan hätte, wohl immer noch in dieser Sackgasse in der Senke gefangen. Orville wusste nun genauer Bescheid über die Topologie des Gebietes. Er befand sich in den Ausläufern des Gebirgsmassivs. Weiter westlich erstreckte sich die unüberwindbare Bergkette der Crocs. Die Berge dort waren so hoch und steil, dass man nicht sicher war, ob selbst die Adler sich dort hinaufschwingen konnten. In Richtung Norden wurden die Berge immer flacher, um schließlich in sanfte Hügel überzugehen. Der Wald schien hier dichter zu sein. Vielleicht befand sich darin ein Schloss, in dem er um Hilfe bitten konnte. Im Wald suchte er sich ein Versteck und lauschte wieder. Er glaubte schon, außer Gefahr zu sein, da fielen die ersten Schneeflocken.

Der Schneefall wurde immer dichter, schnell war der Boden mit einer dünnen Schicht Schnee bedeckt. Alle seine Bemühungen, seine Spuren zu löschen, würden nichts nützen. Es gab keine Möglichkeit, die weiche Textur des weißen Wollmantels nachzuahmen, der alles bedeckte. Je weiter die Nacht voranschritt, desto dicker wurde die kalte Schicht und knirschte unter seinen Füßen. Orvilles Stiefel prägten sich tief ein und er begriff schnell, dass es nicht mehr lange dauern würde, bis er in diesen lichten Wäldern entdeckt werden würde. Er schlug alle Vorsicht in den Wind und huschte wie ein grauer Schatten zwischen den Bäumen hindurch, um so schnell wie möglich nach unten ins Tal zu gelangen. Dort hatte sich das weiße Tuch des Winters vielleicht bereits im Regen aufgelöst. Doch wenn er zu weit hinunterstieg, riskierte er, einer der Patrouillen in die Arme laufen, die er dort unten vermutete. Dann hätte er nur eine winzige Chance, ungeschoren davonzukommen. Seine Hoffnung, dass er eine Konfrontation würde vermeiden können, löste sich in Luft auf. Die lang gezogene Klage eines Horns drang zu ihm herab. Die Jagd war eröffnet. Aus dem Wolf wurde ein Hase. Vielleicht waren da unten ja doch keine Patrouillen? Dann war alles, was er tun musste, ein wenig schneller als seine Verfolger zu laufen. Ein zweites Horn ließ sein Begräbnislied erschallen. Dann ein drittes, weiter links. Orville rannte los und sprang von Stein zu Stein, wobei er einige Male ausrutschte. Die Briganten hatten in das Tal und wahrscheinlich auch in die angrenzenden Täler Patrouillen entsandt. Er hielt inne, ganz außer Atem, lehnte sich an einen Felsen, nahm seinen Bogen und legte einen Pfeil an. Blieb noch die Frage, wo er sich platzieren sollte. Er musste den besten Platz für einen einzelnen Kämpfer wählen, der so schnell wie möglich reagieren musste. Ein paar Meter unter ihm befand sich ein felsiges Gelände. Schnell bewegte er sich darauf zu. Große Felsbrocken lagen hier auf dem Boden verstreut. Er betrat dieses natürliche Labyrinth und lief kreuz und quer in alle Richtungen, in der Hoffnung, so seine Spuren zu verwischen. Der Klang der Hörner kam näher. Angesichts der Richtung, aus der sie kamen, war es sehr wahrscheinlich, dass sie auch Hunde auf die Spur angesetzt hatten. Er schloss die Augen und hörte für einen Moment das schnelle Trommeln seines Herzens. Wer wusste, ob diese Trommel bald nicht für immer verstummen würde? Die Landschaft erwachte zum Leben und die Nacht wich einem lebendigen Farbenspiel. Der kalte Schnee schimmerte blau, während Orville die herannahenden Männer als weiß-rosa Schemen wahrnahm. Er öffnete die Augen und das Gefühl verschwand. Er schloss sie wieder und konzentrierte sich. Der Schnee ließ erkennen, welchen Untergrund er bedeckte. Er fühlte, dass sieben Männer vor ihm standen und warteten, während vier andere sich weiter nach rechts bewegten. Schnell wechselte er seine Position, um mit ihnen auf einer Höhe zu sein, kauerte sich hinter einen Felsen und spannte seinen Bogen. Es war ganz einfach. Er schloss die Augen und visualisierte in der Dunkelheit des Unterholzes die menschlichen Umrisse, die sich von Baum zu Baum bewegten. Er justierte seinen Bogen und wartete. Kurz darauf fiel eine Gestalt mit einem gequälten Stöhnen zu Boden. Er legte einen zweiten Pfeil an. Die anderen drei Krieger hatten sich hinter Baumstämmen versteckt, doch ihre rosa Aura erhellte den Schnee um sie herum, sodass es Orville leichtfiel, sie zu lokalisieren. Eine kurze Klage eines Horns durchdrang die Stille der verschneiten Nacht. Orville spürte, wie die sieben Männer in das Steinlabyrinth hineinrannten. Bald würde er wieder in einer Sackgasse gefangen sein. Er nahm seine Chance wahr, zog seine beiden Schwerter und stürmte geradeaus, auf die Bäume zu. Aufgeschreckt durch das Knirschen von Orvilles Stiefeln im Schnee trat einer der Räuber mit gespanntem Bogen aus seinem Versteck. Orville nahm die leichte Farbveränderung rechtzeitig wahr, ließ sich zu Boden fallen und rollte sich instinktiv über eine Schulter ab, während der Pfeil ins Leere ging, wo sich eigentlich sein Oberkörper hätte befinden müssen. Er beendete seine Rolle und sah sich im nächsten Moment auf Knien seinem Angreifer gegenüber. Eines seiner beiden Schwerter hatte sich in dessen Unterleib gebohrt. Er fühlte, wie die Farbe seines Gegners verblasste. Er stand auf, um sich den beiden Männern zu stellen, die ihn nun angriffen. Sie waren wie blind. Ihre Schwerter stießen ins Leere. In der Dunkelheit der Kiefernwälder versuchten sie, Orville zu überwältigen, kamen sich jedoch nur gegenseitig in die Quere. Orville nahm das verbliebene Schwert in die linke Hand, ging zwei Schritte zurück, zog das Messer heraus, das in seinem Stiefel steckte, und schleuderte es dem Räuber entgegen, der über ihm zusammenbrach. Der letzte Kämpfer stellte sich tapfer dem Teufel, der eine Menge Schwerthiebe austeilte, die aus dem Nichts zu kommen schienen. Er war beinahe erleichtert, als sein Kopf sich vom Körper trennte und mit der Stirn voran im Schnee landete. Orville spürte, wie die Farbe der Körper verblasste. Er hob das Wurfmesser auf, wischte es an der Kleidung ab und schob es wieder in seinen Stiefel. Er schloss die Augen und fühlte mit seinem sechsten Sinn, den er nicht genau benennen konnte, in die nähere Umgebung. In einer Winternacht wie dieser war dieser Sinn viel effektiver als Sehen oder Hören. Der gewöhnliche Blick konnte sich immer nur auf eine bestimmte Sache richten, während dieser sechste Sinn die ganze Umgebung um ihn herum erhellte. Die sieben Männer hatten sich in drei Gruppen aufgeteilt und waren ein paar Dutzend Schritte in das Felslabyrinth hineingegangen. Sie stellten sich ungeschickt an und stolperten bei jedem zweiten Schritt über Äste oder Geröll. Der vorherige Kampf hatte nicht länger als ein paar Sekunden gedauert. Orville trat ein paar Schritte zurück und versteckte sich hinter einem Baum. Die drei Gruppen tauchten gleichzeitig mit gezogenen Schwertern auf dem Schauplatz des Gemetzels auf. Sie bildeten einen Kreis um die Leichen und suchten die Umgebung ab. Doch außer den immer größer werdenden Flocken, die in der Dunkelheit wie Tausende Schmetterlinge aus Eis glitzerten, bewegte sich nichts. Orville warf einen Stein über die Köpfe der Männer hinweg. Das dumpfe Geräusch, mit dem er im Schnee landete, lenkte die Briganten kurz ab. Orville stürzte mit geschlossenen Augen auf sie los wie ein großes, graues, todbringendes Gespenst. Er kauerte sich mitten zwischen die Männer und drehte sich schnell um sich selbst, sodass die Klinge den Umstehenden die Kniegelenke durchschnitt. Dann stand er auf, um sich den verbliebenen Kämpfern zu stellen, die ob der Schreie ihrer Gefährten, deren Blut sich auf die Pulverschneedecke ergoss, ganz entsetzt waren. Ihre Schwerthiebe waren langsam und unkoordiniert. Nicht dass diese Männer besonders ungeschickt waren. Einer von ihnen besaß sogar eine ziemlich gute Technik. Orville schnitt ihm seine Hand ab, als er ein Schwert vom Boden aufheben wollte. Dann widmete er sich den anderen. Sie waren so langsam … Er hatte den Eindruck, mit Kindern zu kämpfen, deren Schwerter zu schwer für sie waren. Er hatte sich noch immer nicht an seines gewöhnt. Zu leicht, aber filigran und gut geschmiedet. Während er sich fragte, welches Schwert zu ihm passen würde, schnitt er einen der Kämpfer in zwei Hälften. Jetzt war nur noch einer übrig. Der Mann hielt sich wacker, doch ein Hase kam gegen einen Wolf nicht an. Orville versuchte es mit einem speziellen Schwerthieb, den er besonders gern mochte. Das Schwert seines Gegners flog in die Luft und landete ein paar Schritte entfernt im Schnee. Der Mann hielt seinen tauben Arm und fiel vor Orville auf die Knie.

»Ich lasse dich nur am Leben, damit du dich um deinen Waffengefährten kümmern kannst, der seine Schwerthand verloren hat, und damit du eine Nachricht an deinen Herrn übermittelst. Heute ebenso wie gestern habe ich ihm seine

Männer genommen. Wenn er mich nicht weiterreisen lässt, werde ich ihm morgen seine Seele nehmen.«

Orville drehte sich um, um sich auf die Suche nach seinem Reisesack zu machen. Er spürte, wie sich die Farbe des Kriegers hinter ihm ein wenig veränderte. Das Wurfmesser des Mannes hatte gar keine Zeit, seinen Flug anzutreten. Es glitt aus seinen Händen und fiel in den Schnee, als ein Pfeil in seinen Hals eindrang und glatt durch seine Kehle ging. Orville beugte sich über den Mann, riss den Pfeil heraus, um ihn zu untersuchen, und hob das Messer auf. Es schien sehr kunstvoll gearbeitet zu sein. Er schloss die Augen und versuchte, den Bogenschützen zu lokalisieren, doch es stellte sich keine Empfindung ein. Wahrscheinlich war er zu weit entfernt. Der irgendwo im Dunkeln abgeschossene Pfeil hatte sein Ziel mit teuflischer Präzision getroffen.

Orville beschloss, sich später um den Bogenschützen zu kümmern, und beugte sich zu dem Mann mit der amputierten Hand hinunter. Er band seine Wunde mit einem Stück Stoff ab, das er von der Kleidung einer der Leichen abgetrennt hatte. Seiner Farbe nach zu urteilen sollte der Mann die Nacht überstehen. Die anderen Männer nahmen allmählich eine blaue Farbe an. Der Krieger war so benommen, dass er alles willenlos über sich ergehen ließ.

»Dann wirst du eben die Nachricht übermitteln. Dein Freund hier hat sich als unzuverlässiger Bote herausgestellt.«

Orville stand auf und zerbrach die Hörner unter seinen Stiefeln. Dann schloss er die Augen und versuchte, den Bogenschützen zu lokalisieren, der ihn nun schon zum zweiten Mal gerettet hatte, doch es wollte ihm nicht gelingen. Er bückte sich und besah sich die Schwerter der besiegten Räuber. Keines sagte ihm so recht zu. Die Klingen waren nicht schwer genug. Er brauchte eine massivere Waffe, die nicht einfach nur den Arm verlängerte, sondern seine Kraft wie eine Steinschleuder verstärkte, mit einem übergroßen Knauf, der fest in der Hand lag. Er nahm das Schwert samt Scheide seines letzten Gegners an sich, dann ging er um den Felsen herum, hob seinen Bogen, seinen Reisesack und seinen Köcher auf und marschierte weiter in die Nacht hinein, einen Pfeil in den Bogen eingelegt und alle Sinne in Alarmbereitschaft. Er würde sämtliche Hindernisse beseitigen, die ihm in den Weg gelegt wurden.

Der Mond warf die geisterhaften Schatten der Nadelbäume auf den weißen Schneeteppich. Der Schnee knirschte unter seinen Füßen. Es war nicht leicht, auf dem abschüssigen, mit Pulverschnee bedeckten Weg voranzukommen. Er öffnete die Feldflasche, die er am Vortag im Reisesack der Briganten gefunden hatte, und nahm einen großen Schluck. Dann machte er sich wieder auf die Suche nach der Spur.

13. November 806

Ich hörte das Horn hinter mir, nachdem ich mich wieder auf den Weg gemacht hatte. Ich schätze, eine Patrouille hat das Schlachtfeld gefunden, das ich hinterlassen habe. Elf Männer tot, einer verstümmelt. Also habe ich insgesamt fünfundzwanzig Räuber getötet. Ich schätze, das ist genug, um als Teufel zu gelten. Ein bisschen glaube ich selbst schon, dass ich der Teufel bin. Diese Botschaft mit der Seele mag ihre Wirkung getan haben. Ich weiß es nicht, doch seither mache ich mir keine Sorgen mehr. Der Bogenschütze folgt mir in einiger Entfernung, aber er kommt nicht näher. Er folgt mir schon, seitdem ich auf dem Bergkamm war. Er hat mir erneut geholfen, indem er einen Briganten beseitigte, der mir einen Dolch in den Rücken rammen wollte. Das hätte er ohnehin nicht geschafft, weil ich es rechtzeitig gemerkt hätte. In einem früheren Kampf am Gebirgspass war mir seine Hilfe jedoch sehr willkommen. Er weiß, dass ich über seine Anwesenheit Bescheid weiß. Zweimal schon bin ich absichtlich im Kreis gegangen. Als ich den Anfang meiner Spur wiederfand, waren daneben die Spuren eines anderen Mannes. Wahrscheinlich hat er jetzt die dreifache Spur gefunden und eine vierte hinzugefügt. Ich habe versucht, den Kreis zu verengen, um ihn zu ertappen, doch dann fand ich keine Spuren mehr. Auf der einen Seite verrät der Schnee leider meinen Weg. Auf der anderen Seite könnte man annehmen, dass ich nur einer von zwei Männern sei, die hier unterwegs sind. Er ist ungefähr zwei Stunden hinter mir. Ich könnte mich irgendwo verstecken und nach ihm Ausschau halten, doch es ist mir wichtiger, die Spur wiederzufinden.

Ich konnte ein Feuer machen. Das Holz ist feucht, doch das Harz ist leicht entzündlich. Meine Kleider sind jetzt beinahe trocken. Ich habe sie geflickt, so gut ich konnte, doch die Schwerthiebe der Briganten haben tiefe Löcher in den Stoff gerissen, und die Kälte dringt herein, wo immer sie kann. Indem ich mehrere Kleiderschichten übereinander trage, kann ich dies ein wenig verhindern. Ich bin nachts unterwegs und schlafe tagsüber, um die beißende Kälte, die abends von den Gipfeln herabsinkt, abzuwehren. Die Tage sind jetzt milder. Morgens suche ich mir immer ein geschütztes Plätzchen und begebe mich auf die Suche nach Holz und Kiefernnadeln. Dann errichte ich mein Lager und mache ein Feuer, um meine

Füße zu trocknen und meine Jagdbeute zu rösten. Wenn Schnee liegt, kann man leicht Beute machen. Die Tiere sind hungrig und kommen öfter aus ihrem Versteck. Ich kann mühelos ihren Hufabdrücken folgen, so wie mein Verfolger sich an meine Fußspuren heftet. Ihre Form verrät mir alles: die Tierart, das Gewicht, die Zeit, die vergangen ist, seit das Wild vorbeigekommen ist. Ich kann mein Tagesmenü ganz nach meinen jeweiligen Wünschen zusammenstellen. Überall gibt es Spuren, überall ist Leben. Vor zwei Tagen habe ich einen Hirsch erlegt. Das Tier lag im Schnee und verhielt sich ganz still, um am Leben zu bleiben. Dieses Fleisch stellte meine Kräfte wieder vollständig her. Von dem, was ich mitgenommen habe, konnte ich zwei Tage lang zehren. Den Rest habe ich für meinen Verfolger dort liegen lassen. Ich wähle meine Beute jetzt je nach meinem Appetit und lasse ihm immer etwas übrig.

Während der Grat eine unüberwindbare Felswand zu sein schien, stellt das Vorgebirge nun überhaupt kein Hindernis dar. Die wenigen schwer zugänglichen Gebiete kann man leicht umgehen. Mehr als das Terrain sind es die Büsche mit ihren spitzen Dornen, die einem den Weg vorschreiben. Ich habe mich entschieden, noch etwas weiter herabzusteigen und mich dann Richtung Osten zu bewegen. Der schneebedeckte Berg sieht wunderschön aus. In Hautterre haben wir uns immer erschrocken in unseren Häusern verbarrikadiert, sobald es anfing zu schneien. Niemals hätte ich gedacht, dass etwas, wovor ich mich verstecke, so wunderschön sein kann. Wenn ich nun auf einen Wildbach treffe, gehe ich am Ufer entlang, bis ich Steine entdecke, über die ich hinübergelangen kann. Ich wate jetzt nur ungern durch das eisige Wasser, da es zu lange dauern würde, bis ich wieder aufgewärmt bin. Momentan befinde ich mich am linken Ufer des dritten Wildbachs. Natürlich kann es sein, dass sich der Strom einer der Bäche irgendwo geteilt hat und ich denselben Bach mehrmals überquert habe. Auf der anderen Seite dieses Bergrückens, den es mir nicht unmöglich scheint zu besteigen, werde ich den Gebirgspass wiederfinden.

Vermerk von Kapitän Orville,
militärischer Abgesandter im Dienste des Königs

18. November 806

Ich habe den Weg wiedergefunden, jedoch ein Tal weiter, als ich angenommen hatte. Es ist wahr, dass mir in den letzten Tagen der Teufel auf den Fersen war und ich überhaupt nicht auf den Weg geachtet habe. Ich habe den Gebirgspass und die Spur wiedergefunden, wenn auch sehr weit von der Stelle entfernt, an der ich ihn verlassen hatte. Der Schnee, der mich zuerst verraten hat, ist nun mein Verbündeter. Man darf eben nichts vorschnell verurteilen. Die Fuß- und Hufspuren des Konvois sind im Schnee noch gut zu erkennen. Ich bin ihnen rasch gefolgt, bis die Fußspuren auseinanderliefen. Der Konvoi ist wohl weiter in Richtung Markgrafschaft und Meer gefahren, während sich eine kleine Gruppe abgespalten hat und in Richtung Nordwesten ins Vorgebirge weitermarschiert ist. Ich bin diesem Weg gefolgt, bis ich plötzlich deutlich Spuren von Kinderfüßen im Schnee erkannte. Das Kind hatte sich kurz von der Gruppe abgesetzt, um zu pinkeln, dann haben sie ihren Weg fortgesetzt. Solange die Schneedecke nicht schmilzt, werde ich ihre Spur nicht mehr verlieren.

So folgen wir einander: ich den »Anderen« und der Bogenschütze mit den schwarz-blauen Pfeilen mir.

Vermerk von Kapitän Orville,
militärischer Abgesandter im Dienste des Königs

Orville steckte das Schreibzeug zurück in seinen zerfledderten Reisesack. Er nahm seine Schwerter heraus und besah sie sich. Während das Schwert, das er aus Hautterre mitgebracht hatte, zwar schön, jedoch einfach und funktional war, war dasjenige, das er seinem letzten Opfer abgenommen hatte, von komplexer Machart und wies protzige Verzierungen auf. Das Heft war aus zwei Fabeltieren zusammengesetzt, deren Schwänze nach außen zeigten und deren Mäuler in einem gnadenlosen Kampf miteinander verschränkt waren. Ihre Augen waren mit blutroten Steinen besetzt, der massive Knauf war mit einem komplexen Muster aus ineinander verwobenen Linien verziert. Der Griff war mit feinem Leder überzogen. Das Gold schien den Stahlanteil zu überwiegen. Nicht sein Geschmack, aber durchaus ein schönes Stück. Das Messer und das Schwert sahen sich täuschend ähnlich. Offensichtlich waren sie dafür gemacht, zusammen zu leben und zusammen zu töten. Er steckte die Waffen zurück in den Sack und ging weiter. Die Spuren waren frisch. Er ging ein wenig langsamer, damit man ihn nicht entdeckte, und stieg gemächlich auf einen Hügel. Das abgestufte Terrain, das man unter dem Schnee ausmachen konnte, deutete darauf hin, dass hier im Sommer etwas angebaut wurde. Es gab keine Häuser entlang des Weges, weil die Entführer es offenbar vermieden, durch bewohntes Gebiet zu reisen. Am Abend entdeckte er eine Stelle, die grob vom Schnee befreit worden war. Er näherte sich und fand ein Lager vor wie die, die sie zu

Beginn der Reise entdeckt hatten. Eine Holzhütte diente als Unterschlupf, daneben lag im Trockenen Holz aufgestapelt. Die Glut des Lagerfeuers war von der Asche erstickt worden. Der Kadaver eines Wildschweins, um den sich nun wahrscheinlich die streunenden Hunde balgten, war vom Lagerfeuer weggeschafft worden. Ein halb leeres Fass Wein wartete im Schnee auf Gott weiß wen. Orville war kalt. Er wärmte sich ein wenig vor dem Feuer und schlief in der Hütte.

Am nächsten Tag erwachte er mit starken Kopfschmerzen. Trotzdem marschierte er weiter durch den vermaledeiten Schnee, während das verdammte Winterlicht mit beiden Fäusten gegen seine Augäpfel hämmerte. Orville wusste, dass es, wenn das Ganze etwas mit dem Wein zu tun hatte, den er am Vorabend getrunken hatte, mehr mit der Menge als mit der Art des Getränks zusammenhing. Als er den Spuren einen Hügel hinauf folgte, mahnte ihn seine Intuition plötzlich zur Vorsicht. Er verließ den Weg, schlüpfte zwischen die Bäume und huschte von Baum zu Baum, bis er an der Spitze eines sandigen Hügels anlangte. Er streckte den Kopf hinaus, um so unauffällig wie möglich beobachten zu können, den Bogen fest in der Hand, als er es plötzlich sah ... das Meer. Er spürte, wie sein Kopf bei der Betrachtung der unbekannten Landschaft ganz leer wurde, während sein Körper mit einem seltsamen Gefühl angefüllt wurde, das seinen Kiefer verkrampfen ließ und seine Atemmuskeln lähmte. Er stand auf und starrte wie benommen auf die Wasserfläche, die sich von der Küste bis ... bis ins Nichts, bis in den Himmel erstreckte. Er füllte seine Lungen mit kalter, salziger Luft und trat aus dem Dickicht, um die gut sichtbaren Spuren der Entführer weiterzuverfolgen. Die ganzen Anstrengungen der Verfolgungsjagd würden sich nun endlich auszahlen. Die Erschöpfung, die

Kämpfe, der Überlebenswille und die Unendlichkeit der Wildnis. Er lief eine enge Schlucht hinab, die von Nadelbäumen gesäumt war, und folgte den Schritten bis ans Ufer, ohne zu begreifen, was passiert war. Es konnte nicht einfach alles hier zu Ende sein. Er fiel auf die Knie und tauchte die Hände ins Wasser, als wollte er versuchen, das, was passiert war, irgendwie mit seinen Fingern zu greifen. Er schöpfte eisiges Wasser in seine Hände und sah zu, wie es sanft durch seine Finger rann. Dann berührte er mit der Zunge seine Finger. Orville ließ die Hände auf die Knie sinken, überwältigt von der Bitterkeit des Salzes und seiner Erbitterung angesichts dieses Schicksalsschlages. Am fernen Horizont, auf hoher See, schaukelte ein Boot. Seine Spur war von den Wellen überdeckt worden. Plötzlich hörte er eine Stimme in seinem Rücken. »Wer bist du, Orville?«

Orville stand langsam auf und drehte sich um. Der Mann, der ihm gegenüberstand, war kein anderer als Théod, der Theokrat von Hautterre. Théod in Kriegerkleidung.

»Ich bin Kapitän Orville, militärischer Abgesandter im Dienste des Königs. Die Spur wurde von den Wellen weggewaschen und ich werde mich meinem Schicksal stellen«, antwortete er mit tonloser Stimme.

Théod näherte sich bis auf vier Schritte. »Darüber werden wir noch sprechen, aber wer bist du wirklich?«

»Ich bin kein Theokrat wie du, sondern Soldat von Beruf und ich habe noch nie das Meer gesehen.«

»Ich habe dich in den Bergen eingeholt und bin dir bis hierher gefolgt. Warum bist du nicht schon tot, nach dem, was du hinter dir hast? Warum sind alle deine Gefährten und Feinde tot, du jedoch am Leben? Du hast nicht einmal eine Schnittwunde abbekommen. Bist du der Teufel?«

»Ich weiß es nicht. Ich kenne mich mit dem Teufel nicht aus, Théod, das ist dein Gebiet. Ich bin verletzt worden, du hast es nur nicht gesehen. Beim allerersten Kampf, drei oberflächliche Wunden.«

»Ich war nicht weit entfernt an dem Tag. Ich konnte im Halbdunkel ungefähr sehen, was da vor sich ging. Ich kannte diese Männer. Sie waren hinter dir her. Wie ist es dir gelungen, sie zu besiegen?«

»Meine Gefährten ... tapfere Soldaten, deren Lebensweg nach diesem Kampf zu Ende war, Männer, die ich jahrelang trainiert habe, Freunde. Sie haben sich für diese Mission geopfert, für meine Mission ... Und ich muss sagen, dass auch das Pferd mir geholfen hat.«

Der Ton des Theokraten wurde schärfer. »In dieser Einheit war ein Mann, der eigentlich unmöglich zu besiegen war.«

»Ich weiß es nicht mehr. Ich habe eine Lücke in meinem Gedächtnis. Nachdem ich zwei oder drei Pfeile abgeschossen hatte, habe ich einen neuen Pfeil eingespannt. Danach weiß ich nicht mehr, was passiert ist. Es war dunkel. Am nächsten Morgen erwachte ich auf dem Boden. Ich war allein. Vielleicht wurde dieser Mann zu Beginn des Kampfes von einem Pfeil getroffen.« Orvilles Stimme war nun fast unhörbar.

Théod sah ihm in die Augen. »Die Männer, die euch angegriffen haben, waren tapfer. Sie hatten ihre Mission und ihr hattet eure. Du hast deine Männer unter die Erde gebracht und ich habe meine unter die Erde gebracht.«

Er drehte sich langsam um und entfernte sich ein paar Schritte. »Als ich ankam, waren noch fünf oder sechs Männer übrig, darunter einer namens Viktor. Du bist ihm wahrscheinlich das ein oder andere Mal schon in Hautterre begegnet, er arbeitete als Holzfäller. Er war ein sehr guter Fechter und verfügte über eine körperliche Kraft, die über die eines gewöhnlichen Kriegers hinausgeht. Ich sah dich im Halbdunkel kämpfen, ich war nur ein paar Schritte entfernt. Um sechs Uhr konnten sie dich nicht mehr in Schach halten. Du hast sie niedergemetzelt, einen nach dem anderen zerstückelt ... oder besser gesagt, alle gleichzeitig. Der Angriff dauerte nur wenige Sekunden. Als ich aus meinem Versteck trat, war es schon vorbei. Sie waren tot und du knietest auf dem Boden. Ich nahm mein Schwert in die Hand, um dich zu töten. Doch dann entschied ich mich anders. Ich töte nichts, was ich nicht verstehe. Ich habe noch nie jemanden so kämpfen sehen. Wer bist du also, Orville?«

»Ich bin Schwertmeister, Théod, weißt du. Da ist es nicht ungewöhnlich, dass ich im Kampf effizient bin. Es ist mein Beruf.«

Théod stürzte mit gezogenem Schwert auf ihn los. Orville hatte gerade noch Zeit, zur Seite abzurollen. Er sprang auf die Beine und zog seine beiden Schwerter. Théod drehte sich herum und nahm eine Abwehrposition ein. »Dieser Reisesack stört dich nicht, Orville?«

»Er hat mir bisher gute Dienste geleistet.«

»Wie schwer ist er, Orville?«

»Ich habe nicht die geringste Ahnung. Ist doch auch nicht wichtig.«

Anstelle einer Antwort stürzte Théod auf ihn los und führte mit unerwarteter Schnelligkeit eine Reihe geschickter Schwerthiebe aus. Orville trat einen Schritt zurück und wehrte Théods Angriffe ab, so gut er konnte. Doch der Theokrat rückte schneller vor, als er sich zurückziehen konnte, brachte ihn aus dem Gleichgewicht und entwaffnete ihn mit nüchterner Beiläufigkeit, so wie man einem Kind eine Klinge wegnimmt, die es gestohlen hat. Orville wich zurück und beugte sich vor, um ein Messer aus seinem Stiefel zu ziehen. Dann warf er es mit Schwung geradeaus in Théods Richtung. Théod ergriff die Waffe im Flug, mit einer beinahe unmerklichen Handbewegung. Der lederüberzogene Griff erzeugte ein dumpfes Geräusch, als er in der mächtigen Handfläche des Theokraten landete.

»Was sollen diese Spielchen, Théod?« Orville, ein Knie am Boden, hatte einen weiteren Dolch herausgezogen.

Der Theokrat lächelte gehässig und befestigte das Messer an seinem Gürtel. »Vielen Dank für diese Klinge, Orville. Ich werde sie für dich aufbewahren, in Erinnerung an Viktor. Eines Tages werde ich dich töten. Was weißt du über deine Mission und über die, die du verfolgst?«

»Was ich weiß? Eigentlich nicht viel, außer dass du, wenn du wirklich meinen Tod gewollt hättest, ihn während der letzten Wochen sogar zweimal hättest mitansehen können, ohne überhaupt einen Finger rühren zu müssen.«

»Du bist nicht stark und nicht vorsichtig genug. Ich werde dir eine Geschichte erzählen.«

»Ist das der richtige Moment für so etwas? Du kennst meine Mission, sie ist gerade zu Ende gegangen. Ich muss Rechenschaft ablegen. Ich muss weiter in die Stadt.«

»Meine Mission ist auch gerade zu Ende gegangen.«

»Nun gut! Ich höre dir zu.«

Orville setzte sich in den Sand. Théod tat es ihm gleich, den Blick auf den Horizont gerichtet.

»Vor langer Zeit haben sieben Krieger sich die Welt untertan gemacht. Sieben Krieger mit blauem Blut. Sieben unbesiegbare Krieger, die tausend Jahre lebten. Tatsächlich wurden nicht alle so alt, das ist nur eine Metapher, verstehst du? Sie hatten magische Kräfte, sodass sie seit Beginn ihres Feldzugs vor allem unter jenen Anhänger hatten, die das Leben dem Tod vorzogen. Man erzählt sich, dass einige von ihnen in der Lage waren, mühelos eine ganze Armee zu vernichten. Nachdem sie die Welt erobert hatten, teilten sie sie in sieben Teile und herrschten tausend Jahre lang.«

»Ich kenne diese Geschichte, seitdem mir die ersten Haare auf dem Kopf sprossen, Théod. Die Könige und die Adligen, denen wir huldigen, stammen von diesen mythischen Kriegern ab.« Orville war gereizt. Er überlegte, ob es irgendeine Möglichkeit gab, sich ein Boot zu beschaffen. Vielleicht war noch nicht alles verloren.

»Die alten Geschichten sind manchmal die schönsten, Orville. Oder die schrecklichsten.«

Théod schloss die Augen, scheinbar ganz bewegt von seiner eigenen Erzählung. Er fuhr fort, als hätte Orville gar nichts gesagt. »Doch den blaublütigen Königen fehlten noch blaublütige Frauen. Sie wählten daher die schönsten Frauen des Königreichs, um eine Dynastie zu gründen. Diese Könige hatten also Kinder mit diesen Frauen, über Jahrhunderte hinweg. Die Kinder hatten wiederum Nachkommen und auch diese wiederum Nachkommen. Die Nachkommen der ersten Frauen erhielten Lehen, die für die nachfolgende Generation in noch kleinere Lehen aufgeteilt wurden, bis nur noch einzelne Felder übrig waren. Auf diese Weise entstanden die Markgrafschaften, die Grafschaften, die Baronate, der Ritterstand und schließlich die Armee. Alles Nachkommen der sieben Könige, deren blaues Blut sich mit dem roten Blut der Frauen vermischte.

Diese Geschichte, da stimme ich dir zu, kennt jeder. Doch wie es weiterging, Orville, das weißt du nicht. Von Generation zu Generation wurde das blaue Blut weitergegeben, in der königlichen Familie, im Adel, im größten Lehen ebenso wie auf der kleinsten Burg. Die sieben Könige alterten kaum. Irgendwann starben sie doch, auf die eine oder andere Weise, und ihre nächsten Nachkommen folgten ihnen auf den Thron. Es wurde beschlossen, dass die Nachkommen der ersten Söhne der sieben mythischen Herrscher den Titel des Marquis erhalten sollen. Die Nachkommen der Könige waren zum großen Teil gewöhnliche Menschen, da ihre Mütter rotes Blut hatten. Doch hin und wieder, wenn zwei Nachkommen den Bund der Ehe eingingen, tauchte das blaue Blut doch wieder auf. Man sah es daran, dass das Kind stärker und schneller als seine Altersgenossen war. Wie die Könige aus alter Zeit hatte es blaues Blut und lebte Hunderte von Jahren. Man nannte diese Kinder die Wiederkehrenden. Es ist eine Metapher, verstehst du. Wie die Sonne, die nach einer langen Nacht wiederkehrt. Aber niemand will, dass ein König tausend Jahre lang regiert.

So ist es vor einigen Jahrhunderten geschehen und es nahm kein gutes Ende. Was sollte aus den Kindern werden, den Prinzen des Blutes? Der Titel des Marquis stand ihnen zu, doch in den Königreichen gab es keine freien Lehen mehr. Man hätte ihnen also den Titel wegnehmen und ihre Nachkommen ausmerzen müssen. Oder der König hätte in seinem eigenen Reich Krieg führen müssen, und danach, wenn es im eigenen Reich keinen Platz mehr gäbe, benachbarte Königreiche erobern müssen. Es braucht viel Platz, um all die Nachkommen unterzubringen, die jemand zeugt, der Hunderte von Jahren lang lebt. Und dann käme der Tag, an dem irgendwo anders ein neuer blaublütiger König geboren würde und gegen uns Krieg führen würde, um seine eigenen Nachkommen hier anzusiedeln, und die Welt würde ins Chaos stürzen.

Vor achthundert Jahren versammelten sich die Könige der sieben Königreiche auf einer Insel im Binnenmeer. Sie beschlossen, sobald ein adliges Kind mit blauem Blut geboren würde, sollte es von der Öffentlichkeit und von Machtpositionen ferngehalten werden. Das blaue Blut muss im Adel bleiben, um seine Verbreitung einzudämmen. Adlige dürfen nur untereinander heiraten. Jeder König entschied selbst, wie er mit den blaublütigen Kindern verfahren wollte. Einige beschlossen, sie zu kastrieren, um das Alte Blut auszulöschen, und wiesen den Unglücklichen hohe Ämter zu. Andere opferten die Armen den grausamen Göttern ihres Glaubens, wieder andere versteckten sie oder machten sie zu Kriegern, die sie dann für Kämpfe für die Reinigung der Blutlinien rekrutierten. Alle jedoch beschlossen, dass das Blut jedes adligen Kindes innerhalb der ersten Stunden seines Lebens untersucht werden sollte.

So schuf man das Amt des Geburtsbeauftragten, der mit dieser Arbeit betraut war und der zu einem festen Bestandteil des adligen Hofstaats wurde. Er musste an den Fußsohlen jedes Säuglings eine rituelle Skarifizierung durchführen, um die Farbe ihres Blutes zu untersuchen. Dieses Ritual stellte eine Art Geburtszeremonie dar. Hätte man dies weitergeführt, wäre die Linie im Laufe der Zeit ausgelöscht worden. Aber da die Menschen sind, wie sie sind, und die alten Geschichten irgendwann nicht mehr erzählt wurden, gerieten die Gründe für die Skarifizierung irgendwann in Vergessenheit und das Alte Blut floss aus dem Adel auch in andere Bevölkerungsschichten. Von Generation zu Generation, in Küchen, in Freudenhäusern, bei Feldzügen, ergoss sich das Alte Blut in alle Teile der Bevölkerung. Wer kann jetzt schon wissen, wer das Alte Blut in sich trägt und ob der eigene Mann oder die eigene

Frau nicht auch ein Nachkomme der blaublütigen Könige ist? Wenn die Eltern Halbblüter sind, hat das Kind eine Chance von eins zu vier, blaublütig zu sein. Seine rotblütigen Brüder und Schwestern sind oft ebenfalls Träger des alten Blutes und können wiederum das blaue Blut weitergeben, wenn sie jemanden aus der Linie der Könige heiraten.

Blaublütige Kinder tauchten mit der Zeit überall auf. Sie waren kräftiger als die anderen und überlebten sogar die Pest, ohne irgendwelche Schäden davonzutragen. Wenn sie einmal das Erwachsenenalter erreicht hatten, alterten sie nicht mehr. Einige entwickelten sogar magische Kräfte. In einer Welt, in der die Menschen nur gehen können, werden diejenigen, die laufen können, als Vorbilder behandelt, diejenigen, die rennen, der Hexerei verdächtigt, und diejenigen, die springen, bis auf den Tod gehasst. Es gibt keine Magie, Orville, sondern nur Fähigkeiten, die von denen des Durchschnittsmenschen abweichen. Natürlich tritt das blaue Blut sehr selten auf und nicht alle diese Kinder haben das gleiche Potenzial, ganz im Gegenteil. Doch wenn es ihnen gelingt, miteinander Nachkommen zu zeugen, was sehr selten ist, haben diese immer blaues Blut. Früher oder später würden sich diese Wiederkehrenden von niedriger Geburt neu formieren und die Macht übernehmen, so wie es die alten Könige in der Vergangenheit taten ...

Die Angst der Adeligen, ihre Macht zu verlieren, die sie sich auf keinste Weise verdient hatten, war zu groß. Die Könige entschieden, dass die Geburtsbeauftragten, die das Blut aller Kinder untersuchten, die Wiederkehrenden und die Abstammungslinien aufzeichnen sollten. Es wurde beschlossen, wenn einer Familie aus dem einfachen Volk ein blaublütiges Kind geboren würde, sollten alle nahen Verwandten dieses Kindes beseitigt werden. Danach sollten über mehrere Generationen hinweg Cousins und entfernte Verwandte überwacht werden. Doch eines Tages war der Gestank der Scheiterhaufen so überwältigend und die Schreie der Opfer so ohrenbetäubend, dass das Volk aufbegehrte. Also vereinbarten die Könige erneut ein Treffen, um eine Lösung für dieses Problem zu finden. Man beschloss, die verschiedenen Glaubensrichtungen im Volk zu untersuchen und daraus ein einzigartiges Glaubenssystem zu konstruieren, den Kult des Allmächtigen. Zur Abschreckung führten sie die Figur des Teufels ein. Die Skarifizierung wurde zum Schlüssel, der die Pforten zum Allmächtigen öffnet, während das blaue Blut mit dem Teufel in Verbindung gebracht wurde, der der Welt Tyrannei und Krieg bringt. Dieser Glaube schürte Angst und die Angst bewirkte, dass sie die Unterstützung der breiten Masse hatten. Bald warfen die Aufständischen selbst ihre eigenen Kinder auf den Scheiterhaufen und brachten ihr eigenes Holz zur Rettung der unglücklichen Seelen mit. Bald schon stiegen sie selbst auf den Scheiterhaufen, überzeugt, dass sie es für ihr eigenes Seelenheil taten. Die Blaublütler, die sich zusammenrotteten, um friedlich zu leben, wurden verraten und massakriert. Aus den Geburtsbeauftragten wurden die Theokraten. Sie werden gefürchtet und verehrt, weil sie über Leben und Tod entscheiden und im Namen des Allmächtigen das Böse ausmerzen, das allein der Vorstellung seiner Erfinder entspringt. Orville, sie selbst haben vergessen, woher sie kommen. Sie vergaßen, dass der Teufel der Wille der Mächtigen ist, an der Macht zu bleiben …

»Aber was sollten sie anderes tun, Théod, wenn das blaue Blut die Menschheit wirklich ins Verderben stürzt?«

»Aufhören, Orville. Sie könnten damit aufhören, unschuldige Menschen zu verbrennen. Sie könnten damit aufhören,

Menschen zu verfolgen, zu foltern, Leben zu zerstören. Sie könnten einmal versuchen, die Ursachen zu ergründen. Warum besaßen gerade diese Krieger das blaue Blut und warum verfügten einige von ihnen über diese Kräfte? Wie haben es sieben unbekannte Männer geschafft, sich zu den Herrschern über alle anderen aufzuschwingen? Doch sie wollen sich diese Frage nicht stellen. Sie ziehen es vor, jedes Jahr Tausende von Menschen auf die abscheulichste Art und Weise umbringen zu lassen, um es selbst ja weiter schön bequem zu haben. Sie könnten die Menschen in Frieden leben lassen, die menschliche Spezies ihr Schicksal selbst wählen, die Rassen sich miteinander vermischen lassen. Wenn es nur blaues Blut gäbe, könnte niemand die Welt im Alleingang erobern. Doch es gibt keine Garantie, dass ihre eigenen Kinder danach weiterhin die Welt beherrschen würden. So töten und verbrennen die Rotblütigen seit Jahrhunderten ihre »kranken« Nachkommen, damit ihr eigener rotblütiger Familienzweig an der Macht bleibt. Das also ist das Noble an diesen Nobelmännern. Und dies ist ihr einziger Kampf, den sie mit der Asche Unschuldiger bezahlen.«

Orville bemerkte den Hass in der Stimme des Theokraten. »Wer bist du, Théod?«

Théod zog ein Messer heraus und ritzte die Haut an seinem Unterarm auf. »Orville, mein Name ist Théobald Åltomb. Ich wurde vor etwa zwei Jahrhunderten im Vierten Königreich geboren. Meine Familie ist auf dem Scheiterhaufen gestorben. Das blaue Blut fließt in meinen Adern.«

Blut sickerte aus der Wunde und strömte über seinen Unterarm. Blaues Blut, so blau wie der Himmel, wenn der Tag in die Nacht übergeht. Nach einem Moment der Stille fuhr er fort: »Wer bist du, Orville?«

»Ich bin ein Soldat. Soldat, Theokrat, Adliger, Bürgerlicher, dritter und jüngster Sohn, alles und nichts zugleich, ein freier Mann ebenso wie ein Gefangener. Ich bin ein militärischer Abgesandter und zugleich ein Leibeigener. Ich verneige mich vor meinem Herrn und mein Herr verneigt sich vor mir, wenn der König mit meiner Stimme spricht. Es hängt alles von den Umständen ab. Und die Umstände des heutigen Tages erfordern, dass ich mir ein gutes Schiff besorgen muss. Meine Suche ist vielleicht noch nicht zu Ende, Théod.« Orville suchte in seinem Köcher herum und zog einen schwarzen Pfeil mit blauem Schaft heraus. Er reichte ihn Théod.

»Dieser Pfeil hat vielleicht dein Leben gerettet, Orville, doch dein eigener hat viele andere vor dem Tod bewahrt. Es war eine edle Geste von dir, die Karawane zu warnen. Ich weiß nicht, was genau du bist. Dein Blut könnte sich eines Tages blau färben, wer weiß, diese Dinge passieren zuweilen. Aber wenn sich unsere Wege wieder kreuzen, erinnere dich daran, dass an meinem Gürtel das Messer steckt, das dich töten wird.«

Orville antwortete nicht. Er stand auf, schulterte seinen Reisesack und machte sich leichtfüßigen Schrittes auf, den Küstenweg entlang, der in die Stadt führte.

KAPITEL VII

VALLADE

Es dauerte einen halben Tag, bis Orville vor den Toren der Stadt anlangte. Die alten Stadtteile waren von hohen Mauern umgeben. Eine zweite, ungefähr eine Meile lange Mauer um die Vororte herum befand sich gerade im Bau. Sie sollte niedriger als die innere Mauer werden und würde eine feindliche Armee wohl nicht lange aufhalten, wäre jedoch äußerst wirksam gegen die nächtlichen Einbrüche von Plünderern. Besonders die Abführung des Durchgangszolls am Stadttor könnte so gut überwacht werden. In Vallade lagen Gebirge und Meer unmittelbar nebeneinander und so gab es wenig Ackerland in der Markgrafschaft. Die Leute lebten im Wesentlichen vom Handel. Es war der einzige Hafen des Ersten Königreichs, der sich an der inneren Küste befand, und über die Pass-Route konnte man Waren in das Fünfte, Sechste und Siebte Königreich befördern. Jeder Konvoi, der hier durchkam, zahlte zusätzlich zu den Kosten für Eskorte und Unterkunft eine

Menge Steuern. Scheunen waren gebaut worden, um dort Güter, Männer und Packtiere unterzubringen. Die Unterkunft war so teuer, dass es eher einem Lösegeld ähnelte, was bedeutete, dass die Händler im Allgemeinen nur so lange dortblieben, wie es für die Erledigung ihrer Geschäfte unbedingt notwendig war. Die Markgrafschaft verfügte auch über eine beachtliche Handels- und eine militärische Flotte.

In den Vororten wimmelte es vor Leben und Ungeziefer. Die Läden boten Waren aus allen Küstenkönigreichen entlang des Binnenmeeres feil. Die Früchte, die Wandteppiche, die Gewürze, die in vollen Beuteln nebeneinander aufgereiht waren, das alles hatte Orville noch nie gesehen. Diese Stadt war ein Drehkreuz, über das Waren zwischen den Welten hin und her transportiert wurden. Die schmalen Häuser waren drei oder vier Stockwerke hoch, ihre Erker ragten bis auf die Straße hinaus. Der beißende Meereswind, der von der Küste her wehte, wurde durch die Enge und die vielen Winkel der Gassen wirksam abgemildert. Jedoch wäre es vielleicht besser gewesen, wenn die Luft freier zirkuliert hätte, da der Gestank, der durch Straßen und Passagen zog, überwältigend war. Ein paar Sklaven, erkennbar an ihren grünen Lumpen, schoben den Unrat mithilfe von primitiven Besen in Richtung eines Baches, der rein und klar von einer Flanke des Berges herabrieselte und sich dann, verschmutzt und übel riechend, ganz unten in den Hafen ergoss.

Hier gab es Leute, Straßenhändler, streunende Hunde, Schmutz und Gelächter. Männer, Frauen, Kinder, die herumtollten, Bettler. Das Leben beherrschte diesen Ort, so wie das Wetter Hautterre und die Leere den Grat beherrschte. Orville fand ein Gasthaus, das weniger schäbig als die anderen aussah, und trat ein. Er setzte sich in eine Ecke und bestellte ein Bier. Wohl misstrauisch ob seines schmutzigen und zerlumpten Äußeren bat die Kellnerin ihn, zuerst zu bezahlen, bevor sie ihm das Bier brachte. Orville öffnete seine Börse und nahm eine Goldmünze heraus. Die junge Frau zögerte einen Moment lang, dann warf sie dem Wirt hinter dem Tresen einen ratlosen Blick zu. Der Mann kam herüber, um den Landstreicher hinauszuwerfen, der sein Gasthaus belästigte. Als die Kellnerin ihm das Goldstück zeigte, runzelte der Mann die Stirn.

»Ich will keine Scherereien, guter Mann. Besorg dir ein wenig Kleingeld und komm wieder. Hinter der Kirche findest du ein paar Männer, die es für dich wechseln werden. Ich habe nicht genug, um dir herauszugeben.«

Orville hatte noch nie mit Gold bezahlt. Er war sich gar nicht bewusst gewesen, was mit so viel Geld alles möglich war. Mit einer unmerklichen Geste zog er sein Schwert aus der Scheide. Er sah dem Wirt in die Augen und schlug den autoritären Ton eines ungeduldigen Offiziers an. »Wirt, ich brauche einen Humpen Bier von deinem besten Fass, ein sauberes Zimmer und eine warme Mahlzeit. Lass außerdem eine Näherin und einen Schuhmacher kommen. Und ich brauche einen Zuber mit warmem Wasser und Seife. Die Überquerung des Grates war anstrengend. Ich muss dem Marquis de Vallade vorstellig werden, doch das kann ich in meinem jetzigen Zustand nicht tun. Ich werde morgen hingehen. Ich zahle im Voraus. Jeden Preis, den du vorschlägst. Ich wünsche zudem, dass du Erkundigungen über eine Karawane mit etwa sechzig Händlern einholst, die vor ein paar Tagen hier eingetroffen sein muss. Und sag mir außerdem noch, wie ich zum Hafen komme.«

»In Ordnung, mein Herr.«

Der Wirt verbeugte sich so tief und ging gleichzeitig so schnell rückwärts Richtung Küche, dass er sich erst, als er am Tresen ankam, wieder vollständig aufgerichtet hatte. Er verschwand in die Küche, um Befehle zu geben, und kam dann zurück, um Orville das Bier persönlich zu servieren. Es schäumte und war angenehm bitter. Es schien ihm, als dränge eine angenehme Frische in seinen Mund ein und breite sich in seinem ganzen Körper aus. Er schloss die Augen und ließ sich von der angenehmen Welle mittragen. Er dehnte seine Empfindungen auf seine Umgebung aus und fühlte den Ärger eines Kaufmanns und die Freude eines anderen Gastes. Er versuchte, seine Empfindungen noch weiter auszudehnen, doch jenseits der Mauern des Gasthauses nahm er nur einen gelblich-weißen Schleier wahr. Die Leute waren zu weit entfernt oder zu zahlreich, um sie genauer visualisieren zu können. Er wandte seine Aufmerksamkeit dem Geschehen in der Gaststube zu. Da waren zwei Leute in der Küche. Er bemerkte, wie der Wirt auf ihn zukam, und gleichzeitig nahm er wahr, wie sich seine Farbe ganz leicht veränderte. Orville öffnete die Augen und richtete das Wort an ihn. »Danke für deinen weisen Rat, Wirt. Ich brauche etwas Kupfer. Hier sind zwei Goldmünzen, tausch sie für mich um. Ich brauche das Geld in einer Stunde, wenn ich mich gewaschen habe.«

»In Ordnung, mein Herr.«

Orville verspeiste einen ausgezeichneten Eintopf und trank einen Krug schweren Weines. Das Essen war gut, das Leben schön.

König Hartrold betrat seine Wohnräume. Er zog den Gürtel aus und überreichte seinem Sekretär das Schwert. Rufus lehnte die Waffe an die Wand neben den Kamin, dessen hohe

Flammen, die aus einem großen Holzscheit, das von einem Apfelbaum stammte, hervorschlugen, den Raum nur dürftig wärmten. Der Geruch ließ Hartrold an den Herbst denken, die milde Zeit, die dem trockenen, kalten Winter vorausging. Er näherte sich dem Kamin, um seine Hände zu wärmen.

Rufus hob mit ernster und rauer Stimme zu sprechen an. »Majestät, Marschall Lothar hielt es für angebracht, Euch die Abschriften dreier alter Texte zu übermitteln. Sie datieren vom Ende des Krieges, der den Beginn des Kalenders markiert, vor achthundertsechs Jahren. Sie wurden von den ersten Wächtern des Paktes verfasst. Ich habe auch die Originale mitgebracht, falls Ihr die Korrektheit der Abschriften überprüfen wollt, doch sie sind brüchig. Ich verbürge mich für diese Dokumente. Sie sind in meinem Besitz. Ich lasse jedes Jahrhundert Abschriften anfertigen, um die Worte vor dem Verfall der Zeit zu bewahren. Wollt Ihr sie selbst lesen oder soll ich sie vorlesen?«

»Lies du, Rufus. Ich höre dir zu.«

»In Ordnung, Majestät.«

Rufus räusperte sich und begann zu lesen.

Niedergeschrieben am zwölften Tage des ersten Frühlings nach Beginn des Kalenders

Dieser Tag markiert den Beginn einer neuen Ära. Wir, Godfried de Talens, wurden zum ersten General der Garde ernannt. Wir haben einen Kompromiss mit dem neuen König des Ersten Königreiches geschlossen, damit Erben und Menschen in Frieden leben können. König Kradath der Starke ist tot. Wir haben uns ergeben, jedoch nicht etwa, weil wir diesen Krieg nicht hätten gewinnen können, sondern aufgrund all dessen, was wir hätten aufs

Spiel setzen müssen, um zu gewinnen. Kradath hatte magische Kräfte entwickelt, wie sie niemand hätte voraussahnen können. Wir haben gesehen, wie er sie einsetzte, um unsere Männer, unsere Söhne, unter sein Joch zu beugen und schließlich uns selbst.

Wir haben ihn verurteilt und hingerichtet. Wir verwendeten Gift, da wir ihn nur durch List besiegen konnten. Kradath hätte alles Leben auf der Erde vernichtet. Wir haben unseren Eid verraten, um die Welt zu retten. Wir akzeptieren diese Schande und ziehen uns zurück.

Von diesem Tag an wird die Garde des Königs die Welt des Königs beschützen. Wenn jemand mit dem neuen Blut auf den Thron kommt, werden wir ihn stürzen. Dies ist unsere Mission. So wird es beschlossen. Wenn das neue Blut irgendwo auftaucht, wird die Garde es aufspüren. Männer und Frauen, in deren Adern das neue Blut fließt, werden gewaltsam getrennt. So wird es beschlossen. Die Erben sollen in einer Festung untergebracht werden, die so gebaut ist, dass man sie leicht überwachen kann. Die Wächter werden die Aufzeichnungen, die das blaue Blut betreffen, verwahren. Sie entscheiden darüber, was kommuniziert werden muss. Die Erben des blauen Blutes werden in einer abgelegenen Festung unter der Verantwortung der Geburtsbeauftragten beseitigt. Dabei handelt es sich um Kinder bis sieben Jahre. Ältere männliche Erben sollen den Wächtern beitreten und weibliche Erben sollen die Ammen des Blutes werden. Erben und Erbinnen sind verpflichtet, keusch zu bleiben. Ein Erbe überwacht den anderen, bis der Adel seine Blutlinie gereinigt hat. Dann wird die Garde aufgelöst. So wird es beschlossen.

Godfried de Talens, erster General der Garde

Rufus war mit dem Lesen fertig. Hartrold blieb stumm und dachte über das nach, was er soeben erfahren hatte. Er hatte sich zum Kamin gewandt. Das Holz säuselte unter den Flammen fröhlich vor sich hin. Dann brach er das Schweigen. »Dies also ist der Ursprung der Garde.«

Rufus nickte. »Und ihrer Mission, Majestät.«

»Der Text ist an manchen Stellen verwirrend.«

»Ich habe den ersten General noch gekannt. Er war ein Soldat, Majestät, kein Schriftsteller. Man spürt, wie anstrengend es für ihn war, diesen Text zu verfassen. Er ist etwas schwerfällig, doch alles, was darinsteht, ist wahr.«

»Er spricht vom neuen Blut und nicht vom alten Blut.«

»Dies ist ein Punkt, über den wir nichts Genaues wissen. Man diskutiert auch innerhalb der Garde darüber. Ich gestehe, dass sich niemand wirklich darum gekümmert hat, als die, die darüber Bescheid wussten, noch am Leben waren. Ich glaube, die Antwort auf diese Frage ist für immer im Nebel der Zeit verloren.«

»Nun wissen wir also um die Ursprünge und ich verstehe besser, warum Lothar abgedankt hat und zur Garde gegangen ist. Was steht im zweiten Dokument, das die Garde für nötig befindet, mit mir zu teilen?«

Rufus kramte in seinen vielen Taschen herum.

»Dabei handelt es sich um die ersten Seiten der Chronik der Garde. Als erste Amtshandlung bat General de Talens seine Männer, ihre Erinnerungen an die dunkle Zeit niederzuschreiben, die mit Einführung des Kalenders zu Ende ging. Einige Jahrhunderte später schrieben unsere Vorfahren in einem einzigartigen Kodex Einzelheiten über die Kräfte nieder, die diejenigen entwickeln können, die wir heute die Wiederkehrenden nennen. Ihr könnt gerne die ältesten

Abschriften dieser Texte einsehen, wenn Ihr möchtet, Majestät. Die ursprünglichen Kodizes zerfallen bereits zu Staub und können nicht mehr geöffnet werden.«

Rufus hob einen Finger und eine Augenbraue, als wollte er auf eine wichtige Tatsache hinweisen. »Doch der Text als solcher ist verbürgt. Ich selbst habe vor langer Zeit eine Abschrift davon angefertigt. Die Alten haben den Text gekürzt, um ihn verständlicher zu machen. Die Auslassungspunkte zeigen Streichungen an.«

»Ich höre, Rufus.«

Der alte Mann zog eine Schriftrolle aus seinem Umhang und entfaltete sie. Er räusperte sich, stellte sich aufrecht hin und begann zu lesen. Man merkte seiner Stimme an, dass er stolz darauf war, an diesem historischen Geheimnis teilhaben zu dürfen.

Wir waren die Herrscher. Die Zeit ergibt irgendwann keinen Sinn mehr für denjenigen, der zwanzig Menschenleben lebt. Wir haben uns an niemanden geklammert. Zu Beginn unseres Lebens wollten wir wie alle in den heiligen Stand der Ehe eintreten und glücklichen Nachwuchs zeugen. Dann, als unsere Ehefrauen oder Ehemänner sich dem Alter und dem Tod ergaben und unsere Kinder wiederum alt wurden, fingen wir wieder von vorne an und gründeten erneut eine Familie ... Drei Jahrhunderte hindurch hatte ich mit sieben Frauen erfüllte und glückliche Ehen geführt. Doch das Leben der gewöhnlichen Menschen ist so kurz. Jede Trauer ließ meine Seele schwerer werden. Die Jahrhunderte vergingen und meine Beziehung zu den Menschen wurde immer schwieriger. Die Langlebigkeit schafft eine unüberwindbare Kluft zwischen mir und den anderen. Je mehr Zeit vergeht, desto mehr entfremde ich mich von dieser Welt. Um mich selbst vor Kummer zu bewahren, nehme ich an. Ich erinnere mich an jede meiner Ehefrauen, an jedes meiner Kinder. All diese Erinnerungen haben einen besonderen Platz in meinem ewigen Gedächtnis, wie Gräber in einer Krypta.

Das letzte Weib, das ich zur Frau nahm, war eine Erbin. Guinièvre war sanft und weiblich. Ihr vollkommener Körper und ihr wundervolles Lächeln verzauberten mich. Sie war natürlich zwei Jahrhunderte jünger als ich und während mich die Jahrhunderte längst eingeholt hatten, wäre es für sie gerade an der Zeit gewesen, in ein Kloster einzutreten. Doch selbst wenn es einige Jahrhunderte gedauert hätte, hätten wir schließlich doch zueinander gefunden … Unsere zweite Tochter bereitete uns Sorgen. Es machte ihr Vergnügen, Hühner und kleine Tiere zu töten. Sie brauchte nur ihre bezaubernden Äuglein zu schließen und ein paar Sekunden später zuckte das Tier und starb … Wir mussten sie schließlich einsperren, mit zwei Jahren tötete sie jeden, der ihr missfiel, Mägde und Knechte genauso wie Pferde oder Hunde. Wie erklärt man einer Zweijährigen, dass sie nicht mit dem Tod spielen darf? Wie bestraft man ein Kind, das einen ohne mit der Wimper zu zucken umbringt, wenn man ihm etwas verweigert? Wenige Monate nachdem dieser Fluch uns befallen hatte, waren die meisten Burgbewohner entweder gestorben oder geflohen. Wir gaben vor, dass sie tot war, um die übrigen Leute im Schloss zu beruhigen. Tatsächlich hielten wir sie in einem tiefen Verlies gefangen, das wir errichtet hatten … Schließlich mussten wir das Leben unseres unglücklichen Wurmes beenden. Es genügte nicht mehr, sie einfach nur wegzusperren. Unsere Tochter lernte, über immer größere Entfernungen hinweg zu töten, durch Mauern und Türen hindurch. Je länger ihre Gefangenschaft dauerte, desto größer wurde ihre Wut und desto mehr musste man die Welt vor ihr beschützen ... Niemand außer Guinièvre konnte sich ihr gefahrlos nähern. Bald wurde es selbst für sie zu gefährlich, sie zu besuchen, und wir konnten sie nicht mehr ernähren. Wir mussten das Verlies fluten, um ihr elendes Leben zu beenden und die Welt vor ihrem Zorn zu schützen. Dieses arme unschuldige Ding hat mehr Menschen getötet als die schwarze Plage im vergangenen Jahr. Meine liebe Frau will kein weiteres Kind mehr. Ich denke, sie hat recht. Das blaue Blut ist einfach zu stark ...

Rufus hielt inne, rollte das Schriftstück sorgfältig zusammen und zog ein weiteres aus seinem Umhang.

Hartrold dachte laut nach. »Es ist bedrückend, was er schreibt.«

»Sicher, Majestät. Die Hilflosigkeit dieses Mannes ist ergreifend. Ihr habt wahrscheinlich bemerkt, dass im Manuskript von Erben die Rede war, nicht von Wiederkehrenden. Dieser Begriff wurde in neuerer Zeit abgeschafft, um den mit blauem Blut Geborenen nicht zu viele Flausen in den Kopf zu setzen. Nun das dritte Dokument. Es bezieht sich nicht auf eine private Begebenheit, sondern auf ein militärisches Großereignis, das indirekt den neuen Kalender begründete.«

Wir haben in der Schlacht in der Ebene von Langsam einen schweren Rückschlag erlitten. Tausende und

Abertausende von Männern. Da wir im Nahkampf viel stärker sind, haben wir diese Karte so schnell wie möglich ausgespielt. Wenn wir Rücken an Rücken stehen, kann uns niemand besiegen. Doch nachdem sie schwere Verluste erlitten und die Vergeblichkeit ihres Vorhabens erkannt hatten, fanden die gegnerischen Generäle eine Möglichkeit, sich gegen uns zu behaupten. Als es zum Nahkampf kam und wir begannen, die vorderen Reihen einzureißen, schossen sie eine Pfeilsalve nach der anderen ab, die wahllos alles durchlöcherten, was auf dem Schlachtfeld umherkroch. Entweder wir versuchten, uns vor den Pfeilen zu schützen, dann hätten wir uns weniger gegen die Handwaffen schützen können, oder wir schützten uns nicht vor den Pfeilen und liefen Gefahr, in dem Pfeilschauer zu sterben. Die Gegner griffen mehrere Male an und erlitten dabei schwere Verluste, bevor wir plötzlich bemerkten, dass dieser scheinbare strategische Fehler, über den wir frohlockt hatten, ein taktisch genialer Schachzug war. Alles, was sie zuvor versucht hatten, hatte in einem Blutbad geendet. Nun, im Nahkampf und unter dem Pfeilregen, betrug die Verlustquote immer noch etwa eins zu dreißig, doch die Zahl der Gegner war unendlich ... Die Männer, die sich freiwillig geopfert hatten, um an vorderster Front zu kämpfen, lachten, während sie im tödlichen Pfeilschauer starben. Die meisten von ihnen hatten Angehörige, die von unseren Männern getötet worden waren. Häufig auf schauerlichste Art und Weise, das muss ich zugeben.

Wir hätten diesen Kampf, unsere Macht und auch unser Leben zweifellos verloren, wenn König Kradath nicht am Morgen des dritten Tages angereist wäre. Er versammelte den Führungsstab im Kommandozelt und wurde wütend, als er von unseren Verlusten erfuhr. Dann befahl er uns, Aufstellung zu nehmen. Es waren nur noch knapp hundert von uns übrig. Er gab den Befehl, die Schlachttrommeln und -hörner klingen zu lassen. Als sie sahen, dass wir vorrückten, stellten sich die Gegner auf und warteten ab. Bevor wir in Reichweite der Pfeile waren, befahl uns Kradath anzuhalten. Er selbst ging ein paar Schritte nach vorne und zog sein Schwert, ein teuflisches Schwert, das er stets bei sich hatte. Er hob die Waffe, als wolle er uns einen Befehl geben. Ich hatte keine Ahnung, was als Nächstes passieren würde. Zehn Sekunden später begann Rauch vom Boden aufzusteigen, auf den Berghängen züngelten Flammen empor. Die gegnerische Armee wurde bei lebendigem Leib geröstet. Menschen und Tiere, alles, was einen Moment zuvor noch gelebt hatte, war tot. Kradath drehte sich um und schritt langsam an uns, die wir voller Staunen waren, vorbei. Wir hörten ihn lachen, als er auf sein Pferd stieg und in die Richtung davonritt, aus der er gekommen war. Ich trat mit meinen Kameraden näher heran, um das Ausmaß des Gemetzels mit eigenen Augen zu sehen und zu verstehen, welche Mächte er hatte heraufbeschwören müssen. Unsere Gegner waren auf der Stelle tot gewesen – nur verkohltes Fleisch und geschmolzene Rüstungen waren zurückgeblieben. Mindestens zehntausend Krieger waren eines unwürdigen Todes gestorben. Ich dachte bei mir, dass unser König eines Tages die Welt zerstören würde.

Rufus rollte das Pergament vorsichtig zusammen und steckte es in eine Innentasche seines Umhangs. Hartrold saß in einem

Lehnstuhl und dachte über die furchtbaren Worte nach, die er soeben gehört hatte. Der König, der Erbe, das war er, doch die Männer, die sich gegen das Alte Blut verbündeten, zu denen gehörte er auch. Er wusste nicht, ob er sich nun der einen oder der anderen Rolle verschreiben sollte. Rufus setzte sich ebenfalls und hielt die Hände vors Feuer.

»Einige neuere und unwichtigere Dokumente zeigen, dass manche Wiederkehrenden zuweilen schwächer ausgeprägte magische Fähigkeiten haben. Zum Glück sind das nur sehr wenige Wiederkehrende.«

»Eine beunruhigende Vorstellung, dass einer dieser Magier hier umherstreift, selbst wenn er vielleicht auf meiner Seite ist. Wer weiß, wozu ihn die Ruhmsucht bringt ... Wenn ich an Kradaths Stelle gewesen wäre, hätte ich dann nicht die Ländereien der gewöhnlichen Menschen für meinen Nachwuchs beansprucht? Wäre ich nicht lachend über die Leichen der Soldaten hinweggestiegen und hätte mich an ihren Frauen bedient? Die Macht kann einem leicht zu Kopf steigen.«

»Deshalb steht der König unter steter Beobachtung der Garde, Majestät.«

»Doch wer überwacht die Garde, Rufus?«

Der alte Mann schien einen Moment lang nachzudenken, dann erschien ein leichtes Lächeln auf seinem Gesicht. »Die Rebellen, denke ich, der Heilige Stuhl vielleicht, der König, ansonsten dürfte eigentlich niemand von unserer Existenz wissen.«

»Was könnte denn der König schon ausrichten, wenn Tausende seiner Männer innerhalb weniger Sekunden geröstet werden? Warum die Rebellen verfolgen, wenn sie die Einzigen sind, die etwas gegen die Wiederkehrenden ausrichten können?«

»Damit das Gleichgewicht gewahrt bleibt. Solange sie nur eine Handvoll sind und sich versteckt halten, schaden sie niemandem. Doch wenn es mehr werden ... nun, eines Tages werden sie Suppe aus unseren Schädeln trinken, so wie Kradath es mit seinen Feinden gemacht hat. Das Gleichgewicht des blauen Blutes zwischen den Erben der Könige und der Rebellen, vielleicht ist es notwendig für die Stabilität des Königreiches, für das Überleben der Menschen, wer weiß? Indem sie zwischen ihren beiden Hälften ausgeglichen bleibt, wird die Blutlinie langsam geschwächt, bis sie schließlich versiegt. Daher müssen wir die Wiederkehrenden ausmerzen, egal ob sie im Adel oder im einfachen Volk auftauchen. Doch bis heute ist das Gleichgewicht gestört. Wir sind nicht viele und wissen nicht, wie viele Rebellen es gibt. Wenn es nur hundert sind, werden wir unsere Brüder aus allen sieben Königreichen versammeln und das Gleichgewicht wird bewahrt. Wenn es tausend sind, wird unsere Welt ins Wanken geraten, ein neuer Kradath wird auftauchen und dann ist es vorbei mit unserer Welt ... das heißt eigentlich mit Eurer, Majestät, da unsere ohnehin zum Aussterben verdammt ist.«

»Verfügt die Garde über Magier, Rufus?«

Der alte Mann, dessen Rücken sich unter dem Gewicht der vergangenen Jahrhunderte zu beugen schien, rieb sich die Hände vor dem Apfelholzfeuer. Er stocherte in der Glut, die ihren Schein auf die durchscheinenden Adern auf seinen Armen warf. Hartrold fiel auf, dass sie ein wenig dunkler als bei anderen Männern waren.

Rufus tauchte aus seinen Gedanken auf und antwortete müde: »Die magischen Kräfte eines Wiederkehrenden entwickeln sich in seinem ersten Menschenleben, Majestät, dann stabilisieren sie sich. Das Blut ist nicht bei allen Wiederkehrenden gleich stark. Wir teilen sie je nach Stärke in Kreise ein.«

Rufus holte eine Goldmünze aus seiner Tasche. »Seht, Majestät, die Antwort auf Eure Frage ist auf diesem Goldstück eingraviert. Auf der einen Seite ist das Wappen der Rebellen abgebildet. Das ist das Wappen der Garde, das von einem schwarzen Pfeil mit blauem Schaft durchkreuzt wird, den sie uns als Antwort auf die Säuberung schicken. Das ist zumindest unsere Interpretation. Auf der anderen Seite ist das Pentagramm des Alten Blutes abgebildet. In der Mitte die gewöhnlichen Menschen. Der kleine Kreis stellt ihre beschränkte Welt dar. Der fünfzackige Stern, der sie umschließt, symbolisiert die Fähigkeiten des Alten Blutes. Man möchte also zuerst auf die Fähigkeiten der gewöhnlichen Menschen aufmerksam machen, daran erinnern, dass beide Arten – Rotblütige und Blaublütige – etwas gemeinsam haben. Dann verzweigt sich der Stern in fünf Richtungen wie die Äste eines Baumes. Es ist ein Bild, das in vielen alten Schriften verwendet wird, um die Anwesenheit des Kreises zu erklären: Wenn man diesen Baum von oben betrachtet, stellt der Stamm die Menschlichkeit dar, die Zweige dagegen die Fähigkeiten der blaublütigen Menschen, die jene der gewöhnlichen Menschen übersteigen. Der erste Zweig steht für die Langlebigkeit. Die Blaublütigen leben im Durchschnitt sieben Jahrhunderte, manche sogar neun. Der zweite Zweig symbolisiert Stärke. Selbst mit dem schwächsten blaublütigen Krieger kann es kein gewöhnlicher Mensch aufnehmen. Die Stärksten brauchen keine Keule, um einem Ochsen den Hals zu brechen. Der dritte Zweig steht für die Geschwindigkeit. Menschen, die das blaue Blut besitzen, können sich mit hoher Geschwindigkeit fortbewegen, die mit der rotblütiger Menschen nicht vergleichbar ist. Vor langer Zeit sah ich, wie ein Wächter einen Pfeil wenige Zentimeter, bevor er seinen Bauch durchbohrt hätte, in der Luft abfing. Ein Anblick, der einem Respekt einflößt. Diese drei Eigenschaften, Langlebigkeit, Stärke und Geschwindigkeit, entwickeln sich in verschiedenen Stadien des blauen Blutes. Innerhalb der Gemeinschaft des blauen Blutes gibt es eine Hierarchie, die in vier sogenannte Zirkel unterteilt ist. Dann ist da noch der vierte Zweig, der für die Hellsichtigkeit steht. Dies ist eine mächtige Fähigkeit, die es dem Besitzer ermöglicht, seine Umgebung zu ›spüren‹, wie mit einem zweiten Paar Augen. Es ist sehr schwierig, diese Macht genau zu definieren. Auch die Schriften bleiben in diesem Punkt vage. Diese Fähigkeit ist extrem selten. Wir sind gerade dabei, sie zu erforschen. In einer Schriftrolle sind einige gewöhnliche Menschen beschrieben, die eine schwache Ausprägung dieser Fähigkeit besitzen. Sie wird darin als eine Art Instinkt definiert, der es ermöglicht, die nahe Umgebung zu erfassen ... und so beispielsweise eine Gefahr vorherzusehen. Noch seltener ist der fünfte Zweig, der der Magier. Diese mythischen Wesen sind die mächtigsten Wiederkehrenden. Sie sind in der Lage, auf Dinge und Menschen Einfluss zu nehmen, ohne sie zu berühren. Vor ungefähr fünfzehn Jahren begegneten wir einer jungen Frau, die über diese Fähigkeit verfügte. Ihr Blut war jedoch nicht blau. Wir hätten sie gerne in die Einsiedelei verbannt, damit sie niemandem schadet, doch wir konnten dieses Risiko nicht eingehen. Diese Menschen sind gefährlich. Sehr gefährlich. Das Mädchen aus dem zweiten Text, den ich Euch vorgelesen habe, hat zu ihrem Unglück ihre Kräfte zu früh entwickelt. Das war sein Verhängnis.«

Der König dachte einen Moment lang nach. »Sag mir, Rufus, was ist der Unterschied zwischen einem Wiederkehrenden, der im einfachen Volk, und einem, der im Adel geboren wird?«

»Zwischen ihnen bestehen große Unterschiede, Majestät. Die adligen Wiederkehrenden entstehen, wenn Adlige sich untereinander fortpflanzen, während die Wiederkehrenden entstehen, wenn Leute aus dem einfachen Volk sich untereinander fortpflanzen. Da das blaue Blut aller Wiederkehrenden durch die Kreuzung des blauen Blutes der Könige mit dem roten Blut von Frauen entstanden ist, besteht der einzige Unterschied darin, dass die einen das Schwert in der Hand haben und die anderen nicht. Ihr könnt selbst entscheiden, was Ihr für Euch und Eure Nachkommen wollt.«

Hartrold kehrte zu einem weniger heiklen Thema zurück. »Dinge über die Entfernung sehen und beeinflussen können, ist das alles, was diese Magier beherrschen?«

Rufus lächelte. »Das sind bereits mächtige Fähigkeiten, Majestät. Es kommt nicht auf die Macht der Fähigkeit an, sondern auf die Art und Weise, wie man sie gebraucht. Stellt Euch einen Mann vor, der siebenhundert Jahre lebt, sich bester Gesundheit erfreut, dem keine Pestepidemie etwas anhaben kann, einen Mann von unvergleichlicher Stärke, der spüren kann, sobald sich ein Feind nähert. Dieser Mann kann einen fliegenden Pfeil fangen, einen Mann aus der Entfernung töten, ihm die Augen ausbrennen, ohne ihn überhaupt anzusehen, oder sich, während er kämpft, einen Pfeil aus dem Schenkel ziehen, während ein gewöhnlicher Soldat dem Feind aufgrund seiner Schmerzen hilflos ausgeliefert wäre. Dieser Mann könnte, als Lakai getarnt, eine feindliche Armee nach und nach dezimieren, ohne dass es jemand mitbekommen würde.«

»Dieser Mann wäre also unbesiegbar, Rufus?«

»Ein Kind mit einem Bogen könnte ihn vielleicht überlisten oder eine Frau mit einem versteckten Dolch. Doch im Laufe der Jahrhunderte wird man klüger. Es ist die Selbstüberschätzung, die die Magier, die Hellseher und die Wächter tötet.«

»Kradath war also einer dieser Magier.«

Rufus' Miene verfinsterte sich. Er verschränkte seine Finger und stützte sein knochiges Kinn darauf ab. »Nein, Majestät. König Kradaths Macht übertraf alles, was wir uns vorstellen können. Wir wissen sehr wenig über ihn. Um ehrlich zu sein, nicht mehr als die Erzählung über die Schlacht von Langsam. Seine Macht scheint grenzenlos gewesen zu sein. Unser dürftiges Wissen erlaubt uns nicht, den Ursprung seiner Macht zu verstehen. Wenn ein Magier ein Pferd oder einen Menschen töten kann, ist er wahrscheinlich schon sehr mächtig. Wenn er jedoch eine ganze Armee massakriert ...«

»Haben die Wächter solche Magier in ihren Reihen?«

»Nein, Majestät. Und wenn einer von uns ein Magier wäre, würde er sich hüten, es die anderen wissen zu lassen. Damit würde er mehr oder weniger sein Todesurteil unterschreiben. Sinn und Zweck der Garde ist ja, zu verhindern, dass solche gefährlichen Menschen überhaupt geboren werden.«

»Wie mächtig sind die jetzigen Wächter, Rufus?«

»Einer von uns ist Hellseher. Dies ist eine Besonderheit der Garde des Ersten Königreichs. In den Garden der anderen Königreiche gibt es keine so mächtigen Hellseher.«

»Und wie mächtig sind die Magier der Rebellen?«

»Das wissen wir nicht, Majestät, doch es gibt etwas, das uns beunruhigt.«

Rufus zog eines der Goldstücke, die man in Hautterre gefunden hatte, aus seiner Tasche. »Seht Euch diese Münze an. Sie stammt aus Hautterre und trägt auf einer Seite das Emblem der Macht, den Stamm der Menschen und das Pentagramm der Magier. Doch es gibt ein Detail, das diese Münze von denen unterscheidet, die wir bereits kennen. Das Pentagramm ist von einem Kreis umgeben. Ein Kreis, der die Magier umschließt, so wie die Magier die Menschen umschließen. Damit wollten uns die Rebellen scheinbar über die Entführung dieser beiden Kinder hinaus noch eine weitere Nachricht übermitteln. Sie wissen etwas über diese höheren Mächte, das wir nicht wissen. Das Gleichgewicht ist gestört.«

»Wie groß ist deine Macht, Rufus?«

Der alte Mann lächelte, beugte sich über den Kaminsims, nahm mit den Fingern seiner linken Hand ein glühendes Kohlenstück und schloss seine Faust darum. Rauch quoll zwischen seinen Fingern hervor und erfüllte den kalten Raum mit dem Geruch nach verkohltem Fleisch. Rufus warf das Kohlenstück zurück ins Feuer. Er zeigte die verbrannte Handfläche dem König und lächelte. »Das Schicksal hat mich mit sehr schwachen magischen Kräften ausgestattet, Majestät. Ich kann mich immun gegen Schmerzen machen, das ist alles. Meine hellseherischen Fähigkeiten beschränken sich auf wenige Ellen. Dieser bescheidene Vorteil hat immerhin schon einige Männern das Leben gekostet, die auf die Idee kamen, die Jagd auf mich zu eröffnen, doch er macht mich leider nicht zu einem nützlichen Späher. Eure Geheimnisse sind also sicher.«

Der König wandte den Blick von der verbrannten Hand ab. »Gibt es Nachrichten von Kapitän Orville?«

Orville hatte sich ausgeruht, gewaschen und rasiert. Er hatte die Dienste einer Näherin in Anspruch genommen, die ein zweckmäßiges Gewand für ihn geschneidert hatte. Bei seinem Erkundungsgang zum Hafen war nichts herausgekommen. Die wenigen angetäuten Gefährte waren langsame, bauchige Handelsschiffe, die für seine Zwecke nicht geeignet waren. Nachdem er in den Gasthäusern am Hafen einige Krüge geleert hatte, machte er sich auf den Weg zur Festung des Marquis de Vallade. Die Anlage war mindestens hundert Fuß hoch. Gegen eine der Außenmauern schwappte das schwarze Hafenwasser. Ecktürme flankierten die dunklen Mauern, die aus dem harten Stein des Gebirges gehauen worden waren. Orville umrundete die Festung und betrat eine gewundene Gasse. Die feuchte, salzige Luft vermischte sich mit den exotischen Düften der lokalen Küche und regte seinen Appetit an. Er betrat ein Gasthaus und bestellte etwas zu essen. Das Bier war ihm zu warm und das Essen suspekt. Die Gewürze überdeckten nur unzureichend den Geschmack des verdorbenen, verkochten Fleisches. Diese Stadt, die sich auf halber Strecke zwischen Bergen und Meer befand, war das Sinnbild des Mangels. Orville entdeckte hier wieder, was er bereits in vielen Städten gesehen hatte: Schmutz, Müll, der die Straßen überflutete, Ratten und Krüppel, die um ihren Lebensunterhalt bettelten, als Entschädigung für die Opfer, die sie in irgendeinem Krieg erbracht hatten. Der König verfuhr nicht gerade großzügig mit denen, die ihm ihr eigenes Fleisch opferten. Dieser Moloch war das Einzige, was an dieser Stadt exotisch war.

An einer Abzweigung betrat er eine schmale Brücke, die zum Eingang der Burg führte. Er wurde von zwei Türmen aus verteidigt, die von einem Rundweg verbunden wurden, unter dem sich ein paar Wehrerker befanden. Vier Soldaten versperrten auf der Höhe eines mächtigen, halb heruntergelassenen Fallgitters den Zugang zum Innenhof.

In der Mitte der Brücke angelangt nahm Orville das Abzeichen mit dem Platinreiher aus seiner Börse und befestigte es an seinem Wams. Reflexartig umklammerte er den kunstvoll verzierten Griff seiner neuen Waffe und ging zu den Soldaten hin. Er richtete das Wort an denjenigen, der der Befehlshabende zu sein schien. »Sei gegrüßt, Wachtmeister. Ich bin Kapitän Orville. Bring mich unverzüglich zu deinem Herrn!«

Der blaue, kalte Edelstein spiegelte sich in den Augen des Soldaten. Orville las darin das blanke Entsetzen eines Mannes, den der Teufel nach dem Weg fragt. Der Soldat verbeugte sich und ging voraus in den Innenhof. Orville folgte ihm. Die militärische Disziplin des Soldaten gefiel ihm. Sie betraten einen großen Raum, dessen Funktion sich auf den ersten Blick nicht erschloss, und stiegen dann eine breite Treppe hinauf, die zu einem Korridor mit Räumen auf beiden Seiten führte. Am Ende des Ganges bewachten zwei bewaffnete Männer eine schwere Holztür. Der Wachtmeister bat Orville respektvoll, einen Moment zu warten, dann ließ man ihn in ein kleines Zimmer neben dem bewachten Raum eintreten. Ein paar Minuten später wurden die beiden Flügel der Tür zum Empfangszimmer weit geöffnet, sodass er eintreten konnte.

Der positive Eindruck, den die Festung durch ihr karges und funktionelles Äußeres auf ihn hinterlassen hatte, verschwand, sobald er all das Gold und die Wandbehänge des Zimmers sah, in das er gebracht wurde. Der Marquis saß auf einem herrschaftlichen Stuhl, der die prächtigsten Throne des ganzen Königreichs in den Schatten stellte. Der Boden war mit Häuten und Teppichen bedeckt. Die Wandteppiche waren so zahlreich, dass der nackte Stein der Wände nur an wenigen Stellen sichtbar war und die harmonischen Proportionen des Raumes offenbarte. Durch vier Sprossenfenster konnte man den Hafen und das Meer überblicken. Auf beiden Seiten des Saales waren zehn bewaffnete Soldaten postiert, deren goldene Brustpanzer mit pompösen, glänzenden Mustern verziert waren. Der Marquis de Vallade war klein, auf seiner hohen Stirn saß eine Krone, die mit seinem Wappen verziert war. Er lächelte, schien jedoch aufgeregt zu sein. Zu seiner Rechten stand ein Sekretär, dünn und gekrümmt, als wolle er sich für seine im Vergleich zu seinem Herrn überdimensionale Körpergröße entschuldigen.

»Militärischer Abgesandter, Ihr ehrt mich mit Eurem Besuch. Es sei Euch gedankt. Wie kann ich Euch dienen?«

»Marquis, in Übereinstimmung mit dem Eid, den Ihr geleistet habt, bitte ich um Eure Unterstützung.«

Der nervöse Marquis sah auf den Boden und zwang seinen Mund zu einem seltsamen starren Lächeln. Dann blickte er auf und runzelte die Stirn. »Natürlich, Kapitän. Gold und Platin gebieten über Silber. Was benötigt Ihr?«

»Ich brauche ein schnelles Schiff und Seemänner, die das Binnenmeer gut kennen.«

»Zu welchem Zweck braucht Ihr dieses Schiff, Kapitän?«

Der Marquis blickte wieder zu Boden und grinste nervös, wobei er den Kopf hin und her wiegte. Orville wusste nicht, warum dieser Mann ihm so sehr missfiel. Es lag nicht an seiner gekünstelten Art, auch nicht an seiner Nachlässigkeit bei der Einhaltung der hierarchischen Konventionen, die ihn eigentlich dazu verpflichtet hätten, vor Orvilles Insignien zu knien. Vielleicht lag es an dem unerwartet prunkvollen Dekor, der die Empfangshalle zierte, während die Straßen der

Stadt nur vom Elend gesäumt waren. Irgendetwas an diesem Umstand deutete für ihn auf Gefahr hin. »Über die Art der Mission braucht Ihr nichts zu wissen, Marquis, das Einzige, was Ihr wissen müsst, ist, dass ich ein Schiff einholen muss.«

»Dann, fürchte ich, kann ich nichts für Euch tun, Kapitän.«

Orville dachte kurz nach. »Und aus welchem Grund nicht, Marquis?«

»Wann habt Ihr dieses Schiff zuletzt gesehen? Wisst Ihr, wo es sich befindet?«

»Ich weiß in etwa, in welcher Richtung es unterwegs ist und wie viel Vorsprung ich ihm geben muss, damit ich ihm unauffällig folgen kann.«

»Mein lieber Kapitän, das Meer hat nicht dieselben Eigenschaften wie ein Weg, die Schiffe hinterlassen darauf keine Spuren. Ich denke, dass Ihr das Schiff nicht mehr finden werdet. Eure Mission ist somit abgeschlossen. Der Pakt legt ganz klar fest, was in diesem Fall zu tun ist.«

»Es gibt nur wenige Häfen an der inneren Küste. Ich werde herausfinden, wo sie angelegt haben, und meine Mission fortsetzen.«

»Alles, was Ihr habt, sind Spekulationen, Kapitän.«

»Es steht Euch nicht zu, darüber ein Urteil zu fällen, Marquis.«

»In gewissem Sinne schon. Wenn ich entscheide, dass Eure Mission noch nicht zu Ende ist, dann habt Ihr ein Recht auf meine Unterstützung und mein Schiff sticht in See. Doch wenn ich entscheide, dass es keine Mission mehr gibt, schulde ich Euch gar nichts, Kapitän, und mein Schiff bleibt im Hafen. Versteht Ihr? Aber ich sehe, Ihr habt ein schönes Schwert. Sehr ungewöhnlich. Könnt Ihr es mir einmal zeigen? Ich habe eine gewisse Vorliebe für solche Kunstobjekte, deren

Herstellung die dürftigen Fähigkeiten gewöhnlicher Menschen übersteigt. Zeigt einmal her. Nun zeigt schon her!«

Orville zögerte einen Augenblick, dann zog er sein Schwert aus der Scheide und reichte es dem Marquis, der es unbeholfen packte, wie jemand, der den Umgang mit solch schweren Objekten nicht gewohnt ist. Bewundernd betrachtete er die Schmiedearbeit. »Zwei Fabelwesen im Kampf, rubinrote Augen, ein außerordentlich fein geschmiedeter Knauf. Dieses Schwert kommt mir bekannt vor. Was sagt Ihr dazu, Hornu?«

Er reichte die Waffe dem Sekretär, der sie ehrfürchtig entgegennahm. »Ich würde sagen, dies ist die Waffe Eures dritten Sohnes, Herr. Diejenige, die letztes Jahr für ihn angefertigt wurde. Eine sehr schöne Klinge für einen sehr tüchtigen Jungen.«

»Die Waffe meines Sohnes, das habe ich mir schon gedacht. Ich wollte nur eine zweite Meinung einholen. Kapitän, könnt Ihr mir erklären, wie sie in Euren Besitz kam?«

»Ich habe sie vor ein paar Tagen bei einem Kampf auf dem Grat jemandem abgenommen. Sein Besitzer, ein Brigant, brauchte sie nicht mehr. Er muss sie wohl Eurem Sohn abgenommen haben.«

Orville spürte, wie die Falle zuschnappte. Er seufzte, schloss die Augen und ließ seinen Empfindungen freien Lauf. Bauch und Stirn der Soldaten um sie herum waren röter als der Rest ihres Körpers. Der Sekretär war rosa-weiß gefärbt, während die Farbe des Marquis sich unentwegt änderte. Noch lange danach würde er sich die Frage stellen, wie er in diesem Moment am besten hätte reagieren sollen, nur um schließlich festzustellen, dass er gar nicht anders hätte handeln können. Sein Schicksal war besiegelt gewesen, noch bevor er überhaupt diese Stadt betreten hatte, vielleicht sogar schon, bevor er sich aufgemacht hatte, um die Flüchtigen zu verfolgen.

»Seht, mein Sohn ist tot, Kapitän, und sein Schwert wurde gestohlen. Dieses ... ein so schönes Schwert ... Sein Hals war von hinten von einem Pfeil durchbohrt worden. Ein Brigant wahrscheinlich, wer sonst würde so feige hinterrücks angreifen? Mein Sohn hatte auf dem Kamm einen Räuber gejagt. Eure Version stimmt also mit den Fakten überein.«

»Ich spreche Euch mein Beileid aus für diesen unschätzbaren Verlust, Marquis. Hier, nehmt seine Waffe zurück. Werdet Ihr meiner Bitte stattgeben oder muss ich unter einem anderen Dach um Hilfe bitten?«

»Mein lieber Kapitän, der Pakt verpflichtet mich dazu, Euch dieses Schiff zur Verfügung zu stellen. In zwei Tagen werdet Ihr in See stechen. Doch es gäbe da noch eine winzige Kleinigkeit zu regeln.«

»Ich habe genug Geld.«

»Seine Majestät der König wird mir meine Ausgaben erstatten, dessen seid versichert. Nein, darum geht es nicht, Kapitän.« Der Marquis wiegte den Kopf im Rhythmus seiner Sätze hin und her, als wolle er ihnen damit eine besondere Betonung verleihen. Er lächelte. »Zum Glück hat der Räuber, der meinen Sohn feige getötet und sein prächtiges Schwert gestohlen hat, einen Zeugen hinterlassen. Lasst ihn uns doch zusammen anhören, um noch einmal eine Bestätigung zu bekommen, bevor Ihr Euch auf den Weg macht. Hornu, bringt den mutigen Scaglan herein.«

Auf ein Zeichen seiner Hand öffnete einer der Soldaten eine Tür und bat einen Mann herein, dessen sichtbar verstümmelter Arm von einem Verband umhüllt war. Er kam näher und kniete vor dem Marquis nieder.

»Scaglan, berichte uns doch, was letzte Nacht auf dem Grat passiert ist.«

»Herr, während wir Wache hielten, wurden wir von Briganten angegriffen. Der Mann, der vor Euch steht, hat mir die Hand abgetrennt und Euren Sohn getötet.«

»Nun, Kapitän, der Zeuge klagt Euch an. Ich muss daher Gerechtigkeit walten lassen. Was habt Ihr zu Eurer Verteidigung zu sagen?«

»Diese bewaffneten Männer wollten eine Karawane angreifen. Ich verriet ihre Anwesenheit, worauf sie Jagd auf mich machten. Sie stellten sich ungeschickt an und waren schlecht organisiert. Ich habe sie dreimal abgewehrt, um meine Mission fortsetzen zu können, wozu mein Rang mich befähigt.«

»Seht Ihr, Kapitän, es ist eine Frage der Gewichtung. Wenn eine Karawane ihren Schutz vernachlässigt, indem sie sich weigert, eine Eskorte zu engagieren – dann kann sie auf ihrem Weg eben in Schwierigkeiten geraten. Nicht immer überleben alle den Grat. Manches Mal verschwinden auch Güter.« Vallade betrachtete amüsiert das prunkvolle und etwas heruntergekommene Dekor der Empfangshalle.

Orville beschloss, alles auf eine Karte zu setzen. »Ihr wisst, dass Ihr kein Recht habt, über mich zu richten, ich Euch jedoch vor den Henker bringen kann, wenn Ihr Euch mir widersetzt. Fügt Euch also, Marquis!«

»Es stimmt leider, dass der König seinen militärischen Abgesandten Vorrechte zugesteht, die diejenigen von uns armen Kleinadligen außer Kraft setzen. Seine Majestät wird wohl überzeugende Gründe dafür haben.« Er wiegte den gesenkten Kopf hin und her, setzte wieder sein seltsames Lächeln auf und blickte auf, ohne Orville in die Augen zu sehen. »Seht, ich respektiere den König und seine Entscheidungen. Deshalb kann ich Euch nicht in dem Maße bestrafen, wie Ihr es verdient hättet, Kapitän, was ich – verzeiht meine Ehrlichkeit – aufrichtig bedauere. Aber da ich gehorsam bin und überzeugt, dass Ihr das Schiff auf den vergänglichen Wogen des Binnenmeers nicht mehr finden werdet, muss ich Euch Einhalt gebieten. Wachen!«

Die schnelle Reaktion der Soldaten bestätigte, dass sie darauf vorbereitet worden waren, so zu reagieren. Orville hatte, entwaffnet wie er war, keine Chance gegen zwanzig Speere. Vallade erhob sich vom Stuhl und kam gemessenen Schrittes näher. Er war wirklich sehr klein. Mit einer theatralischen Geste nahm er Orville das Abzeichen ab und steckte es ein. Dann deklamierte er, seine Augen gen Himmel gerichtet: »Kapitän, Ihr werdet eingekerkert und in zwei Tagen in Übereinstimmung mit den königlichen Anweisungen auf die Insel Goulet deportiert. Leistet keinen Widerstand und ich verbürge mich dafür, dass Euch nichts passiert.«

»Marquis de Vallade, Ihr habt Euch dem Willen des Königs widersetzt. Euer Kopf wird rollen, und wenn ich persönlich dafür sorgen muss!«

Der Marquis drehte sich um, einen herausfordernden Ausdruck auf dem Gesicht. »Soll das eine Drohung sein, Kapitän?«

Orville sah dem Mann direkt in die Augen. »Das ist ein Eid, Vallade, ein Eid, den ich erfüllen werde!«

»Ich bezweifle, dass Euch das gelingen wird, dort, wo Ihr Euch befinden werdet. Führt den Kapitän in seine Gemächer! Wisst Ihr, wir haben da eine Zelle, die ausreichend von den übrigen isoliert ist, sodass Ihr nicht mit den anderen Gefangenen kommunizieren könnt. Euch wird es dort bestimmt gefallen. Ihr werdet zwar nicht verköstigt, doch an Wasser wird es Euch dort nicht mangeln. Nun geht!«

Während Orville den Wachen folgte, hörte er den Marquis lachen, bis er ganz heiser war. Er spürte die Angst der Gefängniswärter. Es war die Angst von Menschen, die unter der Fuchtel eines Wahnsinnigen standen.

Man geleitete Orville durch den Saal, den er auch bei seiner Ankunft passiert hatte. Durch eine massive Holztür, die von zwei Männern bewacht wurde, erreichten sie den Wachsaal, von dem aus sie eine Wendeltreppe hinabstiegen, die sich zur Linken befand. Die Luftfeuchtigkeit und der muffige Geruch deuteten darauf hin, dass es hier unten im Keller Öffnungen ins Freie geben musste. Die Soldaten hielten in einem fensterlosen Raum, von dem vier Türen abgingen. Die bewaffneten Männer umstellten Orville mit gesenkten Lanzen. Sie verstanden eindeutig ihr Handwerk. Zwei Gefängniswärter zogen ihn aus und warfen seine Kleider und seine Waffen in einen Holzbottich. Anschießend öffneten sie eine der Türen. Ein schwerer Riegel wurde hinter ihnen wieder vorgeschoben und Orville und seine Wachen standen in einem Korridor, von dem mehrere Zellen abgingen. Einige Fackeln warfen ein schwaches Licht in den Raum und ihr widerlich öliger Geruch vermischte sich mit dem menschlicher Exkremente. Die Kerker waren alle belegt. Hinter der letzten Tür verbarg sich eine Treppe, die in den Felsen gehauen worden war und steil in den vereisten Untergrund hinabführte. Am Fuß der Treppe blieb der Hauptmann der Wache auf einer Art Vorsprung stehen. Orville hörte das Klirren von Ketten, die gelöst wurden, und dann das typische Quietschen eines schweren Falltors, das geöffnet wurde. Er wurde durch die Öffnung hinabgestoßen und landete unsanft im eiskalten Brackwasser, das den Boden zentimetertief bedeckte. Er stand auf und beobachtete, wie der Schein der Fackeln im Rhythmus der Schritte der beschlagenen Stiefel nach oben entschwand. Deutlich konnte er hören, wie die Tür zufiel und die Schlösser einrasteten. Nass, nackt und allein blieb er zurück.

In allen Lehen des Königreichs erhielten die Theokraten eine seltsame Botschaft von der Führungsspitze. Auch der Theokrat Lambret, der sein Priestertum in einem Dorf des Markgrafen von Sarclos ausübte, nahm sie zur Kenntnis.

> *Wir, Karlus Hofnar, der Theokrat des Heiligen Stuhls, Erster Prälat des Kultes des Allmächtigen, befehlen allen Theokraten, das Böse zu jagen und zu vernichten, wo immer es sich verbergen oder manifestieren mag, ob auf einer Burg oder in einer Strohhütte, sowie im zweiten Falle Ehepartner, Vor- und Nachfahren auszumerzen. Milde verdirbt unsere Seelen. Nur das läuternde Feuer und die Klinge der Rechtschaffenheit werden die Welt retten.*

Darunter befanden sich eine kompliziert aussehende Unterschrift sowie das Siegel des Heiligen Stuhls. Lambret war ein alter Mann. Er hatte bereits einige seiner Schäfchen auf den Scheiterhaufen gebracht. Ein paar Neugeborene, aber auch drei Erwachsene, darunter eine junge Frau, die eine kleine Tochter gehabt hatte. Erst nach ihrer Niederkunft konnte die Seele der Mutter geläutert werden. Das Neugeborene hatte rotes Blut, so rot wie Mohn. Es hieß Rosa und war inzwischen zu einem kleinen Mädchen herangewachsen. Was er hatte tun müssen, war schrecklich gewesen und hatte in seiner Erinnerung eine unauslöschliche Spur hinterlassen. Was hatten diese Menschen getan, dass man sie töten musste, noch dazu auf eine so furchtbare Art und Weise? Er legte das auseinandergefaltete Pergament auf seinen Schreibtisch und saß lange Zeit einfach nur da. Eine Träne, die seine faltige Wange hinabrollte, riss ihn schließlich aus der Erstarrung.

Orville versuchte, die Größe der Zelle abzuschätzen. Vorsichtig, Schritt für Schritt, bewegte er sich vorwärts, bis er auf eine kalte, klebrige Mauer traf und sie mit den Fingerspitzen abtastete. Die Zelle war wohl in den Felsen gehauen worden. Kein Geräusch drang in dieses Grab. Ein paar Augenblicke zuvor war er über etwas gestolpert, das sich als Schädel entpuppt hatte. Der vorherige Insasse hatte also niemals wieder das Tageslicht erblickt. Das Wasser auf dem Boden machte es unmöglich, sich hinzusetzen, ohne auszukühlen, oder sich hinzulegen, ohne zu ertrinken. Müdigkeit und Kälte würden Orville bald seiner letzten Kräfte berauben. Er fühlte mit seinem sechsten Sinn in die Umgebung hinein, erhielt jedoch kein Bild. Er versuchte es noch einmal und schloss seine Augen. Nun erreichten ihn einige vage Empfindungen. Dieser besondere Sinn funktionierte also nur mit geschlossenen Augen. Es wäre sicher nützlich, Visionen und Empfindungen gleichzeitig zu erhalten. Und vielleicht sollte er auch eine Bezeichnung für diesen besonderen Sinn finden. Das Wort Empfindung konnte so vieles bezeichnen, es war viel zu ungenau. Seine »Empfindung« glich eher einer Vision, mit der man Dinge wahrnehmen konnte, die man nicht sehen konnte. Warum nicht Zweites Gesicht oder Übersinn? Ja, Übersinn müsste es eigentlich treffen. In nächster Zeit würde er sich in permanenter Dunkelheit befinden, da würde ihm nur dieser Übersinn helfen können.

Orville konzentrierte sich auf die Zelle. Der Raum war quadratisch. Der Abstand zwischen den Wänden betrug etwa fünf Schritt. Die Wände erschienen ihm wie milchig weiße Flächen, die mit kleinen Lichtern besetzt waren, die wie Sterne in der Nacht funkelten. Er näherte sich einer von ihnen. Kleine Krustentiere nisteten im Moos, das die Wände bedeckte. Sogar an diesem so feindseligen Ort konnte sich Leben entwickeln. Allerdings war Orville so kalt, dass er nicht damit rechnete, das Verlies zu überleben. Und diesem Bastard Vallade war das vollkommen bewusst. Er lehnte sich gegen die Wand. Ungefähr zehn Ellen über ihm begrenzte ein Gitter die Zelle.

Orville wusste nicht, wie lange er so auf dem Boden gekauert hatte, das Gesäß im Wasser und die Seele im Nichts, als er plötzlich Schritte auf der Treppe hörte. Ein Lichtschein durchbrach die Dunkelheit, Silhouetten erschienen auf der Schwelle vor dem Gitter.

»Nun, Kapitän, ich hoffe, Ihr wisst meine Gastfreundlichkeit zu schätzen. Zumindest kann es Euch hier nicht zu warm werden, stimmt's?« Es war Vallades Stimme, die in der völligen Dunkelheit des Verlieses erklang.

Orville beschloss, so ruhig wie möglich zu bleiben. »Euer Kopf gehört mir, Vallade. Richtet das jedem aus, der Euch an den Kragen will. Er wird zuerst an meiner Klinge vorbeimüssen!«

»Armine, meine Liebe, wie findet Ihr meinen Fang? Ihr habt dazu nichts zu sagen? Seht, Kapitän, Frauen schätzen die Qualitäten ihrer Männer einfach nicht. Meine erste Frau, der Allmächtige sei ihrer Seele gnädig, sagte auch kein Wort, als ich ihr zeigte, wie ich hier den Willen stolzer Männer breche. Seht, meine Liebe, wie gut gebaut der hier ist, ein echter Leckerbissen.«

Ein Soldat hängte die Fackel an eine Kette und ließ sie in die Zelle herab. Sie schwang sachte hin und her und ließ die Schatten von einer Ecke in die andere tanzen, während die Flamme in der feuchten Luft zischte. Orville wollte dem Marquis nicht die Genugtuung geben, sich zu verstecken oder umzudrehen. Er trat mit Absicht aus der Ecke nach vorne in das Brackwasser. Als die Fackel zur Ruhe kam, die Zelle gleichmäßig ausleuchtete und seine Nacktheit und sein Elend offenbarte, erblickte er über sich die schönste Frau, die er je gesehen hatte. Frauen waren für einen Soldaten nur Körper oder Abstraktionen. Üblicherweise suchte ein Soldat nicht nach einem Weib, das ihm sein Heim wärmen würde. Dies war einfach nicht ihre Bestimmung, auch wenn sie es sich vielleicht gewünscht hätten. In seiner Welt hatten bis jetzt nur Küchenmädchen oder Huren existiert, die hin und wieder die natürlichen Bedürfnisse eines Mannes befriedigen konnten, sowie die Frauen anderer Männer, die viel heikler waren, konnten sie einen doch an den Galgen bringen, wenn man sich unschicklich benahm. Die junge Frau sah ihn mit schmerzerfülltem Blick an. Vallade hatte sie am Hals gepackt und hielt ihr vornehmes Gesicht nah vor die kalten Gitterstäbe, die sie versuchte, mit ihren eleganten Fingern abzuwehren. Tränen rannen über ihre Wangen und hoben die Blutergüsse hervor, die ihre hohen Wangenknochen verunzierten. Ihr bauschiges Kleid konnte die perfekten, harmonischen Proportionen ihres Körpers und ihre weichen Kurven kaum verbergen. Beim Anblick so großer Schönheit und Traurigkeit schämte sich Orville plötzlich, nicht seines schmutzigen und nackten Körpers, sondern seiner Ignoranz. Niemals hatte er sich vorgestellt, was in ihnen vorgehen mochte, wenn er Frauen begegnet war und sie gelegentlich auch bestiegen hatte. Für ihn waren sie nur leere Körper gewesen, die ihm im Wirtshaus sein Bier brachten oder für ein Geldstück – oder wenn er Glück hatte, auch umsonst – ihre Röcke hochschoben. Orville fühlte eine ungeheure, verzweifelte Wut in sich aufsteigen, dass er Vallade nicht auf der Stelle töten und die Frau in seine Arme schließen konnte, deren Traurigkeit seine Zuneigung so entflammen ließ. Beide waren sie Opfer desselben sadistischen Mannes. Orville wusste nicht, was er sagen sollte. Er war geradezu geblendet von dieser Fee, die die Dunkelheit des Verlieses erhellte. Ihm wurde plötzlich bewusst, dass er gar nicht wusste, wie man mit einer Frau redete. Wie sollte er Worte finden für ein Gefühl, das ihm völlig fremd war? Da er mehr daran gewöhnt war, Männer zu beleidigen, als Frauen ein Kompliment zu machen, sprach er zu ihr über den Marquis. »Liebreizende Dame, bitte bedenkt, dass Euer Mann weder für seinen schwachen Körper noch für seinen grausamen und begrenzten Geist verantwortlich ist, der ihn richtige Männer einsperren lässt, die ihn in den Schatten stellen. Glaubt mir, diese sind so zahlreich, dass alle Gefängnisse dieses Königreichs nicht ausreichen würden, um sie unterzubringen. Eure Schönheit ist so groß, dass sie sich wie Licht um Euch herum ausbreitet und wir hier an diesem Ort, der in jeder Hinsicht der Seele seines Besitzers entspricht, ohne Fackel auskommen könnten. Nicht, dass er keinen Charme besäße, meine Dame, doch die Korruptheit hat ihn so im Griff, dass er in diesem Drecksloch Abgesandte des Königs einsperrt. Dies wird ihn das Leben kosten, dessen seid versichert. Verliert nicht die Hoffnung, bald werdet Ihr von jenen kalten Umarmungen befreit sein, die Euch die Nächte vergällen, wenn die Begierde ihn ergreift. Und ich werde Euch im hellsten Licht zur Meinen machen, so wie er mich Euch jetzt an diesem dunklen Ort präsentiert.

Seht, er ist verbittert. Ich kämpfte mit seinem Sohn, einem Fechter, der so langsam und ungeschickt war, dass ich ihn im Dunkeln mit geschlossenen Augen besiegen konnte. Dieser gescheiterte Karawanendieb, der zweimal so breit wie sein Vater war, hat doch tatsächlich, nachdem ich ihn entwaffnet hatte, noch versucht, mir sein hübsch verziertes Messer in den Rücken zu rammen. Seine Feigheit brachte ihm einen Pfeil in den Nacken ein. Unsere halbe Portion von Marquis hier geht wohl davon aus, dass ein militärischer Abgesandter ganz alleine reist, ohne jemanden, der ihm den Rücken deckt. Die Nachricht von dem warmen Empfang, der mir hier bereitet wurde, ist bereits auf dem Weg zum König, und sie wird ihm bestimmt nicht gefallen. Was meine Mission angeht, so wird sie nun von jemand anderem weiterverfolgt, noch in dieser Stunde wird ein neues Tagebuch angelegt, auf dessen ersten Seiten Euer Ehemann eine bedeutende Rolle spielen wird und dessen letzte Seiten einmal mit seinem Blut geschrieben werden. Und nun, wenn es Euch nicht stört, wäre ich gern ein wenig allein in meinen Wohnräumen, um über die Strafe nachzudenken, die dieser kleine Mann verdient hat. Ich denke, es wird wohl auf einen Schwertkampf von Mann zu Mann hinauslaufen.«

Orville trat noch einen Schritt nach vorne ins gelbe Licht der Fackel. Die Überquerung des Grates hatte sein überschüssiges Fett schmelzen lassen und seinen Körper gestählt. Er sah aus wie ein Koloss. Er schlug sich mit geballter Faust auf die Brust, die dumpf vibrierte. »Wir werden nackt in einer Arena gegeneinander kämpfen, bis einer von uns tot ist. Der Sieger wird, meine Dame, Eure Hand erhalten, während das Blut des Besiegten den Sand bis in die Tiefen der Hölle hinab durchtränken wird. Nichts gleicht Eurer Schönheit, und bis zum Ende meiner Tage werde ich versuchen, immer in Eurer Nähe zu sein und denjenigen zu bestrafen, der Euch trotz seiner Versprechungen ein so armseliges Leben bietet.«

Orville salutierte provokativ, dann zog er sich in eine dunkle Ecke des Verlieses zurück. Außer sich vor Wut rannte Vallade zur Treppe, die junge Frau hinter sich her zerrend. Nun kehrte wieder Stille im Verlies ein. Orville setzte sich auf den Schädel – Solidarität zwischen Zellengenossen. Leider befand sich sein Gesäß immer noch im Wasser, aber wenigstens war es ihm nun nicht mehr so kalt. Wie schön diese Frau war, wie sanft sie schien. Armine ... Ein paar Minuten vergingen, dann hörte er erneut Schritte auf der Treppe. Orville schloss die Augen und richtete seinen sechsten Sinn in diese Richtung. Er fühlte einen starken Mann und vor ihm eine wimmelnde Masse. Die Farbe dieser Masse war rosa, fast orange. Orville wurde klar, dass das nicht sein Essen war. Der Mann erschien mit einem groben Leinensack über dem Gitter.

»Ich will dir nichts Böses, aber Befehl ist Befehl. Wenn ich es nicht tue, werde ich morgen an deiner Stelle sein. Tut mir leid.«

Er leerte den Sack aus und kleine schwarze Gestalten fielen herab ins Wasser. Orville wusste sofort, dass es Ratten waren. Die kleinen Biester schwammen in alle Richtungen, auf der Suche nach einem höher gelegenen Punkt, den sie nicht finden würden. In einigen Augenblicken würden sie unweigerlich auf Orvilles Beine stoßen und ihn aus Verzweiflung angreifen. Es mussten ungefähr zwanzig sein.

Orville schloss die Augen und nahm deutlich wahr, wie die Tiere ohne erkennbares Ziel hin und her schwammen. Er begann sich unablässig zu bewegen, um den scharfen Zähnen der Nagetiere zu entkommen. Panisch rannte er im Kreis, doch die Ratten waren überall und streiften immer wieder seine Beine. Schließlich begann Orville zu springen. Er sprang höher und höher und war überrascht, dass er bis zum Gitter hinaufkam, das sich zehn Ellen über ihm befand. Er näherte sich ihm mit einigen Sprüngen an und klammerte sich schließlich daran fest. Er versuchte, seinen Atem zu beruhigen. Damit es nicht zu anstrengend wurde, steckte er Hände und Beine durch das Gitter und blieb ein paar Minuten in dieser Position, das Gesäß in der Luft. Er würde erfrieren. Wenn er erschöpft war, würde er sich nicht mehr am Gitter festhalten können und sich wieder hinunterfallen lassen müssen. Schließlich würde er das Bewusstsein verlieren, im Wasser ertrinken und von den Ratten aufgefressen werden. Diese Aussicht erfüllte ihn mit Entsetzen. Er musste sich beherrschen, um nicht laut zu schreien. Nur allmählich konnte er sich beruhigen. Die Ratten würden auch irgendwann erschöpft sein und ertrinken. Er schloss die Augen und nahm deutlich wahr, wie sie in der Zelle umherschwammen. Er konzentrierte sich auf zwei von ihnen, die sich auf den Schädel geflüchtet hatten. Sie waren rosa und gingen an den Enden ins Weiße über. Er stellte sich vor, dass sie am ganzen Körper so weiß wie die Mauern wurden, als wolle er sie aus seiner Wahrnehmung tilgen. Die Farbe der Nagetiere verblasste langsam, bis nur noch schemenhafte Formen übrig blieben, die auf der milchigen Oberfläche schwebten. Zugleich durchflutete eine Hitzewelle seinen Körper. Er versuchte das Gleiche mit einer anderen Ratte. Während er die dürftige Wärme des Nagetiers in sich aufnahm, verblasste seine Farbe allmählich. Als alle Ratten tot waren, ließ er sich hinunter ins Wasser fallen, hob die Kadaver auf, und legte sie ordentlich nebeneinander auf den steinernen Vorsprung oben neben den Gitterstäben. Dann konzentrierte er sich auf die Umgebung jenseits der Zellwände. Er spürte einige Wärmequellen über seinem Kopf. Wahrscheinlich die anderen Gefangenen. Noch weiter entfernt spürte er die Körper der Wächter, dann eine hellrote quadratische Wärmequelle. Vielleicht eine Schmiede, in der die rote Zange über dem Feuer glühte. Auch noch weiter entfernt nahm er Dinge wahr, jedoch sehr ungenau. Orville saugte gierig die Wärme dieser Lichtquelle auf, die im Dunkeln leuchtete wie eine Laterne. Dann ließ er davon ab und erfrischte sich erleichtert im kühlen Wasser auf dem Zellenboden.

Der erste Prälat der Markgrafschaft von Sarclos entsiegelte den Brief, den ein Bote ihm soeben übergeben hatte. Er war vom Heiligen Stuhl gesandt worden. Der Theokrat war ein wenig überrascht, dass diese Nachricht nicht zusammen mit der zu Beginn der Woche eingetroffen war. Er entrollte das Pergament.

Mein alter Freund,

wie jeder Theokrat des Königreichs hast du meine Botschaft bezüglich der verschärften Maßnahmen zur Reinigung des Blutes in der Bevölkerung erhalten. Vor zwei Monaten haben wir die ersten Prälaten zu einer Versammlung einberufen. Dieser Kampf wird an allen Fronten geführt werden, in allen sieben Königreichen. Die königlichen Blutlinien sind verunreinigt, ebenso die der

Bauernfamilien und des Schwertadels. Der Dämon muss bekämpft werden, wo auch immer er sich versteckt, wo auch immer er sich manifestiert. Du wirst verstanden haben, dass die Reinigung nichts nützt, solange die Adligen sich mit Frauen aus dem einfachen Volk fortpflanzen. Wir müssen die Moral der Menschen stärken und die Dämonen des Adels und des einfachen Volkes auf radikale Weise beseitigen. Es steht außer Frage, eine Adelsfamilie zu verbrennen, die einen Dämon hervorgebracht hat, doch solange das Kind nicht vor mir steht, bin ich bereit, die Augen zu verschließen.

Außerdem muss ich dich noch mit einer weiteren Aufgabe betrauen. Im Kloster von Jourd gibt es einen Gebäudeteil, von dessen Existenz nur die Eingeweihten wissen. Wenn man das Gebäude vom Fuße des Berges aus betrachtet, zählt man sechs Stockwerke, wenn man es betritt und vom Erdgeschoss aus ganz nach oben steigt, zählt man nur fünf. Das fehlende Stockwerk ist der Keller. Hier sind junge adlige Dämonen untergebracht, Männer und Frauen. Die Frauen gelten als so gefährlich, dass man sich ihnen nicht einmal ohne Weiteres nähern kann. Deshalb wird der Keller auch das Refugium der Blauen Nonnen genannt. Offiziell existiert es nicht. Ich denke nicht, dass du noch mehr darüber wissen musst. Ich schlage vor, dass du den Inhalt des kleinen Fläschchens, das ich dem Brief beigelegt habe, in die Zisterne gießt, der diesen Teil des Gebäudes versorgt. Es handelt sich um diejenige in der Nähe des Tempels. Dieses Gift ist Jahrtausende alt, es ist das einzige, das diese Teufelsbrut ausmerzen kann. Angesichts dieses heiklen Ratschlags, den mir mein Vorgänger aus dem Jenseits zugeflüstert hat, bitte ich dich, diesen

Brief sofort zu verbrennen, sobald du ihn gelesen hast. Die Zeit drängt.

Karlus Hofnar

Orville wurde durch Schritte, die die Treppe hinunterpolterten, aus seinem Dämmerschlaf gerissen. Viele Schritte. Die Soldaten hielten einen Moment lang verdutzt inne, als sie die Ratten erblickten, die Orville auf dem Vorsprung neben dem Gitter aufgereiht hatte. Dann öffneten sie das Gitter und stiegen über eine Leiter nach unten. Sie zogen die Kette zu sich heran und hängten eine Fackel daran auf. Orville trat aus dem Schatten und stieg die Leiter hinauf. Dank der Wärme, die er aus der Lichtquelle der Schmiede geschöpft hatte, war ihm nicht kalt gewesen, doch er war am Verhungern und am Verdursten. Nachdem er so lange im Brackwasser gelegen hatte, war die Haut an seinen Händen und Füßen runzelig und aufgesprungen. Für ein wenig Trinkwasser hätte er sein rechtes Bein gegeben, doch natürlich hätte er das gegenüber seinen Henkern niemals zugegeben. Die Soldaten zogen ihn aus der Zelle und legten ihn in Fesseln. Dann führte man ihn wieder in den runden Raum. Der Wärter ließ ihn trinken, dann verband er ihm die Augen. Danach brachte man ihn in den Ehrenhof. Die Soldaten legten weder Hass noch Grausamkeit an den Tag, sie erledigten einfach nur ihre Aufgabe. Der Marquis de Vallade wartete im Hof, auf der Treppe, die zu seinen Wohnräumen führte. Orville erkannte ihn an seiner süßlichen Stimme.

»Guten Tag, Kapitän, ich hoffe, dass das Essen zu Eurer Zufriedenheit war. Das Fleisch war frisch, wie mir scheint. Wenn auch ein wenig zappelig.« Höhnisches Gelächter folgte auf seinen Witz.

Orville schloss die Lider hinter der Augenbinde. Die junge Frau des Marquis hielt sich im Hintergrund. Orville schämte sich, dass er ihren Körper so detailliert wahrnehmen konnte, als wäre sie tatsächlich nackt. Ihre weibliche Silhouette war rosiger als die der Männer um sie herum. Vielleicht war sie verlegen oder wütend? Oder war es deswegen, weil sie gerade aus den warmen Wohnräumen herausgetreten war? Orville war sich sicher, dass sie nicht freiwillig herausgekommen war, um das Schauspiel seiner Demütigung mit anzusehen.

Vallade fuhr in zufriedenem Ton fort: »Einen Gast wie Euch hätte ich gerne noch länger bei mir behalten, doch leider wartet man bereits auf Euch. Wenn Ihr Euren Aufenthalt hier genossen habt, wird Euch das, was Euch erwartet, noch besser gefallen.«

Vallade neigte den Kopf und drehte ihn dann nach rechts. Mit diesem leichten seitlichen Nicken brachte er wohl seine große Genugtuung zum Ausdruck. Als das Gelächter seinen Höhepunkt erreichte, hatte er den Mund weit aufgerissen. »Admiral, wir haben bereits über das Ziel gesprochen. Sorgt dafür, dass der Kapitän lebend ankommt … na ja, gerade so zumindest. Nun geht!«

Orville zerrte wild an seinen Fesseln, als man ihn wegbringen wollte, und drehte sich um. »Süße Armine, ich weiß um Eure Lage. Doch macht Euch keine Sorgen, diese Situation stellt keine Demütigung für jemanden dar, der keine andere Wahl hat. Dieses Mal werde ich das Haupt Eures Mannes nicht mit mir nehmen, dies behalte ich mir für eine andere Gelegenheit vor, wenn er nicht die Möglichkeit hat, mir die Augen verbinden zu lassen, und er mir ins Gesicht sehen muss, aber ich kann Euch versichern, dass er danach auf keinen Fall größer sein wird.«

Kaum hatte er diese Worte ausgesprochen, da zogen ihn die Soldaten schon durch die Straßen, hinunter zum Hafen. Die Luft, die vom verschneiten Berg herunterwehte, legte sich wie eine eisige Zunge über die Stadt. Die Fahnen, die stolz auf den Zinnen der Burg thronten, flatterten im Wind. Überall Stadtgerüche, Essensgerüche, Menschengerüche. Auf Schritt und Tritt verfolgt von anzüglichen Bemerkungen ging er nackt durch den Schnee, doch er hielt sich aufrecht, zitterte nicht und beschwerte sich nicht. Während Orville auf sein Schicksal zuging, kühlten sich die Beine des Marquis de Vallade langsam ab, bis zu dem Punkt, an dem sie jegliche Farbe und jede Chance, sich eines Tages wieder aufzuwärmen, verloren.

KAPITEL VIII

DIE INSEL GOULET

Sobald Orville an Deck des Schiffes ging, merkte er, dass er in eine Welt eintrat, die nicht die seine war. Die Augen immer noch fest verbunden spürte er, wie seine Umgebung und der Grund unter seinen Füßen sanft hin und her schaukelten, wie in einer Wiege. Es befanden sich viele Menschen auf dem Schiff. Er nahm überall ihre Bewegungen wahr, vor sich, doch auch unten im Bauch des Schiffs und oben an der Spitze des Mastes. Die Männer strömten durch das Schiff wie das Blut in einem Körper. In den unzugänglichsten Winkeln hatten sich Nagetiere versteckt. Orville wurde eine steile und enge Treppe bis ins unterste Deck hinabgeführt und dort in ein Verlies gesperrt. Man entfernte ihm noch die Augenbinde, dann überließ man ihn dort ohne ein weiteres Wort sich selbst. Orville dehnte seinen Übersinn bis in die Stadtmitte aus. Er nahm die Wärme von Menschen, Herdfeuern und Tieren in sich auf. Dann konzentrierte er sich darauf, was auf dem Schiff geschah. Die Schemen kamen nun allmählich zur Ruhe. Das Schiff entfernte sich langsam vom Kai und nachdem es die Staumauer passiert hatte, spürte Orville, wie breitere Wellen gegen die Außenseite schlugen. Der Wind traf das Schiff an der Backbordseite, es krängte um ein paar Grad, und die Strömung von Nordwesten schaukelte es, als wäre es federleicht. Orville suchte nach einer bequemen Position, doch seine auf dem Rücken festgebundenen Arme machten dies beinahe unmöglich. Seine Schultergelenke schmerzten. Der Boden war aus hartem Holz, aber zweifellos bequemer als der des Verlieses in der Burg von Vallade. Es gab keinen Grund, sich zu beschweren. Er dachte an die liebliche Armine. Es schmerzte ihn, dass er sie nicht sehen konnte, dass er nichts tun konnte, um sie aus den Fängen dieses Mannes zu befreien, der sie schlug und zur Schau stellte wie ein Kind seine Puppe. Eines Tages, wenn seine Wut und sein Verlangen, sie lächeln zu sehen, zu groß wurden, würde er sie befreien. Er versuchte, die Folgen seines Aufenthalts im Verlies einzuschätzen. Kalt war ihm nicht, dafür war er jedoch nach den drei Fastentagen vollkommen ausgehungert. Seine verletzten Füße bereiteten ihm Schmerzen, doch in der Dunkelheit des Schiffsbauches konnte er seine Wunden nicht untersuchen. Er versuchte, seinen Übersinn auf seinen Körper zu lenken, um seine Füße sehen zu können, doch ohne Erfolg. Es war wohl eine Wahrnehmung, die an den Körper gebunden war. Genauso wenig konnte er schließlich seine Augen aus den Höhlen entfernen, um in seinen Körper hineinzusehen. Er verspürte eine große Frustration. Diese Fähigkeit, die seine Aufmerksamkeit dermaßen beschäftigt hatte, dass er darüber seine tragische Situation beinahe vergessen hätte, hatte also ihre Grenzen. Seegang und Erschöpfung wiegten Orville langsam in den Schlaf, als der Übersinn plötzlich doch in seinen Körper eindrang. Die rosafarbenen Schemen der Außenwelt lösten sich in Luft auf und als die Dunkelheit sein Blickfeld verengte, nahm er kurz ein glühendes Organ direkt unter der Oberfläche seiner Haut wahr. Dann sank er in den Schlaf.

Er wurde durch Schritte geweckt, die vom Oberdeck herunterkamen. Er nahm Schuhe wahr, dann Beine, ein anderes Paar Schuhe, einen Rumpf, eine Laterne, noch ein Paar Schuhe ... insgesamt drei Männer mit zwei Kupferlaternen. Einer der Männer näherte sich dem Gitter, holte einen großen Schlüssel heraus und öffnete die Kerkertür. Die Stimme eines anderen, der es gewohnt war, dass ihm gehorcht wurde, war deutlich vor dem Hintergrund des Schiffslärms vernehmbar. »Befreit ihn von seinen Fesseln, Wächter!«

»Damit widersetze ich mich meinen Befehlen.«

»Wohin soll er denn fliehen? Außerdem kann ich ihn nicht untersuchen, wenn er gefesselt ist. Dieser Gefangene ist ein Offizier, Wächter, kein Brigant. Wir sollten in der Lage sein, gut miteinander auszukommen.«

»Natürlich, doch Ihr übernehmt die Verantwortung.«

»So sei es!«

Orville wurde von seinen Fesseln befreit und trat aus dem Verlies heraus.

Der Mann, der keine Laterne in der Hand hatte, sprach mit einem Soldaten. »Geh und hol einen Eimer Meerwasser und einen Krug mit frischem Wasser! Ihr, kommt und setzt Euch hierher!«

Orville gehorchte und setzte sich auf den Schemel. Der Mann begann mit der Untersuchung.

»Ich bin Borth, der Schiffsarzt. Ich werde mich jeden Tag nach Eurem Gesundheitszustand erkundigen. Wir werden etwa drei Wochen auf See sein. Wir sind zu weit von der Küste entfernt, als dass ein Fluchtversuch von Erfolg gekrönt sein könnte. Es ist also nicht notwendig, Euch zu fesseln. Meine Aufgabe besteht darin, Euch am Leben zu erhalten. Leider auch nicht viel mehr. Wenn es Euch schlecht geht, sagt mir sofort Bescheid. Auf einem Schiff kann sich die kleinste Verletzung entzünden. Oft hilft dann nur noch eine Amputation.«

Mit seinen etwa vierzig Jahren verkörperte Borth Autorität. Er war wie ein Edelmann gekleidet, hatte einen offenen Blick, dunkle Haare und für einen Mann, der weder mit Bogen noch mit Schwert hantieren musste, kräftige Hände. Borth tastete Orvilles Unterleib ab und untersuchte seine Zähne, Gelenke, Hände und Füße.

»Gut. Nichts Ernstes. Allerdings muss ich mich noch um die Wunde an der Fußsohle kümmern, da sie sich entzünden könnte. Ich muss sie öffnen und reinigen. Legt Euch auf den Boden!«

Orville gehorchte. Der Chirurg öffnete eine Schachtel und nahm ein Werkzeug heraus. Er holte die Laterne ein wenig näher heran.

Orville war angespannt. Er schloss die Augen, konzentrierte sich auf seinen Übersinn und versuchte, sich seinen Fuß und die Wunde vorzustellen. Er nahm sehr genau wahr, was um ihn herum vorging, doch es gelang ihm nicht mehr, in sein Körperinneres zu blicken, so wie zuvor, kurz vor dem Einschlafen. Als der Arzt die Wunde öffnete, fühlte Orville deutlich eine Welle des Schmerzes, die vom Fuß in sein Bein hinaufstieg und über den Rücken schließlich das Gehirn erreichte. Der Schmerz war stark gewesen, doch der Arzt hatte schnell gearbeitet.

»So, das war alles für heute. Ich werde die Wunden noch verbinden. Außerdem habt Ihr hier Meerwasser zum Waschen und frisches Wasser zum Trinken. Süßwasser ist auf einem Schiff eine wertvolle Ressource. Wenn Ihr es verschüttet, werdet Ihr kein neues erhalten. Ich werde Euch auch noch Kleidung, eine Decke und eine warme Mahlzeit bringen. Doch erwartet keinen Luxus. Ein Eimer für Eure Ausscheidungen wird Euch auch noch bereitgestellt werden. Bis morgen.«

Orville setzte sich auf den Schemel und wusch sich kurz. Die Soldaten warteten, bis er fertig war, und sperrten ihn dann wieder in die Zelle ein.

»Wie ist die Suppe auf diesem Schiff?«

»Das kommt darauf an. Für die Offiziere ist sie gut, für die Soldaten ganz in Ordnung. Für die Gefangenen ist sie ungenießbar.«

»Ist wohl nicht mein Glückstag.«

»Sieht so aus.«

»Kein Wein, kein Bier und die Unterkunft lässt auch zu wünschen übrig. Wie sieht es mit Frauen aus?«

Die Männer lächelten. Orville versuchte, die Unterhaltung am Laufen zu halten. »Was ist unser Ziel?«

»Kein gutes. Es ist die Insel Goulet. Eine Insel, die sich in der Meerenge zwischen dem Binnenmeer und dem Äußeren Meer befindet. Dort gibt es nur ein altes Fort. Keine Schiffe legen dort an. Es gibt keinen Hafen. An einem bestimmten Punkt auf dem Meer werden wir ein Boot zu Wasser lassen und es dann treiben lassen. Dann wird uns ein anderes Boot entgegenkommen. Wir werden dich und die Kisten dort hinein verfrachten und dafür die leeren Fässer und Kisten, die sich auf diesem Boot befinden, an Bord nehmen. Das ist alles, was wir wissen. Abgesehen davon, dass man die Menschen, die man auf dieses Boot verfrachtet, nie wiedersieht. Die Insel ist von Klippen und Riffen umgeben.«

Orville nickte. »Und weiß man, wer auf der Insel lebt?«

»Geister, sagt man. Als ich das letzte Mal an dieser Transportaktion beteiligt war, kamen mir die Männer auf dem anderen Ruderboot ganz normal vor, ein klein wenig seltsam vielleicht, doch es waren Männer aus Fleisch und Blut.«

»Das stimmt, die waren ganz normal«, bestätigte der andere Seemann.

Orville wurde klar, dass sie ihm nicht viel mehr sagen konnten. Er dachte an die Ereignisse der letzten Tage und an diese Welle, die er in seinem Körper gespürt hatte, als der Arzt die Wunde aufgeschnitten hatte. Wie breitete sich diese Welle aus? Wie konnte man sie aufhalten? Konnte der Arzt in seinen Körper hineinsehen, so wie er in die anderen hineinsehen konnte? Orville wusste, dass gewöhnliche Menschen Wärme nicht so aufnehmen konnten wie er. Wenn sie diese Fähigkeit besäßen, würden sie darüber reden und sie nutzen, um sich aufzuwärmen, zu kämpfen oder zu jagen. Orville schloss die Augen und visualisierte den Raum. Dann konzentrierte er sich auf sich selbst und auf die rosa Aura um sich herum. Er versuchte, noch näher an sich selbst heranzukommen, doch es gelang ihm nicht. Er entfernte sich wieder von sich selbst. Er fühlte das kalte Meer um sich herum, tief und gewaltig. Er spürte die Männer auf dem Schiff, die entweder schliefen oder an Deck Wache hielten.

Einer der Schemen jedoch unterschied sich von den anderen. Links an seinem Becken nahm Orville einen kleinen schwarzen Fleck wahr, der von einer Art roter Aura umgeben war, die sich jedes Mal, wenn der Mann sich bewegte, aufhellte. Orville folgte ihm einen Augenblick, dann konzentrierte er sich auf die Umrisse des Rumpfes, den Schiffskiel und ließ seine Wahrnehmung schließlich am Bug entlanggleiten. Der Laderaum war ordentlich, doch die Luft darin war kalt und roch nach nassen Tauen, Schimmel und Pech.

Orville befand sich nun seit mehr als einer Woche an Bord. Von Zeit zu Zeit verspürte er Übelkeit. Dann schloss er die Augen und machte sich auf zu einem geistigen Spaziergang durch das Schiff, das er jetzt auswendig kannte. Sobald er die Augen schloss und sich auf den Übersinn konzentrierte, wurde er selbst zum Raum und die Übelkeit verschwand. Nun konnte er die Kombüse ausmachen, in der der hell leuchtende Ofen beständig vor sich hin bullerte. Er ging behutsam vor. Er hatte sich schon einmal daran aufgewärmt und zu viel Energie aufgenommen. Die Farbe des Ofens war kaum verblasst, da war Orville bereits furchtbar heiß gewesen. Es hatte mehr als eine Stunde gedauert, bis er die überschüssige Hitze wieder abgegeben hatte, und lange Zeit fürchtete er, dass er sterben würde. Seitdem hatte er sich an schwächeren Wärmequellen bedient, die er kontrollieren konnte. Im Nachhinein schien es ihm, dass sich immer, wenn er einen anderen Mann seiner Wärme beraubte, seine eigene Temperatur um das Doppelte steigerte. Nur die Kälte jenes Wintertags und seine Nacktheit erklärten, warum er sich in der Stadt so viel Wärme von Vallade hatte nehmen können. Seine Seele gehörte bereits dem Teufel.

Am Tag zuvor hatte ein Ereignis seine Aufmerksamkeit erregt. Ein Seemann war gestürzt und hatte sich das Bein gebrochen. Er hätte jedoch nichts davon mitbekommen, wenn ihn nicht einen Moment später, als er die Augen schloss, die gleiche Welle durchfahren hätte, die er gespürt hatte, als Borth seine Fußwunde gereinigt hatte. Er war in der Lage gewesen, die Bewegung der Energie von der Wunde des Seemanns bis hinauf zu seinem Gehirn zu verfolgen. Er hatte in das Bein hineingesehen und die Schäden genau ausmachen können. Innerhalb von einer Woche hatte Orville seinen Übersinn erheblich präzisiert. Er konnte jetzt kleinste Details unterscheiden. Er nahm die Knochen, die Muskeln und die Eingeweide wahr, ebenso die Energie, die im Körper zirkulierte. Seitdem versuchte er, an diesem Bein zu arbeiten – ein interessantes Experimentierfeld. Indem er oberhalb der Verletzungen ein wenig Energie abschöpfte, war es ihm gelungen, den Energiefluss zwischen der Fraktur und dem Rest des Körpers zu begrenzen, mit dem Ergebnis, dass die Fraktur langsam abheilte. Es gelang ihm nun auch, leichter und tiefer in seinen eigenen Körper einzudringen. Auf der anderen Seite schaffte er es noch nicht, die einzelnen Männer auf dem Schiff auseinanderzuhalten – abgesehen von demjenigen, der an seinem linken Becken diesen schwarzen Fleck hatte.

Die Soldaten, die ihm seine Mahlzeiten brachten, waren ihm gegenüber nicht feindselig eingestellt, doch sie waren auch nicht sonderlich gesprächig. Auch wenn die ersten Gespräche interessant gewesen waren, hatten sie in den nächsten Tagen doch nichts sonderlich Neues zu berichten. Orville kam zu dem Schluss, dass die Langeweile und Routine auf einem Schiff die Menschen eben wortkarg machte. Borth war auf Orvilles Bitte, ein wenig an Deck umherspazieren zu dürfen, nicht eingegangen. Er musste sich also damit abfinden, dass sein Horizont weiterhin auf die Schiffsplanken um ihn herum beschränkt blieb. Dafür beantwortete der Arzt während der täglichen Untersuchung geduldig seine Fragen über den Körper und die Pflege der Wunden.

»Schiffsarzt Borth, Ihr habt mir erklärt, wie man einen Pfeil aus einem Körperglied entfernt, aber wie ist es, wenn er im Rumpf steckt?«

Der Arzt zeigte auf Orvilles Rippen. »Wenn der Pfeil hier eingedrungen ist, kann man nicht viel tun, der Verletzte erstickt sehr schnell. Wenn der Pfeil weiter unten eindringt, hängt alles davon ab, welche Organe betroffen sind und wie die Pfeilspitze geartet ist. Auf jeden Fall gibt es eine Reihe anderer Verletzungen, bei denen die Chancen, sie zu heilen, besser stehen, sodass man sich um diese zuerst kümmern sollte. Kleine Verletzungen zuerst, dann die hoffnungslosen Fälle. Diejenigen, die in der Zwischenzeit gestorben sind, haben sich die Schmerzen erspart, die das Herausziehen des Pfeils verursacht. Bei den anderen muss man abwarten, ob sie schwächer werden. Wenn sie schnell schwächer werden, hat es keinen Sinn, es zu versuchen. Dann muss man ihnen Wein einflößen, damit sie unsere Welt mit ein wenig Trost im Herzen verlassen. Wenn es Zeit ist, sprechen wir leise zu ihnen, um sie bis vor die Stufen des Palastes des Allmächtigen zu begleiten. Wenn sie noch ein oder zwei Stunden später schreien, hat der Pfeil nichts Lebenswichtiges verletzt. Dann muss man ihnen Wein einflößen, sodass sie ruhig bleiben, wenn man die Wunde öffnet, um den Pfeil zu entfernen. Dann bereitet man kochenden Wein und einen Kauter vor, um die Blutung zu stoppen. Die folgenden Tage sind entscheidend. Wenn sich die Wunde schließt und nicht aufhellt, kann man davon ausgehen, dass die verletzte Person gerettet ist. Wenn Eiter aus dieser Art von Wunde tritt, muss man sie öffnen und kauterisieren, doch in der Regel ist der Verletzte dann nicht mehr zu retten.«

»Eure Beschreibung entspricht meiner Vorstellung von einer Operation. Es ist immer der Wein, der die Beschwerden heilt.«

Borth lächelte. »Das könnte man tatsächlich so sagen. Übrigens, der Kapitän hat zugestimmt, dass Ihr ein wenig an Deck spazieren gehen dürft. Ich sagte ihm, dass ein wenig frische Luft Euch helfen würde, die Reise zu überstehen. Ihr werdet jedoch gefesselt und es wird Euch ein Gewicht angehängt werden, damit Ihr keine Dummheit begeht. Wisset, selbst wenn die Küste in Sichtweite wäre, würde Euch die Kälte umbringen, bevor Ihr die Felsen erreicht habt. Diese Küste besteht nur aus Klippen. Eine Stadt gibt es dort nicht. Wenn wir hier Schiffbruch erleiden würden, wären wir rettungslos verloren. In der Nähe der Inseln, die auf der Backbordseite vorbeiziehen, treiben sich Piraten herum, aber sie greifen die Kriegsschiffe nicht an und würden uns auch nicht zu Hilfe kommen. Nun gut! Dieser Fuß heilt gut aus und Ihr habt Euch gut erholt. Wir werden Euch dann später abholen.«

Tatsächlich kamen am selben Tag noch zwei Soldaten vorbei, fesselten ihn und brachten ihn an Deck. Das grelle Licht blendete ihn so sehr, dass er seine Augen schließen und sie Stück für Stück wieder öffnen musste, damit sie sich langsam daran gewöhnen konnten. An seinem Fuß war eine Kette befestigt, die mit einer Bleikugel verbunden war, die man ihm in die Hand drückte. Von der Kugel ging eine weitere Kette ab, deren Ende man am Fuß des Mastes befestigt hatte. Orville atmete tief die salzige, neblige Luft ein und näherte sich der Reling. Die Küste auf der Steuerbordseite hoch über ihm schien weit entfernt. Ein Berg tauchte aus dem Meer auf und stieg in unendliche Höhen hinauf. Orville sah nur Felsen und Schnee. Eine vertikale Wüste aus Stein von erhabener

Schönheit, lebensfremd und unwirtlich. Auf der Backbordseite ragten unzählige, stachelartige Gesteinsbrocken aus dem Wasser auf. Dieses Labyrinth von Inseln erinnerte Orville an einen Kiefernwald mitten auf einer Ebene, einen undurchdringlichen Wald, der den Horizont verbarg. Das Schiff glitt in einer Fahrrinne zwischen den Inseln und den Bergen dahin. In seinem Rücken hörte Orville eine unbekannte Stimme.

Der Admiral war die Korrektheit in Person. Mit steifen und gemäßigten Schritten ging er über das Deck. Er trug eine reich verzierte Uniform und an seiner Seite ein Schwert, das eher dazu bestimmt war, die Matrosen an seinen Rang zu erinnern, als im Kampf eingesetzt zu werden. Tatsächlich fühlten sich die Seeleute, die an dem Manöver beteiligt waren, anscheinend von einer Waffe nur behindert. Außerdem waren sie ja auf dem Meer unterwegs, was bedeutete, dass der Mann im Ausguck im Falle eines Angriffs die Bedrohung rechtzeitig im Voraus melden konnte. Erst dann wurden Bögen und Klingen verteilt.

Der Admiral stellte sich neben Orville und beobachtete die Küste in der Ferne. »Die Strömung. Die Strömung ist der Grund, wieso wir hier entlangsegeln. Das Binnenmeer ist über eine einzige Meerenge mit dem Äußeren Meer verbunden. In der Mitte dieser Meerenge befindet sich ein Archipel, das Ihr auf der Backbordseite seht. Dieses ist nur von Seevögeln und Piraten bevölkert. Sie haben flache Boote, die sowohl mit Rudern als auch mit viereckigen Segeln ausgestattet sind, was sie in diesem Labyrinth aus Untiefen extrem manövrierfähig macht. Ein Schiff wie das unsere könnte sie nicht verfolgen, ohne dass es an den Klippen Schiffbruch erleiden würde. Wir haben versucht, eine Flotte von Schiffen der Art zu bauen, die sie benutzen, aber wenn das Meer unruhig ist, nehmen sie

Zuflucht in den sicheren Gewässern des Archipels, in denen sie sich genauestens auskennen. Die paar Male, als wir im Archipel Zuflucht vor Unwettern suchten, wurden die Schiffe, die nicht an den Riffen zerschellten, überfallen und nie wiedergesehen. Diejenigen, die entkamen, mussten gegen den Wind und die Strömung segeln und erlitten Schiffbruch. Es war eine Katastrophe. Seither begleiten wir die Handelsschiffe und die Dinge laufen gut.«

Orville lächelte. »Ganz zu schweigen von dem Geld, das für die Markgrafschaft bei diesen Eskortmissionen herausspringt. Ich habe mitbekommen, was da auf dem Gebirgspass so vor sich geht.«

»Es ist nicht meine Aufgabe, die Buchhaltung zu führen oder Politik zu machen, Kapitän, sondern zu segeln und zu kämpfen.«

»Admiral, warum segelt Ihr dann in diesen Gewässern, wenn sie nicht sicher sind?«

»Auf der einen Seite gibt es keinen anderen Weg, auf der anderen Seite ist hier, wie ich Euch bereits gesagt habe, die Strömung günstig. Das Wasser des Äußeren Meeres fließt im Norden in die Meerenge hinein bis an die Westküste und strömt dann durch diese Südpassage zurück. Wir verlassen das Binnenmeer über die Meerenge im Süden und segeln über die Nordpassage hinein. Unser Ziel befindet sich zwischen diesen beiden Strömungen, vor der Küste von Goulet. Ein gefährliches Gebiet. Das Meer ist rau und es gibt unzählige tückische Untiefen. Nirgendwo können wir anlegen. Wir müssen Goulet umschiffen, indem wir nach Norden segeln. Sobald wir in Sichtweite sind, lassen wir das Boot zu Wasser. Dann lassen wir uns einfach von der Strömung hineinziehen. Ihr müsst dann in ein anderes Boot umsteigen, das aus

Richtung der Insel kommt. Wir werden die Reise zu unserem Heimathafen fortsetzen, während Eure hier endet. Das Meer ist rau zu dieser Jahreszeit. Wir werden dieser verdammten Insel sicher nicht zu nahe kommen.«

»Was wisst Ihr über diese Insel, Admiral?«

»Auf dem höchsten Punkt steht ein mächtiges Fort. Mehr weiß ich nicht und will ich auch gar nicht wissen. Selbst wenn ich mehr wüsste, würde ich es sicher niemandem erzählen. Es gibt Dinge, nach denen man am besten nicht fragt. Die sieben Königreiche versorgen die Insel mit Nahrungsmitteln. Das ist alles, was ich Euch sagen kann. Ich weiß nicht, wie sich Euer Leben auf dieser Insel gestalten wird, doch rechnet besser nicht damit, dass Ihr entkommen werdet. Es scheint mir, dass Ihr nun genug frische Luft schnappen konntet und Euch gut gestärkt habt, worüber ich mich freue. Bitte geht nun zurück in Eure Zelle.«

Am selben Tag bekam Orville etwas Wein zu seinem Essen.

Als Orville gerade mit dem Abendessen fertig war, lehnte er sich an die Wand und nahm wahr, wie die Männer auf der Schiffsbrücke hin und her gingen. Er war gerade dabei einzudösen, als zwei Soldaten die Treppe zum Laderaum hinunterstiegen.

»Ihr werdet auf dem Zwischendeck verlangt.«

Einer der Männer öffnete die Tür der Zelle und ging zurück Richtung Treppe. Orville tat es ihm gleich, der andere Soldat folgte ihm. Sie stiegen die zwei Geschosse zum Zwischendeck hoch. Borth war gerade beschäftigt und sprach mit Orville, ohne seine Tätigkeit zu unterbrechen. »Ihr scheint Euch doch für Operationen zu interessieren. Wir werden gleich eine heikle Operation durchführen. Ein Seemann hat sich vor ungefähr zwölf Tagen das Bein gebrochen und jetzt hat sich der Bruch entzündet. Ich muss das Bein amputieren, um den Mann zu retten. Es ist keineswegs sicher, dass es etwas helfen wird, doch wenn ich es nicht tue, wird er auf jeden Fall sterben. Es ist die am wenigsten schlechte Lösung, also muss ich sie wählen. Ihr werdet sehen, der Patient wird nicht einverstanden sein, dass ich die Operation durchführe. Deshalb sind Schiffsärzte auch Offiziere. Das gibt mir das Recht, für ihn zu entscheiden. Ihr könnt wieder nach unten gehen, wenn Euch das lieber ist. Niemand wird Euch deshalb verurteilen, es ist schließlich kein angenehmer Anblick. Wenn man das erste Mal bei einer Operation wie dieser assistiert, braucht man danach normalerweise etwas Zeit, um sich zu erholen.«

»Ich danke Euch, Borth, aber es wird schon gehen.«

»Gut. Zuerst müssen wir alles vorbereiten. Ich brauche diese Säge für den Knochen sowie diese Messer, um die Sehnen zu durchtrennen. Außerdem brauche ich einen Spanngurt, um den Blutfluss zu stoppen. Die Kauter sind bereits im Feuer. Wir werden neben der Küche operieren, weil wir den Ofen brauchen – heißes Öl und Glut. Auf einem Schiff gibt es nur in der Kombüse eine Feuerstelle. Das Risiko, dass ein Feuer ausbrechen könnte, wäre sonst zu groß. So, ich denke, ich habe alles, was ich brauche. Ihr werdet den Matrosen am Oberschenkel festhalten, damit Ihr genau sehen könnt, wie ich bei der Operation vorgehe.«

Borth hob seine Werkzeuge auf und schritt zur Mitte des Decks. Der Matrose, der wohl in seinen Dreißigern war, saß auf dem Boden, schwitzte stark und stammelte zusammenhangloses Zeug. Ein anderer Matrose flößte ihm Alkohol ein. Sechs weitere Männer mit finsteren Mienen befanden sich um ihn herum.

Der Schiffsarzt sagte in ruhigem Ton zu Orville: »Wisst Ihr, niemand will das tun, doch es muss getan werden. Die Männer hier würden genau wie Ihr lieber auf dem Deck spazieren gehen. Ich ebenfalls. Das ist allen klar. Wir müssen das nun jedoch angehen, um das Leiden des Matrosen, aber ebenso das der gesamten Besatzung zu minimieren. Jeder weiß, dass er am nächsten Tag selbst an der Stelle dieses armen Kerls sein könnte. Sie müssen dem Schiffsarzt also vertrauen. Tod, mach dich bereit, mir Öl und Kauter zu bringen. Meine Herren, stellt euch in Position.«

Borth brachte zwei Laternen und entfernte den Verband. Der Fäulnisgeruch verschlug Orville den Atem. Der Arzt erklärte sein Vorgehen.

»Seht, hier ist das Bein abgestorben, der Patient fühlt nichts. Ich werde ihn nun sanft abtasten, bis er sich beklagt. Ungefähr ein Fingerbreit darüber werde ich das Bein abtrennen.«

Der Matrose bewegte sich, als der Arzt das Bein zum vierten Mal antippte. Der Chirurg schob den Spanngurt unter die Kniekehle und zog ihn hinauf bis zur Mitte des Oberschenkels. Er schlang ihn zweimal eng um das Bein und band ihn fest. Er befahl den Männern, den Seemann festzuhalten, und nahm eine sehr scharfe Klinge heraus. Als sie durch das Fleisch schnitt, stieß der Mann einen herzzerreißenden Schrei aus, der in einem seltsamen Gurgeln endete.

»Seht, der Seemann verliert das Bewusstsein. Das ist das Beste, was passieren kann. Nun können wir in Ruhe weiterarbeiten. Es kommt vor, dass ein Seemann während der gesamten Operation bei Bewusstsein bleibt. Das ist ziemlich anstrengend für diejenigen, die ihn festhalten.«

Borth sägte den Knochen durch und goss kochendes Öl auf den Stumpf. Dann lockerte er allmählich den Spanngurt und stillte mit dem feuerrot glühenden Kauter das austretende Blut. Als er den Spanngurt vollständig entfernt hatte, legte der Arzt den Kauter zurück in die Glut und stand auf. Orville schloss für einen Moment die Augen. Er konnte das Innere des Körpers des Seemanns mit erstaunlicher Genauigkeit wahrnehmen. Er gelang ihm so mühelos wie die Wahrnehmung der einzelnen Teile des Schiffes von seiner Zelle aus. Er fühlte hinunter ins Bein, bis er auf den Stumpf traf. Eine ungeheure Energie strahlte von dort aus, bis hinauf ins siedend heiße Gehirn. Orville versuchte, in den Bereich direkt über der Wunde hineinzufühlen. Er stellte fest, dass der Blutfluss gestoppt worden war. Er ließ von dem Bein ab und das Blut begann wieder zu fließen.

Eine Stimme riss ihn aus seiner Trance. »Wenn Ihr Euch übergeben müsst, übergebt Euch nicht auf sein Bein, das ist nicht gerade förderlich für die Heilung!«

Orville öffnete die Augen und entschuldigte sich. Es ging ihm tatsächlich nicht gut, doch die Entdeckung, die er gemacht hatte, hatte seine Aufmerksamkeit von der Operation selbst abgelenkt. Das Berühren eines Menschen erlaubte ihm also, seinen Körper mit seinem Übersinn besser zu durchleuchten, und er konnte mithilfe seiner Fähigkeit sogar Einfluss auf den Menschen nehmen.

»Wie stehen seine Überlebenschancen?«, fragte er den Schiffsarzt.

»Einer oder zwei von zehn Männern überleben. Das ist wenig, aber die Chance ist immerhin viel höher, als wenn ich ihn mit seinem Wundbrand sich selbst überlassen hätte.«

Orville dachte einen Moment lang nach und kam zu dem Schluss, dass die Argumentation des Arztes vernünftig war.

Wieder zurück in seiner Zelle dachte er noch einmal über das Ganze nach. Es war natürlich eine Tortur gewesen, doch wenn der Matrose überlebte, würde er dem Arzt dankbar sein, dass er ihm nicht die Wahl gelassen hatte. Die Operation hatte nicht länger als ein paar Minuten gedauert. Was würde aus diesem Seemann werden? Er würde nicht mehr segeln können. Würde der Marquis de Vallade sich seiner annehmen oder würde man ihn einfach auf dem Kai des nächsten Hafens zurücklassen, wo er sich dann der Herde an Bettlern anschließen würde, die die Kirchentüren belagerten? Eine Sekunde Unachtsamkeit, eine rutschige Leiter und schon stürzte ein ganzes Leben in sich zusammen. Er selbst war auf der Leiter seines Lebens ausgeglitten und auf das Deck dieses Schiffes gefallen.

Zuerst hatte er sich gar nicht ausmalen wollen, was ihn auf dieser Insel erwarten würde. Die Informationen, die er erhalten hatte, waren nicht gerade ermunternd gewesen. Eine felsige Insel, von der aus man nur das Äußere Meer sehen konnte, ein einziges Fort, das entweder von Geistern oder von Menschen bevölkert war, eine gefährliche Meerenge, in der sich zwei reißende Strömungen kreuzten und ein Inselarchipel, das von Piraten und Klippen dominiert wurde. Nicht gerade eine attraktive Aussicht für einen Mann, der die Stadt, gutes Essen und leichte Mädchen liebte. Die ersten Nachtstunden kamen ihm sehr lang vor, doch schließlich schlief er ein.

Orville durfte einmal am Tag an Deck spazieren gehen. Jedes Mal wurde er gefesselt, angekettet und bekam die Bleikugel in die Hand. Jedes Mal befand sich auch der Admiral an Deck und unterhielt sich mit ihm. Doch dieser Tag war etwas Besonderes. Das Schiff hatte die Fahrrinne zwischen den Inseln und den Bergen verlassen und Kurs nach Norden genommen. Der Augenblick kam näher, in dem es in die Nordströmung hineinsegeln würde. Die Insel Goulet sah aus wie eine Art Plateau, das man oben auf eine graue Felsklippe gesetzt hatte. Selbst für sein trainiertes und wachsames Auge war das Fort kaum auszumachen. Es wirkte wie ein Vorsprung, der die Klippe zum Meer hin verlängerte.

Orville begann die Unterhaltung. »So, nun befinden wir uns also im Äußeren Meer.«

»In der Tat.«

»Seid Ihr jemals weiter hinausgesegelt?«

Der Admiral richtete seinen Blick auf den Horizont. »Da draußen gibt es nichts zu holen. Die Schiffe, die sich auf eine Erkundungsfahrt wagten, sind nie zurückgekehrt. Wir dürfen nicht an einem windstillen Tag segeln, das Schiff wäre nicht manövrierfähig genug und wir könnten von der Strömung hinaus aufs offene Meer getrieben werden. Solche Dinge passieren zuweilen. Sobald wir das Binnenmeer verlassen, müssen wir so schnell wie möglich von der Strömung weg und die Küste entlangsteuern. Ich darf mein Schiff nicht mit unüberlegten, abenteuerlichen Aktionen gefährden, sondern muss eine sinnvolle Mission zu Ende führen. Folgt mir jetzt!«

Der Admiral betrat eine Kabine im hinteren Teil des Schiffes und näherte sich dem Tisch. Der Raum war nicht sehr luxuriös, doch alle Möbel waren von hochwertiger Machart. Von Wand zu Wand maß die Kabine ungefähr sechs Schritt. In einer Ecke stand ein Bett, die Wände waren holzvertäfelt und ein großer Tisch nahm die Mitte des Raumes ein.

Der Admiral zeigte auf einen Punkt auf einer Karte und erklärte Orville die Position des Schiffs und wie sie nun weitersegeln würden. »Seht, Kapitän, wir sind hier. In etwa einer Stunde werden wir in die Nordströmung hineinsegeln. Dies ist der Moment, an dem Ihr uns verlassen müsst. Über die Einzelheiten wisst Ihr Bescheid.«

Der Admiral hielt inne und forderte Orville auf, sich zu setzen. Er servierte ihm einen Becher mit einem starken und aromatischen alkoholischen Getränk.

Orville stellte ihm die Frage, die ihn seit einiger Zeit beschäftigte. »Admiral, der Marquis de Vallade hat Euch befohlen, mich hierherzubringen und dafür zu sorgen, dass ich lebend ankomme, gerade so zumindest. Dies waren seine Worte. Doch ich finde, Ihr habt mich sehr gut behandelt. Gibt es einen Grund dafür?«

Der Admiral dachte einen Augenblick nach. »Es gibt mehrere Gründe. Ich kann sie Euch schildern, denn es gibt kein Risiko, dass Ihr mit irgendjemandem außerhalb von Goulet darüber sprechen werdet. Zuallererst: Vallade ist kein Seemann. Er betritt selten ein Schiff und unterhält nur deshalb eine Marine, weil sie ihm viel Geld einbringt. Zweitens: Die Marine hat ihre Gepflogenheiten. Wir behandeln einen gefangenen Offizier nicht wie einen gewöhnlichen Verbrecher. Alle behalten hier ihren Rang, egal was vorgefallen ist. Ich weiß genau, dass ich, wenn ich einem Hauptmann des Siebten Königreichs in die Hände fallen würde, mit dem wir uns im Krieg befinden, angemessen behandelt würde. Ich weiß auch, dass möglicherweise meine Fähigkeiten als Offizier gefragt sein könnten, um das Schiff sicher zurück in den Hafen zu bringen. Ein Schiff ist in sich geschlossen und die Fähigkeiten, die hier versammelt sind, sind die einzigen, auf die wir zählen können. Auf einem Schiff hat jeder seinen angestammten Platz, Seemänner ebenso wie Offiziere. Ein

Gefangener unterscheidet sich von ihnen nur darin, dass er sich auf dem falschen Schiff befindet. Ihr seid ein militärischer Abgesandter, Kapitän. Das ist ein Rang, der bedeutend höher ist als meiner und der des Marquis de Vallade. Euer Unglück gibt uns keinen Anlass zu vergessen, wer Ihr seid. Ich denke, dem ist nichts hinzuzufügen, außer dass ich die Befehle genauestens befolgt habe. Ihr werdet dort ankommen, wo ich Euch hinbringen sollte, und Ihr seid am Leben. Euer Reisesack wird Euch vor dem Umsteigen auf das Boot ausgehändigt. Nun werft noch kurz einen Blick auf diese Karte!«

Die Karte, die der Admiral auf dem Tisch ausgebreitet hatte, zeigte die Gegend um Goulet im Detail. Sie war lang gestreckt. Die breiteste Stelle war im Osten, dort befand sich auch das Fort. Rund um die Insel waren Riffe eingezeichnet. Im Westen schien sich eine Reihe von kleineren Inseln anzuschließen.

Der Admiral beschrieb, was auf der Karte nicht abgebildet war. »Seht, Kapitän, wir werden an dieser Stelle die Meerenge verlassen und dann Kurs auf diese Landspitze nehmen. Die Strömung wird uns nach Westen bringen, hierhin. Die Insel befindet sich zwischen den beiden Strömungen. Südlich der Insel verläuft die Strömung von Westen nach Osten, während sie im Norden in die entgegengesetzte Richtung verläuft. Wenn ein Schiff auch nur ein wenig zu langsam ist, wird es von der Strömung nach Osten hinaus ins Äußere Meer abgetrieben und kann nie mehr zurückkehren. Zumindest ist meines Wissens noch keines zurückgekehrt. Ein Skiff, das von der Strömung in der nördlichen Passage abgetrieben wird, käme irgendwann in die Nähe der südlichen Küsten des Sechsten Königreichs. Aber die Reise würde ungefähr eine volle Jahreszeit dauern, ohne die Möglichkeit, sich zwischendurch irgendwo Nahrungsmittel zu beschaffen. Die Gewässer rund um die vielen Inseln, die sich zwischen den beiden Strömungen von Goulet befinden, sind eher ruhig, doch es gibt zahlreiche Riffe. Außerdem segeln dort Piraten umher. Seht Ihr diese Küste, die ich Euch bei Eurem ersten Spaziergang an Deck gezeigt habe? Wir haben versucht herauszufinden, wo man dort andocken kann, fanden jedoch keine Stelle. Wir sind mit einem Boot hingerudert und an Land gegangen. Kurz haben wir ein paar Stellen erkundet, die uns vielversprechend erschienen. Es ist illusorisch zu versuchen, den Bergkamm zu überqueren. Es ist einfach zu hoch. Wenn man sich nach Westen begibt, gelangt man zur Markgrafschaft von Vallade, wenn man sich nach Osten wendet und den Grat umgeht, gelangt man ins Vierte Königreich. Es gibt keinen gangbaren Weg in diesen Bergen. Nur Schluchten und nackten Fels. Nördlich des Archipels befindet sich das Sechste Königreich. Es ist riesig, doch das meiste davon ist Wüste, in der es kein Wasser und Myriaden von Schlangen und anderen sehr gefährlichen Tieren gibt. In jedem Fall ist die Strömung so stark, dass ein Schiff, das von Goulet aus ablegen würde, um die Passage zu durchqueren, ins Binnenmeer abgetrieben würde und die Besatzung vor Durst und Hunger sterben würde. So stellt sich also Eure Situation dar, Kapitän.«

Orville studierte die Karte sorgfältig und stellte eine Frage: »Warum erzählt Ihr mir all das, Admiral?«

»Weil ein Mann wie Ihr mit Sicherheit die Flucht wagen wird. Deshalb will ich Euch über Eure Situation aufklären. Goulet ist eine Sackgasse. Ich weiß nicht, was Euch dort erwartet, aber begeht keine Dummheit. Die Informationen, die ich Euch gegeben habe, werden Euch von Nutzen sein, um Eure Situation objektiv beurteilen zu können. Und wer weiß, was dort auf Euch wartet. Ein weiser Mann wäre zufrieden, wenn ihm sein Leben geschenkt würde.«

Orville begriff, dass der Admiral nichts weiter zu sagen hatte. Er nickte dankbar und verabschiedete sich. Die Soldaten begleiteten ihn zu seiner Zelle. Er schloss die Augen, konzentrierte sich auf seinen Übersinn und fühlte in den amputierten Seemann hinein. Er ertrug das Martyrium, ohne dass seine Farbe verblasste. Seit der Operation hatte Orville versucht, ihm sein Leid so weit wie möglich zu erleichtern, indem er den Energiefluss, der von seinem Stumpf nach oben strömte, unterbrach. Nun, da er von Bord ging, würde der Mann seinem Schmerz und seinem Schicksal hilflos ausgeliefert sein. Er konzentrierte sich auf die Feuerstelle in der Küche, dann auf den Mann mit dem dunklen Fleck an der Hüfte und schließlich kehrte er zu sich selbst zurück.

Eine Stunde später brachten sie ihm warme Kleidung. Er zog sie an und stieg, nachdem er festgestellt hatte, dass die Zelle nicht wieder verschlossen worden war, hinauf aufs Deck. Dort standen bereits der Admiral und Borth. Acht Männer standen um das Boot herum, das an zwei Seilwinden befestigt war.

»Kapitän! Ihr werdet zusammen mit den Ruderern in das Boot steigen. Seht, der kleine Punkt dort auf dem Wasser, das ist das andere Boot. Das Meer ist unruhig, was das Manöver gefährlich machen wird. Im Boot befinden sich auch Euer Reisesack und Euer Schwert. Außerdem soll Euch dies hier noch zurückgegeben werden.«

Der Admiral befestigte die Platinbrosche in Form des königlichen Reihers am Revers seines Umhangs. Das Edelstein-Auge des Reihers glänzte hart und kalt im Winterlicht. Dann wünschte ihm der Admiral viel Glück.

Orville sah ihn aufmerksam an, als wolle er sich seine Gesichtszüge ins Gedächtnis eingravieren. »Vielen Dank, Admiral. Vielen Dank, Schiffsarzt Borth für Eure Einführung in die Kunst des Heilens. Ich wünsche Euch weiterhin gute Fahrt.«

Orville setzte sich ins Boot. Es stand unter dem Kommando eines großen Offiziers, den er auf dem Schiff gar nicht bemerkt hatte. Die Matrosen betätigten die Winden und das Boot wurde parallel zum schwarzen Schiffsrumpf hinabgelassen, wobei es bei jedem Schwanken des Schiffes gefährlich schaukelte. Es kam Orville endlos vor, bis das Boot endlich das Wasser berührte und sich vom Schiff entfernte. Jeder Ruderschlag entfernte ihn weiter von Armine, die er sich geschworen hatte zu retten. Würde er in seinem Exil seine Bestimmung vergessen? Würde sich die Tür zur Freiheit, die sich vor ihm aufgetan hatte, so schnell wieder schließen? Würde Vallade das letzte Wort haben und Armine in ihrem elenden Leben gefangen bleiben? Orville klammerte sich an die Reling. Nach ein paar Minuten schwankte das Boot nicht mehr so stark hin und her. Orville erhob sich, gehüllt in seinen langen, dunklen Umhang. Sein blondes Haar wehte im Wind. Es sah aus, als gleite er selbst auf dem Wasser dahin. Bei jedem Ruck, mit dem die Ruderer das Boot vorwärtstrieben, ging Orville ein wenig in die Knie, um das Gleichgewicht zu halten. Zu seinen Füßen banden ihn der graue Reisesack und das Schwert an seine Vergangenheit, während das lächerliche Abzeichen auf seiner Brust der Zeit trotzte.

Orville sprang in ein anderes Boot hinüber. Die Matrosen hatten die beiden Boote geschickt nebeneinander manövriert. Säcke und Fässer gingen von Hand zu Hand. Dann entfernten sich die Boote wieder voneinander und die Ruderer legten sich in die Riemen. Alles, was Orville von ihnen sah, war ihr

Genick, bis auf den Steuermann, der ihm gegenüberstand und das Steuerruder hielt. Der Mann sah ihn nicht an und sprach auch nicht mit ihm. Er steuerte und leitete die Männer an. Das Boot näherte sich der Klippe. Die Strömung trieb es zum Ostteil der Insel. Der Steuermann manövrierte das Boot so, dass er zwei starke Seile ergreifen konnte, die er an den Ringankern befestigte. Er nahm ein Jagdhorn aus seiner Tasche und setzte es an die Lippen. Ein langer, schwermütiger Ton erklang. Die Seile strafften sich und das Boot begann einen schwindelerregenden Aufstieg die Klippe hinauf, Elle um Elle. Es schwankte bei jedem Zug an den Seilen. Orville hatte sich wieder hingesetzt und klammerte sich an die Reling. Oben angekommen fuhr die Winde zurück, bis das Boot den bedrohlichen Abgrund hinter sich gelassen hatte, dann wurde es auf dem Boden abgesetzt. Die Männer rafften die Vorräte zusammen und gingen schweigend Richtung Fort. Orville schulterte seinen Reisesack, befestigte sein Schwert an seinem Gürtel und folgte mangels besserer Alternativen einfach den Ruderern. Die Insel war ungefähr eine Meile lang. Der Weg zum Fort führte über unebenes Heideland. Zwischen alten Mauern aus grauem Stein standen hier und dort einige uralte Bäume. Spärliche Vegetation, über die der raue Wind fegte, einige verlassene Gebäude ... Orville blieb stehen, um sich umzusehen. Auf dem Meer hatte das Schiff wieder seine Segel gehisst. Eine Möwe glitt anmutig und schnell über ihn hinweg, ihre Flügel bewegungslos entfaltet.

Er folgte den Ruderern in Richtung des dunklen Forts. Es war einfach und massiv gebaut und strahlte etwas Feindseliges aus. Nichts deutete darauf hin, dass hier irgendjemand lebte. Er betrat eine steinerne Brücke ohne Brüstung und ging unter der ungewöhnlich dicken Mauer des Forts hindurch. Die Verteidigungsanlage war zwar baufällig, jedoch so konstruiert, dass sie den mächtigsten Angriffen widerstehen konnte. Ein hölzernes Tor, das längst nicht mehr vorhanden war, war wohl die erste Barriere gewesen, die Angreifer überwinden mussten, dann folgte ein Durchgang, der oben von Nischen für Bogenschützen durchsetzt war. Dieser wurde von einem Fallgitter abgeschlossen, das noch immer an seinem Platz war, jedoch so verrostet, dass es mit dem Stein eins zu sein schien. Orville hob den Blick und sah, dass über dem Fallgitter ein Wehrerker aufragte. Die dunklen Silhouetten wilder, im Wind wehender Gräser hoben sich scharf vor dem weißen, bewölkten Himmel ab. Orville ging unter dem Fallgitter hindurch, stieg über die Überreste eines zweiten Holztors und gelangte in den Hof. Er war noch größer als der in der Burg von Vallade. Im Gegensatz zu allen Festungen, die er je betreten hatte, gab es hier keine Hinweise auf Stallungen. Der Grund war vermutlich, dass kein Pferd jemals einen Huf auf diese Insel gesetzt hatte. Auf einer Insel dieser Größe brauchte man auch keine Pferde. Orville zählte sieben identische Türen sowie eine größere direkt gegenüber dem Eingang zum Hof. Es war merkwürdig, wie manche Geräusche mehr nach Stille klangen als die Stille selbst. Das Pfeifen des Windes war so laut, dass es einer Totenstille ähnelte, da sonst kein anderes Geräusch auf diesem Felsen zu hören war. Ein Nichts aus Stein. Die geschwungenen Türstürze liefen in Form von Akkoladen oben spitz zusammen. Das war die einzige Extravaganz, die sich der Architekt hier erlaubt hatte. Orville ging auf eine der Türen zu und trat ein. Das Zimmer war fast leer und roch muffig.

Eine Stimme drang aus dem Dunkel. »Wer ist da?«

Der aggressive Tonfall ließ Orville zusammenzucken. »Ich heiße Orville und bin soeben angekommen. Könnt Ihr mir sagen, an wen ich mich wenden soll?«

»Woher kommt Ihr?«

»Aus dem Ersten Königreich.«

»Also habt Ihr hier nichts zu suchen. Ihr werdet Euer Königreich zu Eurer Rechten finden, wenn Ihr aus der Tür tretet. Ein Reiher schmückt die Türschwelle. Hier ist das Dritte Königreich. Nun geht!«

Entgegen Orvilles Erwartungen war das Zimmer des Ersten Königreichs möbliert. Erlesene Möbel, einige mit feinen Schnitzereien, ein großer Tisch mit Sitzbänken auf beiden Seiten, ein Kamin, in dem die Glut unter der Asche schwelte. Orville ging in den Raum hinein und legte seinen Reisesack ab. Auf sein Rufen reagierte niemand. Er betrat einen Korridor. Im gedämpften Licht konnte er vier Türen auf jeder Seite ausmachen und eine weitere ganz am Ende des Gangs. Orville schritt weiter voran. Die Zimmer waren klein und fensterlos, ein Bett, ein Tisch, ein Schrank, einige persönliche Gegenstände, das war alles – einfache und dunkle Klosterzellen. Er ging zur hintersten Tür. Die Räumlichkeiten schienen so angelegt, dass der Besucher dort hingeführt werden sollte. Ein Reiher war auf dem Türrahmen abgebildet. Der Reiher des Ersten Königreichs. Vor ihm öffnete sich ein riesiger Raum. Durch ein schmales Bogenfenster, das auf das Äußere Meer hinausblickte, drang schwaches Licht. Die Möbel waren luxuriöser als in den anderen Räumen, doch der Grad ihres Verfalls zeugte von der Luftfeuchtigkeit auf der Insel und von den vielen Jahrhunderten, die vergangen waren, seitdem man sie hier aufgestellt hatte. Die Vorhänge waren zerschlissen und ein leichter Geruch nach Wachs und Schimmel verlieh der Luft eine gewisse Schwere. Der aschefreie Kamin war wohl lange Zeit nicht mehr benutzt worden. Der Sekretär, der Lehnstuhl und der Schrank passten zum Bett, das mit dem königlichen Wappen verziert war. Das Zimmer schien für den Empfang eines Monarchen gedacht zu sein, der aus uralter Zeit kam. Orville trat aus den Räumen des Ersten Königreichs heraus, um nach den Ruderern zu suchen, die ihn an diesen seltsamen Ort geführt hatten. Er ging auf das große hölzerne Portal zu, das sich gegenüber der steinernen Zugangsbrücke befand. Die Scharniere drehten sich, ohne den geringsten Laut von sich zu geben. Er ging in Richtung der Stimmen, die er vernahm. Von plötzlicher Angst ergriffen, schloss er die Augen und konzentrierte sich auf seinen Übersinn. Ein Dutzend Männer saßen an einem Tisch. Rechts hinter der Tür standen drei weitere Männer. Orville trat in das Hinterzimmer ein, wo die an- und abschwellende Diskussion den Raum mit Leben erfüllte. Die Männer unterbrachen ihr Gespräch nicht, als er eintrat. Er ging um den Tisch herum. Die Diskussion drehte sich um die Aufteilung der Nahrungsmittel zwischen den Königreichen auf der Insel. Einige waren der Ansicht, dass die Güter, die mit dem Schiff angekommen waren, zu gleichen Teilen zwischen den Königreichen aufgeteilt werden sollten, während andere dafür waren, sie entsprechend der Anzahl der Männer pro Königreich zu verteilen. Orville spürte, dass diese Verhandlungen nicht zum ersten Mal geführt wurden. Die Debatten waren lebhaft. Niemand kümmerte sich um ihn. Er näherte sich dem Feuer und wärmte seine Hände an der Glut. Von Zeit zu Zeit warf er einen Blick auf die versammelten Männer. Sie waren alle zwischen fünfundzwanzig und fünfzig und in einfache, farblose Stoffe gekleidet, die alle gleichermaßen abgetragen waren. Dennoch waren diese Männer keine Proletarier. Sie drückten sich gewählt aus. Einige der Akzente stammten aus den fernen Ländern des Nordens, andere von den warmen Ufern des Binnenmeers. Nicht, dass Orville in seinem Leben jemals das Erste Königreich verlassen hätte, doch dadurch, dass er in seiner Zeit als Stadtwachtmeister regelmäßig alle möglichen Gasthäuser frequentiert hatte, war es für ihn ebenso leicht, verschiedene Akzente zu identifizieren wie Münzen, wenn ihm das Glück im Spiel hold war. Im Moment war ein Streit um einen kleinen Sack Bohnen im Gange. Orville lauschte der Diskussion gerne. Das Ganze kam ihm eher wie ein Ritual denn wie eine Verhandlung vor.

Als die Diskussion kurz einmal abflaute, drehte er sich um und hob an zu sprechen. »Entschuldigt, meine Herren. Ist es üblich, dass man Neuankömmlinge über die Gepflogenheiten dieses reizenden Ortes im Unwissenden lässt?«

Die Männer waren wie erstarrt. Nach ein paar Sekunden erhob sich einer von ihnen langsam, ein gedrungener Mann um die Vierzig. Anhand seiner kräftigen Muskulatur hätte man darauf schließen können, dass er Seemann oder Soldat war, doch seine feinen Hände deuteten darauf hin, dass er keinerlei schwere Arbeit verrichten musste. Er musste aus einer Familie stammen, in der die Männer eben so gebaut waren. Seine Gesichtszüge waren nicht sehr fein, doch niemand hätte behauptet, dass er hässlich sei. Sein graues Haar und sein offener Blick flößten Vertrauen ein. Die vielen Augen, die sich ihm zuwandten, ließen deutlich werden, dass seine Gefährten ihn als eine Art Anführer betrachteten. Er sprach in einem unsicheren Tonfall, so als hätte die Überraschung ihm den Atem geraubt. Seine Stimme jedoch war klar und deutlich. »Entschuldige, Freund, wir hielten dich für einen Wächter. Deine Körpergröße und dein blondes Haar, das entsprechend der Gepflogenheiten der Krieger gebunden ist, deine Waffe – diese Dinge haben uns auf die falsche Fährte geführt. Wenn die Wächter da sind, schauen wir sie nicht an und sprechen auch nicht mit ihnen. Wir tun so, als existierten sie nicht. Sie behelligen uns nicht, aber wir dürfen ihnen in diesem Punkt nicht zuwiderhandeln, es sei denn, sie ergreifen die Initiative. Das ist das Erste, was man wissen muss. Wer bist du und woher kommst du? Wir haben hier keine Krieger.«

Orville legte seinen Reisesack ab und antwortete ruhig: »Ich heiße Orville und komme aus dem Ersten Königreich.«

»Hier sitzen ein paar Landsleute von dir. Darf ich vorstellen: Phils, Trop, Harvé und Handt. Sie sind vor Kurzem hier angekommen und werden ihre Geschichte noch erzählen. Ich heiße Lorenzi und stamme aus dem Dritten Königreich. Meine Geschichte ist die Geschichte von jedem hier. Ich hatte den Auftrag, meinem Herrn eine seltsame Nachricht zu überbringen. Dann wurde ich gefangen genommen und in dieses felsige Grab gebracht. Das war vor vielen Jahren. Andere wurden lange vor mir hergebracht, so lange, dass sie irgendwann jegliches Zeitgefühl verloren. Wie du bald verstehen wirst, müssen wir uns organisieren, um zu überleben. Nicht im materiellen Sinne. Die Nahrungsmittel werden von den Booten geliefert. Doch die Zeit wird einem hier so lang, dass man sich irgendwie beschäftigen muss. Oft halten es die armen Kerle, die hier neu ankommen, nicht aus und stürzen sich die Klippen hinunter. Wenn du dich umbringen willst, müssen wir darüber reden. Die einzige Gefahr, die uns hier droht, sind wir selbst. Wir müssen miteinander leben und uns zugleich zurückziehen können. Das ist der Grund, warum jedes Königreich einen eigenen Gebäudeteil hat. Dieses Zimmer hier ist ein Gemeinschaftsraum, in dem wir uns treffen.

Deine Landsleute werden dir erklären, wie sie sich organisiert haben. Aber was ist deine Geschichte, Orville?«

Der Mann setzte sich. Orville tat es ihm gleich, legte einen Unterarm auf den Tisch und begann seine Geschichte. »Ich war ein Krieger, ein Wachtmeister in einem Lehen an der Grenze des Königreichs. Als zwei Kinder entführt wurden, bat mich mein Herr, Edmond de Hautterre, die Entführer zu verfolgen, und ernannte mich zum militärischen Abgesandten.«

Die Männer gerieten in Panik und knieten sich hektisch hin, während die Stühle laut auf dem Boden kratzten. Orville breitete seine Arme aus, um sein Unverständnis zu verdeutlichen. »Was hat das zu bedeuten, Lorenzi?«

»Entschuldigt, mein Herr, wir haben Euer Abzeichen nicht bemerkt. Es ist eine große Ehre, einen Meister unter uns zu haben!«

»Welche Bedeutung hat das hier schon, auf diesem Felsen mitten im Nichts?«

»Welche Bedeutung? Ich weiß es nicht, mein Herr. Vergebt uns unsere Unachtsamkeit.«

Orville erkannte, dass diese Männer vollkommen irrsinnig waren. Es würde nicht einfach sein, mit diesem Schwachsinn umzugehen. Er kehrte zu seiner Geschichte zurück. »Gut, nun steht wieder auf. Ich bin also Kapitän Orville im Dienste von König Hartrold IV. und werde meine Erzählung nun fortsetzen.«

Die Männer standen auf und lauschten ihm mit der Gier derer, die jede Gelegenheit nutzten, der Leere eines Lebens ohne Ziel zu entfliehen.

»So hat es der Marquis de Vallade, dieser Verräter, also geschafft, dass ich die Spur der Entführer aus den Augen verlor.«

Orville vernahm ein Geräusch hinter sich. Er drehte sich schnell um und legte die Hand auf den Griff seines Schwertes. Vor ihm stand ein großer, schwarz gekleideter Mann mit verschränkten Armen. Es war der Steuermann des Bootes. Er musterte die Versammelten und ergriff das Wort. »Seid gegrüßt, Kapitän. Entsprechend Eures Ranges werdet Ihr von nun an Befehlshaber dieses Forts sein. Ihr habt sämtliche Befugnisse. Es steht Euch nur nicht zu, die Insel zu verlassen und die Wohnräume der Wächter zu betreten, die sich hinter der Tür auf der rechten Seite des Korridors befinden. Wir geben Euch noch zwei Tage, um Euer Tagebuch zu vervollständigen, dann sollt Ihr es uns übergeben. Eure Männer werden Euch Euer Quartier zeigen und Euch erklären, wie hier alles abläuft. Guten Abend, Kapitän.«

Der Mann trat aus dem Raum. Seine Schritte entfernten sich. Schließlich schloss sich eine Tür mit einem leichten Schleifen.

Orville folgte Lorenzi in den Korridor. Sie öffneten eine Tür, hinter der sich eine breite Steintreppe befand. Den leeren Schränken an den Wänden nach zu schließen, befand sich oben ein Waffensaal. Schwaches Licht fiel durch Bogenfenster, die auf den Innenhof hinausgingen. Sie durchquerten ihn, vorbei an einem gewaltigen, rußgeschwärzten Kamin und betraten einen Gang, der zu einer Schreibstube führte. Diese war sparsam mit einem Schrank, einem Lehnstuhl und einem Tisch möbliert, der den kargen Eindruck auch nicht wettmachen konnte.

Lorenzi deutete auf eine Tür im hinteren Teil des Raumes. »Hier ist es, Kapitän. Wir haben soeben den Waffensaal durchquert. Dies hier ist die Schreibstube des Sekretärs. Eure

Wohnräume befinden sich hinter dieser Tür.« Lorenzi wartete.

»Warum geht Ihr nicht hinein, Lorenzi?«

»Weil es verboten ist, Kapitän. Nur der Hauptmann des Forts darf hier eintreten.«

»Nun gut, dann werde ich meinen Reisesack holen und mich ein wenig einrichten.«

»Darum kümmere ich mich, Kapitän. Ich werde Euch auch etwas Kohle und Glut und eine Mahlzeit bringen.«

»Danke, Lorenzi.«

Orville stieß die Tür auf und betrat ein Vorzimmer. In die gegenüberliegende Wand war eine weitere Tür eingelassen. Orville öffnete sie und betrat einen runden Raum mit einem niedrigen Gewölbe. Die Architektur erinnerte an einen Tempel von acht bis zehn Schritt Durchmesser. Die Wand war von vier Türen durchbrochen, die die verschiedenen Himmelsrichtungen markierten. Dazwischen waren runde Holzläden, hinter denen sich Schränke befanden. Der Boden bestand aus regelmäßigen behauenen Steinplatten, die ein strahlenförmiges geometrisches Muster bildeten. Drei große, dunkle runde Steinplatten von einem Schritt Durchmesser waren in die Mitte des Musters eingelassen. Langsam gewöhnten sich Orvilles Augen an das gedämpfte Licht. Unter einer der Türen schimmerte ein blasser Lichtstreifen. Durch diese Tür gelangte man auf eine Art Balkon, der den Hof überblickte. Dieses Detail war ihm beim Betreten des Forts ganz entgangen. Er drehte sich um, betrachtete das Zimmer genauer und öffnete die beiden verbleibenden Türen. Hinter einer davon befand sich ein Zimmer von bescheidener Größe, dessen einzige Zierde ein Alkovenbett und ein in die Wand eingelassener Kamin waren. Durch ein kleines Fenster mit

Fensterläden konnte man frische Luft hereinlassen. Die vierte Tür öffnete sich auf einen Korridor, von dem auf beiden Seiten Türen abgingen. Im schwachen Licht konnte er jedoch nur die vorderen Türen ausmachen. Orville verschob die Erforschung dieses Ganges auf später. In den vier runden Nischen im Raum standen Schränke voller alter Schriftstücke.

Nachdem er sein neues Zuhause ausgiebig erkundet hatte, ging Orville durch das Vorzimmer und zurück in die Schreibstube des Sekretärs. Sein Reisesack und ein Sack Kohle lagen neben dem Tisch, die Glut eines Kohlenbeckens erhellte den dunklen Raum. Er brachte sein Hab und Gut in den runden Raum und schüttete die Kohle aus dem Kohlenbecken in den Kamin. Dann trat er hinaus auf den Balkon und betrachtete den Hof. Von hier aus erschien er kleiner als von der Brücke aus gesehen. Wilde Gräser, die hier und dort sprossen, ließen erkennen, welche Wege die Bewohner des Forts täglich nahmen. Den Wehrgang konnte man so, wie er war, nicht betreten. Sein Zustand vermittelte dem Beobachter das gleiche Gefühl von Verlassenheit wie die Insel selbst. Dieses Fort befand sich jedoch an einer strategisch sehr günstigen Position. Weit entfernt von jedem Hafen musste jedes Schiff, das ins Binnenmeer hineinwollte oder es verließ, durch die Gewässer rund um die Insel segeln. Orville konnte sich nicht erklären, warum keines der beiden Königreiche an der Grenze es für sich beanspruchte – schließlich hätten sie dann die Meerenge kontrollieren können. Vielleicht schreckte sie die Tatsache ab, dass man hier wegen der Riffe keinen Hafen bauen konnte. Auf der Insel konnte kaum der Lebensunterhalt einer Garnison gesichert werden, es wäre ein ruinöses Unterfangen. Aber es waren nicht mehr als eine Handvoll müßiger Männer und drei Wächter. Zwanzig Mann hätten ausgereicht, um die Insel für eines der Königreiche zu erobern. Doch, auf der anderen Seite, was würden sie tun, wenn der Sieg einmal errungen war, außer den Platz der Besiegten einzunehmen und der Zeit beim Verrinnen zuzusehen? Orville kam zu dem Schluss, dass es trotz seiner privilegierten Position besser sei, diese Dinge den Soldaten zu überlassen sowie einigen Männern, die gewillt waren, ans Ende der Welt zu gehen, um ihnen zu dienen. Dennoch war es seltsam. Irgendein Strick oder ein Gefängnis hätte die armen Kerle, die hier lebten, ebenso effektiv zum Schweigen gebracht. Orville sagte sich, dass er diese Angelegenheit noch aufklären würde. Er schloss die Fensterläden, damit der Raum die spärliche Wärme des Kohlenbeckens so gut wie möglich bewahrte, und verließ das Zimmer in Richtung Wachsaal. Er trat aus dem Gebäude, überquerte den Hof und erreichte die Treppe, die hinauf zur Kurtine führte.

KAPITEL IX

DIE STEINE KOMMEN INS ROLLEN

Orville hatte den Abend auf einer Anhöhe über dem Fort verbracht. Der Grundriss des Gebäudes war einfach. Die Festungsmauer war mindestens vier Fuß dick und wurde auf Höhe des Eingangs zum Hof und über den Wohnräumen zu einer richtigen Terrasse von mehr als vierzig Schritt Breite. Die Wohnräume waren buchstäblich unter einem Hügel aus Steinen und Erdbrocken begraben, der dürftig mit Steinplatten bedeckt und mit wilden Gräsern überwuchert war. Der Wehrgang war von einer baufälligen Brüstung gesäumt, die eher an eine Feldmauer erinnerte als an eine Verteidigungsmauer. Der Zugang zum Wehrerker und dem Fallgitter war vor langer Zeit mit Erde und Steinen ausgefüllt worden. Orville konnte nur vermuten, wo er sich befand.

Außer Wind und Salz schien nichts dieses verlassene Fort jemals angegriffen zu haben. Es war nichts weiter als ein baufälliger und armseliger Unterschlupf. In Anbetracht des Wachsaals und der Korridore schätzte Orville jedoch, dass sich hier einmal eine Garnison von etwa sechzig Mann dauerhaft aufgehalten haben musste. Er hatte keine genaue Vorstellung von den Höhlenwohnungen und so blieben ihm viele Details dieser militärischen Konstruktion verborgen.

Die unmittelbare Umgebung des Forts war nicht sehr viel ansprechender. Die Nebengebäude waren in einem besseren Zustand. Die Dächer waren mit Steinplatten bedeckt und wurden von einem monumentalen Gebälk gestützt. Hier und da sah man durch Löcher im Dach den Himmel. Der marode Boden war ein deutliches Zeichen dafür, dass man schon vor langer Zeit hätte Reparaturen durchführen sollen. Als sich der Tag dem Ende zuneigte, kehrte Orville zum Fort zurück. Er überquerte die Brücke, betrat den Hof und stieß die Tür zum Korridor auf. In der Küche war es hell. Dreizehn Männer aller Altersgruppen saßen dort an einem Tisch. Bei seinem Anblick standen sie hastig auf und knieten nieder. Orville wusste zuerst nicht, was er tun sollte, aber er fasste sich schnell wieder. Was hätte er, als er noch ein einfacher Wachtmeister gewesen war, getan, wenn ein Platinreiher beim Abendessen in den Wachsaal eingetreten wäre? Er hatte noch nie einen gesehen, nicht einmal auf der Straße. Also beschloss er, die Rolle zu spielen, die diese Leute offensichtlich von ihm erwarteten. »Ich nehme mit Dank Eure Huldigung entgegen. Steht jetzt auf.«

Er setzte sich ans Ende des Tisches. Die eingeschüchterten Männer blieben stehen. Er musterte sie einen nach dem anderen mit ernstem Blick. In Wahrheit war er unschlüssig, was er jetzt tun sollte. Doch es war wichtig, dass er ein wenig mehr über diese Männer und ihre Geschichte erfuhr. Er wandte sich an die Versammelten: »Ich muss wissen, mit wem ich es hier zu tun habe. Deshalb werde ich euch nun eine Reihe von Fragen stellen. Zuerst einmal: Wer von euch kann kämpfen?«

Niemand hob die Hand. Alle blickten kleinlaut zu Boden. Orville dachte über eine Frage nach, die niemanden demütigen würde. Plötzlich kam ihm ein Gedanke. »Wer kann lesen und schreiben?«

Fast alle hoben die Hand.

Das hatte Orville nicht erwartet. »Kennt sich irgendjemand von euch mit Handwerk oder der Landwirtschaft aus oder beherrscht irgendetwas, das an diesem abgelegenen Ort von Nutzen sein könnte?«

Niemand hob die Hand.

»Gut, dann müssen wir uns eben so durchschlagen. Sind alle Bewohner versammelt?«

Lorenzi antwortete: »Nein, mein Herr, es fehlt noch Pétrus, der verlässt sein Zimmer nicht. Er ist erst vor Kurzem zu uns gestoßen. Wir bringen ihm immer etwas zu essen, aber es geht ihm gerade nicht gut. Es ist schwer für ihn. Doch wir alle haben solche Phasen. Oft.«

Orville rechnete schnell. »Ich glaube, ich habe einmal seine Stimme gehört, als ich ankam. Ihr seid also vierzehn. Vierzehn Männer ... Es gibt da ein kleines demografisches Ungleichgewicht, scheint mir.«

Die Männer lächelten.

»Nun, meine ersten Befehle lauten wie folgt: Ihr sollt die wesentlichen Stationen eures Lebens niederschreiben sowie den Grund, warum ihr in dieses steinerne Paradies gebracht wurdet. Schreibt auch auf, welche Fähigkeiten ihr beherrscht. Lorenzi, dich ernenne ich zu meinem Adjutanten und Sekretär. Sobald ich eure Niederschriften studiert habe, werde ich jedem von euch bestimmte Aufgaben zuweisen. Wir müssen dieses Fort wieder instand setzen. Lorenzi, such mir einen Tisch und drei Stühle und lass mir eine Mahlzeit bringen. Komm in einer Stunde wieder zu mir zurück.«

Lorenzi verbeugte sich tief. »In Ordnung, Kapitän.«

Orville trat aus der Küche und ging entschlossenen Schrittes auf die Treppe zu, die zu seinen Wohnräumen führte. Wenn er darüber nachdachte, fühlte er sich hier verlorener als auf dem Bergkamm, auf dem er zumindest ein Ziel vor Augen gehabt hatte. Er betrat den kreisrunden Raum und ging zum Kohlenbecken, warf ein wenig Kohle hinein und entfachte die Glut, indem er sanft hineinblies. Der orange Schein wärmte sanft sein Gesicht, sodass ihm sein Rücken noch kälter vorkam. Er schloss die Augen und stellte sich das Kohlenbecken als eine große Lichtquelle in der Dunkelheit vor. Vorsichtig nahm er sie in sich auf und spürte, wie eine Welle der Wärme seinen Körper durchflutete. Orville hatte gerade begonnen, seinen Reisesack aufzuschnüren, als eine Glocke erklang, die er noch nicht bemerkt hatte. Er ging durch das Vorzimmer hindurch ins Zimmer des Sekretärs. Lorenzi und drei andere Männer waren gerade dabei, die angeforderten Möbel hereinzubringen. Es waren schöne, fein gearbeitete Stücke. Der Tisch war halbmondförmig und ruhte auf drei Füßen. Passend dazu hatten die Männer einen gewaltigen Lehnstuhl hereingebracht. Zwei gewöhnliche Stühle vervollständigten das Inventar.

»Bitte bringt diese Möbel in mein Zimmer.«

Lorenzi senkte den Blick und stammelte Ausreden. »Mein Herr, nur der Adjutant seiner Lordschaft und sein Kammerdiener dürfen diesen Raum betreten. Der Tisch ist groß und Ihr habt noch keinen Kammerdiener bestimmt, der mir helfen könnte, und auch meine Position habt Ihr noch nicht bestätigt.«

Orville erkannte, dass diese Konventionen in diesem Land der Narren von größter Wichtigkeit waren, und bat die Männer, die Möbel vorerst in den Wachsaal zu bringen. Dann aß er im Zimmer des Sekretärs zu Mittag und holte sein Buch heraus, um bei Kerzenschein die neuesten Ereignisse festzuhalten.

27. Dezember 806

Diese Geschichte gelangt an ihr Ende. Die Spur brach an einer Küste des Binnenmeers ab. Die Entführer hatten die Anker gelichtet und da ich nicht übers Wasser gehen kann, hatte ich keine Möglichkeit, ihnen zu folgen. Also machte ich mich auf in die nächste Stadt, um das Ende meiner Suche bekannt zu geben. Ich habe meine Pflicht getan und der Marquis de Vallade die seine. Er ließ mich einsperren, bis er den Transfer zu dieser Insel, die mein Grab sein wird, organisiert hatte. Ich habe das Gefühl, dass ich nicht viel Neues erfahren habe. Diese Männer kannten das Meer gut und hatten den Transfer akribisch vorbereitet. Ich weiß nicht, ob sie Soldaten sind, jedenfalls mussten sie es nicht beweisen. Ich habe nur eine vage Erinnerung an einige meiner alten Gefährten, mit denen ich auf der Burg von Hautterre gelebt oder ein paar Bier im Dorfgasthaus getrunken habe. Ich habe dieses Einsiedlerleben tief in den Bergen nie gemocht. Jetzt kommt es mir jedoch wie das Paradies vor. Zumindest bekamen wir Nachrichten aus der Welt, mit manchmal weniger als einem Jahr Rückstand. Auch wenn die Moral des Vicomte de Hautterre so streng war, dass fleischliches Vergnügen nicht toleriert wurde, konnte man unter den Stoffschichten zumindest ab und an die recht ausgeprägten Rundungen einer Bauernmagd erahnen. Ich fürchte, dass die einzigen Vertreter des schönen Geschlechts hier die Möwen sind, die anmutig und unerreichbar über die schwindelerregenden grauen Klippen gleiten.

Meine Unglücksgefährten scheinen darin Trost zu finden, dass ihr früheres Leben nun in gewisser Weise fortgesetzt wird. Einen Herrn zu haben, dem sie dienen können, spornt sie an und gibt ihnen einen Grund zu leben. Ich kann diese Rolle übernehmen. Es ist nicht viel anders, als wenn man eine Soldatentruppe einen Winter lang beschäftigen muss, außer dass dieser Winter alle Jahreszeiten, die ich noch auf dieser Welt sein werde, dauern wird.

Vermerk von Kapitän Orville,
militärischer Abgesandter im Dienst des Königs,
Befehlshaber des Forts der Insel Goulet

Orville schloss das Buch und legte es auf eine Kante des dreibeinigen Tisches. Die Zeit der Rache war noch nicht gekommen. Vallade würde ruhig schlafen können, bis Orville einen Weg fand, von diesem Felsen hier zu fliehen. Er erinnerte sich an die Karten, die der Admiral ihm gezeigt hatte. Er hatte aus seinen Warnungen geschlossen, dass ein weiser Mann seinen Blick nach Westen richten würde ... Er nahm den Leuchter in die Hand und ging zu den Schränken im runden Raum, um sich die Schriftstücke anzusehen. Eine Reihe von Listen, leere Pergamente, Berichte – nichts wirklich Interessantes. Er legte die Schriftstücke an ihren Platz zurück. Er würde sie später noch einmal unter die Lupe nehmen. Die Glocke läutete.

Lorenzi war zur vereinbarten Zeit gekommen und begann, ein wenig in der Schreibstube aufzuräumen. Er hatte auch die Texte mitgebracht, die die vierzehn Bewohner des Forts verfasst hatten.

»Danke, Lorenzi. Ich werde sie heute Abend lesen. Kannst du den Männern mitteilen, dass sie sich morgen nach dem Mittagessen im Waffensaal einfinden sollen? Jeder erhält dann ein paar auf ihn zugeschnittene Aufgaben. Das ist alles für heute, Lorenzi. Ach ja, nimm noch dieses Buch hier mit und lege es vor die Tür der Wächter. Ich wünsche dir eine gute Nacht.«

Der Mann verabschiedete sich und ging schweigend zur Tür hinaus. Orville kehrte in sein Zimmer zurück. Er nahm die Berichte zur Hand, die seine Leidensgenossen verfasst hatten.

Es war ein schöner Sommermorgen. Ein Edelmann erschien vor Seiner Majestät Theratin III. des Vierten Königreichs. Er schien angespannt. Es wurde über Menschen und Mächte gesprochen. Ich war damals der Privatsekretär Seiner Majestät. Mein Vater hatte für diesen Posten große Opfer bringen müssen. Unglücklicherweise war es mir nicht gegönnt, selbst einen Nachkommen zu zeugen, dem ich die Ehre, dem König zu dienen, hätte weitervererben können. Ich wurde ins Exil geschickt, auf diese schreckliche Insel …

Warum halten sie mich hier gefangen? Und für wie lange? Ich habe nichts Schlimmes getan. Eines Tages habe ich vom Bein einer Taube eine versiegelte Nachricht gelöst. Es gehörte zu meinen Aufgaben, mich um den Taubenschlag zu kümmern. Hier gibt es hauptsächlich

Möwen. Es gibt zwar auch Tauben, doch für diese sind die Wächter verantwortlich. Ich bin mir allerdings sicher, dass sie nicht wissen, wie man mit ihnen umgeht. Sie sind nämlich empfindlicher, als wir denken, die Tauben …

Man hat mir gesagt, ich hätte eine göttliche Stimme. Ich singe gern. Vor allem aber vermisse ich meine Laute …

Meine Mutter ist unterdessen gestorben, ohne jemals Nachricht von ihrem Sohn zu erhalten …

Man hat mich immer sehr geschätzt. Doch tags darauf kamen sie mich holen … Sie schlugen auf mich ein wie auf einen Verbrecher. Ich reiste in einem geschlossenen Wagen. Wochenlang war ich krank … Dies alles nützt mir nun nichts mehr … Das Wachs war blau, also sagte ich zu Cob: »Sieh dir das einmal an, das ist doch ungewöhnlich …« Ich habe Cob nie wiedergesehen. Ich glaube, sie haben ihn umgebracht … Zur falschen Zeit am falschen Ort … Ich werde meine Kinder nie wiedersehen.

Selbst wenn ich von hier fliehen könnte, für sie bin ich ohnehin schon tot.

Orville legte den letzten Bericht beiseite. Diese Leute waren Sekretäre, Hausdiener, Verwalter, Übersetzer gewesen, sie verfügten über Bildung und angesehene Fähigkeiten und hatten im unmittelbaren Umfeld eines Königs oder hochrangigen Adligen gelebt. In ihren Berichten schilderten sie in oft einfachen Worten eine gemeinsame Leidensgeschichte. Verständnislosigkeit, Ungerechtigkeit, Zufall … Genau wie er waren sie auf dieser Insel der verlorenen Illusionen gestrandet. Ihr Schicksal war mit blauem Wachs besiegelt. In allen Berichten war dieses Wachs erwähnt worden. Man musste diesen Menschen, die alles verloren hatten, Perspektiven aufzeigen.

Ihnen ihren Stolz zurückgeben. Man musste es zumindest versuchen.

»Meine Herren. Ich habe eure Berichte sorgfältig gelesen. Sie gleichen sich sehr. Wir begegneten auf unserem Weg einem Geheimnis und dieser Weg führte uns schließlich hierher. Wir haben kein Verbrechen begangen, also sind wir auch keine Gefangenen. Wir wurden weder verurteilt noch bestraft. Wir müssen unsere Situation akzeptieren und uns organisieren. Dies müssen wir als unsere neue Mission betrachten. Wir dürfen uns nicht schämen. Wir sind von Nutzen, da Ruderer benötigt werden, um die Wächter mit neuen Nahrungsmitteln zu versorgen. Die Tatsache, dass wir noch hier sind, während anderen dieses Glück nicht vergönnt war, zeigt, dass es unseren Königen wichtiger war, uns am Leben zu halten, als unter allen Umständen dieses Geheimnis zu wahren. Lasst uns ihrem Vertrauen gerecht werden. Die erste Aufgabe wird sein, eine Bestandsaufnahme dessen zu machen, was wir besitzen. Lorenzi! Teile die Männer für die Arbeit ein. Mittags will ich ein komplettes Inventar aller Waffen, Nahrungsmittel, Schreibutensilien, Werkzeuge und Baumaterialien vorliegen haben. Alles, was uns nützlich sein könnte.«

Orville wandte sich an einen dünnen kleinen Mann, dessen ruhiger Gesichtsausdruck im Gegensatz zu seinen leichten nervösen Bewegungen stand. Er bemerkte, dass Orvilles Blick auf ihn gerichtet war, und wartete auf seine Anweisung, gespannt wie ein Bogen.

»Linel. Sobald Lorenzi dir eine Aufgabe zugewiesen und du diese erfüllt hast, kommst du zu mir. Ich habe gelesen, dass du der Diener Olaf XIII. des Siebten Königreiches warst. Nun wirst du mein Diener sein.«

Dann erblickte der Krieger einen großen, leicht gebeugten Mann. Wahrscheinlich war ihm diese Körperhaltung zur Gewohnheit geworden, um zu vermeiden, dass er sich in einer Welt, die nicht für seine Größe gemacht war, nicht den Kopf anstieß. Tatsächlich war er einen guten Kopf größer als Orville. Selbst zwischen seinen größeren Gefährten und ihm war noch eine Handbreit Unterschied. Der Riese mochte bereits über sechzig oder aber nicht einmal vierzig Jahre alt sein. Seine faltige, sonnengebräunte Haut verlieh ihm das ehrwürdige Aussehen eines Mannes, der bereits viel miterlebt hatte, doch die Energie, die man hinter seinen blitzenden Augen sah, ließ vermuten, dass er noch zu mehr fähig war. Er war Orville als der Älteste der Insel vorgestellt worden und beobachtete die Szene mit einer gewissen Distanziertheit.

»Asèrtimas, du warst in der Vergangenheit Verwalter. Du wirst Buch über unsere Vorräte führen. Am Abend werden wir zusammen eine Bestandsaufnahme machen und eine Bestellung aufgeben.«

Der Riese verneigte sich zum Zeichen, dass er einverstanden war, dann sprach Orville einen Mann an, der sich im Hintergrund befand. Es war derjenige, der ihm die Tür gewiesen hatte, als er angekommen war. Er war offensichtlich dazu geboren, zu verführen. Er war von zarter und großer Gestalt. Gelocktes schwarzes Haar rahmte ein Gesicht von seltener Perfektion ein. Mit seinen anmutigen Gesten, seiner melodiösen Stimme und seinem durchdringenden Blick wäre er ein erstklassiger Rivale gewesen, wenn es Frauen auf der Insel gegeben hätte. Dieser Mann und er hätten wohl im wahren Leben nie ein Wort miteinander gewechselt, da sie aus grundverschiedenen Welten zu stammen schienen. Zwischen ihnen war ein Unterschied wie zwischen einer Katze und einem Bären. Er demütigte einen allein dadurch, dass er existierte, doch man konnte ihn nicht lange hassen, ohne sich am Ende selbst zu hassen. Orville musste damit leben. »Pétrus, ich beauftrage dich damit, in den Räumlichkeiten des sechsten Königreichs eine Schule für Musik und Gesang zu eröffnen. Wir müssen Kunst und Kultur in unser tägliches Leben integrieren. Außerdem müssen wir etwas finden, woraus wir eine Flöte bauen können.«

Orville wandte sich schließlich an zwei Männer, die auf den ersten Blick gewöhnlich schienen: »Astor und Malthus, ihr bleibt bei mir. Wir müssen die Insel kartografieren. Jeder Felsen, jede Schlucht, jede Klippe soll vermessen und auf einer Karte verzeichnet werden. Männer, wir treffen uns nach dem Abendessen zum militärischen Training. Wir werden jeden Tag trainieren. Nun geht!«

Orville ging zur Scheune. Sie war riesig. Einen Teil, der noch in gutem Zustand war, konnte man bestimmt erhalten. Der Rest jedoch hatte ziemlich unter den Witterungsbedingungen gelitten. Orville beschloss, dass das gesunde Holz baldmöglichst abmontiert werden sollte. Es gab sehr wenige Bäume auf der Insel und kein Werkzeug, um Balken zurechtzuschneiden. Orville ging in ein nahes Wäldchen hinein. Er schnitt ein paar Schösslinge ab und trennte davon fingerdicke Zweige ab. Dann ging er zurück in den Wachsaal. Er bezweifelte, dass sich in den Nebengebäuden viele Waffen finden würden, doch vorerst sollten die Männer ohnehin mit Holzschwertern üben. So konnten sie ihre Körper allmählich stählen, ohne große Verletzungen zu riskieren. Orville fertigte außerdem Wurfspieße, deren Spitzen er im Feuer härtete. Mittags kamen die Männer mit ihrer Bestandsaufnahme zurück.

Die vierzehn Männer stellten sich in mehreren Reihen vor Orville auf. Er hatte jedem von ihnen ein hölzernes Schwert gegeben, das aus einem harten Zweig bestand, an dem er mit einem Stück Seil einen provisorischen Griff befestigt hatte. Als er den Widerwillen der Männer bemerkte, versuchte er, ihnen seine Sicht der Dinge darzulegen. »Seht, jeder hier sollte sich selbst und die anderen verteidigen können. An den Königshöfen gibt es natürlich speziell dafür ausgebildete Männer, die diese Aufgabe übernehmen. Männer wie mich. Hier gibt es leider keine Soldaten, die den Schutz feingeistiger Männer gewährleisten. Also werdet ihr beide Funktionen übernehmen müssen.«

»Aber, Kapitän! Es gibt doch noch die Wächter!«

Orville war auf diese Frage vorbereitet. Er hatte viel über diese drei Krieger nachgedacht, die man niemals zu Gesicht bekam. »Das stimmt, Malthus. Doch wen oder was bewachen die Wächter deiner Meinung nach?«

Der Mann dachte einen Moment lang nach. »Sie beschützen uns, Kapitän.«

Orville lächelte. »Das glaube ich nicht. Denk nach! Wann sieht man sie jemals? Erteilen sie euch bestimmte Aufgaben? Hindern sie euch daran, irgendetwas zu tun? Verbieten sie euch, diese Insel zu verlassen? Zwingen sie euch, ihre Mahlzeiten oder irgendetwas anderes vorzubereiten? Wenn ihr Wächter wärt, würdet ihr genauso wie sie handeln? Würdet ihr den Gefangenen verbieten, mit euch in Kontakt zu treten? Haben sie euch bestraft oder auf irgendeine Weise bedroht? Wenn wir unsere Situation und die der drei Männer genau analysieren, würde ich sagen, dass sie diese Insel bewachen und wir sie bewachen. Wenn es zu einem Überfall käme, würden unsere Versuche, unsere Haut zu retten, ihre

Aufmerksamkeit erregen und sie könnten reagieren. Doch es ist illusorisch zu denken, dass sie die Waffen von sich aus ergreifen würden, um uns zu verteidigen. Dies ist offensichtlich nicht ihre Aufgabe.«

Orville ließ die Männer kurz über seine Sicht der Dinge nachdenken. Er wusste aus Erfahrung, dass ein paar Sekunden Stille besser dafür sorgten, dass Ideen in die Köpfe der Zuhörer eindrangen, als eine ausschweifende Rede.

Danach begann Orville das Training. Das Ergebnis enttäuschte Orville nicht, da er ohnehin nichts Spektakuläres erwartet hatte. Alle machten mit, ohne zu murren. Die meisten von ihnen hatten noch nie eine Waffe in der Hand gehalten, aber er hatte in der Vergangenheit schon viele Soldaten erlebt, die nach kurzer Zeit bereits vortäuschen konnten, bessere Krieger zu sein, als sie eigentlich waren. Nach einer Stunde befahl er den Männern, sich in Reihen vor ihm aufzustellen, und gab jedem von ihnen einen individuellen Rat in Bezug auf seine Kampftechnik. Zum Schluss wandte er sich an die gesamte Gruppe, die sichtlich am Rande der Erschöpfung war.

»Ihr habt gute Arbeit geleistet. Ihr dürft eure Kräfte nicht erschöpfen, da ihr sonst im Falle eines Angriffs zu schwach seid. Einige von euch schlagen sich ganz gut. Alle haben Blasen und blaue Flecke. Eure Hände und eure Körper werden sich daran gewöhnen. Die ersten Tage werdet ihr euch wie gerädert fühlen, aber das wird sich geben. Ich werde euch jetzt im Büro meines Adjutanten erwarten, um mit jedem Einzelnen zu beratschlagen, was er tun möchte, um unser alltägliches Leben zu verbessern. Wir werden versuchen, so viel wie möglich von dem zu beschaffen, was wir brauchen. Außerdem ist das Fort in einem schlechten Zustand. Es kann nicht einmal verriegelt werden, selbst ein Kind könnte problemlos hereinspazieren. Wir müssen das Fallgitter wieder instand setzen und ein neues Tor bauen. Außerdem müssen wir den Zugang zum Wehrgang, der mit Erde und Steinen blockiert ist, freimachen und die Zinnen ausbessern. Zum täglichen Training kommen also noch diese Erdarbeiten hinzu. Ihr werdet erschöpft und eure Hände wund gescheuert sein. Doch seid nicht verzagt. Dieses Fort wird wiederaufgebaut und seine Zinnen werden bemannt werden. Noch Fragen?«

Pétrus trat einen Schritt vor. Er hatte einen provozierenden Ausdruck auf dem Gesicht. »Kapitän, das sind nur Holzschwerter. Damit können wir nichts ausrichten, wenn wir angegriffen werden. Mit Schwertern aus Eisen dagegen ...«

Bei seinem unverschämten Tonfall musste Orville lächeln. Er gab Pétrus sein Schwert, das er aus dem Lager von Hautterre ausgewählt hatte, und nahm selbst zwei Holzschwerter in die Hände. Er entfernte sich ein paar Schritte, sprang und drehte sich gleichzeitig und kam genau vor ihm zum Stehen. Er ging in Abwehrstellung.

»Pétrus, du bist der Stärkste, jetzt, wo du das einzige Eisenschwert hast. Ich werde dir kein Haar krümmen, du kannst mich aber töten, wenn du die Gelegenheit dazu hast.«

Pétrus ging ebenfalls in Abwehrstellung und versuchte unbeholfen einen Angriff, den Orville ihnen beigebracht hatte. Orville lenkte die Klinge mühelos ab. Pétrus versuchte erneut anzugreifen, dann ein drittes Mal. Jedes Mal konnte er Orville kein Stück näher kommen, ohne Gefahr zu laufen, dass Orvilles Holzschwert ihm den Schädel zertrümmerte. Orville drehte sich um und befahl zwei anderen, Pétrus Beistand zu leisten. Sie stellten sich in eine Linie und griffen frontal an. Orville duckte sich, stellte einem anderen Gegner ein Bein, entwaffnete Pétrus mit einem einzigen Schwerthieb, sodass sein Schwert am Ende einen Fingerbreit von Astors Stirn entfernt war, der seine Waffe fallen ließ. Orville entfernte sich ein paar Schritte, verbeugte sich und reichte Pétrus das Holzschwert.

»Es kommt nicht auf die Waffe an, sondern auf den, der sie hält.«

Orville ging zu seinen Wohnräumen. Als er den Korridor betrat, bemerkte er, wie sich die Tür auf der rechten Seite schloss. Die Wächter schritten nicht ein, sondern beobachteten genau, was er tat. Er musste auf der Hut sein. Orville stieg die Treppe hinauf, durchquerte den Wachsaal, die Schreibstube und das Vorzimmer und betrat sein rundes Zimmer. Er hatte noch etwas Zeit, bevor er den Verwalter Asèrtimas empfing. Kurz setzte er sich an seinen Schreibtisch. Trotz alldem, was passiert war, und obwohl er so viel zu tun hatte, war die Erinnerung an diese junge Frau, Armine, nicht verblasst. Ihr engelsgleiches Gesicht, das von Vallade hinter Mauern verborgen wurde. Konnte es sein, dass die anderen Männer etwas Ähnliches erlebt hatten? Hatte jeder von ihnen irgendwo auf dieser Welt eine Armine? Eine Träne in seiner Seele, ein Felsbrocken auf dem Herzen für den Rest seines Lebens ... Dieses Dasein hier konnte man unmöglich Leben nennen, und selbst wenn Orville im Augenblick nicht wusste, wie er ihm entfliehen konnte, konnte er sich nicht vorstellen, ewig so weiterzuleben, ohne die Hoffnung, sie eines Tages wiederzusehen. Er verdrängte seine dunklen Gedanken und beschloss, den Korridor zu erkunden, der sich hinter der Tür auf der rechten Seite verbarg. Er schürte das Kohlebecken, legte Kohle nach, zündete daran eine Kerze an und ging vorsichtig zur Tür, damit sie nicht ausging. Das zitternde Licht erhellte nach und nach den Raum, während Orville vorwärtsging. Die Wände waren aus grauem, kaltem Stein. Er schloss die Augen, konnte aber zunächst keine Form von Leben um sich herum wahrnehmen. Er ging noch ein paar Schritte weiter, wandte sich um und öffnete eine der Türen. Die an der Wand befestigten Ketten ließen keinen Zweifel daran aufkommen, wozu dieser Raum früher gedient hatte. Er ging zurück zum Eingang und öffnete nach und nach alle Zellen, während er zur hinteren Wand ging. Alle waren leer. Doch irgendetwas an der Anordnung der Zellen im hinteren Teil war seltsam. Er hätte nicht benennen können, was es war, doch seine Intuition sagte ihm, dass dieses Gefängnis ihm noch nicht alle seine Geheimnisse preisgegeben hatte. Er hatte den Eindruck, dass hier irgendetwas ... aus dem Gleichgewicht war, doch er konnte es nicht genauer fassen. Er kehrte in sein Zimmer zurück und zog alle Schriftstücke aus den Schränken. Er hatte erst ein paar davon gelesen und geordnet, als die Glocke läutete. Asèrtimas wartete in der Schreibstube, in Begleitung von Lorenzi. Sie setzten sich um den Tisch und begannen mit dem Inventar.

»Ich höre dir zu, Verwalter Asèrtimas.«

Der Mann warf sich in die Brust, als er seinen neuen Titel hörte. Er richtete seinen gebeugten Rücken auf und räusperte sich. »In Ordnung, Kapitän. Ich werde mit den Waffen beginnen. Wir haben sieben Schwerter. Wir wissen nicht, was sie wert sind. Es befand sich jeweils eines in jedem Haus des Königreichs. Sie sind mit dem Wappen der königlichen Häuser verziert. Sie befanden sich in geschlossenen Nischen in den Zimmern. Wir haben einen Bogen gefunden, aber er ist wurmstichig. Um die Pfeile steht es nicht besser, aber die zwölf Metallspitzen sind in gutem Zustand. Soweit zu den Waffen. In den Nebengebäuden haben wir Werkzeuge gefunden: drei Hacken oder Werkzeuge, die als solche verwendet werden können, vier Hämmer in verschiedenen Größen, eine Axt, kleine Werkzeuge für die Bearbeitung des Bodens. Wir können noch ein genaueres Inventar für Euch anfertigen, doch die Dinge, die hier nicht erwähnt werden, sind nicht viel wert. Die Baumaterialien begrenzen sich auf das, was man aus solch undankbarem Boden herausholen kann, also Stein. Ich befürchte, das ist alles, aber dafür gibt es davon reichlich. Es ist ein harter und brüchiger Stein. Die Bäume hingegen wachsen nicht hoch genug, dass man sie als Baumaterial verwenden könnte. Der Boden ist nicht tief genug. Also müssen wir ohne auskommen. Die Stämme können wir als Brennstoff verwenden, aber wenn wir nicht damit haushalten, werden von diesen langsam wachsenden Bäumen bald keine mehr übrig sein. Schließlich haben wir noch Seile und Gespanne für Ochsen, die jedoch bald zu Staub zerfallen. Was Nahrungsmittel angeht, reichen die Vorräte für einen Monat, doch uns werden alle zwei Wochen neue geliefert. Nun zu den beweglichen Gütern. Jedes Haus ist mit Betten, Stühlen, einem Thron, einem Tisch, einer Schreibstube, einer Küche und einer Bibliothek ausgestattet. In den sieben Häusern zusammen befinden sich etwa hundertdrei Bücher und vereinzelte Möbel, die nicht zu den Räumen, in denen sie stehen, passen. Wir vermuten, dass sie aus den Wohnräumen des Befehlshabers des Forts stammen. Über diese Möbel könnt Ihr verfügen, wie Ihr wollt. Die Besitztümer der einzelnen Bewohner sind nicht Teil des Inventars, da sie nutzlos sind und die Buchführung darüber Grenzen der Privatsphäre überschreitet. Jeder von uns kam mit leeren Händen an. Alles, was wir haben, sind ein paar Kleidungsstücke. Wir verfügen außerdem über zwölf Pergamentrollen und getrocknete Tinte, die man leicht wieder verdünnen kann.«

Orville war ein wenig enttäuscht. Er hatte zumindest auf eine kleine positive Überraschung gehofft. »Ist das alles?«

»Ja, Kapitän.«

Orville schwieg einen Moment, dann stellte er Asèrtimas eine neue Frage. »Wie gebt ihr eure Bestellungen auf?«

»Alle zwei Wochen notieren wir, was wir brauchen, und geben die Liste dem Steuermann, bevor das Boot zu Wasser gelassen wird.«

Orville holte tief Luft und lehnte sich zurück. Er bat Asèrtimas, Notizen zu machen, und zählte seine Forderungen auf: »Wir brauchen zusätzlich zu den üblichen Nahrungsmitteln Folgendes: eine Schmiede und Kohle, Eisen, Weizen, Gerste, Samen einiger Gemüsesorten, die wir im Sommer säen können, Setzlinge von Eiben und Sträuchern aus der Region, Weinstöcke, einen Ziegenbock und sechs Ziegen, zehn Hühner und einen Hahn, Kaninchen einer robusten Rasse, männliche und weibliche, Zimmermannswerkzeuge, Holz in verschiedenen Zuschnitten, vier Schaufeln und eine Reihe an Utensilien zum Fischen. Dann noch etwas Tinte, hundert Bögen Velinpapier …«

Orville dachte einen Moment nach. »Und zwei Lauten. Fällt Euch noch etwas ein, Asèrtimas?«

Orvilles Aufzählung folgte nur fassungsloses Schweigen.

»Kapitän, die Wächter werden diese Liste niemals akzeptieren. Sie versorgen uns mit dem Lebensnotwendigen, erlauben uns aber nicht, uns hier ein richtiges Leben aufzubauen.«

Orville dachte einen Moment nach und antwortete: »Habt ihr es einmal versucht?«

Lorenzi schaltete sich ein: »Was ist, wenn sie sich weigern?«

Orville drehte sich zu ihm um. »Dann werde ich mir etwas einfallen lassen.«

Die Männer waren an diesem Morgen früh aufgestanden. Sie hatten sich um den Tisch versammelt und Orville hatte jedem seine Aufgaben zugeteilt. Es war der Tag, an dem die neuen Nahrungsmittel geliefert werden sollten. Das Versorgungsboot war bereits in den Gewässern im Süden vor der Insel gesichtet worden, also mussten sie ihre eigene Schaluppe innerhalb der nächsten Stunde zu Wasser lassen. Sechs Ruderer wurden benötigt. Die übrigen Männer mussten die Winde bedienen. Der Morgen war also bereits ausgefüllt. Die restliche Energie würden die Männer für das Training am Nachmittag brauchen. Ein Wächter betrat den Gemeinschaftsraum. Er trug einen dunklen Umhang, sein Haar war im Nacken zu einem Knoten zusammengebunden. Vorne an seinem Mantel war ein Platinabzeichen in Form eines Wolfes befestigt, dessen blaues Auge die Luft zum Erstarren zu bringen schien. Er war ungefähr so groß wie Orville, mit ein wenig schmäleren Schultern, und schien von einer stillen Kraft durchdrungen zu sein, wie ein Fels, den nichts erschüttern konnte.

Orville wandte sich an Asèrtimas: »Verwalter, könntet Ihr dem Wächter unsere Bedarfsliste übergeben?«

Asèrtimas nickte, richtete sich auf und ging auf den Wächter zu wie ein langsamer, steifer Baum. Er reichte dem Mann eine kleine Schriftrolle. Je weiter dieser das Pergament auseinanderrollte, desto stärker runzelten sich seine Brauen. »Diese Liste ist ungewöhnlich, Kapitän. Könnt Ihr mir noch etwas mehr dazu sagen?«

Orville versuchte, ruhig zu bleiben. Die Konfrontation war unausweichlich. Doch er musste sich für seine Männer einsetzen und ihnen Hoffnung und Ideen einflößen. »Seid gegrüßt, Wächter. Ich werde Euch alles erklären. Auf dieser Insel gibt es zwei Lager. Das der Wächter und das der Kämpfer. Insgesamt achtzehn Personen. Unsere Gemeinschaft ist zu zerbrechlich, da wir auf die Lieferungen angewiesen sind. Auf dieser Insel kann man weder Getreide in großen Mengen anbauen noch gibt sie viel Holz her. Die Erde ist nicht sehr tief, doch immerhin gibt es welche. Mein Vorhaben ist, alles selbst anzubauen, was wir anbauen können, um einerseits ein wenig unseren Speiseplan variieren zu können und andererseits unsere Überlebenschancen im Falle einer Unterbrechung der Versorgung zu erhöhen. Wir sind politischen und wetterbedingten Gefahren ausgesetzt. Das kann so nicht weitergehen.«

»Das ist verständlich. Ich kann Euch nicht versprechen, dass Ihr alles bekommen werdet, aber ich werde Eure Anfrage weiterleiten. Ein Boot wird nicht ausreichen. Habt Ihr sonst noch eine Bitte?«

Orville tat so, als würde er nachdenken. Dann fuhr er fort: »Ja, Wächter. Wir bräuchten auch zwei leichte Boote mit Segeln und Waffen für die Männer. Die Männer machen schnell Fortschritte und die Holzschwerter sind auf Dauer zu leicht.«

Der Wächter schwieg ein paar Sekunden lang, bevor er antwortete. »Müsst Ihr aus ihnen Krieger machen, Kapitän? Wer garantiert mir, dass sie sich nicht gegen uns wenden werden?«

»Ein Fort braucht Soldaten, die es beschützen können, Wächter. Außerdem, wenn mein Entwicklungsprojekt funktioniert, könnte es die Begierden der Piraten wecken, die sich im Archipel herumtreiben. Und was könntet Ihr von unserer Seite schon befürchten? Was könntet Ihr hinter dieser Tür versteckt halten, das für uns interessant wäre? Frauen vielleicht?«

Die Männer lächelten.

Orville dachte an Armine, seine Liebe, seinen Schmerz, seine Hoffnung. »Wenn wir uns Eurer entledigen würden, würden wir keine Nahrungsmittel mehr erhalten und wir hätten gerade mal ein Boot, mit dessen Hilfe wir von diesem Felsen fliehen und uns ein neues Leben in anderen Breitengraden aufbauen könnten. Wir müssen also das Beste aus unserer Situation machen. Außerdem mischt Ihr Euch ohnehin in nichts ein.«

Der Gesichtsausdruck des Wächters war nicht zu deuten. »Was ist mit den Booten?«

»Die brauchen wir, damit wir fischen und jagen können. Ich beabsichtige, die Kaninchen auf einer Nachbarinsel freizulassen, die windgeschützter ist und auf der es mehr Vegetation gibt. Es ist besser, wenn man sie sich dort frei vermehren lässt. Die Jagd wird den Männern die nötige Unterhaltung bieten, die sie dringend nötig haben. Ein Jahr nachdem wir sie freigelassen haben, können wir jagen gehen und frisches Fleisch essen, aber wir müssen auf die Jagdinsel gehen und das Boot ist zu schwer, um es mit wenigen Leuten an Bord zu manövrieren. Außerdem würden wir uns nicht mehr versorgen können, wenn es beschädigt würde. Nur ein Boot ist also zu wenig. Angesichts der Strömungen und der Piraten, die im Archipel umhersegeln, besteht keine Gefahr, dass wir mit einem leichten Beiboot fliehen könnten.«

Der Wächter überlegte einen Moment lang und fasste dann einen Entschluss. »Ich werde die Liste weitergeben ... über das Thema Waffen und Boote muss ich noch nachdenken. Es ist Zeit, das Boot zu Wasser zu lassen.«

Der Wächter ging hinaus, gefolgt von den Männern, die die Kisten und Fässer ergriffen, die die Wächter im Korridor abgestellt hatten. Sie gingen den Pfad zum westlichen, niedrigsten Punkt der Insel hinab, wo die Schaluppe auf dem Boden lag. Die Stelle war gut vor dem Wind geschützt und die Strömung war nicht stark. Die Seile wurden an den Ringankern befestigt, dann hob das Boot vom Boden ab. Sechs Männer und der Wächter stiegen hinein. Die anderen schoben, bis das Boot über dem Abgrund hing, dann blockierten sie die Räder der Winde und begannen, die Seile abzurollen. Das Boot schwebte langsam die Klippe hinunter, bis es das Wasser berührte. Dann machten die Ruderer die Seile los. Die Männer, die auf der Klippe zurückgeblieben waren, blockierten die Winde, ließen sich auf dem Boden nieder und sahen zu, wie ihre Kameraden nach Norden ruderten, dem Versorgungsboot entgegen. Die Schaluppe schaukelte in der östlichen Strömung. Orville saß im dürren Gras und betrachtete den Archipel, der sich in ein riesiges Felsenlabyrinth verzweigte. Die benachbarten Inseln waren, ebenso wie die Insel, die sie bewohnten, Hochebenen, um die ringsum steile Klippen abfielen. Andere schienen niedriger. Man konnte sie möglicherweise leicht erklimmen. Noch weiter entfernt konnte er richtige Berge ausmachen. Am Horizont verschmolzen die einzelnen Gipfel zu einem Tableau aus blau verhangenen Felsen, auf denen Gletscher glitzerten. Es war, als wären dort unermesslich hohe Berge überflutet worden und nun könnte man zwischen den Gipfeln umhersegeln.

Eine Stimme riss Orville aus seiner Betrachtung. »Kapitän, Ihr wollt also, dass wir Ziegen und Hühner züchten, Gemüse anbauen und fischen.«

»Ja, das wäre eine Möglichkeit.«

»Aber warum? Wir werden zweimal im Monat mit Nahrungsmitteln beliefert. Reicht das nicht aus?«

»Doch, aber nur, um gerade so zu überleben, bis uns der Tod holen kommt, nicht um sich etwas aufzubauen. Wir haben ein Leben zu leben. Außerdem, ab und an ein Kanincheneintopf, Eier und frisches Gemüse werden eine willkommene Abwechslung zur Hafergrütze bilden. Nächstes Mal werde ich auch Bienen anfordern.«

Ein anderer Mann schaltete sich in die Unterhaltung ein. »Ich erinnere mich gerade daran, mein Vater war Gärtner. Die Erde in seinem Garten war schwarz und tief. Hier aber gibt es nur nackten Felsen und alles wird ständig vom Wind niedergedrückt. Da wird nichts wachsen, Kapitän.«

Orville lächelte. »Du hast nicht genau genug hingesehen. Es gibt zwei Stellen, an denen es natürlich nicht viel Land gibt, aber auch keinen Wind.«

Orville ließ ein paar Sekunden verstreichen, dann fuhr er fort: »Der Hof und die Wassergräben eignen sich hervorragend zum Gemüseanbau. Die Erde muss dafür auch nicht übermäßig tief sein. Ich werde dir zeigen, was aus der bepflanzbaren Erde dieser Insel geworden ist. Wir tragen einen kleinen Teil davon ab. Den Rest werden wir, wenn nötig, von den anderen Inseln holen. Sie ist nicht sehr gehaltvoll, doch wir werden Kompost machen. Dabei werden uns die Ziegen helfen. Ziegen essen alles. Sie werden diese spärliche Vegetation in nutzbaren Kompost verwandeln.«

Orvilles Gesprächspartner warf einen Stein die Klippe hinunter. Sie warteten lange, doch das Rauschen der Wellen überdeckte jedes Geräusch, das der Stein beim Eintauchen ins Wasser hätte verursachen können.

»Und wenn es nicht funktioniert?«

»Dann haben wir es wenigstens versucht ... und wir können immer noch die Ziegen essen.«

Ein zustimmendes Schweigen folgte Orvilles Schlussfolgerung.

»Wie sehen Eure weiteren Pläne aus?«

Orville lächelte. Die Sache kam ins Rollen. Ein blasser Horizont zeichnete sich in ihrer beschränkten Welt ab. »Meine weiteren Pläne? Zuerst müssen wir Becken bauen, um Salz zu produzieren. Wir werden es brauchen, um Fleisch und Fisch zu pökeln. Danach werden wir die Nebengebäude instand setzen und die Gräben mit Erde auffüllen. Ich denke, wir könnten die Salzbecken hier anlegen. Die Winde können wir benutzen, um Wasser heraufzuholen. Diese Stelle hier ist außerdem sehr windig, was für die Salzgewinnung nützlich ist. Außerdem müssen wir unten eine Anlegestelle für die Fischerboote bauen. Ich möchte dort auch ein kleines Gebäude errichten, in dem man alle Fischereiutensilien unterbringen kann. Dort können wir unseren Fang auch pökeln und trocknen, wenn er unseren Verbrauch übersteigt. Und dann müssen wir noch Hanf säen, aus dem wir Seile herstellen können.«

Der Mann nickte. Orville fuhr fort, während sein Blick sich in der Ferne verlor: »Und schließlich, wenn alle Voraussetzungen erfüllt sind, können wir einen Hafen und eine Siedlung bauen und vielleicht sogar Menschen hier ansiedeln.«

Seine Seele flog über das Meer und die Felsen, kletterte den Bergkamm hinauf und hinunter in die verdorbene, schmutzige Stadt Vallade, wo mitten im Moloch der Korruption ein kleines Licht leuchtete.

Orville war zurück in seinen feuchtwarmen Wohnräumen. Er hatte das Schwerttraining der Männer etwas verkürzt, um sie nach den Anstrengungen des Morgens nicht zu sehr zu erschöpfen. Ein Esel wäre nützlich gewesen, um die Waren hinauf zum Fort zu transportieren, doch auch wenn die Insel genug für Ziegen hergeben mochte, gab es doch nicht genug Futter, um über den Winter ein größeres Tier hier zu halten. Die Sache mit dem Korridor und den Zellen beschäftigte ihn noch immer. Er ging beinahe jeden Tag hinein, konnte aber nicht begreifen, was es genau war, das ihn störte. Natürlich war es an sich bereits ungewöhnlich, dass man von den Zellen aus direkt in die Schreibstube gelangen konnte. Er beschloss, einen genauen Plan für diesen Teil der Wohnräume zu erstellen. Orville nahm ein Blatt Pergament aus einem Schrank und schabte den Text ab, der sich bereits darauf befand. Dann zeichnete er mit einer Bleimine die Umrisse der Wände nach, während er sie mit einem verknoteten Seil vermaß. Alle Proportionen erschienen ihm logisch – bis er bei der letzten Zelle anlangte. Der Unterschied war zwar nicht sehr groß, aber der Korridor war im Verhältnis zur Breite der Zelle eine halbe Elle zu kurz. Vielleicht war es nicht nötig gewesen, ihn länger zu machen. Doch warum hatte man ihn dann nicht an der Tür der Zelle aufhören lassen? In jedem Fall verstand Orville jetzt, was hier seltsam war. Während die Proportionen der restlichen Räume ein Gefühl von Ausgeglichenheit und Gelassenheit vermittelten, waren sie hier nicht ganz stimmig. Er setzte sich mit dem Rücken zur Wand hin, schloss die Augen und projizierte seinen Übersinn in den Raum hinein. Er konnte zwar nicht in die Zellen hineinsehen, bemerkte jedoch schließlich kleine Partikel, die die Wände des Korridors überzogen, winzige Organismen, die sich hier und da zu winzigen Punkten zusammenballten, die kaum zu erkennen waren und Rückschlüsse auf die Beschaffenheit des Mauerwerks und die

Kurven des Tonnengewölbes zuließen. Sobald er etwas entdeckt hatte, das er genauer untersuchen wollte, versuchte er, einer der Wände zu der zu folgen, an die er sich lehnte, und dann in das Material des Steins einzudringen. Dreimal versuchte er es ohne Erfolg. Beim vierten Versuch hielt er kurz vor dem Eindringen in die Mauer inne und konzentrierte sich dann aufs Äußerste. Schließlich drang er fast unmerklich in das Material ein und bewegte sich sehr langsam darin vorwärts. Er gelangte hinter die Mauer, doch seine Konzentration ließ nach. Die Lichter erloschen. Orville beschloss, es von nun an jeden Tag zu versuchen, bis er wahrnehmen konnte, was sich auf der anderen Seite befand. Selbst wenn es nur eine Aufschüttung war, könnte er immerhin wieder ruhig schlafen. Er kehrte in sein Zimmer zurück und zog einen Stapel Pergamente hervor. Er begann eine oberflächliche Lektüre, während seine Gedanken umherschweiften, als er auf einmal deutlich etwas in seinem Rücken spürte. Er versuchte, sich nicht zu bewegen und zu verstehen, was der Ursprung dieser flüchtigen Wahrnehmung sein könnte.

Orville hatte seit seiner Geburt genug mit der Wirklichkeit zu tun gehabt, da war es ihm gar nicht in den Sinn gekommen, über Geister nachzudenken. Alle pragmatischen Menschen, zum Beispiel Soldaten, ängstigten sich vor Erscheinungen, die sie nicht verstanden. Nicht dass Orville ängstlich oder abergläubisch gewesen wäre, doch in seiner Vorstellung von der Welt war eben kein Platz für Dinge, die er nicht mit dem Schwert bekämpfen konnte. Er stand auf, näherte sich der Wand, legte seine Handflächen darauf und lehnte seine Stirn dagegen. Er fühlte die trockene Kälte des Steins, schloss die Augen und konzentrierte sich auf den Felsen, auf sein Inneres. Falls sich dahinter irgendetwas abspielte, hätte er zumindest

Gewissheit. Orville drang vorsichtig in den Stein ein und bewegte sich dann langsam hindurch, Kristall für Kristall, Partikel für Partikel, bis er nach einigen unendlich scheinenden Minuten auf der gegenüberliegenden Seite der Mauer herauskam. Zuerst bildete sich auf der glatten, vertikalen Ebene ein winziger, blasser Punkt, dann zwei, dann schließlich drei. Während Orville sich von einem Punkt zum anderen bewegte, entstand vor seinen Augen ein Bild, oder besser gesagt ein dreidimensionaler Raum: ein schmaler Korridor, der parallel zur Wand seines Zimmers verlief. Orville hatte gespürt, wie etwas Lebendiges diesen Korridor entlanggehuscht war, während er mit der Lektüre beschäftigt gewesen war. Er hatte also seine Augen offen gehabt, während er sich auf seinen Übersinn konzentriert hatte. Wenn er genau darüber nachdachte, als er das erste Mal so etwas wahrgenommen hatte, während des nächtlichen Angriffs der Späher oben auf dem Kamm, waren seine Augen ebenfalls offen gewesen. Vielleicht war es nötig, sie zu schließen, um das für den Übersinn notwendige Konzentrationsniveau zu erreichen. Ebenso hatte die vollkommene Dunkelheit im Verlies von Vallade den Effekt gehabt, dass er sich umso besser auf seine verbleibenden nützlichen Sinne hatte konzentrieren können: Hören, Tasten, Riechen ... und den Übersinn. Diese Bezeichnung hörte sich seltsam an, doch ihm fiel keine andere ein. Er ließ kurz davon ab und versuchte dann, sich noch einmal mit offenen Augen auf den Übersinn zu konzentrieren. Obwohl er es mit aller Kraft versuchte, wollte es ihm nicht gelingen. Er schloss die Augen wieder und wartete, bis sich das dreidimensionale Bild des Korridors wieder vor ihm materialisierte, dann öffnete er langsam die Augen. Erst beim hundertsten Versuch schaffte er es, dass die Vision intakt blieb, nachdem er die Augen geöffnet hatte, allerdings auf Kosten eines starken Kopfschmerzes. Es war eine ganz besondere Art der Wahrnehmung. So als würde man den gleichen Ort aus zwei verschiedenen Blickwinkeln gleichzeitig sehen. Die normale Wahrnehmung und der Übersinn deckten sich nicht vollständig. Er musste Letzteren permanent anpassen. Die beiden Wahrnehmungen des Raumes ergänzten sich gegenseitig. Die normale Sicht war ein schmaler Bereich vor seinen Augen, während der Übersinn eine Art kreisförmigen Bereich um ihn herum bildete, der sich jeweils entsprechend dem verformte, was ihn umgab. Er hatte diesen Bereich vage in gefährlichen Situationen wahrgenommen, während seiner Jugend in der Gosse zum Beispiel und auch in jüngerer Zeit während seiner Reise auf dem Grat. Eine Art erweitertes Bewusstsein. Orville konnte die Energie der Dinge wahrnehmen, die Wärmeabstufungen, die sich in Schattierungen von Blau bis Rot zeigten. Er hatte gelernt, rote Dinge mental anzuzapfen, um sich aufzuwärmen, beispielsweise den Schiffsofen, als sie auf dem Meer unterwegs waren. Beinahe hätte ihn die starke Hitze damals umgebracht, und er wählte seine Wärmequellen seither mit Bedacht.

Orville klingelte und Lorenzi trat ein. Er bat ihn um einen Kräuteraufguss, ruhte sich einen Moment lang aus, dann verzeichnete er auf seinem Plan des Korridors mit leicht aufgedrückter Bleimine, was er entdeckt hatte. Es war sehr wahrscheinlich, dass er hinter der Mauer die Bewegung eines Mannes wahrgenommen hatte … Wer konnte es anderes sein außer ein Wächter? Der Geheimgang musste zu ihren Wohnräumen führen. Doch wohin führte er noch? Orville hatte im ganzen Fort gesucht, hatte jeden Stein umgedreht, jedoch keinen anderen Ausgang entdeckt. Er rollte seinen Plan zusammen und versteckte ihn zwischen ein paar anderen Schriftrollen im Schrank. Nachdem er seinen Tee getrunken hatte, ging er hinaus, um auf der breiten Festungsmauer etwas frische Luft zu schnappen. Er stand gerade auf dem östlichen Abschnitt und schaute aufs Meer, als die Männer mit der Ladung zurückkehrten. Orville ging hinunter und ihnen entgegen.

7. April 807

Von diesem Tag an werde ich die Chronik weiterführen, die ich von den vorangegangenen Befehlshabern dieses Forts übernommen habe. Meine erste Aufgabe bestand darin, die hier aufbewahrten Schriftrollen zu sortieren und einzulagern. Wir erfahren aus ihnen nichts großartig Interessantes. Lebensmittellisten, Berichte über die neu angekommenen Männer, über Todesfälle und über die wenigen Reparaturen, die durchgeführt wurden. Ich werde keine Berichte niederschreiben, aus denen meine Nachfolger nichts Nützliches lernen können. Ich habe mit meinen Männern einige grundlegende Arbeiten vorgenommen. Wir müssen alles auflisten, was wir tun können, um die Insel sowie zwei Nachbarinseln, die ich ausgewählt habe, aufzuwerten. Eine von ihnen ist spärlich bewaldet, aber die Bäume sind robust. Sie ist ziemlich weit entfernt, aber nicht außer Sichtweite. Das Holz könnte man bis zu unserer Insel schiffen und dann mit der Winde hochziehen. Das Relief dieser Insel, das weniger stark akzentuiert ist als das der anderen, hat wohl dafür gesorgt, dass der Boden nicht so stark ausgewaschen wurde. Außerdem befindet sie sich an einer windgeschützten Stelle. Die andere Insel befindet sich näher an der Insel Goulet. Mit ihrer niedrigen Vegetation scheint sie ideal für die Ansiedlung von Wild zu sein.

Gestern erhielten wir die Pflanzen, Samen und Tiere, die wir vor zwei Monaten angefordert hatten. Drei Boote kamen uns entgegen, die wir dann bis zur Winde geleiteten. Die Ruderer drehten den Bug unserer Schaluppe gegen die Strömung und spannten die Segel auf, damit die Boote genug Zeit hatten, sich uns anzuschließen. Wir haben die Scheune so gut es ging repariert und die Tiere dort untergebracht. Ab morgen können wir im Garten, den wir in den Wassergräben angelegt haben, ein paar Pflanzen säen. Die Erde dafür haben wir den Mauern des Forts entnommen. Der Boden dieser Insel ist felsig und unfruchtbar. Ich nehme an, dass die Erdschicht, die sie ursprünglich bedeckt hat, für die Errichtung der gewaltigen Stadtmauer und des Erdhügels verwendet wurde, der die Gebäude bedeckt. Als wir mit dem Graben begannen, kam gleich ein Wächter und wollte uns Einhalt gebieten. Wir haben damit begonnen, den Zugang zum Wehrerker freizulegen. Wir haben hart mit dem Wächter verhandelt und schließlich hat er zugestimmt, dass wir in einem beschränkten Bereich, den er uns gezeigt hat, graben dürfen. Die Männer wurden wütend und beharrten auf ihrem Standpunkt. Noch vor ein paar Wochen hätten sie niemals so reagiert. Die Hoffnung gibt ihnen Kraft. Sie sind immer noch keine Krieger, doch sie machen Fortschritte. Wir haben weder das Boot noch die Waffen bekommen, doch dies darf uns nicht entmutigen. In ein paar Wochen werden wir unsere ersten Eier essen. Einige der Männer haben schon seit zwanzig Jahren keine mehr gegessen. Niemals wird wohl ein Ei je wieder größere Emotionen auslösen.

Die große Schriftrolle aus dem Schrank im südwestlichen Teil des Zimmers zeigt eine detaillierte Karte von Goulet. Auch Bodentiefe, Höhenunterschiede und die Vegetationsdecke werden genau dargestellt. Je nach Bodenbeschaffenheit haben wir bestimmt, wo wir was anbauen können. Die Männer sehen sich nun als Gruppe. So werden sie harte Zeiten besser überstehen. Pétrus hat zwei Lauten erhalten. Seiner Meinung nach sind sie zu rustikal – er schien enttäuscht –, doch noch am selben Abend kam er damit zu uns in den Gemeinschaftsraum. Er spielt wunderschön und ist ein geborener Geschichtenerzähler. Wir haben beschlossen, die Erzählungen, die wir kennen, niederzuschreiben, und die Bibliothek damit zu bestücken, zusätzlich zu den Büchern, die wir in den einzelnen Häusern gefunden haben. Ich bin überzeugt, dass die Singschule, die Pétrus eröffnet hat, schon bald Musiker hervorbringen wird.

Unsere nächste Aufgabe wird sein, die Wächter davon zu überzeugen, dass sie uns das Boot leihen, damit wir Holz von der anderen Insel holen und eine Bootsanlegestelle bauen können. Wir beginnen mit dem Holz, das wir dem Teil der Scheune entnommen haben, den wir nicht wiederaufbauen konnten. Das Wasser vor der Klippe ist zu tief, um dort Pfeiler für die Bootsanlegestelle hineinzutreiben, doch wir könnten die Anlegestelle von der Winde herablassen. Wenn wir genug Holz zusammenbekommen, könnten wir daraus eine schwimmende Anlegestelle zimmern. Mit der Salzproduktion läuft es gut. Wir haben bereits ein paar Pfund zusammen, mit denen die ersten Fische gepökelt werden können. Acht Becken wurden gegraben und gemauert. Sie sind durch Kanäle miteinander verbunden, sodass die Sole in mehreren Stufen konzentriert werden kann. Das theoretische Wissen der Männer ist sehr nützlich, ihr Einfallsreichtum überrascht mich. Es kann für sie gar nicht schnell genug gehen. Bald werden wir Ziegenmilch haben, dann können wir Frischkäse herstellen.

Kapitän Orville,
Befehlshaber des Forts der Insel Goulet
im Dienste des Königs

Pétrus hatte tatsächlich eine Lautenklasse eingerichtet und eine große Anzahl von Geschichten für die Bibliothek niedergeschrieben, die im Wachsaal eingerichtet worden war. Diese Ansammlung von gebildeten Männern, die die meiste Zeit mit militärischen und landwirtschaftlichen Tätigkeiten zubrachte, nutzte ihre Freizeit auf gar wunderliche Weise. Sie diskutierten über Philosophie, Landwirtschaft, Bauwesen, Theologie, Kunst und Literatur. Asèrtimas hatte sich vorgenommen, seine Lieblingsbücher aus dem Gedächtnis niederzuschreiben. Andere, die von der Idee begeistert waren, hatte nachgezogen, sodass die Bibliothek bald im stolzen Besitz unzähliger freier Interpretationen berühmter Werke war. Allerdings waren die Erinnerungen, die der eine von einem gewissen Werk hatte, bisweilen weit entfernt von der Vorstellung, die sich ein anderer davon gemacht hatte, die möglicherweise noch weniger mit dem eigentlichen Inhalt des Originals zu tun hatte. So füllten sich die Regale mit überarbeiteten Versionen, von denen eine fragwürdiger als die andere war, und die Debatten flammten bei jeder neuen Überarbeitung von Neuem auf. Oft blieb von der ursprünglichen Geschichte nur der vage Erzählrahmen, in den dann kleinliche Racheszenen gebettet waren. So kam es zum Beispiel, dass der gefallene Held eines angesehenen Werkes drei überarbeitete Versionen später plötzlich als Verwalter, der in eine Senkgrube fiel, wieder auftauchte.

Eines Abends hatte Handt den Männern alles über das Aufziehen von Brieftauben erklärt. Als Versuchsobjekt hatte er eine verängstigte Henne ausgesucht und ihr eine Röhre aus Knochen am Fuß befestigt. Ein Moment der Unaufmerksamkeit reichte aus, dass sie auf den Korridor entkam. Der kleine dickbäuchige Mann verfolgte den Vogel bis in den Hof, um ihn wieder einzufangen und seine Demonstration zu Ende führen zu können. Er war der Einzige unter den vierzehn auf Goulet gestrandeten Männern, der dereinst einen Handwerksberuf ausgeübt hatte. Es war erstaunlich, wie präzise und fein seine Handgriffe trotz seiner dicken, von der Arbeit geschundenen Finger waren. Oft erhellte ein Lächeln sein rundes Gesicht und entblößte seine Zähne, die weit auseinander lagen, weil einige fehlten.

Nachdem ein ehemaliger Bibliothekar des Zweiten Königreichs eine Erzählung vorgelesen hatte, nahm Pétrus seine Laute zur Hand und zupfte einige dramatische Akkorde. Er räusperte sich. »Hört hört, meine Freunde. Ich werde Euch an diesem schönen Frühlingstag die wahre Geschichte des Kapitäns der Felsen, des Königs der Möwen, des Herrschers über das Fort erzählen, das inmitten tobender Wellen verloren ist, des Kaisers der Stürme und Wolken, die ihren Kummer über diese verlassenen Orte auf die fruchtbare Erde der sieben Königreiche herabweinen. Ich werde zum Ruhme der Büsche, Steine und Winde singen, zum Ruhme der Frauen, der schönsten Kinder, unserer verlorenen Lieben, unserer lichterfüllten Träume, unserer lichtlosen Zukunft.«

Er spielte drei Moll-Akkorde.

Meine grünen Wiesen mit dem Duft der Narzisse
Wie ich euch im Land der Wolken vermisse

Weit entfernt von all unseren weisen kleinen Bienen
haben wir vergessen, unserer Berufung zu dienen.

Wie der verlorene Felsen sind wir, führen ein elendes Leben
Mit wenig Hoffnung, von Ängsten umgeben
Ziellos wandern wir auf diesem kleinen Fleck umher
Den Geschmack eines Bieres kennen wir nicht mehr.

Nun folgte eine Improvisation voller komplizierter Arabesken. Dann, zu Beginn des nächsten Verses, wechselte Pétrus in eine Dur-Tonart.

In einem verlassenen Fort, auf wilder Erde
versammelt sich eine arme, verlassene Herde
sät ein mutiger Abgesandter Hoffnung aus
kehrt mit den ersten Früchten nach Haus.

Stolze Krieger mit Zweigen
Pflügen die Erde auf den Steigen
Mit einer Handvoll obdachloser Männer ohne Dorf
er in ein paar Wochen eine ganze Nation entworf.

Die verlorene Insel ist keinem Mann
außer dem, der ihr eine Seele verleihen kann
König Orville, von seinen Männern gewählt
zu regieren dieses Land ohne Frauen und Geld.

So ist das Achte Königreich entstanden
das mächtige Nationen mit Angst verbanden
So ist das Achte Königreich entstanden
Wo sich Fleisch und Fisch in Massen fanden.

Die Männer nahmen den letzten Vers im Chor wieder auf. Der Abend endete sehr spät. Es sollte nicht mehr lange dauern, bis Orville tatsächlich König wurde.

Das Training war gerade zu Ende und Orville stieg die Stufen zum Wachsaal hinauf. Vor die Mittelachse der Tür war ein neuer Lehnstuhl gestellt worden. Das dunkle Holz der Rückenlehne war mit Pflanzenmotiven verziert. Im schwachen Licht des Raumes schimmerten Reste von Blattgold auf den komplexen Schnitzereien. Der dicke Stoff, der den Sitz bedeckte, musste vor langer Zeit mit irgendeinem symbolträchtigen Muster verziert gewesen sein. Nur ein paar Tupfer waren noch davon übrig, die zusammen mit den verschlissenen Stellen und Flecken, die die Feuchtigkeit hinterlassen hatte, die Sitzfläche sprenkelten. Die Gestaltung der Armlehnen war mehr dem Prunk als der Stabilität verpflichtet. Das durch den jahrhundertelangen Gebrauch glatt polierte Holz verlieh dem steifen und monumentalen Lehnstuhl einen Hauch von Sinnlichkeit. Orvilles Blick glitt die Rückenlehne hinauf und blieb an einer Schnitzerei haften, die erst vor Kurzem angefertigt worden war. Sie stellte zweifellos ein Tier dar, doch die unbeholfene Darstellung machte es schwierig, sie zu identifizieren. Vielleicht eine Katze oder ein Wal mit Luftlöchern. Orville nahm eine Präsenz hinter sich wahr. Er drehte sich um und sah, wie die vierzehn Männer den großen Raum betraten. Einer von ihnen namens Bargach trat vor und ergriff das Wort. Er besaß die dunkle Haut eines Mannes, der unter einer stärkeren Sonne geboren worden war und dessen Vorfahren die Wüsten durchquert hatten. »Majestät. Ich bin Gärtner, wie Ihr wisst, doch zuerst war ich Jurist im Auftrag des Sechsten Königreichs. Tatsächlich unterliegen die Frage der Macht und die Frage des Ranges nicht der aktuellen Rechtsprechung, weil alles Land in der Regel zu einem Königreich gehört. Der vorliegende Fall ist allerdings im Grundrecht vorgesehen. Wer ein Land erobert und es in seinem Namen beansprucht, kann jeden Titel annehmen, der ihm gefällt. Dieses Gebiet, einschließlich des Piratenarchipels und der Insel Goulet, gehört aus Gründen, die ich nicht kenne, nicht zu den sieben Königreichen. Wenn jemand Ansprüche auf dieses Land erhebt, während wir ebenso Ansprüche darauf erhoben haben, kann er sie natürlich im darauffolgenden Jahr mit Waffen geltend machen. Ansonsten hat das neue Königreich eine legale Existenz und wird in den Karten verzeichnet. Die Gründungsurkunde des Achten Königreiches muss daher den anderen sieben Königen vorgelegt werden, damit sie dazu Stellung nehmen können.« Er verstummte und gesellte sich zurück zu seinen Gefährten.

Orville dachte einen Moment nach. Die Männer schienen dieser Geschichte wirklich Glauben zu schenken. »Und wenn das Ergebnis dieses Scherzes ist, dass der ein oder andere König uns eine Galeere vorbeischickt, um unseren Aufstand niederzuschlagen? Ich erinnere euch daran, dass mein Spitzname aus einem Lied von Pétrus stammt. Vielleicht sollten wir es nicht übertreiben. Wie lange werden wir Berufssoldaten Widerstand leisten können, wenn sich unser Fallgitter nicht schließen lässt und wir nur für die Hälfte der Männer Waffen haben?«

Bargach schien diesen Einwand erwartet zu haben und hatte auch schon eine Antwort parat. Orville fühlte sich vor diesem Meister der Worte wie ein Kind. »Majestät, wir wollen dieses Leben nicht, wenn es keine Zukunft für uns bereithält. Wir haben eine bewusste Entscheidung getroffen.

Ich überlasse das Wort nun dem Fischer, Militärberater und Adjutanten Lorenzi.«

Der Adjutant trat ein paar Schritte vor und sprach zu Orville. »Majestät, wir haben die Situation abgewogen. Wer würde denn tatsächlich ein bewaffnetes Schiff losschicken, um einen uninteressanten Felsen zu erobern? Selbst wenn jemand eine Armada schicken würde, was könnte sie schon ausrichten? Wir sind von der stärksten Mauer und dem wirksamsten Festungsgraben umgeben, den es gibt: Die Strömungen sind tückisch, überall sind Riffe und dort, wo es keine gibt, ist das Wasser zu tief, um den Anker auszuwerfen. Falls irgendein Unglücklicher irgendwie auf das Felsplateau gelangen sollte, würde ein einfacher Schlag mit dem Knüppel genügen, um ihn wieder ins Meer hinunterzubefördern.«

Orville fasste sich ratlos ans Kinn. Er drehte sich um und betrachtete erneut den dunklen Lehnstuhl, dessen strenge Konturen trotz der Fülle der von Pflanzen inspirierten Ornamente dominierten. Er wandte sich wieder zu den Versammelten um. »Wo habt ihr eigentlich diesen Lehnstuhl gefunden?«

»Majestät, er befand sich im Haus des Vierten Königreichs. Wir haben ihn nur ein wenig umgestaltet.«

»Was ist mit dem Wappen zum Beispiel? Es scheint mir, dass das nicht die Arbeit desselben … Tischlers war, der den Stuhl angefertigt hat.«

Das Wort Tischler passte nicht zu den groben Konturen der Schnitzerei. Handt trat vor, den Hut in seinen großen Händen knetend. »Majestät, ich habe dieses Wappen gefertigt. Das alte zeigte einen Wolf und es gibt keine Wölfe hier, also habe ich eine Taube geschnitzt, eine schöne Taube.«

Orville konnte sich weder auf die Wahl des Tieres noch auf seine grafische Darstellung einen Reim machen. Er trat noch näher an den Lehnstuhl, um das Wappen genauer betrachten zu können, während der alte Handt auf seine Schuhe starrte, als hoffte er, so seine Verlegenheit verbergen zu können.

»Sag mir, Handt, was sind das für Linien, die mehr oder weniger einen Schnabel formen?«

Der kleine Mann eilte an seine Seite. »Majestät, das ist der Körper, das hier der Kopf und das sind die Zähne.«

Verdutztes Schweigen folgte diesen Worten. Orville drehte sich zu ihm um und forderte ihn auf fortzufahren, indem er seine Augenbrauen fragend nach oben zog.

»Also ich dachte eine Taube wäre ein gutes Symbol und außerdem kann ich nichts anderes zeichnen, aber die anderen dachten, eine Taube wäre zu harmlos für ein Wappentier.« Nach einem kurzen Schweigen setzte er eine finstere Miene auf und fügte hinzu: »Also habe ich ihr Zähne geschnitzt, damit sie bedrohlicher aussieht.«

Orville kratzte sich nachdenklich am Kopf. Dann brach er in unbändiges Lachen aus, in das alle Versammelten einstimmten.

KAPITEL X

DER PFAD DES BLUTES (2)

Drei Reiter näherten sich im Trab auf der Straße, die über die Hochebene von Jourd führte, und wirbelten Staubwolken hinter sich auf, die im Licht des Sonnenuntergangs glühten. Ihre dunklen Umrisse zeichneten sich vor der Landschaft ab wie Gespenster, die aus der Unterwelt hervorbrachen. Der erste von ihnen war barhäuptig, sein im Nacken zusammengebundenes Haar wehte im Wind, an seiner Seite hing ein Schwert und sein Bogen war über die Schulter geschnallt. Seine Reisegefährten, die Helme trugen und mit Speeren und Kurzschwertern bewaffnet waren, folgten ihm. Als der Weg sich einen Hang hinaufzuschlängeln begann, ließen die Reiter ihre Pferde im Schritt gehen. Ihr Anführer war blond, groß und kräftig. Sein sich unter der Staubschicht andeutender Bartansatz ließ auf eine lange Reise ohne Rast schließen. Er war unwahrscheinlich schön und kalt. Sein Antlitz verriet weder Müdigkeit noch irgendeine Gefühlsregung. Er war ganz in Schwarz gekleidet und trug einen langen Reiseumhang, unter dem eine Brosche aus weißem Metall hervorblitzte, ein Reiher, in dessen Auge ein Juwel blitzte, das von demselben Blau wie der eisige Blick seines Besitzers war. Die Gesichter seiner Begleiter waren angespannt und ihre Körper steif, sodass ein aufmerksamer Beobachter ihnen ihre völlige Erschöpfung und Todesangst angesehen hätte. Der Grund dafür war möglicherweise das Blut, das die Hände und die Kleidung ihres Anführers bedeckte. Dieser Mann tötete unablässig, so als hätte in seinen Augen kein einziges Leben irgendeinen Wert. Ein Blick, ein Krug, der ihm nicht schnell genug gebracht wurde, ein unansehnliches Gesicht oder die ausgestreckte Hand eines hungrigen Kindes ließ ihn sein Schwert ziehen und ihn wie einen Dämon verstümmeln oder morden. Er hatte sogar unter dem ein oder anderen Vorwand seine eigenen Männer getötet, alle außer den zwei armen Kerlen, die ihm immer noch folgten, so wie man dem Teufel selbst folgt, der einen in die tiefsten Abgründe der Hölle führt. Ihre blutige Reise neigte sich dem Ende zu. Würden dem Kapitän seine beiden Soldaten noch von Nutzen sein oder würde er sich ihrer entledigen, so wie er die anderen niedergemetzelt hatte? Über den Weg, den sie von Gradlyn aus geritten waren, zog sich eine Blutspur, der selbst ein Blinder hätte folgen können, hätte er sein Gehör nur auf das Wehklagen gerichtet.

Ihr Ziel war das Kloster, das sich, seitdem sie das Tal erreicht hatten, vor ihnen auf einem hohen Felsgipfel erhob wie eine riesige, mit Fenstern durchsetzte Wand. Um es zu erreichen, musste man einen gewundenen Pfad den Steilhang hinaufreiten. Der Weg mündete in eine gerade, von Bäumen gesäumte Allee, die schließlich den Blick auf die im Abendrot bedrohlich wirkende Masse von Steinen freigab. Das Mauerwerk wirkte ebenso uneinnehmbar wie der Felsen, auf dem es vor Jahrhunderten errichtet worden war. Als sie am Tor angekommen waren, stieg der Krieger ab. Seine beiden Männer taten es ihm sofort gleich. Ein Soldat erschien im Wehrerker. Er betrachtete die Besucher und zuckte zusammen. Er bellte einige Befehle, während er auf der anderen Seite eine Treppe hinuntereilte. Das Tor öffnete sich und das Fallgitter wurde zur Hälfte hochgezogen. Ein Wachtmeister kam heraus und zog seine Waffe, während das schwere, eiserne Gitter wieder herabgelassen wurde. Der in Schwarz gekleidete Krieger richtete sich mit einer kraftvollen und ausdruckslosen Stimme an den Hauptmann der Festung, der oben auf dem Wehrgang der Festung stand. »Ist das dein bester Kämpfer?«

Die hereinbrechende Nacht tauchte die tiefen Burggräben in Schatten, während sich die Gipfel der Hügel golden und blutrot färbten.

»Das ist mein bester Kämpfer. Wenn Ihr ihn auf die Art und Weise entwaffnet, wie ich es von Euch erwarte, ist der Beweis erbracht und die Tore werden sich für Euch öffnen. Im gegenteiligen Fall werdet ihr im Pfeilregen sterben.«

Wie um seinen Worten Nachdruck zu verleihen, erschienen an den Schießscharten und Zinnen Bogenschützen.

Der Krieger schätzte seinen Gegner ab und machte ein paar Schritte nach vorne. Der Wachtmeister war von großer Statur. Seine Gangart erinnerte an die eines Löwen, anmutig und kraftvoll, sein Blick war fest und sein Körper geschmeidig. Ein gefährlicher Gegner.

»Wachtmeister, bist du bereit?«

Der Mann nickte.

»Wenn er sich gut verteidigt, wird sein Leben gerettet sein. Andernfalls wird er wissen, was mit denen geschieht, die mich enttäuschen.«

Der blonde Krieger zog sein Schwert, eine lange, dünne, polierte Klinge mit einem sorgfältig gearbeiteten Griff, dessen Knauf ein blauer Edelstein zierte. Auf seinem Gesicht waren nur Langeweile und Gelassenheit zu erkennen. Der Wachtmeister führte einen blitzschnellen Angriff aus, der jeden noch so hervorragenden Fechter überrascht hätte. Doch dort, wo sich der Körper des Kriegers hätte befinden sollen, war nur Luft. Der Wachtmeister fasste sich und ging wieder in Position. Er machte einen Schritt nach vorne und führte eine Reihe komplexer Angriffe aus. Diesmal wich sein Gegner nicht aus. Er ließ den Wachtmeister seine Attacke beenden, dann ging er zum Angriff über. Er führte einen Hieb nach dem anderen, unerbittlich und so schnell, dass der Wachtmeister sie nur noch abwehren konnte, während er immer weiter zurückgedrängt wurde. Der Krieger ließ ihn zu Atem kommen, dann fuhr er fort, schneller und schneller, ohne ein Anzeichen von Anstrengung. Bei jedem Schritt nach hinten stieß der Wachtmeister einen Fluch aus, während sich langsam ein roter Fleck auf seinem Mantel ausbreitete. Als er, am Rande der Bewusstlosigkeit, mit dem Rücken zum schweren Tor stand, ließ er sein Schwert fallen, das er nicht mehr halten konnte, und zog aus seinem Gürtel einen kurzen Dolch, der ihm leider nichts mehr nützte.

»Hauptmann, hast du einen besseren Kämpfer, der mir gegenübertreten kann?«

Oben auf der Mauer erklang gepresst die Stimme des Offiziers. »Ich habe kaum welche, die Tore werden sich nun also für Euch öffnen, mein Herr.«

Bei diesen Worten schoben sich die Torflügel zur Seite, während sich das schwere Fallgitter unter Quietschen und Kettenrasseln hob. Der Wachtmeister fiel auf die Knie und ließ den Dolch zu Boden fallen, ehe er zusammenbrach, das Gesicht im Staub. Der militärische Abgesandte betrat den Hof, ohne ihn auch nur eines Blickes zu würdigen. Er ging zu dem Gebäude, vor dem die Nonnen knieten.

»Mutter Oberin, ich muss mit dir reden.«

»Kapitän, Ihr kommt zur rechten Zeit. Ich weiß nicht, was ich tun soll.«

Die Frau stand auf und betrat mit ruckartigen Schritten, die ihre Nervosität verrieten, das Gebäude. Sie durchquerten eine riesige Halle, in der das trockene Geräusch ihre Schritte tausendfach von den Wänden hallte, und betraten einen Flur gegenüber der Tür. Sie gingen durch ein Vorzimmer, in dem eine Schreiberin bei Kerzenschein arbeitete, dann betraten sie das Arbeitszimmer der Oberin. Sie blieb stehen, während der Kapitän sich in ihren Sessel setzte. Das Büro war schlicht eingerichtet und wirkte harmonisch proportioniert. Eine Tür führte auf einen Balkon hinaus, von dem man die Hochebene von Jourd überblicken konnte. Der Sonnenuntergang färbte den weißen Stein der Mauern orange und purpurrot.

»Ich höre!« Seine Augen bohrten sich in die der Nonne.

»Die Menschen, die sich in unserer Obhut befinden, sind erkrankt. Im Kloster ist eine Epidemie ausgebrochen. Ich schreibe einen Brief an den Prälaten des Marquis.«

»Das ist unmöglich.«

»Vier Leichen wurden in die Krypta gebracht, zwei Kinder und zwei Frauen. Wir haben sie auf den Boden gelegt, wie der Pakt es vorschreibt. Zu den Todesfällen ist es innerhalb der letzten Tage gekommen.« Die Stimme der Mutter Oberin war im Laufe ihrer Schilderung leiser geworden.

»Bring mich in die Krypta!«

Die Nonne und der Krieger gingen hinaus, überquerten den Hof und betraten einen runden Tempel mit massiven Mauern. Sie steuerten auf eine kleine Treppe zu, die in die Tiefen des Felsens hinabführte. Nach etwa dreißig Stufen betrat die Nonne einen rechteckigen Raum, der nur mit einem runden Tisch ausgestattet war, auf dem drei mit Tüchern bedeckte Körbe standen. Eine schwere Holztür, versehen mit einer Gitterluke, war in die Rückwand des Raumes eingelassen.

Die Fackeln brannten noch schwach und sandten ein flackerndes rotes Licht aus.

»Heute Morgen haben wir die Gaben hier abgestellt, wie wir es schon seit Jahrhunderten tun, aber es ist niemand gekommen, um sie zu abzuholen.«

Die Stimme der Nonne erstarb. Ihr Gemurmel hallte von den steinernen Wänden wider. Der Kapitän betrachtete die Körbe. Er legte die Hände auf die Tür und schloss die Augen, auf der Suche nach einem Lebenszeichen. Nach ein paar Sekunden öffnete er sie wieder und ordnete an, ein siebenundfünfzig Fuß langes Seil ausfindig zu machen und es in den zweiten Stock zu bringen.

Er stieg die Treppe wieder hinauf, ging einen Korridor entlang, betrat die siebte Kammer auf der rechten Seite und schloss die Tür hinter sich. Er stemmte sich gegen einen schweren Schrank und schob ihn vor die Tür. Der Abgesandte betastete die Mauer. Er zog seinen Dolch und klopfte die Wand mit dem Knauf ab. Bald fand er eine Stelle, die hohl klang. Er benutzte den Dolch, um ein kleines Holzbrett zu entfernen, das zusammen mit der Wand übertüncht worden war, und entdeckte dahinter eine Spalte, in der er einen soliden Metallring ertastete, der im Stein versiegelt war. Daran knotete er das Seil fest und ging auf das Fenster zu. Es war das einzige, von dem aus man die Eingänge zum Keller sehen konnte.

Das Fenster ermöglichte es, auf Kosten eines geradezu törichten Risikos, die Zufluchtsstätte der Königinnen zu erreichen. Die Existenz dieses Zugangs war detailliert in einer Schriftrolle der Festung der Garde beschrieben. Der Krieger hatte gelesen, dass der Schrank so angefertigt worden war, dass er weder aus dem kleinen Zimmer entfernt noch entlang der Wand verrückt werden konnte. So wurde sichergestellt, dass niemand auch nur daran dachte, ihn zu bewegen. Doch dieses Risiko hatte man angesichts des Gewichts des Möbelstücks und der Tatsache, dass die Bewohner des Klosters allesamt Frauen waren, beim Bau des geheimen Zugangs ohnehin als nichtig angesehen. Der Abgesandte näherte sich dem Fenster und warf das Seil in die Tiefe, wobei er einen Blick hinaus wagte. Es war jetzt stockdunkel draußen. Er vermutete unter sich den Felsvorsprung, von dessen Existenz er in der Bibliothek der Festung der Garde erfahren hatte. Er würde das siebenundfünfzig Fuß lange Seil hinunterklettern und sich dann hin und her schaukeln müssen, um so viel Schwung wie möglich aufzunehmen, und dann in Richtung des Felsens springen. Er würde nur ein bis zwei Sekunden Zeit haben, um den Balkon zu finden und sich an ihm festzuhalten, damit sein Vorhaben nicht auf dem dreihundert Fuß weiter unten liegenden Felsen endete.

Der Kapitän stieg über die Fensterbank und glitt geschmeidig an der Felswand hinunter. Rasch erreichte er den

Felsvorsprung und setzte den Abstieg fort. Er war fast am Ende des Seils angekommen, als ihm ein rechteckiger Fleck ins Auge fiel, der dunkler war als der Rest der Felswand. Die Nacht machte es unmöglich, irgendwelche Formen zu erkennen, an denen er sich würde festhalten können, ehe er sich auf den Balkon hochzog, aber er musste es wagen. Er schloss die Augen und atmete tief durch. Er hatte schon immer Höhenangst gehabt. Glaubte man der Beschreibung in der Schriftrolle, war es möglich. Glaubte man jedoch Rufus' Schilderungen, so hatte es noch nie jemand gewagt, auf diesem Weg zur Zufluchtsstätte der Königinnen zu gelangen. Er hätte die Tür der Krypta aufbrechen können, aber danach wäre er auf eine weitere Tür der gleichen Art gestoßen, dann auf noch eine und noch eine. Insgesamt sieben Türen hintereinander, die sich ausschließlich von innen öffnen ließen. Er selbst war erst vor dreizehn Jahren eingezogen worden und war demnach noch nie dort gewesen, aber andere Wächter hatten ihre ersten Dienstjahre an diesem Ort verbracht. Er hatte reichlich Einzelheiten von ihnen erhalten und die Pläne zur Genüge studiert, um zu wissen, wie er mühelos dort hineingelangen konnte. Nur hätte er niemals gedacht, dass er diesen Weg hier würde nehmen müssen, der selbst den Königinnen unbekannt war. Er hatte vor nichts Angst, nicht einmal vor dem Tod, aber die eine Sache, bei der sich sein Magen zusammenzog und die ihn erzittern ließ, war die Höhe … Als Kind war er einmal irgendwo heruntergefallen, er wusste nicht mehr wo und von was.

Er schloss die Augen. Er durfte einfach nicht daran denken. Der Balkon war dort, nur ein paar Armlängen entfernt. Er konnte an diesem Ort nichts Lebendiges spüren. War diese gewaltige Masse aus Stein möglicherweise undurchdringbar für das Zweite Gesicht? Gleich würde er Gewissheit haben. Das Seil fest umklammert gewann er mit jeder Bewegung seiner Beine an Schwung. Noch ein- oder zweimal und es würde reichen, um sich an der Fensterbank festzuhalten. Vielleicht. Er nahm ein letztes Mal Schwung und ließ dann das Seil los ... einen Augenblick zu spät. Sein Überlebensinstinkt hatte über die berechnende Logik gesiegt – loslassen, nicht loslassen, loslassen, die Höhe, der Bruchteil einer Sekunde. Er flog durch die Luft, wobei er eine Kurve beschrieb, die höher und kürzer war, als sie hätte sein sollen. Er würde die Fensterbank niemals erreichen. Die Höhe ... er musste nachdenken, nachdenken! Unmöglich, die Beschaffenheit des Felsens zu bestimmen. Etwa fünf Ellen unter der Fensteröffnung schlug er mit voller Wucht gegen die Steinwand und glitt an dem Felsen hinab, während seine Nägel hektisch nach einem Halt suchten, dessen Existenz wenig wahrscheinlich war. Das Kind, das er gewesen war, fiel schreiend in die endlose Tiefe, doch der Erwachsene entdeckte eine Spalte in der Bergwand. Der Krieger packte den Felsen mit übermenschlicher Kraft und setzte dem Sturz in den Tod ein plötzliches Ende. Er verstärkte seinen Griff und versuchte sich hochzuziehen, mit den Füßen in der Leere, während sein Leben an diesem bröckeligen Felsen hing. Auf einmal überkam ihn Panik und fast hätte er losgelassen. Der nächtliche Wind schwoll zu einem tiefen Brummen an, seine Sicht trübte sich. Er hielt inne und zwang sich, langsam und tief zu atmen. Als er sich wieder gefasst hatte, zog er sich vorsichtig an den Armen nach oben und hievte sich auf der Suche nach einem höher gelegenen Halt ohne Schwierigkeiten hoch. Er war nicht so tief gestürzt, wie er befürchtet hatte. Zug um Zug kletterte er langsam nach oben, während er sich davor hütete, in die Tiefe unter sich zu blicken, und alle Gedanken vertrieb, die nicht mit dem Fenster zu tun hatten. Ein paar Augenblicke später hatte er sein Ziel erreicht.

Der Kapitän saß in einer Ecke des Zimmers und sein Herz schlug wie verrückt. Er schloss die Augen und erkundete die Umgebung mit dem Zweiten Gesicht. Warum war das blaue Blut in ihm zum Vorschein gekommen? Und warum diese spezielle Gabe? Er hatte so viel gewonnen, doch der Preis, den er hatte zahlen müssen, war so hoch gewesen, dass er alles verloren hatte. Die, die er geliebt hatte, das, woran er geglaubt hatte, seine Schwäche, seine Menschlichkeit. Damit besaß das Leben nicht mehr den Wert, das es gehabt hatte, als er noch an die Illusion des Allmächtigen geglaubt hatte. Jedenfalls schien es hier nichts Lebendiges zu geben. Er richtete sich auf und suchte tastend nach der Tür, die auf dem in Gradlyn aufbewahrten Plan eingezeichnet war. Er betätigte den Mechanismus und betrat eine Art Korridor. Er ging weiter, bis seine Hände das Holz einer weiteren Tür ertasteten. Er betrat ein Zimmer, das schwach vom Mondlicht erhellt wurde. Auf einem Bett lag eine menschliche Gestalt. Es war nicht nötig, näher heranzutreten, um zu erkennen, dass die Frau tot war. Er fand eine Kerze auf dem Sekretär, nahm sie und verließ den Raum. Der Kapitän versuchte sich zu orientieren, um herauszufinden, wo sich die Küche befand. Er schloss die Augen, konzentrierte sich auf sein Zweites Gesicht und begann, den Ort weiter zu erkunden. Endlich spürte er ein paar Dutzend Schritte entfernt eine kleine heiße Stelle. Tastend ging er an der Wand entlang, ohne diesen Punkt aus dem Fokus zu verlieren, und fand einen Ofen, in dem etwas Glut unter der Asche schwelte. Er kratzte sie mithilfe eines Schürhakens heraus, zündete den Docht seiner Kerze daran an und blies vorsichtig. Der Docht knisterte kurz, dann leuchtete er auf. Zunächst schwach und flackernd nahm die Flamme den Kampf mit der Dunkelheit auf. Die niedergebrannten Fackeln an den Wänden waren nicht ausgewechselt worden und blieben so kalt wie die Bewohner dieses Ortes. Sie mussten am Tag zuvor gestorben sein. Der Kapitän durchquerte rasch die Zimmer. Sie waren angemessen möbliert, doch ohne auffälligen Luxus. Je nach der Leiche, die darin lag, erzählte jeder Raum eine andere Geschichte. Die Frauen waren jung, auf ewig jung und auf ewig tot. Die meisten, mehr oder weniger hübsch, waren blond und schlank. Jede von ihnen hatte ein eigenes Zimmer erhalten. Es schien ihnen an nichts gemangelt zu haben, jedenfalls nicht mehr als in der Festung der Garde. Es war seltsam, dass es immer seltener Wiederkehrende gab, obwohl die Rebellen vor den Toren der Welt standen. Alle Königinnen waren tot. Hinweggerafft durch das gleiche Übel.

Der Abgesandte hatte nun die Fackeln gefunden. Sein Besuch war zu Ende. Im Kamin der großen Halle befanden sich unter einer dicken Schicht aus Asche vereinzelte Überreste von Pergament und Leder, die darauf hindeuteten, dass diese keinesfalls gewöhnlichen Frauen in den letzten Minuten ihres Lebens ihre Schriften verbrannt hatten. Ein einziges Blatt lag auf einem Tisch, gleich einem Testament. Die wenigen in großer Hast gezeichneten Linien gaben schonungslos das Szenario wieder, das sich in diesen abgeschotteten, finsteren Gewölben abgespielt hatte.

Wir haben alle von dem Wasser aus der Zisterne getrunken. Es ist vergiftet. Wir sterben unter schrecklichen Qualen. Die Kinder sind zuerst gestorben und wir siechen eine nach der anderen dahin, ohne Hoffnung auf Rettung. Verrat!

Der Abgesandte ging den Korridor hinunter, der zur Krypta führte, und entriegelte nacheinander die sieben Türen. Er stieg die Treppe hinauf, ging auf den Hof hinaus, gab den Befehl, dass Nonnen und Soldaten zusammenkommen sollten, und kehrte in das Arbeitszimmer der Mutter Oberin zurück, wo er sich in Gedanken versunken in einer Schüssel die Hände wusch. Er versuchte, die Implikationen seiner makabren Entdeckung zu begreifen. Er nahm eine Feder und schrieb einen Brief, den er sorgfältig versiegelte. Die Dinge liefen nicht wie vorhergesehen. Schließlich wurde er benachrichtigt, dass sich alle im Speisesaal versammelt hatten. Er stand auf und folgte der Mutter Oberin. Der Saal war voll. Der Abgesandte ging langsam bis zum Ende des Raumes und drehte sich um. Seine ruhige, kalte Stimme erhob sich in der eisigen Luft und hallte vom steinernen Gewölbe wider. »Mutter Oberin, wie viele Zisternen befinden sich in diesem Kloster?«

»Vier, Kapitän.« Die Stimme der Nonne bebte vor Aufregung.

»Und welche davon versorgt das Stockwerk, in dem Eure Gäste leben?«

»Die, die vom Regenwasser vom Dach des Tempels gespeist wird, Kapitän.«

»Hattet Ihr in der vergangenen Woche Besucher?«

»Der Theokrat der belagerten Markgrafschaft war vor fünf Tagen hier, so wie es im Register verzeichnet ist. Er kommt einmal im Monat, betritt das Kloster morgens und verlässt es vor Einbruch der Nacht wieder, so, wie es der Brauch will.«

»Und was hat er hier gemacht?«

»Er hat im Tempel gebetet, wir haben dem Gottesdienst beigewohnt und dann hat er sich unsere Bitten angehört, um sie dem Marquis zu übermitteln.«

»Und dann?«

»Das ist alles, Kapitän.« Die zitternde Stimme der Nonne verlor sich in der Weite des steinernen Saals.

Der Abgesandte wartete einige Sekunden, bevor er fortfuhr: »Hauptmann, könnte jemand ohne Euer Wissen das Kloster betreten und bis zum Tempel vordringen?«

»Kapitän, das ist unmöglich. Der Felsen ist sehr hoch und die Mauern werden Tag und Nacht bewacht. Es gibt nur ein einziges Tor.«

»Mutter Oberin, Hauptmann, Eure Schutzbefohlenen sind tot. Ihr habt versagt.«

Zwei Köpfe, von denen strahlenförmig das Blut wegspritzte, flogen durch die Luft. Die Leichen sanken in der erschrockenen Stille zu Boden. Der Abgesandte wischte seine Klinge an seinem Mantel ab und wandte sich an seine beiden Männer: »Hier ist ein Brief, den ihr umgehend an Rufus, den Sekretär des Königs, persönlich übermitteln sollt. Geht sofort und verschwendet keine Sekunde auf dem Weg. Im Brief wird das Datum genannt, an dem ihr ankommen werdet. Kommt ihr zu spät, hat der Scharfrichter seine Anweisungen.«

Die zwei Männer stürzten aus dem Saal, als wäre der Teufel hinter ihnen her.

Der Abgesandte richtete sich an die Versammelten: »Nehmt alles, was ihr an Waffen, Proviant und Decken tragen könnt, sonst nichts. Wir gehen fort! Davor soll man mir im Arbeitszimmer der Oberin eine Mahlzeit servieren.«

Spät in der Nacht setzte sich ein Trupp von bewaffneten Männern und mit Säcken beladenen Frauen in Bewegung, die einem schwarzen Reiter folgten und die Wache über die Festung einem verwundeten Wachtmeister überließ. Nur wenige in der Kolonne würden die Ankunft am Ziel erleben.

Orville stieg auf das kleine Podest, das für ihn aufgestellt worden war. Er betrachtete sein versammeltes Volk, eine Handvoll Männer am Ende der Welt, die zum Zölibat gezwungen waren, bereit, alles zu tun, um ihr Leben endlich in etwas zu verwandeln, das dem harten Schicksal, das sie getroffen hatte, etwas entgegensetzen würde. Er holte tief Luft, räusperte sich, setzte einen ernsten Gesichtsausdruck auf und begann seine Rede. »Meine Freunde. Wie weit wir in nur wenigen Monaten gekommen sind!«

Die Männer pflichteten ihm zufrieden murmelnd bei.

»Unsere Armee hat drei strategisch wertvolle Inseln erobert, die unser Überleben sichern werden. Unsere Marine kann sich zweier neuer, wenn auch bescheidener Boote rühmen, die uns erlauben werden, uns frei zu bewegen. Unsere Bemühungen, eine Anlegestelle zu errichten – auch wenn sie, das darf man nicht verschweigen, zunächst nicht von Erfolg gekrönt waren –, zeigen endlich erste Erfolge. Frustriert von den vergeblichen Versuchen, eine Anlegestelle zu bauen, hat unser Zimmermeister hier vorgeschlagen, Löcher in den Felsen zu bohren, um darin Holzbohlen zu befestigen. Wahrscheinlich wird diese befestigte Anlegestelle endlich unsere Erwartungen erfüllen.« Orville richtete seinen Blick auf einen Mann, der über das ganze Gesicht strahlte, ehe er fortfuhr: »Von nun an können wir die Boote an den Ringen angebunden lassen und müssen die Männer nach getaner Arbeit lediglich hochziehen. Vermutlich werden wir so auch beim Anlegen eines Pfades auf der Haseninsel vorgehen, damit wir auf die Jagd gehen können, ohne einen langen und gefährlichen Aufstieg wagen zu müssen. Es ist nur noch ein Schritt, aber er bedeutet sehr viel Arbeit. Bis dahin werden sich die zwölf Hasen, die wir auf der Insel ausgesetzt haben, mit Sicherheit vermehrt haben und wir werden unser übliches Mahl um ein paar Braten bereichern können. Pfähle müssen in den Boden geschlagen und Planken mit Seilen befestigt werden. Wir werden eine Menge Schweiß vergießen, aber an Mut fehlt es uns nicht!« Orville hatte diesen Satz in einem triumphierenden Tonfall ausgesprochen.

Es folgte zustimmendes Stimmengewirr.

Er wartete, bis es wieder still wurde, und sprach weiter: »Die Holzinsel ist zwar weiter entfernt als die Haseninsel, doch sie ist weniger uneben und ihr Boden tiefer, was es uns erlaubt, die dort wachsenden Bäume zu roden und neue Pflanzenarten anzubauen. Natürlich werden wir nicht sofort einen Nutzen von ihnen haben, aber in einigen Jahren werden wir die Früchte unseres Einfallsreichtums und unserer Arbeit ernten. Diese Insel weist außerdem weitere interessante Stellen auf, wie etwa einen Teich und eine Quelle, die es ermöglichen, sich dort anzusiedeln. Unsere Matrosen, denen ich an diesem besonderen Tag offiziell danken möchte, haben ihre Zeit auf See genutzt, um den Meeresgrund und die Strömungen rund um die Holzinsel zu kartografieren. Auf diese Weise konnten sie gemeinsam mit dem hier anwesenden Herrn Generalingenieur die Möglichkeiten der Navigation und des Ankerns in diesen Gewässern untersuchen. Ein Schiff mit größerer Tonnage würde es uns erlauben, die Erkundung des Königreiches voranzutreiben. Außerdem ist das Salzwasser ertragreich und an Fisch wird es uns niemals mangeln. Die vierte Insel hat noch keinen Namen, da wir für sie noch keinen Nutzen gefunden haben. Es gibt jedoch einen Vorschlag, der derzeit geprüft wird. Und zwar, dass wir sie für die Taubenzucht nutzen werden.« Ein Lächeln erhellte Orvilles Gesicht und er suchte Handts Blick.

Der Handwerker wand sich, von starken Gefühlsregungen übermannt.

Orville setzte seine Rede fort: »Es bleibt die Frage, wie wir das Getreide beschaffen, das für die Versorgung der Tauben vonnöten ist. Alle Vorschläge sind willkommen, wobei zu berücksichtigen ist, dass es dort nicht viel Erde gibt, eine Spalte erleichtert jedoch den Aufstieg und ein kleiner, vor der See abgeschirmter Strand ermöglicht kleinen Booten das Anlegen. Es gibt dort auch eine Höhle, die tief in die Insel hineinführt, aber aufgrund der Entfernung von unserem Hafen konnten wir sie noch nicht erforschen. Wir planen eine Expedition für den kommenden Monat. Vielleicht werden wir etwas Interessantes finden.

Ich komme nun zum eigentlichen Grund für unsere Versammlung an diesem schönen Tag: die Landwirtschaft. Die Ziegenkäserei produziert Milch und Käse, wir werden dieses Jahr Zicklein haben und in Erwartung des Winters wird sich so manches Pökelfleisch zu den Fischvorräten auf den Dachböden gesellen. Diejenigen, die den Geschmack von Eiern vergessen hatten, haben das nun nachgeholt und aus den Küken sind Hühner geworden. Die Festungsinsel beheimatet weder Füchse noch Ratten, die uns die Hühner streitig machen könnten. Die Erde, die wir von den dicken Mauern und vom Boden der Holzinsel abgetragen haben, der Ziegenmist und der Kot der Seemöwen haben die Felder in den Gräben fruchtbar gemacht. Die Orangen- und Zitronenbäume, die wir dort gepflanzt haben, werden in zwei oder drei Jahren Früchte tragen. Aus dem Hof ist ein Gemüsegarten geworden, in dem die Triebe in Erwartung des Sommers bereits aus dem Boden sprießen, und durch das Entfernen der Bodenplatten konnten wir die Terrassen wiederherstellen, um die Feuchtigkeit aus den Gebäuden zu vertreiben. Wir haben bereits das erste Gemüse gegessen und Samenkörner gelagert. Der Handelsminister hat uns darüber informiert, dass Handelsbeziehungen mit den Wächtern in die Wege geleitet wurden. Wir haben ihnen Käse gegeben im Austausch für das Ausleihen von Büchern, die wir abschreiben und übersetzen werden, um so unsere Bibliothek zu bereichern.«

Bei diesen Worten brachen der Zimmermann, der Handelsminister, die Soldaten, Musiker, Bauern und alle anderen, die dieses winzige Königreich beherbergte, in Jubel aus.

Orville erhob seine Stimme, um sich wieder Gehör zu verschaffen. »Meine Herren! Eines Tages könnte dieses Königreich bewohnbar sein. Als Zeichen der Hoffnung erkläre ich dieses Fest der Saat für eröffnet.«

»Ich habe Hunger, Meister Lambret.«

Das junge Mädchen, das gesprochen hatte, war sehr hübsch. Sie folgte einem langsam voranschreitenden alten Mann einen Pfad hinauf. Ihre Kleidung verriet ihre mehr als bescheidene Herkunft. Sie ging barfuß über den Schotter und die Mühelosigkeit, mit der sie dies tat, ließ darauf schließen, dass sie wohl noch nie Schuhe getragen hatte. Ihr ovales Gesicht mit den ebenmäßigen Gesichtszügen wurde von mittellangem kastanienbraunem Haar umrahmt. Der Mann trug einen Beutel und stützte sich auf einen aus einem dicken Haselnussast hastig geschnitzten Wanderstock.

Lambret war ein Theokrat. Wie alle Theokraten hatte auch er einen Brief erhalten, in dem das Verbrennen aller ihm bekannten Verwandten von Wiederkehrenden angeordnet worden war. Lambret war auf dem Land tätig. Zunächst hatte er sich nicht vorstellen können, dass jemand die Durchführung des Befehls an einem so weit von der Zivilisation entfernten Ort überprüfen würde. Dann hatte er Gerüchte gehört. Hausierer waren in das Dorf gekommen, mit Geschichten über Scheiterhaufen und Inquisitionstruppen, die durch das ganze Land zogen, um ihre Fackeln bis in die entlegensten Ortschaften zu tragen. Es waren äußerst düstere Geschichten über von ihren Bewohnern verlassene Dörfer, aus denen alles Lebendige verschwunden war und in denen lediglich die Häuser mit weit offen stehenden Türen übrig geblieben waren. Einige Male waren Flüchtige zu ihm in den Tempel gekommen, um ihm Geschichten über Soldaten zu erzählen, dämonische Krieger, die in den Norden zogen, an der Spitze einer Karawane aus Sklaven, die aus ihrem friedlichen Dasein als Dorfbewohner gerissen worden waren.

Lambret hatte diesen Gerüchten zunächst nur wenig Aufmerksamkeit geschenkt und die Durchreisenden so gut er konnte aufgepäppelt, doch er stellte im Laufe der Wochen zunehmend Überschneidungen in den verschiedenen Geschichten fest und die Gerüchte hielten sich hartnäckig. Immer mehr Menschen kamen in das Dorf, Menschen mit dem irren Blick derer, denen der Teufel auf den Fersen war. Sie hatten kaum etwas bei sich und boten ihre Muskelkraft im Austausch für Brot oder ihre Töchter im Austausch für Wasser an und hofften, dass sie über die Hochebene von Jourd in das Zweite Königreich gelangten, ehe man sie einholte. Niemand konnte die Hochebene von Jourd überqueren. Diese Tatsache war allen bekannt. Doch diese Menschen sahen keinen anderen Ausweg mehr, als dem Tod in die Arme zu laufen.

Je mehr sich die Bedrohung näherte, desto mehr schwand die Hoffnung in den Augen der Flüchtigen. Lambret hatte den Unglücklichen zugehört und ihnen so viel zu essen gegeben, wie er nur konnte. Dann, als er selbst kaum noch etwas hatte, das er hätte entbehren können, hatte er den Tempel für sie geöffnet, damit sie sich ausruhen konnten, ehe sie ihren Weg die staubige Straße entlang fortsetzten. Eines schönen Tages, als er gerade ein kleines Stück Erde auf den Hängen des Dorfhügels umgrub, um neu zu pflanzen, was von den Flüchtigen aus seinem Gemüsegarten gestohlen worden war, sah er sie kommen. Eine schwarze Prozession in der flimmernden Mittagshitze. Aus dem Augenwinkel bemerkte er eine schwache, metallische Reflexion, die ihn an seine Vergangenheit zurückdenken ließ. Als junger Theokrat hatte er sein Noviziat wie alle anderen seinesgleichen in der Inquisition abgeschlossen. Die Pferde vorne, die Maultiere dahinter. Wie er sich damals gefühlt hatte: jung, stark, wichtig. Er hatte die Welt gerettet, er hatte Seelen erlöst, er hatte den Dämon verbrannt. Die Inquisitionstruppen trugen ihr eigenes Holz bei sich und erwarben alles, was sie benötigten, selbst, so als wollten sie den Gnade bringenden Moment der Läuterung nicht dadurch kompromittieren, dass sie zusätzlich zu den Bergen aus staubfeiner Asche eine Hungersnot hinterließen, die die Bevölkerung dezimieren würde. Die Steuern, die im Auftrag der Theokratie erhoben wurden, würden bereits dafür sorgen. So zog die inquisitorische Gerechtigkeit des Allmächtigen wie der Wind durch alle Lande. Wie jung, dumm und stolz er gewesen war! Anschließend war er in dieses entlegene Tal versetzt worden. Es hatte natürlich einige Scheiterhaufen gegeben, denn der Teufel war verschlagen, aber Lambret war nie grausamer gewesen, als es die Umstände erforderten. Seine Seele würde die Inquisition nicht bekommen. Er schulterte seinen Spaten und machte sich auf den Weg ins Dorf. Sobald er sein spärliches Gepäck verstaut hatte, holte er aus dem Schuppen ein Beil und machte sich zum Waschhaus auf.

Rosa war ein Mädchen von etwa fünfzehn Jahren, dessen Mutter verbrannt worden war. Diese Frau war vom Dämon besessen gewesen. Er hatte keine andere Wahl gehabt. Während ihrer Menstruation hatte sich eines Tages ein bläulicher Fleck auf ihrem Rock ausgebreitet und die Nachbarn waren gekommen, um sie zu verraten. Als einige Monate später die Gerüchte immer lauter geworden waren und er sie nicht mehr hatte ignorieren können, hatte er sie verhaften lassen. Die Frau war zu diesem Zeitpunkt schwanger gewesen und Lambret hatte entschieden, die Geburt abzuwarten, um dem Kind, das nicht gezwungenermaßen als Verdammte zur Welt kommen musste, eine Chance zu geben. So hatte Rosa an dem Tag, als sie geboren wurde, ihre Mutter in den Flammen des Allmächtigen verloren. Das Baby war rosig und sein Blut rot gewesen.

»Rosa, du musst mit mir gehen.«

Das Lächeln, das sich auf ihrem Gesicht ausgebreitet hatte, als der Theokrat herangekommen war, war augenblicklich verschwunden. »Wieso denn, Meister Lambret?«

Der alte Mann hatte den Blick auf das Tal gerichtet. »Hast du die Männer gesehen, die sich von Südwesten nähern? Sie kommen deinetwegen, Rosa.«

»Aber warum, Meister Lambret? Ich habe nichts getan und mein Blut ist rot!« Rosas Stimme überschlug sich und verriet ihre Panik. Sie wusste genau, was sie erwartete.

»Rosa, wir machen uns auf den Weg. Sofort. Ich habe dich nicht als Baby gerettet, um dich heute sterben zu sehen.« Lambret war unruhig und sie brachen ohne Umschweife auf.

Sie waren jetzt seit zwei langen Tagen unterwegs und der Beutel des Theokraten wurde mit jeder Rast leichter, wobei er nicht sagen konnte, wann er Gelegenheit haben würde, ihn wieder aufzufüllen. Sein einziger Orientierungspunkt war die Straße, die dem Fluss in Richtung der Hochebene folgte. Er hoffte, dass die Flüchtigen, die er gerettet hatte, wussten, wohin sie gingen, und dass sie auf dem Weg nicht alles aufgegessen hatten.

»Ich weiß, dass du Hunger hast, Rosa, wir werden uns etwas später ausruhen. Es ist nicht gut, in der Sonne Rast zu machen.«

Sie gingen noch eine Stunde weiter, ehe sie sich im Schatten einer Weide niederließen. Lambret holte etwas Brot und Käse aus dem Beutel und sie aßen langsam. Obwohl sie die Tochter einer Hexe war, hatte Rosa dank der Güte des Theokraten und ihrer eigenen harten Arbeit, die sie aufgenommen hatte, sobald sie kräftig genug gewesen war, um Wäsche zu waschen oder auf dem Feld zu helfen, überlebt. Sie wohnte in der Hütte ihrer Mutter und hatte keine andere Erziehung erhalten, als die, die das Leben einem aufzwang, wenn man niemanden hatte, der es einem erleichtern konnte. Sie wurde von den anderen Dorfbewohnern jedoch nicht ausgeschlossen. Vielleicht hatten sie Schuldgefühle. Schließlich war ihre Mutter ein Mädchen aus dem Dorf gewesen, mit dem sie früher gespielt hatten, bevor sich ihr Blut verwandelt hatte. Doch was konnte man gegen das göttliche Gesetz ausrichten? Niemand wusste, wer ihr Vater war, man wusste nur, dass es nichts Ernstes gewesen war. Womöglich war er ein Hausierer gewesen. Trotzdem war die kleine Rosa nie misshandelt worden, auch wenn der kleinste Schnitt an ihren Händen das Interesse der Dorfbewohner weckte. Immerhin war ihre Mutter erst als erwachsene Frau zur Hexe geworden und der Apfel fiel ja bekanntlich nicht weit vom Stamm.

»Was werden wir tun, wenn der Beutel leer ist, Meister Lambret?«

»Ich weiß es nicht, Rosa. Ich weiß es nicht. Wir können fischen, ich habe alles Nötige dabei.«

»Warum verfolgt mich die Inquisition? Ich bin nicht verdammt.«

»Es ist kompliziert. Befindet sich das Blut des Teufels in einer Familie, kann es, je nachdem, wer in sie einheiratet, zuweilen wieder zum Vorschein kommen. Bei Geschwistern kann es passieren, dass eines der Kinder verdammt ist, die anderen jedoch nicht. Allerdings können deren Kinder dann wiederum verdammt sein. In diesem Fall kommt es nicht selten vor, dass man in der Familie des Ehegatten Hexen findet. Daraus haben wir geschlossen, dass sich das Blut von Hexen nicht mit dem anderer Hexen kreuzen darf. Also vermerken wir alle Geburten und Abstammungen in den Registern und überwachen die Familien, in denen sich zwei verdammte Geblüter gekreuzt haben könnten. Es werden zwei Register angefertigt. Ein Exemplar bleibt im Tempel, das andere wird an den Heiligen Stuhl geschickt. Seit Jahrhunderten haben wir uns damit zufriedengegeben, das Hexenblut zu überwachen und zu kontrollieren, aber der Heilige Stuhl hat nun beschlossen, ganze Abstammungslinien zu läutern und somit Familien zu verbrennen, in denen sich der Teufel innerhalb der letzten vier Generationen offenbart hat. Im Dorf bist du die Einzige, aber man kann sich denken, dass an anderen Orten die Flammen bis zum Himmel steigen … und dass die Schreie bis in die Hölle hinunter dringen werden. Ich weiß nicht, warum ich dir das alles erzähle, das Einzige, was wir momentan tun können, ist, zu fliehen und uns zu verstecken.«

Rosa unterbrach seine Erläuterungen: »Da kommt jemand, Meister!«

Der Theokrat verstummte und lauschte. »Wer? Ich höre nichts!«

»Ich weiß es nicht, aber ich spüre, dass sich uns vom Hügel her eine Gruppe von Reitern nähert.« Rosa stand die Angst ins Gesicht geschrieben.

Der Theokrat traf seine Entscheidung. »Wir überqueren den Fluss und klettern auf diese Felsen dort.«

Lambret nahm hastig seinen Beutel und sie wateten in den Fluss. In der Mitte der Strömung reichte ihm das Wasser bis zum Oberkörper, sodass er sein Gepäck auf Höhe der Arme tragen musste. Rosa, die viel kleiner war als er, musste den Kopf nach hinten legen, um zu vermeiden, dass sie Wasser schluckte. Sie kletterten am linken Flussufer hoch und steuerten auf einen Berg aus hellen, vom Wind verwitterten Felsbrocken zu. Sie kletterten hinauf, bis sie ein Versteck gefunden hatten, und warteten schweigend zehn Minuten, als sie schließlich eine Kolonne erblickten, die sich wie eine schwarze Schlange den Hügel hinabwand. Ein Reiter war an der Spitze, gefolgt von etwa hundert Menschen, die entweder in Schwarz oder in Rüstungen gekleidet waren.

»Meister Lambret, dieser Reiter ist der Teufel.«

»Warum sagst du das, Rosa?« Man hörte es der Stimme des Theokraten an, dass er dieser Welt ungeheuer müde war.

Er selbst jedoch kannte die Antwort auf seine Frage genau.

»Wer sonst würde Frauen des Tempels so behandeln?«

»Ich weiß es nicht, Rosa, aber so durchnässt, wie wir sind, können wir nicht weitergehen. Ich werde ein Stück weiter weg gehen, um meine Kleider zu trocknen, mach du das Gleiche. Die Sonne wird uns eine große Hilfe sein.«

Er ging um einen großen Stein herum und hängte seine Kleider über ein Gebüsch. Er hörte, wie sich Rosas Kleid mit einem saugenden Geräusch von ihrer Haut löste, dann das Rascheln von Laub, das unter dem Gewicht des nassen Stoffes nachgab. Lambret spähte über einen Felsen zu der seltsamen Prozession, die sich auf das Dorf zubewegte. Was würde die Inquisition tun, wenn sie sein und Rosas Verschwinden bemerkte? Als junger Inquisitor hätte er seinen Weg so lange fortgesetzt, bis er seine Beute gefunden hatte, und die Chancen standen schlecht, dass seine Verfolger von einem anderen Schlag waren. Die Inquisitoren waren bewaffnet und gut ausgebildet und gerüstet.

»Die Inquisitoren werden uns nicht in Ruhe lassen, weißt du.«

Das junge Mädchen erwiderte mit dünner Stimme: »Sie sind bereits hinter uns her und kommen näher. Sie sind etwa drei Stunden von uns entfernt. Wir kommen nicht schnell genug voran.«

Lambret ließ diese Nachricht auf sich wirken. »Woher weißt du das? Woher hast du gewusst, dass der Reiter und sein Gefolge auf uns zukommen?«

Rosa ließ ein paar Sekunden verstreichen. »Ich wusste es, ich habe es gespürt.«

Der Theokrat dachte nach. Er selbst hatte nichts gespürt oder gehört. Es gab keinen Zweifel, dass er dem schwarzen

Reiter hinter der Windung einer Kurve direkt in die Arme gelaufen wäre und dass er die galoppierenden Pferde der Inquisitoren erst dann vernommen hätte, wenn sie ihm bereits auf den Fersen gewesen wären. Vielleicht waren seine in die Jahre gekommenen Sinne dieser Aufgabe nicht mehr gewachsen. Er war zu alt, um auf der Flucht zu sein.

»Bist du eine Hexe, Rosa?«

»Mein Blut ist rot, Meister Lambret.«

»Woher weißt du dann das alles? Über den Reiter und die Inquisitoren?«

»Wenn ich es nicht gewusst hätte, wären wir jetzt tot oder Gefangene. Ich spüre es, wenn mir Leute ein Leid antun wollen. Im Haus meiner Mutter hatte ich ein Versteck, das noch nie jemand gefunden hat.«

»Du hattest keine einfache Kindheit, Rosa.«

Es verstrichen einige Sekunden, ehe das Mädchen antwortete. »Ich weiß es nicht.«

»Als deine Mutter geläutert wurde, wollte dich niemand zu sich nehmen. Aber es hat dir auch niemand den Tod gewünscht. Also haben sich die Ammen bei dir zu Hause um dich gekümmert, bis die Stillzeit vorbei war. Du bist allein geblieben, oder fast allein, bis du gehen konntest. Danach hast du dich allein durchgeschlagen. Man hat dir gegeben, was du zum Überleben brauchtest, und du bist groß geworden. Vielleicht hast du einen Instinkt, der dich vor Gefahren warnt. Dieser Instinkt wird uns sehr nützlich sein, denke ich. Jedenfalls bist du, wenn dein Blut rot ist, keine Hexe.«

Lambret hatte das in einem Ton gesagt, der Rosa beruhigen sollte. Sie spürte jedoch, dass mehr hinter seinen Worten steckte, als er ihr verraten wollte. »Was wäre, wenn mein Blut blau wäre wie das meiner Mutter?«

Lambret dachte einen Moment nach, aber er kannte die Antwort, seine Seele flüsterte sie ihm zu.

»Wenn dein Blut blau wäre, Rosa, wärst du eine Hexe und es wäre meine Pflicht, dich zu läutern. Wäre es dir lieber, Satan gegenüberzutreten, wenn der Tag kommt?«

»Dann würde ich wissen, dass Ihr mir ein Leid antun wollt. Ich würde mich verstecken und Ihr würdet mich nicht finden. Ich habe mich einmal an der Hand verbrannt, es hat sehr weh getan. Also werde ich mir mein rotes Blut bewahren.«

Lambret lächelte bitter. Wenn die Dinge nur so einfach wären ...

Der Theokrat zog seine feuchten Kleider an. »Zieh dich wieder an, Rosa, wir müssen weiter, die Inquisitoren sind uns auf den Fersen.«

»Das sind sie nicht mehr, Meister Lambret, sie sind tot. Der schwarze Reiter hat sie getötet. Aber vier Soldaten des Reiters sind auf dem Weg zurück. Ich glaube, sie wollen uns gefangen nehmen.«

»Wieso glaubst du das, Rosa?«

»Sie wollen mir ein Leid antun.«

In der Ratskammer der königlichen Burg von Gradlyn las König Hartrold zum wiederholten Mal nachdenklich einen Brief durch. »Das ist eine höchst sonderbare Nachricht, Rufus.«

»Dies ist auch mein Eindruck, Majestät.«

Marschall Lothar betrat den Raum, gefolgt von einem mit Schriftrollen beladenen Adjutanten. »Majestät, die ersten Berichte sind ermutigend. Das Expeditionskorps hat dort, wo sich der Weg von Hauterre und die Straße zum Grat hinauf kreuzen, Stellung bezogen. Der Bau der Befestigungsanlagen soll zu dieser Stunde beginnen. Die ersten Arbeiter machen sich bereits ans Werk. Die anderen Truppen bemühen sich, die Straße passierbar zu machen.«

»Das sind ausgezeichnete Neuigkeiten, Marschall. Ausgezeichnet. Würdet Ihr uns die Ehre erweisen, von diesem seltsamen Schreiben, das wir an diesem Morgen erhalten haben, Kenntnis zu nehmen und uns Eure Meinung darüber mitzuteilen?« Hartrold reichte ihm ein Blatt Pergament.

Lothar runzelte die Stirn, als ihm ein Detail ins Auge sprang. »Majestät, dieses Siegel ist mir nicht bekannt. Was ist das für ein seltsames Tier auf dem Wappen?«

Der König antwortete ihm mit belustigter Miene: »Offen gesagt habe ich nicht die geringste Ahnung. Vielleicht eine Art Greif. Es sieht aus wie ein Vogel, doch es hat eindeutig Fangzähne. Der Inhalt des Briefes hat uns allerdings in noch größeres Erstaunen versetzt, lest ihn Euch also durch.«

Lothar setzte sich in einen Sessel und begann zu lesen.

Brief an Hartrold, König des Ersten Königreichs

Wir, Orville I., staatenlos, beanspruchen für uns und unsere Nachkommen das Gebiet des sogenannten Archipels von Goulet. Der genannte Archipel besteht aus einer Reihe von bisher unbekannten Inseln und erstreckt sich von der Goulet-Passage bis zur Küste der Markgrafschaft von Vallade. Jede Insel, jeder bei Ebbe zum Vorschein kommende Kieselstein, jedes Gewässer, das sie voneinander trennt, sowie der Meeresraum in halber Entfernung von der Küste, gehören von nun an zum Achten Königreich. Die Hauptstadt des Achten Königreichs befindet sich vorläufig auf der Insel von Goulet und die königliche Residenz in der gleichnamigen Festung. Die Schiffe, die

die Gewässer des Achten Königreiches durchqueren, werden mit zwei Hundertstel des Wertes ihrer Ladung besteuert. Die Zahlung der Steuer erfolgt in Gold, Silber oder in Naturalien, falls das Angebot durch den König oder einen seiner Bevollmächtigten als dem Wert entsprechend angesehen wird.

Seine Majestät Orville I.,
König des Achten Königreichs

»Teufel aber auch, das ist eine Überraschung ... Jedenfalls scheint sich der Kapitän nicht zu langweilen!«

»In der Tat. Er bringt uns damit in eine noch nie dagewesene Situation. Wir haben gerade mit Rufus darüber gesprochen. Die Komik der Lage mindert jedoch nicht die rechtlichen Folgen, die dieses Schreiben nach sich zieht.«

Lothar löste den Blick von dem seltsamen Siegel. »Das ist nichts Ernstes, Eure Majestät. Etwas Derartiges ist nicht möglich. Das kann gar nicht sein.«

Rufus dachte einen Augenblick lang konzentriert nach und antwortete, während er seine Worte genau abwog: »Es ist eine komplexe Angelegenheit, Lothar, und ich werde versuchen, sie Euch zu erläutern – und zugleich mir selbst, um die Wahrheit zu sagen. Ein altes, sehr altes Gesetz erlaubt jedem, der auf Land stößt, das niemandem gehört, es als sein Eigentum zu beanspruchen und – wie auch aus dem Wortlaut dieses Textes hervorgeht – den Titel anzunehmen, den er für angemessen hält. Dieses Gesetz lässt sich auf die Zeit der Entstehung der Königreiche zurückdatieren, als die Könige Teile der Welt eroberten, so alt ist es. Es ist in Vergessenheit geraten, da es keine Relevanz mehr hatte und irgendwann das gesamte Land Teil des einen oder anderen Königreichs war. Aber sein historischer Ursprung macht es zur gemeinsamen Rechtsgrundlage aller sieben Königreiche. Demnach kann keiner der sieben Könige seine Gültigkeit bestreiten. Hier ist Orville sehr geschickt vorgegangen. Er nutzt eine Gesetzeslücke, die allen bekannt ist, denn der Archipel von Goulet gehört niemandem. Der Grund dafür ist, dass die Königreiche sich nie über seine Zugehörigkeit einig werden konnten. Dieser Archipel ist für die Menschen nur von geringem Interesse. Jeder von uns hat ihn jeden Tag vor Augen, ohne sich die Frage nach seiner Eigentümerschaft zu stellen. In alten Zeiten hatte jedes Königreich eine Botschaft in der Festung von Goulet, einige düstere Räume, in denen ein kleines Regiment stationiert war, um sicherzustellen, dass keines der anderen Königreiche sich die Freiheit erlaubte, Anspruch auf den Archipel zu erheben. Irgendwann waren alle tot und jetzt leben dort nur noch ein paar Wächter und eine Handvoll Exilanten, als Strafe dafür, dass sie verbotenerweise Informationen über ihre Mission ausgeplaudert haben. Die Könige schickten sie in die Verbannung auf die Insel von Goulet, statt sie hinzurichten. Orville kann dieses Land also legitim für sich beanspruchen. Das Problem ist nun jedoch, dass Orville ein Bürger des Ersten Königreiches ist. Daher unterliegt er theoretisch der Gehorsamspflicht gegenüber Seiner Majestät. Außer er wurde dadurch, dass er durch uns zu einem unbesoldeten, ständigen Bewohner eines Landes ohne König wurde, zu einem de facto Staatenlosen. Dann kann er von Rechts wegen seine Gehorsamspflicht gegenüber der Ersten Krone verweigern. Folglich kann er König sein, wo immer er möchte.«

Lothar warf das Pergament mit einer nachlässigen Bewegung auf den massiven Eichentisch. »Wir haben Brüder auf der Insel. Sie werden das in Ordnung bringen.«

Rufus hob amüsiert die Augenbrauen. »Aber nein, Lothar. Die Brüder befinden sich auf einer Insel, die niemandem gehört. Sie handeln gemäß der Tradition der Garde. Sie stammen aus unterschiedlichen Königreichen und waren den Reichen, in denen sie geboren wurden, treu verbunden. Aber die Situation hat sich geändert. Wäre Orville rechtlich nicht in der Lage, dieses Land für sich zu beanspruchen, würden sie ihn zweifellos aus dem Weg räumen oder ihn einen Narren schimpfen und ihn seiner Pergamentvorräte berauben, damit er keine weiteren Dummheiten anstellt. Aber Orville ist staatenlos in einem Land, das keinen König hat, und er wurde in der Minute König, in der die sieben Monarchen seinen Brief geöffnet haben. Die Regeln der Garde sind unmissverständlich, Lothar, und ich überlasse es Euch, Seiner Majestät zu erklären, was nun passieren wird und was Ihr selbst tun würdet, würdet Ihr Euch auf der Insel von Goulet befinden.«

Lothar fuhr sich mit der Hand durchs Haar und ging ein paar Schritte durch das kalte Zimmer. Er näherte sich dem Wandteppich, auf dem die Welt abgebildet war. »Eure Majestät, die Dinge sind unmissverständlich. Ein Bruder hat auf dem Boden eines Königreiches die Aufgabe, seinen Monarchen zu schützen, für den Fall, dass das alte Blut in ihm auftritt. Rufus hier hat mir die Ehre erwiesen, aus diesem Grund mein Verschwinden in die Wege zu leiten. Aber das ist nicht die einzige Aufgabe der Garde. Die Garde beschützt die Abstammungslinie des Königs. Das ist es, was Rufus macht und was wir alle hier für Euch und Eure Familie tun. Die Wächter sind dem König übergeordnet, aber den Königreichen untergeordnet. Wenn einer von uns eine Landesgrenze überquert, ändert sich seine Loyalität und seine Beschützerpflicht geht auf die Familie des Königs über, dessen Territorium er betritt. Dank dieser Regel können wir uns frei bewegen, ohne dass ein König uns fürchten muss. Was bedeutet, dass die Brüder, die in der Festung von Goulet wohnen, Orville beraten und ihn schützen werden, wie es ihre Pflicht ihnen auferlegt.«

Hartrold wandte sich ihm zu. »Wie viele sind es?«

»Drei, Eure Majestät. Wir kennen sie gut, auch wenn keiner von uns sie in den vergangenen Jahrhunderten besucht hat.«

»Können wir sie nicht überzeugen oder aus dem Weg schaffen?«

»Majestät, wer wäre bereit, das zu tun? Sobald ein Wächter einen Fuß auf den Boden dieser Felsinsel setzt, wird er augenblicklich selbst Orvilles Beschützer. Bricht er sein Gelöbnis, wird er zum Meineidigen und wird von allen Brüdern der sieben Garden ausnahmslos verfolgt werden, oder zum jetzigen Zeitpunkt sollte ich besser sagen, der acht Garden. Ich wäre der Erste, der ihm das Schwert in den Leib rammen würde. Doch ein Bruder, der seinen Eid bricht, darf nicht ungestraft bleiben.«

»Warum schlagen wir ihnen nicht vor, die Insel zu verlassen? Sie könnten in ihre Heimatkönigreiche zurückkehren.«

»Majestät, die Anwesenheit von Wächtern auf Goulet ist unentbehrlich, und diese Frage kann keinesfalls Gegenstand irgendwelcher Verhandlungen sein. Aus diesem Grund sind die Brüder über Jahrhunderte hinweg dortgeblieben, während die anderen Männer der Insel überdrüssig geworden sind und sie verlassen haben.«

»Können wir sie dann nicht von ihrer Verpflegung abschneiden?«

»Das können wir nicht erlauben. Die Wächter in allen Königreichen achten darauf, dass es den Inselbewohnern an nichts mangelt. Wir haben keine Wahl. Eine gegenteilige Entscheidung wäre eine Kriegserklärung an die Garde. Die Wächter von Goulet müssen bleiben. Ich selbst würde ihre Nachfolge im Dienst von Orville antreten. Er hält die Welt als Geisel, Majestät.«

Hartrold seufzte. »Wir können also nichts tun.«

Rufus trat zu Lothar an die Weltkarte. Er betrachtete den Wandteppich sehr lange, als ob es dort etwas Neues zu entdecken gäbe. Dann drehte er sich um. »Es gibt immer eine Möglichkeit, Majestät. Von der mildesten zur gewalttätigsten: Zum einen könnten wir dieses Königreich anerkennen. Schließlich gibt es auf diesem Haufen Kies für die Männer nichts von Wert. Eine zweite Lösung wäre, zu verhindern, dass Orville eine Nachkommenschaft hat. Die Zeit arbeitet zu unseren Gunsten, es leben ausschließlich Männer auf der Insel. Das ist ein Vorteil. Sobald die Bevölkerung ausgestorben ist, würde das Achte Königreich seinen Status als Insel ohne König wiedererlangen. Die dritte Lösung wäre, die Insel anzugreifen. Wobei ich mir nicht vorstellen kann, wer verrückt genug wäre, das zu tun. Ihr müsst wissen, die Insel ist ein auf dreihundert Fuß Höhe gelegenes Plateau. In den Gewässern ringsum befinden sich unzählige Felsen, sodass sich ihr lediglich kleinere Boote nähern können, und außerdem darf die See nicht zu flach sein, sonst laufen sie auf Grund. Hinzu kommt, dass Orville dem Buch zufolge, das uns zurückgegeben wurde, ein berühmter Kämpfer ist. Und er wird nicht allein sein. Wenn er die Faust hebt, um seinen Thron zu verteidigen, werden sich drei weitere Kämpfer an seine Seite stellen. Ich bezweifle, dass einer von uns die geringste Chance gegen einen dieser Kämpfer hätte. Auch wissen wir nicht, was die anderen Könige beschließen werden. Nach einem Jahr wird Orville Allianzen schließen können und die Dinge werden noch komplizierter. Man stelle sich nur vor, wenn er sich nun mit dem Siebten Königreich verbündet.«

Hartrold setzte sich in einen Sessel. »Wir können also nicht viel tun.«

»Es gibt immer noch die Möglichkeit, die Besiedlung der Insel zu verhindern.«

Hartrold forderte Rufus mit fragendem Blick auf, fortzufahren.

»Aber im Ernst, wir halten einen Todfeind von Orville gefangen. Vallade beschuldigt ihn, ihn des Nutzens seiner Beine beraubt zu haben, die amputiert werden mussten, sowie seinen drittgeborenen Sohn unter dubiosen Umständen getötet zu haben, die man lieber nicht zu beleuchten versuchen sollte. Was aus Orvilles Schilderung hervorgeht, stimmt nicht mit Vallades Aussage überein. Außerdem verlieh ihm sein Rang das Recht des Schwertes, man kann diese Exekution also nicht anfechten. Wir könnten Vallade jedoch den Vorschlag machen ...«

»Worin besteht das Risiko, Rufus?«

»Der Marquis ist selbstgefällig genug, dass er die Steininsel für sich selbst beanspruchen würde, wenn er sie erst einmal erobert hätte. Wir wären dann gezwungen, sie ihm wegen Hochverrats wieder zu entreißen, was bestimmt ohne Widerspruch vonseiten der anderen Marquis möglich wäre.«

Hartrold lächelte bei diesen Worten.

»Die Markgrafschaft würde dann zurück an die Krone fallen und könnte somit auf Eure eigene Nachkommenschaft übergehen. Wir vermuten auch, dass Vallade nicht die gesamte Steuer an die Krone zahlt. Es scheint, dass Orvilles Tagebuch die Vorwürfe der Lösegeldforderungen der Karawanen bestätigt, die uns wiederholt in öffentlichen Beschwerden zugetragen worden sind. Diese Frage wäre also geregelt.«

Auf einmal öffnete sich die Tür und ein Wächter trat herein, begleitet von zwei Soldaten, die so erschöpft waren, dass sie gestützt werden mussten. Man ließ sie kurzerhand auf den Boden sinken.

Der Wächter ergriff das Wort, um sein Eindringen zu entschuldigen. »Rufus, diese Boten waren in Cravans Geleit. Sie überbringen eine Nachricht, die für dich bestimmt ist und die, wie sie behaupten, nicht warten kann.«

Der alte Wächter nahm den Brief und untersuchte das blaue Wachs des Siegels. Er brach es auf und las schnell die feinen handgeschriebenen Linien. Er runzelte die Stirn und erblasste. Mit einer blitzschnellen Bewegung brach er den beiden Männern das Genick. Dann drehte er sich zu Lothar und dem König um. Seine Lippen zitterten vor Wut und Erschütterung. »Die Dinge haben sich verkompliziert, Majestät. Die Königinnen sind tot.«

KAPITEL XI

ROSA

Rosa und der Theokrat Lambret wanderten seit Stunden durch die felsige Landschaft. Ihre Kleidung war mittlerweile trocken. Sie waren nicht zur Straße zurückgekehrt, aus Angst, dass die Soldaten, die sie verfolgten – Rosa zufolge waren es vier –, sie dort einholen würden. Rosa und Lambret hatten zunächst über die Hochebene fliehen wollen, um sich von der Straße zu entfernen, aber sie hatten bald begriffen, dass der seidene Faden, an dem ihr Leben hing, das Wasser des Flusses war, der immer schmaler wurde, je weiter sie in Richtung seiner Quelle hinaufstiegen. Ihre Verfolger, wie auch sie selbst, waren somit dazu verurteilt, seinem Lauf zu folgen und das Gelände stromaufwärts oder stromabwärts entweder zu durchkämmen oder sich darin zu verstecken. Aber Rosa wusste stets, wo sich die Soldaten befanden. Und dass sie ihr ein Leid antun wollten.

»Meister Lambret, wir müssen bald etwas zu essen finden. Ohne Essen kommen wir nicht weit.«

Der Mann wischte sich mit dem Ärmel den Schweiß ab, der ihm von der Stirn tropfte. »Du hast recht, Rosa. Der Allmächtige wird uns mit dem versorgen, was wir brauchen, dessen bin ich mir sicher.«

»Hoffentlich, Meister Lambret.« Das junge Mädchen ging ein paar Augenblicke schweigend vor sich hin und fuhr dann fort: »Es gibt Tiere in der Umgebung, ich könnte jagen.«

»Vielleicht, Rosa. Ich habe noch nie gejagt.«

»Ich schon. Kleine Tiere. Ich werde es bei Anbruch der Nacht versuchen.«

Der Theokrat nickte. »Einverstanden. Ich werde Wasser vom Fluss holen. Ich weiß, dass sich am Ende der Straße ein großes Kloster befindet. Vielleicht wird uns dort jemand helfen. Es sollte weit genug entfernt sein. Vielleicht haben die Soldaten bis dahin die Verfolgung aufgegeben.«

»Sie werden nicht aufgeben. Dafür haben sie zu viel Angst. Wenn sie weniger Angst hätten, würden sie weglaufen.«

»Du weißt so viel über die menschliche Seele, Rosa. Dabei bist du noch jung … so jung.«

»Ich weiß, wann die Menschen Angst haben. Ich weiß es, weil auch ich Angst habe. Oft tragen sie das gleiche Bild in sich.«

»Das gleiche Bild? Von was für einem Bild sprichst du, Rosa?« Der alte Mann atmete schwer, während er sprach, so als würde es ihn große Anstrengung kosten. Jetzt, da die Sonne im Begriff war, unterzugehen, brannte sie nicht mehr so stark, aber er war schwerfällig und das Gewicht seines Beutels belastete ihn zusätzlich.

Er vernahm die dünne Stimme von Rosa, die hinter ihm ging. »Wenn ich Angst habe, habe ich im Bauch eine Farbe, die sich verändert. Andere Menschen haben das auch. Ich spüre es, wenn sich die Farbe in ihrem Bauch verändert. Wenn sich die Farbe ein bisschen verändert, laufen sie weg oder werden wütend. Wenn sie große Angst haben, verändert sich die Farbe auch in ihrem Kopf und sie können nicht mehr flüchten. Aus diesem Grund laufen die Menschen, die dem Reiter folgen, nicht weg, es ist die Farbe in ihrem Kopf. Genauso ist es bei den Tieren. Wenn sie zu große Angst haben, können sie sich nicht mehr bewegen. Erst wenn die Farbe in ihrem Kopf wieder normal wird, fliehen sie.«

»Du machst mir Angst, Rosa.«

»Ich weiß, ich habe es gesehen. Aber wenn Ihr Angst vor mir habt, werdet Ihr mir etwas antun wollen. Dann werde ich mich verstecken und Ihr werdet mich nicht finden.«

»Ich will dir nichts antun, Rosa.«

»Ich weiß, aber Ihr habt Angst.«

Sie gingen bis zum Anbruch der Dunkelheit schweigend weiter.

»Hier werden wir anhalten, Rosa.«

»In Ordnung, Meister Lambret. Ich werde jagen gehen und wir können das Fleisch braten.«

Der Theokrat stieg zum Fluss hinab und nahm seine Lederflasche mit. Wie seltsam dieses Kind war. Angesichts dessen, dass sie auf der Flucht waren, um ihr Leben zu retten, schien sie nicht sonderlich verängstigt zu sein und schaffte es, in Situationen ruhig nachzudenken, die so manchen Mann in Panik versetzt hätten. Am Flussufer füllte der alte Mann seine Lederflasche und trank lange daraus, bevor er sie erneut füllte und sich wieder an den Aufstieg machte. Es war ein steiler Berghang, trotzdem wuchsen hier einige Bäume. Weiter unten waren sie sogar ziemlich zahlreich, auf mittlerer Höhe gab es nur ein paar vereinzelte krumme Sträucher, die den Jahrhunderten trotzten, indem sie sich die raren Nährstoffe einverleibten, die entlang der Felsspalten hinunterflossen. Dort wuchsen auch einige Dornbüsche. Als er zu ihrem Lager zurückkehrte, das unten im Tal vor der Straße verborgen war, briet über dem Feuer ein kleines Tier, vermutlich ein Kaninchen, das ebenso zäh und dürr war wie die Büsche auf dem Abhang. Wenn er überleben wollte, musste er hart und stark sein wie die kleine Rosa.

Vier Tage waren vergangen. Die Soldaten hatten sie überholt und waren dann wieder umgekehrt, vermutlich auf der Suche nach Spuren. Rosa zufolge hatten auch sie den Fluss überquert, und zwar an der Stelle, an der der Theokrat am Vorabend seine Lederflasche aufgefüllt hatte. Dort war das Schilf von seinen Schuhen platt gedrückt und die Spuren verliefen stromaufwärts. Endlich hatten sie die Fährte der Beute, die sie jagten, aufgenommen. Diese Entdeckung verlieh ihnen Flügel. Damit wurde für die zwei Flüchtigen die Zeit knapp. Sie waren zu langsam. Da sich das Tal im gleichen Maße verengte, wie der Fluss zum Bach wurde, würde man ihn bald mit einem Satz überqueren können. Rosa und der alte Mann schritten so schnell sie konnten auf dem Pfad voran, der auf die karge Hochebene hinaufführte. Dieser war so stark von Füßen und Hufen zertrampelt worden, dass aus den Steinen Kies geworden war. Die Krieger würden die Hochebene spätestens zwei Tage nach ihnen erreichen.

Am Nachmittag stiegen sie aus dem grünen und tiefen Tal hinauf und blickten schließlich über die raue Schönheit der Hochebene von Jourd, die sich vor ihnen erstreckte. Zwei Gebirgszüge mit abgerundeten Gipfeln erstreckten sich im Osten und Süden bis zum Horizont, während im Norden die spitzen Gipfel des Ostkammes mit den Adlern um die Eroberung des Himmels wetteiferten. Der Boden bestand aus nichts außer Geröll und Staub. Man hätte den Spuren einer Ameise folgen können, so unbeschrieben wirkte der vom Wind geglättete Boden, gleich einem frischen Blatt Pergament. Sie verloren keine Zeit, füllten die Trinkflasche ein letztes Mal auf und machten sich auf den Weg in Richtung Norden. Die Sonne trocknete den Wind aus, der mit einem trostlosen Seufzen den Staub aufwirbelte. Die vereinzelten Büsche schwankten wie Wachtposten, die auf der Lauer lagen. *Rosa. Was bist du nur, Rosa?* Bald konnten sie in der Ferne die dunkle Masse eines Mauerwerks auf einem felsigen Gipfel erkennen.

»Rosa, das muss das Kloster sein, von dem ich dir erzählt habe. Ich weiß nicht, ob wir dort Hilfe oder den Tod finden werden, aber ich sehe keinen anderen Ort, an den uns das Schicksal führen könnte. Möge der Allmächtige uns dort Hilfe zuteilwerden lassen.«

»Dort im Haus sind zwei Menschen. Einer ist verletzt und der andere an seiner Seite. Beide haben Angst. Der Person, die verletzt ist, geht es nicht gut. Ich glaube, wir sollten dort hingehen.«

»Rosa, woher weißt du das? Keiner kann erahnen, was sich in einer solchen Entfernung befindet. Ich kann auch nicht wissen, wo sich die Krieger befinden, die uns folgen.«

»Aber ich spüre es. Wir werden das Kloster vor ihnen erreichen, wenn wir weitergehen, ohne stehen zu bleiben. Einer von ihnen ist in den Fluss gefallen, er kann nicht schnell laufen und die anderen sind wütend. Jetzt wo sie wütend sind, haben sie weniger Angst. Deshalb gehen sie nicht mehr so schnell.«

»Also dann, lass uns Angst haben und schneller gehen. Wenn uns der Allmächtige eine Chance bietet, müssen wir sie ergreifen, Rosa.«

Sie liefen schneller und erreichten bei Anbruch der Nacht völlig erschöpft den Fuß des Felsens.

»Rosa, wir haben kein Wasser mehr. Glaubst du, dass es dort oben welches gibt?«

»Es gibt welches, aber ein Teil des Wassers ist gefährlich. Wir werden davon nichts trinken.«

Erschöpft betraten sie den Pfad, der sich den Felshang hinaufschlängelte.

»Rosa, woher weißt du, dass ein Teil des Wassers gefährlich ist?« Diesen Satz während des Aufstiegs auszusprechen, hatte bei dem alten Mann eine Kurzatmigkeit zur Folge, die in jeder anderen Situation bei einer Jugendlichen wie Rosa große Belustigung hervorgerufen hätte.

Während sie leicht wie der Wind voranschritt, führte sie ihre Erklärungen aus: »Es gibt vier Becken mit Wasser. Drei davon leuchten, es sind kleine Tiere darin und Algen an den Wänden. Aber im vierten ist alles tot. Algen und Tiere. Dieses Becken ist kalt und schwarz. Man darf nicht von seinem Wasser trinken. Ganz einfach.«

Sie ging weiter, während der alte Theokrat stehen geblieben war. Als er sah, dass das junge Mädchen einen beträchtlichen Vorsprung gewonnen hatte, rief er ihr zu, dass sie auf ihn warten solle.

»Ich kann nicht, Meister Lambret, der verletzten Person geht es nicht gut!«

Und sie stieg noch schneller hinauf, gefolgt von dem ächzenden alten Mann. Als er eine Allee aus Bäumen erreichte, die zur dunklen Festung führte, zeichnete sich das schmächtige Mädchen im Spitzbogen des Eingangstors bereits als Schatten ab. Er ging weiter, da er nicht mehr die Kraft hatte zu laufen, und betrat den Hof. Die schlichte Eleganz des Klosters stand in starkem Kontrast zu der robusten Festungsanlage, die Besuchern den Zutritt verbot. Der Theokrat betrat die Halle. Eine Frau erschien auf dem Treppenabsatz zu seiner Linken. Ihre Gesichtszüge waren angespannt und ihre Kleidung wies sie als Nonne aus. Ihr Haar war schwarz, die Haut weiß und ihre haselnussbraunen, mit grünen Sprenkeln durchzogenen Augen waren vom Wachen und von der Trauer gerötet. Ihre Gesichtszüge waren ebenmäßig und sie war trotz ihrer Erschöpfung sehr hübsch. Sie sprach schüchtern und mit bestürztem Gesichtsausdruck. »Folgt mir, Meister Lambret. Das junge Mädchen ist gekommen und schickt mich, um Euch den Weg zu zeigen.«

Ehe er sie fragen konnte, warum sie hier war, drehte sie sich um und ging in Richtung der höher liegenden Stockwerke. Er folgte ihr in einen Flur, der zu mehreren Kammern führte, und betrat eine von ihnen. Kaum war er eingetreten, brach Lambret vor Erschöpfung und mit zitternden Händen zusammen. Er hörte, wie Rosa die Frau bat, ihm etwas Wasser zu geben. Er trank gierig aus der Schale und stand auf, um sich in einer Ecke des Zimmers auf einen Stuhl zu setzen. Er streckte seine schmerzenden Muskeln und zog seine Stiefel aus, um seine wunden Füße zu massieren. Der Allmächtige sollte mit ihm machen, was er wollte, doch seine alten Gliedmaßen würden ihn nicht mehr weit tragen.

Das rechteckige Zimmer war mit schlichten und soliden Möbeln eingerichtet. Vier Betten, eine Kommode, ein Kleiderschrank, drei Stühle und ein Sessel. Nichts, was von seiner primären Bestimmung abgelenkt hätte, dem Schlafen. Eine schwach leuchtende Kerze erhellte einen sterbenden Mann, der auf einem Bett in Fieberträumen lag. Die Nonne hielt seine Hand, um ihm auf seinem Weg zum Allmächtigen beizustehen. Rosa hatte beide Hände auf den Oberkörper des Mannes gelegt und die Augen geschlossen. Es war ein großer Mann, dessen Verbände mit ihrem Geruch die Luft verpesteten und dessen rauer, ungleichmäßiger Atem seine Not und sein Leid verrieten. Einen endlosen Moment später brach Lambret das Schweigen, das die Luft dieser kalten und gespenstischen Kammer in Eis zu verwandeln drohte. »Rosa, dieser Mann ist verloren. Es ist meine Aufgabe, mir seine letzten Worte anzuhören, um ihm den Weg in das Haus des Allmächtigen zu erleichtern.«

»Ich bin mir nicht sicher, Meister Lambret. Er ist stabil, ich halte ihn seit Stunden von dieser Seite aus am Leben, aber jetzt, wenn ich ihn berühre, kann ich den Schmerz zurückdrängen. Er hat Schnittwunden an der Vorderseite seines Körpers, an den Armen, den Beinen und am Oberkörper, jedoch keine auf dem Rücken. Sie sind tief, haben aber nur die Muskeln erreicht, das ist eine Chance. Die Verletzungen haben die weiße Krankheit verursacht, die schnell tötet, aber ich kenne mich ein bisschen damit aus, wie man die weiße Krankheit heilt.«

»Rosa, der Bader schneidet die Wunden auf und brennt das Fleisch mit einem Kauter aus. Wirst du das tun?« Die Stimme des alten Mannes zitterte vor Erschöpfung wie die Flamme der Kerze, die im Luftzug tanzte, der vom geöffneten Fenster hereindrang.

»Nein, man muss sie aufschneiden, aber keine Kauter. Sie brennen, und es tut weh, wenn es brennt. Das macht mir Angst.«

Rosa wandte sich der Nonne zu. »Bitte, gnädige Frau, ich brauche ein Messer, etwas sauberes Wasser und auch ein Tuch. Ohne ein Messer kann ich nicht so viel von der weißen Krankheit entfernen.«

Die Frau stand auf und ging hinaus. Der alte Theokrat richtete sich auf und sah das junge Mädchen an.

Ihre Hände lagen auf dem Oberkörper des Mannes und ihre Augen waren geschlossen. Sie wirkte ausgeruht und seltsam ruhig. Sie unterbrach die Stille mit sanfter, kindlicher Stimme. »Das Fräulein kommt zurück. Wenn sie hier ist, muss der Krieger entkleidet und das Wasser und das Tuch vorbereitet werden. Helft Ihr mir dabei?«

»Bist du eine Hexe, Rosa?«

»Mein Blut ist rot. Werdet Ihr mir helfen, den Mann zu entkleiden?«

»Es schickt sich nicht, Rosa, du bist ein junges Mädchen ... und dann ist da auch die Nonne.«

In diesem Moment betrat die Frau das Zimmer. »Meister Theokrat. Wenn der Mann stirbt, werden wir ihn gleichermaßen entkleiden müssen, um die letzte Waschung vorzunehmen. Wenn das junge Mädchen es mit etwas Heilkunde versuchen möchte, denke ich nicht, dass der Wachtmeister irgendwelche Einwände hätte.«

Rosa entgegnete mit heller, flatternder Stimme, die in seltsamem Kontrast zur schweren und müden Stimme der Nonne stand: »Danke, gnädige Frau. Ich lasse meine Hände auf seiner Brust. Schneidet seine Kleider auf und gebt mir dann das Messer. Er wird nicht schreien, wenn Ihr den Stoff von den Wunden entfernt.«

Das rhythmische Knirschen der Klinge auf dem groben Stoff ließ Rosa wissen, dass die Arbeit voranging. Als die

Kleider zerschnitten waren, zog die Nonne an den Fetzen, die sich mit einem trockenen Geräusch von den Wunden lösten. Von zwei Stücken tropfte übel riechender Eiter, der aus dem offenen Fleisch sickerte, das rot und geschwollen war.

Die Nonne reichte dem Mädchen das Messer. »Das ist das Stilett, das die Mutter Oberin zum Öffnen von Briefen benutzt hat. Es ist aus Gold. Ich befürchte, es ist das einzige Messer, das sich noch im Kloster befindet. Alles andere wurde mitgenommen.«

»Es ist schön und sehr spitz.«

Das junge Mädchen ließ die linke Hand auf dem Oberkörper des Mannes und nahm das Stilett. Dann näherte sie sich den Abszessen und schnitt sanft einen nach dem anderen auf. Gemäß ihren Anweisungen spreizte die Nonne behutsam die Wundränder, wie Rosa es ihr gezeigt hatte, und wusch dann die Wunden aus, aus denen weißlicher Eiter, gefolgt von hellem Blut, hervorquoll. Rosa legte das Stilett neben das Bett und platzierte beide Hände wieder auf dem Oberkörper des Mannes. Sie drehte sich zum Theokraten, der eingeschlafen war, dann zur Nonne, die auf ihre Anweisungen wartete. Sie war schön und erschöpft. Wie lange hatte sie allein bei diesem Mann gewacht in Erwartung seines Dahinscheidens? Rosa bat sie, den Körper des Mannes so gut wie möglich zuzudecken, ohne dass die Wunden berührt wurden, und riet ihr dann, sich auf dem Bett hinter ihr etwas auszuruhen. Diese Frau wollte ihr nichts antun.

Rosa war schließlich selbst eingeschlafen. Sie erwachte in den frühen Morgenstunden. Der Theokrat war nicht mehr in der Kammer und der Krieger atmete ruhig. Sie hatte einmal die weiße Krankheit gehabt. Ein böser Splitter im Oberschenkel. Es hatte sehr weh getan. Dann hatte sie herausgefunden, wie es nicht mehr weh tun würde. Einfach so, ohne viel darüber nachzudenken. Als sie versucht hatte, den Splitter herauszuziehen, war ein kleines Stück tief in der Haut stecken geblieben. Die weiße Krankheit hatte sich eingenistet. Sie hatte Fieber bekommen, was niemanden gekümmert hatte, denn sie war ja nur die Tochter der Hexe, die unten in der kleinen Hütte wohnte. Die weiße Krankheit hatte zwar den Splitter vom Fleisch gelöst, aber eine dünne Hautschicht verhinderte, dass er herauskam. Sie hatte den Schmerz gestoppt, ein kleines Stück Feuerstein genommen und die Haut geöffnet. Die weiße Krankheit war zusammen mit dem Splitter herausgetreten. Also hatte sie es bluten lassen und das Innere der Wunde sanft von unten zur Haut hin erwärmt. Schließlich war die weiße Krankheit verschwunden. Natürlich waren die Wunden des Kriegers groß und zahlreich gewesen, aber nicht tiefer als ihre eigene damals. Sie dachte wirklich, dass sie ihm helfen konnte. Das Problem blieb jedoch, dass es nur eine Straße gab und nirgendwo sonst Wasser. Die vier Krieger würden später am Tag hier sein. Sie waren zufrieden und hatten Angst und sie wollten ihr immer noch etwas antun.

Die Nonne wachte auf. Sie setzte sich im Bett auf und bedeckte mit ihrem dunklen Habit ihre langen weißen Beine, die während ihres Schlafes entblößt worden waren. Rosa gefiel ihre sanfte und ernste Stimme, die der steinernen Kammer etwas Weiches verlieh. »Ist er noch am Leben?«

»Ja, Mademoiselle. Er schläft. Er braucht Wasser und etwas zu essen, wenn er aufwacht.«

»Ich werde Wasser holen, aber wir haben nichts zu essen.«

»Ihr habt Hunger, Mademoiselle.«

»Ja, mein Kind, aber das ist nicht wichtig. Ich werde versuchen, etwas für Wachtmeister Ferrand zu finden.«

»Der Theokrat Lambret hat einen Beutel, in dem sich noch etwas Proviant befinden sollte. Bittet ihn, damit zu uns zu kommen.«

»Das werde ich, Rosa.«

Die Nonne streckte sich wie eine Katze in der Sonne.

Die vier Krieger waren müde. Seit mehreren Tagen hatten sie ein Mädchen und einen alten Mann verfolgt, um sie nun auf diesem Berg, der ihr Zuhause war, in die Enge zu treiben. Sie konnten ihnen nicht mehr entkommen. Als sie auf der Allee angekommen waren, betrachteten sie einen Moment lang die Festung, die sie noch vor wenigen Tagen verteidigt hatten, als wäre es ein fremdes Bauwerk, das vage Erinnerungen in ihnen hervorrief. Eine gewisse Vertrautheit und eine seltsame Distanz. Sie waren so leicht und widerstandslos von diesem Mann besiegt worden, der so schnell war wie der Tod und vor nichts und niemandem Achtung hatte. Es war der Teufel, der an jenem Abend am Ende der Allee erschienen war.

»Guten Tag, Herrin Maja. Wir sind mehr als glücklich, Euch lebend und in Sicherheit zu sehen. Der Abgesandte hat Euer Verschwinden nicht bemerkt und wir hoffen, dass es Euch gelungen ist, Wachtmeister Ferrand zu retten. Ihr könnt Euch gar nicht vorstellen, was mit Euren Freundinnen geschieht. Habt Ihr einen Theokraten und ein junges Mädchen gesehen? Wir verfolgen sie.«

»Guten Tag, Meister Fernest, wir haben Euch erwartet. Das Versteck, das Ihr für mich gefunden habt, war zwar zweifellos ekelerregend und ungemütlich, aber ich kann Euch gar nicht sagen, wie dankbar ich Euch bin, dass Ihr mich dorthin gebracht habt. Bitte folgt mir.«

Sie betrat das Gebäude, stieg die Treppen auf der linken Seite hinauf und führte sie einen Korridor entlang bis zu einer Kammer, die aussah wie alle anderen. Helles Licht fiel zum Fenster herein und ihre Augen mussten sich erst einige Sekunden lang an die Helligkeit gewöhnen, ehe sie die Personen erkennen konnten, die sich ihnen gegenüber befanden. Ein alter Mann saß in einem Sessel, Schwester Maja hatte zu seiner Rechten Platz genommen und ein junges Mädchen sah sie ruhig an, während ihre Hände auf dem Brustkorb eines auf dem Bett liegenden Mannes ruhten. Sein Körper war nackt, bis auf ein paar Stofffetzen, die bedeckten, was bedeckt werden konnte, ohne an den klaffenden Wunden kleben zu bleiben.

Der Mann bewegte sich etwas und sprach mit schwacher Stimme: »Hallo Freunde, hattet ihr eine gute Reise?«

Die Stimme verstummte, ebenso wie sie erhoben worden war, in einem ermatteten Pfeifton, der nichts Gutes verheißen würde, hätte sich der Zustand des Wachtmeisters in den letzten Stunden nicht so günstig entwickelt.

Die Männer traten näher heran. »Guten Tag, Wachtmeister. Es ist schön, Euch lebend wiederzusehen. Dieser Mistkerl in Schwarz ist kein Mensch. Er tötet alles, was sich ihm in den Weg stellt und vergewaltigt alles, was er nur kann.«

Der Wachtmeister lächelte und fuhr mit seiner pfeifenden Stimme fort: »Er tötet und vergewaltigt wie alle Soldaten, Fernest.«

Die Miene des Soldaten wurde ernst. »Er tötet seine eigenen Männer, um den anderen Angst zu machen. Er hat den alten Taram aufgeschlitzt, um uns dazu anzutreiben, so schnell wie möglich das Mädchen zu finden. Wir wissen, was er damit bezweckt. Er vögelt alle jungen Nonnen, eine nach der anderen. Methodisch. Vor allen anderen. Die alten sind nicht mehr als Sklaven für ihn und aus den Männern macht er Hackfleisch, wenn sie nur ihren Blick nicht abwenden oder nicht schnell genug sind. Er hat mit einem Schlag zwanzig Inquisitoren getötet. Wir müssen uns unverzüglich auf den Weg machen, die Kolonne müsste jetzt acht Tage Vorsprung haben.«

Die tiefe und ruhige Stimme der Nonne unterbrach das Gespräch. »Ihr werdet überhaupt nichts mitnehmen, Meister Fernest. Ihr werdet dem Teufel keinen Engel opfern, um Euren Kopf zu retten, der sowieso verloren ist, wenn Ihr diesem Weg folgt.«

»Befehl ist Befehl, gnädige Frau. Was können wir anderes tun? Ihr wisst wirklich nicht, wie er ist und was dort vor sich geht.«

»Meine Söhne, ich weiß nicht mehr als Ihr darüber, wer dieser schwarze Krieger ist, noch was sich hinter dieser Teufelei verbirgt, aber der Weg des Allmächtigen darf nicht auf diesen Pfad führen!«

Der Theokrat hatte einen Ausdruck von Ekel im Gesicht, der seine Ansichten über das, was er gerade gehört hatte, verriet. »Wir werden diesen Ort nicht verlassen und Ihr werdet Rosa nicht mitnehmen, um sie Eurem dämonischen Meister auszuliefern, der jene vergewaltigt, die ihr Leben dem Allmächtigen geweiht haben. Wir haben einen Mann, den wir pflegen müssen, und eine große Anzahl Gräber, die es auszuheben gilt. Ich habe mich in der Festung umgesehen, nachdem ich im Tempel gebetet habe, und habe tief in der Krypta eine höchst merkwürdige Totenstadt entdeckt, in der sich die

Leichen von Frauen zu zersetzen beginnen, ohne eine Grabstätte erhalten zu haben. Wir haben zu tun. Ich habe bereits zwei Unglückliche begraben, die enthauptet im Speisesaal dieses Hauses lagen.«

Fernest wandte sich an ihn: »Theokrat, wir haben keine Befehle erhalten, die Euch betreffen, werden aber auch keine von Euch annehmen.«

Die schwache Stimme des Wachtmeisters wurde vernehmbar. »Fernest, das Mädchen bleibt und ihr auch. Rosa ist eine Heilige. Sie hat meine Kleider ausgezogen, ohne die geringste weibliche Empfindung zu zeigen. Das ist Beweis genug. Geht und bezieht jetzt eure Quartiere.«

Der Soldat lächelte über den Scherz und sah sich nach dem Mädchen um, um es zu ergreifen. Er runzelte die Stirn, sah unter das Bett, stürzte zum Fenster und drehte sich dann zu den anderen um.

Ein Soldat erwiderte seinen ungläubigen Gesichtsausdruck und beantwortete die Frage, die ihm ins Gesicht geschrieben stand. »Sie hat den Raum nicht verlassen, Fernest. Ich habe einmal weggeschaut und plötzlich war sie nicht mehr da.«

Lambret beobachtete das Mädchen. Ihre Hände ruhten auf der Brust des Wachtmeisters, die Augen waren geschlossen und ihr Gesicht sah aus, als würde sie schlafen. Die Soldaten suchten nach Rosa, während sie hier auf dem Boden kniete, direkt vor ihnen. Teufelin oder Göttin, Lambret konnte es nicht sagen, aber Rosa war für die Augen derer unsichtbar, die sie für eine Beute hielten, die sie ihrem Meister bringen konnten. Die Stimme des Theokraten hallte durch den Raum, rau und hart wie die Hänge des Bergkamms. »Meine Söhne, Ihr wollt ihr ein Leid antun, also hat sie sich versteckt. Ihr werdet sie nicht finden. Kommt, wir müssen Gräber ausheben.«

Der Wachtmeister saß ans Kopfende des Bettes gelehnt. Er hatte einiges an Kraft wiedergewonnen und besprach mit den Soldaten seit etwa zehn Minuten die Lage. Acht Tage waren vergangen, seitdem sie hierhergekommen waren, und sie hatten noch immer nicht entschieden, was sie tun sollten.

Schwester Maja betrat die Kammer und gab dem Wachtmeister zu trinken. »Ermüdet ihn nicht zu sehr, er hat zwar fast kein Fieber mehr, aber er ist immer noch schwach.«

»Natürlich, Schwester, aber wir werden nicht ewig hierbleiben können, wir müssen darüber reden.«

Die Spannung zwischen der Schwester und den Soldaten stieg schnell. Abhängig vom Grad ihrer Angst schwankten sie zwischen der Entscheidung, Rosa mitzunehmen und dem schwarzen Reiter seine Beute auszuliefern oder hierzubleiben. Die Kolonne hatte alles mitgenommen, was sie hatte tragen können, und sie hatten nur noch wenige Vorräte gefunden. Der Garten brachte jedoch immer noch Gemüse hervor. Und Rosa ging manchmal jagen. Es war genug, um acht Leute mit dem Nötigsten zu ernähren, aber nicht, um Vorräte anzulegen. Es musste eine Entscheidung getroffen werden.

Dem Wachtmeister fiel das Sprechen inzwischen etwas leichter, doch nach einem längeren Gespräch war er schweißgebadet. »Soldaten, ich weiß sehr gut, zu was dieser Teufel von schwarzem Reiter fähig ist. Er hat mich wie einen Schinken in Stücke geschnitten und mich dann dem Tode überlassen. Ein Krieger hätte seinem Gegner einen angemessenen Tod gewährt oder ihn versorgt, wenn die Situation es erlaubt hätte. Wenn Schwester Maja sich nicht versteckt hätte, um mir zu helfen, wäre ich tot. Wenn Rosa nicht gekommen wäre und mich gepflegt hätte, wäre ich tot. Wenn

Lambret Rosa nicht gerettet hätte, wäre ich tot. Wenn die Inquisition sie nicht verfolgt und auf den Weg zum Kloster getrieben hätte, wäre ich tot. Wenn der schwarze Reiter euch nicht auf ihre Verfolgung angesetzt hätte, nachdem er die Inquisitoren massakriert hatte, wäre Rosa nicht bis hierhergekommen, um euch zu entkommen, und ich wäre ebenfalls tot. Ich habe so viele Schulden, dass mein Leben nicht ausreichen wird, sie alle zu begleichen. Ich bin noch nicht stark genug, um euch von irgendetwas abzuhalten, aber denkt nach. Für den Augenblick können wir beruhigt sein. Wenn es irgendeinem Angreifer in den Sinn kommt, uns zu vertreiben, können wir das Tor schließen und das Fallgitter herunterlassen. Ein paar Pfeile werden ihn schnell davon abhalten näher zu kommen. Wir werden unter Belagerung sein, aber der Belagerer wird lediglich das Wasser haben, das er mit sich trägt. Zu dieser Jahreszeit bedeutet das, dass er nicht lange durchhalten wird. Meine Freunde, was glaubt ihr, erwartet euch, wenn ihr zu eurem Meister zurückkehrt? Die Jungfrau wird sich der Herde junger Nonnen anschließen müssen, die es zu bespringen gilt, und ihr werdet noch immer keine Pferde haben. Ihr werdet erschöpft sein von der Aufholjagd und sehr bald werden eure Körper die Krähen ernähren, die im Unkraut am Straßenrand hausen. Wie dem auch sei, wenn ihr meine Schwäche nicht ausnutzt, um mich zu töten oder mit dem Mädchen wegzugehen, werde ich das nicht zulassen. Ich schwöre, dass ich diesen Hund eines Tages mit meinen eigenen Händen töten werde. Ich werde ihn bis zu den Toren der Hölle jagen und alle töten, die sich mir in den Weg stellen.«

»Ihr kennt ihn nicht, Wachtmeister. Er wird nicht aufgeben und selbst kommen, um das Mädchen zu holen. Und an diesem Tag wird er auf eine Art und Weise Rechenschaft von uns verlangen, die uns mit Sicherheit nicht gefallen wird.«

»Ihr werdet sowieso sterben, wenn Ihr bei ihm bleibt. Habt ihr das immer noch nicht begriffen?«

Rosas leise und helle Stimme erklang aus der Richtung der Tür. »Er kommt. Er kommt mit Reitern.«

Die Soldaten drehten sich erschrocken um. Rosas ruhige Stimme nährte ihre Panik mit diesen neuen Informationen.

»Sie sind zu Pferd oben am Weg angekommen und nähern sich im Galopp. Die Pferde und die Männer sind sehr müde, mit Ausnahme des Anführers. Es ist der Teufelsreiter.«

Der Wachtmeister atmete schwer, als er einem der Soldaten seinen Befehl gab: »Du, geh zu einem Südfenster und sieh nach, ob sie die Wahrheit sagt.« Dann sank er auf das Bett zurück.

Der Mann kehrte einen Augenblick später zurück, bleich wie ein Leichentuch. »Wachtmeister, über der Ebene ist eine Staubwolke zu sehen.«

Schwester Maja legte ein nasses Tuch auf die Stirn des Wachtmeisters.

»Das ist schon besser, danke, Schwester. Ich habe mich noch nie so schwach gefühlt, aber es geht schon. Ihr habt keine Wahl mehr, Freunde. Keine möglichen Ausflüchte, die ihr diesem Dämon liefern könntet. Keinen Weg, um euch heimlich aus dem Staub zu machen, mit dem Gebirgskamm hinter euch, der Klippe im Westen und der Wüste im Osten. Ihr habt im Kloster eine Woche mit dem Mädchen Däumchen gedreht, anstatt euch auf den Weg zu machen. Der andere ist kein Mann, der verzeiht. Wir müssen das Fallgitter herunterlassen und das Tor verriegeln. Wie es danach weitergeht, weiß ich nicht. Aber das gibt uns Zeit zum Nachdenken. Los!«

Die Männer erhoben sich, als trügen sie eine schwere Last auf den Schultern, und verließen das Zimmer.

Als die Männer fort waren, entfernte sich Maja vom Wachtmeister, setzte sich in den Sessel und stützte den Kopf in die Hände. »Was sollen wir nur machen, Wachtmeister?«

»Verzweifelt nicht, Schwester. Der schwarze Reiter wird nicht vor Anbruch der Nacht hier sein. Das lässt uns etwas Zeit. Die Zeit arbeitet für uns, denn der Schlüssel zu diesem Kampf ist weder Kraft noch Eisen, sondern Wasser und Feuer. Bittet alle, hierherzukommen, sobald die Tore geschlossen sind. Ich erkläre euch dann, was ich vorhabe.«

Der letzte der vier Soldaten stieß zu den anderen sieben Bewohnern der Festung, die sich in der Kammer des Wachtmeisters versammelt hatten. Er verkündete, dass sich die Gruppe der Reiter auf halbem Weg befand und in zwei, drei Stunden ankommen würde. Der Wachtmeister dankte ihm ruhig, um die anderen Männer zu ermutigen. Schwester Majas Gesichtsausdruck war unergründlich, Rosa wirkte den Ereignissen gegenüber gleichgültig und Lambret wartete resigniert auf weitere Anweisungen.

Der Wachtmeister legte ihnen seine Sicht der Lage dar und erklärte die Grundzüge seines Planes. »Wir sind zu acht und nach dem, was Rosa uns erzählt hat, sind fünfzehn Soldaten auf dem Weg hierher, einschließlich des schwarzen Reiters an der Spitze. Sie sind zu Pferd, aber das ist im Grunde kein Vorteil. Die Tiere haben getrunken, ehe sie das Tal verlassen haben, aber hier werden sie kein Wasser finden.«

Schwester Maja schüttelte den Kopf. »Es gibt Wasser in den Zisternen, Wachtmeister. Sie werden es finden.«

»Es wird keines mehr geben. Zumindest kein genießbares Wasser.«

Einer der Soldaten schüttelte missbilligend den Kopf. »Wachtmeister, wir stellen uns gegen einen militärischen Abgesandten!«

»Soldat, ich bin ein Mann und ich gehorche Männern. Ich gehorche schnell und gut, aber dieser Reiter ist kein Mann. An dem Tag, da ich dem Teufel gehorche, sollen mir Hörner und behaarte Pranken wachsen und Teufelsweiber mit üppigen Rundungen meinem gegabelten Schwanz hinterherlaufen. Fernest, kannst du Maja, Rosa und Lambret erklären, was meine Funktion in dieser Festung war?«

Der Soldat nickte. »Wachtmeister Ferrand ist ein Gefährte von Verrou. Die Gefährten von Verrou sind die besten Fechter des Königreiches.«

Der Wachtmeister richtete sich in seinem Krankenbett auf.

»Sie werden unter sehr harten Bedingungen für einen ganz bestimmten Zweck ausgebildet. Sie müssen Orte bewachen, deren Zugang ausschließlich den militärischen Abgesandten vorbehalten ist. Sie sind gewissermaßen eine Art Passwort. Der Abgesandte, der einen solchen Ort betreten möchte, muss unter Beweis stellen, dass er den Gefährten von Verrou mühelos entwaffnen kann. Wenn das der Fall ist, darf er eintreten. Wenn nicht, ist er der Hochstapelei überführt und muss sterben. Unter keinen Umständen darf der Gefährte von Verrou getötet oder verletzt werden. Dieser Abgesandte hat aus Vergnügen und aus Grausamkeit gehandelt. Er hätte den Wachtmeister beim ersten Schlagabtausch entwaffnen können. Die königliche Militärakademie bildet die Gefährten von Verrou in Strategie und im Kampf aus.«

Der Wachtmeister fuhr anstelle des jungen Kriegers fort: »Und Fernest ist mein Schüler. Jedem von uns wird ein Schüler zugeteilt und wir beenden seine Ausbildung. Soldaten! Noch könnt ihr diese Festung verlassen und eurem Schicksal entgegengehen. Versteckt euch in den Bergen, bettelt den schwarzen Reiter an, euch zu verschonen, macht, was ihr wollt, aber wenn ihr geht, gibt es kein Zurück. Ich werde mich dem Abgesandten in den Weg stellen und ihn bekämpfen, was auch immer sein Rang oder der Preis dafür sein mag. Es ist mehr als wahrscheinlich, dass wir morgen oder etwas später unser Leben lassen, dass wir fliehen oder kämpfen müssen, aber was mich angeht, so werde ich es aufrecht und mit dem Schwert in der Hand tun.«

Es wurde still. Die vier Soldaten legten sich als Zeichen der Zustimmung die Faust auf die Brust und Wachtmeister Ferrand fuhr fort: »Das ist mein Plan. Die Angreifer werden am Nachmittag ankommen und verlangen, dass wir die Tore öffnen. Wir werden ihnen keine Antwort geben. Also werden sie irgendetwas Dummes versuchen. Selbst wenn der schwarze Krieger stark wie ein Bär und schnell wie ein Falke ist, kann er nicht fliegen oder über Mauern gehen. Wir werden auf ihre Rufe keine Antwort geben und uns hinter den Schießscharten bereithalten. Sobald sie nah genug sind, werden wir versuchen, diesen Dämon zu erschießen. Es ist wenig wahrscheinlich, dass es uns gelingen wird. In der Zwischenzeit müssen wir mit allen Behältern, die wir finden können, in die Krypta hinuntergehen und sie mit sauberem Wasser auffüllen. Dann nehmen wir das Wasser aus der Zisterne des Tempels und verteilen es auf die anderen drei. Da wir nicht genug Zeit haben, sie zu leeren, ist die beste Möglichkeit, alle zu vergiften. Alles, was wir an Seil finden können, muss in den Keller gebracht werden. Wir müssen die Tür der Kammer im zweiten Stock aufbrechen, um uns den Eingang zu sichern, den der Schlächter benutzt hat. Was wir an Pech, Teer und Öl haben, soll unten an der Treppe und im Tempel bereitgestellt werden. Der Gemüsegarten muss abgeerntet werden, auch die unreifen Pflanzen, und die Erde dann mit Salz verbrannt werden. Die weiteren Einzelheiten des Plans behalte ich für den Augenblick für mich. Geht jetzt, es gibt noch viel zu tun.«

Die Soldaten, Maja, Lambret und Rosa standen auf, und als sie hinausgingen, sagte der Feldwebel zu sich selbst: »Es gibt kaum Chancen, dass es funktionieren wird, meine Freunde, aber ich weiß nicht, was wir sonst tun können.«

Die Soldaten erreichten die Allee, die zum befestigten Kloster führte, mitten am Nachmittag. Der schwarze Reiter tauchte als Erster auf dem Pfad auf, dann sah Ferrand endlich den Grund für die Staubwolke, der er seit einer Stunde mit Blicken gefolgt war, gelbliche, über dem Boden aufsteigende Schwaden, aufgestoben durch Krieger, die an der Grenze des Zumutbaren dahinpreschten. Die Pferde hätten nicht mehr viel länger durchgehalten und mussten in diesem Höllenrennen bereits über die Hälfte ihres Gewichts verloren haben. Der schwarze Abgesandte ließ sein Pferd auf halber Strecke vor der Festung anhalten. Dann blieb er einen Moment bewegungslos stehen. Vermutlich hatte er nicht erwartet, das Tor geschlossen und das Fallgitter herabgelassen vorzufinden.

Ferrand wandte sich mit leiser Stimme an seine Männer: »Macht nichts, solange er noch nicht in der Zone ist!«

Rosa war auf den Wehrgang hinaufgestiegen. »Er wird versuchen, unsere Anwesenheit zu spüren, Wachtmeister Ferrand.«

»Kann er das? Ich habe gehört, dass man den militärischen Abgesandten magische Kräfte verleiht. Als er auf mich eingestochen hat, war ich kurz davor, es zu glauben.«

»Ich habe sein Bild verändert, so sieht er uns nicht. Sonst würde er bereits wissen, dass wir hier sind. Er sucht in diesem Augenblick, aber er findet nichts.«

»Er weiß, dass wir da sind, denn das Fallgitter kann nur von innen heruntergelassen werden.«

»Der Teufelssoldat sieht Schwester Maja und Meister Lambret im Tempel. Ich bin nicht stark genug, um sein ganzes Bild zu ändern. Er muss denken, dass es sich um Meister Lambret und mich handelt.«

»Woher weißt du das?«

»Er kann es kaum erwarten, mir etwas anzutun.«

Wachtmeister Ferrand dachte einen Moment nach. »Das bedeutet, dass er mich für tot hält und glaubt, dass die vier Soldaten irgendwo anders sind. Das ist sehr wichtig.«

»Wachtmeister, das wird nur einmal funktionieren. Wenn Ihr ihn einmal angegriffen habt, wird er wissen, dass ich da bin und dass ich sein Bild verändern kann. Dann wird er misstrauisch sein.«

»Ich brauche nur etwas Zeit. Im Angesicht des Teufels kann ich nichts tun, als zu fliehen. Wir müssen nur bis zur Nacht überleben. Wir müssen ihn aus dem Hinterhalt angreifen, um ein wenig Zeit zu gewinnen. Dann werden wir eine Chance haben.«

»Ich kann machen, dass er Angst bekommt.«

»Und wie willst du das anstellen?«

»Ich werde in seinem Bauch und in seinem Kopf das Bild der Angst malen. Ihr dürft es nicht Meister Lambret sagen. Ich tue das, wenn die Menschen mir etwas antun wollen. Ich mache ihnen Angst und sie gehen weg. Aber Meister Lambret glaubt manchmal, dass ich eine Hexe bin wie meine Mutter, obwohl mein Blut rot ist«, fügte Rosa hastig hinzu. »Auch wenn ich jagen gehe, mache ich Angst. Ich mache einem Tier Angst, sodass es sich nicht mehr bewegen und ich es fangen kann. Aber bei einem Mann bin ich nicht stark genug und ich kann ihm nur ein bisschen Angst machen, sodass er wegläuft.«

»Und was ist seine Fähigkeit?«

»Er kann nur sehen, wenn er die Augen geschlossen hat, er ist nicht stark.«

Der Wachtmeister nickte. »Trotzdem ist es ein verfluchter Vorteil einem Feind gegenüber, und der Feind sind wir. Woher weißt du das alles, Rosa?«

»Ich weiß es, weil ich die Menschen ansehe. Die Menschen kümmern sich nicht um mich, weil ich keine Familie habe, also sehe ich sie an und weiß, was sie denken. Der Teufelsreiter wird näher kommen, er hat uns nicht gespürt.«

Und tatsächlich ging der Abgesandte mit sicherem Schritt auf das Tor zu. Der Wachtmeister spannte seinen Bogen und wartete geduldig. Der schwarze Soldat näherte sich mit wehendem Umhang über die Allee und wirbelte mit seinen eisernen Stiefeln den Staub auf. Bald würde er in Reichweite sein, bald würde er sich in einem günstigen Winkel befinden. Der Wachtmeister ließ die Bogensehne fast im gleichen Moment los wie seine vier Männer, dann legte er noch einen Pfeil auf und schoss. Was er sah, verblüffte ihn. Der Soldat hatte sein Schwert gezogen und damit sieben von acht Pfeilen abgewehrt. Nur einer von ihnen hatte einen tiefen Schnitt an seinem Kopf hinterlassen, als wäre er an seinem Schädelknochen abgeprallt. Dunkles, bläuliches Blut floss ihm langsam über die linke Gesichtshälfte. Er legte seine Hand auf die Wunde und hielt das Schwert bereit, um einen weiteren möglichen Angriff abzuwehren. Dann blickte er auf seine klebrige Hand und sah erstaunt zu den Schießscharten hinauf. Er wich zu den Reitern zurück, bis er außer Reichweite der Bogenschützen war.

Wachtmeister Ferrand gab Fernest eine Abfolge von Zeichen und dieser nickte. Während der Lehrling an einer vom Eingangstor entfernten Schießscharte Stellung bezog, ging der Wachtmeister in den Hof, gefolgt von den drei Soldaten und Rosa. Sie gingen zum Tempel. Lambret war dort. Der alte Mann wirkte müde. Er hatte Fässer mit Pech an den geheiligten Ort gebracht sowie Seile aus den Gemächern der Königinnen. Ferrand entschuldigte sich bei ihm.

»Meister Lambret, Ihr hättet mitkommen und den Teufel aus dem Abgesandten austreiben sollen. Er ist besessen. Er hat unsere Pfeile mit seinem Schwert abgewehrt. Nur einer von ihnen hat ihn gestreift und sein Blut vergossen. Sein dunkelblaues Blut macht sich ausgesprochen schön auf seinem blonden Haar.«

Lambret bekreuzigte sich. »Allmächtiger, was können unsere dürftigen Mittel gegen diesen Satan ausrichten? Rosa hatte recht.«

»Wir können etwas Abstand zwischen ihn und uns bringen, Meister Lambret. Das Wichtigste ist, ihm immer einen Schritt voraus zu sein. Und hier liegt das Problem. Möglicherweise ist er schneller und widerstandsfähiger als wir, aber er hat einen Schwachpunkt, den er als Vorteil sieht: die Pferde. Lässt er sie zurück, muss er zu Fuß gehen. Ich glaube nicht, dass er das will. Wenn er sie mitnimmt, gehen wir dorthin, wo das Gelände der Infanterie zugutekommt und nicht der Kavallerie. Es gibt genug Berge und Felsen, die unseren Vorteil vergrößern. Fünf von uns kennen das Gelände in der Gegend sehr gut. Jetzt lasst uns die Vorbereitungen abschließen.

»Die da wären, Wachtmeister?«

Ferrand schmunzelte. »Wir ruhen uns aus, Meister Lambret. Wir ruhen uns aus. Die Nacht wird lang und wir müssen für den Aufbruch bereit sein.« Er salutierte und ging in Richtung seiner Kammer.

Fernest betrat das Zimmer des Wachtmeisters. »Meister, die kleine Rosa sagt, dass der Abgesandte und vier seiner Männer, die uns etwas antun wollen, auf die Ostmauer zukriechen.«

Der Wachtmeister öffnete ein Auge, setzte sich auf und deutete mit einem Kopfnicken an, dass er verstanden hatte. »Es ist Zeit aufzubrechen. Versammelt alle im Keller des Tempels. Ich komme!«

Der Krieger ging ruhig fort. Der Wachtmeister rieb sich das Gesicht, stand auf, schnallte seinen Schulterriemen fest und steckte sein Schwert in die Scheide. Er entzündete eine Fackel an der Kerze und stieg die Treppe hinunter. Sobald er in der großen Halle war, schüttete er ein großes Fass Öl auf dem Boden aus und trug die Fackel zu einigen feuchten, in Pech getränkten Tüchern. Während die Flammen gierig die jahrhundertealte Holztreppe hinaufzügelten, überquerte er den Hof und betrat den Tempel.

Der Theokrat wartete auf ihn. »Wachtmeister Ferrand, Ihr werdet doch nicht etwa den Tempel in Brand setzen?«

»Ich wusste, dass die Einzelheiten Euch nicht gefallen würden, Meister Lambret. Deshalb habe ich einige für mich behalten. Es ist sicherlich keine vergnügliche Angelegenheit, aber wir müssen unsere Flucht verschleiern und es gibt kein effektiveres Mittel.«

»Das lasse ich nicht zu, Ferrand!«

Der Soldat blickte ihn einen Augenblick an, dann antwortete er: »Lambret, wir werden von keinem gewöhnlichen Mann verfolgt. Niemand kann acht Pfeile im Flug abwehren, die ein Mensch nicht einmal wahrnehmen würde. Die Gebote des Allmächtigen verpflichten uns dazu, diese Ausgeburten zu bekämpfen, und das werden wir nicht tun können, wenn wir tot sind. Ihr wusstet, was ich vorhabe, Theokrat, als Ihr heute Nachmittag das Pech entlang der Balken verteilt habt.«

»Dann werde ich hierbleiben und zusammen mit dem Tempel verbrennen.«

»Wie es Euch beliebt.«

Der Wachtmeister drehte sich um und zündete die Töpfe mit dem Pech an. Die Flammen stiegen auf und begannen mit einem Dröhnen, das mit der jeder Sekunde lauter wurde, gierig an der Holzverkleidung des Gebäudes zu lecken. Dann kam Ferrand zum Theokraten zurück, schlug ihn ohne Vorwarnung bewusstlos und warf ihn sich über die Schulter. Als er in der Krypta war, übergab er ihn zwei Soldaten und drückte mit einer Grimasse auf eine Wunde an seiner Brust, die sich wieder geöffnet hatte. Dann zog er den schweren Tisch auf den Flur hinaus, verriegelte die Tür und verbarrikadierte sie zusätzlich, um sie in ihrer Widerstandskraft gegen den Rammbock zu verstärken. Auf diese Weise verriegelte und befestigte er auch die anderen sechs Türen. Anschließend löschte er seine Fackel und ging zu den anderen zurück.

»Das Haus und auch der Tempel sind in Brand gesetzt. Der Abgesandte muss jetzt nur das Licht erahnen und das Dröhnen der Flammen vernehmen. Bald wird die Hitze so stark sein, dass sein Sehvermögen ohne Augen genauso geblendet sein wird wie sein menschliches. So werden wir für ihn unsichtbar. Wir dürfen hier jedoch nicht verweilen. Als Nächstes wird er sich fragen, was wir zu tun beschlossen haben, und wird in Erwägung ziehen, dass wir uns selbst verbrannt haben. Aber er wird nicht aufgeben. Er wird sich versichern wollen und etwa zehn Minuten nachdem er die Mauer erklommen hat, den Hof erreichen.«

Der Wachtmeister ging in dem dunklen Raum auf und ab, während der Theokrat, der wieder zu sich kam, leise stöhnte.

»Der Abgesandte wird dann erkennen, dass wir den Tempel in Brand gesetzt haben. Er wird vermuten, dass wir in die Krypta geflüchtet sind und ihm den Zugang versperrt haben, um ihn aufzuhalten oder ihn glauben zu lassen, dass wir Selbstmord begangen haben. Er wird uns weder mit dem Seil erreichen, das er am Hauptgebäude angebracht hat, noch zum Fenster gelangen können, von dem aus er die Hochebene überblicken könnte. Also wird er warten müssen, bis das Feuer erloschen und die Ruine abgekühlt ist, bevor er sich Zugang zur Krypta verschaffen kann, wenn er uns dort suchen will. Er wird sich nicht davon beirren lassen, dass er kein Lebenszeichen spüren kann, denn er weiß jetzt, dass wir seinen verfluchten Kräften entrinnen können. Also wird er mit einem Rammbock hinuntergehen und eine Tür nach der anderen aufbrechen. Sobald die erste Tür gefallen ist, wird er lächeln, weil die Möbel, die so aufgestellt sind, dass sie ihm den Weg versperren, für ihn ein Hinweis dafür sein werden, dass wir dort Zuflucht gesucht haben ... Er wird eine Tür nach der anderen aufbrechen und sich dabei vorstellen, dass er uns durch das unaufhörliche Hämmern des Rammbocks in Schrecken versetzt und uns den Schlaf raubt. Dieses Unterfangen wird Stunden in Anspruch nehmen und umso länger dauern, je kränker seine Männer durch das vergiftete Wasser werden. Nicht alle werden davon sterben, denn das Gift in den drei anderen Zisternen ist lediglich verdünnt, doch es wird ihr Tun verlangsamen. Er selbst wird von dem Übel, das seine Männer heimsucht, nicht verschont bleiben und seinen Anteil am Leid tragen. Die Logik legt nahe, dass er die Pferde mit einem Überlebenden zurückschickt, um sie aus dem Bach trinken zu lassen. Sobald die letzte Tür gefallen ist, wird er mit der Waffe in der Hand in den Raum stürmen, um Rosa in seine Gewalt zu bekommen, aber er wird niemanden vorfinden, aus dem einfachen Grund, weil wir schon längst von hier verschwunden sein werden.«

»Und wie werden wir von hier verschwunden sein, Wachtmeister?« Es war der Theokrat, der mit kaum hörbarer Stimme diese Frage gestellt hatte.

»Wir werden mithilfe der Seile, die wir miteinander verbunden haben, etwa dreihundert Fuß den Felsen hinunterklettern.«

»Ich könnte niemals …«

»Wir werden Euch helfen. Ihr habt die Wahl zwischen dem Seil oder einem grausamen Tod durch die Hände dieses Handlangers Satans. Fernest ist bereits mit den Männern hinuntergestiegen und sichert die Gegend.«

Der Wachtmeister ging zum Balkon, durch den der Abgesandte hereingekommen war, um den toten Königinnen zur Hilfe zu kommen.

»Wir haben Knoten in die Seile gemacht, um uns die Anstrengungen zu erleichtern, und Ihr werdet auf dem Boden Lumpen finden, die Eure Hände vor Verbrennungen schützen werden. Trinkt so viel Wasser, wie ihr könnt, bevor wir aufbrechen. Wir werden lange keines finden. Du gehst als Erste, Rosa. Schwester Maja, Ihr geht danach und dann Ihr,

Meister Lambret. Es ist einfacher, als es scheint. Blickt nicht nach unten. Die Feuersglut wird euren Abstieg ein wenig erhellen.«

Sobald die drei Körper an dem Seil hingen, das kein Ende zu haben schien, trank der Wachtmeister so viel Wasser, wie sein Magen aufnehmen konnte. Er verschüttete das noch übrige Wasser auf dem Boden und zog ein Fass mit Öl heran. Damit tränkte er das Seil, das er an einem losen Stück Holz in der Tür zum Korridor befestigte und ging damit zur Brüstung zurück. Ferrand stellte das Fass so auf die Kante des Balkons, dass es sich langsam leerte, während das Öl auf das Seil tropfte. Dann stieg er über die Brüstung, griff nach dem Tau und stieg rasch in die Tiefe der Nacht hinunter. Das Ziehen verriet ihm, dass die anderen den schwindelerregenden Abstieg noch nicht beendet hatten, und bald hatte er den Theokraten eingeholt. Der Mann schlug sich ziemlich gut und kurz darauf hatten sie alle den Felsen erreicht. Sogleich wichen sie von dem Seil zurück, um sich nicht an den Flammen zu verbrennen, die sich von dem Feuer, das mehr als dreihundert Fuß über ihnen das Kloster verschlang, ausgebreitet hatten. Der Wachtmeister nahm eine Fackel und entzündete den Zunder, indem er sanft auf die Glut blies und sie auf das Seil legte. Dann kam er zu den anderen, die im Schutz eines großen Felsens auf ihn warteten. Er schulterte einen Beutel und übernahm wortlos die Führung der kleinen Kolonne. Nachdem sie eine Meile gelaufen waren, drehten sie sich kurz um, um das gigantische Inferno zu betrachten, das die Nacht mit seinem blendenden Licht verzehrte. Diese kochende Hölle vor dem dunklen Himmel schien das Ende der Welt anzukündigen, der Welt, in der alles im Gleichgewicht gewesen war. Ferrand sah seine Weggefährten lange an, nickte und sie setzten ihren Marsch nach Osten fort, in Richtung der kargen Unendlichkeit der Berge und der Wüste.

Es war eine lange Nacht, doch die acht Gefährten hatten sich in der vorhergehenden Woche regelmäßig ausgeruht. In dem Wissen, dass sie alles selbst würden tragen müssen, hatten sie ihr Gepäck auf das Mindeste beschränkt. Neben den Kleidern, die sie am Körper trugen, hatten sie einige Werkzeuge, Seile, die Waffen der Soldaten, was sie an Nahrung noch übrig hatten und alle transportfähigen Behälter, in denen Wasser aufbewahrt werden konnte, dabei. Sie hatten bereits eine weite Strecke zurückgelegt, als der Tag hereinbrach. Die Angst, dass sie eingeholt werden könnten, hatte ihnen Flügel verliehen. Als sie endlich Rast machten, setzte sich der Wachtmeister auf einen Felsen und erklärte ihnen seinen Plan und auch ihre wenig verlockenden Aussichten. »Meine Freunde, wir werden noch etwa drei Stunden weitergehen. Dann kommen wir an einen Brunnen. Es ist lediglich eine Sickergrube, doch dieses bescheidene Becken wird es uns erlauben, etwas Wasser zu bekommen. Wir müssen so viel wie möglich auffüllen und trinken und dann die kleine Mauer drum herum zerstören und das restliche Wasser auf der Erde verteilen. Es ist keine leichte Entscheidung, aber es ist die einzige Wasserstelle auf unserem Weg. Der Abgesandte wird die Verfolgung mit einem oder zwei Tagen Verspätung aufnehmen. Die Männer, die er dabeihat, kennen diese Quelle und werden ihn dorthin führen. Sie werden jedoch nichts finden außer nassem Kies und werden weder die Truppe noch die Pferde tränken können. Sie werden gezwungen sein, kehrtzumachen, um ihre Verfolgung neu zu organisieren, was darauf hinausläuft, dass sie bis zum Bach oder sogar bis zum Dorf zurückkehren müssen, wo sie

Wasserflaschen holen können. Wenn sie ohne Wasser weitergehen, werden sie in den Bergen sterben. Uns ist dieses Land im Umkreis von drei oder vier Tagen Fußmarsch bekannt. Es ist die Gegend, in der wir Großwild jagen. Wir wissen, dass es keine andere Wasserquelle gibt. Danach werden wir im Unbekannten sein und es möge dem Allmächtigen gefallen, uns mit Wasser zu versorgen, das unser Überleben sichern wird. Jedenfalls können wir nach zwei Tagen der Wanderung nicht mehr umkehren, ohne selbst zu verdursten.«

Der Theokrat wagte eine Frage. »Wachtmeister, gibt es denn keinen gnädigeren Weg?«

»Natürlich gibt es einen. Er führt das Tal hinunter und zu den besten Wirtshäusern von Gradlyn. Dort wird frisches Bier serviert und jeden Abend erklingt dort bis zum Morgengrauen Musik. Aber ich bezweifle, dass wir unter den gegebenen Umständen lange genug überleben werden. Ich kann Euch nicht garantieren, dass wir es lebend überstehen, wenn wir in Richtung Osten gehen, aber ich gebe Euch mein Wort, dass der Abgesandte, wenn er uns verfolgt und einholt, der einzige Überlebende seiner Truppe sein wird und dass er uns um Wasser anbetteln wird, um seine ausgetrocknete Zunge zu beleben.«

Rosas melodische Stimme erhob sich zwischen ihnen. »Da sind Leute neben dem Wasser. Fünfzehn Menschen, die Hunger haben.«

Der Wachtmeister drehte sich zu ihr um. »Weißt du, wer diese Leute sind, Rosa?«

»Es sind keine Soldaten. Es sind Männer und Frauen, und auch Kinder. Sie haben Angst und sie haben Hunger.«

Der Theokrat hatte eine Erklärung. »Das müssen die Flüchtigen sein, denen ich auf ihrem Weg durchs Dorf geholfen habe.«

»Dann müssen wir vor ihnen auf der Hut sein, verzweifelte Menschen sind zu allem fähig.«

Rosa machte sich wieder auf den Weg und antwortete dem Wachtmeister: »Ich werde davor ein wenig jagen gehen. Wenn sie keinen Hunger mehr haben, werden sie auch weniger Angst haben. Wir geben ihnen Fleisch im Tausch für ein bisschen Wasser. Danach können wir gemeinsam weitergehen.«

Sie hatten ihren Weg eine halbe Stunde lang fortgesetzt, als sie an der ersten Leiche vorbeikamen, dem Körper eines Mannes mit grauem Haar. Sein Körper war der Burg zugewandt. Der Mann hatte vermutlich versucht, ins Tal und zum Bach zurückzugehen, als seine Seele beschlossen hatte, ohne ihn weiterzuziehen. Tiere hatten sich an seinem Fleisch gütlich getan. Die Soldaten stapelten Steine übereinander, damit seine Überreste nicht weiter geschändet werden konnten, dann setzte die Kolonne ihren Weg fort.

Kurz bevor sie zu dem Weg gelangten, der zum Brunnen führte, bat Rosa um einen Halt. »Wachtmeister, ich gehe jagen. Wenn ich oben auf dem Gipfel dieses Hügels angekommen bin, werden mir zwei Soldaten folgen und mir helfen, das Tier zu tragen. Wir holen Euch mit dem Fleisch ein. Geht bis zur Wasserquelle, um den Leuten dort zu helfen, und sagt der Dame mit dem dicken Bauch, dass sie einen kleinen Jungen erwartet und dass es ihm gut geht.

Der Wachtmeister starrte Lambret fragend an.

Der Theokrat setzte sich, die Augen auf seine Stiefel gerichtet. »Rosa ist ein merkwürdiges Kind. Ihre Mutter war eine Hexe. Ein gutes Mädchen aus dem Dorf. Fröhlich, hübsch und umworben, aber eines Tages ist Menstruationsblut durch ihr Kleid gesickert und hat blaue Flecken hinterlassen. Die Nachricht hat sich verbreitet und als das Gerücht die

Grafschaft zu erreichen drohte, habe ich die Pflicht erfüllt, die mein Eid mir auferlegt hat. Allerdings war sie in der Zwischenzeit schwanger geworden.«

»Vom Eid zum Rebholz, wir alle wissen, auf welche Weise die Theokraten Hexen beseitigen. Ist etwas über ihren Vater bekannt?«

»Rosas Mutter hat ihr Geheimnis mit auf den Scheiterhaufen genommen. Es hat sich gemeinsam mit ihrer Seele in Rauch aufgelöst. Ich habe darauf bestanden, mit ihrer Läuterung bis nach der Geburt zu warten. Dann ist Rosa aufgewachsen, alleine, aber ohne zu verhungern oder zu erfrieren. Ihr Blut ist rot, aber sie hat Gaben, die ich nicht für möglich gehalten hätte.«

»Ja, sie hat mir gesagt, dass sie es gespürt hat, als der Abgesandte sein ›Zweites Gesicht‹ benutzt hat und dass er nicht ›stark‹ wäre. Es ist ihr gelungen, uns hinter der Mauer vor seinem Blick zu verbergen. Nichts davon hätte ich geglaubt, wenn man es mir erzählt hätte. Aber demzufolge besitzen die Abgesandten magische Kräfte und Rosa ebenso, wie es scheint.«

»Wenn sie blaues Blut hätte, Wachtmeister, wäre ich bereit, mir alles vorzustellen. Ich verstehe es einfach nicht. Sie ist so ruhig. Ohne sie wäre ich bereits zehnmal gestorben. Sie sieht alles im Voraus und weiß, in welchem Gemütszustand sich Menschen befinden, die noch nicht einmal vor ihr stehen.«

»Hexe oder nicht, jedenfalls ist sie unsere einzige Chance.« Er wandte sich an die Soldaten: »Geht, Freunde, folgt ihr. Wir anderen gehen zum Brunnen.«

Die verängstigte und zerlumpte Gruppe versuchte nicht einmal zu fliehen. Ein Mann kam auf sie zu und fiel vor dem

Wachtmeister auf die Knie. »Erbarmen, gnädiger Herr, gewährt uns einen milden Tod und lasst nicht zu, dass der Theokrat einen Scheiterhaufen errichtet. Wir sind Frauen, Männer und Kinder, unser Blut ist rot. Meine Schwester war besessen, doch meine Kinder haben nichts getan, um den Scheiterhaufen zu verdienen.«

»Steht auf, Mann, wir wollen Euch nichts antun. Wo ist die schwangere Frau?«

»Das ist meine Frau, sie sitzt dort am Wasser.«

Der Wachtmeister ging auf sie zu und kniete sich vor ihr hin, um auf Augenhöhe mit ihr zu sein. »Frau, du erwartest einen Jungen und es geht ihm gut.«

Die Frau, die sich mit einem armseligen Stock zu schützen versuchte, stammelte völlig verblüfft Dankesworte. Der Wachtmeister stand auf und besah sich die armen Teufel, die sich hierher verkrochen hatten und aufgrund des trockenen Klimas an die einzige Quelle gebunden waren, auf die sie in dieser Sackgasse des Durstes gestoßen waren. Maja hatte angefangen, einige aus dem Gemüsegarten des Klosters herausgerissene Pflanzen zu verteilen. Der Theokrat hatte sich hingesetzt und die beiden Soldaten füllten die Leder- und Tonflaschen auf.

Wachtmeister Ferrand entfernte sich etwas vom Lager und legte sich in den Schatten eines Felsens. Wer wusste, wohin ihr Weg nach Osten sie führen würde? Dass er ab diesem Punkt all die Wege jenseits von zwei Tagesmärschen Entfernung nicht mehr kannte, lag daran, dass er nie weiter hatte gehen müssen, um ein Wildschaf oder einen Keiler zu erlegen. Ferrand war sich sicher, dass der Abgesandte bald hinter ihnen her sein würde, die Sinne wachsam und die Nase in den Boden gedrückt.

Der Mann, der ihm bei seiner Ankunft entgegengekommen war, setzte sich neben ihn. »Sagt mir, Soldat, was führt Euch in diese Gegend, wenn Ihr keine Flüchtigen jagt?«

»Wir werden verfolgt. Es gibt momentan keinen anderen Ausweg.«

»Also habt Ihr die falsche Wahl getroffen.«

»Es gab keine andere Möglichkeit. Was habt Ihr unternommen, seitdem Ihr hierhergekommen seid?«

»Wir haben versucht, den Rändern der Hochebene zu folgen, aber da wir kein Wasser hatten, waren wir gezwungen, umzukehren. Dann sind wir nach Süden gegangen, in Richtung dieses großen Felsens. Wir haben es auch in Richtung Osten über die niedrigeren Berge versucht. Jedes Mal sind wir hierher zurückgekommen. Dann haben wir uns aufgeteilt und einige Gruppen sind mit unseren Trinkflaschen weggegangen, um nach weiter entfernten Wasserstellen zu suchen. Vielleicht sind sie tot oder vielleicht haben sie sie gefunden, sind aber nicht zurückgekommen, um uns zu holen. Wie sollen wir das wissen? Wir für unseren Teil sind hier und werden verhungern, wenn wir auch nicht verdursten werden.«

»Rosa ist mit zwei Soldaten jagen gegangen. Ich wäre überrascht, wenn sie mit leeren Händen zurückkommt.«

»Wer ist Rosa?«

»Ein junges Mädchen mit einigen äußerst nützlichen Fähigkeiten. Da wir gerade davon sprechen, was ist Euer Handwerk?«

»Ich war Schuster und Tabar, der ebenfalls mit seiner Familie hier ist, ist Schiffszimmermann. Nicola war Bauer. Wir sind jetzt drei Männer, zwei Kinder und zehn Frauen. Die anderen Männer haben alle versucht, uns zu beschützen. Ich habe den Eindruck, dass wir in die gleiche Sackgasse geraten sind.«

»Nein, lieber Freund. Unsere Beweggründe sind stärker. Es ist nicht die Inquisition, die uns auf den Fersen ist, sondern ein militärischer Abgesandter. Wir laufen also sehr viel schneller.«

Der Mann stützte den Kopf in die Hände. »Also sind wir verloren.«

»Im Gegenteil, wir werden einen Weg nehmen, den Ihr noch nicht versucht habt. Denkt daran, dass dies keine Garantie dafür ist, dass wir Wasser finden werden. Dieser Abgesandte darf nicht zum Einzelkampf herausgefordert werden, allerdings denkt er nicht wie ein Soldat, was für ein Geschöpf wie ihn verwunderlich ist. Ich werde versuchen, ihn in eine Falle zu locken, in welcher er in seinem Stolz ertrinken wird. Wenn er dumm ist, stirbt er mit uns. Im gegenteiligen Fall wird er umkehren müssen.«

Ein Mann kam, um ihm mitzuteilen, dass Rosa und die zwei Soldaten den Weg hinaufkamen.

»Es ist Zeit, Euch Rosa vorzustellen, Meister Schuster.«

Die beiden Soldaten trugen ein großes Tier, das aus der Entfernung noch nicht genau zu erkennen war. Sie mühten sich mit dem Weg und mit der Hitze der Mittagssonne ab. Rosa ging hinter ihnen her, das goldene Stilett in der Hand.

Der Schuster konnte seine Freude nicht zurückhalten. »Aber wie hat sie das gemacht? Wochenlang haben wir vergeblich versucht, eine dieser großen Antilopen zu erlegen. Sie sind ängstlich und flink. Wir müssen schnell totes Holz finden, um sie zu braten.«

Er wies alle Menschen im Lager an, die Gegend zu durchsuchen, um Brennholz für ein Feuer zu holen, da ihre Vorräte lediglich zum Kochen kleinerer Beute ausreichten. Zwanzig Arme reichten kaum aus, um genug Holz zu sammeln, mit dem das Tier gebraten werden konnte.

Als sie das Mahl beendet hatten, nahm der Wachtmeister Rosa zur Seite. »Das war eine gute Jagd, Rosa. Wie hast du das gemacht? Das Tier hat keine Wunde.«

Das junge Mädchen wirkte einen Augenblick lang trotzig, dann lächelte es und versuchte, es ihm zu erklären. »Euch kann ich es sagen, aber sagt Meister Lambret nichts. Er bekommt Angst, wenn ich solche Dinge mache. Also tut er so, als würde er es nicht sehen. Aber Ihr habt keine Angst. Zuerst habe ich Antilopen hinter dem Hügel gespürt. Dann habe ich mir gesagt, dass es leichter sein wird, wenn ich mich ihnen alleine nähere, statt zusammen mit den Kriegern. Als ich sie gesehen habe, habe ich das Bild in ihren Köpfen verändert, sodass sie mich nicht sehen konnten, also konnte ich näher kommen und die Tiere beobachten. Eine der Antilopen war etwas älter. Ich habe in ihrem Kopf das Bild des Schlafes gemalt. Dann habe ich sie berührt und in ihrem Kopf das Bild des Todes gemalt und sie ist sanft gestorben. Die Soldaten sind gekommen, um sie wegzubringen. Aber Ihr dürft es Meister Lambret nicht sagen.«

»Das werde ich nicht. Denkst du, du könntest das Gleiche mit dem Abgesandten machen?«

»Nein. Ich will nicht.«

»Warum?«

»Weil … ich ihn nicht essen möchte …«

»Natürlich nicht, Rosa, ich auch nicht, aber man kann ihn töten, ohne ihn essen zu wollen.«

»Ich weiß nicht. Ich glaube nicht.«

»Wie dem auch sein, du sollst es nicht tun. Ich will zwar, dass er stirbt, aber nicht so. Es ist nicht würdevoll. Jedenfalls nicht dann, wenn man ihn nicht essen will.«

»Das stimmt.«

»Sag, Rosa, ich möchte am Nachmittag in diese Richtung weitergehen – was hältst du davon?« Ferrand zeigte auf einen Weg in Richtung der Hügel. Er führte einen felsigen Gipfel hinauf. Dann wand er sich in ein trockenes Tal hinab, das der Wachtmeister gut kannte, da er dort bereits gejagt hatte.

Rosa dachte nach. Ihr Gesicht erhellte sich und sie antwortete ihm: »Nein. Ich würde nicht dorthin gehen.«

»Warum, Rosa?«

»Es gibt dort kein Wasser.«

»Woher weißt du das?«

»Es gibt dort keine Tiere.«

»Und wohin wirst du gehen?«

»Ich?«, erwiderte sie. »Ich würde ... dorthin gehen.«

Sie deutete in eine Richtung, in der nichts weiter zu sehen war als ein Durcheinander von Felsen. Rosa zeigte auf den majestätischen und unzugänglichen Gipfel, der den Horizont im Norden versperrte.

Der Wachtmeister schien enttäuscht von der Antwort des jungen Mädchens. »Rosa, diesen Weg kann man nicht nehmen, es gibt kein Wasser, keinen Pfad und es ist zu kalt. Wir werden in den Bergen nicht lange überleben.«

»Ich werde diesen Weg nehmen. Es gibt dort Tiere.« Rosa verschloss sich. Sie schien wütend.

Ferrand dachte darüber nach, was Rosa gesagt hatte. Dort oben gab es Tiere. Das stimmte. Er hatte in den mächtigen, unzugänglichen Höhen der Berge schon oft Steinböcke gesehen, winzige schwarze Punkte, die der Leere und dem Appetit der Menschen trotzten. Dort gab es Tiere, also ... Er hatte verstanden. Er drückte den Arm des Mädchens, schenkte ihr ein anerkennendes Lächeln und ging zum Lager zurück. »Meine Freunde, wir brechen auf. Der Weg wird schwierig sein und unbekannt. Er bedeutet für uns Gefahr, aber auch Rettung. Nehmt mit, was Ihr könnt, trinkt so viel wie möglich und füllt alles auf, was aufgefüllt werden kann. Danach werde ich das Becken zerstören, um unsere Verfolger abzuhängen. Ich schwöre, dass ich es eines Tages wiederaufbauen werde, damit diese Quelle von Neuem den Durst von so manchem Reisenden stillen kann, der sich in diese wilde und feindselige Gegend verirrt. Nach diesem Punkt werden unsere Verfolger nur noch Durst und Hunger begegnen. Möge uns ein besseres Schicksal ereilen.«

Ferrand sah zu, wie die zweiundzwanzig Männer, Frauen und Kinder ruhig und entmutigt zum Wasserspeicher gingen und alles aufsammelten, was ihnen auf einer Reise von Nutzen sein würde, deren Preis niemand kannte. Als sie bereit waren, nahm er einen Spaten und zerbrach das Becken mit einigen geschickten und kräftigen Schlägen. Dann schüttete er Erde und Kies darauf und schulterte das Werkzeug. Er gab Fernest ein paar schnelle und komplexe Handzeichen. Fernest legte die Faust auf seine Brust und ging voraus, um das Gelände auszukundschaften. Ferrand übernahm die Führung der Kolonne und brach nach Norden auf, in eine ihm unbekannte Richtung, die Rosa ihm zum Gipfel gewiesen hatte. Sehr hoch in den Bergen gab es ebenso wenig Wasser wie im Staub der Wüste. Es gab dort kein Wasser, doch es gab dort Eis. Unendliche und unzugängliche Meere aus Eis, die sich vom Siebten Königreich bis zum Äußeren Meer erstreckten.

KAPITEL XII

KRAFTPROBEN AUF OFFENER SEE

Orville war in seinem Arbeitszimmer tätig. Er verstand nun, nach zehn Monaten auf der Insel, besser, warum es notwendig war, seine eigenen Räumlichkeiten zu haben. Der Winter würde bald hereinbrechen und die Kälte würde die Männer viele Stunden in den finsteren Innenräumen des Forts festhalten. Die Gemeinschaftsräume waren jedoch nicht weniger unverzichtbar, man brauchte schließlich einen Ausgleich. Orville holte aus dem Versteck die Pläne, die er begonnen hatte zu skizzieren. Er hatte in den letzten Wochen unablässig die Wände und den Boden erkundet und war in der Lage, auf den Wänden der geheimen Korridore eine Art Licht zu erkennen, das ihm dabei half, deren Verlauf nachzuverfolgen. Einer der Wächter hatte ihm verwehrt, den Zugang zum Wehrerker freizulegen, und ihm dadurch unabsichtlich verraten, wo sich der unterirdische Geheimgang befand. Orville war an diesen Ort zurückgekehrt, hatte sich auf den

Boden gelegt und seinen Übersinn die Erde und die Steine der Böschung durchdringen lassen. Schließlich hatte er ein schwaches Licht wahrgenommen.

Nach und nach hatte er hinter der dicken Mauer einen Korridor ausfindig gemacht. Er war ihm gefolgt und hatte den Aufbau eines komplexen Netzes, das sich unter einem großen Teil der Insel ausdehnte, rekonstruiert. Er entdeckte jetzt sogar mitunter zufällig Korridore, so als ob sich ein Teil seiner selbst automatisch auf dieses besondere Licht fokussieren würde. Die Insel war keineswegs hohl, vielmehr verband ein immenses Netz an unterirdischen Korridoren zahlreiche Räume aller Größen. Orville hatte bemerkt, dass einige bis zu den Klippen führten. Einmal hatte er sich mithilfe eines Seils einen Felsen heruntergelassen und eine Mauer gefunden, die man unmöglich ohne Weiteres wahrnehmen konnte. Sobald er festgestellt hatte, wohin der Korridor mündete, hatte er sich daran gemacht, das Netz und die nach außen führenden Passagen zu kartografieren. Diese verdammten Gänge erstreckten sich in zwei Richtungen, nach Süden und nach Norden.

Einige der Korridore verliefen bis unter die Wasseroberfläche. Diese waren nicht verschlossen. An der Klippe, die dem Äußeren Meer zugewandt war, befand sich eine winzige natürliche Felsspalte, die es wahrscheinlich ermöglichte, die offene See zu beobachten, ohne gesehen zu werden. Der Eingang zu diesem Netz befand sich an der hinteren Wand des Korridors, von dem die Zellen abgingen. Orville hatte daraus geschlussfolgert, dass der Kommandant des Forts in der Vergangenheit einen privaten Zugang zu den Geheimgängen gehabt haben musste und dass die Mauer gebaut worden war, um seinen Nachfolgern diesen Zugang zu verwehren. Was wiederum bedeutete, dass sich inzwischen etwas verändert hatte.

Orville war den Wächtern durch die Windungen der unterirdischen Galerien gefolgt. Sie verbrachten Stunden damit, die Galerien auf und ab zu gehen, langsam, immer nur zu zweit, während die anderen in ihren Behausungen rechts vom Korridor blieben. Wenn sie durch die Gänge schritten, verschwanden einige der Lichter und es blieb nur eine dunkle Linie auf den hellen Wänden zurück. Einige Tage später war auch diese dunkle Linie verschwunden. Orville verzeichnete seine letzten Beobachtungen auf seinem Plan. Er war nicht dahintergekommen, welche Funktion die Wächter erfüllten, wusste jedoch mit Sicherheit, dass sie ihn und die Männer nicht überwachten. Ihre Aufgabe bestand darin, aus ihm unbekannten Gründen einen Überblick über die Geschehnisse in der Höhle zu behalten. Die Glocke läutete. Das war ungewöhnlich zu dieser Uhrzeit. Er stand auf und begab sich in den Vorraum. Lorenzi befand sich nicht in seinem Arbeitszimmer, dafür erwarteten ihn dort drei der vier Wächter.

Der kleinste von ihnen verbeugte sich höflich und sprach zu ihm mit einer seltsam süßlichen Stimme. »Majestät Orville I., wir grüßen Euch im Namen der Wächter. Ihr solltet auf Eurem Throne Platz nehmen, um Euch anzuhören, was wir Euch zu sagen haben.«

Der Mann hatte blondes, mit grauen Strähnen durchzogenes Haar. Es war schwierig, sein Alter abzuschätzen, eher fünfundvierzig als dreißig, aber nichts in seinem Blick oder in seinen Gesten wies auf ein bereits fortgeschrittenes Alter hin. Nur eine kleine Narbe an seiner rechten Schläfe wollte nicht ganz zur Ebenmäßigkeit seiner Gesichtszüge, den dünnen

Lippen, den blauen, beinahe farblosen Augen und den wohlgeformten Augenbrauen passen.

Orville zögerte einen Moment. »Was verschafft mir diese Ehre, meine Herren?«

Sein Schwert hing an seiner Hüfte und er versuchte einzuschätzen, wie lange er dafür bräuchte, es zu zücken und den drei Männern gegenüberzutreten. Gegen gewöhnliche Gegner hätte er – daran bestand kein Zweifel – eine Chance gehabt. Orville ging geistesgegenwärtig auf die Tür zu, die zum Wachraum führte, ließ sich auf dem Lehnstuhl nieder und wartete ab. Die Wächter stellten sich alle drei vor ihm auf. Derjenige, der in Lorenzis Arbeitszimmer das Wort ergriffen hatte, fuhr mit derselben süßlichen Stimme fort: »Majestät, wir grüßen Euch im Namen der Wächter. Wir sind schriftlich darauf hingewiesen worden, dass Eure Männer Euch zum König erkoren haben, und nehmen diese Entscheidung zur Kenntnis. Ihr müsst daher von den Wächtern eine Information entgegennehmen, so wie jeder neue Herrscher.«

»Ich höre Euch an.«

»Die Verfolgung der Rebellen wird Euch darauf vorbereitet haben, was wir Euch zu sagen haben und wovon nur die Könige und die großen Würdenträger dieser Welt wissen. Aber zuerst müssen wir gegeneinander kämpfen. Die Regeln sind einfach. Ihr könnt mich töten, wenn Ihr Gelegenheit dazu habt, und Ihr habt das Wort der Wächter, dass Euch nichts Unerfreuliches passieren wird.« Der Mann lüpfte seinen Umhang und reichte ihn einem seiner Gefährten. Er war einfach gekleidet, wie ein Edelmann auf Reisen. Er trat ein paar Schritte zurück und zog sein Schwert aus der Scheide. Es war ein sehr schönes Schwert, aus einem leicht bläulich schimmernden Stahl. Der Griff war fein gearbeitet, ein echtes

Stück Schmiedekunst. Man konnte richtiggehend in Entzücken verfallen, wenn man sich nicht darum scherte, dass man selbst diesem Schwert zum Opfer fallen könnte. So schön und so tödlich.

Orville erhob sich und zückte sein Rapier. Er ging ein paar Schritte in seine Richtung und als er sich in der passenden Entfernung wägte, ging er in Abwehrhaltung. Das gegnerische Schwert kam so schnell, dass Orville ihm nur ausweichen konnte, indem er hastig zurückwich. Der Wächter lächelte. Orville war gewarnt. Der Wächter war genauso wenig ein gewöhnlicher Mensch wie Théod. Er begann mit einer Reihe von einfachen Angriffen und versuchte es dann mit komplexeren Attacken. Schnelligkeit schien ihm Vergnügen zu bereiten. Wie weit konnte er gehen? Orville versuchte einen absichtlich ungeschickten Angriff, der seinen Gegner zum Lächeln brachte, ging dann über in eine von Léo erlernte Finte und ließ einen heftigen Hieb folgen. Der erstaunte Wächter wich zurück, während Orvilles Klinge vor ihm die Luft durchschnitt. Er hob fragend eine Augenbraue und vollführte einen der komplexeren Angriffe. Orville machte ihm Platz, brachte sich wieder in Stellung und attackierte ihn daraufhin seinerseits mit einer Kombination aus Finten und Stößen, um ihn dazu zu zwingen, seine Deckung zu verlassen. Dem Wächter machte das nichts aus, er hielt seine Deckung aufrecht und wehrte alle seine Angriffsversuche ab, ohne die kleinste Spur von Erschöpfung zu zeigen. Dann trat er zurück und ließ seine Deckung fallen.

Orville tat es ihm gleich und der Wächter sprach zu ihm. »Majestät, Ihr seid ein kluger Schwertkämpfer. Euer Stil ist bemerkenswert, eine Kombination aus echter Fechtkunst und einfachen Soldatentricks. Anfangs verwirrte mich Eure

Technik. Ich nehme an, dass sie sich mehr als einmal in Euren Kämpfen bewährt hat. Ihr habt gegen einen gewöhnlichen Menschen gekämpft. Nun werdet Ihr gegen einen Wächter kämpfen.«

Sie brachten sich wieder in Stellung. Ein Schatten huschte durch den Saal und schon hatte Orville keinerlei Waffen mehr, aber dafür eine Schwertspitze an der Kehle, eine Klinge aus blauem, etwas mattem Stahl, an deren Ende er einen bewundernswert raffiniert ausgearbeiteten Griff ausmachen konnte. Dieser hätte das Letzte sein können, was er jemals zu Gesicht bekam. Er hörte, wie sein Schwert mit einem metallischen Klirren zu Boden fiel.

Der Wächter lächelte. »Majestät, die Männer, denen Ihr gefolgt seid, waren wie ich. Ihr versteht, warum Ihr sie nicht einholen konntet. Worin auch immer Eure Vorzüge bestehen, Ihr werdet nicht einmal den Hauch einer Chance haben. Setzt Euch also wieder hin, wir werden versuchen, Euch zu erklären, was Ihr wissen müsst.«

Der Mann nahm einen Dolch heraus und schnitt sich leicht in die Handfläche der linken Hand. Sein Blut war blau – ein dunkles, ins Violett gehendes Blau wie das einer Blaubeere oder eines Schiefersteins. Orville täuschte Überraschung vor. Der Wächter zog ein Taschentuch hervor, mit dem er seine Hand umwickelte, und fuhr mit seiner Erklärung fort: »Es gibt zwei Arten von Männern in unserer Welt. Die direkten Nachkommen der sieben Könige und die anderen. Die Geschichte hat einen Keil zwischen die Nachkommen getrieben. Auf der einen Seite gibt es die Adligen, die legitim sind, und auf der anderen die Rebellen, die Ihr verfolgt habt. Die Adligen, die mit dem Königszeichen geboren werden, sind mit Aufgaben wie der Überwachung dieser Insel betraut.

Die Nachkommen, die im einfachen Volk geboren werden, stellen eine große Gefahr dar. Abgesehen von Schnelligkeit und Stärke erfreuen sich Träger des blauen Blutes einer viel längeren Lebensdauer als gewöhnliche Menschen. Ebenso können sie über magische Kräfte verfügen. Das ist nicht gefährlich, solange diese Kräfte einem König dienen, doch umso gefährlicher, wenn ein Rebell magische Kräfte entwickelt.«

Orville kannte diese Geschichte, durfte sich aber nichts anmerken lassen. Er stellte eine Frage, die er nicht vollständig selbst beantworten konnte. »Worin bestehen diese Kräfte, Wächter?«

»Einige von ihnen kennen wir, Majestät. Wir alle teilen die Langlebigkeit, die Körperkraft und die Schnelligkeit. Manche können sehr weit sehen. Andere Schriftstücke reden von mächtigeren und sehr gefährlichen Fähigkeiten, sie heute zu erwähnen nützt jedoch nichts. Ihr müsst wissen, dass jedes Königreich eine Botschaft der Wächter hat, die die Könige instruiert und über die Wiederkehr des Blutes wacht. Die Wächter stehen über politischen Fehden und ergreifen in Konflikten keine Partei. Insofern ist es nicht unsere Aufgabe, uns Eurer Herrschaft zu widersetzen. Und wenn ein anderer König sich weigerte, Euch anzuerkennen, und sich einen Angriff auf die Insel erlaubte, würden wir uns ihm in den Weg stellen. Die Wächter stehen nicht im Dienste der Könige, bewachen und beschützen diese jedoch.«

»Ihr habt Informationen über die sieben Königreiche erhalten, das spüre ich. Würdet Ihr sie mit mir teilen?«

Der Wächter lächelte. »Natürlich. Von diesem Tag an bin ich Euer Botschafter und Berater. Mein Name ist Sylvan. Ich werde zwischen Euch und den Wächtern vermitteln. Was das Achte Königreich anbetrifft, ist die Situation verfahren. Diese

Insel hat keine politische Existenz, das Fort ist auf Landkarten nicht verzeichnet. Es ist vom Meer aus beinahe nicht zu sehen und auch nichts, was sich hier abspielt, kann von irgendeinem Punkt aus beobachtet werden. Dieses Land ist, historisch betrachtet, niemandes Eigentum. Mit der Zeit sind nur die Wächter hiergeblieben. Der ganze Archipel hat diesen Status politischer Neutralität inne, aber Eure Begleiter müssten Euch bestätigt haben, dass Ihr das Achte Königreich rechtmäßig ausgerufen habt.«

»Wie denken die anderen Könige der sieben Königreiche darüber?«

Der Wächter überlegte einen Moment lang. »Es gibt da einige Diskussionen, Majestät. Der allgemeinen Ansicht nach wird diese Entscheidung nichts verändern, wenn man bedenkt, dass die Bevölkerung ausschließlich männlich ist und das Achte Königreich von den anderen ökonomisch abhängig ist und darüber hinaus über keine Boote verfügt, mit denen man das Territorium verlassen könnte. Euer rechtlicher Status hingegen, Majestät, ist Anlass zu Debatten. Ihr seid kein Untertan des Ersten Königreiches mehr und demnach auch nicht verpflichtet, die an Euch übermittelten Befehle zu befolgen. Darüber hinaus bemächtigt Euch Eure Stellung als König dazu, das Geheimnis zu bewahren, weswegen Ihr fortgehen musstet. Was wiederum bedeutet, dass diese Sache nun nicht mehr von Bedeutung ist. Das ist gut für Euch, Ihr könnt die Insel verlassen. Aber dies ist auch die größte Gefahr für Euch. Verlasst Ihr diese Insel, seid Ihr schutzlos. Nun hat jedoch ein Marquis, dessen Bekanntschaft Ihr machen durftet und der seine Beine verloren hat, Euch der Hexerei bezichtigt. Er wurde aufgefordert, seine Strafverfolgung angesichts Eurer Stellung als König aufzugeben, aber es ist unwahrscheinlich, dass er Vernunft walten lässt. Ich erinnere Euch daran, dass ebendieser Marquis uns auf Kosten des Ersten, Zweiten und Dritten Königreiches mit Nahrungsmitteln versorgt. Bei der Ankunft seiner Boote muss man ab jetzt Skepsis walten lassen.«

»Denkt Ihr da an Gift?«

»Das ist unwahrscheinlich, da wir diese Waren ja mit Euch teilen. Der Mord an einem Wächter würde ihn weit mehr kosten als nur den Kopf, doch in einem Boot kann man viel verstecken.«

Orville versuchte, die ihm mitgeteilten Informationen einzuordnen. Abgesehen vom Verlust der Beine des Marquis de Vallade war er wenig überrascht. Er hatte seine Beine eingebüßt! Nur um in einem günstigen Moment einer schönen Frau gegenüber seiner Rede Gewicht zu verleihen, hatte er dem Marquis unfreiwillig eine Kostprobe seiner magischen Kräfte, die er sich ja nicht einmal selbst erklären konnte, gegeben. In Zukunft würde er sehr viel vorsichtiger sein müssen. Orville riskierte eine Nachfrage zu diesem Thema. »Und woher wisst Ihr, dass ich kein Zauberer bin, wie Vallade es behauptet? Vielleicht habe ich ihn ja tatsächlich mithilfe eines Zauberspruchs seiner Beine beraubt?«

Der Wächter lächelte. »Ich weiß es, weil ich es überprüft habe. Berührt Euren Hals.«

Orville legte seine Hand auf seinen Adamsapfel und fühlte klebriges Blut aus einem winzigen Schnitt hervorquellen. Es war rot und hell.

Liebe Brüder,

auf Eure Bitte hin werde ich Euch über die Ereignisse der letzten Zeit auf der Insel Goulet in Kenntnis setzen.

Ich danke Euch für die Abschrift des Verkündigungsbriefes aus dem Achten Königreich, die Ihr mir habt zukommen lassen. Derjenige, der sich seitdem Orville I. nennt, ist ein fähiger Mann. Innerhalb weniger Monate hat er einen Entwurf für die landwirtschaftliche Produktion auf einigen Inseln des Archipels initiiert und die Männer aus ihrem moralischen Tief herausgeholt. Dank seiner militärischen Erfahrung konnte er ein Inventar über die Ressourcen der Insel und die Fähigkeiten der Männer, die wir unter sein Kommando gestellt haben, erstellen. Anschließend hat er nicht nur verderbliche Nahrungsmittel liefern lassen, sondern auch Werkzeuge, Tiere und Samen. Dadurch wurde unsere wirtschaftliche Situation verbessert. Wir haben eine Vereinbarung mit den Bewohnern getroffen, damit diese uns gegen Buchleihgaben mit Fleisch, Fisch und Eiern versorgen. Orville hat seine Bedingungen dargelegt: Der Austausch findet am Markttag statt. Samstags sitzen die Männer zusammen, jeder mit seinen wöchentlichen Erzeugnissen, und die Tauschgeschäfte finden statt. Das ist selbstverständlich nichts als äußerer Schein, verleiht diesem trostlosen Ort jedoch ein wenig Leben. Orville hat Gegenstände aus Kupfer eingeschmolzen, um Münzen zu prägen. Die Stapelseite ist geschmückt mit dem königlichen Wappen und die Vorderseite mit dem Pentakel der Könige.

Diese Entscheidung ist uns nicht recht, doch Orville wollte davon nichts wissen. Er erachtet diese Prägung in gewisser Weise als Teil der Entstehung des Achten Königreiches. Was dieses Tier anbelangt, über das bereits viel spekuliert wird und das, wie ich meine, einer der Hauptgründe für eure Anfrage ist, so handelt es sich dabei um eine Taube mit Zähnen. Orville möchte uns glauben machen, dass Handt, der ehemalige Taubenzüchter des Ersten Königreiches, diese Wahl getroffen hat. Wir vermuten dahinter einen tieferen Sinn. Unserer Meinung nach betrachtet Orville sich als betrogene Taube und die Zähne signalisieren, dass er vorhat, sich zu rächen. Wie dem auch sei, das ist alles, was wir darüber sagen können, so genau wie mehrdeutig zugleich. Was die Chancen auf einen Ausbau des Königreichs anbetrifft, werden diese vom Bevölkerungswachstum abhängen. Da wir momentan keine Frauen auf dem Archipel haben, kämpft das Königreich um seinen Fortbestand. In diesem Sinne gehen wir davon aus, dass Orville diese Angelegenheit bedacht hat. Er ist ein Mann, der Frauen liebt und ich kann mir auch nicht vorstellen, dass ein Monarch sich nicht um seine Nachkommenschaft kümmern würde. Dieses Problem wird sich also früher oder später stellen.

Auf eure Anfrage hin haben wir die ökonomischen Möglichkeiten des Archipels ausgewertet. Wir sind zwar nicht auf dem Stand der ersten vier Königreiche, können hier aber trotzdem etwas aufbauen. Orvilles Arbeit hat ergeben, dass man auf den nahe gelegenen Inseln Land- und Forstwirtschaft betreiben kann. Der Ertrag wird bescheiden ausfallen, aber die Inseln werden doch etwas abwerfen. Die Gewässer sind reich an Fischen und Orville hat auf einigen Inseln schon Wildtiere angesiedelt. Bis jetzt lassen sich, mit ein wenig Glück, Kaninchen, Fasane und andere kleine Wildtiere züchten. Wenn man sich diesen strukturschwachen Gebieten widmet, könnten sich gute Ergebnisse erzielen lassen, zumindest wäre es möglich, in diesen Gewässern einen Hafen anzulegen. Orville erforscht und kartografiert den Boden, wir sind jedoch noch nicht bereit, das erste Handelsschiff andocken zu lassen. Die zwei gewichtigsten Vorteile sind die geografische Lage und die homogene Bevölkerung um ihren selbstgewählten König. Die zwei gewichtigsten Fallstricke in der Entwicklung sind die Frage nach dem Bevölkerungswachstum sowie die Piraten, die die Siedlungen plündern werden, sobald Reichtümer dort entstehen – falls es denn eines Tages dazu kommen sollte. Selbstverständlich sind dies reine Spekulationen.

Wir haben die Bitte um eine erhöhte Produktion von Arghot zur Kenntnis genommen. Dennoch sind wir überrascht über die angefragte Menge und sehen uns außerstande, so viel zu produzieren. Damit wir diese dennoch liefern können, bitten wir jedes Königreich, uns einen Wächter für die Ernte zur Verfügung zu stellen. Wir werden nicht viel mehr als zehn sein, um diese Arbeit zu verrichten. Darüber hinaus brauchen wir noch mehr Holzkohle. Davon abgesehen bitte ich die Botschaft, uns alles mitzuteilen, was das Achte Königreich betrifft. Wir wollen die Erinnerung an diesen Ort für die Nachwelt bewahren.

Brüderlich,

Bruder Sylvan, Wächter,
Abgesandter auf der Insel Goulet
unter Seiner Majestät Orville I.

Der Wächter setzte die Feder ab und bedeckte das Pergament mit einer dünnen Sandschicht, damit die Tinte trocknete. Dann faltete er den Brief zusammen und versiegelte ihn mit blauem Wachs. Er steckte ihn in ein kleines Kästchen aus dickem Stahl, verschloss es mithilfe eines komplexen Schlosses und packte es in eine Tasche, die mit dem nächsten Versorgungsschiff reisen würde.

Orville befahl das Manöver. An die neu gebaute Brüstung gelehnt leitete er die acht Männer an, die die Windentrommel antrieben. Am Ende des Seils saß Lorenzi rittlings auf der Planke, die in den Hohlraum unten an der Klippe geschoben werden sollte. Sie sollte in erster Linie die Bretter der Anlegestelle stützen. Noch ein paar Runden und das erste Strukturelement wäre vorhanden. Mit dem Strahlstock ein Loch in die Felswand zu schlagen, war am schwierigsten gewesen. Anfangs hatten die Männer, am Seilende festgebunden, den Felsbrocken mit einer Spitzhacke bearbeitet. Von dieser unbequemen Technik ließen sie jedoch schnell ab. Das Seil schnürte ihnen das Blut ab und die Spitzhacke musste sehr häufig ersetzt werden. Als die Männer zu erschöpft waren, um noch einmal hinabzusteigen, war das Loch immer noch so klein, dass sie das Projekt beinahe aufgegeben hätten. Ungefähr zwei Wochen später fand Lorenzi dann eine Lösung. Er hatte den Strahlstock mithilfe eines robusten Holzbalkens, den er von einem nicht wiederherstellbaren Teil der Scheune heruntergerissen hatte, in sieben Ellen eingeteilt. Der Balken war dann an einem der Seile der Winde befestigt worden.

Daraufhin hatte Lorenzi drei Tage damit verbracht, sein System mithilfe einer Metallumreifung zu verbessern, sodass das Holz nicht brach. Bei einem Testdurchlauf hatte sich der Balken als unpraktisch erwiesen. Daraufhin hatte Lorenzi eine Sattelform auf die Oberfläche zugeschnitten und eine mit Stroh gefüllte Decke als Kissen daraufgelegt. Als er schließlich mit dem Gerät hinabgelassen wurde, positionierte er die Spitze des Strahlstocks so, dass er genau auf das bereits vorhandene Loch in der Wand zeigte, und schob es auf seine Füße. So hatte er also einen Rammbock hergestellt, der mit der ganzen Stärke, die ihm seine Masse verlieh, gegen den Felsen gerammt werden konnte. Während er anfangs nur schwach hin und her schwang, drückte Lorenzi immer stärker mit den Füßen, sodass er immer mehr Kontrolle über das Gerät erlangte. Bis zum Abend waren die zwei Löcher in die Felswand geschlagen. Lorenzi wurde als Held gefeiert und am Folgetag machte er sich an die Herstellung der Teile für die Anlegestelle.

Die Planke glitt elegant in das Loch. Auf Orvilles Wink hin drehten die Männer das Windenrad und das Seil lockerte sich. Kurz darauf stieg Lorenzi hoch und die Winde wurde wieder betätigt, um die zweite Planke herabzusenken. Schließlich konnten sie sich eine kurze Pause genehmigen.

»Meine Freunde, wir kommen mit Riesenschritten voran. Diese Techniken, die wir entwickeln, werden uns erlauben, noch viele weitere Bauten zu errichten. Wir können stolz auf unsere Arbeit sein. Aller Wahrscheinlichkeit nach wird der Bau der Anlegestelle heute Abend abgeschlossen sein. Wir werden dort auch eine Hütte für die Fischerausrüstung bauen. Verstärken müssen wir sie jedoch auch, um mögliche Angriffe von uns abzuwenden. Die Könige der sieben Königreiche sind skeptisch angesichts der Ausrufung eines Achten Königreiches und ich gehe davon aus, dass einer von ihnen schon bald etwas unternimmt. Es gibt auch Piraten, über die wir nichts wissen. Wir haben allen Grund, vorsichtig zu sein. Wir müssen Felsbrocken zusammensuchen, um sie für den Fall, dass es ein Feind hier herauf schafft, hinunterwerfen zu können. Eine einzige Winde wird auch nicht ausreichen. Wir müssen uns ein System überlegen, das es einem einzelnen Mann erlaubt, hinunter- und hinaufzugelangen, und das es wiederum niemand anderem ermöglicht, es ihm ohne Weiteres gleichzutun. Eine Treppe kommt selbstredend nicht infrage. Ich dachte da an eine Gondel mit einem Gegengewicht, aber man müsste die Vorrichtung heraufholen können, wenn gerade niemand da ist, um es zu überwachen. Wir sind noch nicht am Ende unserer Mühen. Männer, an die Winde, ich will morgen von der Anlegestelle aus aufbrechen, um die Höhleninsel zu erkunden!«

»Sylvan, etwas stimmt hier nicht.«

Orville hatte sich mit dem Wächter und sechs Ruderern ins Boot gesetzt, um zum Versorgungsschiff zu gelangen.

»Was macht Euch das glauben, Majestät?« Der Wächter hatte an der Vorderseite des Bootes gestanden und beobachtete das Skiff, das noch weit weg war. Von den Wellen hin und her gewiegt verschwand es kurz und tauchte dann wieder auf. »Ich kann nichts Besonderes erkennen!«

»Es geht um die Ruderer. Sie rudern nicht im Takt. Entweder sind das keine Matrosen oder etwas schränkt ihre Bewegungen ein. Wie dem auch sei, das ist nicht normal.« Orville wandte sich in die Richtung, aus der das Ruderboot kam. Plötzlich wurde er sich der Menge an Wasser bewusst, auf dem das Boot dahinglitt, der von Mikroorganismen bedeckten Felsen, der Fische und der Algen. Er musste sich von der Faszination, die diese Entdeckung auf ihn ausübte, lösen, um sich ganz auf das Boot zu konzentrieren, das sich näherte. Er hatte sich nicht getäuscht. Zwischen den Reihen von Ruderern lagen andere Männer auf der Lauer. Ihre kurzen Schwerter und Bögen störten die Ruderer, die selbst bewaffnet waren. Mit dem Offizier am Steuer zählte Orville vierzehn Männer. Auf ihrer Seite waren es acht, davon zwei bewaffnet, er selbst und Sylvan, dessen Kampfkraft er noch kaum einschätzen konnte. Er konnte nicht genau sagen, was sie auf diesem Ruderboot erwartete, ohne seine Macht zu offenbaren, und es auch nicht entern, denn infolge der zahlenmäßigen Unterlegenheit sowie dem Mangel an Waffen und Vorbereitung würden sie einem sehr wahrscheinlichen Tode geweiht sein. Orville ergriff erneut das Wort. »Sylvan, das sind keine Matrosen, sondern Krieger. Sie bringen uns ausschließlich Schwerter und Tod. Wir müssen uns dem drohenden Gefecht stellen. Sie werden nicht damit rechnen, dass wir etwas ahnen. Auch wenn wir nur wenige Waffen an Bord haben. Ich bin Soldat und wenn ich mich in die Lage dieser Leute hineinversetze, gehe ich davon aus, dass sie die Bögen benutzen werden, um einen direkten Angriff zu vermeiden. Es ist besser, ein Ruderboot voller sterbender Menschen zu entern, als Männer in guter Verfassung zu überfallen, selbst aus einem Hinterhalt heraus.«

Sylvan schien in Gedanken über das Ruderboot versunken, das immer näher kam. »Ihr müsst wohl recht haben, Majestät. So etwas ist noch nie da gewesen. Was schlagt Ihr vor, wie sollen wir vorgehen?«

»Wir haben genug Zeit, um noch umzukehren. Wir haben keine Schilde, um uns vor den Pfeilen zu schützen. Unter diesen Bedingungen wäre es Wahnsinn, wenn wir uns ihnen auslieferten.«

Sylvan lächelte und sah ihm in die Augen. »Wir haben noch eine andere Möglichkeit. Sagt mir, wie der Besitzer des Bootes diesen Angriff auf einen Wächter zu rechtfertigen gedenkt.«

»Vielleicht hat er dieses erste Boot als Hinterhalt vorausgeschickt und wird als Nächstes das Versorgungsboot schicken, dessen Besatzung bemerken würde, dass unser Boot nicht an Ort und Stelle ist, und einfach seinen Kurs weiterverfolgen würde. Dann würde es ein Leichtes sein, den Angriff den Piraten zuzuschreiben.«

»Majestät, Ihr seid hinterhältig genug, um zu herrschen. Das ist die Schlussfolgerung, zu der ich auch bereits gelangt war. Was, denkt Ihr, würde passieren, wenn besagtes Boot verschwinden würde oder im Rahmen einer Kriegserklärung beschlagnahmt würde?«

»Ich vermute, dies wäre ein vergebliches Unterfangen.«

»Also wisst Ihr, was ich befürworte.«

»Glaubt Ihr, dass wir eine Chance auf einen Sieg haben, Sylvan?«

»Es gibt nicht den geringsten Zweifel daran. Übernehmt das Ruder und steuert das Boot genau auf das Ruderboot zu, sodass den Bogenschützen im Ernstfall möglichst wenig Angriffsfläche bleibt. Ich werde mich vorne an den Bug stellen.«

Sylvan ließ das Ruder fallen und ging zum Bug des Ruderboots, das vom Seegang hin und her geworfen wurde. Er trank aus seiner Trinkflasche, zog sein Schwert und stützte sich mit dessen Spitze auf dem Holz der Reling ab, um sein Gleichgewicht zu halten.

Orville wandte sich an seine Leute: »Männer, wir werden um unser Leben kämpfen. Wir kennen weder die Anzahl unserer Feinde noch ihre Waffen. Wir sind weniger und schlecht bewaffnet. Unsere Stärke? Unsere Gelassenheit! Was verteidigen wir? Unsere Freiheit und unser Ideal. Wenn wir fallen, verlieren wir nur unser Leben und unsere Namen werden eingeschrieben sein in die Mauern, die das Achte Königreich begründen. Sobald der Kampf beginnt, stürzt euch nur ins Getümmel, wenn ihr eine Waffe habt. Ohne Waffe jedoch haltet ihr uns nur auf. Nun seid standhaft und rudert im Takt. Zeigen wir ihnen, wie das Achte Königreich auf dem Wasser kämpft!«

Die Ruder bewegten sich wunderbar synchron. Die Männer hatten natürlich Angst, doch sie würden nicht unter Orvilles Blick ins Wanken geraten. Die beiden Ruderboote näherten sich einander beständig an. Als sie in Hörweite waren, tauchte wie durch Zauberei eine Reihe von Bogenschützen auf. Sie spannten ihre Bögen und warteten, doch ihr Offizier erteilte keinen Schießbefehl.

Sylvan wandte sich den Bogenschützen zu, die Hand am Knauf seiner Klinge. Mit lauter und klarer Stimme sagte er: »Seid gegrüßt, Soldaten, kennt einer von euch den Preis für einen Mordanschlag auf einen Abgesandten?«

Auf seiner Brust leuchtete im silbrigen Licht ein weißer Metallreiher mit blauen Augen. Das grüne Wasser strömte unter dem Bug des Boots hindurch und schäumte am Heck auf. Das Boot wurde angetrieben durch die Energie eines ganzen Königreiches. Orville erkannte, dass Sylvan Zeit schinden wollte.

Der Leutnant, der das Kommando über das gegnerische Boot hatte, antwortete mit Bedacht: »Wer wird davon erfahren, Kapitän? Es wird keinen einzigen Zeugen geben, der uns verraten könnte.«

»Sag mir wenigstens, wem ich dieses Gefecht zu verdanken habe.«

»Diese Bitte kann ich Euch gewähren. Wir stehen im Dienste des Marquis de Vallade. Zeigt uns, was ihr könnt!«

Die Bogensehnen schnalzten. Orville nahm eine Art Unschärfe an der Vorderseite des Bootes wahr. Während die

Bogenschützen neue Pfeile aus ihrem Köcher herausholten, warf Sylvan diejenigen, die er im Flug ergriffen hatte, hinten ins Ruderboot. Der Leutnant wollte gerade Verstärkung rufen, da bohrte sich ein Dolch in seine Brust. Er stürzte mit einem heiseren Schrei über die Reling. Der Schrei wurde vom Meer erstickt wie von einem grünlichen Leichentuch. »Es reicht, ergebt euch! Ihr habt den Befehlen desjenigen gehorcht, der soeben besiegt wurde. Streckt die Waffen, ihr seid nun Gefangene!«

Die Soldaten hielten einen Moment inne, nur um daraufhin wieder auf das Ruderboot des Achten Königreiches zu zielen. Was nun geschah, überstieg die menschliche Vorstellungskraft. Sylvan fing die Pfeile auf, die nur so auf ihn herabregneten. Als die Entfernung zwischen den beiden Booten nur noch wenige Schritt betrug, ergriff er seine Klinge und begnügte sich damit, die Angriffe damit abzuwehren. Dann sprang er auf und landete mitten zwischen den Männern, die er niedermähte, wie man mit einer Sense den Weizen bearbeitet. Orville bekam gerade noch mit, wie er die Klinge schwang, da ordnete Sylvan bereits die an Bord verbliebenen Waffen und warf die Leichen ins Meer, wie er es mit gewöhnlichen Stoffpuppen gemacht hätte. Er näherte sich dem Bug des Bootes, packte ein Seil und warf es Orville zu, damit der es ans Heck ihres eigenen Bootes band. Die Ruderer hatten das Tempo gedrosselt und warteten darauf, dass Sylvan an Bord zurückkam. Das Blut seiner Gegner tropfte von seinem Gesicht und seinen Unterarmen. Rotes, glänzendes Blut, das nach Eisen und Salz roch.

»Männer. Alles hat sich hinter euren Rücken zugetragen, weil es eure Aufgabe war, zu rudern, somit habt ihr nichts sehen können. Die Bogenschützen waren betrunken und haben ins Wasser geschossen. Als ich auf das Ruderboot kam, konnten sie ihre Schwerter nicht schnell genug ziehen, weil sie zu zahlreich waren und sich somit gegenseitig in die Quere kamen. Also habe ich meinen Vorteil ausgenutzt und gegen die Männer gekämpft, während sie noch damit beschäftigt waren, ihre Waffen zu ziehen. Denkt daran, dass man in einem Kampf auf offener See nichts Schweres bei sich tragen und niemals das Schwert in der Scheide stecken lassen sollte. Des Weiteren sollte man seine Stiefel ausziehen, um das Holz zu spüren und nicht auszurutschen, und man sollte darauf achten, dass man genügend Freiraum hat. Die Anzahl der Gegner ist nicht immer ausschlaggebend. König Orville hat den arroganten Oberleutnant dieser traurigen Schiffstruppe getötet, durch den meisterhaften Wurf eines Messers, von dem ich gar nichts mitbekommen habe, und hat das Kommando über die Truppe übernommen.« Er warf ihm einen bewundernden Blick zu. »Es gibt einen Überlebenden, der noch benommen im Ruderboot sitzt. Wir werden ihn verhören, sobald wir an Land gehen. Dank unserer Disziplin haben wir gesiegt!«

Die Männer schrien vor Freude, am Leben zu sein, und vor Stolz, aufseiten des Königs gedient zu haben. Nichtsdestotrotz glaubte keiner von ihnen vollständig Sylvans Worte. Sie hatten jedoch begriffen, dass ihr Leben davon abhing, wie sie die Version der Geschichte aufnehmen würden, die sie gerade erzählt bekommen hatten. Schließlich wurden also zwei Boote an der Anlegestelle festgemacht und dann nach oben auf das Plateau gezogen.

Orville hatte die Männer im Waffenraum versammelt. Auf dem Taubenthron sitzend erklärte er die Situation. Seine tiefe

Stimme hallte im Steingewölbe wider, die Männer hörten aufmerksam zu. Sylvan saß mit seinen Schreibutensilien in einer Ecke des Raumes und verewigte das Gesagte in einem Register.

»Männer, wir werden Besuch bekommen. Es ist wahrscheinlich, dass das nächste Boot ein Truppentransporter sein wird, der versuchen wird, eine Garnison anzusiedeln. Die Truppe soll uns ausmerzen und die Stellung halten, um die Ankunft eines Besatzungsregiments vorzubereiten. Das zweite Boot sollte dann das Versorgungsboot sein, das wir erwartet haben. Es wird wohl die Versorgungsgüter für eine ganze Garnison liefern. Übrigens erwarten wir auch Gäste der Wächter. Aller Wahrscheinlichkeit nach werden diese uns nicht angreifen und nichts vom Komplott des Marquis de Vallade wissen. Also müssen wir uns auf alle Eventualitäten vorbereiten, darunter die einer Besatzung. Das Besatzungsregiment wird wahrscheinlich aus vielen Männern bestehen. Die Strömungen, Riffe und die mangelnde Ortskenntnis werden ihnen jedoch Schwierigkeiten bereiten. Die Haseninsel ist zu steil, dort werden sie sicherlich nicht anlegen. Es ist demnach wahrscheinlich, dass sie auf der Holzinsel anlegen, wo sie ein Lager aufschlagen werden. Ab heute müssen wir die jungen Bäume des Jahres verpflanzen. Die Soldaten werden sich aufwärmen müssen. Nach ihrem Aufenthalt wird von den Pflanzen und Lebewesen nichts mehr übrig sein. Das Nächste wird sein, einen Weg zu finden, das Versorgungsboot des Regiments abzufangen und Wachtouren zu organisieren, die herannahende Gegner frühzeitig erkennen. Jedem von euch werde ich eine Aufgabe zuteilen.«

Sie brachen am frühen Nachmittag mit zwei Ruderbooten und einem kleinen Segelboot mit viereckigen Segeln auf. Obwohl nicht sehr schwer, war es stabil. Wider Erwarten zeigte sich Pétrus geschickt im Manövrieren des Bootes. Nur vier Männer blieben im Fort, um sich auszuruhen. Die Flottille fuhr in Richtung der Holzinsel. Als die zwei Boote am Strand angelegt hatten, machte sich ein Teil der Männer daran, alle Pflanzen zu roden, während ein anderer auf alles losging, was sich nicht wehren konnte, und einen Kanal grub, um den Teich zu leeren. Die Angreifer würden hier weder Wasser in nennenswerter Menge noch Feuerholz finden. Die Boote mussten mehrmals wieder zurückfahren, um das Nötige auf die Insel Goulet zu bringen. Als die Arbeit in vollem Gange war, zogen Orville und Sylvan das Segel des Bootes ein und setzten es für die Grotteninsel weiter südlich. Eine halbe Stunde später ließen sie das Boot in der kleinen Bucht zurück und kletterten die Kluft hinauf zum höchsten Punkt der Insel. Sie setzten sich auf einen Felsen und betrachteten die Aussicht, die sich ihnen bot.

»Was sagt Ihr dazu, Majestät?«

»Ich weiß nicht recht, Sylvan. Wir sind gut aufgestellt, aber dennoch wird alles vom Glück und von der Art und Weise abhängen, wie die Soldaten den Angriff starten werden. Das Erste Königreich geht strategisch gut vor, aber ich bin überrascht: Warum einen Lakaien schicken, um einen Mann unter dem Vorwand eines Ehrenkonfliktes anzugreifen, während das Gesetz ihm doch erlaubt, es in seinem eigenen Namen zu tun?«

»Vielleicht, um für die Zukunft vorzusorgen. Das Erste Königreich ist nicht direkt betroffen und wird normale Beziehungen zum Achten Königreich unterhalten können, wenn die Angelegenheit nicht in seinem Sinne verläuft. Der Ort ist uneinnehmbar ohne Verrat oder List. Selbst wenn die Inselbewohner verhungern und verdursten würden, wären die Angreifer doch noch nicht in der Lage, das Fort zu erobern.«

»Unsere Männer sind mutig. Unter ihnen befinden sich Sekretäre, Dichter und Verwalter. Sie sind jetzt bereit, ein Königreich aufzubauen und es mit dem Schwert in der Hand zu verteidigen. Sie haben ihren Stolz wiedergefunden. Solche Männer sind zu allem fähig. Was sagen die Botschaften dazu?«

»Die Botschaften sagen, das Achte Königreich sei für niemanden gefährlich, solange die Wächter dort sind, um dessen Entwicklung zu überwachen. Doch sie glauben, dass es aus Mangel an Frauen untergehen wird.«

»Ich werde Frauen auftreiben, Sylvan, Familien und Männer. Mir fehlen noch ein oder zwei Dinge, um ihr Überleben zu sichern. Es ist daher in erster Linie notwendig, eine stärkere Wirtschaft aufzubauen.«

»Der Zeitpunkt ist im Moment ungünstig. Probleme erschüttern das Erste Königreich und drohen, sich auf alle anderen auszubreiten. Dies kann eine Gelegenheit sein, Freiwillige zu finden, doch der Zeitpunkt ist gefährlich. Wenn Ihr die Insel verlasst, werdet Ihr schutzlos sein. Auf der anderen Seite werden Euch auch die geografischen Gegebenheiten im Weg sein. Ihr habt keine Tiefseeschiffe und die Strömungen sind zu stark für ein Ruderboot.«

»Was genau ist Eure Rolle, Sylvan? Ihr gebt mir Ratschläge, versorgt mich mit Informationen über die Außenwelt, verteidigt meine Person und meine Sache. Warum tut Ihr das?«

Sylvan lächelte und betrachtete die unwegsamen Gipfel des östlichen Kamms. »Die Funktion der Garde besteht darin, die Welt zu befrieden. Ein Wächter ist von daher an sein Königreich gebunden und berät den Monarchen. Die Wächter kommunizieren untereinander. Ein Wächter kann alle Informationen erfragen und wird sie von seinesgleichen aus erster Hand erhalten. Die Könige haben die Gewissheit, nicht betrogen zu werden, die Wächter wiederum kennen alle Pläne des Königreiches. Das ist für alle eine Garantie. Darüber hinaus überwachen die Wächter die Wiederkehr des blauen Blutes in den königlichen Familien. Das ist eine Pflicht der Wächter den Menschen gegenüber, gemäß einer Regelung über Kriegsführung und Blutweitergabe. Die Wächter leben jahrhundertelang, sie können nicht selbst in Machtpositionen gelangen, sie beobachten nur, was geschieht, und handeln, wenn es sein muss.«

»Sehr gut. Und was haben die Männer, die die Kinder in Hautterre entführt haben, mit dieser ganzen Geschichte zu tun?«

»Sie sind Schurken. Das blaue Blut hat sich auch in anderen Bevölkerungsschichten verbreitet. Die Nachkommenschaft der Könige versucht, das blaue Blut auszulöschen, um eine erneute Wiederkehr zu unterbinden. Die Nachkommenschaft wird also zu einem uns unbekannten Zeitpunkt vollständig gereinigt sein. Der Mangel an Geburten zeigt, dass sie auf dem richtigen Weg ist. Im einfachen Volk hingegen sind die Geburten zahlreich und die Blutlinien schwer zurückzuverfolgen, bestenfalls über ein paar Jahrhunderte, im Normalfall eher ein paar Jahrzehnte. Das Recht der ersten Nacht, Freudenhäuser auf dem Land und andere Situationen, in denen sich das Blut vermischen kann, haben das Unglück dieser Leute herbeigeführt. Den Offizieren sind also die Theokraten nachgefolgt, um als Geburtsbeauftragte die menschlichen

Geburten zu kontrollieren. Man hat sie überall eingesetzt, um so möglichst viele Leute zu überwachen. Das ist ein ziemlich effizientes System. Aber vor einigen Jahrhunderten ist eine Bande von Wiederkehrenden diesem System entronnen und hat sich organisiert. Sie haben über ihre Isolation verhandelt und sich dann auf dem Kamm niedergelassen. Es bedurfte nur einer List, sie zu umzingeln und zu zerstören. Eine solche Gefahr konnten wir nicht auf der Erdoberfläche dulden. Eines Tages wäre ein Magier in ihren Reihen geboren worden und hätte die Welt versklavt.«

»Ihr haltet sie für sehr mächtig.«

»Nicht alle, doch sie sind ein Risiko, das wir nicht hinnehmen können. Diese Schurken, die die Kinder entführt haben, sind ein rotes Tuch für die Garde. Das bedeutet, dass sich die Rebellen wieder zusammengerottet haben. Wir wissen nicht, wo, wer und wie, aber die Bedrohung muss von Neuem ausgemerzt werden. Aus diesem Grund habt Ihr sie verfolgt. Wenn Ihr sie erwischt hättet, wärt Ihr vernichtet worden. Wir mussten so viel wie möglich über sie erfahren. Aber in diesem Moment haben wir es hier mit diesem Schiff zu tun.«

Er zeigte auf eine dunkle Silhouette, die hinter einer entfernten Insel auftauchte. Das hoch aufragende Schiff mit dem starken Segel ähnelte demjenigen, das Orville auf die Insel gebracht hatte.

»Die Truppen?«

»Aller Wahrscheinlichkeit nach. Wenn es vorübergezogen ist, werden wir mit unseren Booten die Inseln entlangfahren, um das Versorgungsboot aufzuspüren. Majestät, Ihr solltet ein Signal geben.«

Orville griff nach seinem Jagdhorn. Ein langer, träger Ton schallte durch den Archipel, hallte von den Felsen wider und drang an die Ohren der Männer, die immer noch im Dämmerlicht des Tages tätig waren. »So, die Angelegenheit ist erledigt. Ein solches Ungleichgewicht von Kräften ... Eine Armee gegen eine Mauer. Ich hoffe, dass alles gut gehen wird.«

»Schaut, Majestät!«

Dem Schiff folgten zwei weitere, ein Versorgungsschiff und eine Kriegsgaleere mit einer blau-schwarzen Flagge.

Sylvan begann sich Sorgen zu machen. Er wandte sich an Orville: »Das ist nicht normal! Die beiden Schiffe sollten nicht gleichzeitig ankommen. Das zweite trägt eine Flagge, die nichts Gutes verheißt. Kommt, Majestät.«

Orville folgte Sylvan die Kluft hinab. Sie bestiegen ihr Segelboot und fuhren in Richtung der Insel Goulet. Als sie dort ankamen, war das letzte Boot entladen und weggebracht worden. Sie legten mit dem Boot an der Anlegestelle an und warteten ein paar Minuten, bis die Seile heruntergelassen worden waren. Nachdem sie hochgezogen worden waren, eilten sie auf den Aussichtspunkt des Forts, um das Bootsmanöver zu beobachten. Die Flotte aus den drei Schiffen wendete, um die Insel Goulet zu umschiffen. In einer Stunde würde sie wieder in die Passage hineinfahren und die Ruderboote zu Wasser lassen, in der Gewissheit, dass die Truppe auf dem Felsplateau Stellung beziehen würde, um auf Verstärkung und Versorgung zu warten. Das verhieß nichts Gutes.

»Was soll dieses dritte Schiff, Sylvan?«

»Die blau-schwarze Flagge ist die der Botschaft. Das sind unsere Brüder. Ich kann mir die Anwesenheit dieses Bootes nicht erklären. Wir reisen normalerweise inkognito. Ich habe um Hilfe gebeten, aber ich verstehe nicht, warum die Garde so auffällig reist. Vielleicht gibt es ja etwas Neues. Wie dem auch sei, wir werden bald Neuigkeiten haben. Orville, ich kann den Wächtern nicht verbieten, an Land zu gehen. Ich kann mich weder für Euch noch für die damit verbundenen Umstände entscheiden. Ich muss eine Flagge hissen, um zu signalisieren, dass wir unsere Brüder gesehen haben, und ihnen mit einem Ruderboot entgegenkommen. Danach werden wir weitersehen. Ich empfehle Euch, an Land zu bleiben und Euch auf alle Eventualitäten vorzubereiten.«

»Gut, Sylvan. Tut, was Ihr tun müsst, und ich treffe meinerseits meine Vorkehrungen.«

Orville hatte das Ablegen den Bootes beobachtet. Das Meer war ruhig und das Boot entfernte sich eilig entlang der Klippe, geschützt vor der aufkommenden Strömung. In einer halben Stunde würde Sylvan nach Norden zu den Schiffen und den Ruderbooten segeln. Orville bestieg wieder das Fort, um eine bessere Sicht über die Geschehnisse zu erhalten. Die Schiffe beendeten ihr Wendemanöver und fuhren in die Passage hinein. Er sah deutlich, wie die Segel gehisst wurden, und vermutete, dass die Seeleute in der Takelage arbeiteten. Von unten aus dem Laderaum, in dem er sich als Gefangener aufgehalten hatte, hatte er die Pulsschläge des Bootes während des Manövers und das Umhergehen der Männer gespürt. Es kam ihm vor, als läge das schon ewig zurück. Wer war er? Er war kein Wiederkehrender, sein Blut war rot, er war nicht übermenschlich schnell, aber dennoch hatte er diese nützlichen Kräfte, die Sylvan vage beschrieben hatte. Doch Sylvan hatte nicht genug darüber erzählt.

Die Boote waren jetzt auf See und rückten in Form einer Flottille vor, in Richtung von Sylvans Boot. Bald traf er mit dem vordersten Boot zusammen. Nach einer kurzen Rücksprache entfernten sie sich wieder voneinander. Sylvan kehrte mit drei Booten zur Insel Goulet zurück, während der Rest der Flotte weiter nach Westen fuhr, wahrscheinlich in Richtung der Holzinsel. Orville steuerte auf die Winde zu und dachte über die Möglichkeiten nach, die ihm noch blieben. Die Wächter bestiegen das Fort und die Garnisonssoldaten nahmen mit ihren Vorräten Quartier auf der Holzinsel. Dieses Mal hatten die Angreifer gewonnen. Die folgenden Versorgungskonvois würden eintreffen, bevor sie an Hunger gestorben sein würden. Die im Fort aufbewahrten Vorräte würden nicht ausreichen. Die Seile spannten sich unter dem Gewicht des Bootes, die Männer ließen die Stäbe des Windenrades kreisen, Drehung für Drehung, bis die Köpfe der Matrosen vor der Klippe auftauchten. Sie zogen die Winde zurück, um mit dem Ruderboot an Land zu gehen, und die Männer, mit Gepäckstücken beladen, stiegen aus.

Sylvan näherte sich mit ernstem Blick. »Majestät, ich bin besorgt. Wir müssen die Brüder und ihre Diener an Land gehen lassen. Die Soldaten kommen mit kriegerischen Absichten, wie uns bestätigt wurde. Sie hatten vor, sich heute Abend hier niederzulassen, aber meine Erläuterungen haben sie dazu gebracht, stattdessen eine westlicher gelegene Insel anzufahren. Es handelt sich um etwa hundert, die Befehle vom ältesten Sohn des Marquis de Vallade erhalten und einen beachtlichen Vorrat an Essen bei sich tragen. Ich muss Euch sagen, dass ich keinerlei Vertrauen in die Brüder und ihre Begleiter habe. Sie respektieren das Protokoll nicht. Aus Gründen der Diskretion hätten sie mit dem Versorgungsboot kommen müssen, stattdessen begleiten sie das Schiff, das die Truppe transportiert. Auf meine Fragen hin sagten sie, dass sich die Dinge geändert hätten, nichts weiter.«

»Kann ich ihnen in diesem Fall nicht das Anlegen untersagen?«

»Dies käme einer Kriegserklärung an die Garde gleich und würde uns dazu verpflichten, Euch abzusetzen.«

»Können sie nicht ohne ihre Begleiter von Bord gehen?«

»Nein, Majestät, das ist gegen den Ehrenkodex. Die Wächter sind Adlige, die ein Recht darauf haben, bedient zu werden. Dagegen können wir nicht vorgehen.«

»Könnt Ihr mir garantieren, dass unsere Männer respektiert werden und dass das Gesetz im Achten Königreich gewahrt wird?«

»Ihr habt mein Wächterehrenwort, solange Ihr oder einer Eurer Nachkommen am Leben ist, Majestät. Mein Ehrenwort als Wächter gilt für alle Wächter.«

»Danke, Sylvan. Bitte bringt Eure Gäste und ihre Begleiter hinauf, ich werde sie vor Einbruch der Dunkelheit im Wachraum empfangen. Ich habe einige Vorbereitungen zu treffen.« Orville steuerte auf das Fort zu. Das Geräusch der Seile, die hinter seinem Rücken den Felsen entlangglitten, erinnerte ihn an das Geräusch eines Sarges, der in ein Grab hinabglitt.

Orville saß auf seinem Thron. Der Raum war ungewöhnlich voll an diesem Abend: seine eigenen Männer, neun Wächter und sechzehn Ruderer hatten sich eingefunden.

»Willkommen im Achten Königreich in diesen turbulenten Zeiten. Wisset, dass an diesen Örtlichkeiten Gewalt nur dann legitim ist, wenn sie sich gegen Angreifer richtet. Wer auch immer einen Bürger des Achten Königreiches tötet, wird zum Tode verurteilt und vom nördlichen Aussichtsturm des Forts ins Meer geworfen, egal wie es um seinen Rang oder um seine Kraft bestellt sein mag.«

Er wartete darauf, dass die Zuhörer diese Information verarbeiteten. Sylvan lächelte amüsiert, während er das Register mit Anmerkungen versah.

Orville nahm seine Rede wieder auf: »Die Gäste können wählen, ob sie ihre alte Nationalität behalten oder diejenige des Achten Königreiches annehmen wollen. Im zweiten Fall müssen sie sich beim Verwalter anmelden und werden vom Achten Königreich eine Unterbringung gestellt bekommen. Im ersten Fall werden Kost und Logis weiterhin ihrem Herrscher zu Lasten fallen. Prostitution ist im Achten Königreich verboten. Jede Frau, die sich wider ihren Willen auf dem Archipel befindet, ist eine rechtliche Angelegenheit Seiner Majestät Orville I. oder dessen Nachkommenschaft und muss im Fort empfangen werden, das den Schutz der Frau gewährleistet. Auf alle Verstöße gegen diesen Grundsatz steht die Todesstrafe. Jegliche Gewalttat gegen eine Frau wird mit der Todesstrafe geahndet. Im Falle eines Landbordells, ähnlich demjenigen auf der Holzinsel, wird der Kommandant der Garnison verantwortlich gemacht. An jedem Tag, an dem gegen das Gesetz verstoßen wird, wird derjenige mit dem höchsten Rang zum Tode verurteilt, bis die Sicherheit der Frauen gewährleistet ist. Die Gäste dürfen sich auf der Insel Goulet aufhalten, wenn sie zum Hauspersonal der Gäste der Wächter gehören, aber kein Soldat darf einen Fuß auf den Boden der Hauptinsel setzen. Ausschließlich den Wächtern, dem Kreis der ersten Untertanen und ihrer Nachkommenschaft ist es gestattet, auf der Insel Waffen zu tragen. Wer es einem Soldaten aktiv oder durch Beihilfe ermöglicht, die Insel zu betreten, wird zum Tode verurteilt und auf der Stelle hingerichtet werden. Die Gäste entrichten während ihres gesamten Aufenthalts im Königreich täglich eine Gebühr.

Die Preise und Zahlungsmittel sind auf die Erfordernisse des Königreichs zugeschnitten. Die Soldaten, die ihr Lager auf der Holzinsel errichtet haben, unterliegen ebenfalls dieser Steuer. Die Abgesandten sind in ihren Behausungen auf der rechten Seite des Korridors untergebracht, das Gesetz gilt auch für die Bewohner aller anderen Orte des Achten Königreiches. Männer, König Orville I. hat vom Gesetz gesprochen. Der Verwalter des Königreichs wird euch gemäß Vorschrift über Sitten und rechtskräftige Strafen im Achten Königreich belehren. Ich heiße Euch willkommen. Ihr könnt euch nun zurückziehen.«

Die Besucher verließen sichtlich überrascht den Raum. Sylvan beendete seine Mitschrift und schloss das Buch.

Orville wandte sich an ihn: »Lasst uns sehen, Sylvan, was könnte ich vergessen haben?«

»Vielleicht, dass es höchst unwahrscheinlich ist, dass Ihr morgen früh noch lebt, Majestät. Das Achte Königreich wird mit Euch verschwinden und all dies wird infolgedessen nicht mehr relevant sein.«

»Diesen Aspekt habe ich bedacht, Ihr werdet schon bald meine Antwort erhalten. Was noch?«

»Ihr habt nicht erwähnt, wie Ihr ein Urteil zu vollstrecken gedenkt.«

Orville lächelte. »Ich werde mich noch damit beschäftigen. Werdet Ihr die Männer verteidigen?«

»Man wird ihnen nichts Schlimmes antun und selbst wenn dies der Fall wäre, dann geschähe dies in Übereinstimmung mit dem Gesetz.« Sylvan meinte es ernst.

Orville erschien es so, als würde er jedes seiner Worte abwägen und die Auswirkungen berücksichtigen. »Was ist der Standpunkt Eurer Brüder?«

»Wir haben darüber gesprochen. Sie sind Euch nicht gewogen, was dem Eid der Garde zuwiderläuft. Aber sie werden nichts unternehmen, was Euch schadet, und sie werden ihren Eid im Großen und Ganzen respektieren. Auch werden sie nichts zu Eurer Verteidigung beitragen. Ich werde mich bei den Abgesandten der Garde beschweren. Deren Bedienstete werden wiederum anstelle der von mir beseitigten Schiffstruppe kommen. Davon bin ich fest überzeugt. Der Standpunkt der Brüder ist ambivalent. Wir müssen demnach auf alles gefasst sein.«

»Das ist auch meine Meinung, Sylvan.«

»Was sollen wir Eurer Ansicht nach tun?«

»Gar nichts, Sylvan, solange wir nicht die Reaktion der sieben Wächter auf einen Kampf zwischen uns und ihren Dienern kennen. Unser und ihr Schicksal werden von ihren Handlungen abhängen. Alles in allem dürfen sie unseren Männern gegenüber nicht handgreiflich werden.«

»Ich werde für Euren Schutz sorgen.«

»Ich bin Euch dankbar dafür. Gute Nacht, Sylvan.«

»Gute Nacht, Majestät.« Sylvan nahm das schwere Buch an sich, verabschiedete sich und ging zur Tür.

»Sylvan, könnt Ihr noch einen Moment bleiben? Ich habe noch eine Kleinigkeit zu regeln und vielleicht könntet Ihr mir dabei behilflich sein.«

Mitten in der Nacht betraten acht Männer das runde Arbeitszimmer. Sie gingen zu dem Bereich, der Orville als Schlafraum diente. Ihre Schritte wurden von Lumpen gedämpft, die sie um ihre Füße gewickelt hatten. Einer von ihnen legte seine Hand auf den Türgriff. Mit einem Ruck zog er daran und zwei mit spitz geschliffenen Dolchen bewaffnete Schatten betraten den Raum, um Orvilles Matratze zu durchlöchern. Als sie anstelle der Eingeweide nur Heu fühlten, hasteten sie geschwind zurück in den Wachraum. Sie hatten nicht die Zeit, bis zur Mitte des Raumes vorzudringen. Aus allen Winkeln erhoben sich Schatten. Die Soldaten sahen den Tod in Form kräftig abgeschossener Pfeile kommen, denn die sie abschießenden Sekretäre und Bauern waren fest dazu entschlossen, freie Menschen zu bleiben. Diejenigen, die in Richtung der Schreibstube entwischen wollten, wurden von einem Diener und einem Verwalter hinterrücks gepackt und ihre Prachtschwerter ließen ihnen keine Chance.

In dieser Nacht gesellten sich die Überreste der acht Männer zu denen ihrer Kameraden, die mit dem Gesicht zur Holzinsel aufgehängt waren. Jene hatten versucht, Soldaten, die am Fuße des Felsens angelegt hatten, Seile zuzuwerfen. Doch stattdessen wurden sie sofort mit so vielen Steinen und Felsbrocken bombardiert, dass manche davon den Boden ihres Ruderbootes durchschlagen hatten und es unterging. Die Soldaten waren mitsamt ihrer Rüstungen und ihrer Schwerter, die sie nicht abzulegen gedachten, zu schwer, um wieder an die Oberfläche zu gelangen. Somit verschwanden auch sie von der Liste der Probleme, die die Inselbewohner zu lösen hatten. Das Urteil des Königs war vollstreckt worden.

KAPITEL XIII

DER WEG DES BLUTES (3)

Das Verlies der Burg von Hautterre war fast fertiggestellt. Die Steinmetze hatten zuerst die Zinnen ausgeformt und sich anschließend dem Bau von Lagerstätten zugewandt. Eine davon war bereits vollendet. Sie würden groß und sehr standfest sein. Unweit des Gasthauses der Cardhus würden in Kürze die Vorräte und Werkzeuge aufbewahrt werden, die für den Bau einer Straße zu den Gebirgskämmen benötigt wurden. Bisher hatte das königliche Unterfangen dem Vicomte de Hautterre fast ausschließlich Vorteile eingebracht. Der König hatte sein Versprechen gehalten. Eine unerwartet hohe Anzahl an Architekten, Maurern, Zimmerleuten und Steinbrechern war in sein Lehen gekommen. Zweitausend Goldmünzen waren zugesichert worden, doch der Vicomte hatte diese Summe kaum anbrechen müssen, denn die Arbeiter wurden vom König bezahlt. Das Gasthaus füllte sich immer mehr, sodass die Cardhus neue Leute einstellen musste.

Dieser plötzliche Wohlstand hatte ihr jedoch weder ihren Ehemann noch ihren Sohn oder ihr Lächeln zurückgegeben. Er füllte allerhöchstens ihre Zeit und ihre Gedanken aus.

Der militärische Abgesandte und seine Männer hatten in der unteren Festung Quartier genommen, um gleichermaßen die Fortschritte am Bau und die Wege der Leute und Güter zu kontrollieren. Bartlan, der Abgesandte, war ein kühler und distanzierter Mann. Das Allererste, was er nach seiner Ankunft unternommen hatte, war, die Mutter des kleinen entführten Mädchens in seine Dienste zu stellen. Eine gut gemeinte Geste ... vielleicht. Seitdem hatte sie niemand mehr zu Gesicht bekommen, doch nichts erweckte den Anschein, dass es ihr nicht gut ginge. Dem Vicomte ging es kaum besser als zur Zeit der Belagerung seines Lehens, aber es freute ihn, dass sich das alltägliche Leben seiner Leute seit der Ankunft des Abgesandten erheblich verbessert hatte. Dieser kleidete sich stets schwarz und trug den weißen Reiher mit dem blauen Auge zur Schau, der sogar die Bären erzittern ließ. Sein Verwalter erwarb alles, was er bekommen konnte, und teilte die Arbeit unter denen auf, die danach suchten. Auch im unteren Teil der Festung waren Bauarbeiten unternommen worden.

Ein Nachtquartier sowie vier Türme wurden an Stellen errichtet, die Hautterre eigentlich als für die Bebauung höchst ungeeignet erachtet hatte. Das Mauerwerk erstreckte sich parallel zum alten Fort und würde allem Anschein nach eine schwindelerregende Höhe erreichen. Dieses Meisterwerk der Stabilität würde das ganze Tal ausfüllen und eine regelrecht erdrückende Wirkung auf jeden Besucher der Grafschaft ausüben. Der Abgesandte hatte ihm die entsprechenden Baupläne gezeigt. Die Festung würde seinem Lehen einen bedrohlichen Charakter verleihen, was ihm missfiel, aber er war kein Entscheidungsträger und hatte bei der Bauplanung auch kein Mitspracherecht. Seine eigene Burg vermittelte dagegen trotz ihres gewaltigen Verlieses weiterhin den Eindruck eines Wachpostens auf verlorenem Gebiet.

Hautterre hatte zuallererst ein paar Soldaten zur Verstärkung der Garde eingestellt, dann aber bald wieder aufgegeben angesichts der Armee, die sich für die Zeit der Bauarbeiten an der Festung in Lagern niedergelassen hatte. Er verabscheute den dunklen Stein, den man für die Festung ausgewählt hatte. Von allen Seiten dieses Bauwerks ging eine Bedrohung aus, die spitz zulaufenden Mauern hatten eine erdrückende Wirkung. Eine andere Baustelle war weiter oben auf dem Berg errichtet worden. Da sich der Weg zu den Almen als zu lang herausgestellt hatte, hatte man die Straße von Scies bis zur Felswand verlängert. Eine Art geschlossene Plattform würde dort installiert werden, um Männer und Waren in die Berge zu befördern. Zwei Relaisstationen befanden sich im Aufbau, die eine am Fuße der Felswand, die andere oben. Somit konnte die Reise hinauf auf den Grat um fast einen Tag verkürzt werden. Eine Erkundungstruppe war vor einem Monat aufgebrochen. Ihre Aufgabe bestand darin, gemäß Orvilles Anweisungen eine Straße bis zu der Stelle zu bauen, wo der Weg auf den Bergkamm traf. Sobald die Erkundungstruppe am Zielort angekommen war, würde sie noch vor Wintereinbruch die ersten Befestigungen anlegen. Ein Konvoi sollte demnächst eintreffen, um sie mit Nahrungsmitteln zu versorgen und ihr die nötigen Arbeitskräfte zur Verfügung zu stellen.

Jeden Montagmorgen ließ der Abgesandte Hautterre zu sich kommen, um ihn über die Fortschritte der Bauarbeiten zu informieren. Mithilfe seiner rhetorischen Fähigkeiten wollte er ihn glauben machen, dass der Vicomte noch immer Herr über sein Lehen sei, doch dieser ließ sich nicht so leicht täuschen. Der Vicomte stand dann vor ihm, während er dasaß und ihn über all das informierte, was ihm mitteilenswert erschien. Meldegänger kamen mehrmals die Woche, um die Botschaften des Abgesandten zu überbringen. Die Männer verbrachten die Nacht in der Herberge und brachen früh am Morgen wieder auf. Im Endeffekt befand sich Hautterre unter der Fuchtel dieser hoch angesehenen Person. Er war weder Herr über sein Lehen noch über sein Schicksal. Er brachte seine Zeit mit lächerlichen Inspektionen und ohnmächtiger Beobachtung der Aktivitäten zu, die sein friedliches Lehen auf den Kopf stellten.

An diesem Morgen hatte ihn ein Soldat über die Vorgänge am Wehrgang informiert. Er begab sich dorthin, um sich anzusehen, was man ihm als eine Prozession von Männern und Kutschen beschrieben hatte. Der Konvoi erstreckte sich über mindestens eine Meile. Als er den Weg entlangschritt, der sich unter seinem Verlies befand, sah Hautterre ganz deutlich Männer, Frauen und Kinder vor sich, die von Soldaten umringt waren. Dahinter kamen Maultiere angetrottet, die schwere Kutschen zogen. Etwa tausend Personen liefen hinter einer Gruppe von Reitern her. Handelte es sich hierbei etwa um den Konvoi, der den Weg oder die Befestigungen des Gebirgskamms bauen sollte? Hautterre ging hinunter in den Hof und sattelte sein Pferd. Er begab sich auf die Brücke, vier Wachen im Gefolge, und ritt zur alten Festung zurück. Die Tore standen weit offen und er erkannte hinter den Staubwolken Kapitän Bartlan, der mit drei anderen berittenen Abgesandten den Konvoi anführte. Hautterre wartete ab, bis die vier Reiter das Tor durchquert hatten, und stellte sich ihnen in den Weg.

»Kapitän, meine Ländereien und meine Leute sind Euer, höret den Gruß des Vicomte de Hauterre.«

Bartlan lächelte bösartig und wandte sich an seine Gefährten: »Freunde, hier seht ihr also den Herrn dieser Örtlichkeiten, den Vicomte de Hautterre. Er besitzt die Freundlichkeit, uns bei der Eroberung des Kamms zu unterstützen. Ich werde euch nun bis zu den Lagerstätten geleiten. Eine davon ist fertiggestellt, das müsste ausreichen. Die Soldaten werden neben den Kutschen schlafen.«

Sie gingen ohne weitere Höflichkeitsbekundungen ihres Weges. Hautterre zog sich zurück und beobachtete, wie die endlose Prozession an ihm vorbeizog. Die Soldaten waren genau wie die Leute, die sie beobachteten, schmutzig und abgemagert. In ihren Augen spiegelte sich immenses Leid. Wie lange waren sie schon marschiert, dass sie so hinkten? Und was hatten diese Leute verbrochen, um so behandelt zu werden? Als die letzte Kutsche eingefahren war und Kapitän Bartlans Soldaten die Tore wieder geschlossen hatten, stieg Hautterre den befestigten Weg hinauf, der nun bereits bis zu den Lagerstätten führte. Die Soldaten positionierten sich zu beiden Seiten der Tür, während die Leute das Lager betraten, das sich als nichts anderes als ein Gefangenlager herausstellte. Die Wachen beaufsichtigten mit größter Aufmerksamkeit eine Gruppe von etwa vierzig jungen Frauen, die nicht das Lager betraten, sondern den Kapitänen in Richtung der alten Festung hinterherliefen. Manche waren hübsch, aber ausnahmslos alle hatten den Kopf gesenkt, den leeren Blick zu Boden gerichtet.

Sobald die Tore des Lagers von außen verriegelt waren, wurden die Maultiere losgebunden und auf die Weide gebracht und die Soldaten bauten ihr gespenstisches Lager auf, aus dem weder Gesang noch Gelächter drang. Hautterre gab seinem Pferd die Sporen und kehrte zu seiner inzwischen fertigen Burg zurück. Er ließ sich in einen Lehnstuhl fallen, den er kürzlich beim besten Zimmermann der Region in Auftrag gegeben hatte. Er wollte die Kälte in seinen Füßen und seine Verzweiflung vom Feuer, das im Kamin knisterte, vertreiben lassen und öffnete eine teure Flasche Wacholderschnaps, die ihn bis zum Morgen in einen angenehmen Betäubungszustand versetzte.

Der Wachraum des alten Forts war klein. Auf der einen Seite befand sich ein Treppenhaus, das zur südlichen Befestigungsmauer führte, auf der anderen Seite gab es eine Tür, die auf den nördlichen Wehrgang hinausführte. Die Festung war so klein, dass der Zugangsweg zum Tal von Hautterre direkt über den Hof verlief. Eine schwere Tür zeichnete sich hinter jedem Wehrgang ab und jede dieser Türen wurde von kleinen Türmen mit Erkern geschützt.

Zusammen mit der Terrasse oberhalb des Nachtquartiers machte dies die gesamte Verteidigungsanlage des Forts aus. Eine Wendeltreppe führte vom Wachraum hinauf zu den herrschaftlichen Gemächern, wo der Abgesandte sein Quartier genommen hatte. Im ersten Raum befand sich sein Arbeitszimmer, der zweite größere Raum diente ihm als Schlafgemach. Eine natürliche Höhle erweiterte das Zimmer bis in die Tiefen des Berges. Bartlan hatte tatsächlich sofort nach seiner Ankunft im Fort an diesem Teil des Gebäudes Gitter anbringen lassen, sodass diese nun als offener Verwaltungsraum für das Gefängnis genutzt werden konnte. Die jungen Frauen, die mit dem Konvoi eingetroffen waren, wurden dort eingesperrt, während die Wächter sich zu Tisch begaben und die Soldaten ihre Behausungen verließen, um ihren Platz im Wachraum einzunehmen.

Bartlan nahm die Unterhaltung wieder auf. »Ich freue mich über Eure Anwesenheit, liebe Freunde. Es gibt viel zu sagen über die Pläne, die uns beschäftigen.«

»Wir sind seit Monaten unterwegs, Ihr müsst über Informationen verfügen, die wir nicht haben.« Der Sprecher dieser Worte war mager und unansehnlich. Seine Augen waren tief in seine Augenhöhlen eingesunken und von buschigen Augenbrauen umrahmt. Sie leuchteten seltsam bläulich.

»Wir haben es geschafft, den Briefverkehr zwischen Gradlyn und Hautterre zu beschleunigen. Nun dauert es nicht mehr als drei Wochen, bis ein Brief Lothar erreicht. Was wisst Ihr bereits darüber?«

»Wir wissen, dass etwas nicht nach Plan verlaufen ist, mehr nicht. Uns erreichte eine Nachricht, dass wir alle Theokraten verfolgen und in die Arbeitskolonnen integrieren sollten. Wenn sie ein wenig schwere Arbeit leisten, werden sie schon abmagern. Aber diejenigen, die wir gefangen genommen haben, waren nicht sehr gesprächig. Sie starben zu früh. Diese Männer sind so zerbrechlich.«

Die vier Männer brachen in Gelächter aus.

»Das Unterfangen bestand darin, die Blutlinie der Königinnen im Kloster Jourd zu reaktivieren. Aber es ist anzunehmen, dass unser Vorhaben entdeckt oder verraten wurde. Kurz bevor Cravan ankam, waren die Königinnen vergiftet worden. Bekanntlich ist er mit den Nonnen und Soldaten des Klosters weggegangen. Das ist eine gute Idee. Da die Nonnen ledige Frauen aus dem Adelsstand sind, haben ganz bestimmt einige unter ihnen blaues Blut. Cravan ist uns zuvorgekommen mit dem Plan, eine Nachkommenschaft von edlem Blut zu zeugen.

Falls dies wie bei uns Menschen über Befruchtung möglich ist. Er hat jedoch noch nicht verdaut, dass dieser Theokrat ihm und seiner Klinge entkommen ist. Er wird sich über die Jahrhunderte hinweg wieder beruhigen. Sein hellseherisches Talent ist ein kostbares Geschenk.«

»Was passiert mit den Theokraten, Bartlan?«

»Die Theokraten sind Verräter. Die meisten Informationen, die ich Euch mitteilen werde, sind Euch bekannt. Nicht jedoch Folgendes: Rufus' detaillierter Plan für die Reaktivierung erscheint mir konkret und durchführbar. Er basiert auf dem, was in unseren ältesten Schriften über die Besiedelung unter den ersten Königen aufgezeichnet wurde.«

Bartlan stand auf und öffnete eine Truhe mit einem Schlüssel aus einer Innentasche seines Umhangs. Er kramte einen Moment in einem Haufen Pergamente und ging dann gemessenen Schrittes zu seinem Sessel, um von dort aus den Brief vorzulesen.

Mein lieber Bartlan,

Hofnar, der erste Prälat, dem wir keine Anweisungen erteilt haben, hat unvorteilhafte Schritte eingeleitet. Er hat es auf die Ausmerzung der Linie abgesehen und allen Theokraten der sieben Königreiche den Befehl erteilt, die Familien der Wiederkehrenden massenhaft zu verbrennen. Wenn es sich um wiederkehrende Nichtadelige gehandelt hätte, dann hätte sein Eifer als Folge seiner Unwissenheit über den Wandel unserer Forderungen durchgehen können. In seinem Schreiben hat Karlus Hofnar von den Theokraten jedoch den diskreten Mord an den Wiederkehrenden des Adels verlangt. Mindestens zwei nachgewiesene Fälle sind auf sein Verschulden zurückzuführen.

Hofnar wurde zur Rede gestellt und hat zugegeben, dass er den Mord an den Königinnen im Kloster Jourd angeordnet hat. Nun haben wir also zwei Probleme und eine Lösung. Das erste Problem besteht darin, die Theokraten wiederzufinden, die sich unter die Bevölkerung gemischt haben, als wir mit der Jagd auf sie begannen, um ihr Unterfangen, das auf die Auslöschung der Linie aus ist, zu unterbinden. Die Theokraten verfügen über ein komplexeres Netzwerk, als wir uns vorgestellt hätten. Hofnar hat die Geheimnisse über dieses Netzwerk mit ins Grab genommen, genau wie einen goldenen Schlüssel, den er um den Hals trug. Das zweite Problem betrifft die Rebellen. Wir wissen noch immer nicht, wo sie sich verstecken. Die Aufzeichnungen Kapitän Orvilles verifizieren unsere Annahmen zu den Rebellen, aber wir lernen daraus nicht viel mehr, als wir ohnehin bereits wussten. Die Lösung, die wir mit Rufus ausgearbeitet haben, läuft darauf hinaus, geeignete Wirtinnen für die Wiederkehr des Blutes der sieben Könige auszuwählen.

Als ersten Schritt müssen wir Frauen aus dem Volk gewinnen, von denen wir wissen, dass ihr blaues Blut vier Generationen zurückreicht. Jeder Konvoi, der durch Hautterre zieht, wird eine Gruppe von zu diesem Zwecke ausgewählten Frauen mitführen. Den Wächtern wird ihre Aufgabe durch Genealogien ihres jeweiligen Herrschaftsbereiches erleichtert. Die Frauen müssen jung und nachweislich von blauem Blute sein. Ab dem vierten Kind mit rotem Blut betrachtet Ihr die Linie dieser Frauen als erloschen und betraut sie mit häuslichen, landwirtschaftlichen oder bergbaulichen Aufgaben, je nach Bedarf.

Die Nachkommenschaft dieser Frauen wird mit der nachfolgenden Generation gekreuzt, studiert also genau die Genealogien. Die Jungen werden Soldaten und die Mädchen Trägerinnen. Ihr werdet sie unter euch austauschen und die Freudenhäuser der Armeen damit bestücken, die dadurch Bataillone von Soldaten und Königinnen hervorbringen werden. Ihr seid verantwortlich für die militärische Ausbildung der Soldaten des Blutes, die dereinst ein Elitekorps bilden sollen. Die Schwächsten unter ihnen werden sich nicht fortpflanzen dürfen, da es uns nur auf die Menschen von bester Abstammung ankommt. Die Kinder, die von Frauen aus dem Adelsstand geboren werden, werden einen besonderen Status erhalten. Aus ihrem Blut wird später das Abgesandten-Korps hervorgehen.

Das Ziel ist, jedem noch kleinen oder großen Lehen einen Abgesandten zuzuordnen, um die degenerierten Adligen letztlich quasi aus dem Bett heraus – das heißt: genealogisch – abzulösen. Wer von ihnen sich dem zu widersetzen versucht, wird durch das Schwert sterben. Auf diese Weise werden wir das königliche Blut wieder reinwaschen. Wenn die Arbeit auf dem Kamm vorangeht, wird jeder von uns – sofern er dies denn wünscht – das Lehen zurückbekommen, auf das er aufgrund seiner Geburt ein Anrecht hat. Das Recht der ersten Nacht wird ihm erlauben, sein eigenes Elitekorps zu bilden. Auf diese Weise wird die alte Ordnung wiederhergestellt und wir werden von den Rebellen nichts mehr zu befürchten haben. Es versteht sich von selbst, dass diese Pläne der Neuordnung unserer Welt der Diskretion bedürfen. Die Maßnahmen werden so unauffällig wie nur möglich vonstattengehen müssen, um gewaltsame Reaktionen derjenigen Männer zu vermeiden, deren Zeit von nun an abläuft.

Brüderlich,

gezeichnet Lothar

»Dies sind also die neuesten Nachrichten aus der Festung der Garde, die ich erhalten habe, abgesehen von Verwaltungsfragen, über die wir morgen sprechen werden.«

»Uns waren die wesentlichen Informationen über die Besiedelung und die Reaktivierung der Linie bereits bekannt, aber die Details über diesen alten Gauner Hofnar und die Theokraten haben uns gefehlt, um uns ein klares Bild von der Situation zu machen. Es ist schade um die Königinnen. Da hatten wir schon einmal ein großes Reservoir an Trägerinnen und nun verlieren wir mindestens zwei Generationen. Es bleibt zu hoffen, dass die Rebellen nicht allzu mächtig sind und uns nicht zuvorkommen werden. Zudem habe ich Kindheitserinnerungen an ein oder zwei Königinnen, die nach einer ewig langen Abstinenz meine erwachsenen Sinne erregen. Hast du noch andere Neuigkeiten?«

»Kapitän Orville hat sich selbst zum König des Goulet-Archipels gekrönt.«

Gelächter erfüllte den Raum.

»Wir haben keine Männer mehr vor Ort, wir lassen ihn also König spielen, solange wir die Kontrolle über die Situation behalten. Die Arghot-Produktion müsste sich inzwischen beschleunigt haben. Sie sollte eigentlich ausreichen, aber es ist abzusehen, dass sich der Bedarf im Zusammenhang mit der Wiederaktivierung der Linie erhöhen wird. Der Kurierdienst wird nun von den Abgesandten durchgeführt, um die sicheren Transportwege der Fässer und Kisten zu gewährleisten. Die Männer im Versorgungsboot werden dieses Mal bewaffnet sein. Ich glaube, das waren die wesentlichen Neuigkeiten, aber wir sind hier weit von all dem entfernt. Welche Neuigkeiten habt ihr mir mitzuteilen?«

»Nun denn, Lothar hat sich in den Kopf gesetzt, das Schwert von Kradath zu finden. Zu diesem Zwecke lässt er die Fundamente der Festung ausgraben. Wir wissen nicht, was wir davon halten sollen. Keiner weiß, ob das Schwert von Kradath magische Kräfte besaß und ob es dort versteckt wurde, wo er danach sucht. Tatsächlich gibt der Text, den ich vor gut zwei oder drei Jahrhunderten studiert habe, mehr Auskunft über die Gründung der Garde durch das Schwert des begrabenen Königs als über das in den Fundamenten der Königsfestung vergrabene Schwert ... Aber wie können wir das genau wissen? Das ist ein sehr alter Text, die alte Sprache ist uns fremd und die ersten Wächter waren Schreiber, keine Schriftsteller. Vielleicht wird Lothar das Grab von Kradath finden, mitsamt dem rostigen Relikt, das ihm einst als Schwert diente.«

»Es ist hier sehr behaglich, aber lasst uns nun unsere Mahlzeit beenden und die Frauen aufteilen. Morgen müssen wir früh mit dem Konvoi aufbrechen, um den ersten Abschnitt der Straße zum Grat hinauf anzulegen. Ihr müsst eine Unterkunft errichten, noch bevor der erste Schnee fällt.«

Am nächsten Tag rückte die lange Kolonne von Männern und Karren auf der Straße von Scies vor. Die Prozession der Schatten stand im Kontrast zu dem stolzen Auftreten der vier Kapitäne. Hautterre war eingeladen worden, sie bis zu der sich im Aufbau befindlichen Relaisstation bei der Felswand zu begleiten. Er ritt hinter den vier Kapitänen her und war voll Mitleid mit den armen Leuten, die hinter ihnen hergingen. Er hätte getötet, ohne mit der Wimper zu zucken, um Gerechtigkeit walten zu lassen oder um sich selbst aus einer schlimmen Situation zu befreien – beides hatte er übrigens bereits getan –, aber dies hier war etwas anderes. Diese armen Schlucker liefen in eine ungewisse Zukunft voller Misshandlung und Unterernährung. Die ebenso ausgehungerten Soldaten würden sie wie eine Herde bewachen. Welchen Männern wäre so etwas zuzutrauen?

Die Reise war lang. Die Sonne stand schon tief, als sie an der Relaisstation ankamen. Das Gebäude würde schön aussehen, wenn es fertig war: Es hatte zwei Stockwerke, ein Hof verbarg sich hinter einem gewaltigen Tor. Das bereits fertige Erdgeschoss war aufgeteilt in einen großen Stall und einen Wohnbereich. Dort wäre genug Platz für die Schlafgemächer. Ein paar Schritte von dem Bau entfernt konnte man im Schatten einen großen Holzkäfig mit schmalen Stäben und einer Tür erahnen. Hautterre hatte den Bau dieses Käfigs neugierig mitverfolgt.

Ein starkes Tau erlaubte es nun, den Käfig bis zu einem Vorsprung am Rand der Klippe hochzuhieven. Im Käfig hatten acht Männer Platz. Wenn die Ladung umfangreicher war, konnten sich acht weitere außen an den Gitterstäben des Käfigs festhalten. Die Arbeit war anstrengend und sehr gefährlich: Es könnte passieren, dass einer ausrutschte, während der Käfig gerade beladen wurde. In diesem Falle würde die Käfigkabine auf dem Boden aufschlagen und ihre Insassen würden zerquetscht werden.

Um die Risiken für die Männer oder Pferde in diesem außergewöhnlichen Transportmittel zu verringern, sicherten sie starke Seile, die an Eisenhaken an den Gitterstäben befestigt waren, sodass die Männer den Käfig drehen konnten. Das Seil wurde um eine Achse mit kleinerem Durchmesser als der Käfig gewickelt, sodass das Getriebe den Hochtransport einer Ladung in Pferdegröße ermöglichte. Im Moment wurde die Arbeit im Freien vorangetrieben, aber ein Gebäude um die Winde herum befand sich im Bau.

Sobald das Gebäude fertiggestellt war, würden die Männer, die mit dieser Aufgabe betraut worden waren, dort hineingehen und nie wieder herauskommen. Hautterre hatte den Käfig einmal benutzt, um die im Bau befindliche Relaisstation oben auf dem Felsen zu begutachten. Oben angekommen wurde der Käfig wie ein Boot an einem Anlegesteg befestigt und die Männer brachten unter dem Boden starke Planken an, auf denen er ruhte. Dann konnte man ihn öffnen und auf die Alm hinausgehen. Die Relaisstation war in allen Punkten mit der ersten identisch, abgesehen von dem Gebäude um die Winde, in der Wachen stationiert sein sollten. Von dort aus führte der Weg weiter ins Gebirge. Hautterre war es gestattet, diesen Weg bis zur neuen Grenze seines Lehens entlangzureiten, ein Dreitagesritt in Richtung Gebirge. Sobald das Gras den Kieselsteinen wich, musste er umkehren. Eine befestigte Relaisstation würde diese Grenze markieren, die er nicht übertreten konnte. Er war noch niemals bis dorthin vorgedrungen und dieses Verbot hätte ihm dementsprechend nichts ausmachen sollen, aber allein die Gewissheit, nicht mehr dorthin gelangen zu können, gab ihm ein Gefühl des Eingesperrtseins. Bisher war er der Meister seines Lehens gewesen, vom Königshof und der restlichen Welt unbeachtet. Seit der Ankunft des Abgesandten war sein Lehen zu einem Durchgangsort geworden, in dem ihm langsam die Kontrolle entglitt. Der Gebirgskamm, der zuvor gar nicht für ihn existiert hatte, war jetzt eine zusätzliche Mauer um sein Gefängnis herum. Und noch dazu wurden die Leibeigenen, die durch das Tal kamen, nicht würdevoll behandelt.

Die Stimme von Kapitän Bartlan riss ihn aus seinen dunklen Gedanken. »Vicomte, wir wollen Euch nicht länger aufhalten. Danke, dass Ihr uns bis hierher begleitet habt. Euch bleibt nicht viel Zeit für den Rückweg.«

Hautterre verbeugte sich und bog in die Straße von Scies eim.

Die Abgesandten wärmten sich in der im Bau befindlichen Relaishalle um ein Feuer herum auf. Sie hatten Fasane und Herbstfrüchte zu Abend gegessen und plauderten fröhlich miteinander, ein mit lieblichem Wein gefülltes Horn in der Hand.

Der Abgesandte mit dem unansehnlichen Gesicht sprach Bartlan an. »Was habt Ihr mit dem Vicomte vor, wo Ihr doch als Einziger eine Blutlinie beginnen könnt?«

»Ich habe mich noch nicht entschieden.«

Das Feuer knisterte fröhlich im Kamin.

»Seine Frau ist noch immer fruchtbar. Wenn Ihr zu lange abwartet, wird es zu spät sein.«

Bartlan nickte zustimmend. »Die Zeit ist nicht aufseiten der Männer. Wenn die Frau nicht mehr fruchtbar ist, wird der Sohn eines Tages dem Vater nachfolgen. Es gibt kein blaues Blut in dieser Linie, die auf einen einfachen Soldaten zurückzuführen ist. Die Frauen, die ihm hier Nachkommen geschenkt haben, entstammen dem niederen Adel, wo das Blut stark verdünnt ist. Man muss die Frau gut auswählen und sich den Sohn vornehmen, sobald die Heirat arrangiert ist.«

Der Mann nickte. »Das ist eine Möglichkeit. Aber die Frau könnte hübsch sein. Hübscher als diese Bäuerin, die in der Höhle ständig am Winseln ist. Ich an Eurer Stelle ...«

Bartlan dachte einen Moment nach, bevor er zustimmend mit dem Kopf nickte. »Ich muss darüber nachdenken, aber im Moment bin ich eher auf der Suche nach meinen ersten Soldaten. Das Blut ist für mich oberste Priorität und diese Frau hat eine Königin zur Welt gebracht. Die acht gebärfähigen Schöße, die ich gestern ausgewählt habe, werden die Wahrscheinlichkeit vergrößern, schnelle Ergebnisse zu erzielen. Diese Bäuerin bleibt meine Priorität. Wenn ich Hautterre sofort aussteche, ziehe ich eventuell zu viel Aufmerksamkeit auf mich, wofür wir noch nicht bereit sind. Ich werde eine edle Nachkommenschaft für die folgende Generation zeugen. Aber warum nicht auch ein wenig Spaß haben? Ich werde auch darüber nachdenken.«

»Wenn ich daran denke, dass seiner Ansicht nach all diese Bauten für ihn errichtet werden!«

Die vier Männer brachen in Gelächter aus.

»Aber sagt mir lieber einmal, was Ihr in den nächsten Wochen tun werdet.«

»Nun denn, Tron hat seine Reise beendet. Er wird die Relaisstation oben auf der Klippe betreiben. Zorthen wird sich in der Relaisstation am Ende der Alm aufhalten. Gant wird bis zu dem verlassenen Dorf hinaufsteigen und dort Position beziehen. Ich selbst werde Lothars Hauptstadt errichten, dort wo sich der Weg und der Grat kreuzen.«

Alle schienen in Gedanken über ihre Funktion versunken.

Bartlan verzog zweifelnd seinen Mund. »Da oben ist nichts, Llarson.«

»Deshalb sind viele Sklaven vonnöten. Ich will den Winter nicht im Schnee verbringen. Eine erste Behausung ist bereits im Aufbau. Dies wird das Erdgeschoss des eindrucksvollsten Verlieses unter der Sonne sein. Danach werden an den ersten warmen Tagen Architekten hinaufsteigen, um die Arbeit fortzusetzen. Im Moment sind sie gemeinsam mit der Erkundungstruppe mit der Straßentrasse beauftragt. Sie müssen nutzbare Steinbrüche ausfindig machen und den Standort der Relaisstationen planen.«

»Diese Relaisstationen werden sehr nützlich sein.«

»Wir planen, sie das ganze Jahr über in Betrieb zu nehmen.«

»Der Berg ist uneben, was die Schneebeseitigung erschweren wird.«

»Ein Käfig voller Raben auf jeder Relaisstation wird die Besitzer dazu zwingen. Die Bergraben wissen gefrorenes Fleisch zu schätzen. Wir werden den Grat zu allen Jahreszeiten passieren können! Lothar plant sogar einen überdachten Weg über die ganze Entfernung.«

»Das klingt nach einer Mammutaufgabe.«

»Die Männer sind tatkräftig, zahlreich und haben Angst. Ein einfacher Peitschenhieb gegen einen unter ihnen wird zur Abschreckung genügen.«

»Das ist gut so, Llarson. Wir sind nicht viele, kaum fruchtbar, aber wir schrecken vor nichts zurück. Die Festungen und die Relaisstationen werden perfekte Kinderzimmer für unsere militärischen und adeligen Nachkommen abgeben, solange sich die große Hauptstadt noch im Bau befindet. Festigen, um zu ficken, welch schöne Idee von Rufus, der mich immer wieder erstaunt.«

Die Kapitäne lächelten auf diese eindeutigen Worte hin.

»Rufus bleibt in Gradlyn, um Hartrold ruhig zu halten, während Lothar die Kontrolle über die Botschaft übernimmt, auf dass wir weitab von der Welt die Linie wieder aktivieren können. In etwa zwanzig Jahren müssten wir über eine solide Grundlage auf dem Kamm sowie über zig Soldaten und gebärfähige Schöße verfügen.«

»Es geht darum, genug adelige Frauen zusammenzubekommen, ohne dabei allzu viel Aufmerksamkeit zu erregen, mein lieber Bartlan. Der Einsatz von Offizieren des Blutes anstelle der Theokraten sollte es möglich machen, sie verschwinden zu lassen.«

»Davon ausgehend müsste alles ziemlich rasch vonstattengehen. Die Abgesandten werden den Adligen zur Seite gestellt und sie schließlich verdrängen, so wie ich selbst. Die Männer werden entweder dienen oder sterben müssen.«

»Und was ist, wenn Magier geboren werden?«

»Dagegen werden wir Waffen schmieden. Sie können sich nicht gegen uns richten.«

»Ziemlich rosige Zukunftsaussichten, Llarson. Eine Zukunft, die ich so gar nicht für möglich gehalten hätte. Aber wenn das erste Gebäude oben auf dem Grat erst einmal fertiggestellt ist, was wird dann mit den Menschen geschehen, die es gebaut haben?«

»Ich werde die fruchtbaren Frauen und die Soldaten hierbehalten. Den anderen gegenüber werde ich mich als großzügig erweisen.« Er fuhr mit einem boshaften Lächeln fort: »Die nutzlosesten werden im westlichen Gebirge ausgesetzt, dann gibt es weniger Mäuler zu stopfen. Die Bergtiere werden so auch ihren Fleischanteil erhalten und uns dafür dankbar sein. Tiere habe ich immer schon geliebt.«

Llarsons Lächeln breitete sich über sein ganzes Gesicht aus, bevor es erstarb. Er setzte eine ernste Miene auf. »Im Frühling werden die Sklaven durch andere ausgetauscht, die Liste der

Dörfer, aus denen sie geholt werden sollen, ist bereits angefertigt und die Genealogien werden eingehend studiert.«

Nicht weit entfernt wich ein Schatten mit federnden Schritten von der sich im Bau befindlichen Relaisstation zurück. Er schlich unbemerkt an den Wachen vorbei, die die auf dem nackten Boden schlafenden Sklaven überwachten. Eine Ortschaft weiter schwang sich der Mann auf ein Pferd, das er an der Wegbiegung versteckt hatte, und ritt im Eiltempo den Weg zur Burg entlang, um dem Vicomte de Hautterre Bericht zu erstatten. Weiter oben wartete der Holzkäfig auf den Morgen, wenn die Sklaven hochtransportiert werden würden. Seitdem die Langsamsten bei lebendigem Leib zerstückelt worden waren, hatten sie verstanden, dass diese Reise einer rückweglosen Höllenfahrt nahekam, und hatten jede Hoffnung fahren lassen. Hätte man ihnen das lange vertikale Seil, das sie auf die Almen bringen würde, um ihre Hälse gelegt, wäre ihre Furcht ebenso groß gewesen. Dreihundert Fuß höher versuchten die Arbeiter, die am Käfig und der Relaisstation bauten, unter ihren Ketten Schlaf zu finden. Die bereits auf halber Höhe errichteten Mauern schützten sie vor dem Wind. Ihr Grab schloss sich jeden Tag ein wenig mehr, während die Maurer in ihrer Arbeit voranschritten, gleich einer sich stetig entleerenden Sanduhr. Diese Sanduhr konnte nicht mehr umgedreht werden.

Schon konnten sie die Ebene weiter unten nicht mehr sehen und bald gäbe es auch ein Dach, das Berge und Himmel verdecken würde. Vom Hof der Relaisstation aus verlief der Weg schnurstracks hinauf zu den Almen. Am Ende dieses langen Bandes aus platt getretenem Gras markierte eine weitere Relaisstation in Form einer kleinen unvollendeten Burg den Anfang des Gebirgskamms und das Lehen der Abgesandten.

Von den Bergen und Steingärten aus verlief ein Weg entlang der Flüsse und Bäche bis zu einem verlassenen Dorf. Dort schliefen Familien im Schutz der Berge. Die herrschaftlichen Gemächer waren zu diesem Zeitpunkt fast vollständig restauriert und das Brennholz in den kostspielig erneuerten Lagerhallen aufgeschichtet. Noch weiter oben streifte ein Architekt über die Baustelle eines runden Turmes von fünfzig Schritt Durchmesser. Die Mauer war in den letzten Tagen ein gutes Stück weitergebaut worden. Die Grausamkeit des Wachtmeisters gegenüber den Arbeitern spielte dabei eine große Rolle. Der junge Architekt hatte beim Bau der Brücke in Gradlyn mitgewirkt.

Bei seiner Ankunft hatten ihn die militärischen Methoden bei der Sklavenarbeit angewidert, nun musste er jedoch zugeben, dass die Männer sich selbst übertrafen und Großes zustande brachten, wenn Angst und Schrecken sie dazu antrieben. Er selbst hatte den Ort ausgesucht, wo die zusammengebrochenen Leichen deponiert wurden: weit genug entfernt, damit der Gestank niemandem lästig würde, aber auch nicht allzu weit entfernt, damit die Arbeiter permanent vor Augen hatten, was sie erwartete, für den Fall, dass sie den erforderlichen Arbeitsrhythmus nicht einhielten. Der Winter schritt voran und Verzögerungen konnten demnach nicht wieder aufgeholt werden. Je größer das Massengrab jedoch wurde, desto geringer wurde auch die Zahl an mitanpackenden Armen und er hoffte auf eine neue Lieferung Sklaven, um pünktlich fertig zu werden. Zwischen Baustelle und Massengrab schlief ein kleines Mädchen inmitten von halb erfrorenen Erwachsenen, die von Leid und Tod verfolgt waren. Es war das einzige überlebende Kind aus der Erkundungstruppe. Im Unterschied zu allen anderen hier fror sie niemals.

KAPITEL XIV

DIE ZÄHNE DER TAUBE

Pétrus hatte sich davongemacht und sich mit dem kleinen Segelboot in einer Spalte der Klippen vor der Grotteninsel versteckt, bevor die Angreifer anrückten. Vergeblich hatte er dagegen protestiert, dass ihm diese Aufgabe übertragen wurde. Er war nun einmal der beste Segler im ganzen Königreich. Orville hatte ihm Vorräte, Wasser, ein paar Waffen und seinen eigenen Reisesack mitgegeben. Der Verwalter Asèrtimas hatte ihm heimlich für den Notfall Flaschen und Trockenfleisch sowie ein paar Geldmünzen aus der königlichen Schatzkammer zugesteckt: alte Münzen, mit denen kein Mensch mehr etwas anfangen konnte. Das Gewicht des wertvollen Metalls hingegen könnte sich bei Gelegenheit als nützlich erweisen.

Das Segeln ging einfach und schnell vonstatten, doch das Anlegen erwies sich als schwieriger als erwartet. Sobald er sich in der betreffenden Bucht befand, musste er gleichzeitig die Segel bergen und aus dem Boot steigen, um es zu verlangsamen, danach musste er es an den drei Pfeilern festbinden, damit es nicht an den Felsen donnerte. Dies war ihm leider misslungen und so hatte das Boot einen Teil seines Anstrichs eingebüßt. Doch das spielte keine Rolle. Sobald er angelegt hatte, hatte Pétrus ein Fass Teer hervorgeholt und wie befohlen das Segelboot, den Mast und den restlichen Rumpf damit bestrichen. Anschließend hatte er das Segel auf dem Boden des Bootes in den restlichen Teer getaucht. Er hatte den tieferen Sinn dieser Aufgabe nicht begriffen, aber sie dennoch gehorsam ausgeführt. Sobald er fertig war, hatte er einen Teil des Proviants und ein Fass Wasser aus dem Schiff ausgeladen und am Eingang der Höhle deponiert.

Danach war er vorsichtig auf den höchsten Punkt der Insel gestiegen, um zu beobachten, was weiter geschah. Die Soldaten hatten auf der Holzinsel angelegt, genau wie Orville es erwartet hatte. Zugleich waren zwei Boote zum Plateau von Goulet hinaufgezogen worden. Bald waren die Zelte der Soldaten aufgestellt. Feuer wurden entfacht. Die Sache schien nicht wie geplant verlaufen zu sein. Warum hatte man die Insassen der beiden Boote überhaupt auf die Insel Goulet gelassen? Pétrus war besorgt. Aus mehreren Gründen hätte er es vorgezogen, bei seinen Freunden im Fort zu bleiben, allerdings hatte jemand diese Aufgabe übernehmen müssen, und er war schließlich kein schlechter Segler. Er stieg wieder hinab und wartete in der Nähe des Bootes. Pétrus sah nicht wirklich wie ein Krieger aus. Vielleicht war dies der Grund dafür, dass Orville ihn mit dieser seltsamen Mission betraut hatte.

Am Morgen hatte er geholfen, den Kanal zu graben, um den Teich der Holzinsel zu leeren und nach Goulet zu schaffen, was im Falle einer Belagerung von Nutzen sein könnte. Anschließend war Pétrus hierhergekommen. Offensichtlich waren die Ereignisse nicht nach Plan verlaufen und die Soldaten hatten ihre Verpflegung erhalten. Sei's drum. So leicht war das Achte Königreich nicht auszuhungern. Doch Pétrus hatte keine Ahnung, wie viele zusätzliche Mäuler nach Ankunft der beiden Boote gestopft werden mussten. Ebenso wenig kannte er die Pläne ihrer Belagerer. Ihm blieb nichts anderes übrig, als abzuwarten. Seine Hände waren nicht an die Erdarbeit gewöhnt und somit wund. Das Salz brannte schmerzhaft. Er wusch seine Handflächen in etwas frischem Wasser, das er mitgebracht hatte, legte sich hin und sank in einen tiefen Schlaf, wie ein Toter in ein Grab sinkt.

Die Luft war mild und die Meeresdüfte verschönerten seine Träume von einer prächtigen Laute mit warmem Ton, zarten Frauen und exotischem Essen in einem sonnigen Garten. Pétrus war nicht irgendein dahergelaufener Minnesänger, sondern dank seines großen Talents für die höchsten Musikkünste prädestiniert. Als er gerade im Traum einer jungen, schönen Köchin des Königs den Hof machte und sich dabei an der Schönheit ihrer Augen und der Anmut ihrer Gesten beim Ausweiden eines Huhns erfreute, riss ihn das hartnäckige Murmeln der unruhigen See aus dem Schlaf. Der Minnesänger erlangte augenblicklich das Bewusstsein wieder und näherte sich dem Wasserufer. Er sprang mit einem Satz ins Boot und ließ die eigens dafür angefertigte kurze Strickleiter ins Wasser. Sie war nichts Besonderes, nur ein zusammengeflochtenes Seil, das es Orville ermöglichte, an Bord zu gehen, ohne sich an den Felsen zu verletzen.

»Majestät, ich habe Eure Kleidung wie vereinbart vorbereitet, Ihr müsst ja halb erfroren sein. Was ist passiert? Ich habe Lärm gehört, aber wegen der Dunkelheit habe ich nichts Genaueres erkennen können.«

»Mir schien vielmehr, dass ich dich schnarchen hörte, Pétrus. Meine Ohren haben schon Schöneres von dir vernommen.«

»Ich bin ein wenig eingedöst, das ist richtig. Was ist denn passiert? Da ich Euch noch nie fliegen gesehen habe, ahnte ich schon, dass Ihr über das Meer kommen würdet, aber nichts Genaueres, um ehrlich zu sein.«

»Ich musste schnell meine Pläne ändern. Das Versorgungsboot, das Boot der Gäste der Wächter und das Boot der Soldaten sind gleichzeitig eingetroffen.« Orville atmete die kühle Nachtluft ein. »Das Boot riecht schön nach Teer. Du scheinst deine Aufgabe gut bewältigt zu haben. Vielleicht sollte ich dich zum Zimmermann der Marine ernennen.«

Orville spürte Pétrus' Grimasse mehr, als dass er sie im fahlen Mondlicht erkennen konnte. »Majestät, die Dissonanzen des Windes, der durch die Takelage pfeift, verwirren meine Sinne. Da könnt Ihr auch gleich Handt zum Küchenmeister ernennen, aber wenn dies wirklich Euer Wunsch ist ...« Pétrus breitete bedauernd seine Arme aus und sie lächelten schweigend.

»Ich muss dir einige Neuigkeiten mitteilen, Pétrus. Die zwei Boote brachten sieben Wächter und deren Ruderer. Die Ruderer scheinen mir im Umgang mit Waffen besser ausgebildet als im Rudern. Es stellt sich die Frage, ob die Wächter wissentlich diese Krieger angeschleppt haben, nichts darüber wissen oder sie absichtlich gewähren lassen, ohne einzuschreiten. Wenn sie nichts darüber wissen, heißt das, dass sie Idioten sind. In den anderen beiden Fällen machen sie sich zu Komplizen, was wahrscheinlicher und zugleich ärgerlicher wäre. Bevor ich die Insel verlassen habe, habe ich eine Reihe von Gesetzen erlassen. Das Wesentliche ist die Vernichtung eines jeden, der einem Untertan des Achten Königreiches nach dem Leben trachtet und eine Waffe trägt, ohne abstammungsbedingt dazu berechtigt zu sein. Dieselbe Strafe wird demjenigen auferlegt, der durch eigenes Tun oder durch seine Mithilfe bewaffnete Krieger auf die Insel bringt.«

»Die Frage der Abstammung ist heikel, Majestät.«

»Die Frage der Abstammung ist aktuell, Pétrus. Die Soldaten scheinen sich für eine lange Zeit auf der Holzinsel niederlassen zu wollen und haben dafür ein Landbordell geplant. Ich habe Gesetze wie das Prostitutionsverbot erlassen.«

Pétrus schien Zweifel zu hegen.

Orville fuhr selbstzufrieden fort: »Alle Frauen, die auf die Insel geführt werden, müssen mit den Männern der ersten Siedlungsgruppe verheiratet werden. Auf diese Idee bin ich ziemlich stolz.«

»Eine brillante Idee, Majestät, mal abgesehen davon, dass wir, wie soll ich sagen ... belagert sind und eine Truppe, die sich innerhalb unserer Mauern befindet, darauf wartet, dass wir unsere Kehlen ihren Messern darbieten. Wir sind keine Soldaten, Majestät. Und selbst wenn es sich um die Kastraten des Tempels von Gradlyn handeln würde, würden die Soldaten, die auf der Holzinsel Stellung bezogen haben, nicht unbedingt demjenigen gehorchen, den zu töten ihre Mission verlangt.«

Orville antwortete nicht sofort.

»Darüber besteht Ungewissheit. Ich musste auf die Schnelle einen Plan fassen und wir können in einer solchen Situation nicht alles unter Kontrolle bekommen. Die Truppe wird nachts überwacht. Es gibt zwei offensichtliche

Schwachstellen, Pétrus: mein Zimmer und die Seilwinde. Die Männer sind in zwei Gruppen aufgeteilt. Die Überraschung der Angegriffenen und die Entschlossenheit der Angreifer tragen einen großen Anteil zum Ausgang eines Kampfes bei. Diese Leute halten sich selbst für die Angreifer und uns für die Angegriffenen. Oftmals führt schon ein Rollentausch einen anderen Ausgang des Kampfes herbei. Als ich aufgebrochen bin, waren unsere Männer schon bereit. Es bleibt abzuwarten, ob sie töten werden, um ihre Haut zu retten, und wie hoch der dafür zu zahlende Preis sein wird oder vielmehr: gewesen ist. Während ich zu dir geschwommen bin und du schnarchtest wie eine knarrende Winde, hat bereits eine Konfrontation stattgefunden, davon bin ich fest überzeugt. Die Dunkelheit verbarg mir allerdings den Ausgang des Kampfes.«

Eine schwere Stille senkte sich über sie.

»Ich mache mir Sorgen, Pétrus ... Lass uns in die Höhle gehen und etwas essen.«

Sie stiegen den Hang hinauf und kamen an die Stelle, wo Pétrus das Wasser und den gepökelten Fisch deponiert hatte. Sie setzten sich hin und aßen schweigend.

Zwischen zwei Bissen nahm Pétrus das Gespräch wieder auf. »Weswegen habt Ihr Euch einfach so ins Meer gestürzt, Majestät? Ihr hättet mit mir mitkommen und heute Nachmittag fliehen können.«

»Du glaubst, ich wäre geflohen, Pétrus? Andere haben ihre Laute schon für eine weniger schwere Beleidigung verspeisen müssen! Und da war ich noch nicht einmal König!« Orvilles Ton war heiter. Er erwartete, dass der Musiker ihn fragte, was er nun eigentlich hier tat. Doch er fragte nicht nach. »Also«, fuhr Orville fort, »stell dir vor, dass trotz deiner Zweifel auch mir in diesem Plan eine Rolle zukommt. Eine nicht ungefährliche Rolle.«

»Sicher, der getrocknete Fisch könnte verdorben sein.«

Orville überging diese trotzige Bemerkung und stellte den zweiten Teil seines Plans vor: »Ich bin mithilfe eines Seils, das Lorenzi am Nordturm des Forts befestigt hatte, hinabgestiegen. Dann bin ich ins Wasser geglitten und mit einem Fahrzeug hierhergekommen, das aus zwei durch Seile verbundenen Fässern bestand. Du hast es gesehen, als ich aus dem Wasser stieg. Das ist tatsächlich ziemlich praktisch: Man liegt oben und schwimmt mühelos auf dem Wasser. Wir könnten das Gefährt vielleicht noch verbessern, wenn wir eine Art Stoff auf die Seile legen, das wäre bequemer. Und wenn wir die Fässer noch halb voll mit Weinbrand auffüllen, wäre es sogar ein ziemlich angenehmes Verkehrsmittel. Ich habe mich von den Strömungen treiben lassen. Die Ortskenntnis bringt den Vorteil mit sich, dass man sich mit wenig Aufwand fast überallhin treiben lassen kann, beispielsweise hinter die Holzinsel. Dort legte ich an und schlich mich ins Lager der Soldaten. Dort waren nur wenige Männer, denn der Großteil hatte die Boote bestiegen, um die Insel in ihre Gewalt zu bringen. Ich habe ihre Wasserfässer angebohrt, auf ihre Vorräte gepisst und eine Nachricht für den Kapitän hinterlassen. Danach bin ich auf demselben Weg zurück. Jetzt würde ich gerne eine dieser Flaschen probieren, die Asèrtimas dir mitgegeben hat.«

Pétrus stand auf und ging um das Wasserfässchen herum. Er bückte sich und kehrte mit einer Flasche und einer Frage zurück. »Was steht in der Nachricht?«

»Kaum mehr als eine Erinnerung an das Gesetz. Ich schlage ihnen vor, morgen fortzugehen und die Frauen bis zu unserer Anlegestelle zu geleiten.«

»Und falls nicht?«

»Und falls nicht, wird am ersten Tag der Kapitän sterben, am zweiten Tag der zweite Mann und so weiter, bis niemand mehr übrig ist.«

Pétrus nickte zustimmend. »Das ist ein hoher Preis ...«

»Das ist mein letztes Angebot.«

»Und wie könnt Ihr sicherstellen, dass sie Eure Nachricht finden werden?«

Orville ließ drei Sekunden verstreichen, bevor er antwortete, als wollte er dem Folgenden mehr Gewicht verleihen. »Ich habe sie mit einem Messer beschwert, damit sie nicht wegfliegt.«

»Das ist eine gute Idee, Majestät.«

»Ja, genau genommen ... habe ich es in die Brust des Adjutanten gerammt. Ich habe mir gedacht, das würde meinem Vorschlag Gewicht verleihen.«

Pétrus verschluckte sich und spuckte den starken Alkohol aus, den er im Mund hatte, was Orville betrübte angesichts dessen, was er noch vorzubringen gedachte. Pétrus Stimme glich einem Quieken, da er Weinbrand in der Lunge hatte. »Und wie würdet Ihr die Drohung ausführen, Majestät?«

»Ich habe eine Idee, Pétrus: imaginäre Kriegsführung. Man überlässt es dem Gegner, sich selbst Angst einzuflößen. Das ist eine Wissenschaft, von der Dichter nichts verstehen. Wie auch immer deine Stimme heute Abend klingt, miss deinem vorhergehenden Beruf nicht zu viel Bedeutung bei. Vielleicht könnte ein Geist die Seele des Kapitäns im Vorbeifliegen stehlen oder aber ich könnte sie mit meinem Schwert in zwei oder drei Teile zerschneiden, jedenfalls wird dies imaginär geschehen.«

Pétrus nickte zustimmend. Er unterstützte Orvilles Herangehensweise bedingungslos. Es klang ganz selbstverständlich, als er den Gedanken in der Feuchtigkeit der Höhle wiederholte. »Imaginär.«

Im Osten ging die Sonne auf und der dunkle Schatten der Insel Goulet erhob sich gegen das silberne Wasser und den silbernen Himmel. Mit der Hand vor den Augen versuchten Orville und Pétrus, sich einen Reim auf die nächtlichen Ereignisse und deren Ergebnis zu machen. Die Holzinsel lag im Schatten, sodass es unmöglich war, irgendetwas zu erkennen. Orville war damit einverstanden, bis zur Mittagszeit zu warten, wenn die Sonne im Süden stand, um eine Bestandsaufnahme zu machen. Vielleicht hatten seine Männer nicht die Oberhand behalten und er hatte nun keine Freunde mehr auf der Insel. Bei dieser Vorstellung zog sich ihm der Magen zusammen. Vielleicht hatten die Männer nicht die Oberhand behalten und ihre Leichen, die im Wind auf der Westklippe hin und her baumelten, nahmen nun ein mittägliches Sonnenbad.

Im ersten Fall würde er die Wut im Bauch unterdrücken, im zweiten Fall würde er mehr herausfinden wollen, bevor er eine Entscheidung traf. Die einzige Gewissheit bestand darin, dass sie mindestens zwei oder drei Stunden abwarten müssten. Diese Zeitspanne würde er nutzen, um die Höhle zu erkunden, deren Öffnung von einem Felsvorsprung verdeckt wurde. Er befahl Pétrus, weiterhin die Holzinsel und Goulet im Auge zu behalten, und stieg in die Höhle hinab. Der Eingang war breit genug für zwei Männer, dahinter verengte sich die Höhle zu einem Schlauch. Orville schob sich vor, bis er in eine kleine Grotte gelangte. Das Tageslicht war hier so schwach, dass seine Augen ihm nicht viel weiterhalfen. Ein wenig tiefer würde die Höhle komplett im Dunkeln liegen. Dank seines

Übersinns konnte er die topologischen Gegebenheiten wahrnehmen. Der Raum, in dem er sich gerade befand, war etwa sechs Schritt lang und vier Schritt breit. Hinten befand sich ein Schacht, der für einen schlanken Mann breit genug war. Orville kam näher. Er versuchte, an den Höhlenwänden etwas zu finden, das ihm half, die Oberflächen besser voneinander zu unterscheiden, aber die Höhle war trocken und fast absolut glatt. Er warf einen Kieselstein in den Schacht und schätzte, dass er etwa dreimal so tief wie hoch war.

Er stieg in den Schacht hinab, wobei er von Zeit zu Zeit wieder hinaufstieg, um sicherzugehen, dass er auch wieder herauskommen würde. Während die Höhlen der Insel Goulet in den Felsen gegrabene Korridore waren, war diese Höhle hier wahrscheinlich in ferner Vergangenheit vom Wasser ausgewaschen worden. Die Höhlenwände waren glatt und unregelmäßig. Orville erreichte den Grund des Schachts und betrat einen sanft abfallenden Gang, in dem er beinahe aufrecht stehen konnte. Etwa hundert Schritte weiter befand sich ein feiner Kiesstrand, der an einen kleinen See angrenzte. Dieser Raum der Höhle war ungefähr so groß wie der Wachraum des Forts. Wie so oft hatte das Wasser hier Leben hervorgebracht. Orvilles Übersinn ermöglichte es ihm, jede einzelne Ecke der Höhle zu erfassen. Einige kleine Fische schwammen auf dem Seegrund und in den Ecken wuchsen winzige Pflänzchen, die vom langsam heranfließenden Wasser aufgeweicht waren. Orville kniete sich auf die Kieselsteine und trank vorsichtig. Das Wasser war weich und schmeckte deutlich nach dem Felsen.

Er stieg bis zur Taille hinein, um den See zu durchqueren, dann gelangte er zu einem Tunnel, vor dessen Eingang Felsbrocken lagen. Ein Bächlein floss zwischen den Felsbrocken und entschwand dahinter in die Tiefen der Insel. Wenn man zwischen den Felsbrocken hindurchkroch, konnte man den in fernen Zeiten vom Wasser gewählten Weg nachverfolgen. Orville hätte kaum sagen können, wo unterhalb der Insel er sich genau befand. Zu Beginn der Erkundung hatte er sich bemüht, einige Orientierungspunkte festzuhalten, dann jedoch schnell wieder darauf verzichtet. Der Abstieg zwischen den Felsbrocken war anstrengend. Zweimal musste er zurückkriechen, um nach einem anderen Durchgang zu suchen. Eine Ewigkeit nachdem er die Höhle mit dem See verlassen hatte, gelangte er in eine Höhle von der Größe eines geräumigen Hauses, deren eine Hälfte unter Wasser stand.

Er trank von dem Wasser. Der salzige Geschmack bestätigte ihm, dass es sich um Meerwasser handelte. Ein großer bläulicher Fleck leuchtete am Boden des Beckens. Er entkleidete sich und ließ sich ins kalte Wasser gleiten. Als er das Becken durchquert hatte, ließ er sich in Richtung des Lichts treiben, schwamm unter einem Bogen hindurch und auf die andere Seite. Im Freien verschnaufte er und klammerte sich an den Felsen. Der Ausgang befand sich gegenüber dem Kamm, an einem Punkt, der weder von der Insel Goulet noch von der Holzinsel aus sichtbar war. Als er sich gerade umdrehte, um wieder einzutauchen, bemerkte er in dem Felsen eine kleine Gravierung, etwa eine Elle über der Wasseroberfläche. Er näherte sich ihr und kratzte ein wenig am Felsen, um die Gravur freizulegen. Es handelte sich um einen fünfzackigen Stern mit einem Kreis – dasselbe Motiv wie auf den Goldmünzen, die er in Hautterre gefunden hatte.

Pétrus wartete seit drei Stunden oben auf der Insel. Mehrmals war er zum Höhleneingang zurückgekehrt, um nachzusehen, ob Orville von seiner Erkundung zurückkam. In ihm wetteiferte die Besorgnis über die lange Wartezeit mit dem Bedürfnis, die frohe Botschaft von den Leichen zu verkünden, die oben auf der Felsenspitze an den Galgen baumelten. Von Weitem betrachtet gaben sie ein dekoratives Bild ab: kleine schwarze Striche auf dem hellgrauen Felsen. Das Lager auf der Holzinsel schien nicht sehr belebt. Der aufsteigende Rauch zeugte davon, dass gerade gekocht wurde. König Orville würde schon noch zurückkehren. Pétrus bestieg das Boot und breitete das Segel aus, dessen einer Teil nicht ganz geschwärzt war. Er breitete es über die Felsen aus und fing an, den Makel mithilfe des Teers zu beheben, der noch nicht ganz eingetrocknet war. Als der Stand der Sonne ankündigte, dass es bald Mittag sein würde, ging Pétrus zurück zur Höhle und fand dort Orville vor, der gerade ein Mittagessen aus Brot mit Speck zu sich nahm. Vor ihm stand eine entkorkte Flasche Wein. Er schien von Pétrus' Rückkehr keine Notiz zu nehmen.

»Majestät, ich bin hocherfreut, Euch wiederzusehen. Ihr seid wahrscheinlich schon über die Leichen informiert. Ich denke, es wäre nützlich, anlässlich dieses schönen Sieges ein Lied zu komponieren.« Pétrus nahm im Schneidersitz Platz und schnitt sich ein großes Stück Brot ab.

»Wahrlich ein schöner Sieg, aber zu einem Lied fehlt noch ein wesentlicher Aspekt, nämlich die Anzahl unserer Gefährten, die überlebt haben. Außerdem beunruhigt mich da etwas in höchstem Grade: Sechzehn Soldaten kamen auf die Insel, doch achtzehn Leichen zieren nun die Klippe.«

»Die Unsrigen hätten sie doch nicht aufgehängt? Ich hoffe, dass es ihnen gut geht.«

Orville nahm einen Schluck bitteren und kraftvollen Weines zu sich, um die Speckschwarte hinunterzuspülen, die sich als zäher erwies als erwartet. »Wir werden es bald wissen.«

»Und wie?« Pétrus war abgelenkt von der Suche nach dem Horn, das ihm am Tag zuvor als Trinkgefäß gedient hatte.

»Am Nachmittag werden die fehlenden Körper anzeigen, wie viele unserer Männer tot sind. Deswegen esse ich vor dem Mittag, für den Fall, dass die Anzahl der Körper, die da hängen, am Nachmittag nicht mehr achtzehn betragen und die Zahl mir den Appetit verderben könnte.«

Pétrus nickte zustimmend, während er mit den Fingern den Staub von dem Horn abwischte, den der Wind dorthin geweht hatte. »Und die Höhle?«

»Nichts Besonderes. Der Tunnel am Eingang führt zu einem Raum mit einem Schacht. Tief unten befindet sich ein weiterer langer Tunnel, der zu schmal wird, als dass man noch hindurchgehen könnte. Im Dunklen habe ich außerdem nichts erkennen können. Keine weiteren Tunnel, nichts Besonderes, das uns weiterhelfen könnte. Ich habe einen flachen Stein auf den Schacht gelegt, damit nicht jemand versehentlich hineinfällt.«

Orville wollte nicht über seine Entdeckungen sprechen, bevor er nicht mehr über das Pentagramm erfahren hatte, das ihm nun schon zum zweiten Mal begegnet war.

»Schwer zu sagen, was auf der Holzinsel vor sich geht.«

Orville nickte. »Heute Nacht werde ich mehr wissen. Wir müssen uns ausruhen. Ich übernehme die erste Wachtschicht. Guten Appetit, Pétrus.«

Orville stand auf, leerte sein Horn und kletterte den Hang hinauf bis zum Gipfel, wobei er die letzten paar Meter kroch, um nicht gesehen zu werden. Er beobachtete für einen Moment die auf der Insel arbeitenden Soldaten. Vier von ihnen gruben seitlich an der Quelle wie gewöhnliche Gärtner. Es ist verrückt, wozu der Durst die Menschen trieb. Am Ende des

Nachmittags hingen immer noch achtzehn Leichen an den Galgen auf der Klippe.

Orville kontrollierte sein Floß. Er hatte die Fässer nebeneinander auf den Boden gelegt und die Seile, die sie zusammenhielten, festgezogen. Zwischen die Seile hatte er andere kleine Seile geknotet, sodass ein Netz entstand. Dies hatte ihn die Erfahrung der vergangenen Nacht gelehrt: Die Knoten hatten sich gelockert und er hatte viel Energie darauf verwendet, sein Floß zusammenzuhalten. Orville hatte die Seile dann in mehrere Stofflagen eingewickelt. Infolgedessen blieb ihm nicht mehr viel Kleidung zum Wechseln, doch die Befriedigung darüber, das Floß verstärkt zu haben, war das Opfer wert. Er hängte sein eingefettetes Schwert an die Seite des linken Fasses und stellte eine Flasche mit Wasser auf dem rechten Fass ab. Er steckte seine Messer in einen Beutel und erklärte sich mit seiner Ausrüstung zufrieden.

»Ein gutes Schwert, eine Flasche, um den Durst zu stillen ... Siehst du, ich schwimme beinahe unsichtbar knapp über dem Wasser, sogar in Sichtweite. Die Holzinsel bietet eine Vielzahl von Punkten, an denen man andocken kann.«

Er zeichnete im dem groben Sand einen Plan der beiden Inseln.

»Die Strömungen verlaufen um die Inseln herum. Sie sind ziemlich schnell und verlangen den Ruderern viel ab, aber eigentlich bringen sie uns dorthin, wo wir hinwollen, wenn wir uns gut platzieren. Ich werde hinter die Holzinsel schwimmen, ziemlich weit nach draußen, und die Strömung wird mich hierhin zurückbringen. Ich werde zuerst schwimmen, um von der Strömung weg zu gelangen und mich dann unauffällig nähern.«

»Und wie geht Ihr vor, wenn Ihr angekommen seid?«

»Vor Ort improvisiere ich der Situation entsprechend: Schwert oder Messer.«

»Kurz gesagt: imaginärer Krieg.«

»Ganz genau, imaginär.«

Orville ließ sich mit dem Floß ins Wasser gleiten. Seine kräftigen Schwimmbewegungen sorgten dafür, dass er aus der Felsspalte herauskam und bald schon von der schwarzen Nacht verschluckt wurde. Er weitete seinen Übersinn auf den Meeresboden aus, untersuchte die Neigung der Algen in den Strömungen und die Orientierung der Fische, visualisierte seinen Weg und begann zu schwimmen. Orville entnahm die Wärme, die er brauchte, dem ihn umgebenden Wasser. Er wurde ein Teil des flüssigen Elements um ihn herum. Er umrundete ein Riff, wo das Wasser bei Ebbe sprudelte, und sichtete einen Punkt auf der Holzinsel. Je mehr sich Orville ihm näherte, desto stärker begann er die Anwesenheit von Menschen zu spüren. Die Insel wurde streng bewacht. Wachtposten und Späher gingen auf den erhöhten Stellen auf und ab. Wenn er sich weiterhin vorsichtig verhielt, dürfte dies jedoch kein Problem für ihn darstellen. Er wählte einen Platz zum Landen aus. Eine Bodenfalte würde es ihm ermöglichen, sich zu verstecken, trotz des Mondes, der mit seinem fahlen Licht die Welt erhellte.

In der Bucht angekommen versteckte er das Floß hinter einem Felsen und griff dann nach seinem Schwert und seinem Sack, bevor er sich hinsetzte. Orville weitete seinen Übersinn auf den Strand um ihn herum aus und davon ausgehend immer weiter, so weit es ihm möglich war. So verharrte er eine lange Weile mit geschlossenen Augen und spürte die Wachen, die lodernden Feuer und die Leute in ihren Zelten. Mühelos machte er das Bordellzelt aus, wo sich die zusammengekauerten weiblichen Körper nach Schlaf sehnten. Er zählte vierzehn Frauen. Dann lokalisierte er die Offizierszelte. Eines davon wurde streng von den Soldaten in seinem Umkreis bewacht. Ohne seinen Brustpanzer hatte Orville keine Chance gegen die Berufssoldaten. Er versuchte, die Wasserreserven zu lokalisieren. Die Quelle war freigelegt worden, doch es trat nur ein dünnes Rinnsal zutage. Der Kanal, den sie gegraben hatten, um den Teich zu leeren, war voll gewesen, doch die Soldaten würden ohne das Fort mit den riesigen Zisternen nicht genug Wasser haben, um ihren Durst zu löschen. Orville holte Tinte und eine Pergamentrolle aus seiner geölten Tasche hervor. Nach Inspiration suchend, begann er zu schreiben.

Vierzehn Frauen auf einer Insel, einhundert Männer im Kampf. Ein Tag vergeht und dreißig verpassen den Appell.

Vierzehn Frauen auf einer Insel, siebzig Männer im Kampf. Ein Tag vergeht und der Kapitän fehlt beim Appell.

Vierzehn Frauen auf einer Insel, neunundsechzig Männer im Kampf. Ein Tag vergeht und die Leutnants fehlen beim Appell.

Vierzehn Frauen auf einer Insel und vierundsechzig Männer im Kampf. Ein Tag vergeht und die Wachtmeister fehlen beim Appell.

Vierzehn Frauen und Soldaten auf einer Insel. Ein Tag vergeht und die Soldaten verdursten.

Vierzehn Frauen auf der Anlegestelle und die Leutnants leben noch, für ein Pfund Metall gibt es auf dem Anleger eine Gallone Wasser. Ein nackter Mann kommt auf die Anlegestelle, er lebt und er trinkt. Ein Mann kämpft und ein Mann stirbt. Die Wachen und die Patrouillen entfernen die Männer, doch schreiten sie über die Geister, ohne sie zu sehen. Heute Abend sind wir hungrig und reißen jemandem die Seele heraus.

Orville war nicht unzufrieden mit seinem Brief. Er war vielleicht ein wenig schwerfällig, aber schließlich war Orville kein Dichter und die Hauptsache war doch, die Gemüter der bewaffneten Männer anzusprechen. Den Teufel in den Ausläufern des Kamms zu spielen hatte sich gewissermaßen bewährt, auch wenn sich diese Idee ein wenig gegen ihn gewendet hatte. Die Idee von einem Geist war in seinen Augen nicht weniger lustig. Alles in allem war er lediglich ein nackter Krieger auf einer Insel, möglichen Angriffen der achtzig Berufssoldaten in Brustpanzern hilflos ausgeliefert. Er selbst konnte im Kampf nur auf eine Gruppe von Intellektuellen und einen Taubenzüchter zählen. Nur der Fels schien auf seiner Seite zu sein. Wenn er schon nicht militärisch auftrumpfen konnte, würde er sich erfinderisch zeigen müssen. Er ließ sich aus seinem Versteck hinter eine Patrouille gleiten und näherte sich dem Felsen, der im Dickicht verborgen lag. Er hatte auf Kleidung verzichtet, weil sie sich mit Wasser vollgesogen und ihn am Schwimmen gehindert hätte, nichtsdestotrotz hätte er jedoch seine Stiefel mitnehmen können. Kieselsteine und Dornen erschwerten ihm das Gehen. Er wählte harte Bodenflächen, um nur minimale Spuren zu hinterlassen. Der Übersinn, der ihn über den Standort der Patrouillen und Späher auf dem Laufenden hielt, erlaubte ihm, schnell und furchtlos voranzukommen. Einmal musste er sich unter ein Gestrüpp legen und abwarten, bis eine Patrouille vorübergegangen war, bevor er selbst seinen Weg fortsetzen konnte. Nach einer halben Stunde vorsichtigen Vorrückens kam das Lager in Sichtweite. Orville streckte sich und näherte sich nur noch Zentimeter um Zentimeter, wobei er jegliches Geräusch vermied und bei jeder Bewegung achtsam war.

So schlich er geräuschlos um das Frauenzelt herum und hinterließ die Nachricht, mit einem Messer gespickt, auf dem Boden vor der Zeltöffnung. Dann machte er sich wieder davon. Er legte sich zwischen Kisten auf den Boden, um die Bewegungen der Soldaten zu analysieren. Er hatte damit gerechnet, dass die Männer erschöpfter wären. Seine Aufgabe wurde dadurch nicht einfacher. Die ersten fünfzig Schritte waren mühsam, aber als er sich erst einmal im Dickicht der Büsche befand, kam er etwas schneller voran. Er kehrte zur Bucht zurück, wo er das Floß zurückgelassen hatte, studierte die Position der Patrouillen und wartete auf einen günstigen Moment, um sich ins Wasser gleiten zu lassen. Er kühlte seinen Körper herunter, bis seine Zähne zu klappern anfingen, dann konzentrierte er sich. Dank des Lagerfeuers konnte er mit Leichtigkeit das Lager finden und dann auch das Kapitänszelt mit den Wachen, die um es herumstanden. Schließlich fand er den Kapitän selbst. Der Mann schlief nicht, er war nervös und strich über sein Schwert. Sein vergleichsweise großer Wasservorrat brachte klar zum Ausdruck, dass das wenige verfügbare Wasser auf der Insel nicht gleichmäßig verteilt war und dass er, falls sie alle verdursten mussten, der letzte Überlebende wäre. Dieser Gedanke empörte Orville. Die Gesichter all der Soldaten, die für ihn ihr Leben auf dem Gebirgskamm gelassen hatten, kamen ihm ins Gedächtnis. Auch bedachte er das Vertrauen, das ihm diese Handvoll Männer, die er auf dem Felsen zurückgelassen hatte, jetzt gerade entgegenbrachten. Orville teilte die Menschheit in zwei

Kategorien auf: diejenigen, die mit ihren Händen ums nackte Überleben kämpften, und diejenigen, die in der Wärme ihres Zeltes verharrten und das letzte Glas austranken, das sie denjenigen verwehren, die sie ins Verderben sandten.

Orville nahm wahr, wie das Gehirn des Kapitäns auskühlte, während seine eigenen Zähne aufhörten zu klappern. Ein kurzer und düsterer Schrei erschütterte die Stille. Orville hätte niemals geglaubt, dass man einem so kleinen Ding so viel Wärme entziehen könnte. Die Soldaten, die ins Zelt hineinstürmten, brüllten vor Schreck beim Anblick ihres Kapitäns, dessen gefrorener Kopf im warmen Schein der Kerze bläulich schimmerte.

Ausgestreckt im kurzen Gras auf dem Gipfel der Grotteninsel stellten Orville und Pétrus Beobachtungen an. Die Bewegungen der Truppen hatten früh am Morgen angefangen. Nach der Beerdigung des Kapitäns war die Hälfte des Lagers aufgelöst worden. Während ein Teil der Soldaten damit beschäftigt war, die Umgebung des Strandes möglichst gut zu befestigen, waren die geretteten Ruderboote mit den Frauen und dem Rest der Abteilung aufs Meer hinausgesegelt. Seine nächtliche Aktion hatte Früchte getragen. Orville wollte darin die Kapitulation der Soldaten erkennen. Eine Stimme tief in ihm sträubte sich jedoch dagegen. Achtzehn Leichen. Entweder handelte es sich nicht um die Körper, für die er sie gehalten hatte, oder zwei Abgesandte hatte dasselbe Schicksal ereilt. In diesem wie in jenem Fall stand es nicht gut für sie. Wenn zwei Abgesandte getötet worden waren, bedeutete dies, dass sie beide Teil des Komplotts waren. Wenn dagegen keiner von ihnen tot war, wer außer seinen Gefährten könnten diese Leichen sein?

Pétrus war offensichtlich zur gleichen Schlussfolgerung gekommen und schwieg. Die Boote dockten an der Anlegestelle an und wurden eines nach dem anderen hochgezogen, stämmige Holzkokons, die vom Seewind hin und her geschüttelt wurden. Die Panzer der Soldaten blitzten von Zeit zu Zeit silbern auf und hoben sich von der dunklen Masse der Klippe ab. Die aus dem Lager hervorgeholten Vorräte des Forts gingen rasch zur Neige. Sobald das Wasser auszugehen drohte, stieg Orville zurück in die Höhle, um die Flaschen wieder aufzufüllen. Er musste Pétrus bald davon berichten, dass es dort mehr gab als einen schmalen Tunnel. Die Leichen hingen noch immer an den Galgen, da stimmte etwas nicht.

»Sag, Pétrus, die Leichen sind zahlreicher als erwartet und sie hängen auch länger als erwartet. Wie lassen sich deiner Meinung nach diese zwei ungewöhnlichen Umstände erklären?«

»Genauso wie sich auch die bewaffneten Soldaten in den Ruderbooten erklären lassen. Diejenigen, die jetzt im Besitz der Insel sind, haben nur einen Bruchteil der Informationen, die sie bräuchten. Sie wussten, dass sie die Leichen aufhängen müssen, aber weder wie viele noch für wie lange. Genauso wie diejenigen auf den Ruderbooten nicht das Gesetz berücksichtigt haben, das Soldaten anderer Königreiche den Gebrauch von Waffen verbietet. Irgendetwas läuft auf dieser Insel anders, als man uns das glauben machen will.«

»Denkst du da an eine Falle?«

»Eine Falle, sehr richtig.«

»Dann werde ich heute Abend hinaufsteigen, um nachzusehen.«

»Wir könnten ein oder zwei Möwen um Hilfe bitten. Ihr werdet nicht in der Lage sein, die Klippe zu besteigen.«

»Ich werde dazu in der Lage sein, Pétrus. Worum willst du wetten?«

»Sagen wir … Wenn Ihr mir meine Laute zurückbringen könnt, verpflichte ich mich dazu, Euch so lange Unterricht zu geben, bis Ihr singen könnt. Meine Bemühungen waren von Unterrichtsbeginn an so vergeblich, dass mir dieser Einsatz proportional zu meinen Zweifeln erscheint.«

»Abgemacht!«

Orville kroch zurück, bis er außer Sichtweite der Klippe war, dann erhob er sich und ging zum Lager hinunter. Dort nahm er die leeren Flaschen und stieg in die Höhle hinab. Er nutzte den Übersinn und räumte den flachen Stein frei. Orville warf die Flaschen in den Kanal und stieg hinter ihnen hinab. Am Grunde des natürlichen Schachts angelangt rückte er vorsichtig bis zum Raum mit dem See vor und setzte sich auf einen Felsen. So dachte er ein paar Minuten in der weichen Klarheit des Übersinns über einen Plan nach, den er in der kommenden Nacht durchführen wollte. Er stellte sich die Strömungen rund um die Insel vor und rief sich das Relief der Klippen ins Gedächtnis. Das war ein sehr schwieriges Unterfangen und nicht zu vergleichen mit dem Anlegen auf der Holzinsel. Die einzige Bohrung lag sehr hoch und war zu schmal, als dass ein Mann hindurchkäme. Es wäre schwierig hochzukommen. Es sei denn … Orville sammelte die Flaschen zusammen, füllte sie im See auf und stieg schnell wieder ins Freie empor. Bald hatte er die Behälter zurückgebracht und sich im Schatten eines Dickichts ausgestreckt, um zu schlafen.

Orville hatte sich entschieden, von der Südseite aus, der steilsten von allen, ins Wasser zu steigen. Pétrus hatte vergeblich protestiert, er wollte nichts davon wissen.

»Majestät, Ihr macht Euch keinen Begriff von der Gewalt der Strömung. Ihr werdet ins Äußere Meer davongetrieben und bringt mir niemals meine Laute zurück.«

»Nach meinem Streich letzte Nacht werden die Soldaten die Wasseroberfläche beobachten und mit diesem verdammten Mond habe ich keine Chance, heimlich anzulegen. Nein, ich sehe keine andere Lösung.«

Die Steine rollten unter seinen Füßen davon, als er hinabstieg und sich an den wenigen Pflanzen festhielt, die an diesem steilen Hang wuchsen. Dann saß er auf einem Felsvorsprung fest, etwa zwanzig Ellen über dem Wasserspiegel. Er musste sich ungefähr auf Höhe des Eingangs zur Unterwasserhöhle befinden. Er gab Pétrus ein Handzeichen, Pétrus machte eine Geste der Missbilligung und warf das Floß ins Wasser. Der dadurch verursachte Lärm des Aufpralls hatte Orvilles Ohren noch nicht erreicht, da kämpfte er auch schon gegen die Wellen an. Er tauchte tief in das eisige Wasser ein und kam mit kräftigen Bewegungen wieder an die Oberfläche. Er befand sich nur ein paar Schwimmbewegungen vom Floß entfernt, das er in wenigen Sekunden erreichte. Nachdem er sich auf sein merkwürdiges Fahrzeug gelegt hatte, entfernte er sich vom Felsen und begann gemächlich zu schwimmen und in den Tiefen der Algen nach etwas zu suchen, was ihm die Richtung der Strömung verriet. Er durfte nicht versehentlich in die Mitte der Passage schwimmen, dort war die Strömung nämlich viel zu stark im Vergleich zu seiner Schwimmgeschwindigkeit. Er ließ sich also erst einmal eine Meile tragen, bevor er in Richtung der Insel Goulet schwamm. Er entzog dem Meeresboden etwas Wärme, um sich aufzuwärmen. Das Dahintreiben unter dem Sternenhimmel dieses Spätherbstes war fast angenehm. Zwei Stunden später war es so weit, er wollte die Passage verlassen. Energisch schwamm er in Richtung Klippe, um der Strömung zu entkommen. Bald würde er sich unterhalb der Mauer des Forts befinden. Niemand würde auf die Idee kommen, dort nach ihm zu suchen. Außerdem wäre er dann nicht mehr dem Mondlicht ausgesetzt. Doch das Spiel war noch nicht gewonnen.

Orville berührte die Klippe, bevor er sich mit einigen Schwimmzügen vorsichtig entfernte, wobei ihn der östliche Seegang mit jedem Wogen gegen den Felsen an der Küste trieb. Er konzentrierte sich auf seinen Übersinn und schloss die Augen, um in seinem Umfeld nach einer Lösung zu suchen. Der Strom trieb ihn mühelos um die Insel herum. Plötzlich fand er, wonach er suchte, es war ihm bereits während der systematischen Erkundung der Insel aufgefallen: Einer der Tunnel war nicht verschlossen und seine Öffnung befand sich unter dem Meeresspiegel. Er versuchte zu tauchen, aber das Floß hinderte ihn daran. Er öffnete die Deckel der Fässer und füllte sie mit Wasser, während er verzweifelt gegen den Strom anschwamm. Langsam wurden die Fässer schwerer und Orville gelang es, zu tauchen und sich anschließend an der Klippe festzuhalten. Die Öffnung war nicht mehr als acht oder höchstens neun Schwimmzüge entfernt, aber im Kampf gegen die Strömung war Orville außer Atem geraten. Das Ziehen in seinem Zwerchfell drohte, ihn ertrinken zu lassen. Noch ein Schwimmzug ... Er befand sich jetzt in dem überschwemmten Tunnel, dessen Wasserpegel schnell anstieg, noch so eine ... übermenschliche Anstrengung. Orville nahm das Leuchten wahr, das es ihm erlaubt hatte, den Plan der untereinander vernetzten unterirdischen Korridore zu rekonstruieren.

Seine Lunge füllte sich mit Luft wie der Blasebalg einer Schmiede, als er eine feucht-kalte Treppe an die Oberfläche erreichte. Die Treppe verband das Meer mit dem Inselinneren. Er nahm die Fässer aus dem Wasser, leerte sie aus und bewegte sich weiter vor, obwohl ihm das Herz aus der Brust zu springen drohte. Vorsichtig stieg er die klebrigen Stufen hinauf, bis er ganz aus dem Wasser heraus war. Nach ein paar Schritten brach er zusammen. Er verharrte einige Minuten atemlos und erschöpft von der ganzen Anstrengung. Sobald er sich wieder erholt hatte, trank Orville aus seiner mitgebrachten Flasche. Er war wütend. Wie hatte er nur vergessen können, wie hinderlich das Floß beim Tauchen war? Der schwierigste Teil lag noch vor ihm. Er würde die Nacht nicht überleben, wenn er nicht überlegter vorging. Er legte eine Hand an die Wand, um sich daran hochzuziehen. Er rechnete mit einem festen Widerstand, doch seine Hand berührte eine dickflüssige, kalte Substanz. Überrascht lenkte er seine Aufmerksamkeit auf die Mauer. Orville erkannte die seltsame leuchtende Substanz, die er schon gesehen hatte, als er den Wächtern mithilfe des Übersinns auf ihren merkwürdigen Prozessionen ins Innere der Insel gefolgt war. Aufmerksam geworden kratzte er mit der Rückseite seines Dolches an der Wand.

Eine schwarze Spur erschien dort, wo er den Stein abgeschabt hatte, und die Substanz befleckte seine Klinge. Handelte es sich hierbei etwa um das Geheimnis der Wächter? Sie würden demnach durch die unterirdischen Gänge streifen, um dieses Gelee aufzusammeln, das aus dem Stein zu dringen schien, vielleicht mithilfe einer Art Klinge, die diese dunklen Linien hinterließ, die dann innerhalb weniger Tage wieder verschwanden. Demnach wären sie eine Art Bauern, die dafür zuständig waren, diese Substanz einzusammeln, um sie anschließend dem Versorgungsboot mitzugeben … Es bestand kein Zweifel daran. Unklar blieb jedoch, was sie für ihre Ernte bekamen, das ihre Anwesenheit hier erklärte. Das Ganze erklärte auch, warum es so streng verboten war, sich Zugang zum Untergeschoss zu verschaffen. Orville rieb die Substanz zwischen seinen Fingern. Ihr Wert musste in den Augen der Wächter so hoch sein, dass sie ihnen die Geheimnistuerei und die jahrhundertelange Isolation auf der abgelegenen Insel Goulet wert war. Hatte all dies einen tieferen Sinn oder gründete sich das Ganze nur auf die kulinarische Laune eines Königs, der ein neues Gewürz ausprobieren wollte?

Orville glaubte, dass dieses Gelee von strategischer Bedeutung sein musste. Es hatte einen süßlichen, leicht bitteren Geruch. Orville tauchte seine Zungenspitze hinein und probierte vorsichtig. Er spürte, wie sein Übersinn zur Ruhe kam wie ein nervöses Pferd. Überrascht legte er mehr davon auf seine Zunge und verdünnte es vor dem Schlucken mit seinem Speichel. Wenige Sekunden später spürte er, wie die Müdigkeit nachließ und sich seine Raumwahrnehmung erweiterte und präzisierte. Orville setzte sich auf das Floß und dachte nach. Diese Substanz erweiterte wahrscheinlich die Kräfte der Wächter, so wie sie seine erweiterte. Sylvan war noch so viel schneller als Théod. Könnte es sein, dass das an dieser Substanz lag?

Er verschob die Frage auf später, erhob sich, befestigte sein Schwert am Gürtel und stieg schnell die Treppe hinauf, die in einen sehr weitläufigen Raum führte. Drei weitere Tunnel erstreckten sich von dort aus nach Osten, Westen und Süden. Er versuchte, sich die Karte der Geheimgänge, die er gezeichnet hatte, ins Gedächtnis zu rufen und diese Erinnerung mit dem Übersinn zu überlagern, den er genau in diesem Moment auf den unterirdischen Bereich der Insel konzentrierte. Der linke

Tunnel führte zu einer schmalen Treppe, die an der Mauer des Forts entlangführte. Der Tunnel vor ihm und der Tunnel rechts führten in andere Räume, zu anderen Gängen. Alles ein Netz, das unter der Insel wie eine unterirdische Stadt verlief, mit Plätzen, Behausungen, Straßen und Brunnen. Orville hatte keine Zeit, den Ort noch weiter zu erkunden. Er stieg die linke Treppe hinauf, die zwei unterirdische Ebenen hinaufführte, anschließend auf die Höhe des Forts führte und vor einem Gang endete, der sich in zwei Richtungen erstreckte. Auf der rechten Seite spürte Orville die Abgesandten, die in ihren Wohnstätten schliefen oder wachten, aber nicht alle waren dort. Die anderen hatten sich vielleicht in den Wohnstätten der Königreiche niedergelassen, hielten draußen Wache oder betrachteten die nächtliche Landschaft, während sie auf dem Rücken auf der Klippe lagen und die Füße ins Leere baumeln ließen.

Orville wandte sich wieder nach links. Der Übersinn informierte ihn im Vorhinein darüber, was er vor sich hatte, sodass sich seine anderen Sinne erholen konnten. Problemlos gelangte er hinter die Mauer, wo sich das Gefängnis und sein Arbeitsraum befanden. Orville horchte die Wand ab und fand eine Stelle, an der der Fels dem Holz Platz machte. Ein geheimer Durchgang, der in die Bettnische seines Zimmers führte. Dort, an seinem Platz, schlief ein Mann. Wenn Orville etwas herausfinden wollte, musste er in das Fort hineingehen. Aber er kannte nur diesen Ausgang und jenen in der Wohnstätte der Wächter. Orville spürte den Körper seines Feindes und konzentrierte sich auf dessen Gehirn. Mit einem Schlag saugte er die ganze Hitze eines winzigen Teils des Gehirns auf, der daraufhin blau wurde. Der Mann starb ohne aufzuwachen. Die aus seinem Opfer gewonnene ekelerregende Hitze war ein Trost für Orville, der begann, die Holzplatte zu bewegen. Der Mechanismus war einfach und effektiv. Die Platte glitt seitlich in den Gang, der an dieser Stelle abbog. Kein Riegel befand sich an der Platte. Dadurch konnte die Platte gleichermaßen vom Geheimgang wie von der Bettnische aus zur Seite geschoben werden. Orville kniete sich hin und kroch in den Raum hinein.

Der Mann, den er gerade getötet hatte, war ein ihm unbekannter Wächter. Diese Männer waren also sterblich, genauso wie alle anderen, die er hätte treffen können. Er wog das Schwert seines Opfers, das in seiner Scheide an der Wand lehnte, in der Hand. Es schien fein gearbeitet und sein Gleichgewicht war bedeutend besser als das der Schwerter, die er besaß. Ein entscheidender Punkt. Eine kleine Feldflasche aus Leder war an der Scheide angebracht. Orville befestigte die Waffe neben seinem anderen Schwert an seiner nackten Hüfte. Er betrat die Schreibstube und ging geräuschlos zu den Zellen, wo er eine Präsenz wahrgenommen hatte. Im Gang näherte er sich einer Tür. Einer der Gefangenen schlief nicht. Orville rief ihn sanft durch das Gitter hindurch.

Der Mann trat an ihn heran. »Majestät! Was macht Ihr hier?« Es war Bargach, der Gärtner-Jurist des Sechsten Königreichs.

»Ich komme, um nachzusehen, wie es euch geht. Einen Moment lang dachte ich schon, dass eure Körper Möwenfutter wären.«

»Nein, Majestät. Wir haben uns wie vereinbart positioniert und die beiden Kommandos kamen wie von Euch geplant. Aber am Ende hatten wir mehr Leichen als erwartet. Wir wussten nicht, was tun. Asèrtimas beschloss, den Tag abzuwarten. Aber als die Abgesandten später in der Nacht auftauchten, waren sie wütend. Und wir auch, wie ich zugeben muss. Wir haben sie eines Komplotts bezichtigt, was sie nicht abgestritten haben. Also verurteilten wir sie zum Tode, was sie zum Lachen brachte. Sie wollten uns töten, aber Sylvan zog sein Schwert, sprach von Meineid und Ehrenwort. Er bedrohte die anderen und überzeugte sie davon, dass wir die fehlenden Arbeitskräfte ersetzen könnten. Die Wächter haben dann nachgefragt, wie wir planten, Euch zu warnen, und Asèrtimas erklärte, dass wir die Leichen aufhängen müssten. Aber er sagte nichts davon, dass es sechzehn sein sollten, und auch nicht, wann sie wieder verschwinden müssten. Also haben sie ihre Kameraden aufgehängt und auf Eure Rückkehr gewartet, um Euch zu töten. Nichtsdestoweniger haben wir zwei Wächter getötet, Majestät, und der Kapitän, der das Kommando über die Soldaten auf der Holzinsel innehatte, verstarb letzte Nacht. Die Männer schienen verängstigt.«

»Ich selbst habe ihn getötet. Ich wende die Taktik der imaginären Kriegsführung an, um andere abzuschrecken.«

»Nun denn, das funktioniert ja sehr gut.«

»Und um wen handelt es sich bei dem Mann, der in meinem Bett schlief und den ich gerade getötet habe?«

»Er ist tot? Nun denn, das könnte die Situation wohl verändern. Er ist der härteste Abgesandte. Er willigte schließlich ein, uns am Leben zu lassen, aber seine hasserfüllten Blicke sind genug, um einem das Blut in den Adern gefrieren zu lassen.«

»Das waren sie vielleicht einmal. Ich werde euch befreien.«

»Nein, Majestät. Wir würden es nicht schaffen zu entkommen, jedenfalls nicht alle. Aber wir sind ein Volk und wir trennen uns nicht voneinander. Unsere Arbeit ist dieselbe wie zuvor, nur dass wir nachts hier schlafen. Die Situation ist unter Kontrolle, solange Sylvan da ist und der König weder tot noch gefangen ist, auch wenn er im Exil ist. Solange das Königreich ein Volk vorweisen kann, existiert das Achte Königreich rechtmäßig.«

Diese Männer waren wirklich völlig verrückt.

Orville nahm die Diskussion wieder auf. »Es gibt Frauen auf der Insel. Prostituierte. Wir haben gesehen, wie sie an Land gegangen sind.«

»Sie sind keine Prostituierten, sondern Frauen, die für die Abgesandten entführt worden sind. Eigentlich sind sie nur entführt worden, um eine Zucht zu betreiben, wie eine Schweinezucht. Sie schwängern sie wie Vieh.«

Orville dachte an Armine und sein Herz zog sich zusammen. »Diese Wächter sind unmenschlich. Was können wir tun, um den Frauen zu helfen?«

»Momentan gar nichts, Majestät, aber die Situation ist neu und die Dinge sind noch nicht entschieden. Es könnte sein, dass die Dinge in kurzer Zeit einen unvorhergesehenen Lauf nehmen. Majestät, wir sind keine Krieger oder Zimmerleute, aber gerade diese verfahrenen Situationen, wo Diplomatie und Verhandlungen die effektivsten Waffen sind, machen das Wesen unserer Berufe aus. Alles, was wir brauchen, ist einerseits Eure Abwesenheit, die die politische Situation in ihrem jetzigen Schwebezustand belässt, und andererseits Sylvan, der uns am Leben hält. Solange diese zwei Faktoren zusammenkommen, haben wir bessere Karten im Spiel, als die Wächter es sich vorstellen können. Sie sind körperlich stark, aber zum Großteil ungebildet und von nur mittelmäßiger Intelligenz. Wir wissen noch nicht, wie genau, aber die Zeit wird uns in die Hände spielen. In jedem Fall dürft Ihr nicht hierbleiben,

Majestät. Sucht Euch einen Zufluchtsort. Eure Abwesenheit ist unser wichtigster Trumpf.«

Orville dachte einen Moment nach und stimmte darin überein, dass er nicht mehr für diese Männer tun konnte. Selbst wenn er sie durch den Tunnel führte, wie viele würden nachts im kalten Wasser überleben, wie viele konnten schwimmen, wie viele würden sich an seinem bescheidenen Floß festhalten können, ohne es zu versenken? Und wie sollte man außerdem all diese Leute im Labyrinth der felsigen Inseln des Archipels ernähren? Ganz davon zu schweigen, dass nicht alle Platz im Boot fänden. Solange Sylvan dort wäre, wäre ein Anschein von Recht gewährleistet und in der Tat könnten sich die Dinge zum Vorteil dieser Männer wenden, die selbst in ihrem Wahnsinn noch so kompetent waren.

»Hör mir zu. Ich möchte, dass du zwei Nachrichten überbringst. Die erste richtet sich an die Männer, damit sie wissen, dass ich mich auf die Suche nach Leuten begebe, um das Königreich zu bevölkern, und dass ich Mittel und Wege finde, euch zu Hilfe zu kommen, selbst wenn ihr zehn Jahre darauf warten müsst. Die zweite Nachricht muss an Sylvan überbracht werden ...«

Orville ging zu dem Schrank, in dem er seine Pläne aufbewahrte. Er nahm den Plan der Geheimgänge heraus und verbrannte ihn im Kamin.

Dann zündete er die Kerze an und nahm Platz, um zu schreiben.

Die Wächter haben das Land der Magier entweiht, seine Wände ausgeblutet und sein Blut getrunken. Abgesandte, die ihr eure Eide verletzt habt, dieses Haus wird euch niemals Sicherheit gewähren, denn ihr seid nicht länger Abgesandte von irgendetwas. Fliehet, solange ihr noch könnt, denn früher oder später wird euch die Gerechtigkeit der Magier widerfahren, ganz egal wo ihr euch aufhaltet, welche Kraft ihr innehaben mögt und wie viele ihr seid. Das blaue Blut hat die Menschen verraten. Jede Gewalttat gegen einen Mann und jede Gewalttat gegen eine Frau werden euch hundertfach heimgezahlt werden und euer Verrat macht euch verantwortlich für ihr tragisches Schicksal. Die Menschen sind Kinder für die Wächter, die Wächter sind nichts für die Magier. Die gewaltsam erlangten Kinder sind schon nicht mehr die eurigen. Die Magier werden euch zurückschicken in das Nichts, das ihr niemals hättet verlassen dürfen.

Orville las seine Nachricht noch einmal durch. Er verstand seine eigenen Worte nicht richtig, aber er war sehr zufrieden damit. Er war ein Krieger und Drohungen lagen somit in seiner Natur. Er hatte darauf gehofft, ein Rätsel zu hinterlassen, inspiriert von all dem, was er über die Welt der Wächter wusste, in einer etwas prophetischen Formulierung, mit dem Ziel, eine Intrige gegen diese Männer zu schmieden, die das fragile Gleichgewicht seiner wiederaufgebauten Existenz ins Wanken gebracht hatten. Orville hoffte, dass das, was Théod und Sylvan ihm erklärt hatten, verstärkt mit ein wenig Nachdruck und dem Verdacht einer Drohung, diese Männer, die Pfeile im Flug abfingen, zu beeindrucken vermochte. Natürlich wäre er keineswegs in der Lage, das Urteil zu vollstrecken, aber zumindest malte er sich einen furiosen Ausgang der ganzen Sache aus. Als Siegel zeichnete er die

Taube mit Zähnen in das Pentagramm, dann unterzeichnete er schwungvoll mit seinem Schriftzug.

Er ging zur Nische und legte das Pergament auf die Stirn des Wächters, dann entnahm er den Kleidern der Leiche einen Dolch und steckte ihn tief in ihren Schädel, mitten durch die Nachricht hindurch. Ein wenig blaues Blut würde seinem Schreiben einen noch theatralischeren Beigeschmack verleihen. Er betrat den geheimen Durchgang, schob die Wandplatte vor und stieg schnell dorthin hinab, wo das Meerwasser den Tunnel überflutete. Orville öffnete die Fässer und kratzte mit seinem Dolch an den Wänden. Er goss seine Ernte in die Fässer, die er wieder sorgfältig verschloss, dann machte er sich auf ins schwarze Wasser. Er ließ das Floß zu Wasser und kehrte binnen weniger Sekunden wie ein Korken an die Meeresoberfläche zurück, zur Luft und zum Leben. Er ließ sich von der Strömung in Richtung des Archipels treiben, wobei er sich an dem großen Blatttang orientierte, der sich unter der Kraft des sich bewegenden Wasser bog.

Die Schildwachen sahen ihn nicht, fühlten jedoch seine Anwesenheit aufgrund der tödlichen Kälte, die sie mit einem Schlag dahinraffte und die sie irgendeinem Geist zuschrieben. Es dauerte ganze zwei Stunden, bis Orville die Felsspalte der Grotteninsel erreichte. Sobald er an Land gegangen war, stieg er den Hang bis zur Höhle hinauf und brachte seine Fässer in ihren Tiefen unter. Dann öffnete er sie und schmierte die klebrige Substanz an die Wände, vom Meereszugang bis zum Eingang. Er wollte zwei Dinge wissen, nämlich wie man eine solche Substanz anbauen und wie man sie zerstören konnte. Würde er eines Tages wiederkehren, um es herauszufinden? Er stieg wieder zum Eingang der Höhle hinauf und wählte dann sorgfältig einige Felsbrocken aus, die ein paar Zentimeter unter dem Boden der Höhle feststeckten. Er schaffte etwas Erde herbei, die er in die Öffnung drückte, und stieg hinunter zum Boot, um Pétrus aufzuwecken.

»Majestät. Ich habe Euch nicht kommen hören.« Pétrus war noch im Halbschlaf und musste sich erst einmal sammeln.

»Zum Glück hast du geschlafen, dein Schnarchen hat mich heute Nacht seit der Insel Goulet geleitet.«

»Majestät, würdet Ihr mir freundlicherweise meine Laute reichen?« Pétrus gähnte mit weit aufgerissenem Mund.

»Sie wird sich noch finden, wir müssen jetzt sofort aufbrechen.«

Pétrus blieb keine Zeit zu protestieren, da das Boot bereits losgebunden war. Während Orville sich von der Wand abstieß, um es aus der Spalte hinauszumanövrieren, gab der Musiker lauthals Kommentare über die feindselige Natur der felsigen Böden und launenhaften Strömungen ab.

Orville hatte sich bereits ein Ruder genommen und übertönte das Heulen des Windes, der die Takelage hin und her bewegte.

»Mein lieber Pétrus, wir werden nicht so bald wieder zurückkehren und geschehe was wolle, wir müssen jetzt aufbrechen. Im Namen des Weins, entkorke mir eine Flasche zu Ehren des Achten Königreiches!«

Mitten in der Nacht erspähten die Wachen der Holzinsel ein schwarzes Segelboot, auf dem ein splitternackter Geist mit einer Flasche in der Hand und mit zwei Schwertern um die Hüfte stand, deren einer Knauf im blassgelben Licht des Vollmonds bläulich aufblitzte. Er segelte volle Kraft voraus, mitten zwischen Felsen und sprudelnden Riffen hindurch.

Wenn man diesen Männern, von denen einige große Erfahrung in diesem Bereich hatten, Glauben schenken mochte, sang der Geist heiser und falsch ein unflätiges Lied im Rhythmus der Segel, begleitet von den Sarkasmen eines anderen Schreckgespenstes. Sie gaben zum Besten, wie das schwarze Segelschiff die Insel siebenmal umrundet habe, bevor es sich nachts Richtung Westen davongemacht habe. Bei der letzten Passage wich der maritime Nieselregen den Schneeflocken, die einen Augenblick lang in der salzigen Luft vor der Insel Goulet tanzten, während den Soldaten vor Angst das Blut in den Adern gefror.

NAMENS- UND ORTSREGISTER

Aldemond Junger Wächter, sehr fähig, neigt aber zu intellektueller Grübelei

Aléïde de Hautterre
Frau des Vicomte de Hautterre

Armand de Hautterre
Der jüngste Sohn des Vicomte de Hautterre

Asèrtimas Auf die Insel Goulet verbannt, von Beruf königlicher Verwalter

Bartlan Wächter, der der Grafschaft Hautterre nach der Entführung der Kinder vorsteht

Brewal Auf die Insel Goulet verbannt, von Beruf königlicher Auftragsmörder

Cravan Der einzige lebende Wächter mit hellseherischen Fähigkeiten. Sein Blut hat sich verwandelt, obwohl er dazu bestimmt war, ein Theokrat zu werden.

Grat (der) Unüberwindbare Bergkette, die den Zugang zum Binnenmeer vom Ersten, Zweiten, Dritten und Vierten Königreich aus blockiert. Ein Weg erlaubt es jedoch, ihn zu überqueren: die Pass-Route, die das Erste Königreich mit der Grafschaft von Vallade verbindet.

Fernest Junger Lehrling von Ferrand

Ferrand Gefährte von Verrou, der der Wächter des Klosters von Jourd war

Gradlyn Hauptstadt des Ersten Königreichs, Sitz der Garde

Handt Taubenzüchter, auf die Insel Goulet verbannt

Hartrold IV.
Herrscher des Ersten Königreichs

Hautterre Grafschaft in den Bergen. Dies ist der Ort, an dem die zwei Kinder entführt werden und von wo aus Orville sich auf die Suche nach ihnen begibt.

Hautterre (Vicomte de)
Stumpfsinniger, aber aufrichtiger Edelmann, der das Schicksal der gleichnamigen Grafschaft in Händen hält

Iban, Furch, Gretsch, Ricken
Soldaten, die Orville auf den Bergkamm begleiten

Jasmine Cardhus
Gastwirtin in Hautterre

Kradath Magierkönig, der so viel Zerstörung angerichtet hat, dass die Seinen (die Garde) ihn vergiftet und abgesetzt haben

Lag Soldat, der von Orville auf der Pass-Route rekrutiert wird

Lambret Theokrat, der Rosas Mutter verbrannt hat

Léo Freund von Orville und alter Soldat in der Grafschaft von Hautterre

Lise und Aymery
Zwei Kinder, die aus Hautterre entführt wurden

Llarson	Wächter, dessen Mission es ist, auf dem Bergkamm militärische Bauten zu errichten
Lorenzi	Verbannter auf der Insel Goulet
Lothar	General der Garde
Maja	Nonne des Klosters Jourd
Orville	Léos Freund. Orville ist ein gut trainierter, aber etwas dicklicher Wachtmeister. Auf Befehl des Vicomte macht er sich auf die Suche nach den entführten Kindern.
Pétrus	Verbannter Poet und Musiker auf der Insel Goulet
Rosa	Als Tochter einer auf dem Scheiterhaufen geläuterten Wiederkehrenden muss Rosa vor der Ankunft eines Inquisitionskommandos flüchten.
Rouault	Wiederkehrende, die vierhundert Jahre vor Beginn des Romangeschehens gewaltlos gegen das Massaker an ihren Gefährten rebellierte
Rufus	Wächter und Berater von Hartrold IV.
Sylvan	Sehr fähiger Wächter, der auf der Insel Goulet wohnt
Traban	Großvater des entführten Mädchens
Vallade (Marquis de)	Marquis, der die gleichnamige Grafschaft verwaltet
Yvan de Hautterre	Der Erstgeborene des Vicomte de Hautterre

GLOSSAR

Der Allmächtige: Gott, der in den sieben Reichen verehrt wird. Seinem Kult widmet man sich in runden Tempeln mit niedrigem Gewölbe. Weitere Kennzeichen dieser Tempel sind drei kreisförmige Platten, die in den Boden eingelassen sind, sowie ein anthropomorpher Altar. Die Tempel haben eine geheime Gruft, die nur die Theokraten betreten können.

Die drittgeborenen Söhne/Töchter: Kinder einer Adelsfamilie, die nach dem zweiten Kind geboren werden. Die drittgeborenen Söhne werden Soldaten und die drittgeborenen Mädchen Ehefrauen oder Nonnen.

Die Garde: Militärorden, der im Schatten der Macht wacht. Die Krieger, aus denen er besteht, werden Wächter genannt, wenn sie im Verborgenen agieren, und militärische Abgesandte, wenn sie ihr Gesicht zeigen. Sie sind für ihre Stärke und Grausamkeit bekannt und haben besondere Rechte inne, die sie sowohl über die gewöhnliche Bevölkerung als auch über die Adligen stellen. Die Wächter sind adlige Wiederkehrende.

Die Gemeinschaft von Verrou, die Gefährten von Verrou: Diese Gemeinschaft hat historische Ursprünge. Die Gefährten von Verrou waren anfangs eine Gilde von Meisterdieben, eine Geheimgesellschaft, die Lehrlinge ausbildete und Meister ernannte. Ein Jahrhundert nach dem Tod des Magierkönigs Kradath unterzeichneten die sieben Könige einen Vertrag mit dieser mysteriösen Gesellschaft. Die Gefährten von Verrou wurden für ein Jahr durch eine stillschweigende Vereinbarung die Gemeinschaft von Verrou. Ihre Aufgabe war es, strategisch wichtige Orte zu bewachen und königliche Wachen auszubilden. Seitdem stellen die Gefährten die talentiertesten Krieger, die vor allem unter den drittgeborenen Söhnen rekrutiert werden. Die jungen Wunderkinder studieren in den Militärakademien der Königreiche, bevor sie ihre Ausbildung bei den Meistern des Ordens beenden. Aus den Gefährten wurde schließlich die Gemeinschaft von Verrou. Sie bewegt sich so weit im Verborgenen, dass sie mit einem Schritt völlig von der Bildfläche verschwinden kann. Niemand weiß, wie genau dieser Orden funktioniert, wo sich sein geheimer Schlupfwinkel befindet und wie seine Mitglieder untereinander kommunizieren.

Die Hellsichtigkeit bzw. das Zweite Gesicht, die Hellsichtigen: Fähigkeit der Magier und einiger weniger Wiederkehrender, Wärmemassen in ihrer Umgebung zu visualisieren. Diese Gabe ermöglicht es ihnen, in der Dunkelheit oder durch Wände zu sehen, und sie können so Dinge wahrnehmen, die das gewöhnliche Auge nicht wahrnehmen kann. Orville sucht, als er diese Begabung zufällig entdeckt, nach einer Bezeichnung dafür, und nennt sie Übersinn. Diese Wahrnehmung bezieht sich nicht auf die Augen, sondern ermöglicht es dem Hellseher, den Raum um ihn herum zu »erfühlen«.

Die Königinnen: Wiederkehrende, die von der Garde eine bestimmte Stellung verliehen bekommen. Nicht zu verwechseln mit den Frauen der Könige. Sie sind in ihrer reproduktiven Rolle vergleichbar mit Bienenköniginnen. In der Garde werden die männlichen Wiederkehrenden als Soldaten, die Männer der roten Blutlinie als Bauern und die Frauen der roten Blutlinie als Schöße bezeichnet.

Die Linie: Der Begriff »Linie« bezieht sich auf das blaue Blut, das auch das Blut der Könige genannt wird. Normalerweise versuchen die Wächter, die Linie auszulöschen, indem sie im Adel für Verbindungen sorgen, die sich für die Kreuzung der Blutlinie als ungünstig erweisen. Die Reaktivierung der Linie ist die gegenteilige Operation, bei der versucht wird, angesichts der Bedrohung durch Wiederkehrende im gewöhnlichen Volk und insbesondere die Rebellen, dafür zu sorgen, dass Wiederkehrende im Adel geboren werden.

Die Magier: Die Magier sind mythische Wesen, die Stoff zahlreicher Legenden und Geschichten sind. Die sieben Könige sind einst Magier gewesen. Man schrieb ihnen schreckliche Kräfte zu. Kradath soll fähig gewesen sein, mit einem Schlag eine ganze Armee zu zerstören. Niemand weiß, ob sie wirklich existieren oder wozu sie fähig sind.

Der Pakt: Schwur, den der König, der Theokrat des Heiligen Stuhls, der Marschall der Armeen, die Adligen, die Theokraten und die Verwalter der Lehen leisten. Damit verpflichten sie sich, mit allen ihnen zur Verfügung stehenden Mitteln die militärischen Abgesandten zu unterstützen. Der Eid unterscheidet sich je nach Stellung der Person, die ihn leistet.

Die Rebellen: Die Rebellen sind eine Ansammlung von Wiederkehrenden aus dem gewöhnlichen Volk und rotblütigen Sympathisanten, die sich den Theokraten und den Verbrennungen auf den Scheiterhaufen widersetzen. Sie versuchen, eine Gesellschaft zu fördern, in der Wiederkehrende und Menschen in Harmonie leben. Diese Vorstellung wird von Adel, Theokraten und Wächtern abgelehnt, weil sie die Feudalmacht infrage stellen könnte. Wenn sich die Wiederkehrenden im gewöhnlichen Volk vermehren würden, würden sie eine politische und militärische Macht darstellen, die die Privilegien der Elite infrage stellen könnte.

Die Schöße: Von den Wächtern verwendete Bezeichnung für Frauen der roten Blutlinie.

Die Soldaten: Die Soldaten dürfen nicht mit normalen Soldaten verwechselt werden. Soldat ist der Begriff, den die Wächter verwenden, um nichtadlige Wiederkehrende zu bezeichnen, von denen sie glauben, dass sie die Einzigen sind, die es wert sind, in Armeen unter ihrem Befehl zu dienen.

Die Theokraten: Priester des Kultes des Allmächtigen. Sie werden vom Theokraten des Heiligen Stuhls angeführt. Sie stehen den Menschen mit Rat zu Seite und sind vor allem für den Aderlass von Säuglingen verantwortlich, um zu prüfen, ob ihr Blut rot ist. Seit Jahrhunderten führen die Theokraten genealogische Register und verwalten Aufzeichnungen über Eheschließungen und Geburten in den sieben Königreichen.

Die Wiederkehrenden: Die Wiederkehrenden sind Menschen, die mit dem blauen Blut geboren werden. Sie werden so genannt, weil dieses Merkmal der Legende nach das genetische Erbe der alten Könige ist. Sie haben körperliche Fähigkeiten, die den gewöhnlichen Menschen fehlen. Sie leben in der Regel mehr als siebenhundert Jahre, sind stark, schnell und immun gegen Gift und Krankheiten. Einige von ihnen haben begrenzte magische Kräfte wie Hellsehen oder Schmerzresistenz. Die Wiederkehrenden, die dem Adel entstammen, werden zu Wächtern oder Blauen Nonnen ausgebildet, während die Blaublütigen aus dem einfachen Volk durch die Autorität der Theokraten und unter den Augen des Allmächtigen auf Scheiterhaufen geläutert werden.

DANKSAGUNG

Mein Dank geht an meine Korrekturleser Isabelle, Véronique, Christophe und Steve. Ich danke ihnen dafür, dass sie meinem Projekt ihre Zeit gewidmet haben, als die Zukunft des ersten Bandes von »Das Blut der sieben Könige« noch im Ungewissen lag. Ich danke ihnen dafür, dass sie so mutig waren, schonungslos ehrlich zu sein.

»Eine dialogfreudige Mischung aus postapokalyptischer Social-Science-Fiction und etwas archaisch anmutender, stark abenteuerlicher Science-Fantasy.«
– Die Zukunft

PELBAR 1: Die Zitadelle von Nordwall

von Peter Newman

Paperback mit Klappen | 528 Seiten | **€ 16,— (D)**

ISBN 978-3-95981-804-9

Weitere Informationen auf www.cross-cult.de

»Eine Geschichte über Blut, das Blut von Königen, das durch Ehebruch in den Adern der Nachkommen verstreut wurde und das eine Inquisition, die Garde, ohne Mitleid ausmerzt. Kurz gesagt, man stürzt sich in eine aufregende Lektüre, manchmal mit der Geschwindigkeit eines Sturzbaches, manchmal mit der Majestät eines Flusses.«
– Jean-Claude Vantroyen, Le Soir

DAS BLUT DER SIEBEN KÖNIGE

von Régis Goddyn

Paperback mit Klappen | ca. 440 Seiten | **€ 16,– (D)**
ISBN 978-3-95981-810-0 | Dezember 2018

Weitere Informationen auf www.cross-cult.de

Cross Cult

»Fans von Fantasy, Wissenschaft und Geschichte werden diese prächtige und fesselnde Erzählung lieben.«
– Publishers Weekly

LADY TRENTS MEMOIREN 4:
Im Labyrinth der Draken

von Marie Brennan

Cross Cult

Paperback mit Klappen | ca. 390 Seiten | **€ 14,— (D)**
ISBN 978-3-95981-806-3 | November 2018

Weitere Informationen auf www.cross-cult.de

»RED RISING ist eine der fesselndsten Jugendbuchdystopien auf dem Markt.« – Sonja Stöhr, phantastisch!

Sie nannten ihn Vater, Befreier, Kriegsherr, Sklavenkönig, Schnitter. Es ist das zehnte Jahr des Krieges und das dreiunddreißigste seines Lebens.

RED RISING: Asche zu Asche

von Pierce Brown

Paperback mit Klappen | 736 Seiten | **€ 16,— (D)**

ISBN 978-3-95981-808-7

Weitere Informationen auf www.cross-cult.de

*»Dieses Buch ist einfach nur großartig.
Ich habe jeden Moment davon genossen. Innovative Magie,
eine mitreißende Handlung und eine interessante Welt.
Ich hatte einen Riesenspaß.«
– Brandon Sanderson*

DIE POWDER-MAGE-CHRONIKEN 1:
Blutschwur

von Brian McClellan

cross cult

Paperback mit Klappen | 784 Seiten | **€ 16,— (D)**
ISBN 978-3-95981-668-7

Weitere Informationen auf www.cross-cult.de